LE DERNIER VOL DU FAUCON

Axel Aylwen est né à Londres. Il a publié son premier livre à l'âge de sept ans. Diplômé d'Oxford, il s'est spécialisé dans l'étude de l'histoire et des coutumes thaïlandaises. Cette passion lui a inspiré la trilogie du *Faucon* (*Le Faucon du Siam, L'Envol du Faucon et Le Dernier Vol du Faucon*). Axel Aylwen est un grand voyageur. Il parle dix langues dont le thaïlandais.

AXEL AYLWEN

Le Dernier Vol du Faucon

TRADUIT DE L'ANGLAIS PAR RÉGINA LANGER

ÉDITIONS ANNE CARRIÈRE

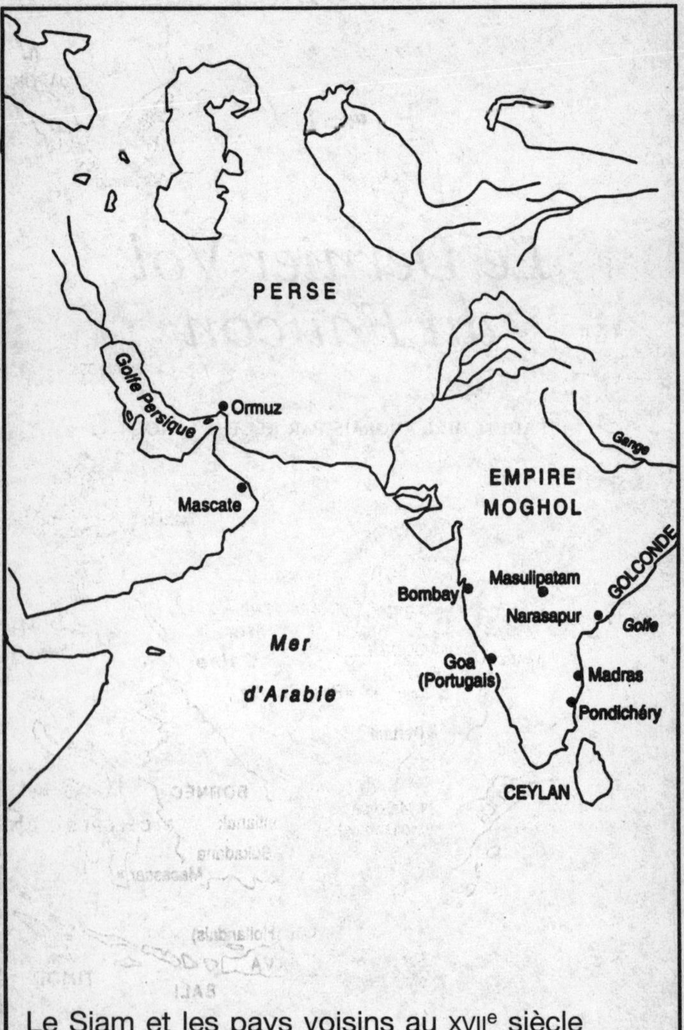

Le Siam et les pays voisins au XVIIe siècle

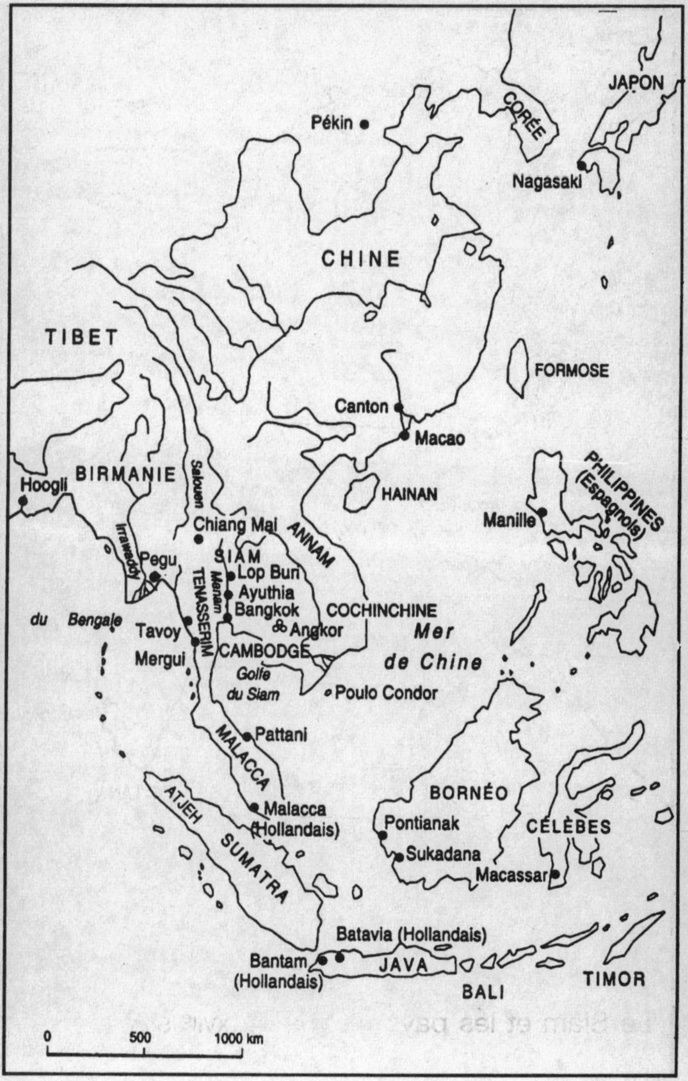

JAPON
CORÉE
Pékin
Nagasaki
CHINE
TIBET
FORMOSE
Canton
Macao
PHILIPPINES (Espagnols)
HAINAN
Manille
Hoogli
BIRMANIE
Salouen
Irrawaddy
Chiang Mai
ANNAM
Pegu
SIAM
Lop Buri
Menam
TENASSERIM
Ayuthia
Bangkok
COCHINCHINE
du Bengale
Tavoy
Angkor
Mer de Chine
Mergui
CAMBODGE
Golfe du Siam
Poulo Condor
Pattani
MALACCA
BORNÉO
ATJEH
Malacca (Hollandais)
Pontianak
CÉLÈBES
SUMATRA
Sukadana
Macassar
Batavia (Hollandais)
Bantam (Hollandais)
JAVA
BALI
TIMOR
0
500
1000 km

PROLOGUE

Royaume de Siam, 1688.

Dans un ciel d'orage, de lourds nuages s'accumulent au-dessus d'un pays serein, d'une beauté exceptionnelle, riche d'innombrables trésors. Voilà trente-deux années d'un règne prospère que le roi Naraï le Grand, Seigneur de la Vie, veille à la destinée de ce vaste empire.

Afin de contenir la menace d'expansion coloniale, il avait su jouer habilement des rivalités opposant Hollandais, Français et Anglais. Un subtil exercice de stratégie diplomatique auquel excellait son Premier ministre d'origine grecque, le rusé Constantin Phaulkon. Pratiquant de nombreuses langues étrangères, celui-ci était arrivé au Siam quelque douze ans plus tôt en tant que jeune employé de la Compagnie anglaise des Indes orientales. Immédiatement séduit par le Siam, Phaulkon usa de ses remarquables talents linguistiques pour maîtriser sans retard la langue du pays. Sa force de persuasion fit le reste et lui attira rapidement les bonnes grâces du roi tout-puissant.

Sans craindre de rompre avec les usages et d'offenser inévitablement les factions les plus traditionalistes du pays, le clairvoyant Naraï prit Phaulkon à son service et le porta en peu de temps à des sommets inconcevables pour un farang – terme par lequel on désignait les Européens. Mais Phaulkon se montra digne de la confiance du monarque et sut faire preuve d'intelligence et de loyauté. Nommé cinq ans plus tôt Barcalon – c'est-à-dire Premier ministre –, le « Faucon » avait audacieusement invité l'armée française au Siam dans l'espoir de contrer la menace grandissante des Pays-Bas. Encouragés par leur conquête des îles des Épices, les Hollandais convoitaient en effet les riches comptoirs commerciaux du Siam. Cependant, grâce à son magistral sens tactique, Phaulkon réussit à neutraliser les menaces des trois puissances coloniales. Les Pays-Bas, puissance maritime dominante en Asie, contraints dans le même temps de céder la Flandre à la France, hésitaient à s'opposer une nouvelle fois aux armées de Louis XIV. Quant à l'Angleterre, animée par de grandes ambitions commerciales, elle s'était déjà installée à Madras et briguait la suprématie sur le golfe du Bengale. Elle fut toutefois amenée, elle aussi, à la conciliation après que Phaulkon eut nommé un Anglais – son vieil ami Thomas Ivatt – gouverneur de la province siamoise de Mergui, à l'extrémité du golfe. Alléchés par les perspectives d'une telle nomination, les Anglais avaient consenti à fermer les yeux sur la présence de troupes françaises dans la lointaine Bangkok.

En même temps que le titre de comte de Faucon, le roi Louis XIV octroya à Phaulkon un grand domaine sur les terres de France. Mais, en échange d'un soutien militaire fidèle, il réclama en retour la conversion du roi Naraï au catholicisme. Officiellement catholique mais bouddhiste de cœur, Phaulkon répugnait malgré tout à engager ce dernier dans une voie aussi délicate. Les jésuites français installés au Siam ne témoignèrent pas de tant de scrupules. Voyant s'échapper leur rêve d'un Siam catholique, ils firent pression sur le général français Desfarges, commandant du fort de Bangkok, afin qu'il exécute par tous les moyens les ordres du roi Louis. Si Naraï n'obéissait pas, le général devrait recourir à la force militaire pour soumettre le pays. Toutefois, malgré la supériorité de son armement – les Siamois ne possédaient qu'une poignée de fusils et aucun canon –, Desfarges hésitait encore à engager ses cinq cents soldats contre les vingt mille éléphants de guerre commandés par le redoutable général Petraja.

Naraï venait d'entamer le vénérable sixième cycle de sa vie. À l'approche de la soixantaine, et de santé chancelante, le roi se préoccupait davantage des problèmes soulevés par sa succession que de la prééminence ou non d'un dieu chrétien. Et parce qu'au Siam les frères et non les fils assuraient la succession du trône, le vieux roi se trouvait confronté à de mélancoliques perspectives : l'aîné de ses deux frères, Chao Fa Apai Tot, en plus d'être handicapé, était un alcoolique impénitent. Quant au cadet, le séduisant Chao Fa Noi, il passait son temps à courir les jupons et s'était attiré la colère du Seigneur de la Vie en entretenant des relations scandaleuses avec Thepine, l'une de ses concubines préférées. Devant un choix aussi désespérant, le roi opta en dernier recours pour un jeune courtisan sans lien de parenté avec la famille royale : Pra Piya. Mais, dans un pays aussi empreint de traditions, il n'était pas facile, même pour le Seigneur de la Vie, d'outrepasser un protocole en usage depuis si longtemps…

1

Avec un rugissement à glacer le sang, le tigre bondit dans la clairière. Il s'arrêta tout aussi soudainement. Ses pattes puissantes labourèrent l'herbe et son grand dos rayé se courba en signe d'alerte. L'animal tourna la tête de tous les côtés, évaluant le danger.

De part et d'autre de la trouée, de gigantesques arbres à pluie surplombaient des bosquets de palmiers et de bananiers marquant la limite de la jungle. Le long de cette ligne, les spectateurs étaient accroupis dans l'herbe en rangs bien alignés. Devant eux, une demi-douzaine d'éléphants mâles, régulièrement espacés, montaient la garde, portant sur leurs encolures leurs mahouts à la peau sombre.

Le tigre gronda avec colère et jeta un regard derrière lui vers la sécurité de la jungle épaisse et luxuriante. Mais, poussé par la faim, il reporta son attention sur la proie qui s'offrait à lui. Un jeune buffle terrifié, attaché à un arbrisseau à une cinquantaine de mètres de là, restait cloué sur place, les yeux rivés sur le tueur.

Le tigre approcha.

Un lourd silence tomba sur l'assemblée. Tirant nerveusement sur leurs gros cheroots[1], les hommes contemplaient la scène, fascinés, tandis que le grand fauve se tournait pour les regarder. Aux derniers

1. Cigares à bout coupé. *(N.d.T.)*

rangs, les femmes, nues jusqu'à la taille, dégageaient de leur bourre des noix de bétel rouge qu'elles se mirent à mâchonner avec excitation en serrant plus étroitement leurs enfants contre leurs hanches.

Malgré la crainte de rater une seule seconde de cette scène fantastique, les spectateurs levaient fréquemment la tête en direction de l'estrade dorée dressée derrière eux. Là, revêtu d'une tunique de soie blanche, un puissant seigneur assistait, lui aussi, au spectacle. C'était le premier farang qu'ils aient jamais vu. Une centaine d'hommes composant sa suite étaient respectueusement accroupis dans l'herbe au-dessous de lui. Dans le ciel, un faucon tournoyait lentement tandis que le chœur lancinant des grillons montait des profondeurs de la jungle.

Poursuivant sa lente progression, le tigre laissa échapper un feulement sourd. Aussitôt, les éléphants dressèrent leurs trompes et se mirent à barrir nerveusement. Leurs mahouts leur parlèrent à l'oreille pour les apaiser, tout en les retenant de leur aiguillon muni d'un crochet acéré.

Le tigre bondit alors. Mû par une formidable puissance, il prenait de la vitesse à chaque saut. Le buffle lutta frénétiquement pour se libérer de la corde qui le retenait au tronc de l'arbre tandis qu'un murmure excité courait dans l'assistance. Désespéré, le buffle abaissa ses cornes. Le tigre se jeta sur lui. Dans la terrible mêlée, les cornes frappaient furieusement de tous côtés mais, nullement intimidé, le fauve planta ses crocs dans le cou de sa proie. L'air retentit des cris de l'animal mis à mort.

Une chape de silence tomba sur la clairière.

Le tigre s'étendit sur l'herbe et commença à festoyer. Pendant qu'il était ainsi occupé, les mahouts dirigèrent tranquillement leurs éléphants vers lui. Quand l'animal leva enfin les yeux, ce fut pour voir le cercle de pachydermes se refermer sur lui. Furieux, il abandonna son festin à peine commencé, se redressa et jeta un regard de défi aux mahouts en adressant un grognement à chacun d'eux. Ainsi que l'exigeait la règle, ils n'étaient pas armés, mais les éléphants avaient la tête et la trompe recouvertes d'un épais caparaçon de cuir.

Sans avertissement, le tigre se retourna d'un bond et, rapide comme l'éclair, sauta avec agilité sur l'éléphant situé juste derrière lui. Le mouvement fut si soudain que le mahout eut à peine le temps de pousser un cri. Il fut tiré à bas de sa monture, les énormes crocs du félin plantés dans sa cheville.

Attaché à son cornac par de longues années de service, l'éléphant lança un barrissement strident et entra en action. Sa trompe se leva juste au moment où le mahout était arraché de son dos. En un éclair, elle s'enroula autour de la taille de l'homme et l'éleva bien haut pour le mettre à l'abri. Mais le tigre, les dents toujours plantées dans sa chair, restait accroché à lui.

La foule, massée à l'orée de la clairière, se mit à trembler en contemplant le pied de l'homme, complètement sectionné, dans la gueule du tigre. Dans les arbres, non loin de là, les criaillements d'une bande de singes, excités par ce spectacle imprévu, allèrent crescendo.

Distrait de sa chasse, le tigre retomba à terre, la gueule pleine, et se retourna, toujours grondant, vers l'éléphant. Replacé sur son siège, le malheureux mahout luttait pour garder l'équilibre, hurlant à chaque fois que le moignon de sa jambe heurtait le flanc du pachyderme. Les autres éléphants, étroitement maîtrisés par leurs mahouts, s'avançaient toujours en un cercle belliqueux. À moins d'être eux-mêmes attaqués, ils ne devaient pas intervenir dans le combat afin que celui-ci se déroule selon les règles.

Le tigre bondit une nouvelle fois pour chercher à atteindre de ses griffes les yeux de l'éléphant. Mais l'énorme animal se détourna avec une agilité surprenante et écarta le tigre de sa trompe. Ce dernier luttait sauvagement, enfonçant ses crocs dans les parties non protégées par le caparaçon. L'éléphant finit par lâcher prise et le tigre retomba à terre. Il se remit sur ses pattes et fit une nouvelle volte-face, un instant immobile, cherchant son souffle. Il bougea soudain si rapidement que l'éléphant lui-même fut pris au dépourvu. D'un bond d'une puissance sans pareille, le fauve sauta sur le dos du pachyderme d'où il arracha l'infortuné mahout. L'éléphant se dressa sur ses pattes arrière et le tigre, lâchant prise, roula à terre, réussissant malgré tout à entraîner avec lui le mahout pantelant. Avec une sauvage férocité, il le mit en pièces sans cesser de gronder.

Rendu furieux par le sort de son mahout, l'éléphant chargea et souleva le tigre avec sa trompe. D'un puissant balancement, il lança la bête en l'air en direction de l'éléphant voisin qui s'avança adroitement et l'attrapa dans ses défenses comme un ballon. Avec une adresse incroyable, les éléphants en cercle se lancèrent le tigre de défenses en défenses jusqu'à ce que l'un d'eux, plus lent que les autres, le laisse tomber. Affolé, le fauve se redressa, puis bondit une nouvelle fois pour tenter de planter ses griffes dans l'éléphant, là où la peau n'était pas protégée par le caparaçon de cuir. Il saisit la trompe et s'acharna dessus avec de vigoureux coups de griffes, contraignant l'éléphant, dans sa douleur, à s'agenouiller. Les autres vinrent alors à son secours et levèrent leurs pattes puissantes. L'une d'entre elles finit par s'abattre sur la tête du tigre qui continuait à se débattre et l'écrasa, le tuant net.

Les autres mahouts sautèrent à terre et couvrirent les restes déchiquetés de leur camarade avec des couvertures, tandis que leurs éléphants entouraient leur congénère orphelin de son mahout pour le consoler de sa perte.

On apporta aussitôt un brancard de solides bambous et une douzaine d'hommes y placèrent le tigre mort. Ils le portèrent à travers la foule admirative puis, après s'être prosternés devant leur seigneur, déposèrent la dépouille de l'animal au pied de l'estrade.

Joignant gracieusement les mains devant son visage, le puissant visiteur baissa les yeux vers le tigre en esquissant un signe de remerciement. Les cinq mahouts survivants s'approchèrent à leur tour et se prosternèrent sur les coudes et les genoux, la tête respectueusement baissée, les mains jointes au-dessus du front.

Dévoré de curiosité, le plus hardi d'entre eux glissa à travers ses doigts entrecroisés un regard vers ce bel étranger. Sa chevelure semblait normale – n'était-elle pas noire et raide comme celle de tous les Siamois ? – et sa peau d'un beau hâle clair ne déparait pas avec certains représentants de la race locale. Mais la ressemblance s'arrêtait là. Le nez de ce seigneur était droit et fin, et son corps, bien que parfaitement proportionné, affichait une stature des plus imposantes. Quant à ses yeux, ils avaient la couleur des noisettes sauvages qui poussent dans la forêt et ils brillaient d'une lueur singulière.

Il leur rendit leur salut en joignant lui aussi les mains devant son menton, juste un peu au-dessous du visage ainsi qu'il convenait à son rang élevé. Tous se sentirent honorés car il se dégageait en effet de lui une aura de force et de dignité qui les impressionnait tous. Et son geste fut si naturel qu'ils avaient peine à croire qu'il s'agissait réellement d'un farang.

« Vous avez bien rempli votre rôle, mahouts. Puisse le Seigneur Bouddha guider en toute sécurité l'âme de votre brave compagnon vers son prochain cycle de vie. »

Bien que né sur une lointaine île grecque, Constantin Phaulkon, devenu maintenant Grand Barcalon, parlait un siamois sans reproche.

Il se tourna vers son assistant prosterné à son côté. « Vitoon, veille à ce que la crémation du corps soit accomplie avec toute la solennité nécessaire. J'allumerai moi-même le bûcher funéraire. Informe-toi également de la situation de sa famille. Si ses parents dépendaient de son soutien, fais en sorte qu'ils ne manquent de rien jusqu'à la fin de leurs jours.

– Je reçois vos ordres, Puissant Seigneur. »

Les villageois commencèrent à se disperser. Ils avançaient, le torse incliné, veillant à ce que leur tête ne se trouve à aucun moment plus élevée que celle du Barcalon. Car il était le Premier ministre du Siam, un illustre dignitaire jouissant de quinze mille marques de dignité. Aucun d'eux n'oublierait jamais ce jour où il avait accosté la rive, honorant de sa visite leur humble village au bord du fleuve.

Le kamnan, chef du village, un homme aux cheveux gris coupés court, son corps brun et décharné ployé jusqu'à terre en signe d'humilité, s'approcha humblement et lança un ordre pour que six vigoureux villageois emportent sur leurs épaules l'estrade du Barcalon jusqu'à sa maison. La procession se mit en mouvement et il marcha respectueusement à côté, fier de cet honneur.

Le village de Ban Klang, une agglomération de huttes de bois montées sur pilotis, avait été fondé un siècle plus tôt dans les mangroves infestées de crocodiles, le long du fleuve Tenasserim. On n'y comptait pas beaucoup d'habitations mais elles occupaient un espace stratégique sur la seule route praticable traversant l'étroite bande de terre qui séparait l'océan Indien de l'océan Pacifique. À mi-chemin, Ban Klang constituait une étape commode sur cet axe de communication vital que représentait la route terrestre reliant Mergui – premier port de la côte occidentale siamoise – à la florissante Ayuthia, la capitale, à plus de soixante milles en amont du golfe du Bengale.

Phaulkon s'était rendu à Mergui pour réprimer une sanglante révolte de la communauté musulmane et pour installer son ami Thomas Ivatt sur le siège de gouverneur de cette importante province. Après six jours de voyage avec les cent hommes de sa suite, il se réjouissait de ce repos et de la distraction offerte par le kamnan. Il leur restait encore à parcourir durant six autres jours une route difficile – trois sur des fleuves à demi navigables, trois à dos d'éléphant – avant de pouvoir contempler les flèches d'or de leur bien-aimée Ayuthia et d'être enfin de retour chez eux.

Phaulkon abaissa son regard vers le kamnan attentif qui marchait à son côté. « Je te remercie, kamnan, d'avoir organisé une si belle distraction. Mais je suis désolé qu'elle se soit terminée aussi tragiquement. »

Le kamnan arbora un sourire résigné. « En vérité, nous nous y attendions tous, Puissant Seigneur. La vieille mère Somkit l'avait prédit.

– Somkit ?

– Il s'agit de l'astrologue que Votre Excellence nous a demandé de convoquer. »

S'il ignorait le nom de la prophétesse, Phaulkon en connaissait la réputation, laquelle avait été encore amplifiée par son refus réitéré de quitter son village, quel que soit le rang de ses solliciteurs ou la récompense offerte. Désirant à son tour consulter une telle légende, Phaulkon avait envoyé de Mergui une délégation pour lui remettre une bague dont d'ordinaire il ne se séparait jamais, ainsi que des indications détaillées sur l'heure et le lieu de sa naissance. L'astrologue vivait en recluse dans une région éloignée de Ban Klang, mais il doutait qu'elle refuse de le rencontrer. Ce n'était pas tous les jours qu'un Barcalon passait par là.

« Elle a prédit la mort du mahout ? » demanda-t-il avec curiosité.

« Hélas oui, Vénérable Seigneur, tout comme elle avait annoncé la mort de ses deux frères, qui ont connu la même fin tragique. La famille doit expier des péchés commis dans une vie antérieure. Tel est leur karma à tous et il est préférable pour eux qu'ils se soient acquittés rapidement de cette dette. »

Phaulkon leva un sourcil. « Ses frères ont été également dévorés par des tigres ?

– En effet, Puissant Seigneur. Il en a bien été ainsi. »

Stupéfait, Phaulkon insista. « Raconte-moi ce qui est arrivé.

– Qu'il en soit fait selon vos ordres, Auguste Seigneur. Ainsi que Votre Excellence le sait, les tigres attaquent rarement les humains, à moins d'être blessés et dans l'incapacité de chasser leurs proies naturelles. Cependant ce tigre-là a causé des ravages dans tous les villages des alentours. Des hommes, des femmes, des enfants ont été emportés de jour dans les rizières ou, la nuit, dans leurs huttes. L'une des victimes fut précisément le plus jeune frère du mahout tué aujourd'hui. Son frère aîné, résolu à venger sa mort, installa un piège en dehors du village, un enclos circulaire formé de pieux épais. Puis, au centre, il attacha un chien. On ne pouvait pénétrer dans l'enclos que par un étroit passage muni d'une porte qu'il était possible de refermer à l'aide d'une corde. Pendant trois jours et trois nuits, le frère est resté dans un arbre au-dessus de l'enclos, la corde à la main. Chaque jour, les aboiements du chien affamé résonnaient de plus en plus fort. Le quatrième jour, le tigre apparut enfin.

– Et alors ? Qu'est-il arrivé ? » insista Phaulkon.

« Ce fut une scène terrible, Puissant Seigneur. Le frère ferma la porte en lâchant la corde et sauta de l'arbre. Tout le village pouvait entendre les rugissements furieux du tigre se mêler aux aboiements du chien et aux cris du jeune homme. Quand nous sommes arrivés, tous trois étaient morts. Le tigre avait un harpon planté entre les yeux. Quand nous l'avons retiré, ce fut pour constater que le fauve était borgne à cause d'un piquant de porc-épic planté dans son œil. La douleur devait avoir ralenti considérablement les mouvements de la bête. Aucun tigre n'aurait perdu la partie contre un homme sans cette infirmité.

– Et mère Somkit avait prédit tout cela... », murmura Phaulkon, impressionné.

Il fut satisfait d'avoir fait chercher la prophétesse. Ils s'arrêtèrent alors devant la demeure du kamnan, une maison pauvre mais propre, couverte d'un toit de chaume, un peu plus grande, toutefois, que les autres. L'ensemble reposait sur six solides poteaux ronds et une série de marches semblables aux degrés d'une échelle conduisait à la pièce de séjour qui se trouvait à une distance suffisante du sol pour ne pas être inondée pendant la mousson. Sous la hutte, le sol avait été soigneusement balayé et plusieurs femmes s'y tenaient prosternées, attendant l'arrivée du dignitaire en visite.

À l'intérieur, une grande jarre était remplie d'eau fraîche pour le bain et une natte de paille tressée avait été disposée à terre en guise de lit. En signe de bienvenue, une grosse guirlande de fleurs de jasmin pendait à un crochet de bois au-dessus des vantaux de l'entrée.

« Où dormiras-tu, kamnan, si j'occupe ta maison ?

– Je ne manque pas de nattes dans mon propre village, Puissant Seigneur. J'espère seulement que vous me pardonnerez la simplicité de cette demeure que Votre Excellence me fait l'honneur d'occuper.

– J'ai tout ce qu'il me faut. Tu es un hôte parfait, kamnan. »

Le chef de village s'inclina plus profondément encore.

« Mère Somkit attend dehors votre bon plaisir, Seigneur. Dois-je l'introduire ?

– Pas tout de suite, kamnan. Je souhaite tout d'abord me laver et peut-être me faire masser. Le voyage a été long.

– Je suis à vos ordres, Puissant Seigneur. »

Phaulkon pénétra dans la hutte et se libéra de sa tunique à col mandarin. Puis il déroula le panung qui encerclait sa taille. Utilisant l'eau de la jarre disposée dans un coin de la pièce, il s'aspergea lentement, prenant plaisir à sentir les filets d'eau fraîche couler sur son corps et lui redonner vigueur. Il se drapa ensuite d'un panung propre en le faisant d'abord passer entre ses jambes avant d'en fixer l'extrémité autour de sa taille. Il perçut alors un toussotement discret venant de la porte et se retourna d'un bloc pour apercevoir sur le seuil une vieille femme prosternée sur les coudes et les genoux, les mains jointes devant son front. Elle portait un panung d'un bleu délavé et le reste de son corps était nu.

« *Choen* », dit-il aimablement en lui faisant signe d'entrer.

Elle s'avança en rampant, un sourire crispé aux lèvres, visiblement apeurée à l'idée d'approcher l'un des hommes les plus puissants du pays. Avec des gestes timides, elle sortit d'un paquet qu'elle tenait sous le bras une série de petits flacons contenant des onguents.

Il ôta son panung et la vit sursauter à la vue de sa peau blanche. Depuis qu'il séjournait au Siam, les parties visibles de son corps avaient pris depuis longtemps une couleur semblable à celle des indigènes et, manifestement, la villageoise ne s'était pas attendue à un tel contraste.

Quand il se fut étendu sur le ventre, il se retrouva naturellement plus bas que la tête de la vieille femme et celle-ci se prosterna aussitôt en implorant son pardon pour la position qu'elle devait occuper afin d'accomplir son travail. Après qu'il lui en eut donné l'autorisation, elle s'agenouilla au-dessus de lui et commença par oindre son dos et ses épaules d'huile de palme. Il soupira d'aise et sentit son corps se détendre. Les courbatures résultant de six jours de navigation et six nuits passées dans l'inconfort spartiate de villages de fortune commencèrent à se dissiper lentement. Une fois de plus, c'était bon de se sentir en vie, particulièrement dans ce pays béni.

Tandis que les mains expertes de la masseuse se déplaçaient habilement sur son corps et que ses doigts puissants palpaient les muscles à la limite de la douleur, Phaulkon pensait à ce pays qu'il avait adopté et qu'il aimait tant. Il songeait aussi aux plans qu'il nourrissait pour cette terre comme pour lui-même.

Son ascension au pouvoir avait été exceptionnelle mais, s'il avait travaillé dur pour y parvenir, il savait aussi que rien n'était jamais définitivement acquis. Autrefois simple moussaillon grec, il était devenu prince de Siam et comte de France. Même son nom avait changé. Ici, on l'appelait Pra Chao Vichaiyen, le Seigneur de la Connaissance, courtisan favori et confident du grand roi Naraï de Siam. Ami de Louis XIV et du pape, nommé comte de Faucon, il possédait à présent des richesses inouïes, deux palais, six cents serviteurs, une épouse et une concubine – et un enfant de chacune d'elles. Un homme pouvait-il désirer plus ?

Mais l'histoire enseigne que rien n'est éternel. Sans relâche, il lui fallait consolider sa situation. Et, par-dessus tout, il devait veiller sur son maître bien-aimé, désormais souffrant, et faire en sorte que son successeur ait également besoin de ses services. Il n'était pas question non plus de relâcher sa vigilance à l'égard de ses ennemis, en particulier le général Petraja, un grand stratège qu'il avait cependant réussi à écarter dans la course au titre de Barcalon. Le général s'était retiré depuis dans un monastère, officiellement pour se consacrer à une vie de méditation ; cependant, Phaulkon demeurait convaincu qu'il s'agissait là d'un nouveau stratagème pour prendre le temps de souffler et de panser ses blessures avant une nouvelle attaque.

La vie de Phaulkon, au sommet du pouvoir, devenait un exercice permanent de diplomatie, mais c'était là quelque chose qu'il savait faire et pour laquelle Dieu lui avait accordé quelque talent. En invitant l'armée française au Siam, il avait ainsi déjoué la menace d'une invasion hollandaise. En luttant contre la révolte musulmane à Mergui, il avait fini par l'écraser. Enfin, il avait réussi à juguler l'asthme dont souffrait le Seigneur de la Vie en substituant aux médecins siamois du roi le père de Bèze, un jésuite compétent, fraîchement débarqué de France avec les remèdes les plus récents. Restait maintenant à assurer la succession du vieux monarque pour garantir la paix et la continuité après la disparition de celui-ci.

Mais la conversion du roi au catholicisme, conversion réclamée par Louis XIV en échange des services rendus par l'armée française, demeurait un problème. Installé avec cinq cents hommes dans le fort de Bangkok, Desfarges commençait à s'irriter en voyant le temps que mettait Phaulkon à obtenir le résultat promis. Ayant déjà réussi auparavant à apaiser le vieux général français, Phaulkon pensait trouver le moyen de gagner du temps. Mais, au fond de lui, il savait pertinemment que son maître bouddhiste ne se convertirait jamais. Aussi avait-il conçu le projet de promettre à la place la conversion de son successeur. Ce plan exigeait certes du travail mais, au moins, il lui accorderait du temps. Si le général décidait de demander de nouvelles instructions au roi Louis, il faudrait sept mois à sa lettre pour parvenir en France.

Phaulkon reporta ses pensées au présent. Que faisait donc la vieille femme ? Il attendit encore un instant pour être certain. Mais oui... les doigts de la masseuse avaient pris un autre rythme, et un toucher exquis, aussi léger que celui d'un papillon, venait de succéder au ferme pétrissage des minutes précédentes. Il se demanda soudain si l'on avait averti Somkit qu'il était grand amateur de femmes mais, dans le cas présent, cette perspective était tout bonnement ridicule. Elle ne s'attendait tout de même pas à ce qu'il lui fasse l'amour ! Phaulkon s'apprêtait à se retourner pour protester quand les mains de la masseuse, dans un mouvement de crescendo troublant, s'approchèrent dangereusement de ses parties génitales. À son grand embarras, il sentit son sexe se durcir et entrer en érection. Dieu merci, il se trouvait toujours à plat ventre et la vieille femme ne pouvait le voir. En tout cas, il fallait bien le reconnaître, son toucher était des plus agréables. Pourquoi ne pas s'y abandonner encore quelques instants ?

Un soupir involontaire lui échappa lorsqu'elle se mit à tapoter délicatement l'arrière de ses cuisses. Puis il prit conscience d'un changement. Le bout des doigts frappait avec plus de légèreté, la peau paraissait plus douce, le toucher moins affirmé. Il tourna la tête et découvrit une ravissante villageoise qui lui souriait avec une modestie affectée. Elle semblait nerveuse, cependant, les pointes de ses seins étaient dressées. Du coin de l'œil, il vit la vieille femme se glisser au-dehors, son paquet sous le bras. Roulant sur le dos, il sourit alors à la jeune fille pour la rassurer. Soulagée, elle lui rendit son sourire et se mit à le caresser avec plus d'assurance. Puis, à un signal qu'elle lut dans ses yeux, elle se pencha doucement vers lui.

Ah ! comme il aimait ce pays béni, songea-t-il tandis qu'elle se balançait au-dessus de lui en poursuivant adroitement son massage. Il sentit qu'elle s'excitait de plus en plus, sans doute parce qu'elle était honorée de s'occuper du Barcalon mais aussi parce qu'elle se rendait compte qu'elle lui donnait du plaisir. Il ne demandait qu'à l'imiter. Un même désir les poussa l'un vers l'autre et leurs corps se tordirent bientôt à l'unisson.

La nuit tombait. Tous les villageois se rassemblèrent à l'appel du grand tambour devant la maison du mahout tué par le tigre. Entouré de chandelles, le corps du défunt avait été lavé en grande cérémonie et l'on avait versé du mercure dans sa gorge pour purifier ses organes internes. Les membres de sa famille, vêtus de blanc et le crâne rasé, s'avancèrent pour disposer des pièces d'or et d'argent sur les yeux, les oreilles et la bouche du mort. Plus tard, ils en feraient des anneaux en mémoire de lui.

Habillés de robes safran et alignés par rang d'âge – des plus vieux tout ratatinés jusqu'aux jeunes postulants –, une demi-douzaine de moines du village versèrent sur le cadavre de l'eau lustrale et entonnèrent un chant sur la fugacité de toutes choses terrestres. Puis, au son d'un petit orchestre de flûtes, de tambours et de cloches, le corps fut enveloppé d'un tissu blanc et couché dans un cercueil sur lequel on disposa les vêtements du mort avant de le couvrir de fleurs.

Conscient du fait que le rituel, d'ordinaire étalé sur trois jours, avait été condensé en un seul pour profiter de sa présence inattendue, Phaulkon observait, fasciné, le déroulement de cette cérémonie très ancienne en songeant aux étranges pouvoirs de la devineresse qui avait prévu cette tragédie. Il pensa aussi à ses propres ennemis qui n'attendaient que sa mort, ces mandarins qui l'adulaient en public mais qui complotaient derrière son dos et se rendaient en secret au monastère de Louvo pour conférer avec leur chef, le général Petraja.

Normalement, le corps aurait dû rester au moins deux jours dans son cercueil mais, cette fois, des parents de la victime le prirent sur leurs épaules pour lui faire faire une dernière fois le tour de sa demeure. En ressortant, les porteurs accélérèrent le pas pour accomplir trois nouvelles circonvolutions autour de la maison. Il s'agissait, par cette manœuvre, de plonger l'esprit du mort dans la confusion afin qu'il ne soit plus en mesure de retrouver son chemin et ne revienne pas hanter les vivants. Conduite par les moines, la procession se dirigea alors vers le *wat* – le temple du village tout proche. Là, le corps fut placé sur un grand bûcher cerné de décorations représentant les héros des anciennes épopées – hautes silhouettes découpées dans des papiers de couleurs vives.

L'orchestre se mit à jouer et les moines reprirent leurs chants tandis que des danseurs masqués tournoyaient autour du bûcher et que des pétards zébraient l'obscurité sereine de la nuit. Torse nu ou vêtus de blanc, les villageois se prosternèrent jusqu'à terre lorsque le Grand Barcalon s'avança, une torche à la main. Le bûcher s'enflamma en quelques secondes, crachant des gerbes d'étincelles vers le ciel. Le rythme des chants, des danses et des pétarades s'accéléra et devint frénétique jusqu'à ce que le corps fût entièrement consumé. Quand les braises jetèrent leurs dernières lueurs, la famille s'avança pour récupérer les cendres du mort et ramener l'urne funéraire chez eux.

La fête avait été vraiment réussie et le village pouvait se montrer fier de son kamnan. Les bébés tortues, les anguilles à l'ail, les œufs de crocodiles, les poissons fraîchement pêchés dans le fleuve, les sauterelles, tout avait été cuisiné à la perfection. Phaulkon escalada l'échelle conduisant à sa hutte tandis que le kamnan et ses assistants attendaient en dessous, prosternés.

La vieille devineresse l'attendait, patiemment accroupie devant la porte. Lorsqu'elle leva les yeux vers lui, une lune d'un vif éclat émergea d'un nuage, éclairant un visage sillonné de rides aussi fines qu'une toile d'araignée mais aux traits réguliers. Elle devait avoir été jolie dans sa jeunesse, pensa Phaulkon. Une tignasse de cheveux blancs coupés court à la mode paysanne luisait sous la lueur blafarde, formant un contraste saisissant avec la peau brune, aussi polie que du bois de teck. Somkit demeura inclinée, sans bouger, attendant qu'il lui parle. Dans la nuit vibrant de l'incessant croassement des grenouilles, de vagues odeurs d'épices flottaient jusqu'à eux, ultimes relents du banquet.

Usant de la formule de politesse qui convenait à une femme de son âge, il lui adressa la parole avec douceur : « Je suis honoré, petite mère, que tu aies pris la peine de venir me rendre visite. Car j'ai appris que tu préfères garder ton temps et tes talents pour toi-même. »

La vieille sourit, exhibant une rangée de dents rougies par l'usage constant du bétel.

« Puissant Seigneur, l'agitation des villes n'est pas faite pour moi car elle trouble mes pensées. Je ne recherche pas non plus les richesses et c'est dans la solitude que mes misérables dons trouvent leur meilleure expression. »

Il s'appuya contre les vantaux de la porte pour l'examiner de plus près. Instinctivement, il se sentait attiré par elle.

« Relève-toi, mère. Ici, à l'abri des regards, nul besoin de nous encombrer d'un fastidieux protocole. J'ai donné des ordres afin que personne ne nous dérange. Viens, entrons. »

Il repoussa les vantaux et pénétra dans la pièce en lui faisant signe de le suivre. Elle obéit en rampant, n'osant toujours pas se redresser.

« Auguste Seigneur, dit-elle en s'arrêtant à côté d'une

chandelle vacillante, il me faut vous confesser une certaine faiblesse à votre égard. Ma curiosité l'a emporté. » Ses yeux sombres étincelèrent malicieusement tandis qu'elle l'observait, comparant l'homme qui se tenait devant elle à l'image qu'elle s'était faite de lui à travers ses prédictions. Elle nota la ferme détermination des traits, le visage harmonieux, les yeux noisette au regard vif. Son air de jeunesse et sa constitution athlétique ne reflétaient en rien ses trente-huit ans.

« En vérité, reprit-elle, je suis venue parce que je brûlais de voir de mes propres yeux le Barcalon farang. »

Phaulkon s'assit, le dos contre la paroi, et sourit, plein de compréhension. Après tout, plus encore qu'elle, il était devenu une légende car, jusqu'à ce jour, aucun farang n'avait atteint un pareil degré de puissance dans toute la glorieuse histoire du Siam.

« Eh bien, j'espère que ta curiosité sera ta seule faiblesse, lui répondit-il. Car je désire que tu me parles franchement dans tous les domaines. Même si tu vois que de terribles événements me menacent. »

En la regardant, il crut apercevoir une ombre traverser son visage mais, presque aussitôt, elle baissa les yeux et il n'en fut plus vraiment certain.

« Puissant Seigneur, répondit-elle, je suis trop vieille pour mentir, et trop proche de la mort pour connaître la peur. Je parlerai sans détour.

– Alors, dis-moi tout, petite mère », dit Phaulkon avec bienveillance.

Mais il ne pouvait s'empêcher de ressentir une pointe d'anxiété.

« Puissant Maître, j'ai étudié attentivement les signes de votre naissance et ils n'annoncent rien de bon en ce qui concerne la fin de votre illustre carrière. Nombreux sont ceux qui vous jalousent et cherchent votre ruine. Je vois des traîtres prêts à ourdir des machinations contre vous. » Elle marqua une pause. « Parmi eux se trouvent ceux qui ne peuvent admettre qu'un farang occupe la plus haute charge de ce pays. »

Phaulkon se mit à rire. « Mère, tu ne m'apprends là rien de bien nouveau. Ta noble race n'a cessé d'intriguer depuis qu'elle est venue du sud du Yunnan, il y a sept siècles de cela, pour s'installer dans ce beau pays. De tout temps, ils ont comploté contre leurs Barcalons successifs. Pourquoi en serait-il autrement avec moi ? Au contraire, tu peux imaginer avec quelle ardeur mes ennemis travaillent à la chute de l'étranger que je suis à leurs yeux. Et, de plus, favori de leur roi ! Mais je les défie tous d'apporter la preuve qu'un seul d'entre eux est capable d'aimer le Siam autant que moi. Non, petite mère, tu ne m'apprends rien.

– Puissant Seigneur, je vois le grand amour que vous portez à ce pays, car il est clairement écrit dans les présages de votre naissance. Pourtant le Siam ne vous en saura nul gré. »

Elle hésita un instant, comme pour chercher les mots exacts. « Pardonnez-moi, Seigneur, mais il n'est pas facile de dire à celui qui, comme vous, occupe une position aussi élevée ce qu'il ne souhaite pas entendre. » Elle marqua une nouvelle pause. « Je vois une tombe, une tombe que l'on creuse près d'un lac. Et je vois une tête, une tête tranchée que l'on jette dedans avant de la recouvrir de terre... »

Elle inclina le front presque jusqu'au sol. « Puissant Seigneur, cette tête est la vôtre. »

Un profond silence suivit ces mots. Soudain, un lézard plaqué au plafond de la hutte sortit sa langue et, vif comme l'éclair, happa un insecte. Malgré lui, Phaulkon sentit un frisson le traverser.

« Comment peux-tu être aussi certaine que cette tête est la mienne ? Pour vous autres, Siamois, tous les farangs se ressemblent. »

L'expression de la vieille femme resta sombre.

« Puissant Seigneur, il n'y a pas d'erreur. Le visage que j'ai vu dans la fosse est bien le vôtre.

– As-tu reconnu aussi mon corps dans ta vision ? Allons, regarde-moi. Est-ce le même ? »

Cette fois, il s'était adressé à elle d'un ton tranchant.

Elle leva vers lui un regard chargé de tristesse. « Le

corps que j'ai vu était très mutilé, Seigneur. Ils avaient même... arraché une marque de naissance. »

Phaulkon tressaillit et le sourire qu'il affichait encore s'évanouit instantanément.

« Une marque de naissance ? »

La tête toujours inclinée, elle demeura silencieuse.

« Où ? insista-t-il. Dis-moi où ils l'ont arrachée. »

La vieille femme semblait embarrassée.

« Puissant Seigneur, il me faut d'abord implorer votre pardon », finit-elle par répondre.

Avant que Phaulkon n'ait eu le temps de comprendre ce qui se passait, elle désigna d'un geste sa fesse gauche. À nouveau, un lourd silence plana dans la hutte. Phaulkon sentit des gouttes de sueur perler à ses tempes. Comment cette paysanne pouvait-elle connaître la marque qu'il avait à cet endroit précis de son corps ? Il n'en avait jamais parlé, sachant que les Siamois auraient considéré cela comme une tare héritée d'une vie antérieure.

Un nouveau frisson le parcourut. Il avait vu, une fois, une marque de naissance arrachée de la poitrine d'un criminel après que l'on eut introduit tout autour des échardes de bambou fichées profondément dans la peau.

Il déglutit. « Et quand, d'après toi, devra s'accomplir cette issue fatale, petite mère ? » demanda-t-il en s'efforçant de conserver un ton détaché.

Les lèvres de la vieille paysanne se mirent à trembler.

« Avant que soixante lunes ne soient levées, Seigneur.

– Soixante lunes ! Mais cela ne représente que deux mois ! Voilà qui me laisse à peine le temps de regagner Ayuthia et de dire adieu aux miens. »

Elle lui jeta un regard chargé de bienveillance.

« Noble Maître, on peut accomplir beaucoup de bonnes actions en soixante lunes, quand on dispose de votre pouvoir et de votre influence. Lorsqu'un homme sait que le temps qui reste à vivre est limité, il est capable de prodiges.

– Tu sembles bien sûre de toi, mère. Ne t'est-il donc jamais arrivé de te tromper ?

– Puissant Seigneur, ce n'est pas que je sois sûre de moi. Ce sont les étoiles qui parlent par ma bouche. Car c'est là que le cours de toute vie est écrit. J'ai seulement reçu le don d'interpréter leur message.

– Mais ne crois-tu pas qu'un homme puisse changer son destin ?

– Certains détails, peut-être, Seigneur. Mais les grandes lignes de son existence sont immuables.

– Il n'y a donc rien que je puisse faire ? À t'entendre, je n'ai qu'à rester assis là, bien sagement, en attendant mon exécution...

– Je sais bien que vous ne le ferez pas. Car ce n'est pas dans votre nature.

– Alors tu vois ! J'ai peut-être encore une chance de changer le cours de la fatalité !

– Je ne suis ici que pour vous rapporter les visions qui me sont apparues, Seigneur. »

Luttant contre le poids oppressant de ces sombres prédictions, Phaulkon décida de mettre la prophétesse à l'épreuve. Il avait eu un enfant de sa concubine Sunida, ce que la paysanne avait peu de chances de savoir. De plus, sa femme était enceinte de quatre mois – un fait encore ignoré du public.

« Est-ce que tu vois des enfants ? interrogea-t-il soudain.

– Puissant Seigneur, j'en vois trois. Mais aucun de la même mère. L'un d'eux ne survivra pas aux émeutes.

– Des émeutes ? répéta-t-il, attentif.

– De grands troubles vont survenir, mais je ne peux encore dire avec précision les conditions dans lesquelles ces événements se dérouleront. Tout ce que je sais, c'est qu'ils se produiront bientôt.

– Et ces enfants dont tu me parles, s'agit-il de filles ou de garçons ? »

La vieille femme esquissa un sourire. « Je vois bien que vous me mettez à l'épreuve, Puissant Seigneur. »

Une expression de soulagement apparut sur les traits de Phaulkon. Il s'était toujours moqué des mandarins de la Cour, incapables de remuer le petit doigt sans consulter leurs astrologues. Les familles leur demandaient de fixer des dates propices pour les mariages, de déterminer les endroits favorables pour construire leurs maisons. D'autres réclamaient leur aide pour retrouver des objets égarés ou volés. Le Seigneur de la Vie lui-même consultait ses brahmanes astrologues à tous propos. Fréquemment, Phaulkon s'était opposé à ces mages en apportant la preuve qu'ils se trompaient – ce qui lui avait valu, d'ailleurs, un regain d'estime de la part de son prestigieux souverain.

En attendant, cette vieille villageoise pouvait posséder des talents de prophétie remarquables mais, si elle avait vu juste pour sa marque de naissance, elle avait commis une erreur en ce qui concernait le nombre de ses enfants.

Changeant de sujet, il demanda alors : « Et le Seigneur de la Vie, sais-tu s'il vivra encore longtemps ? »

À l'évocation du nom du roi, la vieille femme toucha le sol du front à trois reprises.

« Je ne peux vous répondre, Puissant Seigneur. Je dispose seulement d'informations vous concernant.

– Alors, dis-m'en davantage sur mon compte. De qui dois-je me méfier ? Qui songe à me trahir ? »

Elle le regarda avec douceur.

« Puissant Maître, ceux qui jetaient de la terre dans le tombeau étaient des gens de ma race. Tous les farangs ne comptent pas non plus parmi vos alliés. Certains de vos ennemis vous sont connus mais pas tous. C'est le cas, notamment, pour deux d'entre eux. Il s'agit d'un farang de grande stature… et aussi d'une femme.

– Une femme ? Mais à quoi ressemble-t-elle donc ?

– Elle est… très belle. Mais pas comme l'une des nôtres. »

Phaulkon réfléchit. « Une Eurasienne ? Tu n'es tout de même pas en train de parler de ma femme ? »

L'idée même était absurde, pensa-t-il.

« Noble Seigneur, je n'ai que des visions confuses et je ne connais pas votre épouse.

– Décris-moi au moins ce que tu vois.
– Puissant Seigneur, elle est de ceux qui... »

La vieille Somkit s'interrompit et ferma étroitement les yeux pour se concentrer. Manifestement, elle semblait avoir de plus en plus de mal à parler.

« Allons, achève ! s'impatienta Phaulkon.
– ... qui vous trahiront. »

Nouveau silence. La vieille femme rouvrit les yeux et regarda le Barcalon.

« Auguste Seigneur, je vous ai dit tout ce que j'avais à dire. Il est temps, à présent, de vous rendre votre bague. »

Phaulkon prit l'anneau avec un sourire et le remit à son doigt. Puis il sortit de sa sacoche une bourse remplie de pièces d'argent. La vieille femme s'était trompée dans ses prédictions, pensa-t-il, mais il ne lui en voulait nullement. Car elle n'avait rien de commun avec ces charlatans qu'étaient les brahmanes.

« Mère, je sais que tu ne recherches pas la richesse pour toi-même. Toutefois, je te prie d'accepter cette récompense. Tu la distribueras dans ton village à ceux qui en ont le plus besoin.
– Que le Seigneur Bouddha vous bénisse, Puissant Seigneur. Lorsque je quitterai cette terre, ma joie sera grande d'avoir eu la chance de rencontrer un homme tel que vous. On parlera de vous au Siam et votre destin demeurera encore dans tous les esprits bien après que vous aurez, vous aussi, abandonné ce monde. Car ce pays n'aura jamais qu'un seul Barcalon farang. »

2

Thomas Ivatt, gouverneur de la province stratégique de Mergui, était un mandarin de première classe possédant huit mille marques de dignité.

Perplexe, il haussa un sourcil. Une Européenne ? Ici ? Et qui veut me voir ? Une *mem* ? Un événement rare, en vérité ! Il passa une main dans ses boucles brunes indisciplinées tout en réfléchissant. Avait-il jamais vu, jusqu'ici, une *mem* au Siam ? Ah oui... une fois. Il s'agissait d'une Hollandaise, épouse de l'agent principal des Pays-Bas à Ayuthia. Une femme grande et osseuse qui passait son temps à cuisiner ou à se plaindre de la chaleur. Ivatt sourit. Étant lui-même de petite taille, il s'était senti un véritable nain à côté d'elle. De toute façon, elle n'avait pas tenu longtemps sous les tropiques.

Il se demanda si cette *mem*-là serait aussi grande et dégingandée que l'autre. Dieu que ces Européennes semblaient disgracieuses au regard des fines et sensuelles Siamoises ! Comme quelque pachyderme égaré au milieu d'une troupe de biches graciles.

Ivatt se mit à rire. Voilà qu'il était de parti pris, maintenant ! Il aimait trop le Siam, tout comme son ami et mentor Constant Phaulkon. Des hommes comme eux ne pouvaient plus vivre en Occident car le Siam avait étendu sur eux ses ailes magiques pour les envelopper de sa grâce. Une fois, même, Phaulkon avait comparé les charmes de ce pays à ceux des sirènes. Pour résister à leur séduction, Ulysse et ses compagnons n'avaient eu comme unique solution que de s'attacher au mât de leur bateau. La même attraction fatale s'était exercée sur Phaulkon et lui. Désormais, ils étaient devenus les prisonniers consentants de ce pays.

Car Ivatt savait pertinemment qu'il ne quitterait jamais plus le Siam. Il s'y marierait et engendrerait sa descendance. D'ailleurs, à l'approche de la trentaine, il était temps qu'il s'établisse, même si ici les femmes ne semblaient guère se préoccuper de l'âge d'un homme. Cependant, malgré le grand nombre de femmes séduisantes dans ce pays béni, malgré aussi son rang élevé de gouverneur qui lui permettait d'obtenir toutes celles qu'il désirait, aucune ne lui paraissait rivaliser avec son idéal, Sunida, la maîtresse de

Phaulkon – ou, comme on disait ici, sa seconde épouse. C'était la créature la plus ensorcelante sur laquelle il ait jamais posé les yeux. Non seulement elle aimait profondément Phaulkon mais elle savait l'entourer de soins si tendres qu'il n'avait plus jamais songé à chercher ailleurs d'autres maîtresses.

Et pourtant, existait-il dans le monde une déesse plus belle ? se demandait souvent Ivatt. Il continuerait encore à chercher avant de se résigner à un choix plus médiocre.

Le serviteur prosterné à la porte toussota discrètement. Ah oui... la *mem* avait demandé audience.

« Fais-la entrer, Tawee.

– Qu'il en soit fait selon vos ordres, Puissant Seigneur. »

Tel un lézard glissant sur le sol, Tawee rampa à reculons hors de la pièce. Lorsque Thomas leva les yeux un peu plus tard, ce fut pour découvrir sur le seuil une jolie femme qui lui souriait avec grâce. Contrairement à ce qu'il croyait, elle n'avait rien d'une géante et portait des vêtements d'une grande élégance. Elle avait des traits fins, un nez droit, de hautes pommettes, des lèvres fraîches et pulpeuses et de grands yeux d'un bleu intense qui semblaient dévorer tout ce qu'ils voyaient. Une légère touche de rose sur les joues rehaussait son teint clair et délicat qu'aucune ride ne venait déparer. Ivatt lui donnait moins de trente ans. Sa seule imperfection – si, du moins, on pouvait la qualifier ainsi – était des dents légèrement proéminentes. Mais, à bien y regarder, ce détail ajoutait un charme supplémentaire à son sourire. Ses vêtements occidentaux dissimulaient même ses pieds et paraissaient totalement déplacés sous ce climat. Ils éveillèrent pourtant chez Ivatt des souvenirs de jeunesse qu'il aurait préféré ignorer. Un monde depuis longtemps oublié resurgissait pour lui rappeler ses origines.

Il se leva pour la saluer, enregistrant vaguement derrière elle la silhouette d'un grand garçon. Tout en la regardant plus en détail, il se morigéna. Comment avait-il pu s'imaginer que toutes les *mem* ressemblaient à la femme de cet agent hollandais ? Il s'empressa de lui offrir une chaise et regagna sa place derrière son bureau – seule concession, avec les deux sièges, au mode de vie occidental dans cette vaste pièce décorée de paravents de laque, de tentures birmanes, de cabinets importés d'Ayuthia ou encore de porcelaines de Chine. Malgré les nombreuses fenêtres maintenues ouvertes à l'aide de tiges de bambou, il y régnait une chaleur étouffante. Des esclaves accroupis tentaient de brasser un peu d'air en agitant leurs grands éventails de rotin.

Ivatt passa un doigt sous le col mandarin de sa tunique blanche et contempla ses deux visiteurs.

« Mon nom est Thomas Ivatt, commença-t-il, et je suis le gouverneur de cette province. À votre service, madame. Que me vaut le plaisir de votre visite ? »

Elle lui adressa un sourire ensorceleur tandis que, du bout des doigts, elle pianotait nerveusement sur son genou. Il se dégageait d'elle une agréable impression d'équilibre et de modestie.

« C'est très aimable à vous de nous recevoir, Excellence. Nous venons juste d'arriver par le *Star of India.* » Son sourire s'élargit. « Il semble d'ailleurs que nous ayons suscité une vive curiosité. Plus d'une centaine de personnes au moins ont insisté pour nous accompagner jusqu'à votre demeure. »

Ivatt sourit à son tour. « Ce n'est pas tous les jours que Mergui peut se flatter d'accueillir une dame venue d'Europe, Mrs... euh ?

– Tucker, Excellence, Nell Tucker. Mais mes amis m'appellent Nellie. Et voici mon fils, Mark. »

Les yeux d'Ivatt se posèrent sur le garçon et, pour la première fois, il l'étudia avec attention. Le jeune homme, mal à l'aise, s'agita sous le poids de ce regard tandis qu'un silence embarrassé tombait sur eux. Ivatt glissa un bref coup d'œil sur Mrs. Tucker puis se concentra de nouveau sur le garçon.

« Ainsi, vous êtes Mark Tucker ? finit-il par dire.

– Oui, Excellence.

– Serait-il indiscret de vous demander votre âge ? »

Les yeux bruns de Mark lancèrent un éclair tandis qu'il passait une main dans son abondante chevelure sombre.

« Seize ans, Excellence. »

L'adolescent semblait nettement plus âgé, nota Ivatt. Sans doute à cause de sa stature et de ses larges épaules.

Nellie intervint vivement, en agitant à nouveau ses doigts.

« Je dois avouer, Excellence, que, pour moi aussi, c'est une véritable surprise de trouver ici un gouverneur anglais. Je m'imaginais, en effet, avoir débarqué dans un territoire inexploré, ainsi que l'aurait dit mon grand-père, lequel avait parcouru bien des océans. Et je ne cessais de me demander comment nous réussirions à nous faire comprendre par la population locale. »

Ivatt l'examina une nouvelle fois. Son expression changea. L'aimable mondanité qu'il avait affichée au début de cet entretien céda la place à un air réservé, presque soupçonneux.

« Croyez bien que je représente ici une exception, Mrs. Tucker. Qui sait ? Peut-être m'a-t-on nommé ici en prévision de votre visite ? »

Nellie eut un petit rire plein de fraîcheur. « Voilà une suggestion bien flatteuse, Excellence, et il est vrai que j'aurai certainement besoin de votre aide. Personne, ici, ne semble connaître ma langue et le capitaine du bateau m'a dit que j'étais la seule Anglaise à laquelle il ait jamais fait traverser le golfe du Bengale. »

Elle observa une courte pause. « Naturellement, je suis extrêmement curieuse d'apprendre comment un Anglais tel que vous a pu être porté à occuper une position aussi élevée dans ce pays. Toutefois, afin de ne pas abuser de votre gentillesse, il est préférable de revenir à des sujets plus concrets. »

Elle lui décocha un autre sourire aussi radieux que les précédents et conclut : « En fait, mon fils et moi désirons gagner Ayuthia aussi rapidement que possible. »

Les yeux d'Ivatt se rétrécirent. Il la contempla quelques minutes en silence.

Nouveau sourire de l'Anglaise. « Au cas où ma prononciation ne serait pas tout à fait correcte, il s'agit de votre capitale.

– Votre prononciation est parfaite, Mrs. Tucker. Mais je crains de me voir obligé de refuser cette requête. »

La jeune femme changea aussitôt de visage. Ivatt sentit qu'elle se tenait brusquement sur ses gardes. « Vraiment ? Et pourquoi donc ?

– Les déplacements à l'intérieur du pays sont soumis à de sévères restrictions. »

Nellie s'efforça de contenir son impatience grandissante. Des restrictions ? Une femme comme elle était, de toute façon, exposée à toutes sortes de contraintes. Personne ne voulait se charger de la protéger et, dès le départ, les autorités anglaises avaient tout entrepris pour la dissuader. Très tôt, elle avait dû apprendre à mentir et à dissimuler pour parvenir à ses fins.

« Je suis certaine, Excellence, que vous serez disposé à me faciliter les choses lorsque vous connaîtrez les raisons de mon voyage.

– J'en doute, madame. Mais vous pouvez toujours me les exposer. »

Elle parla d'une voix plus sèche. « Voyez-vous, Excellence, il se trouve que je viens juste d'enterrer mon père, un honorable capitaine de vaisseau. J'ai donc accompli cette longue traversée pour rejoindre mon frère et lui apprendre la triste nouvelle. Nous héritons en effet conjointement et la succession nécessite nos deux présences. La dernière fois que j'ai entendu parler de mon frère, il était à Ayuthia où il avait fait étape en se rendant en Chine. À Londres, cependant, on m'a informée qu'il était fort périlleux d'emprunter la route terrestre – l'ancienne route de Marco Polo – pour se rendre dans ce pays. Voilà pourquoi j'ai opté pour la voie maritime. »

Cette partie du récit, au moins, était véridique, songea Nellie. Mais ce qu'elle omettait de préciser, c'était que le voyage par mer n'avait pas été, lui non plus, exempt de dangers.

« J'ai bien peur que le voyage pour Ayuthia ne soit lui aussi parsemé d'embûches, Mrs. Tucker. Douze jours d'une épuisante progression à travers la jungle, les marais, les rapides, au milieu des crocodiles et des tigres, sans oublier les sangsues et les moustiques, assez nombreux pour sucer tout votre sang. Même sans les restrictions légales, ma conscience m'interdit de vous exposer à d'aussi terribles dangers. »

La voix de Nellie se fit encore plus tranchante. « Soyez persuadé, Excellence, que je suis bien déterminée à franchir tous ces obstacles. Tout ce que je vous demande, c'est de me dire ce que je dois faire pour obtenir les autorisations nécessaires. »

Son sourire contrastait étrangement avec la détermination de sa requête, une détermination forgée dans l'amertume et la frustration accumulées au cours de ce périple. Et par la crainte que la vie continue de plus belle à la malmener comme elle l'avait déjà fait si volontiers par le passé. Dissimulés dans les plis de sa longue jupe, ses doigts continuaient leur martèlement irrité.

« Je suis la seule personne qui puisse vous accorder cette autorisation, madame. Et je vous l'ai déjà refusée. »

Nellie sentit Mark se raidir à côté d'elle. Inquiète, elle lui jeta un bref regard, craignant qu'il ne perde son calme. Peut-être serait-il préférable de le prier de quitter la pièce, pensa-t-elle. Il pouvait, parfois, se montrer si protecteur à son égard. Mais, elle le savait, il n'était pas dans la nature du garçon de se soumettre aussi facilement.

Elle essaya tout de même.

« Mark, je désire m'entretenir quelques instants en privé avec le gouverneur. Sois gentil d'aller m'attendre dehors. »

Son fils prit une expression méfiante et, désolée, elle baissa les yeux. Elle ne remarqua donc pas le regard insolent qu'il lança à Ivatt en se levant.

Le gouverneur prononça quelques mots en siamois à l'un des serviteurs pour qu'il escorte le jeune homme hors de la pièce. Puis, lorsqu'ils furent seuls, il reporta son attention sur Nellie et lui adressa un mince sourire. « Bien. Je suppose, à présent, que vous allez enfin me dire la vérité, madame. »

Elle le défia du regard. « Excellence, j'ai voyagé pendant sept mois pour parvenir jusqu'ici. J'ai dû supporter des tempêtes, des crampes d'estomac et un violent mal de mer. Sans oublier les chaleurs torrides. J'ai aussi vu des hommes mourir du scorbut dans de terribles souffrances. Voilà pourquoi je n'ai nulle intention de m'en retourner sans avoir réussi à retrouver mon frère. »

Ivatt la contempla quelques minutes en silence.

« Comment s'appelle votre frère ? » demanda-t-il brusquement.

« Hewertson. Samuel Hewertson. Il commerce pour son propre compte.

– Ma foi, s'il était passé par ici, Mrs. Tucker, je l'aurais su. Pourtant, je n'ai jamais entendu parler de lui. Vous feriez mieux de me parler franchement. Comme vous le dites, il serait vraiment regrettable d'avoir fait une si longue route pour repartir bredouille. »

Nellie se retint de se lever pour aller le secouer de toutes ses forces. Cet homme s'imaginait-il qu'elle allait se laisser détourner de ses plans après tout ce qu'elle venait de traverser ? Elle s'était battue bec et ongles pour obtenir un passage sur un bateau qu'on s'obstinait à lui refuser sous prétexte qu'elle ne possédait pas d'autorisation délivrée par la Compagnie des Indes orientales, qu'elle n'était pas l'épouse d'un agent de la compagnie ni même nonne ou infirmière. On ne s'était pas non plus privé de lui objecter que les femmes ne voyageaient jamais seules en Asie, un monde écrasé de chaleur, infesté de moustiques, où les seuls Européens qu'on y rencontrait étaient des aventuriers, des flibustiers et des pirates…

Quant à ce pays du Siam… Ne lui avait-on pas répété inlassablement que ses habitants adoraient des éléphants blancs et que le roi tenait enfermées trois mille concubines dans son palais ?

Elle fixa Ivatt durement. Cet administrateur condescendant allait-il bientôt comprendre tout ce qu'elle avait enduré ? Combien de fois avait-elle dû harceler, menacer, enjôler ou supplier... quand il ne lui avait pas fallu se résigner à jouer le jeu de la séduction. Elle sentit le rouge lui monter au visage. Heureusement, Ivatt ne pouvait deviner le but réel de son voyage. Tout ce qu'elle avait à faire, c'était le persuader de l'aider en lui racontant cette histoire d'héritage inventée de toutes pièces.

Elle ouvrit la bouche pour parler mais il l'interrompit.

« Je sais qui vous êtes, Mrs. Tucker. »

Nellie se sentit défaillir mais elle réussit à se reprendre. « Vous devez me confondre avec une autre personne, Excellence. Car je peux vous garantir que nous ne nous sommes jamais rencontrés. » Elle se mit à rire. « À moins que ce soit dans une autre vie. Les bouddhistes ne croient-ils pas à la réincarnation ?

– Il n'empêche. La ressemblance est vraiment troublante, Mrs. Tucker. »

Elle prit un ton plus doux. « Je suppose que vous parlez d'une personne pour laquelle vous avez éprouvé... un penchant.

– Je ne parle pas de vous, Mrs. Tucker, mais de votre fils.

– De mon fils ?

– Mrs. Tucker, il ne sert à rien de mentir. La ressemblance est trop frappante pour n'être qu'une coïncidence. »

Nellie baissa la tête, saisie d'un vertige. Jamais elle n'aurait cru que les événements prendraient une pareille tournure.

« Je... je n'étais pas sûre. Simplement je pensais qu'il pourrait subsister un doute. Il y a si longtemps, vous comprenez...

– Combien de temps, Mrs. Tucker ?

– Dix-sept ans.

– Alors pourquoi *maintenant*... si longtemps après ? »

Elle haussa les épaules, dissimulant son agitation sous une apparente désinvolture. « Parce que c'est le moment, voilà tout. Il y a eu... des signes...

– Parlez-m'en. »

Nellie se creusa l'esprit pour trouver la réponse adéquate. Pas question, naturellement, de lui dire toute la vérité – ni même la moitié. Car, alors, il ne la lâcherait pas et ne l'autoriserait jamais à se rendre seule à Ayuthia.

Elle sentit qu'il gardait les yeux fixés sur elle, attendant une réponse. Lentement, prenant son temps, elle redressa une mèche rebelle.

« Mon mari est mort, Mr. Ivatt. Il m'a laissé un peu d'argent. C'est alors que Mark a découvert que Jack Tucker n'était pas son vrai père. Puis il y a eu cet article dans la *London Gazette* à propos d'un marin grec, un homme exceptionnel devenu Premier ministre du Siam...

– Constant est-il au courant pour le garçon ? coupa vivement Ivatt.

– Non, non. Nous avions passé la plus grande partie de l'été ensemble en Angleterre. Lorsque je me suis aperçue que j'étais enceinte, son bateau était déjà parti. Tout ce que je savais, c'est qu'il était décidé à faire fortune en Asie et qu'ensuite il reviendrait... »

Sans qu'il puisse le voir, elle planta profondément ses ongles dans ses paumes, le temps de reprendre contenance, et se força à sourire. « Alors j'ai épousé Jack Tucker, un homme âgé qui a su donner un nom à Mark et se montrer bon envers lui. Il est mort l'année dernière. »

Bien malgré elle, des souvenirs du vrai Jack refluèrent à sa mémoire : son arrogance, ses exigences, sa cruauté... un véritable sadique qui avait abandonné toute comédie de gentillesse dès que Nellie était devenue sa femme. Leur mariage avait tué en elle tous ses bons sentiments, faisant d'elle une cynique. Comme elle avait détesté avoir à se coucher auprès de lui chaque nuit ! Quelle différence avec la passion qu'elle avait éprouvée pour Phaulkon! Parfois, il lui arrivait de se demander si, sous ses cicatrices, cette flamme sauvage qui avait donné naissance à Mark pourrait un jour renaître.

Elle dût faire un violent effort pour réussir à s'exprimer d'un ton uni et, pire encore, pour tenter de donner à son discours un semblant de cohérence. Mais, en réalité, elle commençait à se dire qu'il ne lui restait plus aucune chance d'aller à Ayuthia si elle ne parvenait pas à convaincre cet homme que ses motifs étaient innocents.

« Je ne suis pas ici pour causer des ennuis, Excellence. Mon fils voudrait simplement connaître son père, voilà tout.

– Mrs. Tucker, je ne vois pas comment vous pourrez éviter les ennuis. Le Seigneur Phaulkon est à présent marié à une catholique fervente, la seule femme qui ait été élevée par les Jésuites. Et quand il n'est pas avec elle, chaque minute de son temps est prise par les affaires de l'État. »

Nellie se raidit mais s'efforça de garder son calme. Elle s'était imaginé son ancien amant entouré d'une légion de concubines... pas au côté d'une épouse catholique! Tout cela paraissait bien étrange. En attendant, il fallait continuer à mentir.

« Excellence, notre relation appartient désormais au passé et je n'ai nulle intention de m'introduire dans sa vie actuelle. Il n'a rien à craindre de moi.

– Vous savez vous montrer extrêmement persuasive, Mrs. Tucker. Et aussi très séduisante. Mais le seigneur Phaulkon est mon ami et il m'a confié la garde de cette province qui est la porte du Siam. Je ne serais pas digne de cette charge si je vous autorisais à gagner Ayuthia. »

Nellie baissa la tête et il y eut un autre silence. Quand elle affronta de nouveau Ivatt du regard, ses yeux étaient humides. « Je vois bien que je vous ai déplu, Excellence. »

Le gouverneur s'agita, mal à l'aise. « Mais pas du tout, Mrs. Tucker. Bien au contraire. Seulement vous ignorez tout du climat politique de ce pays. De nombreux facteurs doivent être pris en considération. »

De ses grands yeux bleus mouillés de larmes, elle le regarda bien en face. « Voudriez-vous, au moins, m'en dire quelques mots ? »

– Eh bien, pour commencer, il y a des aspects, disons… émotionnels. Comme je vous l'ai dit, Maria, l'épouse du seigneur Phaulkon, a été élevée dans la plus stricte obédience de la foi catholique. Elle attend son premier enfant. »

Nellie tiqua, incapable cette fois de se contrôler plus avant. Pourvu qu'Ivatt n'ait rien remarqué ! pensa-t-elle. Il continuait de la fixer avec insistance.

« Et puis il y a la situation politique, poursuivit-il. Les jésuites attendent de Phaulkon la conversion du roi Naraï, mais certains d'entre eux n'y croient plus. Votre arrivée – et celle de ce fils inattendu – risque de nourrir encore leurs soupçons. Ils se serviront de cet argument pour tenter d'influencer le général français en poste à Bangkok, afin qu'il retire son soutien au Barcalon. Il y a encore bien d'autres facteurs de troubles, Mrs. Tucker, et votre venue à Ayuthia n'en supprimera aucun, bien au contraire. »

Nellie tira de son sac un petit mouchoir en dentelle dont elle se tamponna délicatement les paupières. Mais ces larmes n'étaient pas toutes de la comédie. Elle se sentait si émue, si furieuse, que pleurer ne pouvait que lui faire du bien.

« À présent, voulez-vous écouter *mes* raisons ? demanda-t-elle.

– Bien entendu.

– L'appel du sang est plus fort que tout, Excellence, et mon fils se consume d'impatience à l'idée de connaître son vrai père. Comment moi, sa mère, puis-je ignorer un pareil désir ? Il n'est pas l'enfant du hasard, Mr. Ivatt, croyez-moi. Et, ainsi que je vous l'ai dit, je ne souhaite en aucun cas nuire au seigneur Phaulkon. Ne l'ai-je pas laissé totalement libre tout au long de ces années ? » Elle marqua une pause pour lui laisser le temps de s'imprégner de ces paroles. Puis, d'un ton plus léger, elle reprit : « Quant à la jalousie de son épouse, elle ne sera rien comparée à la colère que je déverserai sur vous si vous ne me donnez pas satisfaction. » Elle sourit. « Dans ce domaine, je suis sans égale. »

Ivatt ne put s'empêcher de sourire à son tour. Nellie l'observait et sentit qu'il s'adoucissait un peu. Son esprit travaillait. Elle aurait préféré de beaucoup que Constant ne soit pas averti de sa présence, mais il fallait en prendre le risque pour parvenir jusqu'à lui. « Voyons, Excellence, pourquoi ne pas laisser Constant décider par lui-même ? insista-t-elle. Après tout, Mark est *son* fils. Ne pourriez-vous lui écrire ? S'il ne veut pas me recevoir, alors je vous donne ma parole que je retournerai en Angleterre. Voyez-vous une meilleure solution que celle-ci ? »

Ivatt réfléchit. Même en le retournant dans tous les sens, il fallait bien reconnaître qu'il n'y avait pas de faille à ce raisonnement. « Très bien. J'enverrai un messager. Mais vous devez rester ici sous ma protection et ne pas oublier que la réponse, s'il y en a une, mettra près d'un mois à nous parvenir. En admettant que le seigneur Phaulkon ne soit pas en déplacement. »

Nellie fit de son mieux pour avoir l'air aussi assagie que possible.

« Mark a seize ans, Excellence, et il a besoin de connaître son vrai père. Croyez-vous qu'un mois de plus ou de moins fasse une telle différence ?

– Si vous acceptez d'être mon invitée ici, je veillerai à ce que votre séjour se déroule dans les meilleures conditions possibles.

– Soyez-en remercié, Excellence. Pardonnez-moi, mais j'ai encore une faveur à vous demander. » Elle lui lança un regard d'un bleu lumineux. « Mark est très doué pour les langues étrangères et j'aimerais profiter au mieux du temps que nous devrons passer ici. Serait-il possible de lui faire suivre des cours de siamois ? À mes frais, naturellement.

– On dirait qu'il a hérité des talents de son père, observa Ivatt. Je verrai ce que je peux faire. En attendant, vous êtes libre de visiter Mergui. Pour votre protection, je souhaite cependant que vous soyez toujours accompagnée. »

Nellie et Mark suivirent un domestique qui les conduisit dans un appartement réservé aux dignitaires de passage et décoré de somptueux tapis de Perse et de vases Ming. On y trouvait aussi de splendides cabinets de laque noire ainsi qu'une vasque finement ciselée pour l'eau du bain. De ravissants bouquets de fleurs de jasmin et d'hibiscus avaient été placés de chaque côté des nattes de jonc servant de lits mais on n'y trouvait ni chaises ni canapés. Les Siamois avaient en effet coutume de s'asseoir sur le sol, les jambes croisées, ou encore, de s'accroupir.

Ils aperçurent dans un angle un gong de forme inhabituelle. Près de la porte, des domestiques, vêtus d'un pagne, attendaient de leur servir du thé dans de petites coupes.

Nellie constata immédiatement que Mark paraissait hors de lui. Il l'avait accueillie froidement quand elle était ressortie du bureau d'Ivatt et, manifestement, brûlait de lui parler. Aussi se montra-t-il déçu quand d'autres domestiques apparurent avec leurs bagages qu'ils placèrent sur des tables basses en bambou.

À grand-peine, il contint son impatience. Lorsqu'ils se retrouvèrent enfin seuls, il se tourna, furieux, vers sa mère.

« Pourquoi m'avez-vous demandé de sortir ? Qu'y avait-il que je ne devais pas entendre ? »

Son angoisse la peina. « Rien, Mark, je t'assure. Simplement, j'étais certaine que le gouverneur parlerait plus librement lorsque nous serions seuls.

– Mais j'ai seize ans, mère ! Je ne suis plus un enfant. Que me cachez-vous ? »

Elle tressaillit. « Si je te cachais quelque chose, crois-tu que je t'éloignerais pour le révéler à un homme qui m'est totalement étranger ?

– Alors pourquoi est-ce que j'ai toujours l'impression qu'il y a une foule de choses que j'ignore ? » Il serra les poings. « Mais un jour, je le promets, je les découvrirai ! »

Elle ne l'avait pas vu aussi en colère depuis qu'ils avaient quitté l'Angleterre. Certes, il avait eu souvent ce genre d'accès d'humeur au cours de son adolescence, mais elle espérait qu'ils disparaîtraient peu à peu avec la maturité.

« Il n'y a rien à découvrir, Mark, dit-elle d'une voix apaisante. Tu sais qui est ton père. »

Elle le regarda avec tendresse mais il n'abandonna pas.

« Rien à découvrir, selon vous ? Alors que s'est-il passé exactement lorsque, à l'âge de huit ans, j'ai surpris mon père – pardon, je devrais plutôt dire Mr. Tucker, à présent – en train de fouiller dans votre secrétaire ? Je me souviens que ses mains tremblaient et je l'ai vu brusquement devenir aussi pâle qu'un linge. Exactement comme vous maintenant, mère. »

Nellie avait effectivement pâli car jamais, auparavant, Mark n'avait mentionné cet événement. Cela pouvait expliquer bien des choses...

Les yeux sombres du garçon flamboyaient. « Pourquoi a-t-il forcé votre bureau ? Par jalousie ? Et pourquoi n'avait-il pas confiance en vous ? Que cherchait-il dans ces papiers que vous teniez cachés ?

– Mark, pourquoi ne m'en as-tu pas parlé plus tôt ?

– Parce qu'il m'a surpris en train de l'espionner et il a juré de me rosser à mort si je vous rapportais cette scène. J'étais terrorisé. Vous savez comment il s'y prenait quand il avait envie de faire mal. Maman... qu'y avait-il dans ces lettres ?

– C'étaient... des lettres de la Compagnie des Indes orientales. Je leur ai écrit... plusieurs fois au cours de ces années pour savoir où se trouvait ton père – ton vrai père. J'ai conservé toutes leurs réponses, bien qu'elles ne m'aient pas été d'un grand secours. » Elle guetta anxieusement ses réactions. « J'essayais seulement de retrouver sa piste, c'est tout. »

Dieu merci, jusqu'ici il paraissait accepter cette explication. En attendant, Jack avait fouillé dans ses papiers et, pour la première fois, elle commençait à comprendre le sens des dernières volontés de son défunt mari, ainsi que les termes de son testament.

L'humeur de Mark avait une nouvelle fois changé et il commençait à présent à se repentir. « Je suis désolé, mère. Pardonnez-moi. C'est seulement que je n'aime pas être tenu à l'écart. »

Pour toute réponse, elle alla vers lui et le prit dans ses bras. « Je comprends, mon chéri. Tu veux me protéger. Mais tu dois aussi apprendre à te maîtriser, surtout ici. Souviens-toi de ce livre qui explique que les Orientaux n'extériorisent jamais leurs sentiments. »

Il s'amusa à étirer le coin de ses yeux pour leur donner une forme oblique. « Mais je ne suis pas un Oriental, mère. Pas encore, en tout cas... »

Il sourit et s'écarta de quelques pas. « Et de quoi avez-vous donc parlé, le gouverneur et vous ?

– Il paraît que la ressemblance entre toi et ton père est réellement saisissante. Il a deviné aussitôt qui tu étais.

– Je m'en suis douté à la manière dont il me dévisageait. »

Nellie hocha la tête. « J'ai bien peur qu'il ne nous laisse jamais partir à Ayuthia. Tout ce que j'ai pu obtenir de lui, c'est d'envoyer un message à Constant.

– Mais, en supposant que mon père n'ait aucun désir de voir ce fils dont il ignorait tout depuis tant d'années, que ferons-nous ? »

Il avait déjà posé cette question des centaines de fois au cours des sept mois qu'avait duré leur voyage. « Et si le fait d'apprendre mon existence ne représentait, pour lui, qu'une mauvaise surprise ? »

Nellie posa un bras autour de ses épaules. Elle était encore sous le coup de ce qu'il venait de lui apprendre sur les agissements de Jack Tucker.

« Je ne suis pas en mesure de te répondre, Mark, dit-elle comme à chaque fois qu'il l'interrogeait. Mais il n'y a qu'une seule façon de le savoir... »

3

Avec cette détermination que prête une longue habitude du pouvoir, le Seigneur de la Vie prit la parole.

« Notre volonté est que vous épousiez Pra Piya, ma fille. »

Des paroles péremptoires, prononcées avec l'autorité d'un monarque absolu. La voix rauque et profonde résonna dans la chambre à coucher somptueusement décorée de tentures birmanes et de porcelaines Ming d'une valeur inestimable. Le roi remua légèrement sur les coussins de soie entassés sur le splendide lit en bois de teck sculpté. Il agita une main chargée de bagues pour souligner que sa décision était sans appel.

Prosternée au pied du lit, la princesse Yotatep tenait ses épaules rondes ployées si bas qu'elles en touchaient le riche tapis persan. Ses cheveux noirs, coupés court, laissaient apparaître un visage aux traits anguleux. Le regard baissé, ainsi que l'exigeait la coutume, elle se tenait immobile, n'osant lever les yeux vers son père. Une telle impudence, elle le savait, pouvait être punie de mort. On disait même que les concubines royales ne s'aventuraient jamais à croiser le regard du Seigneur de la Vie lorsque celui-ci les appelait à partager sa couche pour une nuit.

Il y eut un long silence. L'émotion de la princesse ne se devinait qu'au soulèvement saccadé de sa jeune poitrine recouverte d'un châle turquoise.

« Noble Père, Seigneur de ma vie, je n'épouserai pas Piya. »

Un calme oppressant tomba sur la chambre royale.

Le long des murs lambrissés, deux autres silhouettes se tenaient accroupies, le cœur battant, entre deux vieux coffres de laque renfermant les plus anciennes écritures bouddhiques. L'une de ces silhouettes était la sœur du roi, la princesse Yut'atip, une femme aux cheveux gris, pieuse, et restée célibataire. L'autre était Omun Sri Munchay, Premier Gentilhomme de la Chambre du roi, seul homme du royaume à connaître le privilège de toucher le bonnet du roi ainsi que ses autres couvre-chefs de cérémonie. Tapis dans les angles les plus sombres de la pièce, une demi-douzaine d'esclaves, vêtus de leur traditionnel panung bleu, se terraient, parfaitement immobiles, osant à peine respirer. Des parfums d'herbes médicinales et d'encens s'élevaient de petites soucoupes disposées à côté du lit du roi, emplissant toute la pièce.

Tous attendaient, terrifiés, que l'ire royale frappe comme un tonnerre.

« Avons-nous bien entendu ? » La voix était lourde de rage contenue. « Veux-tu nous répéter ce que tu viens de dire, mon enfant ?

– Notre Père, Seigneur de ma vie, je n'épouserai pas Piya. »

Le corps du roi se contracta et, d'une main irritée, il repoussa la montagne de coussins couleur cerise et vert lotus avant de se redresser pour s'asseoir.

« Oserais-tu contester un ordre royal ? cria-t-il, furieux. Est-ce que tu t'imagines pouvoir échapper aux conséquences d'un tel comportement simplement parce que tu es notre seule enfant ? »

Le visage de la jeune princesse, toujours prosternée, se crispa. La tête courbée, elle parla à travers ses mains jointes, le bout des doigts respectueusement posé contre son front.

« Noble Père, c'est justement parce que je suis votre seule enfant que je ne peux souiller le nom royal en me mariant avec un homme d'une condition inférieure.

– Nos désirs passent avant de telles considérations ! rétorqua sèchement la voix royale. Tu sais parfaitement que ces préoccupations ne sont pas de ton ressort. »

La princesse hésita avant de prendre une longue inspiration pour retrouver un peu de forces.

« Seigneur de ma vie, je préférerais mourir que d'épouser un homme aussi ordinaire. » Sa voix s'enfla en un crescendo suppliant. « Mon noble Père lui-même ainsi que tous les souverains qui l'ont précédé ne se sont-ils pas toujours efforcés d'assurer la lignée la plus pure ? Moi, Yotatep, ne suis-je pas la fille de la propre sœur de mon père, la princesse Achamalisee ? Mes enfants n'auraient-ils pas le droit d'appartenir à une lignée aussi parfaite ? Devrais-je être la première à souiller le sang royal en le mêlant à celui d'un roturier ?

– Au diable le roturier ! tonna le roi. Tu épouseras celui que nous avons choisi, telle est notre volonté. C'est notre dernier mot ! »

Les jambes du roi s'agitèrent en tremblant au bord du lit et, précautionneusement, il se mit debout. Malgré sa splendide tunique vermillon à col mandarin surmontant un panung de soie noire, la fragilité de son corps était manifeste. Les manches trois quarts laissaient entrevoir des bras grêles et des mains ridées chargées de bagues. De rares cheveux gris et une peau jaunâtre toute parcheminée accentuaient encore l'impression de grand âge. Le roi venait juste d'entrer dans son sixième cycle et de joyeuses festivités avaient commémoré dans tout son vaste empire son soixantième anniversaire.

Ses yeux noirs luisant de colère, il fit quelques pas chancelants en direction de sa fille.

« Comment oses-tu t'opposer à nous, fille rebelle ? La vérité, c'est que ce ne sont pas les origines de Pra Piya qui te préoccupent mais plutôt ta passion mal placée pour notre frère disgracié ! »

Oscillant comme s'il était frappé par un vent invisible et puissant, le roi surplombait de toute sa taille sa fille aplatie sur le sol. Personne, pas même sa sœur la princesse ou le Premier Gentilhomme de la Chambre, n'osait lui venir en aide. Cependant, au fond de son cœur, Yut'atip adressait une prière désespérée au Bouddha : « Seigneur, faites que cette scène ne se prolonge pas car je crains que la santé de mon frère n'y résiste pas. »

« Mon oncle infortuné n'a-t-il pas déjà assez souffert ? s'exclama Yotatep d'une voix vibrante. Notre foi nous enseigne le pardon. Aussi, pourquoi notre noble Père ne peut-il absoudre son frère et le rappeler auprès de lui ?

– Rappeler ce traître ? rugit le roi. Jamais ! Nous avons déjà manifesté assez de bonté en lui laissant la vie. C'est assez d'indulgence, bien plus qu'il ne le mérite. Les lois de ce pays exigeaient une sanction bien plus sévère, et si... »

Il se mit soudain à suffoquer et s'interrompit, le visage contracté. Chancelant, il avança à tâtons pour trouver un soutien et finit par s'écrouler sur les coussins, cherchant toujours désespérément son souffle.

Un long moment s'écoula. Puis un doigt se dressa, menaçant. « Tu épouseras Piya, fille, ou bien nous te bannirons à jamais de notre vue ! »

La jeune princesse se mit à trembler de tous ses membres et le châle drapé autour de son torse nu glissa à terre. Elle le laissa là, trop effrayée pour s'en soucier.

Paralysé par l'effort, frôlant l'asphyxie, le roi était à demi évanoui. Il lutta un instant contre cette somnolence aussi irrésistible que soudaine, caractéristique de sa maladie. Finalement, ses yeux se fermèrent. Aussitôt, sa sœur la princesse lança une série d'ordres. Deux esclaves s'avancèrent en rampant et se mirent à agiter leurs éventails de bambou pour créer un mouvement d'air en direction du Maître de la Vie. Leurs bras se levaient en cadence tandis que deux autres domestiques plaçaient dans des soucoupes de nouveaux bâtonnets d'encens qu'ils déposèrent auprès du roi.

La princesse Yut'atip se tourna vers le Premier Gentilhomme de la Chambre.

« Omun, va immédiatement chercher le prêtre-docteur français. C'est un malheur qu'il ne soit pas venu de toute la semaine. La santé de mon honorable frère s'est fortement détériorée.

– Noble dame, qu'il en soit fait selon vos ordres. »

Le Premier Gentilhomme de la Chambre sortit en rampant à reculons, veillant à ne pas offenser la royale assemblée par la vue de son postérieur.

Resserrant les pans de son châle noir qui couvrait sa poitrine affaissée, Yut'atip s'approcha de son frère en se traînant sur les coudes et les genoux. Elle saisit une fine tasse de porcelaine Ming posée sur une petite table à côté du lit et la porta aux lèvres du roi. Le Seigneur de la Vie se pencha, très affaibli, et réussit à avaler quelques gorgées. Puis ses paupières se refermèrent à nouveau, et il retomba dans une demi-inconscience.

Sa sœur se tourna vers Yotatep, toujours prostrée. « Regarde ce que tu as fait ! gronda-t-elle sévèrement. Ton entêtement et ta désobéissance causeront la ruine de cette dynastie. Ton noble Père est le plus grand monarque que ce pays ait connu depuis deux siècles et voilà que tu raccourcis sa vie par ton égoïsme ! Le problème de la succession est plus important que tes désirs personnels ! »

Sa voix fléchit sous le coup de l'émotion. « Comment peux-tu le mettre ainsi en danger ? Provoquer une crise si terrible ? Et où diable est donc ce miraculeux docteur farang ? »

Yotatep pinça les lèvres et prit un air méfiant.

« Il n'existe pas de remède pour l'asthme, honorée tante. Le prêtre farang me l'a dit lui-même. C'est peut-être pour cette raison qu'il a cessé de venir.

– S'il en est ainsi, raison de plus pour que la succession soit réglée avec fermeté », rétorqua vivement Yut'atip, les yeux étincelants.

« Mon seul désir est épouser l'héritier légitime du trône, protesta Yotatep avec indignation. La tradition de notre pays veut que ce soient les frères qui assurent la succession. Mon oncle n'est-il pas le plus jeune frère du roi ? »

La vieille princesse perdait patience. « Ton oncle est

en disgrâce et il ne figure donc plus parmi les prétendants. Tout autre monarque moins généreux l'aurait fait rôtir vivant et à petit feu sur une broche, ainsi que l'exige la loi. Franchement, mon enfant, je ne comprends pas pourquoi tu soupires tant après un homme qui a attenté de telle manière à l'honneur de ton père. »

Il y eut une pause.

« Parce que je l'aime, vénérable tante. »

Ces mots retentirent de façon inquiétante dans toute la pièce et furent suivis d'un profond silence. Même les esclaves, toujours occupés à agiter les éventails, s'immobilisèrent brièvement bien que, selon le protocole, il leur soit interdit d'écouter les conversations privées des membres de la Cour.

Dehors, un roulement de tambour montant de l'enceinte d'un temple résonna puissamment. Par moments, on distinguait l'écho lointain de chants empreints d'une infinie douceur. Une légère brise entra par les fenêtres ouvertes et la respiration du roi s'apaisa progressivement.

La jeune princesse reprit la parole, mais cette fois d'une voix nettement moins incisive. On pouvait même y percevoir un discret appel. « Honorée tante, vous avez voué toute votre existence à la méditation et au célibat. Comment pourriez-vous comprendre ce que je ressens ? »

La vieille femme ne répondit pas immédiatement. Ses pires craintes se trouvaient confirmées. Seigneur Bouddha, gémit-elle intérieurement, c'est un mal bien lourd qui afflige ma nièce. Seule une passion aveugle peut ainsi détourner une fille de ses devoirs naturels et la conduire à s'opposer aussi honteusement à l'autorité de son royal père.

Lorsqu'elle répondit enfin, elle fit un effort pour ne pas trahir le dégoût qui l'envahissait. « Au contraire, ma fille, je ne comprends que trop bien les malheurs entraînés par les passions de la chair et je sais combien elles affectent le jugement. Mais je sais aussi que c'est l'obéissance et le sens du devoir qui doivent toujours l'emporter à la fin. » Elle observa une pause, choisissant avec soin chaque mot. « Souhaites-tu réellement que ce serpent de Sorasak monte sur le trône ?

– Sorasak ? répéta la jeune princesse, déconcertée. Comment pourrait-il prétendre au trône ? Jamais il ne pourra devenir roi. Officiellement, il est le fils du général Petraja, pas celui de mon père.

– C'est ce que l'on croit, ma fille, mais Sorasak, lui, connaît la vérité. Si la succession n'est pas correctement réglée avant que ton père ne quitte ce monde, son ambition et sa cruauté nous plongeront tous dans la terreur, souviens-toi de ce que je te dis. Ce garçon est rongé par la soif du pouvoir et il brûle de se venger. Il ne trouvera jamais la paix tant que sa véritable identité n'aura pas été révélée au grand jour. Si cette situation n'est pas clairement contrôlée, je peux dès à présent te prédire un bain de sang comme nous n'en avons pas connu depuis l'époque où le roi Prasat T'ong a usurpé le trône. Tu étais trop jeune, alors, pour t'en souvenir, mais des centaines de gens furent massacrés au cours de cette âpre lutte de pouvoir. » Le visage de la princesse s'assombrit. « Tu ne voudrais pas, tout de même, être responsable d'une telle tragédie ? »

Yotatep hésita, encore peu convaincue. « Mais voyons, vénérable tante, cela ne se produira pas si j'épouse mon oncle. Puisqu'il est le légitime héritier du trône, le peuple le reconnaîtra comme tel. Nous autres, bouddhistes, ne sommes pas des gens violents. »

Le visage de Yut'atip se voila de mélancolie. « Il est exact que tout au long des multiples conflits qui nous ont opposés aux Birmans nous nous sommes efforcés de ne pas faire de morts, préférant de beaucoup capturer des esclaves. Mais, quand il s'agit des questions de notre propre État, mon enfant, la raison de nos chefs s'en trouve profondément affectée. Nous devenons alors semblables aux bêtes de la forêt et nous nous entr'égorgeons. Voilà pourquoi je te répète qu'il ne dépend que de toi qu'une telle tragédie soit évitée.

– En épousant un orphelin inconnu débarqué de sa province ? » ricana Yotatep.

« C'était le plus intelligent de tous les enfants envoyés au palais pour y recevoir la meilleure des formations », rétorqua sa tante.

« Et moi je prétends qu'il aurait mieux fait de retourner dans sa forêt avec les autres, une fois son éducation achevée ! C'est mon mauvais karma qui a voulu que ses parents meurent avant.

– Ton royal Père a choisi Pra Piya quand il n'était encore qu'un enfant. En l'épousant, tu assureras ses droits. C'est un garçon bien élevé, docile, et il possède toutes les qualités que ton père aurait espérées du fils qu'il n'a jamais eu. Il a confiance en lui, sinon il n'obligerait pas sa fille unique à le prendre pour époux. Crois-tu qu'il souhaiterait le mal de celle qu'il adore pour de seules considérations politiques ? »

Yotatep garda le silence. Tout en haut, sur le plafond triangulaire, un gecko lança son appel à deux notes. La jeune femme se sentit brusquement traversée par une vague d'affection pour son père, presque aussitôt suivie d'un sentiment de confusion et de culpabilité. Comment avait-elle pu se risquer à défier ainsi son autorité ? C'était un grand monarque, un homme doux et plein de compassion. Mais Piya, le fiancé qu'il lui avait choisi, n'éprouvait aucun amour pour elle. Tandis que son oncle... Où pourrait-elle jamais trouver un amour tel que celui-là ?

La voix de sa tante interrompit le cours de ses pensées.

« Pra Piya poursuivra la sage politique du roi, mon enfant. Et Vichaiyen sera à ses côtés pour le diriger.

– Vichaiyen ? Ne me parle pas de ce diable de Phaulkon. Son nom siamois ne m'impressionne pas. C'est un catholique, un farang, et je ne lui ferai jamais confiance. »

Yut'atip soupira. Dès son plus jeune âge, sa nièce s'était toujours montrée une enfant entêtée. Mais sa méfiance à l'égard de Vichaiyen était autre chose. De nombreux Siamois, parmi les plus éminents, partageaient cet avis, la plupart, il est vrai, par seule jalousie.

« Tu le juges mal, ma fille, finit-elle par répondre.

Vichaiyen est plus siamois que beaucoup de nos mandarins. De plus, il a l'avantage de comprendre la mentalité farang.

– La mentalité farang ? » Le ton de Yotatep se fit moqueur. « Dis plutôt qu'il nous considère comme des sauvages ignorants ou, au mieux, des enfants capricieux. Il s'imagine accomplir ici une mission civilisatrice, mais ce n'est pas parce que nous accepterons d'adorer un homme cloué sur une croix ou de nous baigner moins souvent que nous acquerrons plus de mérite à leurs yeux. Même s'il a assimilé notre langue et nos mœurs, Vichaiyen est comme les autres – un prédateur. Il a invité ici l'armée française dans le seul but d'asservir notre pays.

– Vichaiyen ? Où est Vichaiyen ? Nous voulons lui parler... », balbutia soudain Naraï.

Le roi venait de s'éveiller de sa torpeur, mais sa respiration demeurait laborieuse. Sa sœur la princesse rampa jusqu'à lui pour porter de nouveau à ses lèvres la tasse de porcelaine. Elle se demanda ce qu'il avait bien pu entendre de la conversation qui venait de se dérouler. Depuis longtemps, elle était fascinée par l'extraordinaire attachement que se portaient Naraï et Vichaiyen. Pourtant, tout semblait opposer ces deux hommes. L'un, un dieu-roi, inaccessible et tout-puissant ; l'autre, simple marin farang devenu aventurier et marchand. Néanmoins, il s'agissait bien d'une affection réciproque, et Yut'atip était convaincue que jamais Vichaiyen n'entreprendrait quoi que ce soit contre les intérêts de son maître – et, par conséquent, contre les intérêts du Siam.

« Vénérable frère, dit-elle d'une voix douce, Vichaiyen se trouve toujours dans les provinces occidentales où vous l'avez envoyé installer un nouveau gouverneur à Mergui. Il ne devrait pas tarder à revenir.

– Mais il y a des semaines de cela ! s'inquiéta le roi en se redressant. Nous voulons le voir maintenant ! Car nous lui faisons davantage confiance qu'à tous ces intrigants de mandarins – à l'exception peut-être de Petraja. Qu'on les fasse venir tous les deux ! » Il leva la tête. « Gardes, allez chercher le seigneur Vichaiyen immédiatement ! »

Sur ces mots, il retomba en arrière sur ses coussins et sa respiration redevint rauque et sifflante.

« Que fait donc ce maudit jésuite ? » murmura Yut'atip, irritée.

On s'agita à la porte et les esclaves s'écartèrent pour laisser entrer le Premier Gentilhomme de la Chambre royale suivi par le père de Bèze, le médecin jésuite. Le visage de ce dernier était meurtri et sa robe déchirée. Il s'inclina profondément devant le lit du Seigneur de la Vie.

« Auguste et Puissant monarque, moi qui ne suis qu'un cheveu de votre tête, je demande humblement la permission de m'approcher du Seigneur de la Vie pour l'examiner. »

Cette requête resta sans réponse. Un sifflement irrégulier, douloureux, s'échappait des poumons du roi. Au bout de quelques instants, la princesse Yut'atip se tourna vers le petit jésuite.

« Vous nous avez négligés, Père. J'ose espérer que vos raisons sont bonnes. Une attaque est imminente. J'ai observé qu'elle se produit toujours après cet état d'inconscience.

– Auguste Princesse, croyez bien que je suis le plus confus de cette absence et, à un moment plus propice, je tenterai de vous l'expliquer. Pour l'instant, il est plus urgent que j'apprenne ce qui s'est produit pour mettre le Seigneur de la Vie dans un tel état. »

Le religieux parlait un siamois convenable bien que marqué par un fort accent français. Du coin de l'œil, il glissa un regard vers la forme prostrée de la jeune princesse.

« Mon Vénérable Père a exprimé quelque préoccupation concernant la succession au trône, répondit Yotatep, le visage toujours caché. Je présume que vous, Père, êtes tout aussi favorable que lui à la candidature de Pra Piya. »

Tout en rampant pour s'approcher du roi, le jésuite répondit d'un ton courtois. « Si le Seigneur de la Vie, dans son immense sagesse, a jugé bon de choisir ce jeune homme comme successeur, qui sommes-nous, nous autres pauvres jésuites, pour juger du choix éclairé de Son Altesse ?

– Qui parle ? demanda soudain le roi. Vichaiyen, est-ce toi ? »

Il leva la tête pour jeter un regard éperdu autour de lui.

« Auguste et Puissant Seigneur, commença de Bèze, je...

– Quoi, fille ! Encore ici ! gronda le roi en apercevant Yotatep. Ne t'avons-nous pas bannie de notre vue ? À moins que tu ne sois disposée à te comporter selon nos désirs ?

– Père très honoré, Seigneur de ma vie, je ne peux épouser Piya. »

La colère sembla redonner au roi un regain inespéré d'énergie. Il se hissa sur un coude, indifférent à tous, excepté sa fille. « Alors tu seras exilée à jamais ! Tu vivras dans une pièce isolée de notre palais d'Ayuthia. Un garde sera posté à la porte et en interdira l'accès aux visiteurs. Tu n'auras qu'un seul esclave pour préparer tes repas et personne d'autre à qui parler. Plus jamais tu ne reverras ton père jusqu'à ce que tu te sois repentie et que la raison te soit revenue. Nous annoncerons publiquement que tu es entrée dans un monastère pour y méditer jusqu'au jour de tes noces avec Pra Piya. Ainsi, le pays pourra se préparer dans le calme à la succession que nous avons décidée. »

Un silence profond tomba sur la pièce après cette terrible sentence. Yotatep elle-même sembla se ratatiner sous le coup d'une telle sévérité. Mais, au bout d'un court instant, tremblante d'émotion, sa jeune voix se fit à nouveau entendre.

« Vénérable Père, même si je dois passer le reste de ma vie dans l'isolement, je refuse d'épouser un homme que je méprise. »

Les yeux du roi jetèrent des éclairs. « Peut-être,

alors, l'exécution de ton traître d'oncle, depuis longtemps remise, te convaincra-t-elle d'agir autrement ?

– Honorable Père, répliqua Yotatep d'une voix forte, si mon oncle doit mourir, je mourrai avec lui ! »

À ces mots, le roi devint livide. Il lança ses jambes grêles à bas du lit et s'agrippa à l'une des colonnes. Sa poitrine se soulevait frénétiquement, luttant pour aspirer de l'air. De Bèze s'approcha de lui en rampant tout en maudissant intérieurement son absence forcée. Mais le Seigneur de la Vie l'arrêta d'un mouvement du doigt. Aussitôt, le prêtre s'aplatit sur le sol, de peur d'irriter davantage le vieux monarque.

La main tremblante de Naraï se pointa sur Yotatep. À cet instant précis, un rayon de soleil vint frapper l'énorme rubis glissé à son doigt. Un éclair rouge illumina le visage de la princesse, et tous eurent l'impression qu'elle venait d'être foudroyée par la colère divine.

Les veines saillirent sur le front du roi, ses yeux lui sortaient de la tête. Il fit de violents efforts pour réussir à parler.

« Sache, fille déloyale, que nous annoncerons ton engagement aux côtés de Pra Piya et que nous le proclamerons à travers tout le royaume. Et, s'il le fallait… si nous étions contraints, par ta folie, à prendre d'autres mesures, nous ferons savoir partout que tu as épousé Piya en secret avant ta mort prématurée. À présent, éloigne-toi de nous, enfant ingrate. Épargne à ces vieux yeux la vue de ta personne !

« Omun, ordonne au capitaine des gardes d'accompagner notre fille à Ayuthia, puis rends-toi au monastère de Louvo pour y rencontrer le général Petraja. Nous lui ordonnons d'échanger sa robe safran contre la robe rouge de la Cour. Quant à vous, père de Bèze, sachez que c'est autant l'intransigeance de notre fille que votre absence inexpliquée qui ont aggravé notre état. Que l'on fasse chercher Vichaiyen ! Nous voulons avoir nos deux plus fidèles courtisans à nos côtés pour préparer la succession future au trône de notre bien-aimé pays. »

Yotatep rampa jusqu'à la porte puis, toujours prosternée, jeta faiblement :

« Vénérable Père, je vous demande pardon et je vous dis adieu. »

Mais ces paroles semblèrent n'avoir guère d'effet sur le roi qui venait d'utiliser le peu d'air restant dans ses poumons pour lancer ses ordres. En suffoquant, il tenta de se traîner vers une fenêtre ouverte mais ses genoux se dérobèrent au bout de quelques pas et il s'écroula sur le sol, sans connaissance, le visage baigné de sueur.

Cette fois, le père de Bèze abandonna tout protocole et se précipita à son secours...

4

Quatre heures du matin. La grande cloche se mit à carillonner, ses notes graves et profondes résonnant à travers le monastère bouddhiste de Louvo et même au-delà. Allongés à même le sol pour dormir, les moines, crâne et sourcils rasés, se levèrent l'un après l'autre pour faire leurs ablutions. Après s'être lavés à la lueur des torches dans les fontaines de la cour intérieure, ils revêtirent leurs robes safran selon la méthode traditionnelle : un pan entourant la taille et le bas du corps, l'autre couvrant le torse et l'épaule gauche, le bras droit devant rester nu.

Par-delà les murs du monastère, au plus profond de la nuit noire, le peuple fut lui aussi tiré de son sommeil par la cloche. On alluma des chandelles et l'on commença à cuire le riz qui, un peu plus tard, serait distribué aux moines venus mendier leur nourriture. Le riz donné en aumône devait être fraîchement préparé afin d'obtenir, par ce geste charitable, les grâces espérées. En aidant les moines ou les pauvres à survivre, en disposant des pichets d'eau le long des routes pour apaiser la soif des voyageurs, en visitant les malades, en décorant de fleurs les temples, chacun faisait provision de bonheur et de chance pour sa vie future. Ainsi en allait-il du cycle infini des naissances, des morts et des réincarnations.

Les moines traversèrent les jardins bien entretenus du monastère et se dirigèrent vers l'imposant temple de pierre coiffé de toits pentus recouverts de tuiles vertes et orange qui dominaient la cour centrale, faisant paraître minuscules les rangées de cellules courant de chaque côté de l'édifice.

Parvenus dans la *sala*, la grande salle d'étude, ils s'installèrent lentement, méthodiquement, sur des nattes de rotin, assis jambes croisées sur deux rangées en vis-à-vis. L'un des moines, un petit homme maigre et agile, ordonné depuis peu et chargé de diriger les chœurs, entama le premier chant dont les paroles louaient le Bouddha Sommonokodom. Ce chant solennel et pieux fut repris de concert par les moines de l'une des rangées. Lorsqu'ils se turent, ceux d'en face entonnèrent un nouveau refrain exaltant, cette fois, la vie et les vertus du Bouddha, leur illustre Guide. Par moments, ils s'inclinaient à trois reprises en direction de sa représentation terrestre, une grande statue d'or placée à l'extrémité de la salle et protégée par des parasols. Les doigts de ses mains et de ses pieds étaient incrustés de pierres précieuses. D'autres statues, plus petites, décoraient une succession de niches creusées dans les murs de l'immense *sala*. Les unes étaient en or, d'autres en argent massif, d'autres encore en bois recouvert d'une feuille d'or. Sur les murs, des peintures représentaient des scènes de la vie du Bouddha et des épisodes du Ramayana, le grand poème épique.

L'office terminé, les moines se levèrent pour s'emparer chacun d'un balai rangé dans un renfoncement de la salle. Ils se mirent à balayer le *wat* et, quand ils en eurent fini avec la vaste cour intérieure, regagnèrent le grand hall où un autre personnage les attendait. Assis très droit dans la position du lotus, l'homme dégageait une puissante impression de sainteté qui le distinguait de tous les autres. L'un après l'autre, les moines s'agenouillèrent à ses pieds pour confesser leurs péchés et recevoir sa bénédiction. Car le célèbre abbé de Louvo était estimé et respecté de tous.

Lorsque les soixante-dix moines furent bénis, ils retournèrent dans leurs cellules pour prendre leurs bols et partir mendier sur les routes tandis que l'aube commençait à poindre.

Ils se divisèrent en petits groupes. Quatre d'entre eux suivirent le vieil abbé tandis que le maître de chant, novice fraîchement entré au couvent, marchait humblement derrière les autres. Pieds nus, ils traversèrent en file les vastes dépendances du temple, tenant leur bol d'une main et, de l'autre, un éventail destiné à protéger leurs yeux de tout spectacle impur. La petite procession parcourut la cour centrale, longea les rangées de stupas en forme de phallus qui contenaient les cendres d'illustres ancêtres, puis traversa les jardins – lumineux buissons de bougainvillées, parterres d'hibiscus d'un jaune glorieux – que des générations de moines et d'esclaves avaient entretenus avec un soin extrême. Ils gagnèrent ensuite un grand bassin au centre duquel se dressait la bibliothèque renfermant les plus précieux exemplaires des manuscrits de Tripitaka et des écritures bouddhiques, protégés des termites par cette barrière d'eau. Des poissons de toutes tailles aux couleurs éclatantes nageaient parmi les feuilles de lotus.

Ils sortirent enfin par la grande porte dont le seuil était flanqué de deux énormes jarres de terre. Remplies d'eau, elles permettaient aux visiteurs de se laver les pieds avant de pénétrer dans l'enceinte du *wat*.

Devant eux, la ville se profilait dans la lumière nacrée du matin. Nul besoin, pour eux, de mendier ostensiblement pour recevoir leur aumône, les villageois n'étant que trop disposés à leur distribuer leur pitance. Personne, en effet, n'aurait songé à refuser de remplir leurs bols de riz, de poisson et de légumes. Les femmes plaçaient leurs offrandes sur un linge étendu à même le sol afin qu'il n'y ait aucun contact physique entre elles et les religieux. Toucher une femme était en effet un péché qui, dans les cas les plus extrêmes, pouvait conduire les deux partenaires à être rôtis vivants et à petit feu sur une broche...

Après avoir franchi la troisième rangée de modestes huttes de bois devant lesquelles les paysans attendaient de remettre leurs offrandes, le dernier novice regarda furtivement en direction de l'abbé avant de ralentir le pas à l'arrière du cortège. Il s'arrêta pour tendre son bol à un jeune homme au regard inquiet et perçant. Tête baissée, celui-ci remplit l'écuelle du novice et joignit ses mains en signe de respect, demandant au moine de prier avec lui. Lorsque la prière fut achevée, le jeune homme murmura à voix basse : « Très saint homme, votre capitaine vous attendra à minuit. »

D'un battement de cils, le novice lui fit comprendre qu'il avait reçu le message. Tandis que la procession poursuivait sa route, il jeta un coup d'œil en direction de l'abbé et, cette fois, leurs regards se croisèrent. Les yeux du vieil homme étaient interrogateurs et tristes.

Lorsque tous les bols furent remplis, la file reprit le chemin du monastère. Les moines prirent alors leur premier repas de la journée dans le hall. Plus tard, peu avant midi au soleil, on leur permettrait une seconde collation. Après quoi, aucune autre nourriture ne serait autorisée jusqu'à l'aube suivante, le reste de la journée devant être consacré à l'étude, la méditation et la prière.

Aucune étoile ne venait percer les ténèbres de cette nuit opaque. Le moine se glissa silencieusement hors de sa cellule. Un long entraînement l'avait habitué à se contenter d'un minimum de sommeil. Il scruta l'obscurité de la cour intérieure mais ne distingua aucun mouvement. Seules quelques toux venaient troubler la quiétude de cette heure tardive.

Pieds nus, le moine traversa silencieusement la cour

et gagna la porte du monastère. Un homme portant une torche l'y attendait et, à son arrivée, s'inclina profondément devant lui. Les deux hommes n'échangèrent ni paroles, ni salutations et se mirent en route immédiatement, traversant la ville endormie. Les habitations se firent bientôt plus rares et ils quittèrent la route pour emprunter un étroit sentier serpentant à travers les rizières. Malgré l'heure nocturne, l'air était encore lourd de chaleur et la lueur vacillante de la torche jetait des ombres étranges sur les champs inondés. Des nuées de lucioles dansaient dans la nuit, les grenouilles, tapies dans les hautes herbes, poussaient leurs croassements entêtants. Les deux hommes marchaient l'un derrière l'autre, le moine à quelques pas de son capitaine. Ils distinguèrent enfin au loin une hutte sur pilotis surplombée d'un toit en pente. Les fenêtres étaient éclairées par le halo tremblotant des lampes.

Le capitaine se retourna et inclina la tête.

« Nous sommes arrivés, Vénérable.

– Ces hommes que j'aperçois là-bas sont-ils les miens ? »

Le regard aigu du moine semblait ignorer l'obscurité environnante et le ton abrupt de sa voix révélait une longue habitude du commandement. La lueur de la torche vint éclairer ses traits réguliers, soulignant la ligne creuse des joues et les yeux noirs et pénétrants, des yeux nettement plus arrondis que ceux des Siamois. Sa robe safran dissimulait mal la solide musculature d'un corps rompu à tous les exercices.

Le capitaine sourit nerveusement. « Quelques-uns d'entre eux gardent la maison. Mais, à l'intérieur, il n'y a que deux femmes et leurs esclaves. »

Le moine haussa un sourcil. « Et c'est tout ? Après ton appel, je m'attendais à une menace plus sérieuse. »

Il pinça les lèvres. Ses hommes savaient pourtant qu'il lui était interdit de quitter le monastère. Il leur fallait vraiment une bonne raison pour le faire venir jusqu'ici.

« Très saint homme, ces femmes sont issues d'une

très puissante famille des provinces du Nord. Leur suite se compose de cinquante personnes. Elles ont insisté pour vous parler de toute urgence. Nous avons tenu cependant à ce que leurs serviteurs demeurent dans un village voisin. Mais, même ainsi, nous avons estimé plus sage de prendre des précautions et nous avons payé un fermier pour qu'il nous laisse l'usage de cette hutte isolée et, naturellement, acheter son silence.

– Tu as bien fait. Allons… conduis-moi à l'intérieur. »

Ils escaladèrent les échelles et pénétrèrent dans la modeste demeure. Le moine jeta un regard circulaire, embrassant d'un seul coup d'œil tous les recoins de l'unique pièce. Comme dans toute hutte de paysan, l'aménagement y était des plus simples : un paravent de bambou, deux jarres de terre posées à même le sol recouvert de nattes de jonc. Le regard aiguisé du moine avait eu le temps d'enregistrer en entrant le mouvement furtif d'une silhouette courant se cacher derrière le paravent.

Au fond de la pièce, une femme d'âge moyen, encore belle, était accroupie. Son beau visage aux traits aristocratiques était encadré de cheveux noirs striés de gris. Une flamme douloureuse éclairait ses grands yeux sombres, des yeux témoins de bien des souffrances. Elle portait un luxueux panung brodé d'argent, et six esclaves – trois hommes et trois femmes – étaient prosternés autour d'elle.

Quatre porteurs de torches se trouvaient également dans la pièce. Le moine nota avec satisfaction que tous faisaient partie de sa garde personnelle, des hommes entraînés à intervenir dans des embuscades ou pour le protéger des indésirables.

La femme se prosterna devant le moine qui lui rendit son salut, joignant ses mains devant le front. Puis il s'assit sur une natte en face d'elle, jambes croisées. Malgré ses cinquante ans, il se mouvait avec aisance.

« Saint homme, commença la femme, je n'ignore pas qu'il est passé minuit et que je suis indigne d'interrompre une vie consacrée à la méditation. Cependant j'implore votre indulgence car j'ai voyagé six longs jours pour vous voir. Mon mari voulait solliciter directement une audience auprès du Seigneur de la Vie, mais je l'ai persuadé de me laisser vous parler d'abord. »

Elle le regarda avec une calme détermination et il fut frappé par la noblesse de son maintien. « Après tout, vous êtes le père du garçon. »

Ainsi, il s'agissait encore de Sorasak, songea le moine avec lassitude.

« Noble dame, mes vœux m'interdisent de quitter le monastère. Mais, dès que j'ai connu votre nom, j'ai passé outre, au risque de me faire expulser. Je suis impatient d'entendre votre histoire.

– Vénérable, je sais maintenant que j'ai eu raison de suivre mon intuition. Vous êtes bien le grand homme dont on vante les vertus. Mon mari a eu l'honneur de vous rencontrer une fois, voici neuf ans, lorsque vous êtes venu dans notre province. » Une profonde mélancolie voila ses yeux. « Il me peine d'autant plus d'avoir à vous dire que votre fils n'est pas digne de vous. »

Le moine jura silencieusement. Au diable ce maudit garçon ! Quelle iniquité avait-il encore commise ? Et au diable aussi cette paysanne birmane, de trop basse extraction pour que l'on puisse en faire une mère royale. Il maudit encore le jour où, par loyauté envers son maître, il avait proposé de reconnaître ce bâtard comme son fils. Voilà vingt-cinq ans qu'il en payait le prix ! Même au fond de l'exil qui lui avait été imposé, le garçon trouvait le moyen de salir son nom.

« Je vous en prie, noble dame, parlez...

– Saint homme, je ne suis pas la première à avoir été humiliée et tourmentée par le gouverneur de Pitsanuloke. Mais je suis peut-être la seule à oser m'en rapporter à vous. Les autres se taisent par crainte pour leur vie.

– Noble dame, j'ai toujours admiré la franchise.

– Saint homme, sachez que ma fille est réputée pour sa grande beauté. Votre fils l'admirait depuis longtemps. Pourtant, bien que le sachant gouverneur de notre province, elle a refusé ses avances à cause de sa mauvaise réputation. Voyant qu'elle le repoussait à plusieurs reprises, il entra dans une rage si violente qu'il la fit enfermer dans son palais. Il me demanda alors d'intervenir pour la faire changer d'attitude. »

Elle marqua une pause car la suite était encore plus douloureuse. « Comme je tentais de la défendre, il me fit emprisonner dans ses cachots et abusa de moi. » Elle baissa la tête. « Saint homme, je ne suis plus jeune et cependant, même avec l'expérience de l'âge, il m'est impossible d'exprimer les tortures horribles et impudiques auxquelles il me soumit. Ce fut une terrible humiliation. Comme je cherchais encore à défendre ma fille, il la fit venir et abusa de moi une nouvelle fois sous ses yeux. Après quoi, il... il nous ordonna de nous soumettre toutes deux à son plaisir. Ma fille a voulu résister... »

Elle s'arrêta encore, les yeux pleins de larmes. « C'est alors que... »

Les sanglots l'empêchèrent de poursuivre.

« Que quoi ? »

Les yeux du moine étincelaient de rage.

« Saint homme, voyez vous-même. » Elle se tourna vers le paravent. « Oranut, approche maintenant. »

Une jeune fille d'à peine seize ans émergea de la pénombre pour venir se prosterner aux pieds du moine. Son visage était vilainement meurtri et une profonde entaille lui barrait le front. Un panung blanc et une écharpe assortie drapaient son jeune corps et, malgré ses blessures, elle était encore d'une stupéfiante beauté. Timidement, elle s'agenouilla à côté de sa mère et saisit sa main pour se réconforter.

D'un geste lent, la mère repoussa l'écharpe de ses épaules. La pièce entière sembla frappée de stupeur à la vue des longues cicatrices zébrant la poitrine et les épaules de l'adolescente. La pointe des seins avait été brûlée.

À genoux, silencieuse, les yeux baissés et les lèvres tremblantes, elle laissa le moine contempler les marques effroyables de son supplice. Il ne dit pas un mot mais tous les muscles de son corps étaient tendus.

La mère fut la première à reprendre la parole. « Je m'étais pourtant soumise à ses désirs et voilà ce qu'il lui a fait, Vénérable. Il a dit que nous devions être punies toutes les deux. »

Le moine s'avança lentement vers les deux femmes. Puis, dans un geste sans précédent pour un saint homme, il se prosterna devant elles.

« Vous avez subi sans raison de terribles épreuves et je sais déjà que vous en serez certainement récompensées dans une vie future. Je ne suis encore qu'un novice entré depuis trop peu de temps au couvent, aussi je n'ai pas oublié le goût de la vengeance. Un crime si odieux ne peut rester impuni. Virat !

– Saint homme, je suis à vos ordres. »

Le capitaine s'inclina très bas devant son maître.

« Prends une centaine d'hommes et escorte ces dames sur le chemin qui les ramènera à leur province. Mets à leur disposition mes bateaux les plus rapides ainsi que mes meilleurs éléphants. N'épargne rien pour leur confort. Et ramène avec toi cette crapule de Sorasak. Je te donnerai pour lui une lettre le convoquant à la Cour. Fais-lui entendre qu'il est question de le récompenser pour services rendus au roi. Nous ne devons en aucun cas éveiller sa méfiance. Il sera jugé à Louvo pour ses crimes. »

Il se tourna vers les deux femmes. « Voilà déjà longtemps que je nourris des soupçons quant au comportement de mon fils. Mais ce sera ses derniers excès. Je témoignerai personnellement contre lui. Soyez certaines, nobles dames, que nos lois sauront châtier à leur juste mesure les horreurs que ce cœur inique a perpétrées. Allez, maintenant. Et puissiez-vous retrouver la paix dans cette vie. »

Les deux femmes s'inclinèrent profondément devant lui. « Saint homme, dit la mère, si jamais nous retrouvons la paix, c'est à vous que nous la devrons. »

Comme elles s'apprêtaient à partir avec leur escorte, le moine demanda à Virat de rester encore quelques instants pour recevoir ses dernières instructions. Il renvoya également les porteurs de torches afin de rester seul dans la hutte avec son capitaine. La pièce fut bientôt plongée dans une totale obscurité.

« Virat, souffla-t-il à voix basse, à combien de gardes as-tu dit que se montait la suite des femmes ?

– Une cinquantaine, Très Saint Homme.

– Tous doivent mourir. Et tu devras aussi tuer les deux femmes. Nous ne pouvons laisser leur histoire se répandre à travers le pays. Il faut que cela ait l'air d'un accident. Elles appartiennent à une famille puissante – je me souviens à présent avoir rencontré le mari. Tu sacrifieras l'un de mes bateaux. Juste après Ben Sukit, le courant est très rapide et il n'y a pas de villages dans les environs. Au besoin, perce un trou dans le fond de la coque. Seul un bon et fort nageur pourrait échapper à la noyade dans un tel courant. Certains de nos hommes périront malheureusement aussi. Il le faudra bien car cet "accident" doit être plausible. Prends deux bons nageurs avec toi qui t'aideront à regagner la rive car je ne veux pas te perdre. Préviens ceux qui seront mêlés à l'affaire et paie-les bien mais, ensuite, tue-les. Tu régleras toi-même les détails. Après l'accident, rends-toi à Pitsanuloke avec les autres bateaux, informe le mari de la tragédie – il s'appelle Chaiboon – et ramène-moi ici ce bâtard de fils.

– Vénérable, qu'il en soit fait selon vos ordres. »

Le capitaine s'éloigna et le moine demeura seul dans le noir, songeant avec amertume à ce maudit « fils ». Le fait d'avoir accepté d'endosser la paternité du garçon commençait à entraîner plus de soucis que d'avantages. Ce paquet non désiré avait été déposé il y a vingt ans à la porte du Palais et, pour rendre service à son maître, il s'était vu contraint de reconnaître pour sien cette toute jeune vie qui, avec le temps, était devenue un despote cruel et vicieux qui ne prenait plaisir qu'au mal. Même dans cette province reculée de Pitsanuloke, le comportement de Sorasak commençait sérieusement à porter atteinte à son nom. Et dans une société où les parents se voyaient tenus pour entièrement responsables des fautes de leurs enfants, les cruelles bouffonneries de Sorasak constituaient une verrue qu'il allait bientôt falloir extraire. Surtout maintenant que le moine mettait la dernière touche au plus ambitieux des plans qu'il ait jamais conçus.

Mais comment répudier le garçon après tant d'années ? Il perdrait alors la reconnaissance du roi dont il avait si longtemps bénéficié, ainsi que tous les avantages acquis. Non, il fallait continuer à mentir à propos de cette soi-disant paternité et trouver un autre moyen de maîtriser Sorasak.

Il était trois heures du matin lorsque le général Petraja se glissa furtivement dans le monastère pour regagner sa cellule. Un billet avait été déposé sur sa mince natte. Il le prit et approcha de la chandelle pour le déchiffrer : « Vous êtes prié de vous rendre dans ma cellule à la première heure. »

Le moine jura entre ses dents. Le billet portait le sceau de Sa Sainteté l'abbé de Louvo...

5

La nuit tombait, mais l'air était encore lourd d'humidité lorsque la barque de Phaulkon approcha des hauts remparts d'Ayuthia. La vue de la ville cernée d'impressionnantes murailles lui inspirait toujours un respect mêlé de crainte. Bâtie sur une île, Ayuthia était entourée de toutes parts par les eaux du puissant Chao Phraya, le Fleuve des Rois. C'était une cité plus grande que Paris et, à bien des égards, encore plus splendide. D'imposantes portes creusées dans l'épaisse maçonnerie s'ouvraient à intervalles réguliers pour permettre le trafic fluvial. À l'intérieur, un dédale de canaux surmontés de ponts en dos d'âne traçait un extraordinaire réseau de communications. Ici, la voie d'eau tenait lieu de rue. Rien d'étonnant à ce que les premiers visiteurs européens, éblouis par la beauté d'Ayuthia, l'aient baptisée « Venise de l'Orient ». La population, toujours affairée, se sentait aussi à l'aise sur une embarcation que sur terre.

Les grandes portes demeuraient fermées du crépuscule à l'aube et aucun étranger n'était autorisé à séjourner dans la ville après la tombée de la nuit.

Aucun étranger, sauf un...

Quand il aperçut la proue luisante de la longue barque de Phaulkon mue par cent rameurs vêtus de tuniques rouges et de couvre-chefs assortis, le gardien leva la grille pour la laisser emprunter le grand canal. Puis il se prosterna front contre sol, en signe de respect. À cette heure tardive, le trafic était rare, mais les quelques barques encore présentes s'écartèrent vivement lorsque la proue ornée de l'oiseau mythique garuda surgit dans la pénombre. Un peu plus loin, un vaste espace clos de murs cachait une seconde ville à l'intérieur de la première : cité interdite où personne n'avait le droit de pénétrer indûment sous peine de mort. Les grandes flèches des pagodes pointant au-dessus des murs crénelés du Palais royal scintillaient encore faiblement dans la pâle lumière du soir. À l'intérieur de cette enceinte, le Seigneur de la Vie régnait sur une population de vingt mille esclaves, eunuques, valets, concubines et gardes. Mais le Maître de la Vie était absent car il résidait pour le moment dans son Palais d'été de Louvo, à huit heures de navigation par le fleuve. Grâce aux brises venues du nord, la région bénéficiait d'un climat tempéré et l'air y était bien meilleur pour l'asthme du monarque.

Phaulkon s'était également fait construire un palais à Louvo pour être près de son maître souffrant. Mais Maria, son épouse, ne pouvait supporter d'être éloignée de l'orphelinat qu'elle avait fondé dans la capitale et auquel elle s'était totalement dévouée. Elle se plaignait amèrement des fréquentes absences de son mari lequel, lui, ne voyait que des avantages à cet arrangement qui lui permettait de passer plus de temps avec Sunida, sa maîtresse bien-aimée. Non sans taquiner Phaulkon sur les privations qu'imposait la monogamie catholique, le roi Naraï avait accepté d'héberger Sunida dans son palais de Louvo parmi les concubines royales. « Tu peux bien te considérer dans ta tête comme un catholique, Vichaiyen, lui disait souvent le Seigneur de la Vie avec un petit rire, mais dans ton cœur, tu es bel et bien l'un des nôtres. »

Dans le harem du roi, les femmes avaient dû jurer de ne pas ébruiter le fait et, comme le châtiment infligé aux contrevenantes consistait à leur coudre les lèvres, la présence de Sunida parmi elles demeurait un secret bien gardé.

Bien sûr, la noblesse siamoise était ouvertement polygame. La première femme était considérée comme la principale épouse et les autres concubines comme des épouses de second rang, même si elles n'étaient pas mariées. Un homme riche pouvait s'enorgueillir de posséder autant de secondes épouses qu'il le désirait et tous les enfants qu'elles mettaient au monde étaient reconnus comme légitimes.

Phaulkon n'en était pas moins fâché d'avoir à mentir à Maria. Il aurait nettement préféré que tout se passe au grand jour, mais la rigidité des principes catholiques ne lui laissait pas d'autre choix. Sunida aurait, elle aussi, aimé offrir publiquement son soutien à Maria – ainsi que l'exigeait la tradition siamoise – et lui manifester tout le respect dû à une première épouse. Mais il n'en était malheureusement pas question.

La barque de Phaulkon accosta à un quai de bois au pied des imposantes murailles de la cité royale. L'air se remplit aussitôt de cris excités et une intense activité s'empara du vaste et majestueux édifice dressé sur pilotis. Lanternes et torches furent promptement allumées, les sentiers balayés, tandis que des esclaves chargés d'éventails accouraient pour se prosterner, face contre terre, le long du parcours emprunté par le Barcalon. Dans la quiétude du soir, on n'entendait que le chœur des cigales et le murmure des fontaines.

Phaulkon s'avança en souriant, heureux d'être de retour. Il aimait ces jardins qu'il avait dessinés lui-même. Un dernier reste de lumière lui permit encore d'admirer au passage les bassins couverts de lotus et les ruisselets courant entre les haies taillées en forme d'animaux. Il contourna un majestueux palmier-éventail et grimpa la volée de marches conduisant aux grandes portes en bois de teck sculpté. Les battants s'ouvrirent devant lui comme par magie et deux esclaves en livrée s'aplatirent sur le sol de chaque côté du seuil.

Il pénétra dans la maison par la vaste antichambre et trouva Maria, un aimable sourire aux lèvres, qui l'attendait, assise entre une tenture birmane et un miroir français.

Il la trouva plus jolie que jamais, sa grossesse encore à peine visible. Elle portait un large kimono bleu orné d'un motif floral qui tombait jusqu'à ses petits pieds de porcelaine nichés dans des mules japonaises. Délicatement parfumée, coiffée à la perfection, elle était vraiment ravissante avec ses cheveux noirs nuancés de subtils reflets dorés, rassemblés en un chignon bien net. Un crucifix d'or pendait à son cou gracile. De ses grands yeux d'Eurasienne dont le brun éclatant contrastait magnifiquement avec la pâleur nacrée de sa peau, elle l'examinait avec satisfaction.

« Bienvenue à la maison, Seigneur de ma vie. J'avais déjà deviné qu'il s'agissait de vous en voyant les serviteurs s'affairer si soudainement. »

Elle s'adressait à lui en portugais, la langue qu'ils employaient lorsqu'ils étaient ensemble. Mais tous deux usaient aussi facilement du français et du siamois.

Phaulkon l'étreignit puis s'écarta d'un pas pour contempler sa taille. « Voilà une bien jolie rondeur, dit-il en souriant. Comment va notre jeune comte de Faucon ?

– Comment savez-vous qu'il ne s'agit pas d'une comtesse ? »

Il eut une petite grimace moqueuse. « J'ai mes sources.

– Ne me dites pas que vous avez consulté une devineresse ? Je croyais pourtant que c'était la seule coutume siamoise dont vous ne faisiez pas l'éloge. »

Le petit sourire persista. « Je n'aurais en effet jamais dû me livrer à ce ridicule petit exercice. Elle m'a dit que je n'avais plus que soixante jours à vivre. »

Maria haussa un sourcil. « Par exemple ! Voilà qui est bien courageux de sa part ! Peut-être entendait-elle par là vous inciter à passer davantage de temps à la maison... »

Elle lui jeta un regard suppliant. Si seulement les choses en allaient autrement ! pensa-t-elle. Si seulement je pouvais être certaine qu'il partage ma foi, croire à son amour pour Dieu et pour moi, savoir que je suis davantage pour lui que quelques bribes éparses de son existence ! Comment réussir à contrôler cette énergie sans repos qui le lance dans toutes les directions et l'éloigne constamment de moi ?

Elle le prit par le bras et le conduisit par un couloir éclairé de torches à son salon favori. Confortablement installé sur le large canapé que les jésuites français lui avaient offert, entouré de sa chère collection de cabinets anciens noir et or, il se mit à lui narrer le récit de son expédition à Mergui. Elle l'écouta attentivement, prenant garde à l'interrompre aussi peu que possible.

Quand il en eut fini, elle prit la parole : « Vous avez certainement eu votre compte de dangers, Constant. Mais si vous voulez faire mentir la prédiction de cette vieille femme et atteindre un âge avancé, je vous suggère de rester ici avec moi. Votre premier enfant naîtra dans quelques mois et, qui sait, vous pourriez peut-être apprendre à savourer les joies familiales... »

Il choisit ses mots avec soin pour lui répondre.

« Je ne cesse de penser à cet enfant à venir, Maria, mais vous n'êtes pas sans savoir que le Seigneur de la Vie m'a instamment demandé de rester auprès de lui à Louvo. Ne pouvez-vous changer d'avis et accepter enfin de m'y accompagner ?

– Constant, vous savez parfaitement que je ne peux quitter l'orphelinat. » Elle fronça les sourcils. « Mais il me faut vous dire que le roi n'a sans doute plus longtemps à vivre. »

Phaulkon se raidit : « Quoi ? Sa santé s'est détériorée ?

– Je le crains. Bien des choses se sont produites pendant votre absence, mon Seigneur. La meilleure nouvelle, c'est que Pra Piya s'est arrangé avec les jésuites. Il est prêt à se convertir. »

Phaulkon contrôla sa colère avant de répondre, maudissant intérieurement son absence.

« Le temps n'est pas encore venu, Maria. Le pays n'est pas prêt pour ce changement.

– Il n'est jamais trop tôt pour recevoir Dieu, Constant.

– Vous ne comprenez pas. De telles choses doivent être traitées avec la plus extrême prudence. Sa Majesté est-elle au courant de cela ?

– Sa Majesté est trop malade. » Elle hésita. « Votre ami, le père de Bèze, a cessé de lui rendre visite.

– Comment ? » s'exclama Phaulkon, interloqué.

Le silence de Maria ne fit que confirmer ses pires craintes. Il serra les poings. « Mais de Bèze allait chaque jour à son chevet avec les meilleurs remèdes venus de France. Le traitement accomplissait de véritables miracles ! »

Maria l'observa avec une certaine agitation.

« De Bèze a été empêché de poursuivre ses visites.

– Empêché ? Mais pourquoi ? Qui a donné cet ordre ?

– Malthus. Et les autres jésuites.

– Malthus ? Je n'ai aucune confiance en lui. Comment diable ont-ils pu contraindre de Bèze ?

– En le retenant de force à Ayuthia et après en avoir décidé par un vote.

– Mais c'est scandaleux ! Ils précipitent la mort du roi ! » Il serra les dents. « Malthus me paiera ça. Où se trouve de Bèze, en ce moment ?

– J'ai entendu dire qu'il s'était échappé. »

Phaulkon se tourna vers un serviteur prosterné à la porte. « Pichai, rends-toi immédiatement au séminaire et tâche de savoir où se cache le père de Bèze. S'il est à Ayuthia, ramène-le-moi immédiatement !

– Qu'il en soit fait selon vos ordres, Puissant Seigneur. »

Maria attendit que le serviteur ait quitté la pièce. « Il est trop tard pour sauver le roi, Constant. »

Il lui jeta un regard dur. « On dirait que cela vous fait plaisir, Maria.

– Je n'approuve pas les méthodes de Malthus et je suis désolée pour sa Majesté, mais...

– Mais quoi ? Allons, dites votre pensée ! » Les yeux de Phaulkon jetaient des éclairs.

Elle hésita et sa voix trembla légèrement quand elle se décida à parler. « À la différence de vous, Constant, je suis une fervente catholique. Voilà pourquoi, tout comme les jésuites, je pense que vous ne parviendrez jamais à obtenir la conversion du roi. »

Il garda quelques instants le silence, s'efforçant de maîtriser le torrent d'invectives qui lui venait aux lèvres. Pourquoi fallait-il toujours en revenir là avec elle ? « Le Seigneur de la Vie agit comme bon lui semble », finit-il par répondre en contrôlant sa voix.

Maria parut ne pas entendre. « Par ailleurs, Pra Piya est d'accord pour se convertir au catholicisme, reprit-elle, poursuivant son raisonnement. Et il est l'héritier du trône désigné par Sa Majesté.

– En tant que bouddhiste, peut-être. Mais pas comme catholique. Je connais le roi.

– Il m'arrive parfois de me demander, Constant, si vous souhaitez réellement voir un catholique régner au Siam... »

Décidément, l'attitude de Phaulkon l'exaspérait. Comment pouvait-il se montrer aussi négligent devant une question d'une telle importance ? Ne comprenait-il pas, comme elle, qu'il n'y avait qu'une seule foi, une foi pour laquelle ses illustres ancêtres avaient été martyrisés au Japon ?

« Rien ne presse, dit Phaulkon. Quand le moment sera venu, il sera temps d'agir. »

Elle prit un ton sarcastique. « Et quand ce moment arrivera-t-il ?

– Sans doute quand les jésuites cesseront de s'en mêler. Une fois Pra Piya couronné roi, nous pourrons envisager pour le pays un changement aussi capital. Mais, en attendant, il doit rester bouddhiste. Son accession au trône est déjà bien assez incertaine comme cela.

– Même quand on sait que Sa Majesté a ordonné à Yotatep de l'épouser ? »

Il eut un rire moqueur. « Elle n'y consentira jamais car elle est toujours amoureuse de son oncle. »

Maria plissa les yeux. « En somme, vous ne soutenez pas la candidature de Pra Piya ?

– Pas en tant que catholique. Il n'aurait pas une chance et je ne veux pas voir une guerre civile déchirer le pays.

– Une guerre civile ? répéta Maria, incrédule.

– Évidemment. Des hommes comme Petraja n'attendent que cela.

– Vous voulez dire que vous n'êtes pas prêt à risquer votre poste pour donner à ce pays la chance de connaître le vrai Dieu ? »

Il retint un soupir. Elle ne comprendrait jamais. Son engagement religieux était si total qu'il l'empêchait de distinguer le jeu subtil du pouvoir et des ambitions politiques. « Il s'agit de préserver la continuité du Siam, Maria, et non de ce que l'un de nous deux souhaiterait voir se produire.

– Ainsi, la religion n'est rien d'autre, pour vous, qu'un pion à négocier sur l'échiquier politique, n'est-ce pas ? »

Elle se pencha en avant avec colère, donnant libre cours à ses frustrations.

Il perdit patience. « Écoutez, Maria, je suis le Premier ministre d'un État bouddhiste, et je sers un roi bouddhiste. Croyez-vous que l'on puisse annihiler en quelques mois près de mille ans de tradition ? Je vous le répète, il faut attendre le bon moment et prendre toutes les précautions.

– Si vous refusez d'agir maintenant, Constant, ils agiront sans vous ! répliqua-t-elle d'une voix de plus en plus forte. Les canons français protégeront le nouveau roi catholique. Dès que les jésuites auront retrouvé de Bèze, ils se proposent d'envoyer Malthus à Bangkok pour demander l'aide du général Desfarges. »

Il fut stupéfait. « Et moi je vous dis qu'il faut empêcher Malthus !

– Qui donc l'arrêtera ? lança-t-elle d'un air de défi.

– Je le ferai, s'il le faut. » Une veine se mit à battre sur son front comme il se levait de son siège. « Au diable Malthus, au diable ces jésuites et leur zèle aveugle ! lança-t-il, furieux. En vérité, la morale rigide des catholiques ne peut convenir aux Siamois ! Ils ne cesseront jamais de croire au cycle perpétuel de la vie et des réincarnations. Et ils veulent pouvoir divorcer ! »

Il s'arrêta brusquement, comprenant trop tard qu'elle pouvait mal interpréter cette dernière réflexion.

Les yeux de Maria étincelaient. « Dans ces conditions, pourquoi n'embrassez-vous pas à votre tour la religion bouddhiste ? Je vois bien que cela conviendrait à votre style de vie. Vous appréciez les manières débauchées de ce peuple et vous approuvez secrètement leur polygamie, n'est-ce pas, Constant ? Et vous aimeriez bien que je l'approuve aussi.

– Je m'absente six semaines et voilà ce que vous et vos maudits jésuites manigancez ! rétorqua-t-il, amer.

– Six semaines ? Mais c'est tout le temps que vous êtes absent ! Vous ne revenez que pour découvrir d'autres sujets qui vous éloignent de moi ! » Sa voix se fêla, comme au bord des larmes. « Je suis si lasse d'être toujours seule. »

Il fit un effort considérable pour garder son sang-froid et parler d'une voix douce.

« Seule, vous ? Alors que vous êtes sans doute l'épouse de Barcalon la plus active de toute l'histoire de ce pays. L'orphelinat, les bonnes œuvres... il ne se passe pas un seul jour sans que les femmes de mandarins ne se bousculent dans votre salon. »

Elle eut un sourire triste. « Parlons-en, oui… Avec leurs éternels sourires et leurs bavardages creux. Je ne suis entourée que de gens avec lesquels il m'est impossible de communiquer réellement. Ce sont des bouddhistes, et tous obéissent à des règles de vie totalement étrangères aux miennes. » Elle le regarda durement. « Et, comme vous le dites si bien vous-même, ces femmes ne voient, elles, aucun inconvénient à partager leur mari… »

Il l'observait, s'efforçant d'éprouver de la pitié pour elle plus que de la colère. Son inflexibilité, son rigorisme étaient les purs produits de l'éducation dispensée par les jésuites, une éducation qui l'avait coupée du monde extérieur simplement parce que celui-ci n'était pas jugé conforme à leur rigide code de vie. Les rares personnes qui partageaient sa foi chrétienne – pour la plupart, des Eurasiens mêlés de sang portugais – étaient issues de brèves liaisons entre des soldats et des prostituées. Autant dire qu'elles ne constituaient guère une compagnie convenable pour l'épouse d'un Barcalon. Toutefois, s'il fallait bien admettre que ces circonstances n'avaient rien de favorable, c'était aussi à cause d'elle-même et de ses propres choix que Maria se retrouvait seule. Plus il y pensait, plus Phaulkon réalisait à quel point le fossé qui les séparait se creusait de plus en plus.

Il la vit poser une main sur son ventre.

« Sans doute devrai-je aussi élever seule mon enfant. Le travail que j'accomplis à l'orphelinat m'aura au moins appris ce qu'il en est lorsque les parents sont absents. J'espère seulement que ce sera un garçon. Car je ne voudrais pas qu'une fille ait à éprouver un jour ce que je vis aujourd'hui. »

Le ton était si amer qu'il fit un dernier effort pour aller vers elle. « Je vous ai proposé de me rejoindre à Louvo mais vous avez refusé. Vous devriez pourtant comprendre les formidables pressions auxquelles je suis soumis. »

Elle explosa. « Des pressions sur vous ? Et ce que, *moi*, j'endure, cela vous laisse-t-il donc indifférent ? À vous attendre chaque jour sans savoir où vous vous trouvez... ni avec qui. Dites-moi, Constant, avez-vous emmené quelques concubines avec vous à Mergui, comme le ferait tout bon mandarin ? »

Il réussit à se contenir. « Je suis certain qu'il vous sera plaisant d'apprendre que j'ai voyagé seul.

– Vraiment ? Mais la nuit, Constant, qu'avez-vous fait la nuit ? »

Elle le provoquait à présent, comme si elle n'avait plus qu'un seul désir : précipiter le pire.

« J'ai dormi, Maria. J'étais épuisé.

– Je porte votre enfant, Constant, j'ai le droit de savoir. Et Sunida ? je veux connaître la vérité à son sujet. »

Avant que Phaulkon n'ait eu le temps de trouver une réponse, Pichai, encore haletant, revint se prosterner sur le pas de la porte.

« Puissant Seigneur, j'implore votre pardon pour cette intrusion. Le père farang n'est pas au séminaire. On m'a dit qu'il était parti pour Louvo il y a trois jours, dans des circonstances difficiles. Les autres pères ont tenté de le retenir mais, après une lutte acharnée, il a réussi à s'échapper.

– Merci, Pichai. » Il se tourna vers Maria. « Vous comprendrez, je l'espère, que je doive partir pour Louvo dès le lever du jour. »

À nouveau, un terrible sentiment de solitude s'abattit sur la jeune femme à la pensée de le perdre encore. Mais la frustration l'emporta et ce fut sur un ton sarcastique qu'elle répondit : « Bien entendu. Je suppose que je devrais vous être reconnaissante d'avoir pris la peine de vous arrêter ici en chemin. »

Il lui parla avec douceur car, à présent, il se sentait sincèrement désolé pour elle. Si seulement elle pouvait se libérer de son carcan... « J'ai finalement renoncé à faire halte à Bangkok pour voir Desfarges – bien que ce soit sur ma route – pour vous rejoindre au plus vite. »

Mais Maria ne parut pas avoir entendu. « Souvenez-vous, Constant: si jamais ce que l'on raconte à propos de Sunida est vrai, je n'aurai pas de pitié. »

Une pesante lassitude envahit Phaulkon. « Voulez-vous prévenir les domestiques de ne pas me déranger ? J'ai bien un mois de sommeil à rattraper... »

6

C'était leur sixième jour à Mergui. En d'autres circonstances, la fascination de Mark et Nellie pour l'exotisme de ce nouveau monde aurait éclipsé toute autre considération. Car jamais, encore, ils n'avaient contemplé de spectacle aussi grandiose. Sous un ciel d'un bleu intense, des collines boisées bordaient une plage incurvée dont le sable éblouissant de blancheur contrastait avec l'éclat turquoise de la mer. Rien n'aurait pu les préparer à cette vision de l'Asie, à cette explosion de sensations inédites : les cris rauques des vendeurs qui, torse nu, vantaient leurs marchandises le long du front de mer ; les arômes entêtants d'épices aux senteurs inconnues ; les rangées de huttes en bois perchées sur de hauts pilotis ; les temples bouddhistes étincelants d'or, aux toits étrangement recourbés ; les karbaus indolents chevauchés par des gamins à la peau brune et même, parfois, un éléphant caparaçonné qui se pavanait avec majesté le long de la rue principale.

La séduction que ce pays exerçait sur eux ne fut pas à sens unique. Partout où Mark et Nellie apparaissaient, toute activité cessait brusquement. Murmures et chuchotements succédaient au tumulte de la rue. Chacun contemplait, émerveillé, cette Anglaise vêtue à la mode occidentale, ses yeux bleus comme le ciel, sa peau couleur de sable blanc. L'Orient et l'Occident s'étudiaient, s'admiraient pendant de longues minutes jusqu'à ce que Nellie, avec son instinct et sa spontanéité habituels, gratifie tout le monde de son plus radieux sourire en lançant à la ronde un joyeux « bonjour ! ». Alors l'assemblée s'éveillait de sa stupeur et réagissait avec chaleur et ravissement.

Les vêtements de la jeune femme, sa peau lumineuse, tout était prétexte à d'impatientes explorations. Des mains avides se tendaient pour toucher les longues jupes et le chapeau tandis que Nellie observait, captivée, ce peuple à la peau sombre qui lui paraissait infiniment plus beau que les Européens. Les hommes avaient une ossature mince, des membres bien proportionnés et portaient un pagne de couleur vive. Mais c'était surtout les femmes qui l'étonnaient avec leur poitrine nue ou recouverte d'un tissu lâche. Elles avaient des cheveux noirs et raides, des pommettes saillantes, des yeux en amande et un sourire permanent aux lèvres. Avec leurs doigts fins, leur peau lisse et ambrée, elles affichaient une beauté fraîche et saine.

L'attention suscitée par sa présence n'effaroucha nullement Nellie. Bien au contraire, elle en fut séduite. « Je vais me plaire ici, Mark. Pour une fois que les femmes s'intéressent plus à moi qu'à toi ! »

Ces promenades étaient, certes, agréables, mais le temps passait et ils se trouvaient encore bien loin d'Ayuthia. Au bout de quelques jours, le plaisir de la nouveauté s'estompa pour céder la place à une dévorante frustration. Partout où ils allaient, le même serviteur corpulent les escortait et personne ne semblait parler autre chose que le siamois ou le péguan. Parviendraient-ils jamais à s'échapper ?

Ce fut Mark qui, le premier, eut l'idée de chercher une assistance auprès du prêtre local. Il avait suivi avec assiduité ses leçons de siamois et, ce matin-là, avait même réussi à prononcer dans le dialecte local : « C'est demain dimanche. » Comme sa mère, il ne croyait guère que Thomas Ivatt faciliterait leurs projets de voyage. Convaincue à son tour qu'un prêtre pourrait se montrer favorable à leur cause, Nellie demanda au gouverneur la permission d'assister à la messe dans la petite église qui se dressait en haut de la colline.

« Ainsi, vous êtes catholique ? demanda Ivatt.

– En effet, Excellence », répondit-elle en mentant effrontément.

Il la fixa avec une admiration non déguisée. Elle avait revêtu les vêtements du pays : un panung bleu foncé autour de la taille et un châle assorti qui drapait sa poitrine sans la comprimer. Ses bras, ses épaules et ses jambes, d'une blancheur de lys, se retrouvaient pour la première fois exposés au soleil. L'enthousiasme manifeste d'Ivatt pour sa nouvelle tenue rassura Nellie car elle avait craint de paraître ridicule habillée de la sorte. Voir le gouverneur la dévorer ainsi des yeux augurait bien de l'avenir.

« Comptez-vous éprouver les vœux de chasteté du prêtre, Mrs. Tucker ? »

Nellie éclata de rire.

« C'est vous, Excellence, qui avez suggéré que nous visitions le marché. Je pensais que vous seriez intéressé de voir ce que j'en avais rapporté.

– Tout à fait seyant, Mrs. Tucker. Je vous félicite.

– Merci, Excellence. Mais, rassurez-vous, je n'ai aucune intention de m'habiller de la sorte pour me rendre à l'église. »

Tout en sachant ces vêtements flatteurs, elle éprouvait encore quelque gêne à montrer ainsi ses jambes en public. Au marché, les femmes avaient poussé de petits cris d'émerveillement en découvrant la pâleur de sa peau tandis qu'elles lui montraient comment enrouler le panung autour de sa taille. Les premières réticences de Nellie s'étaient vite envolées en constatant combien le tissu était frais et confortable.

« Comptez-vous assister vous-même à la messe, Excellence ?

– Non, Mrs. Tucker. Je suis bouddhiste. »

Nellie fut soulagée d'apprendre qu'Ivatt ne les accompagnerait pas à l'église.

« Connaissez-vous le prêtre ?

– Le père Carvalho ? Vaguement. Un Portugais, à ce qu'il me semble.

– Je me permettrai de le saluer de votre part. »

Ivatt sourit. « Je ne pense pas que nous ayons grand-chose en commun, lui et moi. »

Exactement ce que Nellie avait espéré. « À propos, Excellence, j'imagine que vous avez écrit à Lord Phaulkon ? »

Ivatt hésita. « En effet, Mrs. Tucker, mais le courrier n'est pas encore parti. J'attends d'autres documents qui doivent être envoyés à Ayuthia en même temps. »

Nellie fronça les sourcils. « Mais, Excellence, vous m'aviez promis...

– Chaque chose en son heure, Mrs. Tucker. Si vous avez l'intention de séjourner durablement au Siam, vous découvrirez bien vite que nous n'accordons pas ici la même valeur au temps. Que sont quelques jours de perdus dans le cours d'une vie ? »

La petite église en haut de la colline avait sérieusement besoin de réparations. Les murs blanchis à la chaux s'écaillaient, tout comme la peinture bleue des volets et du dôme. Cependant, le petit jardin qui l'entourait semblait bien entretenu et croulait sous les bougainvillées et les hibiscus. D'un côté, le panorama offrait une vue splendide sur l'océan ; de l'autre, on pouvait apercevoir, perché sur une colline voisine, un somptueux temple bouddhiste dont les colonnes dorées scintillaient dans la lumière du matin.

Levés à l'aube, Nellie et Mark s'étaient vêtus à la mode européenne pour se rendre à la messe de huit heures. Toujours flanqués de leur serviteur, ils escaladèrent la pente. Le soleil tapait déjà si fort qu'ils durent faire de fréquentes haltes pour essuyer la transpiration qui ruisselait de leur front. Pendant la montée, Nellie était à ce point plongée dans ses pensées qu'elle ne jeta même pas un regard au splendide panorama en contrebas.

« Macao appartient bien au Portugal, n'est-ce pas ? » demanda-t-elle tout à coup à Mark.

– Oui, mère. C'est un port situé sur la côte chinoise.

– Que sais-tu de cette colonie ?

– Eh bien, la Chine impériale l'a donnée au Portugal il y a environ cent cinquante ans. Il s'agit d'un comptoir commercial d'une exceptionnelle envergure et j'ai lu qu'on y trouvait de très belles églises. Il me semble même qu'on y a nommé un archevêque. »

La porte de la chapelle était grande ouverte lorsqu'ils achevèrent leur ascension. Ils prirent place sur l'un des bancs et examinèrent la petite église dont l'intérieur austère témoignait du déclin de l'empire portugais. Le plafond était craquelé et écaillé, les bancs de bois rongés par les vers. Un groupe plutôt hétéroclite de fidèles – une douzaine d'Eurasiens, deux marins européens tatoués, quelques Indiens à la peau foncée et une poignée de Siamois à l'air timide – se retourna en bloc pour observer avec curiosité les nouveaux arrivants. Le serviteur du gouverneur, manifestement bouddhiste lui aussi, ne paraissait pas savoir comment se comporter. Il s'attarda quelques instants près du banc de Nellie puis, d'un geste, indiqua qu'il attendait dehors.

Mark et sa mère s'agenouillèrent et firent mine de prier tout en observant discrètement les fidèles se diriger l'un après l'autre vers le confessionnal. Lorsque vint son tour, Nellie s'apprêta à se lever, mais Mark la retint par le bras en la fixant d'un air incrédule.

« Mère, chuchota-t-il avec anxiété, comment songez-vous à vous confesser alors que vous n'êtes pas catholique ! »

Elle le rassura d'un sourire. « Tu n'auras pas besoin de me suivre, Mark. » Elle gagna le confessionnal au fond de l'église et entra.

À vrai dire, elle se sentait plutôt nerveuse, n'ayant jamais connu une telle situation auparavant. Pour l'essentiel, d'après ce qu'elle avait appris de ses amis catholiques, il lui faudrait confesser ses péchés. Cependant, elle ignorait comment se comporterait le prêtre.

Mais il lui fallait aller jusqu'au bout de son plan aussi risqué soit-il.

Elle s'agenouilla et aperçut le profil du prêtre se découpant de l'autre côté d'une petite grille, ses traits à peine distincts derrière la fine gaze qui protégeait l'ouverture.

« Parlez-vous anglais, mon Père ? »

Il secoua la tête. « *Portugues, mea filha.* »

Le cœur de Nellie se serra. « Français ?

– *Un peu*[1]. »

Soulagée, elle s'adressa donc à lui dans cette langue qu'elle avait apprise auprès des exilés huguenots employés sur les terres de son mari.

« Pardonnez-moi, mon Père, parce que j'ai péché… » C'était la seule phrase rituelle qu'elle connaissait. Il y eut un silence. Fallait-il attendre que le prêtre prenne la parole ? Comme rien ne venait, elle prit une profonde inspiration et se rapprocha de la grille.

« Mon Père, j'ai commis le péché d'adultère. »

Elle se tut, espérant une réponse. Mais tout ce qu'elle put entendre fut un long marmonnement. On aurait dit du latin, une langue avec laquelle elle n'était guère familiarisée.

Le marmonnement cessa enfin.

« Est-ce tout, mon enfant ?

– Tout ? répéta Nellie d'un ton mal assuré.

– Est-ce là tout ce que vous avez à confesser ?

– Eh bien, je… je me suis laissé séduire par le gouverneur en échange de certaines faveurs. »

Elle sentit qu'il se raidissait.

« Le gouverneur de Mergui ?

– Oui, mon Père. »

Un long silence suivit cette déclaration.

« Votre cœur est-il lourd de remords, ma fille ? finit-il par demander.

– Oh, certainement, mon Père. Car j'ai commis un autre péché : j'ai connu la colère et j'ai même envisagé de tuer pour me venger. »

1. En français dans le texte. *(N.d.T.)*

Nouveau silence. Le profil, de l'autre côté de la grille, parut se durcir. Apparemment, le prêtre attendait que sa pénitente reprenne le fil de sa confession.

« Voyez-vous, mon Père, poursuivit Nellie, je n'ai pas été seulement séduite mais abusée. À mon arrivée d'Angleterre, j'ignorais la langue et les coutumes de ce pays. J'avais besoin de porteurs, de provisions et de pirogues pour poursuivre mon voyage. Le gouverneur m'a recueillie en me promettant de m'aider. Mais, en échange, il me demanda de lui accorder... mes faveurs. Rien de bien extraordinaire pour lui car, en tant que bouddhiste, il possède plusieurs épouses. Devant mon refus, il m'a fait mettre sous bonne garde, sous prétexte de nous protéger. Je n'ai pas encore osé avouer la vérité à mon fils. » Sa voix trembla. « Finalement, j'ai cédé aux avances du gouverneur, mais il n'a pas rempli sa part du marché. C'est alors que j'ai envisagé de le tuer. Seule la vue de cette église et l'espoir d'y trouver un prêtre qui compatisse à mon sort ont arrêté mes desseins. En ce moment même, un garde du gouverneur attend dehors pour nous reconduire à sa résidence. » Elle prit un ton désespéré. « Aidez-moi, je vous en supplie ! Je n'ai personne d'autre vers qui me tourner. Votre bonté ne restera pas sans récompense. Je possède assez d'argent pour offrir de riches présents à la maison du Seigneur. »

Le prêtre demeurait silencieux mais, bien qu'elle ne vît toujours que son profil, elle sentit qu'il écoutait avec attention. La petite église réclamait d'urgentes réparations et Nellie devinait que le père Carvalho pesait le pour et le contre. Il reprit enfin la parole. « Attendez que la messe s'achève, ma fille. Nous prierons alors ensemble et nous reparlerons de tout cela. »

Elle fut la dernière à sortir du confessionnal. Lorsqu'elle regagna son banc, évitant le regard chargé de curiosité de son fils, elle vit le prêtre entrer dans la nef. C'était un homme gris et décharné, à la mine bienveillante mais aux yeux tristes, comme s'il pleurait, lui aussi, la gloire déchue de l'Église du Siam. Il jeta à Nellie un coup d'œil intrigué et elle se demanda avec inquiétude s'il avait été dupe de sa prétendue piété. À moins qu'il n'ait conclu que les rituels catholiques différaient sensiblement selon les pays.

Lorsque la messe fut terminée et l'ultime fidèle sorti – non sans avoir jeté un dernier coup d'œil aux nouveaux venus –, le père Carvalho s'agenouilla en face de Nellie et de Mark pour entamer une prière. Le serviteur du gouverneur revint sur ces entrefaites et, d'un signe impérieux, commanda aux deux Anglais de quitter l'église. Le prêtre interrompit son oraison, s'approcha de l'homme et lui parla. Du coin de l'œil, Nellie vit le serviteur secouer la tête avec énergie. Le prêtre reprit sa place à genoux sur le banc. Ses mains se joignirent en une attitude de piété fervente et il commença à murmurer comme si cela faisait partie du rituel liturgique.

« Ce serviteur ne parle pas français, je suppose ? demanda-t-il à mi-voix.

– Uniquement le siamois, précisa Nellie.

– Parfait. Je viens de lui expliquer qu'il n'avait pas besoin de vous attendre et que je vous raccompagnerais moi-même. Naturellement, il s'y est opposé mais je lui ai dit que vous n'aviez pas pénétré dans une véritable église depuis de longs mois. » Il observa une courte pause. « Nous n'avons pas beaucoup de temps. Ayons l'air de prier ensemble afin de ne pas éveiller les soupçons. »

Il regarda Nellie avec gentillesse. « Vous êtes bel et bien prisonnière, mon enfant.

– Dans ce cas, vous allez nous aider, n'est-ce pas ? »

Le prêtre hésita. « Il faudrait d'abord que j'en apprenne un peu plus sur vous. Mais le temps presse. »

On toussa dans leur dos et Nellie réprima difficilement son impatience. Elle se tourna vers Mark. « Va distraire cet encombrant serviteur. »

Mark se leva et se dirigea vers le seuil de la chapelle où l'homme attendait. Nellie profita de ce court répit pour ouvrir discrètement sa bourse. Elle en sortit deux larges pièces d'argent – témoignages d'un legs hérité de son défunt mari – et les glissa sous le coussin sur lequel elle était agenouillée. Le prêtre l'observa, sans perdre un seul de ses gestes. Il n'était plus temps de faire dans la subtilité, à présent. Elle devait prendre tous les risques.

« Ce n'est qu'un début, mon Père. Il y en aura plus si vous nous aidez. »

De fines gouttes de sueur perlèrent au front du père Carvalho. « Nous devons… en discuter plus avant. Venez dîner chez moi demain.

– Et sous quel prétexte ? »

Il réfléchit rapidement. « J'adresserai une invitation au palais du gouverneur en vous priant d'assister à un office spécial qui sera suivi d'une légère collation. La liberté religieuse existe ici et le gouverneur ne pourra refuser. Que Dieu soit avec vous, mon enfant. »

Le soir suivant, Mark et Nellie se retrouvèrent de nouveau sur les bancs de la chapelle. Ainsi que le père Carvalho l'avait prévu, Ivatt n'avait pu s'opposer à ce déplacement mais, comme on pouvait s'y attendre, l'encombrant serviteur les accompagnait. Cette fois, la petite congrégation se composait uniquement de cinq hommes, tous des Siamois.

Après la messe, tout le monde prit place autour d'une longue table de réfectoire sous le porche, derrière l'église. Alors qu'il n'avait parlé que d'une modeste collation, le prêtre servit en réalité un repas copieux composé de crevettes et de calamars que tous dégustèrent avec plaisir, y compris le corpulent domestique du gouverneur. Nellie, Mark et le père Carvalho s'étaient installés en bout de table et purent ainsi converser librement.

– Une chose m'intrigue, ma fille. Pourquoi vous êtes-vous aventurée dans ces lointaines régions ? »

Nellie s'était préparée à cet interrogatoire. « Nous faisons route vers Macao, mon Père. Ma sœur y est mariée à un commerçant portugais et nous ne nous sommes pas revues depuis dix-sept ans. Mon mari m'ayant laissé quelque fortune à sa mort, j'ai décidé d'entreprendre ce voyage pour la revoir. Vous savez, nous étions très proches autrefois. »

Le prêtre lui jeta un regard étrange. « Et pourquoi ne pas avoir poursuivi par la route maritime ? Mergui ne se trouve pas sur votre chemin. »

Nellie n'hésita qu'une seconde. « Nous ne pouvions plus supporter la mer. Je souffrais chaque jour de terribles nausées. »

Il hocha la tête avec bienveillance. « Je comprends. Toutefois, il est de mon devoir de vous conseiller d'abandonner votre projet de gagner Ayuthia par voie de terre. Le trajet est infiniment plus difficile que par la mer. Toutes sortes d'animaux sauvages infestent les rives du fleuve et les voyageurs doivent passer la nuit dans leurs pirogues. Les villages sont rares, éloignés les uns des autres. Dans un mois, à la saison des pluies la route deviendra quasiment impraticable. De Ceylan, en revanche, vous trouverez des liaisons maritimes régulières pour Macao. Je vais voir ce que je peux faire pour vous dans ce sens. »

Nellie le fixa d'un air sombre. « Je préférerais mourir que de reprendre la mer ! »

Le père Carvalho haussa les épaules. « Dans ce cas, j'ai bien peur de ne rien pouvoir pour vous. »

Le cœur de Nellie se serra. Elle n'allait pas retrouver de sitôt quelqu'un capable de l'aider à s'échapper. Pas question de laisser passer cette chance. L'important était de retenir l'attention du prêtre jusqu'à ce qu'elle imagine une solution.

« Mon Père, une question me brûle les lèvres depuis déjà un bon moment : comment se fait-il qu'un Anglais ait été nommé gouverneur de cette province ?

– C'est un homme proche du Barcalon – le Premier ministre. Un Européen également.

– Le Premier ministre est européen ? s'exclama Nellie, stupéfaite. L'avez-vous déjà rencontré ?

– Oui, une fois. Un homme extraordinaire. »

Il jeta un coup d'œil en direction de Mark et poursuivit : « D'ailleurs, votre fils me fait penser à lui. Le beau type méditerranéen, si vous voyez ce que je veux dire.

– De quelle nationalité est le Barcalon ?

– C'est un Grec vénitien, originaire des îles Ioniennes. Et catholique aussi, Dieu soit loué.

– Comptez-vous beaucoup de convertis parmi la population locale, mon Père ? »

Le visage du prêtre s'assombrit. « Le bouddhisme est implanté dans ce pays depuis fort longtemps. Mais notre plus grand espoir repose à Ayuthia. L'épouse du Barcalon est portugaise et très influente. De plus, son mari est le favori du roi. Le Seigneur de la Vie, ainsi que l'on appelle ici Sa Majesté, le consulte pour un oui ou un non. Nous prions tous pour que le Barcalon le conduise sur le chemin de la vraie foi. »

Entendre parler ainsi de Constant troubla Nellie, mais plus elle en apprendrait, mieux ce serait.

« Croyez-vous qu'il ait une chance de réussir ? »

Le prêtre leva les bras au ciel en signe d'impuissance.

« Certains pensent qu'il fait de son mieux, d'autres qu'il agit sans sincérité. Les jésuites d'Ayuthia sont partagés à ce sujet.

– Et vous ? Quelle est votre opinion ? »

Mais avant que le père Carvalho ait eu le temps de répondre, le serviteur d'Ivatt s'était levé de table, les yeux fixés sur eux, l'air coupable de s'être montré oublieux du temps et de ses devoirs. Le repas était terminé et il avait ordre de regagner au plus vite le palais du gouverneur.

« Vite ! chuchota Nellie, expliquez-lui que nous voulons nous rendre à la chapelle pour une dernière prière. S'il vous plaît... accordez-moi encore quelques minutes. »

Le gros serviteur écouta la requête du prêtre et finit par céder. L'abondante quantité d'alcool de riz ingérée au cours du dîner avait émoussé sa méfiance. Il les accompagna jusqu'à la porte de l'église, s'étira en éructant bruyamment tandis que les autres allaient s'agenouiller sur l'un des bancs.

« Vous me demandiez ce que je pensais de la situation ? poursuivit le prêtre. Eh bien, ma fille, nous vivons des temps troublés. Certaines rumeurs prétendent même que les Français et les Siamois pourraient se déclarer la guerre. Voilà pourquoi ce n'est guère le moment de se rendre à Ayuthia. Je vous conseille de gagner directement Macao par bateau. Je vous y aiderai. » Il lui jeta un regard pénétrant. « Que vous soyez catholique ou non. »

Le cœur de Nellie fit un bond dans sa poitrine et elle se mit à fouiller fébrilement dans son sac. Elle en retira six nouvelles pièces d'argent qu'elle glissa sous le coussin, comme la veille.

« Ce sera ma dernière offrande, mon Père. À moins que vous ne m'avisiez qu'un voyage par voie de terre soit arrangé à notre profit. Quand tout sera prêt pour notre fuite, je vous octroierai une contribution financière suffisante pour assurer la restauration complète de votre église. »

Le prêtre demeura agenouillé, perdu dans ses pensées. Lorsqu'ils se relevèrent enfin, ses yeux restaient toujours rivés au coussin sous lequel Nellie avait caché l'argent.

Mais le gouverneur, lui, ne vit pas d'un bon œil l'invitation que reçut Nellie quelques jours plus tard pour se rendre, en compagnie de son fils, au baptême d'un groupe d'enfants eurasiens.

« Vous sortez de nouveau, Mrs. Tucker ? Si tôt ?

– Excellence, nous sommes restés sept longs mois en mer et le chapelain du bateau appartenait à l'Église anglicane. Nous sommes, mon fils et moi-même, très croyants et avions coutume de fréquenter l'église deux fois par jour. Le père Carvalho avait promis de nous avertir lorsqu'un baptême se déroulerait dans sa paroisse et nous ne sommes que trop heureux de nous y rendre. Les enfants siamois sont si adorables.

– On m'a dit que vous vous attardiez souvent après

la fin de l'office. Je ne peux m'imaginer que vous ayez tant de péchés à confesser.

– Excellence, nous consacrons presque tout ce temps à la prière et ne parlons que de sujets ayant trait à la religion. Ainsi le Père nous a rapporté combien il avait apprécié votre sagesse lorsque vous avez autorisé ici la libre pratique de toutes les religions. »

Ivatt ne sembla pas pour autant impressionné par ce compliment. « Ces rencontres ne sont guère de mon goût, Mrs. Tucker.

– Excellence, nous avons à cœur de respecter vos instructions dans tous les domaines. En retour, nous n'implorons de vous qu'une seule chose : la liberté de prier notre Dieu. »

Ivatt l'observa un instant en silence, l'air sévère. « Vous informerez le prêtre que cette visite sera la dernière. Dorénavant, vous n'aurez plus l'autorisation de vous rendre là-bas, sauf pour la messe du dimanche. »

Lorsque Mark et Nellie grimpèrent une fois de plus la colline, ils furent accompagnés d'un nouveau garde du corps. D'une stature nettement plus athlétique que le précédent, il ne les quittait pas d'une semelle. Le jour tombait et le soleil entamait un glorieux déclin. Bien que les interminables semaines passées en mer leur aient permis de contempler nombre de splendides couchers de soleil tropicaux, aucun n'avait jamais égalé le spectacle admirable qui s'offrait aujourd'hui à leurs yeux. Au fil de leur progression sur le flanc de la colline, ils pouvaient apercevoir les îles de la baie de Mergui surgir majestueusement devant eux, leurs pentes baignées d'une lumière écarlate qui se reflétait sur le blanc éblouissant des rivages.

Mark s'adressa au garde en montrant la mer du doigt.

« *Sway mak*… très beau… »

Le garde hocha la tête, manifestement flatté par les efforts linguistiques du jeune homme.

« Je vois que les leçons portent leurs fruits, Mark, observa fièrement Nellie.

– En réalité, mère, cet exercice m'amuse beaucoup. Vous savez que, durant toute la traversée, je me suis appliqué à apprendre par cœur cette grammaire jésuite enseignant une langue orientale que seules des oreilles françaises peuvent comprendre. À présent, je me rends compte qu'elle n'avait rien à voir avec la réalité. Le vocabulaire y est rapporté avec exactitude mais la prononciation est totalement erronée. Le siamois possède tellement d'intonations ! Chaque voyelle peut se prononcer de cinq manières différentes. »

Mark était à l'évidence très excité.

« Il va me falloir pas mal de temps pour m'adapter...

– Dans ce cas, mon petit linguiste, tu as intérêt à faire vite. Car si ce prêtre ne veut pas nous aider, nous devrons nous débrouiller seuls.

– J'ai confiance en lui, mère. Ne nous a-t-il pas fait venir ? Avez-vous remarqué son regard quand vous lui avez montré toutes ces pièces d'argent ? »

Elle sourit et jeta discrètement un coup d'œil aux poches gonflées de Mark. Un peu plus tôt, après avoir reçu l'invitation du prêtre, elle avait regagné avec excitation ses appartements pour rassembler quelques affaires essentielles – argent, vêtements et chaussures de rechange, hâtivement fourrés dans le plus petit sac qu'elle avait pu trouver. Mark, lui, avait bourré ses poches de ses biens les plus précieux : sa grammaire jésuite, un couteau bien aiguisé et une paire de chaussures. Les indigènes marchant tous pieds nus, il n'y avait guère de chance de trouver facilement ici une paire de rechange à acheter.

Au moment du départ, le garde avait jeté un regard soupçonneux au sac de Nellie, mais l'objet lui avait semblé de trop petite taille pour contenir quoi que ce soit d'important. Rien à voir avec les malles imposantes que l'on avait débarquées du bateau. Quand Mark lui eut expliqué que la *mem* avait besoin de vêtements pour se changer par cette chaleur, il sembla satisfait. Et, pour justifier le renflement de ses poches, il tira de l'une d'elles un coin de sa grammaire jésuite. Le Siamois hocha la tête ignorant que les vêtements occidentaux possédaient des poches profondes.

Ils se trouvaient maintenant à mi-hauteur de la colline, là où la route amorçait un virage, et pendant quelques minutes, ils perdirent l'église de vue. Le chemin étroit et boueux longeait d'un côté un précipice plongeant vers l'océan et, de l'autre, un épais mur d'épineux.

Ils s'engagèrent sur le rivage, Mark en tête suivi de Nellie, le garde fermant la marche. Soudain, il y eut un bruissement dans le feuillage au-dessus d'eux. Levant la tête, ils virent surgir une demi-douzaine d'individus masqués dont les silhouettes inquiétantes se profilaient dans la lumière déclinante. Ceux-ci sautèrent avec agilité sur le chemin et fondirent sur les promeneurs stupéfaits qu'ils maîtrisèrent rapidement après une brève et inutile résistance. Nellie eut à peine le temps de crier avant de se retrouver ligotée et bâillonnée. Un homme lui rabattit les bras dans le dos, un autre lui entrava les poignets. Mark et le garde luttèrent courageusement, mais leurs adversaires, plus nombreux, eurent facilement le dessus.

L'un d'eux s'empara du sac de Nellie et en vida le contenu. Ils accaparèrent avidement les pièces d'argent, se congratulant mutuellement à haute voix de leur butin, puis confisquèrent ce qui se trouvait dans les poches de Mark.

« Inutile de fouiller le garde, lança en siamois l'un des hommes. Pas le temps pour ça. De toute façon, il n'a sûrement rien sur lui. Emmène-les à l'île du Tigre et noie-les. »

Malgré tous ses efforts, Mark ne put comprendre que quelques mots mais le sens général de la phrase lui échappa.

« Lui aussi ? demanda l'un des hommes en montrant le garde.

– Non. C'est un homme du gouverneur. Inutile de

prendre ce risque. Il n'aura qu'à passer la nuit ici. On le trouvera demain matin. »

Désespérés de ne rien comprendre à ce qui se tramait, Nellie et Mark les virent saisir le garde et le déposer rudement derrière un rocher. Puis deux des ravisseurs s'emparèrent d'eux et les jetèrent sur leurs épaules avant de redescendre pas à pas la pente abrupte menant à l'océan. À plusieurs reprises, dans la lumière déclinante, leurs ravisseurs dérapèrent dans la boue et faillirent lâcher leurs charges, les condamnant à une mort certaine. Souffrant de vertige, Nellie n'osait regarder en bas. Les yeux étroitement fermés, elle se mit à prier silencieusement.

Heureusement, ils réussirent à gagner une zone plus plane et Nellie se décida à rouvrir les yeux. Elle aperçut alors un petit bateau. Mon Dieu... pensa-t-elle, où allait-on les emmener ? À moins qu'ils ne les abandonnent seuls dans l'embarcation pour les laisser dériver sur la mer...

Lorsqu'ils atteignirent le rivage, une silhouette surgit de l'ombre. Dans un siamois rapide, elle s'adressa aux ravisseurs. Mark et Nellie furent libérés de leurs liens et le nouveau venu s'approcha d'eux. Nellie l'observa plus attentivement et se raidit, n'en croyant pas ses yeux. C'était le prêtre, mais cette fois en vêtements civils.

Il lui sourit et lui retira son bâillon.

« Pardonnez ces méthodes plutôt brutales, mon enfant, mais les œuvres de Dieu empruntent parfois des voies mystérieuses. Je ne peux m'exposer directement à la vindicte du gouverneur et je n'ai trouvé que ce moyen pour que votre disparition paraisse plausible. Ne vous inquiétez pas, tout est arrangé. Ces hommes – ce sont des chrétiens – vous accompagneront à Ayuthia. Là-bas, vous irez voir de ma part l'un de mes amis, le père Malthus. Il réside au séminaire jésuite. En attendant, vous serez conduits par une voie détournée à l'embouchure du fleuve Tenasserim où vous attendent des canots et des provisions. Préparez-vous à un voyage rude. Plus loin, vous devrez cheminer à dos d'éléphant, mais vos guides savent ce qu'ils ont à faire et vous pouvez leur faire confiance. Tous vos biens, ainsi que l'argent, ont été replacés dans votre sac. Il vous suffira de donner aux hommes une petite récompense à la fin du voyage. »

Les pseudo-ravisseurs ôtèrent leurs masques. Abasourdis, Nellie et Mark reconnurent des visages aperçus dans l'église quelques jours plus tôt.

« J'ai une faveur à vous demander, poursuivit le prêtre. Quand vous serez à Macao, remettez ceci à l'évêque. » Il lui tendit un paquet. « C'est une traduction en siamois de l'Évangile selon saint Jean. Ce n'est pas la première, mais la calligraphie est exceptionnelle et j'en suis très fier. J'aimerais que vous rapportiez à l'évêque combien notre église manque de ressources. Il y a longtemps que nous attendons de l'aide de Macao et de Goa. C'est pour cela que je préférerais que vous ne mentionniez pas la généreuse donation que vous m'avez remise. C'est avec reconnaissance que je l'ai acceptée car elle me permettra de parer au plus urgent. Toutefois je ne peux recevoir davantage d'argent. C'est à l'Église, à présent, de nous venir en aide.

– Vous pouvez compter sur ma discrétion, mon Père, répondit Nellie, non sans éprouver une secrète culpabilité en songeant à Macao. Je serai heureuse de plaider votre cause avec ardeur.

– Bien. Maintenant, il faut que vous partiez. Un périple épuisant vous attend. Si vous trouvez la nourriture trop indigeste, n'oubliez pas que les Français occupent le fort de Bangkok. Vous y ferez halte sur votre route et je suis certain que les officiers ne seront que trop heureux de vous recevoir. N'oubliez pas mon ami Malthus à Ayuthia.

– Je n'ai jamais rencontré un prêtre comme vous », assura Nellie avec sincérité en sautant dans le bateau.

Il sourit. « Nous sommes en Asie, mon enfant, pas dans votre puritaine Angleterre. Que Dieu vous protège tous les deux. »

7

En proie à de mauvais pressentiments, le général Petraja se dirigea vers la cellule de l'abbé. Il avançait, la tête légèrement penchée ainsi qu'on le lui avait enseigné, ne regardant ni à droite ni à gauche, veillant à ne pas balancer les bras. Deux heures à peine s'étaient écoulées depuis qu'il avait trouvé le billet du Maître sur sa natte et il avait mal dormi.

Il maudit à nouveau le nom de Sorasak, ses excès et sa cruauté. À cause de lui, il avait dû rompre avec la règle monastique, laquelle interdisait tout contact avec le monde extérieur. À son entrée dans les ordres, il avait pourtant fait beaucoup d'efforts pour gagner la confiance de l'abbé mais sans parvenir encore, il le devinait, à le convaincre de sa sincérité. Ce dernier manquement risquait de faire déborder la coupe. Dans sa profonde sagesse, l'abbé commençait à douter sérieusement de la vocation de son novice.

Le temps n'était pas encore venu, toutefois, de quitter le monastère. L'ordre de regagner la Cour devait venir du roi en personne pour être plausible. En attendant, il fallait tenter de rentrer dans les bonnes grâces de l'abbé et, lorsque l'ordre viendrait enfin, paraître quitter à regret la vie contemplative.

Petraja se sentait prêt à se soumettre à n'importe quelle punition plutôt que de s'aliéner la bienveillance du saint homme. Son amitié, son soutien, lui étaient par trop précieux. Grâce à eux, ce serait plus tard des millions de bouddhistes qui lui seraient à leur tour dévoués. À l'exception, peut-être, du Patriarche Suprême, personne au Siam n'avait une telle audience auprès du peuple. Et comme il ne recevait personne du monde extérieur et refusait de se mêler de politique, Petraja n'avait eu d'autre choix pour l'atteindre que d'adopter la vie monastique.

Il frappa aux panneaux de bois de la cellule et

entra. Dans un angle de la minuscule pièce, une pile de rouleaux et de manuscrits anciens montait presque jusqu'au plafond. Dans un autre coin, étaient rangés un bol à aumône, un parasol et un éventail. À part ces rares objets, la cellule était nue car un moine, quel que soit son rang hiérarchique au sein de la communauté, n'avait pas le droit de posséder de biens terrestres.

Petraja trouva l'abbé assis dans la position du lotus. Son visage était marqué de rides et son crâne rasé faisait ressortir ses oreilles saillantes. Des yeux sereins au regard profond se posèrent sur le novice. Petraja se prosterna et attendit.

Le vieil homme parla d'une voix si monocorde qu'on aurait dit qu'il psalmodiait. « Vous semblez fatigué, Général. Peut-être jugez-vous trop exigeante notre règle monastique ? Êtes-vous bien certain d'avoir trouvé votre voie parmi nous ? »

Le malaise de Petraja s'accrut. Jusqu'alors, l'abbé ne l'avait jamais appelé « Général » puisque, comme chaque novice, il était censé avoir rompu tout contact avec sa vie antérieure. Ici, au monastère, il n'était plus le commandant en chef de l'armée, le héros des campagnes de Birmanie, ni un membre du Conseil privé du roi, mais un simple moine ayant fait serment de consacrer le reste de son existence à la méditation et à la prière.

« Père vénéré, je m'efforce de rompre tous les liens qui me relient encore à mon passé. Mais il arrive néanmoins que celui-ci me rattrape. Je suis indigne. »

L'abbé garda une expression sévère. « Après tous ces mois de préparation, vous me semblez encore très attaché au monde extérieur. Je commence à craindre pour votre avenir en ces murs. »

Le cœur de Petraja se serra. « Très Saint Père, vos paroles me confondent. N'ai-je pas suivi le dharma avec la plus grande ferveur ?

– Vous possédez un esprit aiguisé et discipliné, Général. Mais ne préférez-vous pas retourner à la vie séculière ?

– Certainement pas, Vénérable Père», répondit-il un peu trop vite.

La rage l'envahit à la pensée de ces six longs mois passés à étudier d'interminables codes de conduite, si rigides qu'ils lui interdisaient même de rire trop fort ou, plus absurde encore, de monter un éléphant femelle. Lui, le commandant en chef du Régiment royal des éléphants!

Le vieil homme continuait de l'observer avec attention. «Vous n'avez pas encore appris à maîtriser votre caractère, Général. Sans parler de vos ambitions terrestres. Vous n'êtes pas fait pour notre vie et je doute que vous le soyez jamais.»

Petraja fit un effort considérable pour ne pas laisser éclater sa colère et sa frustration. Au contraire, il fit mine d'éprouver le plus profond repentir. «Vénérable Père, je sais qu'il me reste encore beaucoup à apprendre. Je ne suis qu'un humble novice qui n'a pas su encore dépasser les apparences trompeuses de ce monde.

– Pour les dépasser, rétorqua l'abbé avec fermeté, il faut un engagement total.» Petraja crut déceler sur son visage l'ombre d'un sourire moqueur. «Vous ne pouvez être moine le jour et général la nuit.» Il marqua une pause. «À propos, où étiez-vous la nuit dernière?»

L'esprit de Petraja se mit à fonctionner à plein régime. Il lui fallait au plus vite changer de tactique. S'il devait quitter ce monastère avant que le Seigneur de la Vie l'ait fait officiellement appeler au Palais, il était préférable d'abattre immédiatement sa carte maîtresse.

«Très Saint Père, j'ai manqué à mes devoirs, mais c'était au nom de la foi. Le garçon qui a rempli hier mon bol à aumônes m'a dit que son père avait besoin de me parler de toute urgence. C'est un homme que je connais bien et qui a servi sous mes ordres lors de la dernière campagne contre les Birmans. J'ai péché en acceptant de sortir à minuit pour répondre à son appel. Il m'a fait savoir que Vichaiyen avait regagné

Louvo et qu'il appuyait de tout son poids la candidature de Pra Piya à la succession. »

Petraja marqua un temps pour ménager ses effets. « Pire encore, il semblerait que Vichaiyen pousse le favori du roi à se convertir au catholicisme. Et vous n'êtes pas sans savoir que Pra Piya peut compter sur l'appui du général farang et sur ses armes de guerre meurtrières. »

Il risqua un coup d'œil pour juger de ses paroles mais l'expression de l'abbé demeurait impénétrable. Pourtant Petraja était certain d'avoir touché un point sensible. Il savait que la hiérarchie bouddhiste n'appréciait guère les tentatives ouvertes de conversion menées par les prêtres catholiques pour saper la religion traditionnelle. Or il venait clairement d'annoncer que ces diables de chrétiens préparaient une offensive grâce à l'appui de leur laquais, Constantin Phaulkon.

Le saint homme répondit du même ton égal. « Pra Piya est faible et encore bien jeune. Pour l'instant, Chao Fa Noi demeure l'héritier légitime du trône. »

Il y eut un silence. Comme s'il se parlait à lui-même, l'abbé reprit : « C'est étrange, cette passion des chrétiens à vouloir convertir tout le monde. Il ne nous viendrait pas à l'idée d'envoyer nos moines en France pour y enseigner les chemins de notre Guide. Les voies qui mènent à Dieu sont multiples. »

Petraja était certain, maintenant, que ses paroles avaient produit leur effet. Il attendit mais le vieux moine mit un long moment avant de reprendre la parole.

« Au cours des longues années que j'ai consacrées à l'enseignement, je ne me rappelle pas avoir rencontré un esprit aussi rapide et réceptif que le vôtre, Général. Mais je demeure convaincu qu'un homme ne doit choisir une vie de méditation que s'il est réellement fait pour cela. Il m'apparaît que vous pourriez mieux servir le Bouddha par d'autres chemins. La future succession du trône nous concerne tous. Le moment est peut-être venu pour vous d'abandonner votre robe safran. »

Petraja retint un sourire. « Vénérable Père, j'espérais avec le temps me montrer plus digne de ce saint lieu et de cette communauté à laquelle je désire sincèrement appartenir. Mais, si tel est votre désir et si je reçois votre bénédiction, je retournerai à la vie séculière. »

Impassible, l'abbé fixait sur lui son regard indéchiffrable. « Une armée a besoin de son général tout autant qu'un moine de sa force d'âme. »

Cette fois, le cœur de Petraja fit un bond dans sa poitrine. L'abbé était-il en train de lui dire qu'il devait trouver le moyen de lever une armée ? En temps de paix, il n'y avait pas de troupes régulières au Siam et seul le roi pouvait autoriser un appel aux armes. Si réellement l'abbé apportait son soutien aux projets de Petraja, ce dernier aurait toutes les chances de gagner l'ultime défi lancé à Phaulkon. Même avec leurs canons dévastateurs, les Français reculeraient devant les vingt mille éléphants de guerre siamois.

La voix du vieil homme interrompit le cours de ses pensées : « Le jeune prince peut, certes, commettre des erreurs, mais je suis persuadé qu'il restera bouddhiste jusqu'à son dernier souffle.

– Vénérable Père, il aura tout mon appui.

– Vous devez savoir, Général, que d'autres pressions ont été exercées sur moi pour que je vous renvoie à la Cour. Le Seigneur de la Vie lui-même vous a fait demander. »

Ainsi, l'appel était déjà venu, songea Petraja en se demandant depuis combien de temps l'abbé gardait pour lui cette nouvelle. Il n'y avait pas de lien d'affection unissant le religieux et le monarque. Lorsque celui-ci avait décidé de se faire construire un palais à Louvo, il avait recruté des milliers de moines pour mener à bien ce projet. Décrétant par la suite que beaucoup d'entre eux n'étaient que des paresseux indignes de porter la robe safran, il avait adressé aux principaux *wats* du pays un questionnaire rédigé en pali – la langue sacrée. Ceux qui ne purent y répondre correctement se virent contraints d'abandonner leurs vœux pour entrer au service du roi. Ce jour-là, un fossé infranchissable s'était alors creusé entre le roi et le supérieur du monastère.

« Vénérable Père, je partirai d'ici le cœur lourd. Vous qui sondez les âmes des hommes savez que, si je retourne vers le monde, ce n'est pas pour satisfaire des désirs vulgaires mais pour protéger notre cher pays de la domination étrangère. Les rapaces farangs aiguisent leurs dents avant l'assaut final et le Seigneur de la Vie est à présent trop malade pour intervenir. »

Cette fois, l'expression de l'abbé s'adoucit.

« Un jour, peut-être, lorsque vous aurez satisfait vos ambitions, reviendrez-vous ici pour y trouver une paix durable. N'oubliez jamais les paroles de notre Guide : "Ne t'attache pas aux biens de ce monde car il te faudra les quitter un jour. Rien, dans cet univers, ne t'appartient, pas même ton propre corps. Avec l'âge, lui aussi connaîtra la Transformation."

– Vénérable Père, mon séjour dans ce monastère a changé définitivement ma vie. Me permettrez-vous de rester en contact avec vous ? »

Le visage du saint homme redevint grave.

« Il y a des sujets, Général, sur lesquels même un reclus se doit d'être informé. »

8

Le cœur de Phaulkon se mit à battre un peu plus vite lorsque le responsable de la garde frappa trois fois au portail principal du Palais royal de Louvo. Malgré les nombreuses années consacrées à ses activités de Premier ministre et les innombrables audiences que le roi lui avait accordées, il ne pouvait se garder d'un sentiment de respect mêlé de crainte chaque fois qu'il se trouvait en présence de celui qui avait pouvoir de vie et de mort sur tous les habitants du Siam.

Aujourd'hui, cependant, son appréhension était différente et tenait plutôt d'un sourd pressentiment, sans doute causé par le fait que, pour la première fois, il ne serait pas reçu dans l'habituelle salle d'audience mais dans le sanctuaire caché du monarque – à savoir ses appartements privés. Seuls les eunuques, les esclaves de sexe féminin et les femmes du harem royal y étaient admis. Mais depuis que Sa Majesté était condamnée à garder le lit, les affaires de l'État devaient être traitées dans sa chambre.

Ici, dans ce lieu privilégié, Phaulkon changeait à la fois de nom et d'identité. Il n'était plus Constantin Phaulkon, le Grec d'origine vénitienne, mais Pra Chao Vichaiyen, prince de la Connaissance, noble de haut rang à la cour du roi de Siam. Aucun Siamois ne le connaissait sous un autre nom et seuls les farangs l'appelaient encore Phaulkon. À l'intérieur de ces murs, il était Son Excellence le Pra Klang, ministre du Trésor et des Affaires étrangères. Le mot « Barcalon » n'était qu'une déformation portugaise du siamois, employée par tous les farangs.

Phaulkon leva les yeux vers les hauts murs crénelés qui se dressaient devant lui. Sur toute leur longueur, les remparts étaient ornés d'un motif sculpté représentant le lotus. Surplombant les quelque cinq hectares couverts par le domaine royal, ils le protégeaient du monde extérieur. Par-delà le parapet large de près de six mètres, il distingua les flèches dorées des temples royaux étincelant sous les rayons du soleil déclinant. En passant devant ces murailles sacrées, toute personne devait descendre de sa monture et s'incliner en signe de révérence. Chacun avait pour obligation de fermer aussitôt son parasol et de se courber profondément en direction des flèches altières.

Une voix sévère retentit de l'autre côté du vantail pour demander le nom du visiteur, son rang, ainsi que l'objet de sa visite. Lorsqu'on lui eut répondu qu'il s'agissait de Son Excellence le Pra Klang, le garde alla immédiatement en informer l'Oc-Meuang, premier officier de l'avant-cour, sans l'autorisation duquel nul ne pouvait entrer ni sortir du Palais. Quelques instants plus tard, l'un des panneaux en bois de teck massif s'ouvrit et ce fut l'Oc-Meuang en personne, vêtu d'une tunique rouge, le bras orné de bracelets d'or, qui vint s'incliner profondément devant Phaulkon avant de l'inviter à le suivre. Les quarante esclaves de l'escorte n'étant pas autorisés à entrer, ce fut un détachement de la garde royale qui accompagna le Barcalon à travers le Palais.

Ils traversèrent une première cour où se tenaient, accroupis, ceux que l'on appelait les « Bras rouges », une garde d'élite attachée à la protection du roi. Ici, à l'intérieur de ces murs, personne n'était autorisé à se tenir debout, sauf pour se déplacer.

Ils franchirent ensuite des jardins paisibles et frais, ornés de buissons magnifiques taillés en forme d'animaux. Des poissons aux couleurs éclatantes nageaient gracieusement dans les bassins recouverts de lotus. Cependant le malaise de Phaulkon persistait et son esprit demeurait préoccupé par la santé de son maître. Dans quel état allait-il le retrouver après ces longues semaines d'absence et la défection prolongée du père de Bèze ?

Nerveusement, il redressa son chapeau conique orné de trois anneaux d'or et tâta autour de son menton la jugulaire brodée qui le maintenait en place. Comme l'exigeait la coutume, il le portait toujours dans ses déplacements afin de signaler le rang suprême qu'il occupait parmi les mandarins. Il ne se séparait jamais non plus de sa boîte à bétel incrustée de diamants qu'il devait tenir sous le bras, conformément au sévère protocole royal. Chapeau et boîte incarnaient les symboles de sa position élevée. Quant à son panung de soie ancienne filetée d'or, c'était un cadeau du Seigneur de la Vie et il n'était autorisé à le porter qu'en présence du monarque ou, dans des cas exceptionnels, avec son autorisation expresse.

Le capitaine des gardes pénétra dans une allée bordée d'arbres et ralentit le pas. Ils approchaient de l'entrée du sanctuaire intérieur lorsque quatre robustes gardes leur barrèrent le chemin. Derrière eux, à quelque distance, se dressaient des rangées de toits jaunes aux bords recourbés, alignés par ordre croissant de hauteur. Leurs tuiles dorées luisaient doucement dans la lumière tombante. Phaulkon savait que le plus élevé d'entre eux abritait les appartements royaux, car le souverain devait toujours se trouver plus haut que ses sujets, que ce soit sur un balcon surplombant la salle d'audience, un trône surmontant la barque royale ou dans le howdah fixé sur le dos de son éléphant favori. Ces dispositions favorisaient le maintien de son prestige et dissimulaient habilement le fait que le roi était de petite taille.

Deux gardes s'approchèrent du Barcalon, l'un pour lui palper rapidement le corps à la recherche d'armes, l'autre pour renifler sa bouche afin de s'assurer qu'il n'avait pas bu d'alcool. Puis il changea encore d'escorte et deux nouveaux soldats l'accompagnèrent jusqu'au seuil d'une porte basse. Ils empruntèrent un labyrinthe de couloirs faiblement éclairés et Phaulkon se souvint que, selon la rumeur, les monarques du Siam avaient plusieurs appartements, occupant tantôt l'un, tantôt l'autre pour déjouer toute tentative d'assassinat ou de complot.

Ils continuèrent à escalader des volées de marches jusqu'à ce que les couloirs deviennent plus larges et plus décorés. Le sol était maintenant recouvert de tapis de Perse et les murs lambrissés exhalaient un doux parfum de bois exotiques. Des niches creusées par intervalles dans les murs éclairés par des torches offraient à la vue de précieuses porcelaines Ming : vases, soupières ou bols.

Ils parvinrent enfin sur le seuil de l'antichambre royale. Les gardes s'immobilisèrent et attendirent que deux jeunes pages viennent les relayer. Ces derniers firent entrer le visiteur et lui demandèrent poliment d'attendre.

Phaulkon jeta un regard prudent autour de lui.

Une collection de tablettes votives bouddhistes était accrochée à un mur mais le plus saisissant était un grand cabinet à bijoux qui se dressait sur un côté de la pièce. On pouvait y admirer un splendide *hamsa*, une reproduction en or massif de l'oiseau mythique, ainsi que toute une collection de délicates mules incrustées de mille pierres précieuses. Phaulkon était tellement fasciné par la beauté de ce travail d'art qu'il ne remarqua pas la silhouette qui s'était glissée dans la pièce et attendait, front contre terre.

C'était Omun Sri Munchay, le Premier Gentilhomme de la Chambre du roi, un officier de rang élevé qui devait beaucoup à Phaulkon. Tout jeune, il avait été page royal puis renvoyé à l'âge de la puberté avant que les délices du harem du roi ne le fassent succomber. Sur la recommandation de Phaulkon qui avait pressenti ses talents, il avait été promu à son poste actuel, statut prestigieux qui lui accordait l'honneur exclusif de toucher le bonnet et autres couvre-chefs du roi. Dans un pays où l'on considérait la tête comme la partie la plus sacrée du corps, le poste d'Omun était très envié.

« Puissant Seigneur, murmura Omun, j'implore votre pardon pour cette intrusion déplacée, mais je vous ai aperçu lorsque vous avez traversé la cour. Je me fais tant de souci pour le Seigneur de la Vie ! Et je crains d'être la cause de son état. »

Phaulkon vit que le jeune homme semblait extrêmement ému. « Raconte-moi ce qui s'est passé, Omun.

– Puissant Seigneur, mon maître m'a envoyé ce matin au *wat* pour demander au Seigneur Bouddha combien de temps il lui restait à vivre. Après avoir prié, j'ai posé ma question au Vénérable. Puis, comme le veut la coutume, je suis ressorti et j'ai attendu le premier mot prononcé par la première personne que je rencontrerais. C'est alors qu'un vieil homme s'est avancé à pas lents tout en arrachant les poils de son menton avec une pince à épiler. Il s'arrêta juste devant moi et regarda un poil tombé à terre. “Ça par exemple, s'exclama-t-il, regardez celui-là comme il est gros !" » La voix d'Omun faiblit. « Il était de mon devoir de rapporter cette réponse du Seigneur Bouddha à mon maître, mais le Seigneur de la Vie a interprété à sa façon ces paroles, disant qu'elles faisaient allusion à son propre cadavre gisant sur le sol. À présent, Sa Majesté est persuadée que la mort plane au-dessus d'elle ! »

Phaulkon ravala toute critique. De telles croyances étaient trop profondément enracinées dans l'esprit du peuple siamois pour tenter encore de les combattre. Et même le Seigneur de la Vie, pourtant si intelligent et lucide, n'était plus qu'un enfant crédule lorsqu'il s'agissait de ces superstitions anciennes. Phaulkon avait bien tenté de lui faire comprendre – preuves à l'appui – que ces croyances n'avaient aucun fondement mais cela avait été peine perdue. Autant dire qu'il ne serait pas facile, cette fois encore, d'apaiser les craintes du roi, surtout depuis que sa santé s'était à ce point détériorée. Cependant, il était indispensable que le monarque puisse croire à sa guérison.

« Tu as bien fait de m'en informer, Omun. Ne t'inquiète pas. Je ne pense pas que ces paroles se rapportent au cadavre de Sa Majesté, mais plutôt au fait qu'elle doit rester alitée et par conséquent en position allongée. Je vais immédiatement rassurer le roi sur ce point.

– Puissant Seigneur, répondit Omun, manifestement soulagé, soyez remercié pour ces réconfortantes paroles. »

Un page vint chercher Phaulkon pour le conduire aux appartements royaux. En rampant sur les genoux et les coudes, il traversa l'entrée lambrissée menant à la chambre royale. Une odeur entêtante d'encens flottait dans la pièce plongée dans une demi-obscurité, et le silence pesant n'était rompu que par le battement des éventails.

Il s'arrêta pour s'orienter. Ses yeux ne s'étaient pas encore habitués à la pénombre et il ne distinguait que de vagues silhouettes. Une forme était prostrée au chevet du roi et une autre contre le mur, sur la droite. D'autres ombres, probablement des esclaves, étaient accroupies dans divers coins de la pièce tandis que, près du lit, deux domestiques agenouillés s'affairaient à brasser l'air à l'aide de grands éventails. La silhouette la plus proche de Phaulkon se tourna un instant pour le regarder.

Un halètement brisa le silence, suivi d'une série de sifflements. Phaulkon laissa s'écouler quelques minutes avant de s'approcher du roi en rampant. Il se redressa sur les genoux et toucha le sol de son front à trois reprises en direction de la montagne de coussins entassés sur le lit.

Le protocole royal ne lui permettant pas de parler avant que le monarque ne s'adresse à lui, il attendit donc en silence que le vieil homme prenne conscience de sa présence. Les contours de la pièce se dessinèrent peu à peu et il put enfin distinguer les esclaves féminines prosternées autour de la couche royale. Il vit alors une femme chargée de bijoux, appuyée contre le mur – sans doute la sœur du roi. L'autre forme, plus proche de lui, était un homme dont il ne voyait pas les traits mais qui lui parut chauve.

Il y eut un léger froissement à l'extrémité du lit. « Vichaiyen, est-ce toi ? »

La voix était tremblante, faible et rauque, mais on y percevait malgré tout une sorte de joie presque enfantine. Phaulkon fut atterré en constatant combien la santé de son maître s'était encore dégradée. Il y avait près de deux mois qu'il ne l'avait pas vu. Qu'avait donc fait de Bèze pendant tout ce temps ?

« Auguste et Puissant Seigneur, moi, votre esclave, je souhaite entendre vos royales paroles et les mettre dans mon cerveau et au sommet de ma tête. Moi, un grain de poussière, j'implore Votre Majesté d'autoriser cette voix impure et profane à monter jusqu'aux portes de ses divines oreilles. C'est bien moi, votre esclave, Vichaiyen. »

Il y eut un croassement de satisfaction. « Nous sommes heureux de t'entendre, Vichaiyen. Tu as... manqué à notre cœur. »

Le Seigneur de la Vie lutta pour inspirer un peu d'air. Quand il reprit la parole, sa voix avait une trace d'irritation. « Pourquoi es-tu resté aussi longtemps loin de nous ? Nous t'ordonnons à partir de maintenant de ne pas quitter Louvo.

– Auguste et Puissant Seigneur, je reçois vos ordres. Moi, un cheveu de votre tête, n'aspire à rien de plus que de rester auprès de mon Seigneur et Maître. Les ennemis qui menaçaient la province occidentale sont repartis vers la côte indienne de Coromandel, et votre esclave Thomas Ivatt est désormais promu gouverneur de Mergui. L'empire occidental de Votre Auguste Majesté est maintenant en sécurité et entre des mains dignes de confiance.

– C'est bien, Vichaiyen. Nous sommes satisfaits. » Le roi se releva sur ses coussins. « Mais sache que nous venons d'avoir l'évidence irréfutable que notre vie touche à sa fin. La question de la succession se pose donc. Aussi nous vous avons appelés... toi et notre fidèle courtisan Petraja pour être tous deux les gardiens de nos volontés. Vous devez nous donner votre parole d'appuyer Pra Piya et de veiller à ce qu'il soit installé en toute sécurité sur le trône quand nous ne serons plus là. Notre ami Petraja a demandé l'autorisation de lever une armée pour assurer une transition sans heurts et nous y réfléchissons. Nous te demanderons ton avis à toi aussi. Mais avant, tu dois écouter les arguments de Petraja. Tout d'abord nous voulons... boire du thé. »

Une jeune esclave sortit de l'ombre où elle se terrait et, tête penchée, éleva un bol vers les lèvres royales. Le roi but longuement et poussa un petit soupir.

« Nous nous sentons mieux. Petraja, es-tu là ?

– Auguste et Puissant Seigneur, je reçois vos ordres. Moi, un grain de poussière, je suis ici devant vous. »

Phaulkon frissonna. La voix familière était venue de la forme prostrée à côté du lit. Ainsi Petraja, le moine reclus, avait quitté son monastère bouddhiste pour lever une armée. La situation commençait à devenir dangereuse. Le roi déclinait et, avec des troupes pour le soutenir, Petraja pouvait aller aussi loin qu'il le souhaitait.

« Explique à Vichaiyen ton projet. »

La tête rasée se tourna vers Phaulkon dans la pénombre.

« Votre Excellence n'ignore pas combien les Siamois sont attachés à leurs traditions. Ils s'attendent à ce que, selon la coutume, l'un des frères de notre Auguste Souverain accède au trône. Pra Piya est sans aucun doute un choix éclairé, mais le bruit court qu'il se prépare à se convertir à la foi catholique. Cette nouvelle agite beaucoup notre peuple qui respecte les enseignements du Seigneur Bouddha depuis les origines de notre nation. C'est pourquoi, il est impératif que je lève une armée afin de nous assurer que la volonté de notre Auguste Souverain soit convenablement respectée. »

Les pensées de Phaulkon tournaient à plein régime. Petraja devait avoir des espions un peu partout. Sinon, comment aurait-il été avisé des plans des jésuites ? Au diable ces prêtres qui complotaient et se mêlaient de tout. Leur fanatisme faisait le jeu de son rival. Certes, le Siam était parcouru de nombreuses rumeurs mais jusqu'à quel point le général exagérait-il ? Il devenait urgent de le découvrir.

« Auguste et Puissant Seigneur », répondit-il, sachant qu'en présence du roi deux personnes ne pouvaient s'adresser directement la parole sans l'autorisation du souverain, « ma femme est une catholique fervente et elle aurait été la première à être informée de tels bruits. Je crois savoir que le général Petraja a mené pendant quelque temps une vie de reclus dans un monastère. Ses craintes reflètent sans doute celles des moines inquiets du fanatisme avec lequel les jésuites cherchent à imposer leurs croyances. Mais il est absolument prématuré d'envisager que le Siam ait un souverain chrétien.

– De semblables rumeurs sont également parvenues jusqu'à nous, Vichaiyen, et nous pensons comme Petraja que Piya aura besoin de protection tant que la fausseté de ces allégations n'aura pas été prouvée. Malheureusement, le temps travaille contre nous. Le Seigneur Bouddha a annoncé ce matin ma mort imminente. »

Phaulkon devait faire quelque chose. Il ne pouvait laisser le roi autoriser Petraja à lever des troupes.

« Auguste et Puissant souverain, répliqua-t-il vivement, moi, misérable grain de poussière, j'ose suggérer que si Votre Majesté veut parler du gros poil tombé sur le sol, celui-ci ne peut se rapporter à votre noble personne. Avec la meilleure des imaginations, il est impensable qu'un poil venu du menton d'un homme du commun ait un rapport quelconque avec le puissant monarque du Siam, Seigneur et Maître de la Vie. Le règne illustre de Votre Majesté est loin d'être achevé et ce poil sur le sol concerne plutôt le sort d'un de vos plus anciens courtisans qui projette dans son cœur de faire échouer vos projets. Moi, un cheveu de votre tête, je ne vois pas la nécessité de rassembler une armée. J'y suis même nettement opposé. La situation actuelle est délicate et toute levée de troupes serait considérée par nos hôtes français comme un acte d'hostilité. »

Le roi leva un sourcil et une lueur fiévreuse apparut dans ses yeux. « Et qui est ce courtisan qui ose s'opposer à nous ?

– Auguste et Puissant Seigneur, je dévoilerai bientôt son nom. Mais, connaissant le sens élevé de la justice de Votre Majesté, je ne peux m'avancer à accuser l'un de ses plus anciens courtisans sans une preuve irréfutable. »

Naturellement, Phaulkon pensait à Petraja en parlant ainsi et il avait conscience des risques qu'il prenait en s'attaquant à l'ami de jeunesse du roi, de surcroît président de son Conseil privé. Mais il fallait gagner du temps, calmer Naraï et montrer à Petraja qu'il gardait l'œil sur lui.

« Auguste Seigneur, interrompit le général, notre honorable Pra Klang est trop modeste. Nous avons confiance dans son jugement et le prions donc de désigner ce courtisan félon. Il est urgent que nous soyons informés d'une affaire aussi grave.

– Nous sommes de cet avis, Vichaiyen, murmura le roi. Apprends-nous son nom. »

L'esprit de Phaulkon était en ébullition. Visiblement, Petraja semblait sûr de lui. Le moment n'était pas encore venu de l'accuser. Mais comment sortir, maintenant, de cette situation ? Comment aviser Naraï, sans preuve réelle, que son loyal et fidèle conseiller complotait derrière son dos ? Ce même Petraja qui, par amitié pour le souverain, avait pris à son compte la lourde charge d'élever Sorasak, allant même jusqu'à assumer la paternité de ce bâtard cruel et débauché ?

Il fallait reculer, mais quel délai réclamer alors que le roi était convaincu de se trouver sur son lit de mort ? Et comment empêcher à tout prix Petraja de lever son armée ?

« Auguste et Puissant Seigneur, si je devais dévoiler maintenant ce nom sans véritable preuve, je me diminuerais aux yeux de Votre Majesté. Et je ne me pardonnerais jamais d'avoir causé une aggravation de son état de santé par des révélations insuffisamment étayées. Mais si Votre Majesté, dans sa grande bonté, veut bien m'accorder une semaine, je préparerai un rapport complet.

– Auguste et Puissant Seigneur, intervint aussitôt Petraja, les révélations de l'honorable Pra Klang ne font qu'augmenter mes craintes. Avec la menace d'une telle trahison, il n'en est que plus urgent de lever des troupes sans retard. »

Avant que Phaulkon n'ait pu répondre, le roi leva un bras pour réclamer le silence.

« Nous accordons trois jours à Vichaiyen pour son rapport, pas davantage. Nous prendrons alors une décision. Entre-temps, Petraja, nous t'ordonnons d'aller à Ayuthia pour y chercher notre fille Yotatep. Tu verras si l'exil a adouci son humeur et si elle est à présent disposée à épouser Piya. Tu feras, j'en suis certain, le meilleur usage possible de ta force de persuasion.

Quant à toi, Vichaiyen, nous t'ordonnons de rester dorénavant à Louvo près de nous.

– Auguste et Puissant Seigneur, nous recevons vos ordres», déclarèrent à l'unisson les deux hommes.

9

Dans le langage qu'ils avaient élaboré – un mélange de signes et de mots –, le capitaine fit comprendre à Mark que les vents étaient favorables. La jonque ventrue aux voiles en forme d'aile de chauve-souris atteindrait le village de Bangkok au coucher du soleil. Le siamois de Mark s'était considérablement amélioré, du moins pour l'usage quotidien. Il était fier de son rôle d'interprète et heureux de sentir que sa mère dépendait davantage de lui.

Ils voguaient à présent sur les eaux du Chao Phraya, la Rivière des Rois que l'on baptisait «Mère des Eaux». Le large fleuve traversait des plaines fertiles, une région en cuvette souvent appelée «bol de riz du Siam». Cette route fluviale les conduirait à Ayuthia, à environ quatre-vingts milles de là.

Le voyage avait combiné à égalité des moments de plaisir et de terreur prouvant que les mises en garde d'Ivatt n'étaient pas exagérées. Avant de s'engager sur le Chao Phraya, ils naviguèrent dans un canot sur une large rivière, dormant la nuit sous des couvertures, leur embarcation amarrée à de gros rochers au milieu du courant. Tout morceau de chair dénudé était aussitôt attaqué par des nuées de moustiques affamés qui voletaient autour d'eux. Plus terrifiants encore étaient les bruits menaçants montant des rives : tigres, rhinocéros à corne ou encore sangliers rôdant aux alentours. Sans cesse, d'inquiétants grondements ou craquements interrompaient leur sommeil.

Pendant six jours, ils avaient affronté la jungle ténébreuse, de l'aube au crépuscule. Les rameurs ne se reposaient que lorsque la direction du vent leur permettait de faire usage des petites voiles dont chaque canot était équipé. Le courant était fort et rapide, la traversée d'étroits défilés rocheux dangereuse. Mark et Nellie avaient admiré l'habileté avec laquelle les rameurs sautaient par-dessus bord pour diriger leur embarcation dans les tourbillons parsemés d'obstacles.

Les splendeurs de la nature compensèrent heureusement les rigueurs du voyage. Des troupeaux de daims joliment tachetés les regardaient anxieusement passer le long du rivage ; des hordes de singes bavards jouaient les acrobates de liane en liane ; des oiseaux au plumage éclatant caquetaient gaiement au-dessus de leurs têtes. Et, défilant au rythme lent de la yole, la forêt d'un vert luxuriant s'étendait de toutes parts, s'ouvrant parfois sur des rizières ensoleillées ou de petits villages enfouis dans la verdure.

Deux événements mémorables avaient marqué la première partie de leur voyage, avant que le Tenasserim ne soit plus navigable et qu'ils aient à recourir à des éléphants pour poursuivre leur route. Un matin, l'un des hommes du père Carvalho avait décidé de gagner à l'aube le rivage pour tirer quelques oiseaux destinés à leur repas. Il avançait dans l'eau à mi-cuisse lorsque la forme ronde et frémissante d'un énorme *meng plu* sauta hors de la rivière pour le saisir à l'aine. En entendant ses cris, les autres se précipitèrent à son secours en brandissant leurs rames. Il leur fut hélas impossible de frapper le poisson carnivore sans atteindre leur compagnon.

Ils tentèrent alors de saisir le corps noir et glissant de l'animal, mais ses dents acérées ne lâchaient pas leur prise et finirent par déséquilibrer le malheureux marin qui perdit pied et fut emporté par le courant. Ce macabre épisode s'était déroulé sous les yeux de Nellie et de Mark et il leur avait fallu un jour entier avant de pouvoir toucher de nouveau à leur repas.

Le second événement avait été tout aussi surprenant, mais avec des conséquences moins tragiques.

Ils avaient mis pied à terre pour se dégourdir un peu les jambes dans un petit village appelé Ban Klang. En apercevant Mark, plusieurs villageois tombèrent face contre terre. D'autres le regardèrent avec perplexité tandis que de vives discussions éclataient un peu partout. Mark était devenu l'objet de toutes les curiosités jusqu'à ce qu'ils regagnent leurs embarcations.

Nellie avait observé en plaisantant que, pour une fois, c'était lui et non elle qui attirait tous les regards. Certes, les villageois l'avaient dévisagée avec intérêt, mais leurs yeux se portaient sans cesse vers Mark. Longtemps après, les rameurs, évoquant cet épisode, se moquaient encore de l'évidente sottise de ces villageois qui avaient pris leur jeune passager pour le Barcalon.

À Jelinga, une poignée de huttes primitives à six jours de voyage de Mergui, ils abandonnèrent le fleuve pour louer des éléphants, des chars à bœufs et des chaises à porteurs afin de parcourir la piste cahoteuse qui s'enfonçait dans la jungle à travers la portion restante de l'isthme. Il leur fallut quatre jours pour franchir la jungle épaisse, composée de forêts et de mangroves. Et quatre nuits de sommeil inquiet autour de feux de camp attentivement gardés.

Ils émergèrent enfin de cette prison verte pour se retrouver sur le golfe de Phriphri, émus de revoir l'océan. De là, un service régulier de bateaux devait les conduire à Ayuthia. Après avoir pris des dispositions pour assurer leur passage, les hommes du père Carvalho s'en retournèrent à Mergui sans leur infortuné camarade.

Mark et sa mère voyageaient depuis deux jours à bord d'une robuste jonque en bois de teck. Après avoir longé la côte, celle-ci pénétra le second matin dans l'estuaire du grand Chao Phraya, large de près de deux milles. La barre franchie, ils purent admirer les rizières miroitantes et les vergers fertiles, traversés par une multitude de canaux. Fascinés, Nellie et Mark apercevaient sur les rives des enfants nus à la peau brune jouant à sauter dans les eaux du vaste fleuve depuis les terrasses de leurs maisons.

C'était là un monde entièrement nouveau dont le charme exotique les conquit aussitôt. Sans le savoir, Mark et Nellie partageaient les mêmes pensées. Comme Phaulkon avait dû être séduit, en découvrant pour la première fois ces paysages enchanteurs ! Lui qui, autrefois simple marin, veillait aujourd'hui à la destinée de ce pays.

Le capitaine de la jonque aboya un ordre et le bateau se dirigea vers la rive bordée de palmiers et de bananiers. Peu avant le coucher du soleil, ils accostèrent le long d'une petite jetée de bois au voisinage du village de Bangkok. Le fleuve était couvert de petites pirogues dans lesquelles des femmes, portant des chapeaux de paysanne à larges bords, vendaient des fruits, des légumes et des vêtements aux couleurs vives. On pouvait voir sur chaque rive des huttes de bois sur pilotis et, à quelque distance de là, les murailles crénelées du fort français, rougeoyant sous les feux du soleil couchant. Derrière le village, des rizières d'un vert clair s'étendaient à perte de vue, ponctuées par la flèche dorée d'un temple jetant ses derniers feux dans le crépuscule.

Nellie et Mark songèrent à se rendre au fort pour y demander l'hospitalité et peut-être même y déguster un savoureux repas. Mais Nellie décida qu'ils avaient besoin d'une bonne nuit de sommeil avant de rencontrer le général français. Le lieu tranquille où ils avaient accosté, à la lisière du village, semblait idéal pour retrouver des forces. Les autres passagers débarquèrent et l'un des trois membres de l'équipage se rendit au village pour acheter des provisions. Mark réussit à lui faire comprendre qu'il était préférable de ne pas parler de la présence de la *mem* à bord, espérant ainsi que la foule des curieux ne viendrait pas les déranger.

Peu après la tombée du jour, le marin revint avec des paniers de bambou remplis de riz, de poissons et d'un assortiment de fruits et légumes. Il avait acheté aussi quelques longueurs d'un léger tissu blanc destiné à les protéger des moustiques. Nellie et Mark ne furent que trop heureux de s'en draper. Assis sur les planches du pont, jambes croisées, ils pouvaient enfin ignorer les insectes frustrés qui tournoyaient goulûment autour d'eux. L'air était chaud et embaumait. À la tombée de la nuit, ils burent du lait de coco et prirent un repas de riz et de poisson préparé à terre par le cuisinier.

L'équipage mangeait à part et, quand les hommes eurent terminé, ils retournèrent à bord expliquer à Mark qu'ils allaient voir des amis au village. Ils reviendraient au bateau pour y passer la nuit. La *mem* n'avait rien à craindre en leur absence, assurèrent-ils en souriant, car on ne trouvait pas d'animaux sauvages dans les parages. Réconfortés, Nellie et Mark les regardèrent descendre le sentier boueux qui conduisait au village. Pour la première fois depuis leur départ, ils se retrouvaient seuls.

Un croissant de lune monta dans le ciel clair tropical. Une tapisserie d'étoiles tremblotantes apparaissait entre de fins lambeaux de nuages qui se déplaçaient lentement. C'était un spectacle vraiment magnifique et ils se sentaient soulagés à la pensée de laisser la partie la plus difficile du voyage derrière eux. Hormis l'habituel concert nocturne des grenouilles, des criquets et des cigales, le village, éclairé par quelques rares lumières, était plongé dans le silence.

« Crois-tu que je doive t'accompagner au fort demain, mère ? »

Mark avait été passablement énervé par l'expérience plutôt agitée de son apparition dans le village, cinq jours plus tôt.

« Je me posais la même question. Il est peut-être préférable que je m'y rende seule. Les officiers du fort pourraient eux aussi noter la ressemblance. Et si nous voulons faire une surprise à ton père, il ne faut pas qu'il soit averti de ta présence ici. Il vaudrait mieux que tu restes un peu à l'écart pendant quelque temps. »

Nellie retint un sourire. Elle aussi se sentait impatiente de se retrouver face à Constant, quoique pour des raisons différentes.

« Dommage, soupira Mark. Cet endroit me fascine. Il va m'être pénible d'attendre encore avant de pouvoir l'explorer à ma guise. » Il esquissa une grimace. « Mais je suppose que c'est mieux ainsi, sinon tout le monde continuerait à tomber à plat ventre devant moi ! »

Elle le regarda en riant. « J'espère bien que tout cela ne va pas te monter à la tête !

– Comment allons-nous faire pour surprendre mon père ? demanda-t-il, brusquement sérieux. Il vit sans doute dans un endroit fortifié entouré de gardes. »

En réalité, tout en brûlant de curiosité à l'idée de connaître enfin son vrai père, cette perspective l'effrayait. Il ne demandait qu'à aimer cet homme que l'on disait si remarquable. Mais il ne pouvait non plus s'empêcher d'éprouver à son égard du ressentiment. Pourquoi Phaulkon ne s'était-il jamais manifesté durant toutes ces années ? Selon Nellie, il ignorait qu'elle était enceinte, mais n'avait-il pas, cependant, juré de revenir auprès d'elle ?

Ces sentiments conflictuels n'entamaient pas, toutefois, l'admiration qu'il éprouvait pour cet homme capable de se hisser à un rang aussi élevé dans un pays qui n'était pas le sien. Et puis le garçon se sentait soulagé à l'idée que son vrai père n'était pas aussi vieux que le sévère Jack Tucker. Durant toute son enfance, les autres garçons du voisinage s'étaient souvent moqués de l'âge de ce père adoptif qu'ils surnommaient « Barbe grise ». Jack Tucker était un homme brutal dont il avait dû endurer de cruelles raclées.

Il regarda sa mère, l'air préoccupé. « Comment parviendrons-nous jusqu'à lui ?

– Espérons que le général français pourra nous servir d'intermédiaire », répondit-elle, pensive.

La lueur des chandelles faiblissait et leur flamme tremblotait sous la brise parfumée de la nuit. À l'extrémité de la jetée de bois, déserte à cette heure, les marins avaient laissé sur le rivage une torche allumée de sorte que, même si les chandelles s'éteignaient, on pourrait encore y voir suffisamment. Nellie et Mark n'avaient guère envie de descendre dans leur cabine sous le pont, une alcôve étroite munie d'une minuscule fenêtre, véritable étuve quand le bateau était à quai.

« Je crois que je vais dormir cette nuit sur le pont, déclara Nellie, à présent que nous avons ces merveilleuses moustiquaires.

– Moi aussi. C'est vraiment un luxe. »

Mark descendit chercher deux oreillers et en donna un à sa mère. Puis ils s'étendirent et gardèrent le silence, l'oreille tendue vers les bruits de la nuit. Soudain, alors qu'ils allaient plonger dans le sommeil, un son différent se distingua dans le chœur nocturne familier. Mark dressa l'oreille. On aurait dit un cri lointain qui allait en se rapprochant. Ce son déchirant le silence avait quelque chose d'étrange, de terrifiant même. Nellie se redressa et jeta un regard anxieux à son fils.

« Tu as entendu ? chuchota-t-elle.

– Chut », fit-il, un doigt sur les lèvres. Les sens en alerte, ils écoutèrent, retenant leur souffle.

Le cri suivant fut plus distinct. Une voix d'homme déchira la nuit.

« *Chuey noi !* »

Plus de doute, cette fois. Cela ressemblait à un appel au secours.

Mark se redressa en entendant les cris se rapprocher, haletants, désespérés. « Qui que ce soit, il vient par ici. »

Nellie le regarda, alarmée. Il y avait quelque chose d'effrayant à entendre cela sans rien voir de ce qui se passait. Au-delà du cercle de lumière dessiné par la torche régnait une obscurité impénétrable. On distingua des pas, de plus en plus nets.

Nellie se mit debout sur le pont, scrutant fébrilement la nuit. Aucun autre bateau n'était en vue. Ils étaient totalement seuls. À la lueur de la torche, elle vit alors une silhouette courir vers eux.

Tout se passa très vite. Deux hommes, l'un courant à perdre haleine, l'autre sur ses talons, se profilèrent sur la rive. Les cris cessèrent brusquement pour faire place à un halètement rauque, tout aussi inquiétant. On aurait dit que l'homme n'avait même plus la force d'appeler.

La lune émergea d'un nuage et un homme grand, vêtu d'une soutane, surgit de l'ombre en trébuchant. Son poursuivant, le visage masqué, brandissait un objet métallique et luisant. Le premier homme, maintenant bien visible dans la lueur de la torche, semblait beaucoup trop grand pour être un Siamois. Lorsqu'il aperçut le bateau, il se mit à courir comme un fou sur ses longues jambes et, bandant ses dernières forces, se lança sur la jetée. Figée sur le pont, trop terrifiée pour bouger, Nellie contemplait la scène, impuissante. Vivement, Mark se plaça devant elle pour la protéger.

Quelques secondes plus tard, le grand homme bondit sur le pont. Il rata son saut et s'écroula en avant, tout près de Mark. Son corps long et mince était entortillé dans une robe de prêtre. Il resta là à la recherche de son souffle, sa tête chauve nichée dans un bras. Son poursuivant masqué – un Siamois, constata Mark – se matérialisa presque aussitôt. Petit et agile, il plongea sur sa proie, trop essoufflée pour lui résister, et son bras fendit l'obscurité comme un éclair. Dans un dernier effort, l'Européen se retourna, les yeux écarquillés de terreur. Voyant qu'il tentait désespérément de saisir le poignet du Siamois pour détourner le coup, Mark voulut se jeter en avant. Mais Nellie le retint.

« Non, Mark ! hurla-t-elle. Non !

– Traître ! » cria en français la victime.

Ce fut son dernier mot. Le Siamois se dégagea et abaissa le kris recourbé. Il cria quelques mots en siamois en plongeant la lame dans le cœur du Français. Puis, immobile, il regarda la vie se retirer des yeux de sa victime. Après quoi, il frappa une nouvelle fois la poitrine du prêtre en s'écriant – cette fois en français : « Salutations de Constantin Phaulkon ! »

Nellie ne parvenait pas à en croire ses oreilles. L'assassin avait-il réellement crié le nom de Phaulkon ? Cette fois, elle ne put retenir Mark. Il se précipita sur le Siamois qui, pris de court, laissa échapper le kris. Aussi vif et agile que soit ce dernier, Mark était fort et avait l'avantage de la taille. Ils s'étreignirent furieusement et tombèrent en roulant l'un sur l'autre sur le pont étroit. Folle d'inquiétude, Nellie se saisit du couteau tombé à terre et s'avança vers eux, le bras tremblant, attendant une occasion pour frapper.

Mais les deux hommes se déplaçaient trop vite. Le Siamois se libéra soudain et, avant que Mark n'ait pu se relever, il lui asséna à la tempe un coup de pied vif comme la langue d'un lézard attrapant un insecte. Étourdi par la force et la vitesse du coup, Mark leva instinctivement les mains. Juste à temps. Pivotant sur une jambe le Siamois se retourna et lança son autre jambe, frappant rudement la main du jeune Anglais qui roula sur lui-même pour se mettre hors d'atteinte. Il tenta de se relever mais vacilla, encore étourdi. En un éclair, son adversaire fut à nouveau sur lui. Tournant sur lui-même il lui décocha une série de coups de pied dans les côtes et les reins.

Nellie observait la scène avec horreur. Abandonnant toute prudence, elle se jeta sur l'homme et réussit à lui égratigner le bras de la pointe de sa lame. Sans quitter le jeune Anglais des yeux, il jeta son poing en arrière et frappa violemment Nellie au visage. Le coup fut si inattendu qu'elle chancela et s'écroula sur le pont. Furieux, Mark réussit enfin à se remettre sur pied et se jeta en avant, martelant de toutes ses forces la mâchoire du Siamois qu'il fit valser à plusieurs pas de là sur le pont. Stupéfait, ce dernier tenta de s'échapper mais Mark le poursuivit comme un taureau furieux sans cesser de le rouer de coups. L'homme tomba sur un genou et voulut encore se redresser, mais un direct du droit vint lui fracasser le nez. Il s'écroula, hoquetant de douleur tandis qu'un flot de sang jaillissait de l'arête brisée. Comme il tentait de se relever, Mark sauta sur lui et arracha son masque tout en le maintenant fermement par les bras.

C'était le moment que Nellie attendait. Elle se mit debout et, le couteau à la main, se précipita vers eux. Mais le Siamois la vit venir et choisit parfaitement son moment. Dès qu'elle fut à sa portée, il leva la jambe droite et la frappa une nouvelle fois. La lame dérapa sur son panung, déchira le tissu et érafla sa cuisse. Mark jeta un coup d'œil alarmé à sa mère tandis que l'homme, profitant de cette seconde d'inattention, roulait sur le côté pour bondir sur le pont. Rapide comme le vent, il sauta à terre et disparut dans l'obscurité avant que Mark n'ait pu se retourner et lui donner la chasse.

Il se précipita alors sur Nellie qui, heureusement, n'était qu'étourdie. Appuyée sur un coude, elle respirait fortement mais elle n'était pas blessée.

« Tout va bien, mère ? »

Elle fit un signe de tête, essayant faiblement de lui sourire. Il l'aida à se relever et ils restèrent un instant enlacés, serrés l'un contre l'autre. Puis elle tâta le front du garçon où de vilaines marques commençaient à apparaître.

Mark écarta sa main. « Ce n'est rien, mère. Juste quelques contusions. »

Elle laissa échapper un rire nerveux. « Il me semblait t'avoir entendu dire que les rigueurs du voyage étaient terminées… »

Il s'efforça à son tour de sourire. « C'est en tout cas ce que le capitaine a bien voulu me faire croire. Il va devoir s'expliquer quand il reviendra. »

Mais ils ne parvenaient pas à détourner leurs regards du corps sans vie étendu à leurs pieds. Alors qu'il cherchait quelque chose autour de lui pour le recouvrir, Mark repéra un petit objet tombé sur le pont. Il s'avança et ramassa un crucifix en or dont la chaîne était brisée. Probablement celui du Français, pensa-t-il. Pourtant, quand il se pencha sur le corps, il vit une autre croix autour du cou de la victime.

« On dirait que le Siamois était un chrétien, lui aussi », murmura-t-il, songeur.

Voyant Nellie frissonner, encore sous le choc, il la prit dans ses bras. Elle se mit alors à pleurer, sa poitrine soulevant par saccades son corsage déchiré. Ils restèrent un long moment enlacés, trop émus pour parler, attendant anxieusement le retour de l'équipage. Quand les tremblements de Nellie se furent un peu calmés, Mark se leva et alla chercher dans la cabine un drap dont il recouvrit le corps. En chemin, il remarqua un morceau de tissu par terre à côté du mât. Après un rapide examen, il constata qu'il s'agissait d'un lambeau du panung de l'assassin.

La couture s'était déchirée et laissait entrevoir une feuille de papier. Cela ressemblait à un document officiel, songea Mark en l'étudiant de plus près. Le texte y était rédigé en siamois et un grand sceau ornait le bas de la page. Il replia la feuille et la glissa dans sa poche avant de retourner auprès de sa mère. Comme elle semblait encore mal remise, il décida d'attendre un meilleur moment pour lui faire part de cette découverte.

10

Propulsée par cent rameurs, la longue barque luisante creusait l'eau de remous qui faisaient osciller les embarcations. Assis sur une estrade au centre de la barque, coiffé de son chapeau conique à trois anneaux signalant son rang de mandarin de première classe, le général Petraja contemplait le fleuve. Deux hommes étaient accroupis à ses pieds, l'un portant son épée, l'autre sa boîte à bétel.

Il se rendait à Ayuthia sur l'ordre de son souverain avec mission de persuader la fille unique du roi d'accepter pour époux Pra Piya, le successeur que Sa

Majesté s'était choisi. Petraja avait une piètre opinion de Piya, un imbécile immature et influençable, prêt à vendre son âme aux farangs en échange du trône. Comme si les farangs pouvaient le protéger longtemps du mépris de ses propres sujets...

Les farangs ! Ce seul mot le hérissait déjà ! Toujours en train d'intriguer et de se mêler de tout, leurs griffes tendues avec avidité vers les territoires et les biens des autres peuples, prêts à détruire sans scrupules les traditions les plus anciennes pour y substituer par la force leurs croyances bigotes. Pourquoi donc ne restaient-ils pas chez eux ?

Comme si cela ne suffisait pas, ils ne cessaient de se quereller entre eux, tels des chiens se disputant un os. Les farangs hollandais ne lui avaient-ils pas proposé, un jour, contre leur appui, d'empoisonner le monarque et de s'emparer du sceau royal afin d'attirer les Français hors de Bangkok et de leur tendre une embuscade ? Et tout cela pour empêcher les chiens français de mettre les premiers leurs crocs sur l'os siamois.

Mais il avait mieux pour ces farangs : le moment venu, il les jetterait tous dehors. Oh, pas avec la tactique de Sa Majesté qui se servait des uns contre les autres, mais simplement en leur fermant la porte au nez. Car tout ce qu'ils voulaient en réalité, c'était mettre la main sur le pays.

Ce qui l'exaspérait peut-être le plus, c'était leur sentiment avoué de supériorité. Ils prenaient les Siamois pour des êtres à peine civilisés qu'il fallait soi-disant éclairer afin de les mener sur le droit chemin. Les éclairer, les farangs ? Une race qui ne se lavait jamais, poilue comme des singes, intolérante et dominatrice ? Des êtres vulgaires qui buvaient d'étranges boissons frelatées jusqu'à en perdre l'équilibre, à l'haleine sentant le rance. Leurs manières étaient effroyables. Incapables de sang-froid, ils criaient, hurlaient, gâchant l'atmosphère, sans même garder la dignité naturelle des animaux. Et ces gens-là voulaient donner au Siam des leçons de conduite ? Petraja serra les dents. Que le Seigneur Bouddha les protège !

De tous les farangs, Vichaiyen comptait sans aucun doute parmi les plus dangereux. Il n'avait guère de points communs avec ses semblables et, à bien des égards, il n'était même pas loin de ressembler à un Siamois. Pour cette raison, Petraja ne le sous-estimait pas. Vichaiyen lavait son corps et se parfumait la bouche avec des bâtonnets odorants, il savait dissimuler ses émotions et se comporter en public avec dignité. Mais, par-dessus tout, il avait réussi à maîtriser plusieurs langues, passant aisément de l'une à l'autre. C'était un intrigant consommé, avec les ambitions d'un seigneur de guerre chinois et la ruse d'un commerçant indien. Il avait utilisé tous ces talents pour séduire Sa Majesté et y avait réussi. Petraja devait admettre que son rival lui causait plus de soucis que tous les canons meurtriers de ce général français obèse.

Pourtant, il ne pouvait toucher au Pra Klang – pour le moment du moins –, pas tant que le roi était encore là pour le protéger. Petraja se sentait à la fois furieux et offensé que le Seigneur de la Vie puisse aimer un de ces damnés farangs plus que ses propres courtisans, plus même que les mandarins qui étaient à son service depuis les premiers jours, plus encore que Petraja lui-même qui avait pourtant accepté d'assumer la paternité de son fils. Maintenant encore, alors que le roi était proche de la mort, c'était à Vichaiyen qu'il avait ordonné de rester à ses côtés, alors qu'il avait envoyé en mission Petraja, l'ami et compagnon de sa jeunesse.

Le général leva les yeux et aperçut les hautes flèches d'Ayuthia surgissant devant lui. Ils s'engagèrent dans le grand canal et accostèrent au ponton royal. Escorté d'une douzaine d'esclaves, il se dirigea vers les appartements de la princesse Yotatep. Il avait presque oublié à quel point le Palais royal était imposant et vaste. C'était une véritable ville, trois fois plus grande que Louvo, avec des temples étincelants, des jardins dessinés, des écuries à éléphants, des casernes, des hangars à bateaux, des cachots, des terrains de jeux et d'innombrables bâtiments réservés aux serviteurs.

Partout où passait le cortège, on reconnaissait Petraja. Les gardes et tous les fonctionnaires du Palais se prosternaient respectueusement sur son passage. Il fut surpris de découvrir que, sur ordre de son père, la princesse avait été installée dans de modestes appartements. Personne n'était autorisé à venir la voir, à l'exception de quelques domestiques. Petraja lui-même dut produire un rouleau portant le sceau royal pour que les gardes le laissent entrer. L'antichambre n'était qu'un simple réduit et il estima que ce n'était pas un endroit pour parler. Il était préférable qu'ils se promènent dans les vastes jardins où leur conversation ne risquerait pas d'être surprise.

Quand la princesse fit son apparition, il eut quelque peine à dissimuler son étonnement. Voilà plusieurs mois qu'il ne l'avait pas vue. Comme elle avait vieilli ! Certes, elle n'avait jamais été d'une grande beauté mais elle semblait à présent décharnée et hagarde, les épaules affaissées, le dos voûté, comme si toute fierté avait à jamais disparu de sa personne. Elle ne semblait plus faire le moindre effort pour soigner son apparence et son visage resta de marbre tandis qu'elle saluait le général.

Ils se promenèrent quelques instants en échangeant des propos futiles jusqu'à ce qu'elle s'arrête et se tourne vers lui.

« Général, je suppose que mon Vénérable Père vous a envoyé à moi pour savoir si j'avais accepté de changer d'avis ?

– Noble Dame, il en est ainsi. Son cœur saigne en pensant à la fille qu'il aime.

– Si cela était, il devrait se préoccuper davantage de mes sentiments.

– Noble Dame, c'est ce qu'il fait. Mais il ne lui est pas toujours aisé de concilier ses deux grandes amours. Vous et le Siam.

– Il y a bien peu de choses que je n'accomplirais pour mon Vénérable Père, Général. Piya n'est qu'un pantin entre les mains des farangs, un roturier qui n'a aucun droit légitime au trône. Il ne pourrait même pas gouverner sans l'aide de Vichaiyen et de l'armée française. Et les farangs exigeront qu'il se convertisse comme prix de leur soutien. De toute façon, sa seule vue me donne le frisson. »

Pour la première fois, elle eut un petit sourire. « Mais pas le genre de frisson qu'une femme pourrait souhaiter. »

Aussitôt que Sa Majesté lui avait ordonné de se rendre à Ayuthia pour voir si l'exil de Yotatep l'avait rendue mieux disposée à l'égard d'un mariage avec Piya, Petraja avait conçu l'idée de s'insinuer dans les bonnes grâces de la princesse. Après tout, elle était la fille unique du roi et pourrait se révéler utile pour ses plans futurs. Et il pensait savoir comment flatter sa vanité. Il retint un sourire. Les gens étaient toujours prêts à écouter ce qu'ils désiraient entendre.

« Noble Dame, puis-je vous parler en toute confiance ? »

Ils longeaient un grand bassin rempli de carpes chinoises. Yotatep observa Petraja d'un air interrogateur. « Je n'espérais pas qu'il en serait autrement, Général. »

Petraja la regarda dans les yeux. « Et si votre union avec Piya n'était pas consommée ? S'il ne s'agissait que d'un mariage de convenance ?

– De convenance pour qui ? Pra Piya ? Qu'aurais-je à gagner à un tel arrangement ?

– La tranquillité d'esprit. Votre Royal Père, que vous adorez et respectez, je le sais, serait un homme heureux. Après quoi... »

Yotatep le fixa brusquement. « Vous voulez dire.. ?

– Avec le genre de mariage que je vous propose, il n'y aurait aucune raison pour que vous ne vous permettiez pas de distribuer ailleurs vos... gages d'affection. »

Petraja sut immédiatement qu'il avait touché la corde sensible. La principale objection de Yotatep n'était pas tant la succession au trône que sa passion ardente pour son oncle Chao Fa Noi. S'il parvenait, grâce à son talent de persuasion, à la convaincre d'envisager malgré tout une union avec Piya, Sa Majesté lui en serait grandement redevable. Par la même occasion, la princesse ne manquerait pas de lui en conserver de la reconnaissance pour avoir suggéré une solution qui ne l'éloignait pas définitivement de son cher Chao Fa Noi.

« Mais mon père ne me permet même pas de m'approcher de mon oncle, objecta la jeune fille.

– Les choses pourraient peut-être changer si vous acceptiez d'épouser Piya. Le problème de la succession consume lentement notre vénéré souverain. Sans votre aide, il ne vivra plus très longtemps. »

Elle se tourna vers lui et, pour la première fois depuis son arrivée, il vit une étincelle s'allumer dans son regard. « J'ai besoin de temps pour réfléchir. »

Escorté par un détachement de gardes du palais, Petraja quitta les appartements de Yotatep et se dirigea vers l'entrée principale afin de rejoindre son escorte – ostensiblement pour regagner Louvo. Aucun esclave étranger au palais n'était autorisé à y pénétrer, pas même les serviteurs attachés aux plus hauts dignitaires.

Il décida soudain de tenter malgré tout sa chance. Voilà déjà longtemps qu'il cherchait un moyen d'établir un contact avec Chao Fa Noi. Mais le jeune prince, lui aussi exilé de la cour, avait été mis aux arrêts et privé de tout contact avec l'extérieur.

Le général observa furtivement le capitaine de la garde qui l'escortait. Ils s'étaient déjà reconnus en se rendant chez Yotatep mais sans échanger aucune parole. Petraja ne se souvenait pas de son nom mais il se rappelait fort bien son visage. L'homme devait avoir servi sous ses ordres pendant les campagnes de Birmanie quand, durant cet épisode glorieux de l'histoire siamoise, il avait reconquis les provinces du Nord à la tête de vingt mille éléphants.

« Ne te trouvais-tu pas avec moi en Birmanie ? »

demanda-t-il tout à coup en se tournant vers le capitaine.

Il avait parlé sur le ton de la confidence pour éviter de déclencher les soupçons. Si l'homme avait réellement participé aux campagnes du Nord, il prendrait la question pour une simple remarque et, dans le cas contraire, pour une réflexion polie.

« Des jours inoubliables, Excellence. » Le capitaine avait l'air nostalgique.

Petraja prit un risque. « Je me souviens que mes assistants m'ont rapporté combien tu avais été brave au combat. » Le capitaine rayonna. « Merci, Excellence. Comment faire autrement avec un chef tel que vous ? »

Ils marchèrent encore quelques instants en silence, traversant une autre cour cernée de hauts murs et plantée de somptueuses bougainvillées orange et feu. Devant eux se dressait le portail de l'entrée principale. Petraja entraîna le capitaine à l'écart et lui parla à voix basse :

« Vieux camarade, je suis en mission pour le roi. Puis-je compter sur ta discrétion ? »

Le garde s'inclina profondément. « Je suis votre esclave, Excellence. »

La voix de Petraja n'était plus qu'un murmure. « Il faut que je voie le prince royal, mais ma visite doit rester confidentielle. »

Le garde hésita. « Excellence... aucune visite n'est autorisée...

– Je ne l'ignore pas. C'est pourquoi le Seigneur de la Vie ne veut pas que cela se sache. Je dois être introduit discrètement par quelqu'un de confiance. Peux-tu éloigner les autres ? »

Le garde hésita de nouveau. Petraja lui adressa un sourire d'encouragement. « Ta discrétion et ta loyauté seront rapportées aux oreilles du Seigneur de la Vie. »

L'hésitation du capitaine s'envola. Il renvoya ses hommes et, s'écartant de l'entrée, entraîna Petraja par un dédale de cours intérieures jusqu'aux écuries des éléphants. Petraja n'avait encore jamais franchi cette limite. Ici, des douzaines d'éléphants royaux, les plus beaux de leur espèce, étaient nourris et soignés, éventés et baignés. Un certain nombre d'entre eux, dont l'éléphant blanc sacré, avaient été emmenés à Louvo avec leurs cinq cents gardiens pour être près de Sa Majesté.

Dépassant les écuries, le capitaine conduisit Petraja dans une zone du palais connue pour y abriter les cachots royaux. Là, bien des eunuques négligents ou des concubines infidèles avaient dépéri en paiement de leurs fautes. En pénétrant dans ces lieux jusque-là inconnus, Petraja ne s'étonna plus que le roi ait exilé aussi bien ses frères que sa fille dans le même palais. Il était si grand que chaque quartier de l'immense domaine pouvait passer pour une ville différente. Vingt mille personnes vivaient dans cette enceinte. Dans un tel espace, Yotatep et Chao Fa Noi, les amants terribles, ne risquaient pas de se croiser, séparés comme ils l'étaient par près de sept hectares de cours intérieures et d'allées bien gardées.

Le capitaine finit par ralentir le pas et Petraja regarda autour de lui. Les bâtiments qui se dressaient devant eux lui étaient complètement inconnus. Les appartements du prince étaient aussi modestes que ceux de Yotatep et ressemblaient plutôt aux logements des esclaves. Une série de huttes entouraient une petite cour où un jardin nouvellement planté n'avait pas encore pris complètement forme. Apparemment, le prince – dont l'exil était encore récent – cherchait à améliorer son environnement. Des constructions étaient en cours un peu partout. Le général aperçut un bâtiment sur pilotis en bois de teck bien poli, un peu plus grand et mieux décoré que les autres. Ici, expliqua le capitaine, vivait le prince Chao Fa Noi.

Il lui demanda respectueusement de l'attendre tandis qu'il allait parler au garde posté devant la résidence du prince. Les deux soldats discutèrent quelques instants avec animation et Petraja, vaguement inquiet, vit qu'ils lançaient de temps à autre des coups d'œil dans sa direction. Le capitaine revint enfin, expliquant que, par ordre du roi, il était strictement interdit de recevoir ici tout visiteur. Toutefois, considérant le rang extrêmement élevé du général et l'objet de sa royale mission, une exception pouvait être faite en sa faveur à la condition expresse que la visite soit brève, car les gardes étaient inquiets de manquer à leur devoir.

Petraja remercia chaleureusement le capitaine, l'assurant qu'il n'enfreindrait en rien ces consignes.

L'antichambre n'était guère qu'un simple recoin orné seulement de quelques coussins. Tandis que Petraja attendait, il perçut l'écho étouffé de bruits affolés dans la pièce voisine. Apparemment, sa visite semait la panique parmi le personnel du jeune prince.

Lorsqu'il fut enfin introduit, tout semblait parfaitement en ordre. Pourtant quelque chose n'allait pas dans l'harmonie générale de l'appartement. Le mobilier était trop grand. Les somptueux cabinets laqués, datant des premières temps d'Ayuthia, paraissaient déplacés dans ces pièces originellement conçues pour des domestiques. Quant au grand paravent japonais placé dans un angle de la chambre, il était totalement disproportionné.

Le prince accueillit le général, à la fois souriant et tendu, visiblement intrigué par cette visite inopinée. On le sentait inquiet. D'un pas incertain, il s'approcha de Petraja.

Celui-ci se prosterna devant le plus jeune frère du roi en l'observant à la dérobée. Les traits du beau Chao Fa Noi étaient toujours séduisants, mais on distinguait encore sur ses jambes les cicatrices du châtiment administré sur les ordres de Yotatep. Folle de jalousie, elle avait ordonné de le faire fouetter après qu'il eut été découvert en compagnie de Thepine, la concubine préférée du roi. De fait, le jeune prince pouvait s'estimer heureux de se retrouver encore en vie. Selon la loi, il aurait dû être enfermé dans un sac de velours et frappé à mort à coups de gourdin. Mais Yotatep, satisfaite et horrifiée à la fois par les cruelles lacérations infligées sur sa demande, avait couru plaider sa cause auprès de son père. Succombant à ses supplications, ce dernier s'était contenté de condamner son frère à l'exil définitif.

En examinant discrètement le jeune prince à travers ses doigts croisés, Petraja, toujours prosterné, pouvait lire la concupiscence et la débauche qui avaient entraîné sa chute. Comme il s'était montré stupide et peu clairvoyant ! En tant qu'héritier du trône, il aurait pu mener une vie de luxe et d'opulence, satisfaire ses moindres désirs et attendre tranquillement de monter sur le trône. Mais, en séduisant Thepine, il avait choisi le seul fruit défendu. Il ne lui restait plus, désormais, pour seule compagnie, que ses rêves enfuis.

L'occasion était bonne, pour Petraja, de réveiller ces rêves afin de s'assurer pour l'avenir un allié de poids. Par tous les moyens, il devait réussir à rassembler les plus puissantes influences pour mener à bien ses projets.

« Je vous en prie, cher Général, relevez-vous. » Le ton du prince était courtois mais prudent. « Votre présence ici est, je dois l'avouer, une immense surprise. Si peu de visites me sont autorisées ces temps-ci. De plus, je croyais que vous aviez adopté la vie monastique. »

Petraja retint un sourire. « C'était là mon intention, Votre Altesse, mais votre auguste frère m'a fait rappeler. »

Quelle chance, songea-t-il, qu'il ait su maîtriser son impatience en évitant de quitter trop tôt le monastère. La convocation royale lui avait fourni le meilleur des alibis. Tous étaient persuadés qu'il quittait à regret sa vie de reclus.

« Mon royal frère préférait sans doute avoir à ses côtés ses plus fidèles courtisans. » Une ombre traversa le visage du prince. « Quant à moi, j'ai malheureusement perdu ce privilège.

– Sachez, Votre Altesse, que j'ai souvent plaidé votre cause auprès de Sa Majesté, dit Petraja avec sympathie. Hélas, jusqu'ici, ce fut sans succès.

– Je n'attends aucun pardon, répliqua le prince, de

plus en plus amer. Mais que mon frère le roi veuille proclamer un simple roturier à ma place, c'est peut-être porter le ressentiment un peu trop loin, ne pensez-vous pas ? »

Petraja sentit que le soulagement initial d'avoir été laissé en vie avait fait place à une profonde frustration et à un ardent désir de retrouver la gloire de son ancienne position. Discrètement, il jeta un regard rapide autour de lui. En dehors d'eux, seul un esclave était resté prosterné sur le seuil de la porte. Il fallait impérativement le faire renvoyer. Ce qu'il avait à dire ne concernait que les oreilles du prince.

« Pouvons-nous nous entretenir seul à seul, Altesse ? »

Le prince regarda autour de lui nerveusement, un peu comme s'il avait mauvaise conscience. « Mais *nous sommes* seuls. »

Petraja désigna le serviteur d'un geste rapide.

« Oh lui, dit le prince en souriant, apparemment soulagé, je vois... » Il lança un ordre et l'esclave disparut aussitôt. Puis il attendit que Petraja prenne la parole.

Le général regarda le prince droit dans les yeux.

« Votre Altesse, je suis venu ici aujourd'hui pour vous offrir mon aide. Voyez-vous, je suis un traditionaliste et, de ce fait, bien peu enclin à accepter qu'un roturier accède au trône de ce pays à l'histoire millénaire. Surtout lorsque ce prétendant abusif promet d'abandonner notre antique foi bouddhiste pour embrasser les croyances étroites des farangs. »

Le prince tenta de dissimuler son excitation croissante.

« Vous éveillez en moi un espoir nouveau, Général.

– Je ne puis, hélas, m'attarder dans ce palais, aussi je serai bref. Pardonnez la liberté de mes paroles, mais si vous deviez répéter un seul mot de cet entretien, je me verrais dans l'obligation de vous contredire et de vous retirer mon appui. »

Le prince sourit. « Il ne serait guère dans mon intérêt d'agir ainsi, Général. »

Petraja s'inclina. « Vous êtes l'héritier légitime du roi, Altesse, et le seul prétendant au trône. »

Chao Fa Noi rayonna. « Si je devais retrouver la position qui m'est due, j'aurais besoin des services d'un Barcalon sur la loyauté duquel je puisse compter. Un homme tel que vous, en somme. »

Le général s'inclina à son tour. « Je ne songe qu'au bonheur du Siam, Altesse. » Il fit une pause. « Vous recevrez de temps à autre de mes nouvelles signées "Dawee". Si je fais allusion à la santé de ma sœur, sachez que je parlerai en réalité du roi. Lorsque je vous informerai que l'état de ma sœur s'est détérioré et qu'il n'y a plus de remède, le moment sera venu pour vous de sortir de l'ombre. Je vous ferai signe en temps voulu. Vous découvrirez alors que vous avez de nombreux soutiens au sein de notre population et que... »

Petraja s'interrompit tout à coup et le prince, surpris, vit son regard braqué sur le grand paravent japonais. Profitant d'un rayon de soleil qui venait de se glisser par la fenêtre ouverte, ses yeux perçants avaient capté le mouvement fugitif d'une ombre derrière le paravent.

Petraja continua à parler comme si de rien n'était tout en se déplaçant sur le côté pour voir ce qui se cachait là. Les yeux écarquillés, le prince le regardait sans réagir. Soudain, Petraja bondit, les bras tendus, et plongea derrière le panneau pour émerger presque immédiatement en tenant par la peau du cou, comme des chiots, deux enfants qui se tortillaient, affolés. Un garçon et une fille, âgés peut-être de quinze ou seize ans. Tous deux d'une beauté remarquable.

Petraja les maintint fermement en interrogeant Chao Fa Noi du regard.

L'air penaud, le prince appela un esclave pour lui ordonner de conduire les deux adolescents dans l'antichambre. Puis il se tourna vers Petraja qui avait l'air furieux.

« Ils étaient... avec moi quand vous êtes arrivé,

Général. Je n'attendais pas de visiteurs, vous comprenez... »

Le regard de Petraja demeurait sombre, inflexible. « Ils ont tout entendu. Il faut les réduire au silence. » Le prince sursauta. « Ils sont inoffensifs, Général. Je les utilise... pour mon plaisir. Ils ne parleront pas. »

Petraja lui jeta un regard implacable. On entendait des pleurs monter de l'antichambre. « Et moi je vous répète qu'ils doivent être mis à mort. J'ai appris depuis longtemps à ne pas prendre de risques, Altesse. »

Le prince prit une expression suppliante. Puis il remua les mains dans un geste d'incertitude, à la recherche de la meilleure approche.

« Bien peu de joies me sont laissées, Général. Ces enfants sont généreusement récompensés et ne compromettront jamais leur situation. Je vous assure que vous n'avez rien à craindre. »

Mais Petraja ne fléchit pas. « S'ils ne sont pas mis à mort sur-le-champ, lança-t-il durement, je vous retire mon soutien. »

Voyant qu'il faisait mine de quitter la pièce, le prince eut un ultime sursaut de volonté. Indigné de se voir traiter de la sorte, il redressa la tête.

« Je suis désolé que vous preniez les choses ainsi, Général. Il m'est impossible de me résigner à faire mettre à mort deux innocents enfants. C'est moi qui leur ai ordonné de rester derrière le paravent. »

Petraja fit encore un pas en direction de la porte. « Vraiment ? Et pourquoi cela ? »

Le prince hésita. « Quand on vous a annoncé, j'ai cru que vous étiez un émissaire de Yotatep. Vous savez combien elle sait se montrer jalouse. Je ne voulais pas que vous lui rapportiez que... » Il baissa les yeux vers les cicatrices qui zébraient ses cuisses. « Moi aussi, j'ai appris à ne pas prendre de risques, Général.

– Cependant, je crains de ne pouvoir changer d'avis, Altesse. »

La brève indignation du prince fit de nouveau place à l'angoisse. Il ne pouvait se permettre de perdre le soutien de Petraja. Avec un stratège aussi génial que lui à son côté, son espoir d'accéder à l'ancien trône du Siam ne semblait plus un rêve inaccessible. Il s'avança vers Petraja et murmura faiblement : « Très bien, Général. Je ferai ce que vous voulez. » Petraja hocha la tête, s'inclina et sortit.

11

Le fauteuil occupé par le général français était plutôt impressionnant. Construit en bois de teck poli, décoré de sculptures représentant des scènes de combats avec des éléphants de guerre, il avait été réalisé tout spécialement aux mesures du corpulent Desfarges. Les Siamois n'ayant pas coutume de s'asseoir sur des sièges, le menuisier avait dû emprunter un modèle au séminaire jésuite. Le résultat était pour le moins surprenant.

Mal à l'aise, le général s'agita sur son fauteuil, s'épongea le front et contempla ses officiers supérieurs installés autour de la table. À sa droite, le major de Beauchamp, un bel homme aux cheveux blonds ; à sa gauche, le capitaine Dassieux avec sa grosse moustache noire ; à côté de lui, le lieutenant Le Roy, toujours tiré à quatre épingles. On avait disposé devant eux, sur la table, des assiettes contenant des quartiers de citron qu'ils pressaient dans de l'eau bouillie pour obtenir une boisson rafraîchissante. Malgré l'ombre jetée par les branches d'un gigantesque arbre à pluie, la chaleur était étouffante. L'arbre et la table qu'il abritait n'occupaient qu'un faible espace de l'immense cour intérieure, entourée de palmiers et cernée par les hauts murs du fort de Bangkok. À moins d'un jet de pierre de là, le puissant Chao Phraya roulait ses eaux huileuses dans l'air lourd et oppressant.

« Eh bien, messieurs, j'attends vos rapports. » Le

général les regarda l'un après l'autre. « Qui a tué le père Malthus et pourquoi ?

– Selon le capitaine du bateau, l'assassin était un Siamois. Ce qui semble exclure toute querelle interne entre jésuites, observa le capitaine Dassieux en caressant sa moustache.

– À moins qu'ils ne se soient adressés à un tueur à gages, rétorqua le major de Beauchamp.

– Mais qui pourrait bien vouloir tuer un jésuite ? s'indigna Le Roy.

– Un certain nombre de personnes, j'imagine, observa le général en souriant.

– Jusqu'ici, les Siamois ont toléré l'activité des jésuites, reprit Beauchamp. Je n'imagine pas quel motif aurait pu les faire changer d'attitude. Il est plus probable que les jésuites se sont disputés entre eux et que l'un d'eux a loué les services d'un assassin pour faire la sale besogne.

– Je ne peux concevoir qu'un homme de Dieu puisse vouloir en tuer un autre », remarqua Le Roy d'un air chagrin.

Beauchamp haussa les épaules. « Le fanatisme a une influence étrange sur l'esprit des hommes. N'avons-nous pas entendu dire que de sévères dissensions les agitaient à propos du rôle de Phaulkon dans la conversion du roi ?

– Phaulkon n'a jamais eu l'intention de convertir le roi, objecta Dassieux. Il ne se bat que pour lui-même.

– Nous n'en avons aucune preuve », intervint vivement le général.

C'était un sujet délicat car il savait son camp divisé en la matière. Desfarges, lui-même, hésitait. Les ordres du Roi-Soleil étaient d'obtenir la conversion de la population siamoise par des moyens pacifiques et de n'employer la contrainte qu'en cas d'échec. Mais à quel moment pouvait-on dire que cette politique avait échoué ? Quand le roi Louis avait donné l'autorisation de recourir à la force, savait-il à quel point les Siamois étaient farouchement attachés à leur indépendance ? Et qu'ils pouvaient aligner vingt mille éléphants de guerre sous les ordres du très compétent général Petraja, héros des campagnes de Birmanie ? Qui pouvait prétendre connaître l'issue d'une bataille entre des éléphants de guerre et des canons ? Il n'y avait eu, jusque-là, aucun précédent.

« Le seigneur Phaulkon a réclamé davantage de temps, dit-il enfin.

– Que peut-il faire d'autre, sachant qu'il n'est pas en mesure de tenir ses promesses ? » contra Dassieux avec amertume. Il n'aimait pas Phaulkon et ne faisait aucun effort pour le dissimuler.

« Nous devons rechercher autant que possible une solution pacifique, coupa le général. Je n'ai pas encore abandonné. De toute façon, nous nous éloignons du sujet, messieurs. Le problème n'est pas Phaulkon, mais Malthus.

– Quand verrons-nous cette Anglaise ? demanda Dassieux. Elle pourrait certainement éclairer la situation.

– Laissons-lui le temps de se reposer après cette terrible aventure, dit le général. Elle se trouve toujours sur le bateau. Le capitaine a déclaré qu'à son retour, la nuit dernière, il l'avait trouvée sur le pont, tremblante, en compagnie de son fils. Dupuy est là-bas et il nous l'amènera dès qu'elle aura repris ses esprits. »

Le Roy intervint. « Pourquoi le capitaine a-t-il mis si longtemps pour nous apporter le corps ?

– Probablement parce qu'il devait être paralysé par des superstitions, suggéra Beauchamp. Les Siamois croient aux esprits et n'oubliez pas que l'agression s'est passée au milieu de la nuit.

– Dupuy a-t-il parlé à cette Anglaise quand il a fouillé le bateau ?

– Oui, mais seulement à travers la porte de sa cabine, répliqua le général. Elle était trop bouleversée pour dire grand-chose mais nous savons au moins qu'elle parle français.

– Merci, mon Dieu ! s'exclama Dassieux qui était à la fois paresseux et pessimiste.

– Et Dupuy n'a rien trouvé d'autre à bord ? » insista Le Roy.

Toujours méticuleux, il fit un geste pour redresser son col pourtant aussi impeccable que d'habitude.

« Seulement des traces de sang. Pas d'autre indice.

– Que peut bien faire une femme blanche dans ce coin ? » lança Beauchamp à la cantonade.

Avec son beau visage aux traits nordiques, le major était le plus calme de tous les officiers, celui qui se contrôlait le mieux. Il observait les autres sans émotion apparente.

« Le batelier dit qu'elle voyage avec son fils. D'après Dupuy, dont le siamois est plutôt hésitant, le capitaine sait seulement qu'elle a voyagé par route depuis Mergui et que son passage jusqu'à Ayuthia a été payé par les hommes qui l'ont accompagnée jusqu'à la côte.

– Tout cela semble plutôt inhabituel », soupira le général.

Dassieux hocha la tête.

« Eh bien, espérons au moins qu'elle pourra décrire l'assassin. »

Entre temps, un groupe de Siamoises, poitrine nue, avait apporté des chaudrons de riz fumant ainsi que des plats de poisson et de poulet préparés à la française par le chef Mireaux. Le corpulent général se servit largement et abandonna la conversation pour se consacrer à son assiette.

Levée depuis déjà un bon moment, Nellie n'était pas pressée de faire son apparition. Elle voulait se montrer sous son meilleur aspect, persuadée que ce jour allait marquer une étape décisive dans sa recherche de Phaulkon. Les Français, elle en était certaine, seraient en mesure de l'aider – du moins si elle savait se montrer assez persuasive.

Elle se coiffa longuement, soigneusement. Puis, à l'aide de son petit miroir de poche, elle se maquilla avec des fards apportés d'Angleterre, dans l'espoir de dissimuler les cernes que cette nuit agitée avait creusés sous ses yeux. Elle portait la seule robe européenne encore en sa possession, ayant pris soin de la suspendre chaque nuit pour la défroisser. C'était une robe d'une jolie teinte jaune clair, pourvue de manches bouffantes et resserrée à la ceinture, faisant ressortir sa taille fine. Le haut en était décolleté, laissant apparaître ses belles épaules et entrevoir les courbes tentantes de ses seins. Sachant combien les Français étaient attachés aux questions d'élégance, Nellie était décidée à faire impression sur le général.

Elle voulait aussi avoir le temps de rassembler ses esprits. La lettre que Mark avait trouvée dans la couture du tissu arraché à l'assassin avait fait l'objet d'une longue discussion entre eux. Devaient-ils la montrer aux hommes de l'équipage et leur demander ce qu'elle signifiait ? Mais le siamois de Mark demeurait encore hésitant et il n'était pas certain de comprendre leurs réponses. Peut-être valait-il mieux en aviser seulement le général Desfarges lors de leur visite au fort.

Instinctivement, Nellie devinait que ces lignes avaient un rapport avec Phaulkon. Le Siamois n'avait-il pas prononcé son nom ? Elle se demanda s'il n'était pas finalement préférable de garder la lettre secrète. Mais alors, comment trouver quelqu'un de confiance qui la leur traduise ? Les paroles de l'assassin continuaient de la tracasser. Cet homme qu'elle avait tant aimé et qui n'avait pas hésité à l'abandonner faisait-il partie d'une conspiration de meurtriers ? Le passé venait à nouveau la hanter et, bien malgré elle, les images douloureuses de longues années de cauchemar vécues après le départ de Phaulkon.

Agitée, elle avait attendu une éternité avant de pouvoir trouver le sommeil. Au moment de sombrer dans l'inconscience, elle n'avait pas manqué de remercier Dieu pour Mark. Jamais elle n'avait eu autant besoin de sa force intérieure et de sa protection. Ici, au Siam, sa pétulance enfantine s'effaçait. Il se transformait en homme sous ses yeux.

Il la rejoignit dans la cabine et lui lança un regard

appréciateur. Elle fut heureuse de lire dans ses yeux qu'il était fier d'elle.

« Tu es l'image même d'une rose d'Angleterre, mère. Les Français seront sous le charme. »

Elle se contempla encore une fois dans son petit miroir de voyage. « Tout ce que je souhaite, c'est m'assurer leur aide pour parvenir jusqu'à ton père, Mark.

– Sans doute n'ont-ils pas vu de femme européenne depuis des années ! Méfie-toi... ils pourraient bien ne jamais te laisser partir.

– Il faudrait bien plus que toute une armée française pour me retenir loin de toi, répliqua-t-elle en l'embrassant.

– Comptes-tu leur montrer la lettre ?

– Je ne sais pas encore, mais je la prends avec moi. »

Elle ouvrit la porte de l'étroite cabine.

« Je ne t'accompagne pas, mère. Il y a un Français de garde sur le pont. Je ne veux pas qu'on me prenne une fois de plus pour mon père. »

Elle rit nerveusement, lui envoya un baiser et s'éloigna dans la coursive.

Tout en suivant le caporal Dupuy le long d'un sentier longeant le fleuve, Nellie fut impressionnée par l'imposante forteresse qui se profilait au loin et ne semblait guère à sa place dans cet environnement exotique. Son guide lui expliqua qu'elle avait été construite par les Portugais à l'époque où ceux-ci régnaient en maîtres exclusifs sur le commerce de l'Asie. Par la suite, les Français avaient réparé ses remparts et embelli le bâtiment après que le roi Naraï avait offert au général Desfarges d'y abriter son armée. Sa haute silhouette aux murs de briques crénelés dominait une courbe du fleuve à quelques milles de l'embouchure du grand Chao Phraya. Sa position stratégique empêchait tout visiteur importun de gagner la capitale Ayuthia, au nord.

Nellie éprouva une bouffée de soulagement à la vue de cette architecture européenne, si incongrue soit-elle. Elle se réjouissait également de revoir à nouveau les gens de sa race. À la porte du fort, une sentinelle en uniforme les salua. Ils étaient manifestement attendus. Le guide les conduisit dans une vaste cour intérieure semée d'une végétation exubérante. C'était un endroit agréable et ombragé, bercé par l'écho des remous du grand fleuve voisin. La flèche étincelante d'un temple dont la présence, ici, surprenait quelque peu, jaillissait au-dessus de la ligne massive des murs.

Tandis qu'ils pénétraient dans une seconde cour, Nellie aperçut un groupe d'officiers assis à l'ombre d'un grand arbre. Ils se levèrent tous précipitamment à son approche et la contemplèrent, visiblement éblouis par sa beauté. Nellie se demanda depuis combien de temps ils n'avaient pas vu de femme européenne.

Le général fut le premier à retrouver sa voix.

« Madame, permettez-moi de vous souhaiter la bienvenue à Bangkok et de vous exprimer mes plus profonds regrets pour les malheureux événements qui vous y ont accueillie. Je suis le général Desfarges et voici mes officiers supérieurs, Beauchamp, Dassieux et Le Roy. »

Les officiers s'inclinèrent à tour de rôle.

« Merci, Général », répondit-elle de sa voix la plus cristalline, en adressant un sourire à chacun des officiers. « Certes, cela n'a pas été facile, messieurs, mais je me sens à présent moins effrayée en si vaillante compagnie. »

Heureusement, songea-t-elle, son français était passable...

Les hommes rayonnèrent et ce fut à qui aurait l'honneur de l'escorter jusqu'à un siège. Ils étaient sous le charme, séduits par sa beauté tout autant que par son français teinté d'un fort accent anglais. Dès qu'elle fut assise, ils se précipitèrent pour lui offrir à boire et à manger tout en l'assurant de leur dévouement. Ils auraient volontiers poursuivi leurs assiduités mais un regard sévère du général leur rappela que c'était lui le maître du jeu.

Nellie reporta son attention sur Desfarges. C'était un homme très gros, ce qui ne devait guère être agréable dans un climat aussi tropical. Il transpirait abondamment et la sueur avait collé sur son front ses maigres cheveux gris. Les boutons de son uniforme étaient tendus à en craquer et il gardait les mains croisées sur son ventre rebondi comme si cette position pouvait dissimuler l'ampleur de son tour de taille. Cette apparence plutôt comique ne s'accordait guère avec ses efforts de galanterie et, en d'autres circonstances, Nellie s'en serait fort amusée.

« Pardonnez-nous si cette réunion a tout l'air d'un tribunal, madame, reprit-il en se tamponnant le front avec un mouchoir de soie, mais la vérité est que nous avons hâte de vous poser quelques questions au sujet de ce fâcheux incident – du moins s'il ne vous est pas trop pénible d'y revenir.

– Mais bien entendu, Général. Je ne demande qu'à vous être utile. »

Nellie sourit de manière encourageante, satisfaite de l'effet qu'elle produisait sur son auditoire. Elle remarqua que l'un des officiers était un très bel homme, avec des cheveux blonds et des yeux clairs. Elle crut se souvenir qu'il s'appelait Beauchamp.

« Permettez-moi de vous demander tout d'abord votre nom, madame.

– Je m'appelle Nellie Tucker et je viens d'Angleterre. Je suis ici pour retrouver mon frère qui se trouvait au Siam lorsque nous avons reçu pour la dernière fois de ses nouvelles. Il s'agit d'un missionnaire du nom de Sanders. Richard Sanders. Notre père est mort en nous laissant un peu d'argent et je sais que cette somme serait très utile à Richard pour son travail. J'espérais pouvoir rester ici et l'aider.

– Je vous prie d'accepter toutes nos condoléances pour votre père, madame. J'ai cru comprendre qu'un jeune homme voyageait avec vous ?

– Oui, mon fils Mark. » Le général sourit et elle crut déceler chez lui une note de soulagement. « Il est encore jeune et... les événements de la nuit dernière l'ont beaucoup affecté. J'ai jugé préférable de le laisser se reposer sur le bateau.

– Naturellement, approuva Desfarges avec compassion. Cette épreuve a dû être terrible pour vous deux. Cependant, aussi douloureux que soient ces souvenirs, il me faut vous demander de nous relater une nouvelle fois en détail les événements de la nuit dernière, en essayant de ne rien oublier. »

Nellie en fit une description complète, omettant toutefois de parler du crucifix et de la lettre trouvés sur le pont. Elle se dit que, même si l'existence de cette lettre venait à être connue, personne ne pourrait la soupçonner de l'avoir prise. On penserait qu'elle était tombée de la poche de l'assassin durant sa fuite ou, encore, qu'elle avait glissé par-dessus bord pendant la lutte. Quant à la croix, elle seule pouvait savoir que l'assassin en portait une. Instinctivement, elle sentait qu'une information aussi importante, capable même d'incriminer Phaulkon, était un atout supplémentaire contre ce dernier. En attendant, il était préférable de rassembler autant d'alliés que possible autour d'elle.

« L'assassin siamois n'a-t-il donc rien dit à Malthus pendant la lutte ? » s'étonna Desfarges après que Nellie eut achevé son exposé. « Pas la moindre menace, aucune parole fournissant une indication quelconque ? »

Nellie poussa un petit cri et enfouit la tête entre ses mains.

« J'oubliais... mon Dieu, comme c'est stupide de ma part ! Je suis encore si troublée, Général. Lorsque l'assassin a poignardé sa victime, il s'est écrié "Avec les compliments de Constantin..." Ma foi, j'ai oublié la suite. J'étais si affolée. »

Les officiers échangèrent des regards entendus. « Ne s'agissait-il pas d'un certain... Phaulkon ? interrogea le général.

– Oui, oui, c'est bien cela... Il me semblait avoir déjà entendu ce nom auparavant mais je ne me souvenais plus où. » Et comme elle n'était pas à court de mensonges, elle ajouta négligemment : « Qui est-ce ?

– Le Premier ministre du roi, madame. Un Grec. Sans doute aurez-vous déjà entendu mentionner son nom. C'est un personnage très connu, ici.

– Ah! Mais alors pourquoi voudrait-il assassiner un prêtre?

– Phaulkon n'hésiterait pas à éliminer tous ceux qui se mettent en travers de sa route, assura Dassieux.

– Non, ce n'est pas vrai, rétorqua le séduisant Beauchamp. Je ne dirais pas qu'il est un catholique fervent, mais de là à assassiner un jésuite...

– Le Premier ministre est donc catholique? demanda Nellie, soudain pleine d'espoir. Mais c'est merveilleux. Il pourra sans doute m'aider à retrouver mon frère.»

Desfarges devint soudain très galant. « Loin de nous l'idée de vous présenter au Premier ministre, madame. Il a trop de goût pour les jolies femmes.»

Nellie eut un rire coquet. «Il n'est donc pas marié?»

Le général sourit. «Il l'est, mais son épouse vit à Ayuthia alors qu'il passe la majeure partie de son temps à Louvo, à une bonne journée de voyage d'ici.

– Je ne craindrais pas de le rencontrer si je me savais sous votre protection, Général», affirma Nellie avec un sourire enjôleur.

Desfarges rayonna de joie. «Ce serait un honneur pour moi de me considérer comme votre protecteur, madame.

– Voilà qui est très aimable à vous, monsieur. Mais si ce seigneur Phaulkon n'est pas un catholique fervent, je pourrais peut-être l'aider à renforcer sa foi. Mon père était prêcheur et je peux me montrer très persuasive, moi aussi. Je ferais n'importe quoi pour vous remercier de votre amabilité.

– Madame, il n'est pas question de remerciements.»

Le général l'observait, perplexe. Il se demandait confusément si son voyage dans ce pays lointain ne cachait pas d'autres motifs.

«Madame Tucker, nous souhaiterions vous offrir l'hospitalité au fort pendant quelques jours. Vous et votre fils pourriez profiter d'un peu de repos et – il sourit – apprécier notre cuisine française. L'assassinat d'un de nos prêtres est une affaire sérieuse et nous avons besoin de votre assistance pour identifier le meurtrier dès que nous aurons mis la main sur lui. Je suis certain qu'il ne nous faudra pas longtemps en travaillant de concert avec les autorités siamoises. »

Nellie ne s'attendait pas à ce que les événements prennent une telle tournure. Elle ne pouvait risquer que Mark soit reconnu. Si Phaulkon était averti de leur présence, il pouvait refuser de les rencontrer. Ou, qui sait, user de ses pouvoirs étendus pour les faire expulser du Siam. Il fallait élaborer rapidement une stratégie. Et surtout éviter de perdre du temps à Bangkok.

Elle sortit un mouchoir du petit sac suspendu à sa taille et s'en tapota délicatement le front. Au moment de le replacer dans le sac, elle poussa un petit cri.

« Oh, mon Dieu, j'ai apporté cela pour vous le montrer et voilà que j'allais oublier. Que je suis étourdie... » Elle sortit le crucifix et le posa sur la table. « Cet objet est tombé du cou de l'assassin pendant la lutte. »

Les officiers examinèrent la croix avec un vif intérêt. Desfarges paraissait de plus en plus intrigué. Il se demandait comment, même dans ces circonstances, elle avait pu oublier un détail aussi crucial. Les récents événements semblaient décidément l'avoir beaucoup perturbée.

« Il devait appartenir à Malthus, observa Beauchamp.

– Non, il avait toujours le sien à son cou. Je l'ai vu quand j'ai examiné le corps, affirma Le Roy.

– L'assassin est donc un catholique. Voilà qui rétrécit de beaucoup le champ de nos recherches, décréta Beauchamp. La plupart de ceux qui se sont convertis travaillent au séminaire d'Ayuthia. Il devrait être possible de retrouver celui à qui cette croix fait défaut. Le séminaire est le seul à produire ces crucifix en or et je sais que tous sont tenus de les porter. Le père Dublanc me l'a raconté. Tout comme les Siamois portent au cou des amulettes bouddhistes, les jésuites ont pensé qu'il était bon d'exiger de leurs convertis qu'ils portent une croix. Cela leur donne un sentiment d'appartenance. »

Dassieux prit un air dubitatif.

« L'homme n'aurait-il pas pu s'en faire faire une autre au-dehors ? Ces croix ne sont sûrement pas irremplaçables.

– Elles sont en or et portent le sceau des Jésuites. Qui d'autre, dans ce pays, pourrait en fabriquer ? rétorqua Beauchamp.

– Si je me rendais à Ayuthia, je pourrais peut-être vous aider à identifier le coupable », suggéra Nellie.

Le général réfléchit un instant.

« Je pense qu'il est préférable que vous restiez quelque temps ici avant que votre présence ne soit connue de tout le pays, madame Tucker. L'assassin ne peut savoir que vous avez trouvé le crucifix. Il va se tenir tranquille un certain temps jusqu'à ce qu'il se sente en sécurité. Ensuite, il cherchera sans doute à s'en procurer un autre sous une excuse quelconque.

– Possible, admit Beauchamp, d'autant qu'ils sont supposés les porter en permanence.

– Alors, espérons que nous pourrons l'attraper, conclut Desfarges. Nous allons envoyer un messager au séminaire pour les informer de la situation. Dès que quelqu'un se présentera pour réclamer une nouvelle croix, nous enverrons Mme Tucker pour l'identifier. » Il sourit à la jeune femme. « Il semble donc que nous allons avoir le plaisir de votre compagnie au fort au moins quelque temps, madame. L'un de mes hommes va vous montrer vos appartements et vous accompagnera jusqu'au bateau pour aller chercher votre fils et vos bagages. »

À défaut de trouver une réplique, Nellie lui rendit son sourire.

12

Sorn, la cuisinière de Phaulkon, était prosternée devant son maître dans le cabinet de travail où celui-ci aimait méditer, entouré de ses objets d'art favoris : son inestimable collection de cabinets d'Ayuthia en laque noir et or, d'anciens manuscrits bouddhistes alignés sur d'interminables étagères et le modèle réduit tant aimé du *Lotus Royal*, la jonque côtière en forme d'aile de chauve-souris qui l'avait amené pour la première fois au Siam.

Étendu paresseusement sur un magnifique divan – un cadeau des jésuites –, il porta un regard affectueux sur Sorn, sa fidèle servante. Elle l'accompagnait depuis les premiers jours, assistant avec fierté à l'ascension qui avait fait de lui, simple marchand, le plus puissant personnage du pays. Le front enfoui dans le tapis bleu de Perse, elle tenait son visage rond et jovial partiellement dissimulé derrière ses mains jointes. Sorn était le plus ancien membre de son personnel, qui totalisait maintenant près de six cents personnes. Phaulkon la savait d'une loyauté absolue. Elle aurait fait n'importe quoi pour lui. En retour, il se montrait généreux avec elle, la complimentait fréquemment pour ses bons plats et suivait ses recommandations à l'égard des autres serviteurs.

Dans les premiers temps, elle lui procurait de belles esclaves pour satisfaire tous ses désirs mais, depuis qu'il avait épousé Maria, tout avait changé. Le catholicisme fervent de sa femme lui interdisait désormais ces pratiques – du moins officiellement. À présent, Sorn comblait d'autres besoins plus en rapport avec son rang élevé : elle lui fournissait des espions.

Au Siam, les liens familiaux étaient très étroits et considérés comme sacrés. Les espions recommandés et formés par la vieille servante lui étant tous apparentés d'une manière ou d'une autre, Phaulkon pouvait donc compter sur leur fidélité. L'espionnage étant, par essence, une activité à hauts risques, il veillait à ce que tous ses informateurs soient récompensés en conséquence. En retour, ses agents se montraient d'une efficacité et d'une loyauté à toute épreuve.

Profondément attaché à cette femme qui avait tenu dans sa vie une place plus grande que quiconque, Phaulkon sourit à Sorn.

« Eh bien, es-tu venue me proposer quelque nouvelle recette irrésistible ?

– Puissant Seigneur et Maître, je voudrais bien apporter d'aussi plaisantes nouvelles. Mais il semblerait que des ennuis se profilent à l'horizon. Le jeune Krit nous a fait parvenir une lettre depuis le palais d'Ayuthia. Il était convenu qu'il ne se manifesterait que si l'information était trop importante pour être transmise par les voies habituelles. La voici donc. Elle est arrivée ce matin. »

Elle regarda son maître briser le sceau et vit son regard s'assombrir tandis qu'il lisait et relisait la lettre.

« Krit est menacé des plus grands dangers, murmura-t-il, soucieux. C'est le fils de ta sœur, n'est-ce pas ?

– De ma cousine, maître. Il est encore très jeune, à peine seize ans, je crois.

– Il devient beaucoup trop risqué pour lui de rester au service du prince. Le contenu de cette lettre va m'obliger à agir et, quand je le ferai, les hommes du prince chercheront immanquablement à savoir d'où vient la fuite. Krit sera probablement soupçonné en premier. Arrange-toi pour qu'il quitte immédiatement le palais par tous les moyens – peu importe ce que cela coûtera. Nous devons bien avoir des gardes ralliés à notre cause là-bas, n'est-ce pas ?

– Certainement, maître, sa fuite est déjà prévue.

– Très bien. Nous trouverons un endroit pour le cacher ici. N'est-ce pas ce joli garçon dont le prince est entiché ? »

Sorn baissa un peu plus la tête. « Il s'agit bien de lui,

maître. Le prince a toujours eu autant d'attirance pour les garçons que pour les filles. Il y a aussi une jeune fille qui travaille là-bas avec Krit, mais elle n'est pas au courant de ce qu'il fait pour vous. Son Altesse royale les aime tous les deux et leur demande parfois de s'ébattre devant lui pendant qu'il les regarde. »

Dès que Sorn eut quitté la pièce, Phaulkon se mit à aller et venir, plongé dans ses pensées. La révélation des projets de Petraja lui avait glacé le sang. Certes, il savait déjà à quoi s'en tenir avec le général siamois, mais l'étendue de sa duplicité venait de le prendre par surprise. Comptait-il réellement accorder son soutien au frère du roi, cet être veule, ce pédéraste débauché qui n'avait pas craint de porter atteinte à l'honneur du souverain ? Un monarque juste et bon auquel il avait, jusqu'ici, consacré toute sa vie et dont l'appui ne s'était jamais démenti à son égard ?

La première réaction de Phaulkon fut de faire arrêter le général. Malgré son rang élevé parmi les mandarins, le Barcalon représentait une hiérarchie supérieure. Mais comment se saisir de l'un des plus proches conseillers du roi sans une explication appropriée ? Il avait besoin de preuves, de preuves irréfutables à présenter au roi. Et même alors, il ne serait pas facile de dire à son maître âgé et malade que le président de son Conseil privé, son ami d'enfance, était un félon qui ne songeait qu'à comploter pour le perdre. La santé délicate du Seigneur de la Vie résisterait-elle à une telle révélation ?

Ses pensées furent interrompues par un domestique annonçant l'arrivée du père de Bèze. Enfin ! Il y avait déjà deux jours qu'il avait demandé au jésuite de venir le voir et il avait dû lui envoyer plusieurs rappels. Le petit bonhomme allait devoir s'expliquer. Avant de partir pour Mergui, Phaulkon l'avait nommé médecin privé de Sa Majesté et, malgré cela, la santé du roi s'était fortement détériorée. Était-il possible, ainsi que le prétendait Maria, que de Bèze ait été contraint de ne plus prodiguer ses soins au roi ?

Le prêtre franchit le seuil de la porte et s'arrêta

pour s'incliner profondément. En le voyant, Phaulkon se rappela combien il aimait ce petit homme rond et chauve, certainement le plus intelligent de tous les jésuites et, de loin, le meilleur médecin qu'on puisse trouver au Siam. Toujours jovial, il savait écouter avec patience et sympathie tous ceux qui venaient lui exposer leurs problèmes.

Phaulkon se leva pour le saluer. « Eh bien, mon Père, il est plus difficile de vous joindre que de gagner le royaume du ciel. Où diable étiez-vous passé ? »

De Bèze se redressa. Des traces de contusions étaient encore visibles sur son visage. « J'ai été contraint de me cacher. Le soutien, connu de tous, que je porte à votre cause, mon ami, est à l'origine de mes problèmes. Mes frères en religion ne me font plus confiance et me traquent pour m'emprisonner de nouveau. Je tiens à ma liberté et, pour cela, mieux vaut pour moi ne pas me faire remarquer. »

Une ombre traversa son visage. « Je peux cependant vous affirmer que mes frères jésuites sont directement responsables du tragique déclin du roi. Car on m'a physiquement empêché de me rendre à son chevet.

– Ils vous en ont empêché parce qu'ils souhaitent sa mort. C'est une tentative de meurtre.

– Oui. Le meurtre semble être à l'ordre du jour. » De Bèze jeta au Grec un regard tendu.

« Que voulez-vous dire ?

– Vous n'êtes donc pas au courant ? » Le prêtre scruta le visage de Phaulkon. « Malthus a été assassiné par un inconnu. Juste au moment où il s'apprêtait à convaincre le général Desfarges de vous retirer son appui. Naturellement, mes frères vous désignent comme premier coupable.

– Vous n'imaginez tout de même pas que je... ? finit par articuler Phaulkon, abasourdi.

– Ce que je crois est sans importance pour l'instant, Constant.

– Pas pour moi ! »

Il y eut une pause. Une bouffée de vent pénétra

soudain dans la pièce dont les fenêtres étaient maintenues ouvertes par de longues tiges de bambou. Le prêtre étudiait attentivement Phaulkon. Il l'aimait beaucoup, mais il y avait cependant des moments où il ne savait s'il pouvait lui faire vraiment confiance. Certes, tout au long des quatre années qu'il venait de passer au Siam, il avait eu maintes fois l'occasion de constater le dévouement du Barcalon à la cause jésuite. Mais quels étaient ses véritables objectifs ?

« Très bien, alors disons plutôt que je vous crois trop malin pour commettre un crime aussi ouvertement signé. Mais il faut que vous sachiez que mon opinion ne représente qu'une minorité. Je n'ai pas à vous rappeler que Malthus comptait parmi vos plus virulents adversaires. »

Phaulkon fronça les sourcils. « Donc celui qui l'a tué, quel qu'il soit, voulait attirer l'attention sur moi.

– Un procédé plutôt excessif, avouez-le. »

Phaulkon contempla le visage tuméfié du prêtre. « Il semble que, par les temps qui courent, ces "procédés" soient plutôt à la mode... » Il se tut un instant. « Selon vous, combien de temps le roi a-t-il encore à vivre ? »

Le prêtre se rembrunit. « Quelques semaines, au mieux. Et seulement si on me laisse m'occuper de lui régulièrement. »

Phaulkon accusa durement le coup. « Les jésuites n'oseront pas s'attaquer à vous maintenant que je suis de retour. »

Le prêtre eut un petit rire moqueur et montra du doigt les contusions sur sa tempe. « Ne les sous-estimez pas. »

Furieux, Phaulkon se mit à arpenter la pièce d'un pas nerveux. Il s'arrêta brusquement devant un cabinet laqué d'or et se retourna d'un bloc.

« Eh bien, nous allons les devancer. Je vais demander à Sa Majesté l'autorisation de vous installer dans ses appartements privés. » Ses yeux lancèrent des éclairs. « En permanence. »

Le prêtre soutint fermement son regard. « Dans ce

cas, laissez-moi vous avertir, Constant, que je ne m'efforcerai pas seulement de soigner le corps du monarque mais aussi son âme. Il apprendra que son rétablissement dépend de la volonté de Dieu. »

Le prêtre soupçonnait en secret Phaulkon de ne pas souhaiter réellement la conversion du roi, car il n'était pas dans son intérêt de la soutenir.

« À votre guise, mon Père, dans la mesure où vous ne retardez pas sa guérison par vos sermons. Il a bien assez de préoccupations pour l'instant. »

Le moment était venu de poser la question cruciale, songea de Bèze. La mort de Malthus l'exigeait et le temps pressait. Dans l'état de vive émotion où il se trouvait, Phaulkon serait peut-être plus enclin à parler avec sincérité.

« Quelle est exactement votre position dans cette affaire, Constant ? J'ai souvent voulu vous le demander. Est-ce que j'engage ma réputation pour une cause perdue ? »

Phaulkon réussit à se contenir. Il ne tomberait pas dans le piège. « En politique, mon Père, répondit-il avec calme, il y a des moments où même la foi doit attendre son tour. Quel avantage tirerais-je à installer un catholique sur le trône du Siam s'il devait en résulter une guerre civile ? Il est bien peu probable que le roi actuel se convertisse et si son successeur avait la mauvaise idée de le faire en ce moment, croyez bien que tout le pays se soulèverait. »

Ainsi, nous y voilà, songea le prêtre. Malthus et les autres jésuites avaient raison de douter du soutien réel de Phaulkon à leur cause. Ne venait-il pas de l'avouer ouvertement ? Selon lui, le roi ne serait jamais disposé à embrasser la foi catholique. Mais, à la différence de ses coreligionnaires, de Bèze était au moins capable de comprendre les problèmes auxquels Phaulkon se trouvait confronté. Impossible, pour lui, d'aller trop loin sans se mettre à dos les mandarins et le puissant clergé bouddhiste. Ce pays avait besoin de stabilité.

Il sentit peser sur lui le regard du Grec et savait qu'il devinait ses pensées.

« Il est impératif que Pra Piya monte sur le trône sans rien changer à ses convictions bouddhistes, reprit vivement Phaulkon. Lorsqu'il aura solidement consolidé son influence, alors seulement pourrons-nous envisager qu'il adopte la vraie foi.

– Vous craignez l'hostilité des mandarins, n'est-ce pas ? murmura le jésuite. On dit même que vous n'êtes devenu catholique que pour obtenir le soutien du roi de France.

– Sans le soutien des Français, mon Père, le Siam serait aujourd'hui une colonie hollandaise et vous n'auriez pas d'autre choix que de plier bagage ou de développer vos talents comme prêcheur protestant. »

Une perspective politiquement plausible, de Bèze le savait. Mais il n'en demeurait pas moins impératif de comprendre ce qui se cachait véritablement dans le cœur de ce diable d'homme.

« Vous qui parlez de vraie foi, vous gardez des concubines et des femmes en esclavage comme n'importe quel bouddhiste... »

Phaulkon esquissa un sourire indéchiffrable. « S'il en était réellement ainsi, mon Père, est-ce agir autrement que votre grand roi Louis, défenseur de la foi catholique ? Que dire de Mme de La Vallière, Mme de Maintenon, Mme de... »

De Bèze l'interrompit vivement. « Vous êtes un vrai démon, Constant, et, parfois, je me demande pourquoi je vous aime tant. »

Phaulkon souriait toujours. Il s'avança vers le prêtre et mit un bras autour de ses épaules. « Vous m'aimez, mon Père, parce que je suis un pragmatique. Quoi que je puisse penser, vous savez que je dis la vérité. » Il plongea son regard dans celui du prêtre. « Et parce que vous savez fort bien que je n'aurais jamais ordonné la mort de Malthus. »

De Bèze ne cilla pas.

« Une femme européenne a assisté au meurtre. Elle assure qu'en plongeant son couteau dans sa poitrine, l'assassin a crié votre nom. »

Phaulkon le contempla, incrédule. « Quoi ?

– On m'a rapporté les paroles de l'assassin : "Avec les compliments de Constantin Phaulkon."

– C'est ridicule ! » Phaulkon eut un rire moqueur. « Et, d'ailleurs, qui diable est cette femme qui ne craint pas de me mettre en cause ?

– Une Anglaise, venue retrouver son frère. Un missionnaire, je crois. Malthus a été tué sur le pont du bateau qui venait de l'amener à Bangkok.

– Comment savez-vous tout cela ? »

Le religieux esquissa un mince sourire. « J'ai encore un ou deux amis qui savent comment me joindre. Les nouvelles circulent vite chez les jésuites. Il paraît que Desfarges a reçu cette femme en audience. Il la garde dans les locaux de son état-major pour qu'elle puisse identifier le meurtrier.

– J'interrogerai cette femme moi-même, coupa sèchement Phaulkon. Ou elle ment ou elle souffre d'hallucinations.

– Les Français ne la lâcheront pas comme ça. Elle est leur seul témoin. »

Phaulkon fronça les sourcils. « Et je suppose, dit-il avec amertume, que l'armée française me croit coupable. »

Le Père haussa les épaules. « La sincérité de vos croyances fait l'objet d'une controverse entre les Français. »

La colère de Phaulkon ne cessait d'augmenter. Maudits hypocrites ! fulminait-il tout en arpentant la pièce. Ils souhaitaient son aide et, dans le même temps, essayaient de l'incriminer.

Il se tourna brusquement vers le prêtre. « Eh bien, vous avez tous tort ! Désormais, nous sommes liés pour le meilleur et pour le pire. Ni vous, ni moi ne pouvons nous permettre d'être abandonnés par l'armée française. Le roi est trop malade pour gouverner et si Petraja venait à penser que je n'ai plus le soutien de la France, son audace n'aurait plus de limites. Il a derrière lui tout le clergé bouddhiste. Avant même d'avoir eu le temps de réagir, vous et tous vos frères jésuites iriez pourrir le restant de vos jours dans les cachots du Palais. Si vous avez vraiment de la chance, on vous donnera peut-être vingt-quatre heures pour quitter le pays et regagner la France. »

De Bèze leva une main apaisante. « C'est la raison pour laquelle nous devons rester indéfectiblement liés l'un à l'autre, Constant. Nous sommes politiquement associés, n'est-ce pas ? »

Phaulkon le regarda. Bien plus qu'un simple associé, le petit prêtre était son seul allié de confiance parmi la communauté chrétienne, et il était exact qu'ils avaient besoin l'un de l'autre.

« Vous êtes le seul de tous vos frères à avoir une attitude pragmatique, mon Père. Comme vous le savez, je ne peux m'éloigner du roi. C'est pourquoi vous devez trouver au plus vite le moyen d'amener cette femme ici afin que j'éclaircisse cette affaire. »

Le prêtre leva un sourcil. « Ne vous ai-je pas expliqué que j'étais recherché par mes frères ? Comment agir au grand jour sans risquer d'être capturé ?

– Je vais vous donner des gardes du corps. Mes meilleurs hommes. » Il sourit. « Vous voilà devenu un véritable prêtre-soldat, de Bèze. À partir de maintenant, aucun jésuite n'osera porter la main sur vous. »

Le prêtre se mit à rire. Il jeta un coup d'œil affectueux au Grec. « Je vais voir ce que je peux faire... »

Les deux hommes s'étreignirent et Phaulkon raccompagna de Bèze jusqu'à la porte.

13

Les douze esclaves accroupis sur le sol échangeaient des regards anxieux. Ils avaient reçu l'ordre de s'aligner dans une cour reculée du Palais royal, là où l'on avait attribué ses appartements à Chao Fa Noi.

D'un ton impérieux, le prince leur commanda de se lever. Inquiets, ils s'exécutèrent prudemment. Ils étaient six hommes et six femmes, entièrement nus et visiblement terrifiés. Depuis qu'on l'avait informé de la disparition de Krit, le prince était entré dans une violente colère, les menaçant tous de les mettre à mort. Jamais encore ils n'avaient vu leur maître dans une telle fureur. Et voilà qu'on leur ordonnait de se mettre debout, eux qui, jusque-là, devaient toujours se tenir aplatis humblement sur le sol. Était-ce le commencement de la fin ?

Chao Fa Noi les observa longuement, l'un après l'autre. Le soleil matinal déjà brûlant frappait leurs têtes découvertes, couvrant leurs fronts de luisants filets de sueur. Mais la chaleur n'était pas seule en cause... ils mouraient de peur.

La disparition de Krit avait accablé le prince. Il était convaincu, à présent, que le garçon avait surpris les paroles de Petraja. Impossible, cependant, de désobéir au général car il ne pouvait se permettre de perdre son appui.

Chao Fa Noi fronça les sourcils. La perte du garçon le plongeait dans le plus grand désarroi. Krit comptait en effet parmi les plus talentueux de ses partenaires érotiques, il semblait né pour le plaisir. En outre, l'amour que portait l'adolescent à la jeune Choom – une amante très douée, elle aussi – pimentait leurs rendez-vous de scènes exquises. Lorsque les deux jeunes gens s'unissaient sous ses yeux, le spectacle qu'ils lui offraient était une véritable œuvre d'art. Le prince prenait plaisir à les regarder jouir l'un de l'autre et à intervenir au moment précis où ils approchaient de l'orgasme, leur ravissant ainsi le bénéfice de leur passion réciproque. Où trouverait-il jamais un couple capable d'une telle perfection et comprenant si bien ses propres désirs ?

Krit avait probablement fui les menaces que Petraja faisait peser sur lui, mais Chao Fa Noi espérait qu'il reviendrait à cause de Choom. Depuis le départ de son jeune amant, la jeune fille, inconsolable, ne cessait de sangloter, confinée dans sa chambre. Le prince ne voulait pas la perdre. Elle pourrait encore lui donner du plaisir et servir d'appât pour ramener Krit. De plus, lorsqu'il l'avait interrogée, elle semblait sincèrement tout ignorer de la situation.

Il continua de dévisager les esclaves de ce même regard inflexible qu'il avait vu la veille sur le visage de Petraja.

« Ainsi, vous êtes tous innocents ? Personne n'a rien vu ni rien entendu ? »

Il laissa échapper un ricanement, mais seul le silence lui répondit. Sa voix s'enfla.

« Vous voulez me faire croire que le jeune Krit peut disparaître sans laisser de traces, franchir huit postes de garde et passer le portail principal sans qu'aucun de vous ne se soit aperçu de quoi que ce soit ? » Il marqua une nouvelle pause, scrutant leurs visages. Comme tous se taisaient, il lança : « Très bien. Dans ce cas, vous serez tous mis à mort ! »

Un vent de panique courut parmi les esclaves qui se jetèrent aux pieds de Chao Fa Noi en gémissant et pleurant. L'un d'eux, plus âgé, se redressa cependant sur ses genoux et fit signe aux autres de se taire. Les cris s'apaisèrent lentement. Sa tête grise respectueusement courbée, son torse brun incliné très bas malgré son âge, l'homme s'adressa au prince sur un ton déférent :

« Puissant Seigneur et Maître, mon épouse et moi avons eu une vie longue et heureuse au service bienveillant de Votre Altesse et nous vous offrons humblement nos deux vies pour épargner celles des autres. »

Le prince ne put s'empêcher d'être ému devant la noblesse de cœur de ces serviteurs dont l'existence était pourtant si austère. Non sans un certain malaise, il les compara à lui-même et jeta un regard embarrassé au vieil homme.

« Ta loyauté, Vichit, mérite une autre récompense que la mort et, à cause de toi, j'épargnerai ceux qui sont présents, à l'exception de deux d'entre eux. Mais à une seule condition. » Il les considéra un à un. « Personne ne doit jamais savoir que la fuite de Krit est restée impunie et vous devrez tous vous engager à affirmer sous serment que ce sont bien Krit et Choom qui ont été exécutés aujourd'hui. Si jamais le moindre murmure contraire parvenait jusqu'à moi, vous seriez tous mis à mort sans autre recours. M'avez-vous bien compris ? »

Les esclaves approuvèrent, mais leurs visages révélaient que leur supplice n'était pas terminé. Deux d'entre eux allaient mourir. Le prince parcourut leurs rangs et choisit un jeune couple à peine plus âgé que Krit et Choom. Si Petraja enquêtait, il apprendrait qu'un jeune homme et une jeune fille avaient bel et bien péri aujourd'hui.

Avant de regagner Louvo, Petraja avait rendu visite à l'un de ses vieux amis à Ayuthia, le colonel Virawan, un officier de haut rang qui avait servi sous ses ordres pendant les campagnes de Birmanie. Après son séjour au monastère, le général souhaitait apprendre ce qui se passait dans la capitale par un informateur de première main. Mais il y avait aussi une autre raison à ce détour : avant de partir, il voulait être certain que le jeune prince avait bien réduit les deux esclaves au silence.

Par Virawan, Petraja apprit que les Français se rendaient de plus en plus impopulaires auprès des habitants de Bangkok. Sous l'effet de l'ennui et du mal du pays, ils devenaient arrogants et la discipline se relâchait. On racontait même que nombre d'entre eux s'en prenaient aux jeunes Siamoises et les contraignaient à avoir des relations sexuelles avec eux. Le bruit courait également que Pra Piya était prêt à se convertir à la religion des farangs. Enfin, on commençait à raconter un peu partout que le roi était trop malade pour gouverner – ce que Petraja fut trop heureux de confirmer.

Le général et son vieux camarade se penchèrent alors avec tristesse sur le sort malheureux et de plus en plus menacé de leur bien-aimé pays. En tant que militaires, ils s'accordaient à penser qu'il devenait urgent de lever une armée, ce qui les conduisit à examiner toutes les stratégies possibles pour y parvenir. Mais cet objectif était irréalisable sans l'accord du roi.

Ils discutèrent toute la nuit et ce ne fut que très tard, alors que la ville était depuis longtemps endormie, qu'une idée leur vint. D'abord hésitants devant l'audace d'un tel plan, ils en étudièrent tous les détails avec une ardeur croissante jusqu'à ne plus douter de son succès.

Lorsqu'il gagna enfin son lit, Petraja décida d'exposer cette idée à Chao Fa Noi le lendemain matin afin de l'inclure dans la conspiration. Malgré les liens qui l'unissaient à Virawan, il préféra ne pas en avertir son ami.

Le matin suivant, sur le coup de onze heures, il se trouva donc une nouvelle fois à la porte du palais, demandant à être introduit. Il s'était renseigné la veille et savait que le même capitaine de la garde serait en service. Pourtant, lorsque celui-ci parut au portail, il ne sembla nullement ravi de revoir Petraja. Il fallut à ce dernier user de toute sa force de persuasion – et de l'appât d'une bourse rebondie – pour obtenir d'être introduit une fois encore. Le capitaine ne céda que lorsque Petraja lui eut donné sa parole que ce serait là sa dernière visite.

Il insista cependant pour l'escorter personnellement et prétendit ne pouvoir l'assurer d'être reçu. Une exécution avait eu lieu tôt le matin et le prince, profondément affligé, s'était enfermé dans ses appartements.

« De qui donc s'agit-il ? demanda innocemment le général.

– Deux adolescents, à ce que l'on m'a dit. »

Petraja esquissa un sourire satisfait. Lorsqu'ils eurent gagné les quartiers réservés au prince, il constata de lui-même que l'atmosphère paraissait en effet tendue. Les gens vaquaient à leurs affaires avec plus de lenteur et sans leur bonne humeur habituelle. Le capitaine de la garde confia Petraja à l'un des hommes du prince et ne lui accorda que cinq minutes pour traiter son affaire. Il l'attendrait à la porte des appartements royaux pour le raccompagner. Les serviteurs de Chao Fa Noi semblaient hésiter à déranger leur maître, mais l'un d'eux reconnut finalement le général. Après que quelques pièces d'argent eurent changé de mains, il fut finalement admis.

L'air hagard et bouleversé, Chao Fa Noi accueillit Petraja en feignant la surprise. Il devinait en réalité qu'il n'était revenu que pour s'assurer que les exécutions avaient bien eu lieu.

« Déjà de retour, Général ? Ne prenez-vous pas trop de risques ? Je pensais que nous ne devions communiquer que par courrier.

– Vous avez raison et ce n'est pas prudent. Ceci sera d'ailleurs ma dernière visite, Altesse. Mais ce que je désire vous confier est de la plus haute importance. Il eût été trop dangereux de vous en aviser par lettre. »

Petraja parut hésiter. « Je serai franc avec vous : il est vrai que je souhaitais également juger par moi-même que vous aviez bien tenu votre promesse. » Il eut un sourire aimable. « Il m'est agréable de constater que vous l'avez fait. Voyez-vous, je suis un homme prudent. Nous avons devant nous un long chemin à parcourir, et il est essentiel que nous puissions nous faire mutuellement confiance. Puisque vous avez tenu parole et gagné ainsi mon indéfectible fidélité, il est temps, à présent, que je vous expose mon plan. »

Le prince lui jeta un regard circonspect. « Quel est ce plan, Général ? »

Petraja prit un ton de sincérité affectée.

« Le pays est en proie à la plus vive agitation, Altesse : votre frère trop malade pour gouverner, le Premier ministre Vichaiyen de plus en plus impopulaire, les Français ouvertement détestés. De plus, la rumeur court que leurs troupes se préparent à attaquer. » Il marqua une pause pour ménager ses effets. « Voilà pourquoi il est indispensable que nous levions nous-mêmes une armée qui sera placée au service de

Votre Altesse sous les ordres de votre fidèle serviteur. Mais Sa Majesté hésite à donner son consentement, car ce serpent de Vichaiyen dissimule la vérité et lui présente une situation fausse qui sert ses desseins. Vichaiyen sait que sans les Français il serait perdu. Aussi continue-t-il à leur faire miroiter la perspective d'un Siam catholique. Réduits à l'état d'eunuques, il ne nous resterait plus qu'à contempler, impuissants, notre pays sombrer entre les mains de ces traîtres. »

Le prince réfléchissait. « Je suis d'accord avec votre raisonnement, Général, mais comment pourrais-je, moi, vous donner cette autorisation ? »

Petraja prit une mine de conspirateur. « Vous ne le pouvez pas *maintenant*, Altesse, cependant vous pouvez m'aider à convaincre votre frère de donner cet ordre.

– Et comment cela, Général ? » demanda le prince, la mine dubitative.

Petraja garda un instant le silence.

« Votre Altesse royale, ce que j'ai à vous dire est difficile à exprimer. Il s'agit d'une proposition sacrilège, blasphématoire, barbare même, et sa seule justification sera de servir des fins nécessaires. Nous traversons une époque dangereuse et ne pouvons y échapper que par des stratégies tout aussi dangereuses. Vichaiyen a sur l'esprit de votre frère une emprise si diabolique que seul un choc profond pourrait réussir à anéantir ses manœuvres. Je sollicite votre autorisation d'informer Sa Majesté que votre frère Chao Fa Apai Tot se propose de profaner les restes mortels de Sa Majesté après sa mort. »

Bouche bée, le prince fixa le général, les yeux écarquillés. Petraja se tut, laissant ses paroles faire leur chemin. Chao Fa Apai Tot était légitimement le premier sur la liste des héritiers du trône. Mais c'était un simple d'esprit et un grand amateur de vin de palme fermenté, ce qui ne faisait qu'accroître sa faiblesse mentale. En outre, il bégayait fortement et son comportement imprévisible, de même que son absence de pensée logique, avait contraint le roi à le confiner, sous bonne garde, dans une aile du Palais. La population avait accepté depuis longtemps qu'il soit écarté de la succession en faveur de son plus jeune frère, jusqu'à ce que celui-ci tombe à son tour en disgrâce après avoir entretenu une liaison avec Thepine, la concubine préférée du roi.

Petraja retint un sourire. La nature vindicative d'Apai Tot bien connue rendait plausible ce plan audacieux.

Le prince retrouva enfin la voix, mais une voix pleine d'incrédulité et d'horreur.

« Général, comment pouvez-vous concevoir des idées aussi indécentes ? Je n'ai tout de même pas besoin de vous rappeler que les rituels destinés à accompagner l'esprit du défunt au cours de son voyage dans l'au-delà constituent la part la plus essentielle du bouddhisme, l'essence même de notre foi en la réincarnation. Sans ces rites, l'âme de mon frère sera condamnée à errer sans but pour l'éternité. Personne ne peut souhaiter cela, même à son pire ennemi. »

Petraja leva une main apaisante.

« Vous m'avez mal compris, Altesse. Cela ne se produira pas. Il s'agit seulement d'un stratagème, d'une arme contre Vichaiyen à laquelle il ne pourra rien opposer. » Il regarda sévèrement le prince. « Plus que tout autre, c'est Vichaiyen qui vous empêchera d'accéder au trône. Ne comprenez-vous pas que seule la crainte d'un tel outrage tirera enfin le roi de ses rêves ? Ce n'est que sous cette pression qu'il me donnera l'ordre de lever une armée. Car il croira – et je ferai tout pour l'en convaincre – qu'Apai Tot ne pourrait songer à un acte aussi abominable sans le soutien d'hommes armés. Je m'engagerai à protéger ses restes royaux de toute profanation et, ainsi, il pourra mourir en paix tandis que nous restaurerons la puissance de notre pays en couronnant l'héritier légitime du trône – c'est-à-dire vous. »

Chao Fa Noi ne semblait pas encore revenu de sa surprise. « La seule pensée de telles horreurs est un blasphème, gémit-il. Le Seigneur Bouddha nous punira sûrement. »

Petraja ne put retenir un petit rire intérieur. Chao Fa Noi s'imaginait-il qu'il ne serait pas puni pour sa dépravation et son absence criante de sens moral ? Il l'observa du coin de l'œil en se demandant combien de temps il lui faudrait encore pour reconnaître l'ingéniosité de ce plan. De toute façon, ni l'un ni l'autre n'avait le choix. Les crises exigeaient toujours des solutions radicales.

« Mais, alors, qu'arrivera-t-il à mon frère ? » interrogea Chao Fa Noi en fronçant les sourcils. « Le roi le fera sûrement mettre à mort.

– Apai Tot est un arriéré mental, un déséquilibré, épileptique de surcroît. D'aussi loin que je m'en souvienne, il mène dans ce Palais une existence de prisonnier. Quand nous étions encore enfants, Sa Majesté a juré de ne jamais attenter à la vie de son frère aliéné, quoi que celui-ci puisse faire. Il ne souillera pas ses mains du sang d'un être déjà aussi affligé par la nature. »

Le prince devenait de plus en plus nerveux. « Et quel rôle devrais-je jouer dans toute cette affaire ?

– Simplement appuyer ma version des faits lorsque je vous le demanderai, Altesse. Votre confirmation donnera du poids à mes dires. »

Le prince ne semblait pas apaisé pour autant. Cependant, il commençait à comprendre que sa prétention au trône se trouverait grandement facilitée par le soutien d'une armée, surtout si celle-ci était placée sous les ordres de Petraja.

« Êtes-vous certain qu'Apai Tot ne songe pas réellement à monter sur le trône ? demanda-t-il tout à coup, pâlissant devant ce nouveau sujet d'inquiétude.

– J'en doute. Mais si tel était le cas, il n'irait pas bien loin car sa démence est connue de tous. Et c'est bien *vous* que le peuple voudra voir à la tête du pays. »

Le prince parut céder, pourtant son visage s'assombrit à nouveau. Si seulement il existait d'autres moyens d'agir ! pensait-il, affolé.

« Général, je vais être franc avec vous. Je préférerais que cette conversation n'ait jamais eu lieu.

– Mais, Altesse, elle n'a jamais eu lieu. Vous pouvez la rayer de vos pensées. Je ferai de mon mieux pour que vous n'ayez jamais à la confirmer. »

L'essentiel, songea Petraja, était d'avoir semé la graine dans son esprit. Désormais, le prince, préparé à entendre les fausses rumeurs qui n'allaient pas tarder à circuler, ne les contredirait probablement pas. Il ne serait pas dans son intérêt de le faire. Et ce serait bien suffisant pour rendre l'affaire crédible.

« La seule chose dont vous ayez à vous souvenir, quoi qu'il arrive, c'est que vous pouvez compter sur mon indéfectible allégeance. Il est temps maintenant pour moi de vous quitter. Toute communication ultérieure que je vous adresserai portera la signature de Dawee.

– Adieu donc, Général. »

Petraja s'inclina profondément et sortit. Comme il pénétrait dans la cour intérieure où l'attendait le capitaine de la garde royale, il se tourna vers l'esclave du prince qui l'avait accompagné jusque-là et lui dit d'un ton de sympathie :

« J'ai appris avec tristesse l'exécution d'aujourd'hui. Ne s'agissait-il pas de ce charmant couple si attaché au prince ? »

L'esclave eut un triste sourire. « Nous sommes tous très attachés au prince, Excellence. Et nous sommes tous appelés de temps en temps à satisfaire ses plaisirs. »

Rassuré, Petraja poursuivit son chemin, riant sous cape d'avoir pu berner si aisément ce prince aussi crédule que pervers.

14

Les trois jours accordés à Phaulkon pour révéler le nom du traître étaient révolus, et le Seigneur de la Vie attendait une réponse.

Phaulkon avait réussi à le faire patienter, priant pour que Krit ne tarde pas à faire son apparition afin de pouvoir l'interroger en personne. Lorsque le garçon s'était enfin présenté, il l'avait écouté avec la plus extrême attention, le pressant de questions. Encore sous le coup de l'effroi, Krit avait raconté comment, cachés dans l'antichambre avec Choom, il avait entendu Petraja réclamer leur mise à mort sans délai. Phaulkon avait beau l'assurer qu'il n'avait plus rien à craindre, l'adolescent ne cessait de jeter des regards apeurés autour de lui, comme s'il redoutait qu'un assassin surgisse de derrière quelque meuble.

Phaulkon était maintenant assuré de posséder assez de preuves pour incriminer le général félon et le faire arrêter. Il fallait se servir de Dawee pour tendre le piège. Pourtant, malgré l'évidence des faits, mettre Petraja en cause allait certainement s'avérer la tâche la plus difficile de toute sa carrière de Barcalon. En tant que plus vieil ami du roi, le général bénéficiait en effet de la confiance absolue du monarque.

Phaulkon ajusta son chapeau conique et se prépara à gagner le palais pour la plus éprouvante des audiences. Au moment où il se dirigeait vers la porte, un esclave annonça l'arrivée de Maria, sa femme. Il jura à mi-voix. Partir sans la recevoir serait une indélicatesse qu'elle ne cesserait, par la suite, de lui reprocher. Il ne restait plus qu'à lui faire croire que Sa Majesté l'avait fait appeler d'urgence, ce que le chapeau conique fixé sur sa tête ne pouvait que confirmer.

Quelques instants plus tard, Maria pénétra dans la pièce, la mine sombre. «Ainsi, commença-t-elle sans le moindre préambule, Malthus a été éliminé.» Elle se planta devant lui, pâle de rage.

Surpris, il la dévisagea. «Vous ne suggérez tout de même pas que c'est moi qui ai ordonné ce meurtre?»

Elle soutint son regard, dissimulant mal sa fureur. «Il n'y a pas un seul jésuite au séminaire qui ne soit convaincu de cette hypothèse, Constant.»

Il prit un ton négligent, presque désinvolte. «Eh bien, il n'y a pas un seul jésuite au séminaire qui ait raison.

– Croyez-vous que j'aie oublié vos paroles? s'écria-t-elle, la voix tremblante. N'avez-vous pas dit: "Il faut arrêter Malthus à tout prix et, s'il le faut, je m'en chargerai moi-même?" Que croyez-vous que je ressente, à présent?»

Elle semblait sur le point de fondre en larmes.

«Comment pouvez-vous croire une chose pareille, Maria?»

Elle parut se radoucir imperceptiblement. «Alors, c'est à vous de me convaincre que je me trompe.

– Rien ne me ferait plus plaisir. Mais j'ai l'impression que votre opinion est déjà faite.»

Voyant qu'elle était au bord des larmes, il la prit doucement par les épaules et plongea ses yeux dans les siens.

«Maria, croyez-moi, ce n'est pas moi qui ai ordonné ce meurtre.»

Elle posa la tête contre son épaule, laissant ses larmes rouler sur ses joues. «J'aimerais tant vous croire!

– Reprenez-vous, Maria, murmura-t-il en lui caressant tendrement les cheveux. Je suis peut-être un catholique peu zélé, mais certainement pas un assassin.»

Elle leva les yeux vers lui. Il avait au moins une tête de plus qu'elle. «Qui l'a fait, alors? J'admirais tant Malthus! C'était un homme remarquable…

– Je l'ignore mais j'ai bien l'intention de le découvrir. Il y aurait, paraît-il, un témoin qui a vu toute la scène – une Anglaise. Je compte bien l'interroger.

– Une Anglaise?» Elle parut surprise. «De qui s'agit-il?

– Ma chère, je n'en ai pas la moindre idée. »

Maria réussit à sourire. « Vous, l'homme le plus puissant du pays, qui possédez des espions dans chaque port, vous ne connaissez pas l'identité de tous ceux qui foulent ce sol ? J'avoue avoir quelque difficulté à vous croire.

– C'est pourtant le cas. Il peut arriver que mon réseau d'informateurs comporte des lacunes. »

Elle afficha à nouveau une mine soupçonneuse. « Peut-être est-ce que cette Anglaise est trop jolie que vous ne voulez pas m'en parler. Seriez-vous en train de me cacher quelque chose, Constant ?

– Je le voudrais bien. Je me servirais aussitôt d'elle pour vous prouver que je n'ai rien à voir dans le meurtre de ce malheureux. Sans doute serez-vous surprise d'apprendre qu'il ne m'est guère agréable d'être soupçonné par ma propre épouse. »

Les yeux de Maria vacillèrent. « Vous savez toujours vous montrer si persuasif, Constant, mais, cette fois, je ne m'y laisserai plus prendre. » Comme fâchée par sa propre faiblesse, elle s'écarta brusquement de lui. Il attendit, connaissant ses humeurs changeantes.

« Si vous me mentez, Constant, je vous jure que je prends notre enfant avec moi et que je pars pour la France. »

Il allait répondre mais il n'en avait plus le temps. « Maria, je dois partir car Sa Majesté m'attend. Pouvez-vous rester quelques jours ici ? »

Elle secoua la tête. « Non, Constant. J'ai dit ce que j'avais à dire. Le reste vous appartient. J'espère pour vous – et pour notre enfant – qu'avec le temps il sera prouvé que vous aviez raison. »

Les deux eunuques chargés d'accompagner Phaulkon le long du dernier corridor menant au Saint des Saints jetaient autour d'eux des regards anxieux. Plus ils approchaient des appartements royaux, plus les esclaves arboraient des mines soucieuses. Après avoir été introduit dans la chambre du Seigneur de la

Vie, le Barcalon y sentit une tension si oppressante qu'il crut, un instant, que Sa Majesté avait reçu un coup fatal.

Mais il se trompait, car le roi prit soudain la parole d'une voix exceptionnellement claire.

« Est-ce toi, Vichaiyen ? Nous ne t'attendions pas si tôt. »

Le ton du monarque avait des accents inhabituels. Quelque chose n'allait pas.

« Auguste et Puissant Seigneur, c'est bien moi, votre humble esclave. »

Avec effort, le roi se souleva sur un coude. « Nous avons appris de terribles nouvelles, Vichaiyen. Nous sommes confrontés au pire sacrilège qui puisse être envisagé de mémoire humaine. »

Sa voix déchira l'air comme un coup de tonnerre : « Alors, que la maladie nous accable et que la mort nous menace, nous voici une nouvelle fois exposé à un outrage sans précédent. Nos deux frères ne nous ont pas bien servi alors que, dans notre grande clémence, nous les avons épargnés. Mais leur haine est si profonde – car nous avons refusé qu'ils nous succèdent sur le trône – qu'ils... » La voix fléchit. « ... Qu'ils projettent de souiller et de profaner nos restes terrestres après notre mort et de les traîner honteusement à travers les rues. »

Épuisé par cet effort, Naraï retomba en arrière, les poumons en feu, cherchant désespérément une bouffée d'air.

Phaulkon n'en croyait pas ses oreilles. Si une pareille abjection s'avérait, l'angoisse du roi était plus que compréhensible. Il s'agissait là d'un terrible outrage. C'était pire encore que de refuser à un catholique une sépulture en terre chrétienne. Mais d'où pouvait bien venir cette stupéfiante information ?

« Auguste et Puissant Seigneur, ce sont en effet des nouvelles choquantes. Moi, votre esclave, puis-je vous en demander la source ? »

La voix du roi n'était plus aussi claire à présent qu'il s'était déchargé de son lourd fardeau.

« Vichaiyen, notre source est sûre et ne peut être mise en doute. Je tiens ce fait effroyable de Petraja lui-même, qui l'a appris lors de sa visite à Ayuthia. »

Phaulkon sentit un frisson glacé le traverser. Un silence plana sur la pièce tandis que son esprit tournait et retournait toutes les implications entraînées par ce nouveau rebondissement. Obsédé par l'approche de sa mort, le roi ne serait guère enclin à accepter une autre version des faits. Dans de telles conditions, il pourrait même se révéler dangereux d'accuser Petraja.

Le silence, lourd et menaçant, pesait sur lui et une immense lassitude l'envahit.

La voix du roi lui parvint à nouveau de la montagne de coussins :

« Nous ne pourrons trouver la paix tant que cette affaire ne sera pas résolue, Vichaiyen. Aussi avons-nous autorisé Petraja, sur sa demande, à lever des troupes pour empêcher qu'un tel outrage soit perpétré. »

Phaulkon se sentit défaillir en découvrant cette ruse géniale. Petraja savait pertinemment qu'au seuil de la mort tout bon bouddhiste ne songeait qu'à ces cérémonies rituelles qui le délivreraient de son karma. La perspective d'une errance sans fin dans les ténèbres de l'au-delà était par trop effrayante. De plus, avec la décision du roi d'écarter ses héritiers légitimes, rien n'était plus plausible de la part de ceux-ci que l'idée d'une telle vengeance. Entre-temps, Petraja aurait atteint son objectif et levé ses troupes. Qui sait ? Peut-être avait-il déjà commencé à recruter des hommes en prévision d'une guerre imminente.

Le seul espoir qui restait à Phaulkon était de révéler au roi – avec tout le tact nécessaire – le complot de Petraja : sa visite secrète à Chao Fa Noi et l'accord convenu sous le nom de Dawee.

« Auguste et Puissant Seigneur, puis-je humblement demander de qui le général tient cette terrible nouvelle ?

– D'une esclave au service de ma noble fille Yotatep. Les esclaves s'intéressent toujours aux affaires de leurs maîtres, et il se trouve précisément que celle-ci entretenait des relations intimes avec l'un des serviteurs de mon maudit frère. »

Phaulkon prit une profonde respiration. « Auguste et Puissant Seigneur, le général Petraja a-t-il appris autre chose quand il a rendu visite à Chao Fa Noi après avoir quitté Yotatep ? » Il s'attendait à ce que la révélation d'une telle visite surprenne le roi, mais ce fut peine perdue.

« Non, Vichaiyen. Petraja m'a avoué qu'il avait pris sur lui l'initiative de cette démarche à cause de cette terrible nouvelle. »

Phaulkon jura tout bas, maudissant la prévoyance de Petraja. L'intrigant général avait effacé toutes ses traces. Il allait falloir jouer serré.

« Auguste et Puissant Seigneur, l'indigne esclave que je suis n'a pas d'autre objectif dans la vie que le bien de son Seigneur et Maître. Aussi, dans le seul intérêt de Votre Majesté et de ce grand royaume au service duquel je me voue depuis tant d'années, il est de mon devoir de vous révéler certaines vérités déplaisantes.

– Nous doutons, Vichaiyen, qu'aucune de ces vérités surpasse en horreur celle que nous venons d'apprendre.

– Auguste et Puissant Seigneur, vous le savez, je vous sers fidèlement depuis que vous m'avez fait la grâce de me confier un poste. » Phaulkon déglutit. « Que je sois jeté aux tigres s'il est avéré que mes paroles sont mensongères ! Et cependant je ne crains pas d'affirmer que les assertions du général Petraja ne sont que pures inventions. »

Un tel silence suivit cette déclaration que Phaulkon entendait les battements de son cœur. Il aurait voulu pouvoir lever les yeux vers le visage du roi, mais une telle offense était punie de mort. La tête enfouie dans l'épais tapis persan, il attendit que le tonnerre frappe.

Quand le roi parla enfin, sa voix ressemblait plutôt au grondement d'un animal qu'à un son humain.

« Quelles paroles as-tu osé prononcer devant moi, Vichaiyen ? »

La voix tremblait d'indignation.

Une sueur glacée inonda Phaulkon. « Auguste et Puissant Seigneur, Petraja est le traître dont je m'étais engagé à vous révéler le nom. »

Nouveau silence.

« Vichaiyen, bien que tu occupes une place particulière dans mon cœur, sache que nous retiendrons ta proposition de te jeter aux tigres si tu ne peux apporter la preuve irréfutable de telles accusations.

– Auguste et Puissant Seigneur, il a été aussi pénible pour votre esclave de prononcer ces mots que pour Votre Majesté de les entendre.

– Nous n'avons fait que les entendre, Vichaiyen, rétorqua le roi d'un ton sévère. Cela ne signifie nullement que nous les croyons vrais.

– Auguste et Puissant Seigneur, le général Petraja a en effet rendu visite à votre plus jeune frère au palais, mais...

– Nous sommes au courant de cela, interrompit brusquement le roi. Notre loyal capitaine des gardes nous en a aussitôt informé par messager. Et Petraja nous a déjà communiqué ses raisons.

– Auguste et Puissant Seigneur, ce que Petraja ne vous a pas dit c'est qu'il a offert ses services à Chao Fa Noi et s'est engagé à le faire monter sur le trône après votre mort. »

Un hoquet sonore monta du lit. « Vichaiyen, il ne nous a pas échappé que Petraja et toi n'êtes pas toujours en bons termes, et c'est une cause de tristesse pour nous que nos deux courtisans les plus proches soient rivaux. Nous espérons que tu es conscient de la portée d'une telle accusation. Je la considère comme irrévocable.

– Auguste et Puissant Seigneur, je suis prêt à mourir pour défendre la vérité. »

Un profond soupir s'échappa du lit. « Bien, alors poursuis.

– Auguste Seigneur, la loyauté et la compétence du

capitaine de votre garde au palais sont sans reproche. Puis-je humblement demander s'il a également mentionné la fuite récente d'un des jeunes favoris de Chao Fa Noi ?

– Tu es bien informé, Vichaiyen. En fait, nous le recherchons. Notre frère débauché en usait pour ses jeux pervers et nous aimerions l'interroger pour voir ce qu'il sait d'autre. Bien des choses peuvent être révélées dans les moments d'intimité.

– Auguste Seigneur, le garçon attend votre bon plaisir au-dehors. »

Le roi laissa échapper un nouveau hoquet de surprise. « Ce n'est pas pour rien que nous t'avons nommé Barcalon, Vichaiyen. Fais-le venir. »

Phaulkon remercia le ciel d'avoir eu l'idée d'amener avec lui le jeune Krit pour lui servir de témoin. L'instant d'après, l'adolescent se prosternait au côté de Phaulkon. Malgré la faible lumière, on pouvait voir que le garçon tremblait comme une feuille. Il parvint cependant à faire le récit scrupuleux de tout ce qu'il avait entendu derrière le paravent le jour de la visite de Petraja. Il mentionna également que les communications ultérieures entre les deux complices devaient être signées « Dawee ». Questionné durement par le roi, le garçon terrifié jura qu'il ne savait rien d'un complot visant à profaner ses vénérables restes.

Lorsque le souverain le renvoya après lui avoir fait jurer de garder à jamais le silence, le soulagement du jeune homme était manifeste.

Voyant que le Seigneur de la Vie retombait dans l'un de ses longs silences moroses, Phaulkon jugea plus prudent de se taire. Il ne percevait que trop bien le combat intérieur auquel se livrait son maître, devinant son chagrin, ses doutes. Peut-être Naraï espérait-il encore qu'il s'agissait d'un malentendu et que, bientôt, son vieil ami d'enfance se verrait innocenté. À la vérité, Phaulkon se sentait aussi malheureux que son maître.

Le roi reprit enfin la parole.

« Vichaiyen, tout au long de nos années de règne,

nous n'avons jamais été confronté à un dilemme aussi cruel. Si tu as raison, nous perdons notre plus vieil ami et si tu as tort, notre meilleur Barcalon.

– Auguste et Puissant Seigneur, vous comprendrez combien j'ai souffert, moi aussi, en apprenant ces faits. »

Il y eut un autre soupir. « Et maintenant, que proposes-tu ?

– Auguste Seigneur, moi, un cheveu de votre tête, je suggère que l'on fasse venir un scribe et qu'on lui dicte une lettre qui sera signée Dawee.

– Et quel sera le contenu de cette lettre ? s'enquit le monarque d'un ton las.

– Auguste Seigneur, la réponse vous fournira la preuve finale, irréfutable de mes accusations.

– Nous demandons quel en sera le contenu, insista le monarque.

– Auguste et Puissant Seigneur, moi, misérable grain de poussière, j'écrirai que la "sœur de Dawee" a été si indignée par la nouvelle de l'outrage comploté par ses deux frères qu'elle menace les coupables de sévères représailles, même si l'un d'entre eux est innocent. À moins que celui-ci lui écrive immédiatement, affirmant qu'il n'a jamais participé à un projet aussi affreux et renouvelant le gage de son inébranlable loyauté. »

Le roi resta un moment silencieux. « Et tu t'attends à ce que Chao Fa Noi, abusé par ce stratagème, nous réponde ?

– Auguste et Puissant Seigneur, c'est bien ce que je pense. »

Naraï laissa échapper un lourd soupir. « C'est bon, tu peux rédiger cette lettre en notre présence. Nous la ferons porter par un messager spécial, un homme de confiance, inconnu à la cour d'Ayuthia et qui ne révélera jamais son véritable mandataire. »

Pour la première fois depuis qu'il avait pénétré dans cette chambre, Phaulkon sentit sa tension se relâcher. Il misait sur le fait que Petraja devait certainement avoir informé Chao Fa Noi de son projet de lever une armée après que son frère débile, Apai

Tot, aurait soi-disant menacé de profaner les restes du roi. Cependant, bien que Petraja ait assuré Sa Majesté que les deux frères étaient impliqués dans l'affaire – sans doute pour rendre la menace encore plus pesante –, il n'avait bien entendu jamais avisé le prince qu'il l'accuserait lui aussi. Affolé, Chao Fa Noi s'empresserait de clamer son innocence. Avec cette lettre, Phaulkon était certain de parvenir à son but.

Il eût été toutefois inconvenant de demander pour l'instant à Sa Majesté d'annuler l'autorisation donnée à Petraja de lever des troupes. Il lui fallait d'abord attendre le retour du messager muni de la preuve finale. Petraja avait besoin de temps pour rassembler ses hommes et il serait arrêté dans son entreprise bien avant d'y parvenir.

« Auguste Seigneur, puis-je faire appeler le scribe ? »

La réponse affirmative fut prononcée d'une voix glaciale.

15

Nellie et Mark s'installèrent dans la barque du général et se préparèrent à affronter les dix heures de voyage nécessaires pour gagner Ayuthia. La matinée commençait à peine, la température était encore supportable et un brillant soleil nimbait d'or les rives du Chao Phraya. Des pirogues chargées de denrées les plus diverses et pilotées par des vendeurs coiffés de larges chapeaux tournaient tout autour de la barque française, espérant apercevoir la *mem* et son jeune fils farang au visage recouvert de bandages.

C'était le roi qui avait offert au général Desfarges cette splendide embarcation. N'ayant pas coutume, comme les Siamois, de rester accroupi ou assis en tailleur des heures durant, Desfarges s'était empressé d'y faire disposer des sièges et des coussins. Il avait soigneusement veillé à ce que Nellie et Mark jouissent du meilleur confort. Le fauteuil personnel du général, taillé à ses corpulentes mesures, ressemblait plutôt à un petit canapé. Nellie et Mark s'y blottirent tous deux pour admirer le paysage. Quatre-vingts rameurs propulsaient la barque à une vitesse étonnante, et sa proue sculptée en forme de garuda fendait l'eau comme un oiseau plongeant sur sa proie.

Nellie se sentait très excitée tandis qu'elle regardait défiler les rives couvertes d'arbres fruitiers. Selon les officiers français, la riche production des vergers de Bangkok – ananas, bananes, mangues, pamplemousses, jaques – était réputée pour sa qualité.

Au cours de ces trois derniers jours passés au fort, la jeune femme avait eu maintes fois l'impression, comme à Mergui, d'être davantage une prisonnière qu'une invitée. À cette différence près que, cette fois, elle était l'otage d'un général français et non plus d'un gouverneur anglais. Afin d'empêcher que Mark fût à nouveau confondu avec son père, elle avait réussi à lui faire accepter de porter des bandages sur la moitié du visage. Phaulkon ne devait à aucun prix découvrir trop tôt leur présence au Siam. Le garçon avait encore un œil gonflé après sa lutte avec l'assassin, ce qui rendait plus plausible ce déguisement. Ni Desfarges, ni aucun de ses officiers n'avait pu contempler sa véritable physionomie.

Par chance, le médecin français du fort appelé, sur l'insistance du général français, pour soigner les contusions du garçon, semblait n'avoir jamais rencontré le Premier ministre. Il avait appliqué des onguents et refait un pansement propre en lui recommandant de se reposer autant que possible. Nellie s'était arrangée pour que les repas de Mark lui soient servis dans sa chambre.

Il lui fallait cependant reconnaître que les Français s'étaient montrés courtois et pleins de sollicitude à leur égard, leur attribuant des chambres voisines, petites mais confortables. Ils insistèrent néanmoins pour que Nellie se joigne à eux pour les repas. De son côté, elle jouait les coquettes avec les officiers, surtout avec le beau major de Beauchamp, et prenait bien soin de dissimuler son désir de quitter le fort. Elle se constituait ainsi une réserve de bonnes volontés dans laquelle elle pourrait puiser ultérieurement pour obtenir une lettre d'introduction auprès de Phaulkon.

Les officiers français passaient beaucoup de temps en réunion et Nellie avait l'impression que tout n'allait pas pour le mieux parmi les troupes. La discipline s'était relâchée et de nombreux soldats flânaient, moroses et oisifs, accablés par la chaleur et les moustiques. Ils se querellaient, se battaient pour un rien et les officiers semblaient contrôler difficilement la situation.

Un soir qu'elle avait incidemment abordé le sujet au cours du dîner, le général Desfarges avait éclaté de rire, affirmant que c'était sûrement la présence d'une jolie Européenne qui agitait ainsi les soldats et leur donnait le mal du pays. Et, lorsqu'elle lui demanda négligemment combien de temps encore les troupes françaises comptaient rester au Siam, il lui répondit d'un ton ambigu qu'elles y demeureraient jusqu'à ce que leur mission soit accomplie. Le roi de France, ajouta-t-il, souhaitait que la population de ce monde soit éclairée par les enseignements de la vraie foi.

Avec son habituel pessimisme, Dassieux avait alors grommelé que Phaulkon ne remplissait pas sa part du contrat, mais le général lui avait vivement coupé la parole et changé de sujet.

Il devenait de plus en plus clair que de profondes dissensions divisaient l'état-major français à propos de Phaulkon. Nellie glana autant d'informations que possible sur la situation politique, grâce surtout au lieutenant de Beauchamp qu'elle avait réussi à enjôler lors de promenades au bord du fleuve.

Le troisième jour, un messager arrivé du séminaire d'Ayuthia leur apprit que le père Malthus avait été chargé d'une mission officielle au fort, juste avant de rencontrer son fatal destin. Les jésuites lui avaient confié une lettre à remettre au général Desfarges, lettre dont il subsistait une copie.

L'envoyé remit le document signé par tous les prêtres du séminaire. Ils exigeaient qu'une action urgente soit intentée contre le Barcalon, car il était maintenant « tristement et irrévocablement clair que le seigneur Phaulkon ne tiendrait aucune de ses promesses ». Le messager informa également le général qu'un des convertis avait bel et bien égaré son crucifix. Malgré l'inquiétude provoquée par ces révélations, Nellie jugeait que la situation tournait à son avantage. Ayuthia se trouvait à mi-chemin sur la route de Louvo et elle faisait donc un grand pas en direction de son objectif.

Aussi fut-elle très déçue quand le général ordonna au lieutenant Sautier, chargé de les accompagner à Ayuthia, de les ramener au fort avec le prisonnier. Pourquoi diable Desfarges avait-il donné cet ordre ? Nellie jugea préférable de ne pas le lui demander, de peur d'éveiller ses soupçons. Il serait toujours temps de trouver sur place un moyen de se rendre à Louvo.

Comme s'il avait lu dans ses pensées, le général avait souligné qu'il comptait absolument sur son retour au fort pour discuter avec elle d'importantes questions qui les concernaient tous.

Nellie soupira en s'adossant à son siège, les yeux toujours fixés sur le paysage splendide qui se déroulait de chaque côté du fleuve. Faisant suite aux vergers fertiles, une riche et lumineuse végétation couvrait maintenant les rives du fleuve. Des troupes de singes s'ébattaient dans les arbres, des oiseaux aux couleurs inimaginables voletaient autour du bateau. Parfois, un rayon de soleil venait éclairer les flèches dorées d'un temple, souligner les délicates teintes vertes ou orange d'un toit. Parfois aussi, de petits groupes de moines vêtus de robes safran, le crâne rasé, suspendaient leurs activités pour regarder passer la majestueuse barque, se demandant sans doute à quel dignitaire elle appartenait. Un réseau compliqué de canaux striait le tapis vert tendre du paysage, délimitant les longues étendues des rizières à perte de vue. Des karbaus y peinaient sous la conduite de jeunes garçons à la peau brune assis sur leur large dos.

C'était un spectacle tellement splendide que, pendant les premières heures du voyage, Mark et Nellie, éblouis, ne purent s'empêcher de pousser des cris émerveillés. Mais lorsque l'heure fut venue de déjeuner en compagnie du lieutenant Sautier et des deux jeunes soldats chargés de leur escorte, le soleil était déjà haut et la chaleur oppressante. Aussi préférèrent-ils abandonner leurs sièges pour se retirer sous un auvent et se reposer.

L'après-midi était déjà très avancé quand Nellie et Mark, debout sur le pont, contemplèrent, figés de stupeur, les imposantes murailles d'Ayuthia. Derrière les remparts massifs se dressaient vers le ciel plus de trois cents flèches dont les toits d'or étincelaient au soleil. De grandes portes perçant les murs épais se soulevaient pour laisser passer le trafic fluvial avant de se refermer aussitôt. À l'intérieur de cette immense enceinte, une multitude de canaux formait de fort utiles voies de communication.

Ayuthia, la Venise de l'Orient, bourdonnait d'une intense activité. Des enfants nageaient ou jouaient à s'éclabousser sur les rives, des femmes gracieuses se penchaient au-dessus de l'eau pour laver leurs longues chevelures noires, des jonques glissaient lentement, chargées de bois de teck provenant des forêts du Nord. Nellie et Mark virent aussi des barques chargées d'épices et de riz tandis que, dans de minuscules pirogues, des jeunes filles souriantes proposaient aux voyageurs des guirlandes de bienvenue.

« Demain, vous pourrez pénétrer à l'intérieur de la cité », promit le lieutenant Sautier en voyant combien ses protégés étaient fascinés. C'était un véritable militaire, au maintien impeccable, dont le visage était barré de sourcils noirs et broussailleux.

« Les portes ferment au coucher du soleil et nous devons d'abord nous rendre au séminaire qui se trouve en dehors de la ville. »

Ils accostèrent à un petit quai sous le séminaire situé dans les faubourgs. Il avait été prévu avec le père Ducaze, le supérieur du couvent, qu'ils seraient directement conduits à son bureau par un sentier peu fréquenté afin de ne pas attirer l'attention. La présence d'une femme européenne dans ces lieux de contemplation aurait fait l'effet d'une véritable bombe.

Le séminaire se composait d'un ensemble de bâtiments entourant une cour centrale bordée d'éclatantes bougainvillées et tapissée d'un gazon soigneusement entretenu. Certains bâtiments étaient en bois à la mode siamoise, d'autres en briques et de style européen. On y trouvait une école où l'on enseignait les Écritures aux nouveaux convertis – en majorité des Siamois et quelques Cochinchinois, Annamites et Peguans –, ainsi qu'une chapelle. En face, un long bâtiment bas abritait les dortoirs des prêtres et le réfectoire. Des religieux en robe brune, pour la plupart français et portugais, mais aussi espagnols ou italiens, traversaient la cour à pas mesurés. Partout se devinaient le goût de l'ordre, le dévouement et le zèle religieux.

Nellie s'étonna de l'aisance et du confort des lieux. Mais il lui fut expliqué que le clairvoyant Naraï avait généreusement contribué à la construction de l'établissement, tout comme il soutenait, d'ailleurs, les autres religions pratiquées dans son pays.

Un serviteur du père Ducaze, posté tout exprès sur le chemin pour les attendre, les conduisit au bureau de son maître qui les accueillit chaleureusement. C'était un homme mince et pâle dont le visage anémique était pourvu d'oreilles démesurées. Après qu'un jeune domestique siamois au sourire timide leur eut servi de la citronnade, Ducaze s'enquit poliment de leur voyage. Intrigué par les pansements de Mark, il offrit les services d'un des frères ayant de bonnes connaissances médicales. Mais Nellie déclina poliment l'offre, expliquant que le médecin du fort avait déjà pris soin de son fils.

Le jésuite proposa de procéder sans délai à l'enquête, avant que la nouvelle de leur venue ne se répande comme une traînée de poudre.

« Deux de nos convertis ont, hélas, égaré leurs crucifix, expliqua-t-il. Une femme – et je ne crois pas que nous puissions la soupçonner – et un homme du nom de Manoon. Nous l'avons fait appeler. J'espère qu'il ne vous sera pas trop pénible de procéder à cette identification, madame.

– Je ferai de mon mieux, mon Père. Et Mark est ici pour me seconder. »

L'adolescent gardait le silence, mais elle le savait en alerte, tel un chien de chasse reniflant sa proie. Tandis qu'ils attendaient, elle contempla la pièce maigrement meublée. Une grande croix décorait l'un des murs et, sur un autre, courait une vieille étagère garnie de bibles. Nellie nota la présence d'un épais manuscrit rédigé en siamois, sans doute une traduction du Livre saint.

Le Père avait fait surveiller le suspect par une garde discrète. Lorsque l'homme pénétra dans la pièce, il regarda autour de lui d'un air indécis jusqu'à ce que ses yeux s'arrêtent sur la *mem*. Certes, il était mal élevé pour un Siamois de regarder ainsi une femme fixement, mais la curiosité fut la plus forte. La jeune femme soutint son regard.

Ducaze s'adressa à Manoon en siamois. « Pourquoi ne portes-tu pas ton crucifix ? »

L'homme remua d'un air gêné. « Je... je l'ai égaré, mon Père. Je vais sûrement le retrouver. Il a dû tomber pendant que je travaillais. »

Le jésuite le fixa avec sévérité. « Et quand le portais-tu pour la dernière fois ?

– Il y a bien... deux jours, mon Père...

– Vraiment ? Dans ce cas, comment se fait-il que tu n'aies pas pris la peine de signaler sa perte ? »

L'homme détourna les yeux.

« Eh bien ? » insista Ducaze.

Manoon devenait de plus en plus nerveux. « J'espérais le retrouver. » Il jeta un coup d'œil furtif en direction de Nellie.

Sous bien des aspects, nota la jeune femme, tous les Siamois se ressemblaient avec leurs cheveux raides, leurs yeux noirs, leur peau lisse et brune pratiquement dénuée de toute pilosité. De petite taille, ils avaient un squelette fin et des membres bien proportionnés. Mais elle avait beau dévisager Manoon, elle ne retrouvait en lui aucun des traits de l'assassin de Malthus.

Elle interrogea Mark du regard et le vit secouer la tête.

« Je crains que cet homme ne soit pas celui que nous cherchons, mon Père, dit-elle enfin. Croyez-moi, je saurais reconnaître le coupable si je le voyais. C'est un visage que je ne suis pas près d'oublier. »

La déception du père Ducaze et du lieutenant Sautier fut si manifeste que Nellie leva les mains dans un geste de résignation.

« Pardonnez-moi, mais il m'est impossible d'accuser un innocent ! »

Des coups brefs soudain frappés à la porte les firent tous se retourner. Ils aperçurent par la fenêtre ouverte un spectacle plutôt incongru dans l'enceinte d'un séminaire : des Siamois en armes bloquaient le passage à deux jésuites qui s'efforçaient d'empêcher un petit prêtre de pénétrer dans le bureau. Grâce à l'intervention des soldats, le religieux parvint à leur échapper et à se glisser par la porte.

Nellie observa le père Ducaze dont le visage était crispé par la colère. Manifestement, le nouvel arrivant n'était pas le bienvenu. L'air menaçant, il se leva. « Que signifie cette intrusion, de Bèze ? »

Le prêtre sourit calmement. « Je suis venu assister à l'enquête sur le meurtre du père Malthus. Y voyez-vous quelque inconvénient ? » Il se tourna vers Nellie et Mark et se présenta. « Vous êtes sans doute la dame anglaise témoin de cette tragédie. Et ce jeune homme, je suppose, est le courageux garçon qui a cherché à venir en aide à la malheureuse victime. Soyez-en remercié, monsieur. » Mark grimaça un sourire timide et baissa les yeux.

Toujours furieux, Decaze contemplait par la fenêtre le groupe d'hommes en armes qui attendait au-dehors.

« Il n'est pas dans nos habitudes de recevoir des soldats dans ces murs, mon Père. Voudriez-vous avoir l'obligeance de les prier de partir ? »

De Bèze haussa un sourcil et jeta un coup d'œil significatif au lieutenant Sautier dont l'épée pendait au côté. L'officier français s'agita, l'air embarrassé.

« Il semble que je ne sois pas le seul, ici, à faire exception à la règle, mon Frère, observa froidement de Bèze.

– Le lieutenant Sautier est ici pour arrêter un meurtrier, rétorqua Ducaze. J'exige que vos hommes quittent les lieux sur l'heure.

– Ce ne sont pas mes hommes, mon Frère, mais ceux du seigneur Phaulkon. Et, si je comprends bien, ils sont ici dans le même but que le lieutenant Sautier. » Sur ces mots, il fit un bref salut à l'officier français.

L'air bourru, celui-ci se redressa sur sa chaise. « J'ai ordre de ramener cet homme au fort, mon Père. »

De Bèze jeta un regard pensif au converti. « Ainsi, vous pensez tenir le coupable ? »

Nellie avait dressé l'oreille dès que le nom de Phaulkon avait été prononcé. Si ces hommes, dehors, étaient à lui, le prêtre devait compter parmi ses relations. Elle décida qu'il serait sage de se mettre en bons termes avec lui.

Avant que quiconque ait pu répondre, elle intervint : « Je crains hélas ! qu'il ne s'agisse pas de l'assassin, mon Père, même s'il paraît avéré qu'il a bel et bien perdu son crucifix. »

De Bèze parut surpris. « Que voulez-vous dire, madame ? »

Ducaze, furieux, ordonna au converti de retourner

à son travail après lui avoir fait jurer de garder le silence sur cette affaire. L'homme ne se le fit pas dire deux fois, salua et disparut.

« L'assassin a perdu son crucifix au cours de la lutte sur le bateau, expliqua Nellie. C'est mon fils qui l'a trouvé ensuite sur le pont. »

De Bèze hocha la tête d'un air entendu.

« Eh bien, mon Frère, demanda-t-il à Ducaze, il ne vous reste qu'à trouver un autre de vos convertis ayant égaré sa croix. »

Le jésuite détourna les yeux. « Je ne vois pas de qui il pourrait s'agir », répondit-il avec brusquerie.

« À l'exception de la femme, précisa Nellie en souriant aimablement à de Bèze. Mais nous savons que l'assassin était un homme. »

Le petit prêtre hocha de nouveau la tête, l'air songeur.

« Vous n'avez plus rien à faire ici, intervint de nouveau Ducaze. En ma qualité de supérieur, je vous demande encore une fois d'éloigner ces soldats. Dois-je vous rappeler que Dieu est présent dans cette enceinte ? »

Mais de Bèze semblait toujours perdu dans ses pensées.

« J'aimerais d'abord interroger cette femme, mon Frère, dit-il finalement. Celle qui n'a pas de crucifix. Après quoi, je vous donne ma parole de repartir avec ma garde. »

Cette requête irrita manifestement Ducaze, mais, finalement, il céda et envoya chercher la jeune femme.

Nellie et Mark échangèrent des regards entendus. À l'évidence, de Bèze perdait son temps. Le prêtre sembla deviner leurs pensées.

« Je sais bien, madame, que l'assassin n'était pas une femme. Disons simplement qu'il s'agit d'une intuition. »

Nellie lui sourit gracieusement. « Nous autres femmes suivons souvent nos intuitions, mon Père. Je comprends.

– Cela ne mènera peut-être à rien. D'un autre côté, il semble que nous n'ayons pas d'autre indice. » Il jeta à Ducaze un regard entendu et Nellie comprit qu'il le tenait pour responsable du résultat négatif de l'enquête.

Comprenant l'allusion, ce dernier fronça les sourcils avec colère. « Et moi, je vous répète que vous nous faites perdre notre temps. Je ne vous obéis que pour faire partir ces soldats. Leur présence ici est un blasphème. »

De Bèze s'inclina brièvement, s'excusa et quitta la pièce. Nellie le vit parler aux hommes de Phaulkon qui l'écoutèrent avec attention. Ils étaient une douzaine, tous solidement charpentés et équipés, certains de poignards ou d'épées, d'autres d'une arme qu'elle n'avait encore jamais vue et qui ressemblait à une sorte de harpon. La moitié d'entre eux étaient des Siamois, les autres de type eurasien.

Instinctivement, elle se sentait attirée par le petit jésuite, non seulement parce qu'il pouvait la conduire à Phaulkon mais aussi pour son sang-froid devant l'hostilité et les provocations du père Ducaze, qu'elle devinait terriblement dogmatique – un inflexible soldat de Dieu. Elle ne connaissait que trop bien, hélas, ce genre de fanatisme qui lui donnait la chair de poule.

Une très jeune fille, fragile comme un oiseau, pénétra dans la pièce en même temps que de Bèze. Ses yeux sombres parcoururent nerveusement l'assemblée. Si les femmes siamoises étaient généralement torse nu ou ne portaient tout au plus qu'un châle souplement drapé sur leurs seins, celle-ci, sans doute par déférence pour ses nouveaux mentors, avait revêtu une blouse à col mandarin. Dans ce sanctuaire presque exclusivement réservé aux hommes, elle était l'une des rares femmes converties et semblait inquiète de cette convocation inattendue.

« Voici le père de Bèze, commença Ducaze en siamois. Il désire te poser quelques questions. »

La fille se tourna timidement vers le religieux qui hocha la tête en signe d'encouragement. Ils se lancèrent alors dans une conversation en siamois dont Nellie ne put comprendre un traître mot. Elle nota cependant que la jeune femme devenait de plus en plus nerveuse et que ses réponses tenaient le plus souvent en de simples monosyllabes. Nellie regarda Mark dans l'espoir qu'il pourrait saisir quelques bribes de cet interrogatoire mais, à son expression, elle vit qu'il n'y parvenait pas.

De Bèze dit alors quelque chose à la jeune femme qui se mit à trembler avant de se tourner vers le père Ducaze, comme pour l'appeler à l'aide. Indigné, le supérieur du séminaire protesta avec véhémence.

« En voilà assez ! Cette fille ne peut en aucune manière être arrêtée, ni même soupçonnée. Vous n'êtes pas à un tribunal d'Inquisition !

– Désolé, mon Frère, insista fermement de Bèze, mais je suis certain qu'elle nous cache quelque chose. Je dois l'emmener afin de la questionner plus avant.

– L'emmener ? explosa Ducaze. Et où donc, je vous prie ?

– À Louvo, chez le seigneur Phaulkon. Après tout, c'est lui qui doit se justifier, n'est-ce pas ? » répliqua de Bèze d'un ton sarcastique.

Ducaze ne sut que dire, dérouté par cette allusion directe aux soupçons portés par sa congrégation contre le Barcalon. Si nombre de jésuites ne craignaient pas, entre eux, de l'accuser, ils n'étaient pas encore prêts à l'affronter.

Le lieutenant Sautier se leva. « Si cette femme est mêlée à l'affaire d'une manière ou d'une autre, il est de mon devoir de la ramener au fort. Le général Desfarges voudra l'interroger. »

Furieux, Ducaze le foudroya du regard. Comment osaient-ils, l'un et l'autre, avoir l'audace d'emmener l'une de ses protégées.

« À présent, écoutez-moi bien tous les deux. Cette femme appartient à notre séminaire. C'est une innocente enfant que vous effrayez sans raison. Il est évident que vous prenez sa nervosité pour de la culpabilité. Il est temps de la renvoyer dans sa chambre. »

La jeune fille sembla nettement soulagée quand

Ducaze la prit par le bras pour la conduire hors de la pièce. Mais de Bèze le suivit et Sautier, ne voulant pas être en reste, l'imita. Nellie et Mark virent le petit prêtre murmurer quelques mots au capitaine de sa garde et, en un clin d'œil, trois soldats entourèrent la jeune Siamoise pour l'éloigner de Ducaze. Sautier voulut intervenir, mais il se retrouva prestement retenu par les gardes.

Nellie et Mark se levèrent et rejoignirent les autres dehors. Comme Ducaze protestait encore, de Bèze, toujours très calme, prit la parole :

« Fort bien, mon Frère, j'accepte de ne pas emmener cette fille si, de votre côté, vous vous montrez raisonnable. Nous allons résoudre la question ici et tout de suite. Voulez-vous nous accompagner ?

– Vous accompagner ? Et où donc ? » cria Ducaze, exaspéré.

D'un signe de tête, de Bèze désigna les hommes de Phaulkon. « Ils vont interroger la fille en dehors de cette enceinte. Aucun mal ne lui sera fait. »

Avant que Ducaze n'ait eu le temps de s'y opposer, Sautier s'interposa. « Dans ce cas, je viens aussi. »

Les gaillards qui le retenaient regardèrent leur capitaine, attendant ses instructions. De Bèze hocha la tête. « Vous êtes le bienvenu, Lieutenant. »

Une petite foule commençait à s'agglutiner à l'extrémité de la cour pour observer la scène avec curiosité. De Bèze fit signe au capitaine d'emmener la jeune femme et ils se mirent aussitôt en route, suivis de Ducaze. Le lieutenant Sautier allait se joindre à eux quand il se souvint de Nellie et de Mark. Il se sentait responsable d'eux et hésitait à les abandonner. Mark vint à son secours. « Pourquoi ne pas vous accompagner, Lieutenant ? proposa-t-il. Nous ne voulons pas rester ici seuls. »

Visiblement soulagé, l'officier hocha la tête. Nellie esquissa un sourire entendu à l'intention de Mark, et ils se hâtèrent de rattraper les autres.

Après avoir quitté les abords du séminaire, le groupe suivit un sentier qui longeait le fleuve jusqu'à une clairière isolée, ombragée par un énorme banyan dont les puissantes racines formaient un réseau savant et compliqué. Des chiens aboyaient au loin, mais aucun être humain n'était en vue. En se voyant écartée des regards par l'arbre massif, loin de tout visage amical, la fille se remit à pleurer.

De Bèze remarqua pour la première fois la présence de Nellie et de Mark.

« Je ne pense pas qu'un tel spectacle puisse vous convenir, madame. »

Nellie lui jeta un regard de défi. « Oubliez-vous que nous avons assisté à ce crime, mon Père ? »

Il parut réfléchir quelques instants puis haussa les épaules d'un air résigné. « Comme vous voudrez. Laissez-moi toutefois vous préciser que je n'approuve pas les méthodes qui vont être utilisées. J'ai cependant obtenu l'assurance qu'il ne serait fait aucun mal à cette pauvre fille.

– Dites plutôt que ces méthodes sont indignes de notre religion ! » s'écria Ducaze en voyant les gardes de Phaulkon obliger la jeune femme à s'agenouiller au pied de l'arbre. « Nous sommes des chrétiens, pas des animaux ! »

Terrorisée, la convertie implora une nouvelle fois Ducaze du regard. Voyant qu'il s'apprêtait à la secourir, les gardes le retinrent fermement.

« Devant Dieu, de Bèze, je vous assure que vous serez puni pour cela !

– Ces hommes ne veulent que l'intimider, Ducaze, rien de plus. Comme vous, je réprouve de telles pratiques, mais ce sont les ordres du seigneur Phaulkon, pas les miens. Nous interviendrons tous deux si les choses tournent mal. »

Debout devant la prisonnière, l'un des gardes lui mit sous le nez une sinistre collection de pointes de bambou acérées, de tailles différentes et reliées les unes aux autres par leurs extrémités. On aurait dit des aiguilles. Lentement, il passa un doigt sur les pointes pour vérifier qu'elles étaient bien effilées tandis qu'un autre garde, posté derrière la jeune femme, serrait sa tête entre ses mains calleuses, comme dans un étau.

Les yeux exorbités par la peur, le front inondé de sueur, la fille se tourna une dernière fois vers Ducaze pour lui lancer un appel désespéré. Agenouillé, il marmonnait des prières.

Nellie regarda le père de Bèze. « Que vont-ils lui faire ? » demanda-t-elle anxieusement en s'accrochant au bras de Mark pour ne pas défaillir.

« Au Siam, le châtiment doit toujours être proportionné à la faute commise. Celui qui est soupçonné de mensonge doit avoir les lèvres cousues. »

Nellie pâlit, et Mark baissa les yeux en voyant le garde approcher la longue tige de bambou des lèvres de la fille. Elle se mit à hurler et un torrent de paroles s'échappa de sa bouche. Puis elle retomba, prostrée et muette, sur le sol.

Le garde leva les yeux vers le capitaine qui s'avança en secouant la tête. L'air menaçant, il prit l'aiguille et se prépara à la planter lui-même dans les lèvres de la prisonnière qui tressaillit violemment et se mit à claquer des dents.

De Bèze fit un pas en avant pour intervenir, mais avant qu'il n'en ait eu le temps, la Siamoise, affolée, se remit précipitamment à parler. Elle semblait maintenant se décharger de son fardeau, et le capitaine parut enfin satisfait.

De Bèze se tourna vers les autres avec un soupir de soulagement. « C'est fini, annonça-t-il. Elle a avoué. » Très pâle, Nellie s'approcha d'elle et l'enlaça pour la réconforter tandis que Mark lui prenait la main.

« Ne vous inquiétez pas, ils ne lui ont pas fait de mal, précisa de Bèze. Elle nous a dit ce que nous voulions savoir.

– Et qu'a-t-elle dit ? demanda Mark, intrigué.

– Elle aurait prêté son crucifix à un autre converti qui avait perdu le sien. Craignant d'être châtié pour cette négligence, il lui avait emprunté l'objet en lui promettant de le lui rendre dès qu'il s'en serait fait refaire un autre. En échange, il lui a remis une grosse somme d'argent qu'elle a accepté, car elle avait besoin d'acheter des médicaments pour sa mère malade. Au Siam, les devoirs envers la famille sont prioritaires, en particulier à l'égard des parents.

– Mais pourquoi n'a-t-elle pas raconté cela tout de suite au lieu de s'exposer à une telle épreuve ? interrogea Mark, perplexe.

– Par peur des représailles. Elle dit que l'homme auquel elle a prêté sa croix a des amis haut placés. Il a menacé de la tuer si jamais elle révélait son nom.

– Et l'a-t-elle révélé ?

– Oui, il s'appelle Somchai. »

Ducaze semblait à présent pâle et défait.

« Et vous la croyez ! ricana-t-il. Alors que Somchai est l'un de nos plus anciens et plus dévoués convertis. Cette pauvre fille a probablement cité n'importe quel nom pour sauver sa peau. » Il jeta un regard venimeux à son frère jésuite. « Ces pratiques sont honteuses, de Bèze. Indépendamment de vos conclusions totalement erronées et dénuées de preuve, que croyez-vous que l'on va penser de nous ? Dès la fin du jour, toute la ville sera au courant de votre brutalité.

– Je vous répète que ces méthodes ne sont pas les miennes. »

Le supérieur prit un air dédaigneux. « Depuis quand les ruffians de Phaulkon donnent-ils des ordres aux Jésuites ? »

Quand la fille lui fut enfin rendue, toujours claquant des dents et au bord de l'évanouissement, il la prit doucement par les épaules en lui murmurant des excuses. Tandis que le groupe reprenait le chemin du séminaire, le lieutenant Sautier se rapprocha du père de Bèze.

« Qui est donc cet homme qu'elle a dénoncé ? Le connaissez-vous ? »

Ducaze ne laissa pas au Frère le temps de répondre. « Il s'agit du plus prometteur de nos jeunes élèves, un néophyte enthousiaste qui était sans doute le favori de Malthus. Cette accusation est risible.

– Si tel est le cas, mon Frère, observa calmement

de Bèze, Mme Tucker et son fils n'auront aucune difficulté à disculper Somchai quand ils le verront.

– Et moi, je vous répète que je suis gêné d'avoir à le convoquer pour des soupçons aussi déplacés», protesta Ducaze.

En entendant mentionner le nom de Somchai, la fille se remit à trembler et à gémir. Ducaze s'efforça de la calmer :

« Allons, mon enfant, lui dit-il en siamois, je sais que tu n'as pas réellement voulu le compromettre. Je suis certain que ce nom-là t'est venu à l'esprit sous l'effet de la panique.

– Mais vous allez le faire venir, n'est-ce pas ? » balbutia-t-elle, les yeux écarquillés par la peur.

Ducaze hésita. « Ne t'inquiète pas. Si nous l'interrogeons, ce ne sera pas en ta présence. » Ces mots parurent rassurer quelque peu la jeune Siamoise, mais le lieutenant Sautier intervint, l'air soucieux.

« Nous souhaitons confronter dès que possible cet homme aux deux témoins, mon Père. Le général Desfarges exige que nous ne négligions aucun indice. »

Ducaze hocha la tête en silence, l'air maussade. Lorsqu'ils eurent regagné les bâtiments du séminaire, il les pria de l'attendre dans son bureau tandis qu'il reconduisait la fille à son logement.

Une éternité parut s'écouler avant qu'il ne revienne, accompagné de Somchai, un jeune homme au regard ardent, au corps souple, athlétique. Le prêtre le poussa en avant dans la pièce avec un sourire complaisant.

« Somchai, nous désirons savoir si tu as déjà rencontré cette dame », demanda-t-il en agitant la main en direction de la jeune Anglaise.

Très émue, Nellie attendit que l'homme la regarde. Lorsqu'il se tourna vers elle, un frisson glacé la parcourut de la tête aux pieds et son cœur tressaillit sous le regard perçant de ces yeux étroits et sombres – des yeux qu'elle n'oublierait jamais. Instantanément, toute l'horreur de la scène qui s'était déroulée sur le bateau lui revint en mémoire. Paralysée par ce regard dur braqué sur elle, le cœur battant la chamade, elle le vit se détourner sans faire mine de la reconnaître. Très sûr de lui, il sourit à Ducaze.

« Je m'excuse d'avoir osé lever les yeux ainsi, mon Père. Mais c'est la première fois que je vois une *mem*. Va-t-elle se faire religieuse et entrer au séminaire ?

– Non, Somchai. Elle est ici pour remplir une mission qui, j'ai le regret de le dire, a échoué. » Il désigna Mark. « Et ce jeune farang, l'as-tu déjà rencontré ? »

Somchai examina l'adolescent sans manifester le moindre signe d'émotion. Mark se leva alors de sa chaise, s'avança lentement sans quitter l'homme des yeux et s'arrêta juste devant lui, le dépassant d'une bonne tête. Somchai continuait à l'observer mais son sourire, cette fois, était devenu plus embarrassé.

« Vous avez oublié quelque chose sur le bateau », dit Mark en s'exprimant soudain en siamois.

Tous le virent avec surprise fouiller dans sa poche et en sortir un morceau de tissu, celui-là même qu'il avait arraché au panung de l'assassin. Il le brandit sous les yeux de Somchai qui le contempla un bref instant avant d'interroger du regard le père Ducaze, l'air perplexe.

« De quoi s'agit-il exactement ? » demanda le supérieur avec irritation en dévisageant le jeune Anglais.

Mark se tourna vers lui avec une expression d'assurance et d'autorité, surprenante pour un garçon de son âge.

« Cette pièce d'étoffe appartient à l'assassin, mon Père, et je la restitue à son propriétaire. »

Il s'exprima cette fois en français, une langue qu'il maîtrisait mieux que sa mère et qu'il avait apprise, lui aussi, auprès des paysans huguenots exilés.

Ducaze l'observa, désorienté. « Allons, mon garçon, vous vous trompez certainement.

– Je suis certaine que non, mon Père, coupa Nellie. Il y a des images qui demeurent à jamais gravées dans la mémoire. Le visage de cet homme compte parmi celles-là.

– Et moi, je vous répète que vous faites erreur, madame.

– Arrêtez cet homme ! lança de Bèze au capitaine des gardes.

– Je vous l'interdis ! » s'écria Ducaze en se redressant vivement.

Le lieutenant Sautier, la main sur la garde de son épée, s'avança vivement pour protéger le prisonnier des hommes de Phaulkon.

« Mes ordres sont de ramener cet homme à Bangkok », dit-il avec autorité.

Ne comprenant pas le français, le capitaine des gardes hésita. Après que de Bèze eut traduit rapidement les paroles de l'officier à son intention, il fit un signe aux hommes qui le suivaient. En un clin d'œil, une demi-douzaine de ses soldats entouraient le lieutenant français pour l'empêcher d'intervenir.

De Bèze adressa un sourire d'excuse à l'officier. « Je crains que ce ne soit une affaire entre vous et le capitaine, Lieutenant. Je n'ai pas le pouvoir d'intervenir. »

Nellie ne perdait pas une miette de cette scène. « Je pense que le prisonnier doit être ramené à Bangkok, annonça-t-elle tout à coup. Je l'accompagnerai car j'ai promis au général de revenir et... »

Elle s'arrêta net, prenant conscience que tous la dévisageaient, Mark l'air furieux, Ducaze avec un intérêt soudain et de Bèze avec surprise. Quant au prisonnier, il la toisait avec mépris, comme si elle n'était rien d'autre qu'un détritus tout juste bon à écraser sous le pied. Elle frissonna et détourna les yeux.

Somchai porta alors son regard plein de morgue vers le capitaine de la garde et l'officier français. « Vous ne pouvez mettre la main sur moi ni l'un ni l'autre, dit-il en les défiant. Je travaille pour le Seigneur Phaulkon. »

16

Pendant que le père de Bèze était à Ayuthia et que le roi attendait la réponse à la lettre signée « Dawee », Phaulkon trouva enfin le temps de rendre visite à Sunida. Tant de choses s'étaient produites depuis son retour de Mergui, trois semaines plus tôt, qu'il n'avait même pas eu l'occasion de l'avertir de sa présence. Sunida… la femme qu'il aimait entre toutes. Il avait hâte de la revoir, elle et Supinda, leur fille de quatre ans, une charmante enfant qui avait le privilège, grâce à l'intervention du roi Naraï, d'être élevée dans la nursery royale.

Phaulkon regrettait de ne pouvoir parler franchement à sa femme de sa relation avec Sunida. Mais Maria se montrait tout à fait déraisonnable sur ce plan. Elle obéissait aux contraintes les plus rigides de sa religion, affichant une intolérance mesquine qui frisait le fanatisme. Quand il lui avait fait observer que le grand roi catholique de France avait plusieurs maîtresses, souvent même simultanément, elle s'était contentée de lui répondre qu'elle n'était pas mariée avec le roi Louis. Phaulkon avait fait tout son possible pour arriver avec elle à un compromis, renvoyant toutes les esclaves qui partageaient autrefois sa couche, à l'exception de Sunida dont il continuait de taire l'existence. Le grand Naraï aimait souvent le taquiner en lui rappelant que l'Église catholique n'admettait guère de tels comportements. Mais il n'en avait pas moins proposé d'héberger Sunida au Palais. Là, le secret serait bien gardé puisque aucune femme du harem royal n'était autorisée à sortir de ces murs.

Naturellement Maria ignorait cet arrangement, cependant ses soupçons demeuraient en éveil. À chacune de ses crises de jalousie, le nom de Sunida revenait sur ses lèvres. Phaulkon ne parvenait pas à comprendre pourquoi Maria continuait à se montrer aussi inflexible en la matière alors qu'elle était née et avait grandi au Siam. Mais, tout au long de son enfance, ses maîtres jésuites lui avaient inculqué des principes rigides dont elle ne pouvait plus, désormais, s'affranchir, même s'ils étaient en totale contradiction avec les mœurs de la culture siamoise.

Ses éducateurs catholiques ne lui avaient pas rendu service. En amour Maria se montrait timide, introvertie, résultat évident des tabous chrétiens sur le « péché de la chair ». Les jésuites n'éduquant pas, en principe, les filles, ils avaient fait une exception pour Maria en l'honneur de son illustre arrière-grand-père, premier martyr chrétien du Japon.

La jeune femme ne manquait pourtant pas d'amis siamois qui l'aimaient et l'admiraient pour ses œuvres charitables. Mais elle ne pouvait leur confier ses soupçons sur la fidélité de son époux car ils ne l'auraient pas comprise. À leurs yeux, le comportement du Barcalon n'avait rien que de normal. Isolée, Maria était devenue la victime de son éducation.

Pourtant, Phaulkon avait du respect pour l'intelligence et le sens politique de sa femme. Dès le début de leur union, il avait éprouvé pour elle une sincère affection, appréciant sa compagnie, sauf dans les moments où l'ombre de Sunida surgissait dans sa pensée déformée et la mettait en rage. À la longue, cependant, ses reproches et ses constantes querelles avaient fini par le lasser. La passion de sa vie, la femme qu'il adorait, la seule auprès de laquelle il se détendait était Sunida. Jamais elle ne lui posait de question sur sa conduite. Elle incarnait tout ce qu'il aimait dans le Siam : la beauté et la tolérance, la candeur enfantine, la joie de vivre spontanée, la grâce inégalable. Sunida avait hérité de ce charme irrésistible, de cet humour espiègle si caractéristiques de son peuple. Si Maria avait été une compagne, Sunida, elle, exerçait sur lui une véritable fascination. Une Aphrodite dotée d'une extraordinaire intuition, sensible, loyale, passionnée.

La jeune Siamoise était logée à proximité du Saint

des Saints, entre les appartements des princes royaux – vides depuis que ces derniers avaient été exilés à Ayuthia – et le labyrinthe abritant le harem du Seigneur de la Vie.

Phaulkon gratta doucement à la porte ; n'obtenant pas de réponse, il frappa de nouveau. Cette fois, il y eut un petit cri de reconnaissance et le panneau bascula lentement vers l'intérieur avec un léger grincement.

« Oh, mon Seigneur, vous enfin ! » murmura une voix.

La porte s'ouvrit toute grande, révélant la svelte silhouette de Sunida tombant sur le sol avec la grâce d'une gazelle. Elle leva vers lui ses grands yeux en amande brillant d'une lumineuse innocence. Puis elle joignit les mains respectueusement au-dessus de son front, découvrant un sourire radieux.

Grande pour une Siamoise, d'une étonnante beauté, elle avait de longs membres bien proportionnés et une peau couleur de miel. Il se dit que les images idéales qu'il emportait d'elle dans ses déplacements ne rendaient jamais assez hommage à sa réelle beauté. Ses magnifiques cheveux se répandaient en nappe sombre sur ses larges épaules, venaient effleurer les courbes de ses seins nus avant de retomber en cascade jusqu'à sa taille mince, drapée d'un panung turquoise. Son nez droit était à peine épaté, sa bouche pleine et sensuelle.

En voyant son maître, elle poussa un soupir de plaisir.

« Où est ma petite Supinda ? demanda-t-il sans parvenir à détacher ses yeux de la jeune femme.

– À la fête du temple, avec les nourrices royales, mon Seigneur. » Sunida eut un sourire espiègle. « Elle a dû deviner que j'avais envie d'être seule avec vous.

– Comment va-t-elle ?

– Très bien. La bénédiction est sur nous, mon Seigneur.

– Sunida, tu es une déesse », murmura-t-il en s'agenouillant devant elle. Il n'osait pas encore la toucher pour ne pas rompre le charme de cet instant de retrouvailles.

« Oh non, mon Seigneur, je ne suis que trop humaine. Je connais le désir et la fièvre des rêves. Chaque nuit depuis votre départ, j'ai rêvé de vous revoir. Et vous voilà devant moi, enfin ! Puis-je m'assurer que vous êtes bien… réel ? »

Elle étendit vers lui ses longs doigts minces pour caresser doucement sa peau au-dessus du genou. Ils restèrent ainsi un long moment, agenouillés l'un devant l'autre tandis qu'une vague de chaleur embrasait le corps de Phaulkon.

« Et vous, mon Seigneur, ne voulez-vous pas constater à votre tour que je ne suis pas un rêve ? »

Il sourit et lui toucha doucement le bras sous le coude. Ce seul contact les fit tous deux frissonner. Un étrange magnétisme émanait d'eux tandis que lentement, silencieusement, comme dirigés par une force extérieure, ils étendaient leurs mains pour dénouer leurs panungs respectifs. Avec des gestes à la fois précis et patients, ils les déroulèrent et les laissèrent glisser sur le sol tels les rideaux d'une pièce de théâtre chinoise.

Toujours agenouillés, ils se caressèrent mutuellement la poitrine jusqu'à ce que les pointes de leurs seins se dressent avec avidité. N'y tenant plus, Phaulkon saisit la jeune femme par les épaules et l'étendit doucement sur la natte, humant avec délices l'odeur délicate de sa peau. Au Siam, on ne s'embrassait pas ainsi que le faisaient les Occidentaux. La sensualité était davantage une affaire d'odorat. Lentement, prenant son temps, Phaulkon renifla le corps de son amante, savourant chaque effluve, chaque parfum. Ronronnant de plaisir, elle ouvrit ses longues et fines jambes pour qu'il puisse en respirer la chaleur.

Puis elle le repoussa en arrière sur la natte, sa longue chevelure tombant en cascade sombre sur lui, et se mit à son tour à le respirer avec ivresse, veillant soigneusement à ce que le plaisir qu'il en retirait reste à sa limite extrême, sans jamais la dépasser. Mais, après ce long temps de séparation, l'impatience de Phaulkon était trop vive. Il se retourna pour se placer au-dessus d'elle, pressant sa poitrine contre ses seins, ses cuisses contre ses membres délicats. Leurs corps se confondirent si parfaitement qu'on les aurait crus moulés par quelque sculpteur inspiré.

De longues minutes s'écoulèrent avant qu'ils puissent à nouveau parler. Flottant dans une douce rêverie, Phaulkon songeait à l'époque où Sunida, la nièce du gouverneur, était première danseuse classique à la cour de Ligor. Il contempla les superbes costumes accrochés aux murs de sa chambre – chacun évoquant un épisode de l'épopée du Ramayana – et les innombrables poupées de tissu revêtues des ornements portés par les danseurs de la Cour. Chacun de ces objets réveillait en lui de doux souvenirs.

« Vous m'avez ensorcelée, mon Seigneur, murmura Sunida à son oreille. Quand je vous ai vu, j'ai oublié toutes les choses que je voulais vous dire. Lorsque vous êtes là, je ne suis plus qu'une créature de la forêt, tout juste bonne à accomplir des choses naturelles.

– Tu dis bien, Sunida. Car tu es bien une nymphe de la forêt. Trop parfaite pour n'être qu'humaine. »

Elle se redressa. « Vous vous trompez, mon Seigneur, car je suis si éloignée de la perfection que j'ai complètement oublié de vous embrasser ainsi que le font les gens de votre race. Pourtant, je me suis sans cesse entraînée à pratiquer cette coutume farang pour vous en faire la surprise. Hélas, mon peuple ignore tout du baiser. Nos lèvres ne servent qu'à absorber la nourriture.

– Oh, vraiment ? Et avec qui t'es-tu exercée ? »

Le sourire malicieux réapparut. « J'ai alerté toute la communauté farang pour trouver des volontaires, mais quand ils ont découvert qui était mon maître tout-puissant, tous ont trouvé des excuses pour ne pas venir. Aussi, j'ai fini par me contenter de ce coussin... » Elle le lui tendit. « Voyez comme il est usé par tous ces baisers farangs. »

Il se mit à rire. « A partir de maintenant, c'est moi seul qui te servirai de coussin, Sunida.

– Vous êtes bien plus doux que cette soie, mon Seigneur », dit-elle en se blottissant contre lui.

Elle lut sur son visage l'anxiété qui le rongeait. « Je vois bien que votre esprit est sombre, mon Seigneur, et je me sens coupable de n'avoir pas su vous réconforter comme il est de mon devoir de le faire. »

Il la regarda avec une infinie tendresse. Elle était toujours si désireuse de lui venir en aide.

« Ne t'inquiète pas, petite Sunida. Tu as été parfaite.

– Pourtant, si vous souhaitez partager avec moi votre fardeau, je vous écoute, mon Seigneur...

– Nous traversons des temps troublés, Sunida – les plus troublés depuis que j'ai été nommé Barcalon. » Il eut un pâle sourire. « Figure-toi que, durant mon voyage, j'ai rencontré une magicienne qui m'a prédit mon avenir. »

Elle ouvrit de grands yeux. « Vraiment, mon Seigneur ? » Cela ne ressemblait pas à son maître, pensa-t-elle sans pouvoir dissimuler son excitation. Comme tous les Siamois, elle croyait fondamentalement au message des étoiles. Patiemment, elle attendit qu'il se confie.

« Il s'agit de mère Somkit. »

Sunida en eut le souffle coupé. « Mère Somkit ! Je croyais qu'elle s'était retirée du monde. Elle est la plus réputée de toutes, la plus brillante ! »

Phaulkon s'assombrit. « J'espère bien que non. Car elle m'a annoncé que je n'avais plus que soixante jours à vivre. »

Le visage de Sunida se ferma. Devinant son trouble, il regretta de lui avoir confié cet incident. « Je pense qu'elle a perdu ses dons, reprit-il pour l'apaiser. Elle m'a dit que j'avais trois enfants, deux vivants et un troisième à venir. »

Sunida fronça les sourcils.

« Il y en a peut-être un dont vous ignorez l'existence, mon Seigneur.

– Je connais le nombre de mes enfants, Sunida. »

Mais il vit qu'elle demeurait inquiète, tournant et retournant toutes ces choses dans son esprit. Soudain elle le regarda avec l'expression de quelqu'un qui vient de prendre une décision.

« Vous souvenez-vous de ce portrait de vous que le prêtre farang a peint avec une brosse ? Pourriez-vous me le confier, mon Seigneur ? Il vous ressemble tellement que j'aimerais m'entraîner sur lui plutôt que sur le coussin. J'en prendrai le plus grand soin. »

Il ne put s'empêcher de rire mais son cœur se serra. Désirait-elle le conserver en souvenir de lui s'il venait à disparaître ? Il s'efforça de prendre la chose à la légère. « Tu sais, je ne crois pas à ces balivernes, et je n'ai nullement l'intention de te quitter dans soixante jours. Par ailleurs, tu finiras par user la toile si tu t'obstines à la couvrir de baisers farangs.

– Alors, je me contenterai de regarder ce portrait quand vous êtes en voyage, mon Seigneur. » Elle sourit. « Je pourrai lui confier toutes ces choses que, par timidité, je n'ose vous dire quand vous êtes avec moi. Et, mieux encore, il ne pourra pas me répondre. »

Il rit de nouveau. « Très bien. J'essaierai de te le rapporter la prochaine fois. »

Il se demandait comment il s'arrangerait pour sortir le tableau de sa maison d'Ayuthia sans que sa femme lui pose trop de questions. Peut-être pourrait-il prétendre que Sa Majesté le lui avait demandé. Bah, qu'importe... il trouverait bien une excuse. Sunida demandait si rarement quelque chose.

« Oh, merci, mon Seigneur. » Mais elle n'en avait pas terminé pour autant. « Et pourrais-je avoir également un de ces drôles de vêtements farangs que vous portez parfois ? Comment les appelez-vous déjà... pata... patalans ? »

Il rit de bon cœur. « Des *pantalons*, Sunida.

– Peu importe leur nom. Figurez-vous que cela amuse beaucoup Supinda. Elle ne cesse de m'en réclamer.

– Alors il faudra qu'elle me les demande elle-même car j'ai hâte de la voir. Quand sera-t-elle de retour ?

– Au coucher du soleil, mon Seigneur. Elle vous a réclamé chaque jour, vous attendant, espérant... »

Sunida lui adressa un de ces sourires éclatants dont elle avait le secret. « Elle est comme sa mère... je me fais tant de souci quand vous êtes absent, mon Seigneur. C'est mon seul tourment. Je crains toujours que quelque terrible événement ne se produise quand vous n'êtes pas là pour intervenir. Et puis il y a toutes ces rumeurs.

– Des rumeurs ? Quelles rumeurs ? »

Il savait que le palais bourdonnait sans cesse de mille chuchotements. Mais il n'y avait là rien de très étonnant. Les cinq cents concubines du harem royal étaient la source de tous ces bavardages et rien ne semblait devoir échapper à leur curiosité maladive. Leur vie n'était qu'une longue suite d'intrigues et de ragots, entremêlée de liaisons entre lesbiennes, sans doute provoquées par l'abstinence du roi.

« Dans les appartements des femmes, on raconte que la princesse royale n'épousera jamais Pra Piya et que votre ennemi juré, Luang Sorasak, va revenir de sa province et réclamer le trône pour lui », annonça Sunida, le visage grave.

« Quand as-tu entendu ces bavardages ? »

Le sourire malicieux réapparut. « Il y a peu de temps de cela, mon Seigneur. Lorsqu'on vous sait absent, les épouses royales m'invitent à leur rendre visite dans l'espoir de me voir participer à leurs jeux. » Elle gloussa. « Je suis vraiment vilaine, vous savez. Je fais semblant d'être prête à succomber jusqu'à ce que j'aie extrait toutes les informations vous concernant. Après quoi, je redeviens moi-même et repars pour mes appartements.

– Elles doivent te détester de leur résister ainsi. Est-ce que toutes prennent part à ces jeux ?

– Ce sont des femmes solitaires, mon Seigneur, surtout depuis que le Seigneur de la Vie est si malade. Comme je suis la seule à résister à leurs avances, il semble qu'elles ne m'en désirent que davantage. » Elle soupira. « Je suis si malheureuse, en vérité. »

Il leva les sourcils. « Toi, malheureuse, Sunida ? Et pourquoi ?

– Lorsqu'une femme a connu un maître tel que vous, elle ne peut plus trouver de plaisir ailleurs.

– Je suis dans la même situation que toi, Sunida, dit-il doucement.

– De tous mes amants, vous êtes celui que je préfère, mon Seigneur. »

Stupéfait, il la dévisagea. « Que veux-tu dire ? »

Elle garda quelque temps le silence puis, soudain, leva les yeux vers lui, rayonnante. De son doigt mince, elle lui caressa tendrement l'arête du nez, comme en se jouant. « J'ai de nombreux amants, mon Seigneur, mais tous ont votre visage. Car il s'agit de vous, mais avec des expressions différentes. »

Il la regarda en riant. « Sunida, je ne me rendais pas compte que je pouvais encore être jaloux. Tu m'as réellement ensorcelé, tu sais. »

Elle effleura doucement sa cuisse et, à ce seul contact, il sentit instantanément une onde de chaleur se répandre en lui. Sa main était aussi légère qu'une aile de papillon.

« Alors venez encore une fois dans mes bras, mon Seigneur, car votre absence a été vraiment très longue. »

Ils firent une fois de plus l'amour, savourant chaque seconde comme si l'éternité leur appartenait, ivres de sensations et de caresses, s'excitant et s'apaisant l'un l'autre tour à tour, conscients d'avoir tout ce que deux amants peuvent désirer. Ils demeurèrent longuement étendus, plongés dans leurs pensées.

« Sunida, je dois te dire quelque chose.

– Je vous en prie, mon Seigneur. Dites-moi que vous m'aimez toujours... »

Il avait envie de lui parler de Petraja et de la lettre signée Dawee mais préféra renoncer. Cela ne ferait que l'inquiéter davantage. Il se contenta de lui sourire. « Je suis heureux que tu saches combien je t'aime, Sunida. D'autant que je vais devoir te quitter maintenant. Mais je serai de retour dès que possible.

– Je vais vivre dans l'attente de cet instant, mon Seigneur. »

Elle l'accompagna jusqu'à la porte, toujours souriante. Mais, dès qu'elle se retrouva seule, elle donna libre cours à son chagrin. Les larmes qu'elle avait retenues si longtemps roulèrent à flots sur ses joues. Soixante jours ! Oh, miséricordieux Bouddha ! Elle allait avoir besoin de toutes ses forces et plus encore pour opposer un défi à ce qui avait été écrit dans les astres.

17

Nellie et Mark passèrent la nuit chez un commerçant portugais, Joao Pareira, ami de Phaulkon et du père de Bèze, qui possédait une petite maison typiquement siamoise dans la banlieue d'Ayuthia. Comme il était trop tard pour se rendre à Louvo ce soir-là, le petit jésuite avait décidé de rester hors de portée du séminaire.

La discussion avait été si vive entre le lieutenant Sautier et le capitaine des gardes de Phaulkon qu'il avait douté un instant qu'on les laisserait repartir pour Louvo. À bout de nerfs, l'officier français avait même tiré son épée pour en menacer de Bèze. Quant à Ducaze, il avait ameuté quelques jésuites pour lui venir en aide, mais les soldats du Barcalon avaient eu vite fait de les immobiliser et d'entraîner Somchai avec les autres hors de l'enceinte. Par prudence, deux gardes étaient restés en arrière pour empêcher le lieutenant français de leur donner la chasse.

Nellie se sentait grandement soulagée par la tournure des événements. Tout au long de cette vive dispute, et malgré les regards furieux de Mark, elle avait prétendu vouloir retourner à Bangkok. Trop aveuglé par son désir de poursuivre en direction de Louvo, son fils n'avait pas compris qu'il s'agissait d'un stratagème. Comptant sur la victoire des hommes de Phaulkon, elle espérait ainsi que Desfarges serait informé par Sautier de son soutien à leur cause. Il s'imaginerait qu'elle avait été contrainte de quitter de force le séminaire et se sentirait responsable de cette nouvelle épreuve. En restant dans les bonnes grâces du général, elle pourrait peut-être, par la suite, recevoir de lui un soutien appréciable.

Épuisés par leur voyage matinal et ces incidents plutôt mouvementés, Nellie et Mark ne furent que trop heureux de prendre un peu de repos. Après un bref échange de politesses avec leur hôte portugais, ils absorbèrent un bol de riz au poulet suivi d'un délicieux gâteau avant de s'écrouler, ivres de fatigue, sur leurs nattes de jonc. Leur nuit fut longue et réparatrice. Ils s'éveillèrent frais et dispos, saluant cette aube nouvelle avec un frisson d'anticipation. Leur but était enfin en vue. Après une odyssée de neuf mois qui leur avait fait traverser la moitié du monde, ils ne se trouvaient plus qu'à un jour de voyage de leur objectif. Cela faisait si longtemps qu'ils rêvaient de cet instant !

Ils firent leurs adieux à leur hôte et s'engagèrent sur un étroit sentier abrité menant au petit quai privé où la barque de Phaulkon les attendait pour les transporter à Louvo. Mark avait gardé prudemment ses bandages. Le père de Bèze les accompagnait, ainsi que les douze solides gardes de Phaulkon entourant un Somchai bien ficelé. Le prisonnier s'entêtait à désigner le Barcalon comme son seul commanditaire, mais de Bèze, prudent, avait conseillé au capitaine d'escorte de le tenir entravé en attendant de vérifier de telles allégations. Ils ne tarderaient pas à savoir si l'homme travaillait effectivement ou non pour leur maître.

Une grande barque de belle allure surgit devant les yeux émerveillés des Tucker. C'était la première fois qu'ils la voyaient car, la veille, on les avait conduits à la maison du commerçant portugais sur de petits bateaux. L'élégante embarcation occupait toute la largeur du quai. Plus grande et plus décorée que celle du général français, elle s'en distinguait aussi par son mobilier, entièrement de style siamois. Cent rameurs étaient placés aux deux extrémités et, au centre, une estrade permettait aux passagers d'avoir une vue panoramique sur le paysage. Les deux pointes recourbées de la coque évoquaient les toits des maisons siamoises. De nombreux coussins triangulaires bien rembourrés offraient un confortable appui en guise de chaises et, sur des tables basses, on avait servi des rafraîchissements. Mark fut particulièrement impressionné par la haute proue qui jaillissait au-dessus de l'eau. Elle avait la forme d'un oiseau féerique et son long cou abondamment garni de feuilles d'or étincelait joyeusement dans le soleil matinal.

Dès qu'ils furent installés, les cent rameurs, vêtus de tuniques rouges et coiffés de bonnets assortis, s'inclinèrent devant leurs hôtes et prirent position derrière leurs rames. Somchai et les gardes disparurent à l'arrière et la barque se mit en mouvement.

« Combien de temps durera le voyage ? demanda Nellie au prêtre.

– Pas plus de six heures, j'imagine. Vous aimerez Louvo, madame, l'air y est plus frais qu'ici. Il soulage l'asthme du roi. »

Elle l'observa discrètement, essayant de deviner s'il tentait de l'apaiser ou bien de s'excuser de les avoir en quelque sorte « enlevés », elle et son fils. Se sentait-il coupable à leur égard ? En attendant, il était préférable de continuer à profiter de ses bonnes dispositions. Elle avait vu comment il s'était comporté au séminaire et se disait qu'il serait un allié précieux.

« Pourquoi ne nous avez-vous pas autorisés à regagner le fort, mon Père ? » demanda-t-elle en se blottissant confortablement contre les épais coussins.

Le prêtre sourit aimablement. « Le seigneur Phaulkon souhaite vous interroger personnellement au sujet du meurtre du père Malthus après qu'on l'a accusé à tort d'avoir orchestré ce crime. Il est important à ses yeux – et à ceux de tous les autres – que la vérité soit clairement établie. »

Elle le regarda, surprise. « Mais, mon Père, le meurtrier n'a-t-il pas déjà avoué qu'il avait agi sur l'ordre du seigneur Phaulkon ?

– Le seigneur Phaulkon est certainement d'un autre avis, madame.

– Où résiderons-nous ?

– Dans la demeure du Barcalon. N'ayez aucune inquiétude, on s'occupera très bien de vous. » Il fit une pause. « Puis-je à mon tour vous demander pourquoi vous vous êtes montrée si réticente à l'idée de m'accompagner ? »

Elle prit un air faussement penaud. « J'avais promis au général Desfarges de retourner à Bangkok. Il s'est en effet montré très aimable avec nous, faisant preuve d'une réelle sollicitude à notre égard. Il comptait sur notre retour.

– Je vois. » De Bèze l'observa quelques instants. « Mais j'ai encore une autre question à vous poser. Me permettrez-vous de savoir comment il se fait qu'une dame de votre éducation en vienne à voyager si loin de chez elle ? Il est bien rare de rencontrer une Européenne au Siam. »

Un bref instant, elle fut tentée de lui révéler toute la vérité. Après tout, c'était un prêtre et il lui inspirait confiance. Mais C'était aussi un proche de Phaulkon et Mark serait furieux si elle lâchait la moindre information sur le but réel de leur expédition. Pauvre Mark ! Comme il devait se sentir mal à l'aise sous ses bandages dans ce climat si chaud et humide ! Pour finir, Nellie décida de ne rien révéler au jésuite mais sans lui mentir non plus.

« Je suis ici pour une mission plutôt particulière, mon Père. Et, pour l'instant, je préférerais la tenir secrète. »

Il inclina la tête. « Je vois que la discrétion est une autre de vos qualités, madame. Je n'insisterai donc pas. » Il jeta un coup d'œil à Mark. « Mais permettez-moi au moins d'offrir mes services à ce jeune homme. J'occupe le poste de premier médecin de Sa Majesté et, si vous m'y autorisez, je serais très heureux d'examiner les blessures de votre fils.

– Je vous en remercie vivement, mon Père. Peut-être plus tard, quand nous aurons gagné Louvo.

– À votre gré, madame, mais je ne peux vous garantir d'être alors disponible. Le seigneur Phaulkon désire que je m'occupe de la santé de Sa Majesté dès mon retour, et j'ai promis de le faire immédiatement. »

La longue barque avait gagné le milieu du fleuve et prenait de la vitesse. Agissant en cadence au rythme d'un tambour, les solides rameurs propulsaient le bateau à une allure surprenante.

Nellie jeta un regard pénétrant au petit jésuite.

« Travaillez-vous pour le seigneur Phaulkon ?

– Oh non, madame, je travaille pour le Seigneur là-haut, répondit-il avec un petit rire, un doigt pointé vers le ciel. Mais le seigneur Phaulkon et moi-même nous rendons parfois quelques petits services, surtout pour des affaires sur lesquelles nous partageons le même avis. »

Cette fois, ce fut au tour de Nellie de se mettre à rire.

« Ce n'est pas comme au séminaire, alors. L'atmosphère y était vraiment peu cordiale.

– Je crains que vous n'ayez raison, madame. Le seigneur Phaulkon et moi-même ne comptons guère d'amis parmi les jésuites. »

La jeune femme haussa un sourcil. « Pourquoi cela ? » Elle avait conscience de poser trop de questions mais le prêtre semblait bien disposé.

Il réfléchit un instant. « Disons que je partage avec mes frères jésuites les mêmes buts ultimes, mais notre approche demeure différente. Mon point de vue est plus pragmatique que celui de mes coreligionnaires. Ainsi, je comprends que le seigneur Phaulkon se comporte avant tout comme un politicien, alors que mes frères préféreraient le voir plus préoccupé de religion. »

Ils doublèrent une énorme barque à la proue presque carrée qui se déplaçait lentement. Sur le vaste pont, une demi-douzaine d'éléphants se nourrissaient de canne à sucre et de pousses de bambou. Les yeux de Mark brillèrent d'émerveillement. Nellie se tourna en souriant vers le prêtre.

« Puis-je vous demander quels sont les sujets sur lesquels vous et le seigneur Phaulkon n'êtes pas d'accord ? »

La question sembla amuser le prêtre.

« S'il s'agit de discuter de politique, je crains que le voyage ne soit pas assez long pour que je puisse vous répondre. »

Nellie éclata de rire. « Oh non, mon Père. Ce n'est qu'une insatiable curiosité féminine. Simplement, si je dois être interrogée par ce potentat, j'aimerais en apprendre un peu plus sur lui, voilà tout.

– Vous serez charmée par lui, j'en suis certain. La plupart d'entre nous le sommes, d'ailleurs. »

Elle prit un air soucieux. « J'ai entendu dire que c'était plutôt un homme à femmes, mon Père. »

Le prêtre leva les bras au ciel. « Ah, ces choses-là sont en dehors de ma juridiction, madame ! »

Nellie l'observa attentivement. « Vous semblez d'une inébranlable loyauté à son égard, mon Père. Il a de la chance d'avoir un allié tel que vous. J'ai entendu dire au fort qu'il avait beaucoup d'ennemis.

– Tous les hommes puissants ont des ennemis. Et les officiers français auxquels vous faites allusion ont un grief compréhensible. Ils ont l'impression que le seigneur Phaulkon aime davantage le souverain du Siam que le roi de France.

– Et en quoi est-ce répréhensible ? interrogea-t-elle, surprise.

– Ma foi, le roi Louis l'a tout de même fait comte de France. Et il a envoyé une armée pour le soutenir.

– Avec, en échange, le devoir de convertir le roi du Siam au catholicisme, n'est-ce pas ? Qu'arrivera-t-il si le comte échoue ? »

Le Père lui jeta un regard soucieux. « C'est bien là le nœud du problème, madame. »

Ils gardèrent un instant le silence.

« Cet homme, ce Somchai, travaille-t-il réellement pour lui ? »

Le prêtre haussa de nouveau les épaules. « C'est ce qu'il prétend.

– Mais, vous-même, que croyez-vous ?

– Je crois que vous posez trop de questions, madame. Et qu'il est temps pour un vieil homme de se reposer. »

Il lui sourit et s'étendit sous l'auvent.

À peine de Bèze était-il parti pour Louvo que le père Ducaze, toujours bouillant de colère, s'était précipité chez Maria à Ayuthia. C'était une vieille amie et, aux yeux des jésuites, elle représentait toujours leur meilleur espoir de convertir le roi. Bien souvent Ducaze avait prié pour que Constantin Phaulkon reçoive au moins une once de la ferveur religieuse de son épouse. Il avait parfaitement conscience qu'elle n'était nullement responsable de la situation et que ce n'était pas sa faute si leur rêve ne réussissait pas encore à se réaliser.

Si Maria ne reprochait officiellement jamais rien à Phaulkon, Ducaze savait qu'elle dissimulait douloureusement ses frustrations. Mais les événements se précipitaient. L'homme qui avait avoué le meurtre de Malthus avait aussi reconnu publiquement qu'il travaillait pour le Barcalon. Ducaze jugeait de son devoir d'en informer Maria afin qu'elle puisse confondre son mari. À présent, il devenait urgent d'alerter le général Desfarges pour obtenir justice. Car personne d'autre ne pouvait le faire. Aucune cour de justice siamoise n'oserait affronter le Barcalon et encore moins le condamner. Ducaze regrettait d'apporter à Maria d'aussi tristes nouvelles, mais il n'avait pas le choix.

Il la trouva à l'orphelinat, installée dans l'un des vastes bâtiments qu'elle avait fait élever sur le terrain de son palais. C'était une magnifique œuvre de charité que Maria avait entreprise là. Grâce à elle, les enfants abandonnés ne trouvaient pas seulement un toit mais ils étaient aussi éduqués dans la religion chrétienne, sauvant ainsi pour toujours leur âme.

Maria accueillit le jésuite chaleureusement et lui offrit un rafraîchissement. Il refusa, alléguant qu'il lui fallait regagner le séminaire aussi vite que possible.

Elle le fit alors entrer dans une petite pièce privée et écouta attentivement le compte rendu qu'il lui fit des événements. Tout au long de son récit, elle ne manifesta aucune émotion apparente ; il était certain cependant d'avoir lu dans ses yeux la stupéfaction et la colère. Quand il eut terminé, elle ne fit aucun commentaire et se contenta de le remercier de l'avoir informée. Elle aborderait le sujet avec son mari à la première occasion et ferait connaître au jésuite le résultat de son entretien.

Satisfait, le père Ducaze salua et sortit.

À peine la porte s'était-elle refermée sur lui que Maria se prit la tête entre les mains en poussant un cri de désespoir. Elle dut faire un immense effort sur elle-même pour contrôler ses émotions et réussir à donner encore une série d'instructions à l'orphelinat avant de demander que l'on prépare la barque la plus rapide.

Elle prit la direction de Louvo pour rejoindre Phaulkon une heure à peine après le départ de Nellie et de Mark pour la même destination.

Tandis qu'ils suivaient le père de Bèze dans l'allée traversant le jardin de la splendide demeure de Phaulkon, au bord du fleuve, le cœur de Mark battait si fort qu'il avait l'impression qu'il allait éclater dans sa poitrine. En ce brûlant milieu d'après-midi, le parfum lourd des tubéreuses flottait dans l'air oppressant. Nellie avançait au côté de son fils en le tenant par le bras, respirant avec délices ces effluves enivrants. Mais, malgré ce cadre enchanteur, elle se sentait aussi anxieuse que Mark. De temps à autre, elle s'exclamait devant la beauté d'un majestueux palmier éventail ou d'un buisson sculpté en forme d'éléphant ou de daim. Des nuées de serviteurs s'affairaient autour d'eux, taillant les haies, balayant les allées. Ils croisèrent un groupe de servantes occupées à disposer avec soin des guirlandes de fleurs fraîches autour d'un autel placé sur un haut socle de marbre. Trop absorbé par ses pensées, Mark n'écoutait pas les commentaires émerveillés de Nellie.

Le jour était enfin venu pour lui de connaître son père.

Il avait hâte de pouvoir retirer les pansements qui lui emprisonnaient la tête et de redevenir enfin présentable. Mais il savait aussi qu'il n'aurait pas été prudent de révéler trop tôt son vrai visage. Ce n'était pas au dernier moment qu'il fallait abandonner le jeu. Il espérait toutefois qu'on leur donnerait l'occasion de se rafraîchir avant d'être introduits en présence de Phaulkon.

Nellie lui jeta un regard en coin. Je sais bien que c'est ton jour, Mark, pensa-t-elle. Bien plus, même, que le mien.

Elle se tourna vers le prêtre. « Mon Père, le voyage a été long, et nous aimerions nous rafraîchir avant de rencontrer le seigneur Phaulkon.

– Bien entendu. Je vais m'en occuper dès que nous serons à l'intérieur. »

Une superbe porte en bois de teck finement sculpté à laquelle on accédait par une série de marches évoquant davantage une échelle qu'un véritable escalier se dressa bientôt devant eux. À leur approche, les deux battants s'ouvrirent comme par magie, et deux domestiques en livrée se prosternèrent de chaque côté du seuil. Manifestement, le prêtre était un familier de l'endroit car personne ne leur avait posé la moindre question depuis qu'ils avaient accosté le long du quai privé.

Tandis que Nellie et Mark attendaient anxieusement à la porte en s'efforçant de faire bonne contenance, un majordome aux cheveux blancs surgit et s'inclina profondément. Le prêtre lui parla en siamois, et le vieux serviteur lui répondit en leur faisant signe de le suivre.

« Le seigneur Phaulkon est malheureusement absent, madame, expliqua de Bèze à Nellie. Il est actuellement au Palais et ses domestiques ne savent pas quand il rentrera. J'ai expliqué que vous étiez ici sur invitation du maître de maison et que l'on devait vous traiter avec tous les égards possibles. Je me suis également arrangé pour que l'on vous donne une chambre d'hôte équipée des installations nécessaires pour prendre un bain. Je dois me rendre immédiatement au Palais afin d'informer le seigneur Phaulkon de votre arrivée – du moins si je le rencontre. Il est probablement auprès de Sa Majesté à laquelle je dois moi-même rendre une visite attendue depuis longtemps. »

Il s'inclina. « Ce fut un plaisir de vous rencontrer. J'espère que nous nous reverrons. »

Nellie et Mark le remercièrent et suivirent le majordome par un long couloir faiblement éclairé. Ils devinaient la présence d'une foule de serviteurs qui, cachés dans tous les recoins de la vaste maison, les observaient à la dérobée. Un autre groupe d'esclaves marchait derrière eux en portant leur maigre bagage.

Le vieux serviteur ouvrit enfin une porte et les introduisit dans une vaste chambre. Très excités, Nellie et Mark s'installèrent dans leurs nouveaux appartements. Comme il était extraordinaire de se retrouver enfin dans la maison de l'homme pour lequel ils avaient parcouru des milliers de kilomètres – et qui ignorait encore leur présence...

La pièce n'était guère différente de celle que Thomas Ivatt leur avait attribuée à Mergui. Meublée dans le style du pays, elle était pourvue de longues nattes de jonc en guise de lits, d'un paravent japonais, d'un petit tapis persan et de nombreuses porcelaines Ming placées dans des petites niches creusées dans les murs recouverts de bois de teck poli. Les fenêtres, maintenues ouvertes par des tiges de bambou, laissaient entrer une agréable brise.

Le cabinet de toilette n'était qu'une extension de la chambre limitée par un autre paravent. On y trouvait une grande vasque pour le bain et un profond bassin servant de latrine. Après que Nellie eut aidé Mark à se délivrer de ses bandages, ils s'aspergèrent tour à tour d'eau, savourant avec délices sa fraîcheur sur leurs corps brûlants. Puis ils se préparèrent longuement, trop occupés à cette tâche pour se lancer dans la conversation. Mark, le visage grave, s'était muré dans un profond silence tandis qu'il répétait en pensée les premiers mots qu'il échangerait avec son père. Nellie, elle, maudissait l'absence de ses bagages laissés à Mergui. La seule robe européenne qu'elle avait emportée avec elle étant trop froissée, elle n'avait pas d'autre choix que de se vêtir à la siamoise.

Elle choisit finalement un panung noir et un grand châle assorti lui drapant la poitrine. Voyant son hésitation, Mark l'assura que cette tenue la faisait paraître plus jeune, mettant joliment en valeur sa silhouette.

Il passa plus de temps encore que sa mère à se préparer, l'interrogeant à chaque instant pour lui demander son avis. Son visage était encore marqué de quelques contusions, à peine visibles cependant, et il était superbe dans son panung bleu orné de motifs et sa chemise de mousseline blanche décolletée en pointe et munie de larges manches trois-quarts. Dans cette tenue, il ressemblait à quelque valeureux corsaire prêt à tirer l'épée. Tous deux étaient pieds nus car, selon la coutume, personne ne devait porter de chaussures dans une maison siamoise. Même dehors, la majorité de la population allait nu-pieds. Seuls les mandarins avaient droit à des pantoufles aux bouts relevés.

Un coup discret frappé à la porte annonça l'arrivée d'un esclave. Front contre terre, il leur fit comprendre par gestes qu'ils devaient le suivre et les conduisit à travers un dédale de couloirs jusqu'à une grande pièce de réception où il leur indiqua discrètement un long divan au centre. Disposés sur des tables basses, des plats d'argent offraient le spectacle appétissant de mets les plus variés. Un délicieux parfum d'épices flottait dans l'air. De jeunes servantes au sourire timide, poitrine nue, étaient agenouillées près des tables, tenant dans leurs mains des éventails de palmes.

Après que Nellie et Mark se furent installés sur le divan, les jeunes filles s'inclinèrent bien bas, veillant, selon le protocole, à ce que leur tête ne se trouve jamais plus haut que celle des visiteurs. Pourtant, malgré leur discrétion exemplaire, elles ne pouvaient dissimuler tout à fait leur immense curiosité à l'égard du jeune farang aux traits si semblables à ceux de leur maître.

La mère et le fils échangèrent quelques regards complices en contemplant la profusion de plats devant eux. Ils se servirent eux-mêmes, piochant un peu dans tous pour remplir leur bol de porcelaine. À peine les virent-elles saisir leur cuiller de nacre et commencer à manger que les esclaves se mirent aussitôt à les éventer. Nellie et Mark avaient l'impression de dîner dehors sous une brise chaude.

Tout en prenant leur repas, ils observaient à la dérobée le décor, admirant les ravissants cabinets laqués aux tons fanés par les ans, les tapisseries brodées de fils d'or représentant des scènes de guerre, et les longues étagères chargées de livres et de manuscrits anciens. Nellie se demanda comment un homme aussi occupé que le Barcalon parvenait encore à trouver le temps de lire autant. Mark, fasciné, ne pouvait détacher son regard d'une splendide maquette de bateau posée sur un socle de marbre, une jonque siamoise pourvue de voiles en forme d'ailes de chauve-souris. Un grand miroir de style français, au cadre richement décoré, ornait l'un des murs. Nellie et Mark auraient bien aimé s'y regarder, mais il n'était pas question de faire preuve d'une telle vanité devant les domestiques. Tapis dans tous les recoins de la pièce ou accroupis près de la porte, il y en avait partout. Leur nombre semblait incalculable.

Un peu intimidés, Nellie et Mark n'échangèrent que quelques mots à voix basse, de crainte d'être compris par un esclave parlant leur langue. Ils se demandaient aussi si tous ces domestiques n'étaient pas là pour les espionner. Les mets, cependant, s'avérèrent excellents, bien supérieurs à tout ce qu'ils avaient déjà goûté depuis leur arrivée au Siam. Si certaines sauces étaient trop épicées à leur goût, les préparations – dont la plupart leur étaient inconnues – avaient une saveur exquise.

Il y eut un instant d'étonnement amusé lorsque, à la fin du repas, un esclave apporta un curieux instrument de cuivre pour le placer devant Mark.

C'était un *hookah* de style mauresque, richement ciselé. Les femmes n'étant pas censées fumer, Nellie n'eut pas ce privilège. À vrai dire, Mark n'avait lui non plus jamais eu le loisir de goûter au tabac. Mais il jugea que le moment était venu de s'y risquer. Comme il s'efforçait de se servir du *hookah* avec une évidente maladresse, des rires étouffés s'élevèrent dans la pièce et les deux esclaves maniant les éventails mirent une main devant leur bouche pour dissimuler leur amusement.

Les deux Anglais éclatèrent de rire à leur tour, ce qui détendit l'atmosphère. Mark finit par découvrir comment inhaler la fumée mais, à la première bouffée, il fut pris d'une quinte de toux si violente qu'il dut quitter précipitamment le divan, le visage écarlate. Inquiète, Nellie s'apprêtait à le suivre, mais Mark, d'un geste impératif, lui demanda de rester assise. Il jugeait avoir suffisamment perdu la face comme ça.

Cette fois, les esclaves s'étaient arrêtés de rire. Deux d'entre eux accompagnèrent le garçon jusqu'à sa chambre tandis que les autres tentaient de rassurer Nellie et de lui faire comprendre par signes qu'il n'y avait pas lieu de s'alarmer.

La jeune femme s'adossa alors à son siège, perdue dans ses pensées. Lorsqu'elle entendit marcher dans le couloir quelques minutes plus tard, elle pensa tout d'abord qu'il s'agissait de Mark. Mais, à la réflexion, les pas étaient trop légers pour être ceux d'un homme. L'instant d'après, une femme apparut sur le seuil. Petite, mince, de type eurasien, elle était très jolie.

Élégamment habillée à la mode siamoise, elle portait de superbes bijoux au cou, aux poignets et aux mains. Sans doute s'agit-il d'une des concubines de Phaulkon, songea Nellie, sachant que sa femme résidait à Ayuthia.

En l'apercevant, la nouvelle venue s'arrêta brusquement pour l'observer avec curiosité. Puis, comme si elle se souvenait de quelque chose, elle lui sourit et s'avança vers elle avec assurance.

« Vous devez être cette dame anglaise qui a assisté au meurtre du père Malthus, dit-elle dans un anglais un peu hésitant. Je suis Maria de Guimar, l'épouse du seigneur Phaulkon. »

À ces mots, le cœur de Nellie bondit dans sa poitrine. C'était une situation si inattendue qu'elle en demeura comme engourdie, même si de multiples pensées occupaient son esprit. Que faire, à présent ? Elle n'avait plus le temps d'alerter Mark afin qu'il se tienne à l'écart. Jusqu'ici, elle avait envisagé des douzaines de scénarios différents pour la scène des retrouvailles avec Constant – mais aucune en présence de son épouse.

Elle prit une profonde inspiration et réussit à sourire. « Je suis enchantée de faire votre connaissance, madame. Mais je vois que vous semblez déjà savoir qui je suis...

– Je ne connais pourtant pas encore votre nom, répondit Maria en prenant place à côté d'elle sur le divan.

– Nellie Tucker, madame. »

Maria sourit à son tour. « J'imagine combien il a été éprouvant pour vous d'être le témoin d'un crime aussi affreux, dit-elle d'une voix chaleureuse. Croyez bien que je suis de tout cœur avec vous. Si vous pouvez supporter d'évoquer une nouvelle fois ce terrible épisode, j'aimerais que vous me racontiez ce qui s'est passé. Voyez-vous, j'étais très proche du père Malthus. » Elle observa une courte pause. « Et, bien entendu, j'aimerais savoir ce qui vous amène au Siam. »

Nellie allait répondre quand elle entendit les pas de

Mark dans le couloir. Elle fit un mouvement pour se lever, mais il était trop tard. Le cœur battant à tout rompre, elle se rassit, fit semblant d'ajuster son panung et entreprit de faire le récit du meurtre. Maria l'écoutait avec attention ; cependant, lorsque Mark pénétra dans la pièce, elle coula vers lui un regard intrigué. Dès lors, Nellie sut qu'elle ne l'écoutait plus.

Maria fixait le jeune homme comme s'il s'était agi d'un spectre. Alarmé, Mark se figea, interrogeant du regard sa mère qui, paralysée elle aussi, semblait pour une fois à court d'idées.

Maria fut la première à se ressaisir.

« Eh bien, jeune homme, asseyez-vous, et dites-moi qui vous êtes. »

Elle esquissa un sourire d'encouragement, mais Nellie devina qu'elle faisait un violent effort pour se contrôler. Mark regarda de nouveau sa mère qui baissa les yeux.

« Je m'appelle Mark Tucker, madame.

– Ainsi, vous êtes le fils de Mrs. Tucker ?

– Oui, madame.

– Eh bien, asseyez-vous, Mr. Tucker. »

Mark s'exécuta et reprit timidement sa place sur le divan à côté de sa mère.

« J'ai entendu dire que vous vous étiez comporté courageusement sur le bateau. Vous semblez si jeune ! Quel âge avez-vous ?

– Seize ans, madame.

– Pas plus ? Dites-moi, pourquoi votre père ne voyage-t-il pas avec vous pour vous protéger ? »

Nellie finit par retrouver sa voix. « Mon mari est mort, lady Maria. » Elle avait volontairement prononcé le nom de Maria pour alerter Mark sur l'identité de son interlocutrice.

Celle-ci se tourna vers Nellie, affichant toujours le même masque de sympathie.

« Je suis désolée de l'apprendre, Mrs. Tucker. Votre deuil est-il récent ? »

Cet interrogatoire ne plaisait guère à Nellie, mais

elle ne trouvait pas d'échappatoire. Elle était certaine que Maria avait compris qui elle était.

« Mr. Tucker est mort il y a juste un an, madame.

– Oh, comme c'est tragique. Je présume que vous avez quitté l'Angleterre aussitôt après sa disparition. »

C'était plus une constatation qu'une question et Nellie ne vit pas la nécessité de répondre. Si Maria avait reconnu Mark, pourquoi jouait-elle ce jeu ? Était-ce pour les humilier tous les deux ? À moins qu'elle ne cherchât à déconcerter le jeune homme dans l'espoir de lui arracher des confidences. Nellie avait lu quelque part que les Orientaux pratiquaient l'art raffiné de l'esquive, tournant autour d'un sujet épineux sans jamais l'aborder directement ou encore prétendant simplement qu'il n'existait pas. Mais la femme de Phaulkon commençait à pousser le jeu un peu trop loin.

Maria les regarda tour à tour. « Eh bien, puisqu'il semble que nous avons tous des questions urgentes à discuter avec mon mari, pourquoi ne l'attendrions-nous pas ensemble ? »

Et elle s'adossa au divan, un sourire doucereux sur les lèvres.

18

À pied, le chemin était court entre le Palais et la demeure de Phaulkon, située non loin des murs massifs de l'enceinte royale. En cette belle fin de journée, les rayons obliques du soleil teintaient d'or les chapeaux à larges bords des marchands naviguant dans leurs petites pirogues chargées des produits qu'ils n'avaient pu écouler dans la journée.

Cheminant le long du fleuve avec pour seule escorte un groupe de vingt esclaves, le Barcalon regagnait sa demeure. Au Siam, il était d'usage qu'un dignitaire ne sorte jamais seul. Une suite d'esclaves l'accompagnait à chacun de ses déplacements, tant pour indiquer son rang élevé que pour sa protection personnelle. Lors des sorties officielles, chaque dignitaire était escorté par la totalité du personnel qui lui était attaché. Ainsi, quand le Seigneur de la Vie quittait son palais, pas moins de vingt mille esclaves se pressaient autour de lui. Mais pour une visite privée comme celle que Phaulkon venait de rendre à Sunida, une petite escorte suffisait.

Plusieurs des esclaves du Barcalon échangeaient entre eux des regards. Selon la loi, aucun d'eux n'aurait jamais osé adresser la parole à son maître à moins que celui-ci ne s'adresse à lui ; mais ils étaient inquiets de le voir aussi préoccupé. Absorbé dans ses pensées, il faillit même dépasser sa propre maison.

De fait, Phaulkon se reprochait d'avoir parlé à Sunida des sinistres augures de la mère Somkit. Il aurait dû se souvenir combien elle croyait à ces choses et se montrer plus réservé. Il n'avait pas été dupe des efforts qu'elle avait déployés pour le distraire. En réalité, Sunida s'inquiétait terriblement – et c'était de sa faute. Mais elle lui était devenue si proche qu'il avait pris l'habitude de ne rien lui cacher. Et c'était là une des nombreuses raisons pour lesquelles il l'aimait. Féminine, dévouée, elle savait aussi faire preuve d'une extrême finesse en matière de politique, ayant grandi à la cour de son oncle, gouverneur de Ligor – une ville d'un tel faste qu'on pouvait la comparer à Byzance. La Compagnie néerlandaise des Indes orientales y possédait un comptoir, et Sunida avait eu ainsi maintes occasions d'observer le comportement des farangs.

Constant aurait voulu lui parler également de Malthus et de Petraja, ainsi que de la lettre signée Dawee mais il n'en avait pas eu le temps. D'ailleurs, il n'aurait réussi qu'à l'inquiéter davantage. Les temps étaient troublés. À peine un problème était-il résolu qu'un autre surgissait : la santé du roi, les manigances de Petraja, le meurtre de Malthus encore non éclairci.

Autant de préoccupations prioritaires dont dépendaient sa survie et son avenir.

Tout en gravissant les marches de sa demeure, il se demandait quelles autres surprises les dieux pouvaient bien encore lui réserver. Sarit, son majordome, l'attendait dans l'antichambre pour l'informer que son épouse se trouvait au salon en compagnie d'une *mem* et de son fils.

En apprenant la présence de Maria, Constant fronça les sourcils. Cela ne pouvait signifier que des soucis supplémentaires. Mais il se réjouit néanmoins à l'idée de rencontrer enfin cette Européenne, témoin du meurtre de Malthus. Manifestement, l'intelligent petit jésuite avait accompli sa mission.

Lorsqu'il pénétra dans le salon, Maria se leva pour le saluer. Son visage reflétait une expression étrange.

« Constant… enfin ! Nous attendions tous votre retour avec impatience. Mais nous avons eu ainsi le temps de faire connaissance, Mrs. Tucker et moi. Permettez-moi de vous présenter. »

Elle prit son mari par la main et le conduisit auprès de Nellie et de Mark qui semblaient, eux aussi, fort mal à l'aise.

« Je te présente Mrs. Tucker et son fils Mark », annonça Maria en arborant son sourire le plus éblouissant. « Mrs. Tucker, voici le seigneur Phaulkon, mon époux. »

Phaulkon contempla Nellie Tucker – une femme qu'il jugea séduisante, bien que d'allure plutôt surprenante dans ses vêtements siamois. Un vague souvenir naquit en lui tandis qu'il l'observait. Il avait la nette impression de l'avoir déjà rencontrée. Mais où ?

Elle aussi le regardait, sans faire mine de le reconnaître. Je dois me tromper, pensa-t-il en lui adressant son plus aimable sourire.

« Bienvenue à Louvo, Mrs. Tucker. On m'a informé que votre visite au Siam a été marquée par de pénibles événements. Je m'en excuse auprès de vous. Mon pays se montre d'habitude plus hospitalier vis-à-vis des étrangers. »

Elle lui rendit son sourire. « Espérons que le pire est derrière nous, seigneur Phaulkon, et que cela n'aura été qu'une malheureuse entrée en matière. »

Plus Constant l'observait, plus il se sentait intrigué. Cette voix lui semblait familière.

« Soyez assurée que je ferai de mon mieux pour que votre séjour se déroule sans autres incidents, madame, dit-il en s'inclinant galamment.

– Vous n'avez pas encore salué Mark, le charmant fils de Mrs. Tucker, intervint Maria. Il s'est interposé courageusement pour protéger la vie de sa mère sur le bateau. »

Phaulkon se tourna vers le garçon. « J'ai entendu dire, en effet, que vous vous étiez comporté avec bravoure... » Dérouté, il laissa traîner sa voix sur les derniers mots tandis qu'il fixait le jeune Anglais. Le garçon soutint bravement son regard, même si l'on pouvait lire dans ses yeux une vive anxiété.

Mon Dieu... pensa Phaulkon. Ce visage... Abasourdi, il avait l'impression de se retrouver devant son propre reflet, comme lorsqu'il se regardait dans un miroir français – mais avec quelques années de différence. C'était une apparition surgie de son passé, l'incarnation même de sa propre jeunesse. Il devait avoir eu ce visage-là quand il s'était rendu pour la première fois en Angleterre.

Ses pensées s'éclaircirent soudain. L'Angleterre ? Doux Jésus... Cette femme qui lui semblait si familière... et ce garçon... Non, impossible ! La jeune fille qu'il avait connue autrefois ne s'appelait pas Tucker, mais Summers.

Le sourire rusé de Maria le déconcerta. Que s'étaient donc raconté les deux femmes en son absence ? Il était certain que Maria avait exercé tous ses talents de stratège auprès de Nellie en l'enjôlant avec des promesses d'amitié.

Il tressaillit soudain. Ne venait-il pas de retrouver le prénom de cette jeune femme ? Bien sûr ! Nellie, la rose d'Angleterre...

Il prit une profonde inspiration et demanda, d'une voix aussi unie que possible.

« Nellie ? »

La jeune femme esquissa un faible sourire.

« Constant ?

– Dieu du ciel ! »

Il se tourna vers le garçon qui continuait à le dévisager avec une expression avide comme si... oui, comme s'il attendait de lui quelque signe de reconnaissance. Seigneur ! songea Phaulkon, je ne me sens pas préparé à affronter une telle situation...

« Je disais justement à Mrs. Tucker, il y a seulement un instant, combien la ressemblance entre son fils et vous était frappante, Constant, insinua Maria avec un petit rire lourd de sous-entendus. Naturellement j'ai précisé que, pour nous autres, Siamois, tous les farangs se ressemblent. » Ses yeux se rétrécirent quand ils se posèrent à nouveau sur Nellie. « Figurez-vous que mon mari ne cesse de me répéter que je ne pense pas comme les Siamois... »

Cela ne peut durer, songea Phaulkon, tandis que les souvenirs se bousculaient dans ses pensées. Nellie Summers... En la voyant ainsi vêtue à la mode siamoise, ses cheveux auburn flottant librement sur ses épaules, il ne l'avait pas reconnue. Autrefois, elle portait des nattes. Elle était aussi fraîche qu'une fleur du Devonshire et il l'avait adorée. Nellie... le premier grand amour de sa vie.

Son attention se reporta sur le jeune Anglais. Quel était son nom, déjà ? Dans sa confusion il avait oublié ce que Maria avait dit. Ah oui, Mark... Pas étonnant que le garçon ait l'air aussi tendu. Mon Dieu, depuis combien de temps attendait-il ce moment ? Constant imaginait sans peine son angoisse, son émotion...

Malgré le choc d'une telle surprise, il n'allait pas fuir devant ses responsabilités – même devant Maria. Il n'était pas encore l'heure de penser aux conséquences qu'une pareille situation n'allait pas manquer d'entraîner.

Il s'avança vers le jeune homme en arborant son

plus chaleureux sourire. Mark attendait, incertain, un rideau de larmes voilant ses yeux.

« Bienvenue au Siam, Mark, dit Phaulkon. Je suis enchanté de te voir. » Il le regarda avec bienveillance. « Jusqu'à cet instant, j'ignorais ton existence. Je crois que nous avons pas mal de choses à rattraper, toi et moi. »

Il lui tendit les bras. N'osant croire à sa chance, Mark n'hésita qu'une petite seconde. Timidement, il fit un pas en avant, tomba dans les bras de son père et se mit à sangloter sur son épaule. Le père et le fils restèrent un long moment enlacés.

Ils se ressemblaient tant qu'on aurait pu les prendre pour deux jumeaux, à quelques détails près : un peu plus grand que Constant, Mark avait des cheveux aussi épais et bruns que les siens mais plus indisciplinés. Une larme coula sur la joue de Nellie, mais le visage de Maria demeura de pierre.

Mon fils... déjà presque un homme, songea Phaulkon, en étreignant le corps solide de son enfant. Qui aurait jamais pu imaginer cela ? Soudain il se raidit. Mark sentit le changement et leva les yeux vers lui. Phaulkon venait de se souvenir des paroles de mère Somkit, la vieille devineresse. Elle avait donc deviné le nombre exact de ses enfants... C'était étrange... troublant. Et dire qu'il avait ri d'elle, croyant qu'elle se trompait !

Il fouilla son cerveau pour se remémorer ce qu'elle avait dit d'autre. Ne l'avait-elle pas averti de se méfier de la mère de son enfant ? Mais de laquelle ? S'agissait-il de Nellie ou de Maria ? Pauvre Nellie, comme elle avait dû souffrir... L'épreuve l'avait-elle rendue vindicative ? Le contraire serait surprenant. Il pouvait s'imaginer ce que cela avait dû représenter pour elle d'être une mère célibataire dans un pays aussi puritain que l'Angleterre. On avait dû la traiter de catin. Quelle sorte de vie avait-elle dû endurer ? Peut-être était-elle venue jusqu'ici pour le tuer...

Il se souvint qu'il lui avait promis de lui écrire et ne l'avait jamais fait. Mais il ignorait tout de cette grossesse. Et puis... il avait eu bien d'autres préoccupations en tête. L'ambition avait été son seul moteur, tout au long de son existence.

À moins que le danger ne vienne de Maria ? Il l'observa du coin de l'œil et surprit son regard méprisant.

« Eh bien, Constant... commença-t-elle, la voix légèrement tremblante, on dirait que l'enfant que je porte n'est pas votre premier-né. »

Son ton était si hostile que Mark se tourna vers elle.

« Madame, je sais que ma présence ici doit être un choc terrible pour vous. Je souhaite cependant que vous ayez de l'indulgence pour les sentiments que j'éprouve à cet instant. C'est la première fois que je vois mon père depuis que je suis né, il y a seize ans de cela. »

Maria grimaça un sourire. « Oh ! mais je comprends fort bien, jeune homme. Vous ne pouvez être tenu pour responsable de la duplicité de votre père... »

Phaulkon n'aimait guère la tournure que prenait la conversation. « Nous parlerons de cela plus tard, Maria », coupa-t-il sèchement.

Nellie se leva de son siège. « Mark et moi vous prions de nous excuser, mais nous désirerions nous reposer. Le voyage a été long. Nous pourrons nous entretenir à un autre moment », ajouta-t-elle avec tact.

Phaulkon, reconnaissant, les accompagna jusqu'à la porte. Il donna une petite tape dans le dos de Mark. « Je te verrai plus tard, mon garçon. » D'un signe, il ordonna à un esclave de les mener à leur appartement puis referma la porte derrière eux.

« Vous êtes un monstre ! siffla Maria avec une expression venimeuse. Plus je vis avec vous et moins je vous comprends. » Elle fit une pause pour reprendre son souffle. « Et, pour parler franchement, moins j'ai envie de vous comprendre !

– Maria, votre surprise ne peut être plus grande que la mienne. »

Elle l'observa d'un air moqueur. « Surprise ? Le mot ne me semble guère convenir. Je suis choquée et peinée par le déshonneur que vous jetez sur nous. Comment pourrai-je jamais vous faire à nouveau confiance ? »

Il tenta de l'apaiser tout en sachant au fond de lui que cela ne servirait à rien.

« Tout cela s'est passé il y a bien longtemps, Maria. Dans une autre vie. Avant même que j'aie songé à mettre le pied au Siam.

– Peut-être était-ce une autre vie, Constant, mais, aujourd'hui, ce passé redevient le présent. Vous ne vous attendez tout de même pas à ce que nous vivions tous ensemble sous ce toit comme une grande et heureuse famille ? » Son indignation ne faisait que croître, s'attisant d'elle-même. Il ne connaissait que trop bien le processus. Et, pour une fois, les reproches de sa femme avaient une cause légitime. « À moins que vous n'envisagiez d'avoir une famille à Louvo et une autre à Ayuthia ? lança-t-elle, sarcastique.

– Maria, je doute que mon autre famille, comme vous dites, ait la moindre intention de demeurer au Siam. »

Elle ricana. « Et pourquoi croyez-vous qu'ils sont venus jusqu'ici ? Pour changer d'air ? Allons, Constant, ayez au moins la dignité de regarder la vérité en face. Ils sont ici pour rester. Vous êtes le père du garçon et l'homme le plus puissant du Siam. Pourquoi partiraient-ils ?

– Je l'ignore, Maria, et, pour l'instant, ces conjectures sont inutiles. Peut-être que ce garçon voulait seulement connaître son père.

– Dans ce cas, je vous propose un marché : je vous donne trente jours. Passé ce délai, s'ils ne sont pas partis, c'est moi qui m'en irai. Pour la France. » Elle le regarda durement. « Je sais que vous possédez d'importantes participations dans la Compagnie française des Indes orientales. Je veux que vous vous engagiez à m'en remettre la moitié. Pour votre enfant à naître, afin qu'il soit élevé convenablement et vive décemment en France. »

Il la contempla un instant en silence, curieusement

soulagé de cette proposition. Maria était-elle sérieuse ou s'agissait-il seulement d'une étape avant que n'éclate l'orage ? Ses changements d'humeur, hélas, n'étaient que trop familiers. Il ne lui faisait nullement confiance, pas plus qu'elle à son égard.

« Il se trouve, Constant, que je suis venue vous voir pour une raison tout à fait différente. » Elle eut un sourire pincé. « Je n'avais pas prévu qu'il me serait donné de rencontrer votre... autre famille. Mais laissons cela pour le moment. Je désire vous parler du père Malthus. Vous savez, bien entendu, que Somchai a avoué ? »

Phaulkon la regarda stupéfait. « Somchai ? Qui est Somchai ? »

Elle lui jeta un regard soupçonneux. « Vous ne le connaissez pas ? Alors que ce sont vos propres gardes du corps qui l'ont arrêté ?

– Maria, j'arrive tout juste du Palais, annonça-t-il d'un ton las. Et je n'ai parlé à personne en dehors de ceux qui se trouvaient dans cette pièce.

– Dans ce cas, laissez-moi vous mettre au courant, reprit Maria, apparemment peu convaincue. Le meurtrier du père Malthus a été identifié. Il s'appelle Somchai. Non seulement il a avoué son crime mais il a aussi révélé qu'il travaillait pour vous.

– Quelle absurdité ! s'exclama Phaulkon, exaspéré. Je vous répète que je n'ai jamais entendu parler de cet homme. »

Elle le regarda comme s'il n'était qu'un enfant désespérément entêté. « Après tout, que pourriez-vous dire d'autre, Constant ? À quoi vous servirait de reconnaître vos fautes puisque vous perdriez ainsi mon appui et celui de l'armée française, même si, je le sais, vous ne faites pas grand cas de mon opinion. »

Cette fois, Phaulkon commençait à perdre patience. « Contrairement à vos insinuations, votre avis compte pour moi, Maria. Mais je viens de vous déclarer catégoriquement que je n'avais rien à voir dans le meurtre de Malthus. Néanmoins vous persistez à m'accuser.

Me croyez-vous donc assez stupide pour me mettre à dos l'armée française ?

– C'est précisément la question que je me pose. Vous saviez que Malthus cherchait à dresser les Français contre vous, répondit-elle en s'échauffant. Selon le témoignage de votre seconde "famille", Somchai aurait prononcé votre nom en plongeant son poignard dans la poitrine du malheureux. »

Il la regarda, abasourdi. « Nellie vous a dit cela ?

– Oui, ce sont exactement les paroles de... votre Nellie. » On aurait dit qu'elle crachait en prononçant ce nom.

Un toussotement discret se fit entendre à la porte.

« Puissant Seigneur, veuillez pardonner cette intrusion indigne, mais le gouverneur de Mergui attend dehors depuis quelque temps déjà. Il sollicite une audience de Votre Excellence.

– Thomas Ivatt ? Ici ? » s'écria Phaulkon, brusquement soulagé. Ivatt était son allié le plus proche et il avait bien besoin d'un ami en ce moment.

Il regarda Maria, attendant sa réaction.

« Très bien, dit-elle lentement, je m'en vais. Je vous ai dit comment se présentaient les choses. La suite est entre vos mains. »

Elle se dirigea vers la porte. Avant d'en franchir le seuil, elle se retourna brusquement. « Un mois, Constant. N'oubliez pas. »

Il ne répondit pas. Son esprit tourbillonnait pour assimiler tous ces développements récents. À cet instant précis, Ivatt entra par une autre porte, sans voir Maria. Quand il la découvrit enfin, il s'immobilisa, l'air confus.

« Veuillez accepter mes excuses, milady. Je ne vous avais pas vue. Que l'on couse mes lèvres pour me punir d'un tel manquement ! » Il se dirigea vers elle et lui baisa galamment la main. « Suis-je pardonné ?

– Je ne suis pas d'humeur à pardonner, Thomas, lança-t-elle froidement. Votre ami Constant vous en expliquera sûrement les raisons mieux que moi. »

Perplexe, Ivatt ne sut que répondre. En quête d'une

explication, il se tourna vers Phaulkon, mais son expression ne lui apprit rien.

« Vous partez donc ? » dit-il un peu gauchement à Maria.

Elle esquissa un mince sourire forcé. « Pour peut-être plus longtemps que vous ne l'imaginez. »

Dès qu'elle fut sortie, Constant saisit son vieil ami par les épaules et l'examina. « Tu as l'air en pleine forme, Thomas. C'est Dieu qui t'envoie. Tu n'imagines pas à quel point je suis heureux de te voir. »

Thomas lui jeta un regard intrigué. « Que se passe-t-il ? »

Phaulkon hésita, ne sachant par où commencer.

« J'espère seulement que ce n'est pas une nouvelle crise qui t'amène de Mergui. J'ai déjà suffisamment de problèmes à régler comme cela. »

L'inquiétude de Thomas ne fit qu'augmenter. « Pas une crise politique, Constant, répondit-il, presque sur un ton d'excuse. Mais des soucis qui, j'en ai bien peur, concernent ta vie privée.

– Encore ! » gémit Constant.

Ivatt s'efforça d'aborder le sujet avec légèreté. « Eh bien, vieux fripon, voilà une histoire dont tu ne m'avais jamais parlé... »

Phaulkon le regarda sans comprendre. Jamais Ivatt ne lui avait vu un air aussi soucieux.

« Est-ce que le nom de Nellie Tucker te rappelle quelque chose ? »

Encore sous le choc des événements de ces dernières heures, Phaulkon se sentait trop épuisé pour avoir envie de rire. Il réussit néanmoins à esquisser un sourire las.

« Hélas oui, mon ami, soupira-t-il. Je ne le connais que trop bien... »

19

Debout dans le bureau de Phaulkon, Somchai ne semblait éprouver aucun repentir tandis que ses yeux étroits et méfiants dévisageaient Nellie et Mark avec insolence. On lui avait entravé les pieds et les mains et deux solides gardes le tenaient de chaque côté.

Aidé des témoignages de Nellie et de Mark, Phaulkon tentait de retracer en détail les événements qui s'étaient déroulés sur le bateau. Il avait déjà interrogé le suspect, mais sans résultat. Somchai s'était contenté de brèves et dédaigneuses réponses et Phaulkon commençait sérieusement à perdre patience.

Il ne savait encore que peu de choses sur lui, en dehors du fait qu'il s'était converti au christianisme, séjournait au séminaire depuis un peu plus d'un an et parlait quelques mots de français. Quelqu'un l'avait certainement payé pour assassiner Malthus et proclamer ensuite qu'il travaillait pour le Barcalon.

Qui se cachait donc derrière tout cela ? Phaulkon avait espéré qu'il ne serait pas nécessaire de recourir à la torture, car il ne s'était jamais accoutumé à la cruauté des châtiments appliqués au Siam. Mais les meurtres y étaient rares et, selon la loi, Somchai devait être condamné à être dévoré vivant par un tigre. Une mort lente, atroce.

Il s'approcha et s'adressa à lui en siamois, les yeux dans les yeux.

« Je ne te connais pas et tu le sais fort bien. Jamais tu n'as été à mon service. C'est ta dernière chance de parler avant de connaître les pires souffrances que te réservera un juste châtiment. Sa Majesté, informée de ta conduite, vient en effet d'ordonner que tu subisses une mort lente, déchiqueté par un tigre – à moins que tu ne consentes enfin à révéler la vérité. C'est la dernière fois que je te le demande. »

Somchai le toisa avec mépris.

« Vous vous êtes servi de moi et maintenant vous m'abandonnez. Est-ce ainsi qu'agit un chrétien ?

– Il t'est facile de faire le fier pour l'instant. Mais tu verras les choses différemment quand le tigre dévorera tes pieds et tes mains. Emmenez-le ! »

Les gardes poussèrent Somchai hors de la pièce.

« Je ne sais pas qui se cache derrière les agissements de cet homme, soupira Phaulkon. Il continue à prétendre travailler pour moi. Or c'est faux.

– Je le sais », dit froidement Nellie, le visage impassible.

Phaulkon la regarda, surpris. « Que voulez-vous dire ? Si vous savez quelque chose, je vous prie de parler maintenant. Cet homme va être livré aux tigres. Savez-vous ce que cela signifie ? »

Nellie eut l'air mal à l'aise mais continua de se taire. Il lui jeta un regard sévère.

« Ils l'attacheront près d'un tigre affamé toute la nuit pour qu'il entende ses rugissements jusqu'à l'aube. Puis ils allongeront la corde qui retient le fauve prisonnier – juste assez pour qu'il atteigne les pieds du condamné. Ils lui donneront de plus en plus de champ jusqu'à ce qu'il ne reste rien du malheureux. Cela prendra longtemps. »

Cette fois, il la vit vaciller. « Si vous savez quelque chose, Nellie, il est en votre pouvoir d'éviter cela.

– Je t'en prie, mère », supplia Mark.

Elle le regarda avant de reporter son attention sur Phaulkon. « Nous avons des choses à nous dire, Constant.

– Naturellement », répondit-il, mal à l'aise, en se demandant quelles pouvaient être ses intentions.

Elle se tourna vers son fils. « Mark, je désire m'entretenir avec ton père en privé. Ce ne sera pas long. Je te promets que c'est la dernière fois que je te demande ce service. »

L'air manifestement contrarié, Mark se dirigea à contrecœur vers la porte et Phaulkon ordonna à un esclave de l'accompagner. Après quoi il offrit un siège à Nellie, mais elle s'obstina à rester debout.

« Je vous en prie, dites-moi ce qui s'est réellement passé », implora-t-il.

Elle l'observa calmement, mais il la devinait troublée au plus profond d'elle-même.

« Vous comptez sur mon aide, n'est-ce pas ? demanda-t-elle froidement.

– Je vous l'ai dit. J'ai besoin de connaître la vérité. »

Elle continua à fixer sur lui un regard dur.

« Ainsi, vous vous attendez à ce que j'agisse comme si rien ne s'était passé ? »

Il garda le silence.

« Donnez-moi une seule bonne raison pour laquelle je désirerais sauver votre peau ? » articula-t-elle lentement, l'air de plus en plus sombre.

Nous y voilà donc, songea Phaulkon. Elle n'est revenue que pour se venger.

« Parce que je suis le père de votre enfant et que je suis sincèrement désolé de ce qui vous est arrivé. Je sais que vous avez dû beaucoup souffrir. »

Elle cilla. « Vous n'avez pas la moindre idée de ce que j'ai dû endurer !

– C'est vrai. Mais j'attends que vous me l'appreniez. Croyez-moi, Nellie, je veux réparer mes torts.

– Vous ne pourrez jamais les réparer ! s'exclama-t-elle, indignée. Surtout vis-à-vis de Mark. »

Il soupira, l'air soudain accablé. « Laissez-moi au moins essayer. Je ferai tout ce que je peux. »

Elle détourna les yeux.

« "Je ferai tout ce que je peux...", répéta-t-elle douloureusement. Ce sont des paroles que vous avez déjà prononcées autrefois, Constant. Il semble que vous les utilisiez volontiers. »

Il la contempla, plein de regrets. « Nellie, je ne peux rien changer à ce qui est arrivé. Mais je désire savoir ce qui s'est passé, aussi cruel que cela soit. »

Un voile de chagrin assombrit le visage de la jeune femme.

« Vous ne m'avez pas envoyé une seule lettre ! lança-t-elle d'une voix vibrante. Pourquoi, Constant ? Pourquoi ? »

Il leva les bras en signe d'impuissance. « J'ai commencé à vous écrire, je ne sais combien de fois, mais je ne savais pas quoi dire. Comment vous apprendre que je n'allais pas revenir ? Le goût de la mer, l'attrait de pays inconnus s'étaient emparés de moi et m'attiraient inexorablement au loin. Le temps passait et plus je tardais à vous écrire, plus je m'éloignais de l'Angleterre – et de vous. Un monde nouveau m'appelait. C'était égoïste, j'en conviens, et j'ai eu tort d'agir ainsi. Et pourtant je vous dis la vérité.

– Tort ? Voilà tout ce que vous trouvez à dire ? Alors que votre attitude a été d'une inconcevable cruauté ! Tout ce que vous aviez à faire, c'était de m'écrire et de m'apprendre la vérité. Une vérité certes douloureuse mais, au moins, j'aurais su que tout était fini. Jour après jour, tandis que l'enfant se développait dans mon sein, j'ai attendu un mot de vous. Je vivais d'espoir car j'avais encore confiance. C'était monstrueux de votre part. »

Il se sentit sincèrement honteux. « Vous avez raison. Mais, honnêtement, je ne savais pas que vous étiez enceinte. »

Elle ricana. « Peut-être parce que vous ne vous souciez pas de telles choses. Avez-vous donc oublié pourquoi nous avons fait l'amour avec tant d'insouciance ? Vous deviez revenir et m'épouser ! »

Il courba la tête. « Dieu me punira.

– Vous vous trompez, Constant. C'est moi qui m'en chargerai. »

Elle parlait sérieusement, il en était certain. Il leva les yeux vers elle et comprit soudain ses intentions. Pour quelle autre raison aurait-elle parcouru la moitié du monde afin de le retrouver ?

« Croyez-moi, insista-t-il, le remords que j'éprouve est une punition déjà bien assez lourde. Pourquoi ne pas plutôt me dire comment réparer mes fautes ? »

Elle lui jeta un regard glacial. « Je préférerais vous voir à la place de Somchai dans la cage aux tigres. »

Il frémit en pensant à la prédiction de la devineresse. « Nellie, je ferai pour vous tout ce qui est raisonnablement en mon pouvoir pour me racheter. »

Les yeux de la jeune femme flamboyèrent.

« Raisonnablement, dites-vous ? Croyez-vous que ce qu'ils m'ont fait était raisonnable ? Connaissez-vous le sort que l'on réserve en Angleterre aux fornicateurs, Constant ? En avez-vous la moindre idée ? Une femme qui a conçu la vie hors des liens du mariage est considérée comme adultère. »

Il frémit en se rappelant le sort que les Puritains réservaient autrefois aux filles mères, les brûlant vives, comme des sorcières. Il n'y avait pas si longtemps de cela. Il déglutit. « Racontez-moi tout, Nellie. »

Il la vit hésiter pour la première fois, comme si le poids de toutes ces souffrances était devenu trop lourd à porter. Le regard vague, elle parla d'une voix morne.

« À chaque jour sans lettre de vous, ma peur augmentait à l'idée de ce qu'ils pourraient me faire. Bientôt, il ne me fut plus possible de dissimuler ma grossesse. Le crime de fornication m'exposait à un châtiment terrible et je ne cessais de me demander si j'aurais la force de supporter une telle épreuve... Il m'arrivait souvent de pleurer en dormant. Je songeais à m'enfuir dans un endroit où on ne me connaîtrait pas, mais je n'avais pas d'argent et personne vers qui me tourner. Ma mère était morte et mon père trop malade pour se soucier de mon sort. J'ai pensé à me noyer dans cet océan qui vous avait emporté, tuant ainsi dans le même temps cette vie que je portais. Je n'en eus pas le courage. Un jour, les anciens du village sont venus me trouver, l'air menaçant. Ils m'ont interrogée et j'ai dit la vérité. Que pouvais-je faire d'autre ? Naturellement, ils refusèrent de me comprendre, répétant que j'avais commis un très grave péché et que je serais exposée aux yeux de tous pour expier mon adultère. »

Sa voix se mit à trembler.

« Le lendemain, ils sont venus me chercher en me

disant de ne rien prendre avec moi. Ils m'ont revêtue d'un grand drap blanc et m'ont conduite sur la place du village. Toute la population était accourue pour contempler la scène. Quand ils m'ont lié les bras à un poteau, j'ai senti soudain Mark remuer dans mon ventre. C'est cela, cela seulement, qui m'a donné la force de supporter cette épreuve. »

Elle sanglotait à présent et Phaulkon eut une terrible envie de la prendre dans ses bras. Mais, comme si elle avait deviné ses intentions, elle se ressaisit et reprit son récit d'une voix dure tandis que des larmes silencieuses continuaient de rouler sur ses joues.

« Ils m'ont laissée deux jours et deux nuits sans nourriture, sans même un peu d'eau, tremblant de froid. Je devais rester là tout le temps de mon châtiment, marquée du sceau de la fornication, afin que tous puissent contempler ma déchéance. Par dizaines, ils venaient me regarder de près, crachant sur moi, sifflant des injures. Des mères me montraient du doigt à leurs enfants comme si j'étais une lépreuse. Ce jour-là, j'ai souhaité mourir. Il me faudra vivre avec cette humiliation jusqu'à la fin de mes jours. »

Phaulkon resta sans voix. La pensée d'être responsable de pareilles horreurs l'anéantissait. En vain cherchait-il une excuse quelconque, aussi minime soit-elle, pour justifier sa conduite. Pourtant la véritable question qui le hantait était tout autre. S'il avait appris l'existence de l'enfant, serait-il revenu malgré tout ? Encore aujourd'hui, il se sentait incapable d'y répondre. D'ailleurs, même s'il lui avait écrit, il n'aurait pu lui éviter cette affreuse torture. Une lettre aurait mis six mois à lui parvenir et serait arrivée trop tard. Seul son retour, s'il avait tenu parole, aurait pu éviter cet outrage public. Ils se seraient alors certainement mariés car il avait été autrefois très amoureux de Nellie Summers.

Comment ne pas comprendre, d'ailleurs, les raisons d'une telle attirance ? se demanda-t-il, violemment ému. C'était une jeune femme toujours très séduisante et, malgré tout ce qu'elle avait enduré, les années n'avaient eu nul effet sur sa beauté. Il retrouvait ce visage heureux, lumineux, qu'il avait connu et aimé. Les souvenirs affluaient, des souvenirs d'une autre vie, d'un autre monde.

Mais, pensa-t-il encore, s'il était resté auprès d'elle, combien de temps aurait-il connu la paix avant que sa soif d'aventure et l'appel des horizons lointains ne deviennent trop forts pour qu'il leur résiste ? Et, en la quittant plus tard, ne lui aurait-il pas causé autant de peine et de tort ? Il se souvint combien il était alors égoïste, aventureux. Ses années d'apprentissage auprès du grand navigateur George White l'avaient entraîné au loin comme une vague puissante. Pourtant, s'il avait épousé Nellie, au moins lui aurait-il épargné la honte.

Son seul désir à présent était de se racheter. Bien sûr, il ne pourrait jamais effacer le passé mais il pourrait peut-être offrir à la jeune femme un avenir meilleur. En Angleterre, il n'était qu'un pauvre marin sans le sou naviguant pour le compte de la marine marchande britannique. Ici, il était le Premier ministre du Siam, comte de France et l'un des hommes les plus riches du monde.

« Je vous aiderai, vous et Mark, avec tous les moyens dont je dispose », répéta-t-il avec sincérité.

Un voile de tristesse passa sur le visage de Nellie.

« C'est un peu tard pour cela, non ? Mais je n'en ai pas encore fini avec vous. » Voyant qu'il s'apprêtait à réagir, elle le foudroya du regard. « Je dois encore vous parler de Mark. Comme vous le savez, je porte désormais le nom de Nellie Tucker. J'ai fait la connaissance de mon mari sur la place du village, le second jour de mon supplice. » Sa voix devint amère. « C'est là qu'il m'a vue pour la première fois et il ne m'a jamais permis de l'oublier. Il avait l'âge d'être mon père, mais je n'étais pas en mesure de faire la difficile. Il m'a promis de m'emmener là où personne ne me connaîtrait pour que je puisse oublier. Mais il a fait en sorte que ce ne soit pas le cas. »

Elle pleura de nouveau, de rage cette fois.

« Épouser Jack Tucker a été ma seconde erreur après avoir cru en vous. Je ne me pardonnerai jamais d'avoir été ainsi la cause de toutes les souffrances endurées par Mark. Dès la naissance de mon enfant, mon mari l'a pris en grippe. Plus il grandissait, plus Jack le haïssait. C'était un homme brutal. Pas un seul jour ne s'écoulait sans qu'il le batte. Je voulais m'enfuir avec mon fils, mais mon mari a menacé de me dénoncer une nouvelle fois comme adultère. Et je ne pouvais supporter l'idée de me retrouver une fois de plus sur la place du village – cette fois sous les yeux de mon enfant bien-aimé. Il m'a fallu rester, pleurant chaque jour en voyant mon fils malheureux, humilié et battu.

– C'était un monstre ! » s'écria Phaulkon, bouillant de colère.

« Et vous, vous croyez-vous donc meilleur ? » rétorqua-t-elle d'un ton acerbe.

« Oui, infiniment plus. Et si vous restez assez longtemps au Siam, vous le constaterez par vous-même. »

Elle eut un pâle sourire. « Je doute que votre épouse vous y autorise. Il est évident que sa rencontre avec Mark lui a causé un choc pénible. »

Il demeura silencieux. Mieux valait, pour l'heure, laisser Maria en dehors de cela.

« Pourquoi êtes-vous venue au Siam ? » demanda-t-il tout à coup.

La réponse de Nellie fut immédiate. « À cause du testament de mon mari. »

Il haussa les sourcils.

« Je ne suis pas disposée à en parler maintenant. Mais, naturellement, il y a aussi une autre raison : Mark ne rêvait que d'une chose, connaître enfin son père.

– C'est un gentil garçon. J'aimerais passer un peu de temps avec lui. » Comme elle ne répondait pas, il ajouta avec une évidente sincérité. « J'ai une lourde dette envers lui. »

Il y eut un long silence. Phaulkon ne quittait pas Nellie des yeux. À présent qu'elle avait raconté ses souffrances, elle semblait avoir retrouvé une forme de sérénité, s'être déchargée de son fardeau.

« Voulez-vous me dire à présent pourquoi vous savez que Somchai ne travaillait pas pour moi ? demanda-t-il.

– Parce que je possède une lettre mentionnant l'identité de son véritable maître. »

Phaulkon la fixa, stupéfait. « Puis-je la voir ? »

Elle hésita. « Je ne suis pas encore décidée, Constant.

– Mais, enfin, pourquoi ? Je ne comprends pas. »

Il attendit sa réponse avec anxiété. La jeune femme semblait la proie d'une violente lutte intérieure.

« Nellie, il est essentiel que nous connaissions le nom de celui qui employait Somchai. L'armée française m'accuse d'un crime que je n'ai pas commis, or j'ai besoin du soutien du général Desfarges.

– Je sais tout cela, Constant, répliqua-t-elle sèchement.

– Nellie, je ne crois pas que vous compreniez. »

Elle lui sourit gentiment. « Détrompez-vous. Je comprends parfaitement.

– Mais alors, pourquoi continuer à vous taire ? »

Elle le regarda avec tristesse. « Parce que je ne veux pas qu'on se serve de moi une fois de plus. »

Il la contempla, perplexe. « Nellie, je n'ai pas l'intention de me servir de vous. Je... je veux seulement vous aider.

– Je n'ai plus confiance en vous, Constant. Cette fois, vous devrez d'abord faire vos preuves avant que je ne consente à vous aider. »

Il soupira. « J'espère seulement qu'il ne sera pas trop tard. Voulez-vous au moins me dire qui employait Somchai ?

– Un général siamois du nom de Petraja. »

Sur ces mots, elle se leva et partit rejoindre Mark.

Après le départ de Nellie, Phaulkon resta longtemps perdu dans ses pensées. Il savait qu'il devait se rendre au Palais pour voir le roi à propos de Somchai – car seul le Seigneur de la Vie pouvait prononcer ou annuler la sentence de mort. Mais la révélation des terribles souffrances de Nellie et de Mark le troublait encore si violemment qu'il avait besoin de réfléchir seul.

Et puis il y avait cette découverte bouleversante, l'existence d'un fils... un beau garçon âgé de seize ans. Constant se sentait profondément coupable d'avoir abandonné Nellie à son sort. Et quel sort ! Quel genre d'homme était-il donc ? Après tout, elle avait peut-être raison de ne plus lui faire confiance.

Ses pensées revinrent à Somchai. Nellie avait déclaré qu'il travaillait pour le compte de Petraja – une information des plus extraordinaires. Pourquoi diable n'y avait-il pas pensé plus tôt ? Était-il sage, maintenant, de mettre à mort Somchai ? Car si les assertions de Nellie étaient vraies, il pourrait se révéler nécessaire de confronter Petraja avec l'assassin.

Que pouvait-il faire pour regagner la confiance de la jeune femme ? Il aurait aimé le lui demander, mais elle avait quitté la pièce avant de lui en laisser le temps. En fait, il y avait encore tant de choses qu'il souhaitait savoir sur elle. Pourquoi donc refusait-elle de parler du testament de son mari ? Quel était le véritable but de son voyage ? À nouveau, il se demanda à quelle femme la vieille mère Somkit avait fait allusion en disant qu'il devait se méfier de la mère de son enfant. Maria ou Nellie ? Dieu du ciel... pas plus tard qu'hier, il avait calculé que la moitié des soixante jours qui lui restaient soi-disant à vivre était déjà écoulée. Aujourd'hui, cela ne faisait déjà plus que vingt-neuf. Les prédictions de la vieille femme commençaient à le tourmenter. Chaque jour apportait un nouveau problème.

Mais le plus dangereux de tous était incontestablement Petraja. Si seulement Chao Fa Noi voulait bien répondre à la lettre signée Dawee ! Phaulkon disposerait ainsi de la preuve définitive d'une conspiration entre le prince et le général Petraja. Le sort de ce dernier serait alors scellé.

Naturellement, il faudrait qu'il soit arrêté dans les appartements privés du roi, seul endroit où l'on devait pénétrer sans armes. Partout ailleurs, le général se déplaçait entouré de son escorte. L'ordre devait venir du roi lui-même, dès que Naraï serait convaincu de la culpabilité de celui qu'il croyait pourtant son plus fidèle ami. L'élément de surprise jouerait en leur faveur. En tant que Barcalon, Phaulkon aurait pu donner lui-même cet ordre, mais on pourrait alors le soupçonner d'assouvir une rancune personnelle. Petraja avait de nombreux amis. Si l'arrestation émanait directement du Seigneur de la Vie, plus personne ne songerait à la contester.

L'apparition soudaine du père de Bèze interrompit le cours de ses pensées. Le petit jésuite semblait très agité et hors d'haleine. Il alla droit au but.

« Sa Majesté est dans un état épouvantable, Constant. Pire que tout ce qu'il a déjà enduré jusqu'ici. Il vous réclame d'urgence. Vous feriez mieux de venir avec moi sur-le-champ.

– Qu'est-ce qui a bien pu provoquer cela ? » demanda Phaulkon en se levant vivement.

« Il a reçu une lettre qui, à ce que j'en sais, l'aurait profondément bouleversé. »

Ils quittèrent en hâte la maison et poursuivirent leur entretien tout en marchant. Une escorte se tenait toujours prête à la porte de Phaulkon et les gardes se joignirent aussitôt à eux. Le Père jeta un regard en coin à son compagnon.

« Étiez-vous au courant de cette lettre ?

– C'est possible, mon Père, du moins s'il s'agit de ce que j'espère.

– Que vous "espérez", dites-vous ? » Le prêtre fronça les sourcils. « Je ne crois pas que vous ayez compris à quel point Sa Majesté est fragile. Vous ne devez rien dire qui puisse aggraver son état. »

Phaulkon s'efforça de le rassurer tandis qu'ils s'approchaient du palais. Ils se soumirent à l'examen traditionnel destiné à s'assurer qu'ils ne portaient pas d'armes et n'avaient pas consommé d'alcool. Puis, escortés seulement de deux gardes, ils franchirent les portes massives et pénétrèrent dans la première cour intérieure. Presque aussitôt, ils furent les témoins d'une scène des plus étranges : comme poursuivi par un fantôme, le général Petraja courait à perdre haleine dans leur direction...

20

Tout au long de ces derniers jours, Petraja s'était employé activement à lever son armée. D'anciens camarades qui avaient servi sous ses ordres commençaient à répondre à son appel et partaient à leur tour en quête de soldats ayant combattu à leurs côtés dans les glorieuses campagnes de Birmanie. Leur nombre augmentait peu à peu, bien que ce fût une tâche longue et compliquée que de localiser tant d'hommes après vingt années de paix.

Petraja concentrait ses efforts sur la région de Louvo de manière à rester en liaison avec l'abbé tout en étant proche des plus hautes instances du pouvoir. Quant au colonel Virawan, son vieil allié, il avait reçu pour mission de recruter des troupes dans la région d'Ayuthia.

Petraja avait secrètement rendu visite au monastère de Louvo pour tenir informé le vieux moine de ce qui se passait. Patiemment, il lui avait expliqué que cette levée d'hommes n'avait pour seul but officiel que d'assurer une succession sans heurts. En réalité, ce serait Chao Fa Noi, l'héritier légitime, qui devait monter sur le trône le moment venu, et non Piya, ce pantin à la solde des catholiques. Il réussit à persuader l'abbé que les Français, à Bangkok, se préparaient déjà à la guerre, plus que jamais décidés à imposer le christianisme par la force.

Même si l'entente était loin de régner entre le supérieur de Louvo et le roi, Petraja se garda de faire allusion au soi-disant projet de profanation des restes du monarque car un acte aussi choquant n'aurait pu que susciter un revirement des bouddhistes en faveur de Naraï. Comme prévu, le prudent abbé n'approuva pas ouvertement le plan de Petraja mais, grâce à sa longue expérience au sein du monastère, le général savait très bien que le silence du saint homme était une tacite approbation.

Si le recrutement massif de soldats donnait les résultats escomptés, ses troupes seraient cinquante fois supérieures à celles des Français. Une telle disproportion lui permettrait de perdre quelques hommes sous le feu des canons farangs.

Par ailleurs, la santé du roi se dégradait si vite que, bientôt, personne ne pourrait ignorer que c'était Petraja et non le Seigneur de la Vie le véritable chef des armées. Il était déjà établi que Sa Majesté avait donné son consentement à la levée des troupes. Si, à la mort du roi, le supérieur de Louvo se rangeait publiquement au côté de Petraja, le pouvoir du général ne connaîtrait plus de limites.

Les diverses pièces du plan se mettaient donc parfaitement en place, songea-t-il avec satisfaction. Seul le comportement de Vichaiyen demeurait une inconnue. Tant que Naraï restait en vie, le Barcalon conservait toute sa puissance. Mais après la mort du roi, qui le soutiendrait ? La plupart des mandarins de la Cour, jaloux de son ascension, lui étaient hostiles et ne songeaient qu'à le renverser. Certains farangs, naturellement, se rallieraient à Phaulkon : ses amis, ainsi que des marchands et quelques douzaines de mercenaires portugais, sans oublier une poignée de mandarins avec lesquels il était en bons termes. Et, bien entendu, Piya et ses sympathisants.

Autant que Petraja pouvait en juger, Desfarges représentait encore une menace sérieuse. S'il parvenait à priver Vichaiyen de ce soutien, il l'isolerait pour de bon. Le général réprima un sourire. Les choses commençaient à progresser sérieusement…

Par cette chaude et orageuse soirée, le ciel était lourd de nuages. Après une longue journée passée à recruter des hommes à Louvo, Petraja se dirigeait vers le Palais. Il n'avait pas oublié la menace du Barcalon de dénoncer «un traître au sein du royaume». Soupçonnant qu'il s'agissait de lui et que ce serpent de Vichaiyen ferait tout pour indisposer le roi à son égard, il avait décidé qu'il serait bon d'aller se rendre compte par lui-même où en étaient les choses, pour le cas où il aurait besoin de défendre sa réputation. Il n'était pas question de laisser Vichaiyen exercer seul son influence sur le roi.

Quand il avança en rampant dans la chambre royale, il trouva le roi dans un état de santé déplorable. Plusieurs fois par minute, son corps était parcouru de violents tremblements. Suffoquant, ses pauvres poumons désespérément en quête d'un peu d'air, le vieil homme s'agitait sur ses oreillers en marmonnant fiévreusement. De temps à autre, on distinguait quelques mots dans ce flot incohérent: «Qu'on l'arrête!» balbutiait-il. Ou encore: «Faites venir la garde!» Son visage se crispait sous l'effort et il retombait sur ses oreillers, à demi évanoui.

Prosterné, Petraja tenta en vain de faire connaître sa présence. «Auguste et Puissant Seigneur, votre esclave indigne est là pour vous servir», commença-t-il.

Mais le roi ne parut pas l'entendre. Après s'être accommodé à la faible lumière ambiante, Petraja distingua dans un coin de la pièce la sœur du roi. Toujours fidèle, la princesse ne quittait jamais le chevet de son royal frère, dormant la nuit au pied de son lit.

«Noble Dame, puis-je demander ce qui afflige ainsi votre noble frère?»

Il n'était certes pas permis de se parler directement en présence du roi mais, en ces circonstances exceptionnelles, Petraja jugea opportun de faire une exception au strict règlement. D'ailleurs, le Seigneur de la Vie ne les entendait manifestement pas.

«Je l'ignore, Général, murmura-t-elle. Il est ainsi

depuis qu'il a reçu une lettre au début de l'après-midi. Il la garde sous ses oreillers et je ne sais ce qu'elle contient. Sa Majesté a appelé à plusieurs reprises Vichaiyen et crié : "Qu'on l'arrête !" Le médecin farang vient juste de sortir pour aller le chercher. Il a longuement essayé de calmer mon pauvre frère, mais sans y parvenir. »

À peine la vieille dame aux cheveux gris avait-elle fini de parler que le roi s'assit dans son lit. « Est-ce toi, Vichaiyen ? Qu'on l'arrête ! » cria-t-il d'une voix croassante.

Petraja tenta à nouveau de signaler sa présence, mais le roi ne lui prêta aucune attention et continua de jeter des regards éperdus autour de lui, fouillant la pièce plongée dans la pénombre. Il repéra une jeune esclave et lança soudain, d'une voix étonnamment claire : « Va chercher le capitaine des gardes. Immédiatement ! » L'ordre avait été prononcé sur un ton froid, impitoyable. La jeune fille rampa précipitamment à reculons vers la porte sans se le faire dire une seconde fois.

La brusque colère du roi retomba presque aussitôt et son visage se voila d'une infinie tristesse.

« Comment croire que notre ami de jeunesse, celui que nous avons aimé comme un frère, cet ami de toujours que nous avons couvert d'honneurs, se permettrait de nous trahir de la sorte ? » murmura-t-il faiblement.

Il eut un pauvre sourire, poursuivant son monologue. « Te souviens-tu quand, il y a bien longtemps de cela, un énorme éléphant mâle, devenu furieux, chargeait droit sur nous en barrissant ? Et comment notre ami Petraja a réagi en dirigeant son éléphant sur notre royale monture pour la pousser juste à temps hors de sa trajectoire ? Et comment nous avons perdu l'équilibre, tombant de notre howdah par terre avec seulement quelques égratignures ? » Le roi voulut rire mais sa gorge se noua. « Grâce à lui, nous sommes encore là aujourd'hui pour raconter cette histoire. »

Après cette longue tirade, il se tut, épuisé, pour aspirer de grandes bouffées d'air.

Les pensées de Petraja s'emballèrent. Pourquoi donc le roi parlait-il de trahison ? Il ne pouvait pas savoir...

Voyant que la princesse le fixait, l'air perplexe, il se força à rester. Un départ précipité aurait ressemblé à un aveu de culpabilité. Mieux valait chercher à se défendre. Mais il semblait que le roi n'en avait pas terminé avec l'évocation de ses souvenirs.

« Et toi, ma petite sœur, nous savons que tu n'as pas oublié cette petite paysanne du Nord que nous avons honorée de notre vigueur amoureuse quand nous étions encore jeunes et que nous repoussions l'ennemi de Birmanie. Elle nous a donné un fils que Petraja a adopté comme s'il l'avait lui-même conçu car nous ne pouvions le reconnaître nous-même. Hélas, le garçon s'est révélé n'être qu'un œuf pourri, mais notre ami a supporté sa nature sauvage pendant toutes ces années sans le répudier. Tout cela pour nous être agréable. »

Bouleversé, le roi se mit à sangloter et la princesse se tourna une nouvelle fois vers Petraja pour l'observer.

« Noble Dame, votre frère délire, affirma le général. Il faut que j'aille chercher un médecin.

– Ne partez pas », murmura-t-elle.

Petraja ne sut s'il s'agissait d'un ordre ou d'une prière. Manifestement, la princesse n'avait pas encore d'avis précis à son sujet. Il lui fallait la convaincre rapidement de son innocence ou trouver un prétexte pour quitter au plus vite les lieux.

Il s'apprêtait à reprendre la parole lorsque le roi s'assit brusquement sur son lit. « Où est le capitaine de notre garde ? gronda-t-il. Devrons-nous aller le chercher nous-même ? »

La princesse s'efforça de le calmer. « Noble frère, nous l'avons fait appeler. »

Mais le roi ne l'écoutait pas. Il retomba sur ses oreillers épuisé, les yeux clos. Au même instant, le capitaine des gardes entra dans la chambre et se prosterna devant le lit d'où s'élevait, à présent, un léger ronflement. Le roi avait sombré dans le sommeil.

Petraja saisit l'occasion pour se tourner vivement vers le capitaine de la garde qu'il connaissait personnellement.

« Bira, Sa Majesté délire. Reste auprès d'elle pendant que je vais chercher un médecin. »

Il commença à ramper à reculons en direction de la porte mais la princesse intervint.

« Non ! cria-t-elle Arrêtez-le ! Arrêtez Petraja ! »

Bira la contempla, abasourdi. Il jeta un coup d'œil incertain à Petraja qui s'était figé.

« Le Seigneur de la Vie a ordonné son arrestation, reprit la princesse. Vous ne voyez donc pas qu'il cherche à s'enfuir ! »

Le garde allait intervenir quand la voix du Seigneur de la Vie s'éleva de nouveau, l'immobilisant net. Selon la loi, il lui était interdit d'agir lorsque son maître s'adressait à lui.

« Où est le capitaine de notre garde ? » murmura le roi.

Petraja n'attendit pas la réponse et se rua vers la porte. Quelque chose de terrible venait d'arriver mais ce n'était pas le moment de chercher à comprendre. Il était seul et sans armes comme l'exigeait le règlement intérieur, et son escorte l'attendait de l'autre côté des portes du Palais. Si Bira alertait ses hommes, il serait arrêté sur-le-champ et jeté au fond d'un cachot du donjon en attendant le bon plaisir du roi. Dieu merci, la stricte étiquette royale avait empêché le soldat d'agir. Il avait donc une longueur d'avance.

Deux des esclaves s'étaient couchés en travers du seuil pour l'empêcher de passer. Il les écarta rudement et les piétina sans se soucier de leurs gémissements de douleur. Comme il pénétrait dans le couloir, il entendit la voix du capitaine de la garde s'élever dans la chambre royale : « Auguste et Puissant Seigneur, je reçois vos ordres. C'est moi, Bira, votre indigne esclave... »

Une nouvelle fois, Petraja se félicita d'avoir pu profiter de l'inflexible rituel royal. Il retrouva avec soulagement la lumière de la première cour intérieure. Mais il lui fallait encore en traverser cinq autres avant d'atteindre l'entrée principale. De combien de temps disposait-il avant que le capitaine ne lui donne la chasse ? Petraja comptait sur la lenteur d'expression du roi et les fréquentes pauses qui lui étaient nécessaires pour retrouver son souffle. À son passage, les esclaves se prosternaient en le reconnaissant mais quand ils touchaient le sol de leur front, il était déjà loin.

En arrivant dans la cour, il s'était mis à courir, repoussant ceux qui gênaient son passage et criant qu'il allait chercher un médecin pour le Seigneur de la Vie. Tout le monde le connaissait et personne ne mit en doute ses déclarations, même s'il était inconvenant de courir dans l'enceinte du Palais.

Il avait déjà traversé la troisième cour et entrait dans la quatrième quand il aperçut Vichaiyen venant à sa rencontre. Il jura tout bas. Le Barcalon marchait rapidement en compagnie du prêtre farang et de deux gardes du Palais. Vichaiyen le repéra à son tour et fit halte pour échanger quelques mots avec le prêtre. Les pensées de Petraja étaient en ébullition tandis qu'il cherchait désespérément un moyen de se sortir de cette dangereuse situation. La cour était assez vaste pour qu'il puisse éviter les deux hommes et leurs gardes, mais cela paraîtrait suspect. Sa seule chance était de bluffer.

Il courut droit sur le prêtre farang et s'arrêta devant lui, haletant. « Enfin ! vous voilà, docteur ! j'allais à votre recherche. Le Seigneur de la Vie souffre de convulsions terribles. Hâtez-vous ! » Du coin de l'œil, il vit que Vichaiyen regardait derrière lui à la recherche d'éventuels poursuivants. Dieu merci, le capitaine de la garde n'était pas encore là.

Vichaiyen ne semblait nullement convaincu. « Dans ce cas, allons-y ensemble, Général.

– Je vous rejoindrai plus tard, Excellence. Le Seigneur de la Vie m'a demandé de lui amener son médecin siamois. Je dois exécuter ses ordres. »

Petraja s'éloigna sans attendre la réponse. Il comprit que Vichaiyen hésitait avant de se mettre en route mais n'osa pas se retourner. En achevant la traversée de la cinquième cour, il entendit des cris retentir derrière lui. Sans doute Bira était-il enfin parvenu à quitter la chambre royale. Ce n'était pas le moment de traîner.

Les grandes portes ouvrant sur l'extérieur se dressaient à présent devant lui. Les cris se rapprochaient. « Arrêtez-le ! Arrêtez-le ! » Alertés, les gardes du portail se préparèrent à l'intercepter. Mais Petraja se dirigea droit sur eux.

« Dépêchez-vous ! lança-t-il, haletant. Il est dans la cinquième cour ! » Il fit un geste pour désigner un point derrière lui. « Il était trop rapide pour moi, je n'ai pas pu l'arrêter. »

En reconnaissant Petraja, les gardes ne mirent pas sa parole en doute et se précipitèrent à l'intérieur de l'enceinte. Aussitôt, le général en profita pour se glisser tranquillement par la porte.

Ses gardes du corps l'attendaient, tandis que des hurlements de colère s'élevaient de l'autre côté des murailles.

« Vite, partons ! » ordonna Petraja à ses hommes. Ils firent cercle autour de lui et la petite troupe s'éloigna en courant.

21

Le seigneur Sorasak, honorable gouverneur de Pitsanuloke, la province située le plus au nord du royaume, allongea ses jambes musclées et croisa ses puissantes mains derrière son cou pour contempler le paysage qui défilait. De la barque, la vue sur chacune des deux rives était idyllique, surtout dans la douce lumière de cette fin d'après-midi.

Il s'autorisa un long moment de détente, captivé par la beauté de son pays natal. Les hauts palmiers et les épais massifs de bananiers se balançaient doucement sous la brise légère, les rizières inondées scintillaient sous la lueur déclinante du crépuscule.

De temps à autre, les rameurs jetaient un regard furtif à leur solide passager comme effrayés par sa seule présence. Sorasak retint un sourire satisfait. Il faisait cet effet-là à tout le monde, même lorsque l'on ignorait qui il était vraiment, comme c'était le cas aujourd'hui. Il avait loué le bateau quatre jours plus tôt dans le Nord et payé convenablement les hommes afin qu'ils le conduisent à Louvo. En dehors de cela, ils ne savaient rien de lui.

Cela faisait déjà quelque temps que Petraja lui avait demandé de revenir à la Cour, mais il ne s'était pas pressé, prenant son temps pour traverser paisiblement à dos d'éléphant les provinces du Nord en s'accordant le plaisir de s'adonner à son passe-temps favori, la boxe thai, sport national au Siam.

Sorasak y excellait. En fait, il n'avait pas d'égal. Cette supériorité l'obligeait à voyager anonymement dans tout le pays pour participer incognito aux combats. Ce sport était si populaire que les combattants n'étaient pas obligés de s'inscrire à l'avance pour participer aux compétitions. Ils surgissaient simplement de la foule pour relever le défi. Lorsque l'un d'eux était déclaré gagnant d'une reprise, l'arbitre se tournait vers le public pour demander à l'assistance si quelqu'un était prêt à affronter le champion. Sorasak se présentait alors et montait sur le ring. Jamais encore il n'avait été vaincu. Son surnom de « Tigre » était devenu légendaire, mais personne ne connaissait sa véritable identité.

Pour garder le secret, Sorasak ne demeurait jamais longtemps à la même place, partant dès qu'il avait touché la prime revenant au vainqueur. Parallèlement à sa vie de cour, le fils rébarbatif et musclé du général

Petraja s'était créé une légende anonyme dans toutes les provinces du royaume.

Il poussa un grognement. Que pouvait-il y avoir de si urgent pour que son père l'ait fait venir ? Il avait vingt-cinq ans et encore toute la vie devant lui. Beaucoup de temps, en somme. Et il n'avait nulle intention d'accepter un autre poste de gouverneur dans quelque province éloignée.

Il savait pertinemment que le roi – son vrai père –, aidé de Petraja, avait comploté pour l'écarter du centre des affaires en l'exilant. Mais il n'allait plus se laisser faire. Il avait d'autres projets. Certes, sa mère était de basse extraction, mais il n'en demeurait pas moins le fils unique du Seigneur de la Vie – un vieil homme de plus en plus malade à ce que l'on disait. Les rumeurs sur son déplorable état de santé avaient déjà atteint le nord du pays, mais la réalité pouvait être encore plus grave. Les frères du roi pouvaient prétendre au trône en tant qu'héritiers légitimes. Heureusement, l'un était épileptique et l'autre un pédéraste en disgrâce. Qui d'autre restait donc en lice pour la succession en dehors de lui, Sorasak, fils naturel de Naraï le Grand ?

Naturellement le roi et Petraja avaient conclu une sorte de pacte pour dissimuler au reste du monde l'existence de ce fils gênant. Mais si le roi était effectivement mourant, il était temps de dévoiler qui il était réellement. Il confronterait le roi et Petraja, exigeant que la vérité soit rendue publique.

Il fit quelques flexions pour réveiller ses muscles raidis. Comment osaient-ils le traiter comme un lépreux ? C'était le sang du roi de Siam qui coulait dans ses veines. Il saurait gagner cette bataille, aussi facilement qu'il remportait ses combats de boxe. Ainsi, il effacerait définitivement l'humiliation de son exil.

Il n'était qu'un tout jeune garçon lorsque l'une de ses tantes lui avait révélé sa véritable identité – le jour des funérailles de sa mère... Il se rappelait encore les hautes flammes léchant le bûcher funéraire. « Sur son lit de mort, ta mère m'a fait jurer de te révéler ta véritable origine, Sorasak, lui avait annoncé sa tante. Tu es le fils du Seigneur de la Vie. Au cours des dernières années, ta mère a tenté de te faire reconnaître officiellement, mais ton père s'est montré inflexible. Quand un rocher a fait son trou dans la terre, a-t-il dit, il est préférable de le laisser là où il est, car c'est sa place. Mais ta mère souhaitait que tu sois fier de ta lignée, Sorasak, et que tu ne partages pas sa honte silencieuse. »

Sa tante l'avait regardé dans les yeux d'une manière qu'il n'oublierait jamais avant d'ajouter : « Le Seigneur de la Vie n'a pas d'autre fils. »

La honte n'était plus de mise. Seul restait le temps de la colère. Ils allaient tous payer pour ces années de mensonge et de frustration. Le pays était prêt pour accueillir un nouveau roi, un combattant sans peur qui jetterait dehors tous ces farangs parasites, à commencer par ce démon de Vichaiyen. Non, d'ailleurs. En y réfléchissant bien, Vichaiyen serait le seul qu'il ne mettrait pas à la porte. Il le ferait étriper lentement et laisserait les fourmis rouges dévorer ce qui resterait de lui.

Sorasak s'aperçut que la cadence des rameurs avait ralenti. Que diable se passait-il ?

Il vit une barque chargée d'hommes armés se diriger vers le milieu du fleuve pour leur bloquer le passage. Sur la rive, près d'une hutte à toit de chaume, on pouvait distinguer d'autres gardes en armes. Sorasak n'était pas venu dans cette région depuis quatre ans mais il ne se souvenait pas y avoir jamais vu tant de postes de garde. Venus, comme lui, de la lointaine province du Nord, ses rameurs ne pouvaient lui fournir aucune explication et commençaient à devenir nerveux.

Ils approchaient de Louvo, lieu de résidence favori du roi. Cela pouvait peut-être expliquer un tel renforcement de la sécurité.

La barque armée s'était arrêtée au milieu du fleuve et l'un des gardes leva la main. Le bateau ralentit tandis que les rameurs regardaient Sorasak avec anxiété.

« Vous feriez mieux de leur demander ce qu'ils veulent », leur dit-il d'un ton brusque.

Les rameurs manœuvrèrent pour s'aligner contre le flanc de l'autre bateau et un officier en uniforme examina les passagers. Sorasak se vit sommé de se faire connaître et, plutôt embarrassé, répondit à voix si basse que l'officier dut lui demander de répéter. Il s'exécuta de mauvaise grâce, cette fois plus nettement. En entendant son nom, les rameurs, stupéfaits, se prosternèrent précipitamment en signe de soumission. Originaires du nord, tous savaient que Luang Sorasak était le gouverneur le plus brutal et le plus sadique du pays – sans parler de ses pratiques sodomites. On racontait même qu'il violait de jeunes enfants et qu'il n'était autre que le célèbre « Tigre », si redouté sur les rings.

L'officier en uniforme parut lui aussi déconcerté. Il discuta un instant à mi-voix avec son compagnon avant de revenir s'incliner respectueusement devant le jeune homme en le priant de l'attendre pendant qu'il retournait à terre.

Tandis que le bateau des gardes se dirigeait vers la rive, Sorasak envisagea un instant de forcer le barrage, mais ses rameurs paraissaient si effarouchés qu'il y renonça. Il n'avait d'ailleurs aucune raison de se sentir coupable de quoi que ce soit. Il serait même intéressant de connaître la raison de ce retard.

Comme le fleuve n'était pas très large à cet endroit, il pouvait voir nettement l'officier en uniforme s'entretenir avec les gardes postés dans la hutte. Le bateau revint finalement et l'officier demanda courtoisement à Sorasak de bien vouloir l'accompagner.

Les yeux de Sorasak se rétrécirent.

« Allez-vous enfin m'expliquer ce qui se passe ? gronda-t-il.

– Puissant Seigneur, tous les bateaux se rendant à Louvo doivent se faire enregistrer ici sur ordre de Son Excellence le Barcalon.

– Et pourquoi cela ? »

L'officier eut l'air embarrassé. « Nous l'ignorons,

Puissant Seigneur, mais ce sont les ordres. Je dois vous demander de bien vouloir apposer votre sceau sur notre registre. »

La méfiance naturelle de Sorasak était en éveil, mais il réussit à se contrôler. Il n'avait rien à gagner en compliquant les choses. Ses rameurs n'oseraient pas le soutenir face à une demi-douzaine de gardes armés prêts à fondre sur eux.

« C'est bon. Qu'on en finisse ! » aboya-t-il.

Il toucha terre et vit un officier à cheveux gris sortir de la hutte pour venir se prosterner devant lui. Dans un murmure, il demanda s'il pouvait s'entretenir avec lui, suggérant qu'il pourrait en profiter pour soulager un besoin naturel après les longues heures passées sur le fleuve. D'abord surpris par cette étrange proposition, Sorasak comprit qu'il ne s'agissait que d'un prétexte pour lui parler seul à seul. Il accompagna l'homme jusqu'à la lisière de la clairière et, tandis qu'il défaisait son panung, l'officier s'adressa à lui en se tenant à une respectueuse distance.

« Puissant Seigneur, c'est un privilège de vous rencontrer. J'ai servi sous les ordres de votre illustre père dans les campagnes de Birmanie. Et, dernièrement, j'ai eu l'honneur d'être une nouvelle fois engagé à son service. Il me faut cependant agir avec prudence car mes compagnons ne sont pas au courant de mon recrutement.

– Quel recrutement ? » demanda Sorasak en se soulageant dans les buissons.

L'officier le regarda avec surprise. « Puissant Seigneur, il s'agit de la nouvelle armée que votre père est en train de former. Lorsque le Barcalon a ordonné son arrestation, votre honorable père a dû chercher refuge au monastère de Louvo, non loin d'ici. Le farang Barcalon a donné l'ordre de placer des postes de garde à toutes les issues de Louvo. »

Sorasak sentit une vague de colère monter en lui. « Et de quoi accuse-t-on le général Petraja ?

– Puissant Seigneur, les farangs projettent de s'emparer du pays à la mort du Seigneur de la Vie et votre honorable père veut s'y opposer... »

L'officier allait en dire davantage quand le garde qui était sur le bateau se dirigea vers eux.

« Je m'appelle Tanit, murmura l'officier très vite. Dites-le à votre père. Dites-lui aussi que nous sommes nombreux à le soutenir. »

Sorasak réajusta son panung et regagna la hutte pour apposer son sceau sur le registre. Puis, tandis qu'officiers et gardes se prosternaient sur son passage, il regagna sa barque qui s'éloigna rapidement du rivage. Ils naviguèrent bon train, les rameurs étant visiblement galvanisés depuis qu'ils avaient découvert l'identité de leur employeur. Le souvenir de ce petit garçon mis en pièces par les crocodiles était encore frais dans leur mémoire. D'après la rumeur, le gouverneur avait abusé de l'enfant. Rendu furieux par ses gémissements, il avait donné l'ordre de le jeter aux crocodiles. L'histoire s'était répandue dans toutes les provinces du Nord, terrorisant tous les parents.

Sorasak retint un sourire satisfait en voyant le chef des rameurs exhorter ses hommes à ramer vigoureusement. Voilà donc Petraja de retour au monastère, songea-t-il. Et les farangs prêts à bouger sous la conduite de ce serpent de Vichaiyen. J'ai bien fait de revenir. Il faut que le roi soit vraiment très malade pour laisser ce maudit Barcalon ordonner l'arrestation de mon père adoptif.

Il observa attentivement le paysage jusqu'à ce qu'il reconnaisse devant lui l'espace boisé qui précédait le monastère.

« Tu peux me laisser au prochain débarcadère, Sunil, dit-il au chef des rameurs. Après quoi, vous pourrez vous en aller. Je n'ai plus besoin de vous. »

L'homme s'inclina profondément en s'efforçant de dissimuler son soulagement. Quand le bateau accosta le long du quai, tous les rameurs se prosternèrent sur le passage de Sorasak. Avant de s'éloigner, il se retourna pour jeter rudement un petit sac rempli de piécettes sur le pont.

Marchant d'un bon pas, il mit une vingtaine de minutes pour gagner les jardins clos de murs du monastère. Quand il demanda à voir son père au moine gardant le portail, on le pria d'attendre car seuls les moines étaient autorisés à pénétrer dans l'enceinte sacrée.

Sorasak aperçut alors une silhouette sous un arbre voisin. L'homme regardait dans sa direction comme s'il hésitait à s'adresser à lui. Il finit par rassembler son courage et s'avança.

« Pardonnez-moi, Excellence, mais j'ai entendu par hasard votre honorable nom. J'apporte un message pour le général Petraja de la part de Son Altesse Royale Chao Fa Noi. Voilà déjà longtemps que je suis ici, mais personne n'est encore venu pour me parler. Puis-je vous confier cette lettre ? »

Sorasak tendit la main. « Très bien. Je la prends. Tu peux partir, à présent. »

L'homme sourit avec reconnaissance et s'éclipsa rapidement. Dès qu'il fut hors de vue, Sorasak fouilla les environs du regard pour s'assurer que personne ne le voyait et alla se dissimuler à l'ombre d'un arbre. À l'aide de son couteau, il souleva le sceau de la lettre. Les sourcils froncés, il la déchiffra sans rien comprendre. Manifestement, l'auteur de ce message s'exprimait selon un code secret. Qui diable pouvait bien être cette « sœur de Dawee » ?

Il eut une soudaine inspiration. La sœur de Dawee devait désigner le Seigneur de la Vie. Ayant appris que la santé du roi se dégradait, Chao Fa Noi avait sans doute cherché à se rapprocher de lui pour obtenir son pardon. La lettre reprochait à Petraja de n'avoir pas su obtenir que la « sœur de Dawee » lui pardonne et réponde à sa demande de réconciliation adressée voilà déjà plusieurs jours au Palais. La lettre concluait sur un ton de reproche en insistant sur le fait que Petraja avait été l'organisateur de toute cette affaire.

Les sourcils froncés, Sorasak réfléchissait tout en humectant le sceau de sa salive avant de le remettre en place. Ainsi, son père adoptif était de mèche avec Chao Fa Noi – probablement en vue de la succession. Encore une fois, on le tenait, lui, en dehors du complot. Mais ça ne se passerait pas comme ça !

Quand Petraja apparut enfin au portail, Sorasak fut tout d'abord surpris par sa robe safran et son crâne rasé. Le général avait l'air inquiet et agité, bien différent de l'orgueilleux et autoritaire commandant qu'il avait connu jusqu'alors.

« Bienvenue, fils, dit Petraja. Je n'ai guère de temps pour te parler car l'abbé est très strict en matière de protocole. Apprends seulement que je désire te voir séjourner quelque temps à Louvo car j'ai d'importantes tâches à te confier. » Il plongea son regard dans celui de son fils adoptif « Des tâches vitales. Le Seigneur de la Vie a ordonné mon arrestation et je suis contraint de me cacher ici. Dans ce monastère, au moins, je suis intouchable. Mais j'ai besoin de découvrir pourquoi cet ordre a été donné. Il faut que tu ailles voir le roi. »

Sorasak faillit sourire. Il était satisfait d'avoir réussi à déchiffrer le contenu de la lettre et de constater que Petraja avait besoin de lui. En acceptant de se rendre à Louvo, il aurait de surcroît toutes les chances de rencontrer le roi. Il s'en félicitait car il avait des questions personnelles à traiter avec lui.

« Est-ce bien le Seigneur de la Vie qui a ordonné votre arrestation ? »

Les lèvres de Petraja remuèrent silencieusement comme s'il avait du mal à parler. « Oui, fils, répondit-il enfin.

– J'ai pourtant entendu dire que l'ordre venait du Barcalon. »

Petraja hésita à nouveau, ne sachant jusqu'à quel point il pouvait se confier à son fougueux rejeton. Il semblait cependant préférable de lui apprendre la vérité. « C'est un bruit que j'ai fait répandre. En réalité, l'ordre émane du Seigneur de la Vie et j'ai besoin de savoir pourquoi.

– Dans quel état de santé se trouve le roi ?

– Très mauvais, mais il a encore des moments de lucidité. »

D'un mouvement du bras, Petraja indiqua les murs du monastère.

« Il est indispensable que je sorte d'ici car il m'est impossible de lever une armée de l'intérieur de cette enceinte. Toutefois je ne peux pas prendre à nouveau le risque d'être arrêté en m'aventurant à l'extérieur. C'est pourquoi tu dois découvrir la vérité. » Il observa une courte pause. « Te souviens-tu de Somchai ?

– Votre espion au séminaire ? »

Sorasak avait eu de la sympathie pour lui. C'était un homme brave au combat et un assez bon boxeur.

« C'est bien de lui qu'il s'agit. »

Chaque fois qu'il repensait à Somchai, Petraja se sentait traversé par une rage difficilement contrôlable. L'imbécile ! Se faire prendre après tous ces mois de patient entraînement ! À force de persévérance, il avait réussi à l'infiltrer dans le séminaire farang en le faisant passer pour un converti. Quel gâchis ! C'était pourtant l'un de ses agents les plus capables. Le meurtre de Malthus avait été une idée géniale, brillamment exécutée – un élément essentiel de sa stratégie pour dresser le général français contre Vichaiyen. Comme prévu, les jésuites montraient tous du doigt le Barcalon, à présent. Et l'on était en droit d'espérer que Desfarges cesserait enfin de tergiverser pour se rallier à leur cause. Cela faisait près de quatre jours que les hommes de Vichaiyen tenaient Somchai prisonnier et ils devaient l'avoir déjà torturé. Avait-il révélé quelque chose ? Petraja savait que l'homme avait une volonté de fer. Lui arracher des aveux ne serait pas une tâche aisée. Si le roi était trop malade pour prononcer la sentence de mort, il était même possible que Somchai soit toujours en vie. Vichaiyen n'oserait pas prendre l'initiative de le faire mettre à mort sans le consentement de Sa Majesté.

Le moyen le plus sûr de garantir le silence de Somchai était de l'éliminer. Petraja regarda Sorasak. Si quelqu'un pouvait faire ce vilain travail, c'était bien ce maudit fils adoptif doté d'une nature brutale et sans scrupules. Il fallait bien qu'il soit bon à quelque chose. Et puis lui aussi haïssait Vichaiyen – le seul homme à l'avoir dominé lors d'un match de boxe. Sorasak ne lui avait jamais pardonné et ce ressentiment, au fil des années, tournait à l'obsession. Oui, Sorasak détestait le farang Phaulkon presque autant que lui. Malgré tous ses torts, pour une fois le garçon pensait juste.

« Si Somchai est toujours en vie, il est sûrement emprisonné dans la maison de Vichaiyen, ici, à Louvo. S'il venait à parler sous la torture, le général français pourrait bien découvrir que Vichaiyen est innocent et décider de le soutenir. Nous ne pouvons prendre ce risque.

– Alors, il faut l'empêcher de parler », approuva Sorasak, le regard dur.

Petraja sourit. « Je vois que tu as compris.

– Ne vous inquiétez pas, père. Je m'en chargerai. »

Une nouvelle vague d'espoir envahit Petraja en le regardant. Après tout, cette espèce de brute pouvait peut-être se révéler utile.

« Tu as deux tâches importantes à accomplir, fils : éliminer Somchai et découvrir pourquoi mon arrestation a été ordonnée. J'ai besoin de le savoir pour déterminer mon action à venir. »

Sorasak hocha la tête. « Au fait, dit-il tout à coup, un messager m'a chargé de vous remettre ceci. »

Il tendit la lettre à son père qui en examina le sceau, le regard soudain soupçonneux. Sorasak attendit en vain qu'il l'ouvre.

« Le messager m'a dit qu'il attendrait votre réponse dans le village voisin. Il semblait penser que l'affaire était urgente. Si je peux vous être utile... »

Le visage de Petraja s'assombrit. Il jeta un nouveau regard méfiant en direction de Sorasak avant de se décider finalement à ouvrir le pli. Il tenait à deux mains le papier de riz comme s'il voulait le réduire en miettes.

Que diable s'était-il donc passé ? Jamais il n'avait

demandé à Chao Fa Noi d'écrire au roi. Quelque chose était allé de travers. Il devait y avoir un espion quelque part. N'avait-on pas, pourtant, exécuté ces deux esclaves avec lesquels le prince prenait tant de plaisir ? Petraja réfléchit. En réalité, il n'avait pas vu l'exécution de ses propres yeux, se contentant du témoignage d'un garde du palais. Cruelle erreur. Et si, en fin de compte, Chao Fa Noi les avait épargnés pour continuer avec eux ses jeux pervers ? Vue sous cet angle, l'affaire devenait plus claire et il était facile de comprendre pourquoi le roi avait ordonné son arrestation. Sans doute l'avait-on informé de ses plans. Mieux valait s'en assurer sur-le-champ car, dans ce cas, il ne pouvait se permettre d'attendre plus longtemps. Il lui fallait agir immédiatement, avec ou sans armée.

Il vit que Sorasak l'examinait avec curiosité.

« De mauvaises nouvelles, père ? Vous avez l'air inquiet.

– Rien de grave. Seulement un malentendu. »

Il était évident que le garçon avait lu la lettre, songea Petraja en croisant le regard fourbe de son fils adoptif. Et d'ailleurs, le sceau avait été trafiqué.

« Je vais te dire de quoi il s'agit, commença-t-il, mais il faut que tu me jures de garder cela pour toi. » Voyant que Sorasak hochait la tête, il reprit : « Chao Fa Noi a eu une aventure avec la sœur d'un de mes anciens officiers, une jeune femme du nom de Daeng. Quand elle a découvert les... autres jeux amoureux de Chao Fa Noi, elle l'a quitté et maintenant il cherche à se faire pardonner. » Petraja affecta de s'en irriter. « Même si j'avais assez de temps pour cela, comment les gens peuvent-ils s'attendre à ce que je m'occupe de ces choses depuis ma retraite dans ce monastère ? » Il jeta un regard rapide en direction de Sorasak. « Mais tu as d'importantes affaires à traiter, fils, et il vaut mieux que tu t'en ailles maintenant. »

Sorasak le dévisagea un instant, l'air pensif

« J'accomplirai les tâches que vous m'avez confiées,

père, mais quand ce sera fait, j'attendrai en retour une faveur. »

Petraja se força à sourire. « C'est tout naturel, mon fils. Tu n'as qu'à demander.

– Très bien. » Il plongea ses yeux noirs dans ceux de Petraja. « Voyez-vous, je sais qui est mon véritable père. Les deux héritiers légitimes du roi étant en disgrâce, il ne serait donc pas illogique de voir son descendant le plus proche lui succéder sur le trône. »

Le visage de Petraja se durcit.

« Oui, père, reprit Sorasak en retenant un sourire. Il s'agit bien de moi. Et j'estime que le moment est venu de faire valoir mes droits. »

22

Avec la maladie du roi, les affaires de l'État étaient pratiquement au point mort. Aussi Phaulkon pouvait-il consacrer son temps libre à rendre la vie de Nellie et de Mark aussi agréable que possible.

Il les avait logés dans le plus beau des appartements réservés aux hôtes de passage, mettant à la disposition de chacun six esclaves. Mark avait son propre bureau ainsi qu'un précepteur qui lui donnait des leçons de siamois. Mais surtout – et c'était le plus important – il l'avait confié à Anek, un jeune serviteur de trois ans plus âgé que Mark et dans lequel il avait toute confiance. Élevé dans la maison de Phaulkon, il avait su faire preuve, en grandissant, de beaucoup d'initiative et de réelles aptitudes. Sa soif de connaissances l'inclinait à s'intéresser à toutes sortes de choses et, quand Mark commença à se plonger avec enthousiasme dans l'étude de la langue siamoise, Anek se fit un plaisir de l'aider pour le vocabulaire et la prononciation. Les deux garçons devinrent rapidement d'inséparables compagnons.

Phaulkon retrouvait en Mark les élans et l'ambition de sa propre jeunesse. Il s'attachait de plus en plus à lui et le soir, après avoir attendu en vain une occasion de s'entretenir avec le roi des affaires importantes, il ne songeait qu'à rentrer chez lui pour observer les progrès de ce fils tombé du ciel.

La santé du roi ne s'améliorait pas et c'était à peine s'il reconnaissait le Barcalon. À plus forte raison se montrait-il incapable de parler avec lui. De Bèze assurait que le Seigneur de la Vie avait subi un tel choc qu'il faudrait peut-être des jours avant qu'il ne retrouve ses facultés. De son côté, Phaulkon demeurait convaincu que seule la lettre de « Dawee » avait pu déclencher cet état d'accablement. Le roi avait été bouleversé par la trahison de Petraja. Depuis quatre jours qu'il avait reçu la lettre, il la tenait toujours enfouie sous ses coussins comme quelque talisman diabolique.

Furieux d'avoir laissé le général lui glisser entre les mains, Phaulkon ne cessait de se le reprocher. Si seulement il n'avait pas hésité quand il l'avait croisé dans la cour ! Si seulement le capitaine des gardes était apparu quelques secondes plus tôt ! Ses espions lui avaient rapporté que le traître s'était à nouveau réfugié dans son monastère où, sous son habit de moine, il devenait intouchable. Certes, et c'était une maigre consolation, Petraja devait rencontrer de grandes difficultés pour lever des troupes du fond de cette retraite. Il fallait trouver un moyen de l'obliger à sortir et convaincre Desfarges de prêter main-forte avec toute son armée pour assurer la stabilité du régime.

Il se rendit à nouveau au Palais pour rendre visite à Naraï. Dans la chambre royale, seule la respiration rauque et inégale du Seigneur de la Vie se faisait entendre. Phaulkon coula un regard en direction du père de Bèze et le vit secouer la tête en signe d'impuissance. Aujourd'hui encore, rien n'avait changé, le roi demeurait prostré. Phaulkon avait cessé de parler directement au jésuite car un tel manquement à l'étiquette offensait manifestement la scrupuleuse sœur du roi. Les deux hommes correspondaient maintenant par signes et, quand ils avaient des choses importantes à se dire, ils rampaient à reculons jusque dans l'antichambre où ils pouvaient s'exprimer plus librement.

Vichaiyen s'apprêtait à quitter la chambre quand une silhouette massive entra et se prosterna devant le lit royal à côté de lui. Peu de personnes avaient accès au chevet du malade, et Phaulkon allait examiner le nouveau venu quand une voix profonde et familière le fit frémir.

« Auguste et Puissant Souverain, votre esclave supplie le ciel pour que sa voix impure atteigne les divines oreilles du Seigneur de la Vie. »

Seul le silence répondit aux paroles de Sorasak. Dans la pénombre, les deux hommes tournèrent légèrement la tête pour s'observer. Après une autre supplique, toujours sans réponse, Sorasak désigna d'un geste la porte et les deux hommes rampèrent jusqu'à l'antichambre où ils se redressèrent.

Phaulkon étudia le garçon. Il ne semblait pas avoir beaucoup changé durant ces quatre années où on l'avait éloigné du Palais. Avec sa tête épaisse et carrée, ses cheveux coupés court, et ses muscles puissants étirant le tissu du panung, il avait décidément un physique impressionnant.

Les deux hommes ne s'aimaient pas et les yeux du boxeur se plissèrent quand il regarda Phaulkon, l'homme qui l'avait fait reléguer dans la province la plus éloignée du royaume lorsqu'il avait été nommé Barcalon. C'était un exil à peine déguisé que Phaulkon et Petraja, pour une fois d'accord, avaient décidé de concert. Le général voulait éloigner ce fils encombrant qui se comportait comme un rustre car, au Siam, les parents étaient tenus pour responsables des actes de leurs descendants, même lorsque ceux-ci étaient adultes. La véritable filiation de Sorasak étant un secret bien gardé, la grande majorité des gens pensaient en effet que c'était à Petraja de répondre des fautes du garçon.

Phaulkon le regarda avec circonspection.

« Qu'est-ce qui vous amène à Louvo, seigneur Sorasak ? Vos devoirs ne vous retiennent-ils pas à Pitsanuloke ?

– Mes devoirs sont envers mon roi, Excellence, répliqua Sorasak avec une pointe d'insolence. Apprenant qu'il était malade, je suis venu lui présenter mes respects. »

Il en fallait plus pour abuser Phaulkon. Une idée le traversa et il décida de jouer la comédie.

« Le roi est en effet très mal, soupira-t-il, l'air résigné. Quand il n'est pas inconscient, son esprit divague et, récemment, il voulait qu'on arrête tout le monde autour de lui. Hier c'était moi et auparavant, le croirez-vous, votre honorable père... »

Une lueur traversa les yeux sombres de Sorasak.

« Qui sait où ces fantaisies vont l'entraîner la prochaine fois ? reprit Phaulkon du même ton faussement las. Le médecin dit que c'est une forme de délire. Nous ne pouvons qu'attendre et prier. »

Sorasak le regarda fixement. « Quelqu'un a-t-il été arrêté à ce jour ?

– Bien sûr que non. Au début, le capitaine des gardes a cru que l'ordre était sérieux mais, à présent, il fait semblant d'obéir. » Phaulkon secoua la tête d'un air découragé. « De toute façon, le Seigneur de la Vie oublie ses ordres dès qu'il les a donnés. C'est une situation vraiment terrible. »

Il fit une pause. « Et comment va votre honorable père ? Il y a quelque temps que nous ne l'avons vu. Le Seigneur de la Vie réclamera sûrement sa présence dès que sa fièvre aura baissé. »

Méfiant, Sorasak se rembrunit. « Mon père aussi est souffrant, Excellence. C'est la raison pour laquelle je suis venu ici de mon propre chef pour prendre des nouvelles du roi.

– Je suis désolé de l'apprendre. Mais vous pouvez lui dire qu'il n'a pas manqué grand-chose, dit négligemment Phaulkon. Le Seigneur de la Vie ne nous reconnaît pratiquement plus. »

Sorasak continuait de l'observer d'un œil calculateur. « Je le lui dirai quand je le verrai. »

La porte de la chambre s'ouvrit et de Bèze fit son apparition. Après s'être incliné devant Sorasak, il allait ouvrir la bouche pour parler à Phaulkon lorsque ce dernier se hâta d'intervenir.

« J'étais justement en train de dire au seigneur Sorasak combien il était triste que Sa Majesté ordonnât d'arrêter tous ceux qui tombent sous ses yeux. » Il eut un sourire affligé. « Personne n'y a échappé, semble-t-il. Pas même son meilleur ami, le général Petraja. »

L'intelligent petit jésuite eut vite fait de comprendre. Entrant dans le jeu, il s'exclama : « Dieu du ciel, les gardes ont enfin cessé de prendre ses ordres au sérieux. Cela commençait à devenir grotesque.

– Espérons que cette crise ne durera pas. Si je peux faire quoi que ce soit pour vous pendant votre séjour à Louvo, seigneur Sorasak, je vous prie de me le faire savoir. »

Il était préférable de se montrer courtois envers l'irascible garçon. Son mauvais caractère et sa susceptibilité n'étaient que trop légendaires. Tout à fait le genre d'homme à agir avant de réfléchir. Il se repaissait de violence comme un glouton de nourriture. Non que Phaulkon eût peur de lui, mais sa nature imprévisible faisait de lui un adversaire capricieux qu'il était préférable d'apaiser dans toute la mesure du possible.

Sorasak lui jeta un coup d'œil circonspect. « Au fait, Excellence. J'ai appris que vous aviez arrêté un de mes amis et j'aimerais en connaître la raison. »

Phaulkon eut l'air surpris. « De qui s'agit-il, mon Seigneur ?

– D'un homme du nom de Somchai. Nous avions l'habitude de boxer ensemble.

– Ah... Somchai. Il a été condamné à mort pour le meurtre d'un prêtre catholique. »

En réalité, Phaulkon était très ennuyé de la lenteur avec laquelle l'affaire évoluait. Somchai n'avait pas parlé, même sous la torture, et l'on n'attendait plus que la sentence de mort venant de Sa Majesté. Le dernier espoir de Phaulkon était que l'homme finisse par céder devant la menace d'être dévoré par un tigre. Quant à Nellie, elle continuait à se montrer réticente au sujet de la preuve qu'elle prétendait détenir.

Sorasak prit une mine sceptique. « J'ai quelque mal à croire en la culpabilité de Somchai, Excellence. N'oubliez pas qu'il est lui-même catholique.

– Cependant des témoins l'ont bel et bien identifié, seigneur Sorasak.

– Je crains que la preuve de son crime ne soit indéniable », renchérit de Bèze.

Le prêtre salua et regagna la chambre du roi. L'œil sombre, Sorasak le regarda disparaître.

« Les témoins peuvent aussi se tromper, Excellence, siffla-t-il, et les témoignages être achetés. Si vous me le permettez, je désirerais l'interroger moi-même.

– Je crains que ce soit impossible, mon Seigneur. Il est à l'isolement au cachot. »

Les yeux de Sorasak se firent tout petits et une veine se mit à battre sur son cou de taureau. « Je ne demande pas à le voir seul, Excellence. Si vous le souhaitez, je suis prêt à l'interroger en présence de vos gardes. »

Phaulkon n'attendait rien de bon de cet homme. Il pouvait aussi bien essayer de tuer le prisonnier pour l'empêcher de parler.

« Je suis désolé, mon Seigneur, l'homme est condamné. »

Sorasak le fixa d'un air irrité. « Seul le Seigneur de la Vie peut prononcer une peine de mort.

– Et je suis certain qu'il le fera dès qu'il sera rétabli. »

Les yeux de Sorasak se rétrécirent encore. « Pas s'il apprend que Somchai est un de mes amis. »

Avant que Phaulkon ait pu réagir, Sorasak s'était élancé dans la chambre royale. Phaulkon l'y suivit rapidement et ils se prosternèrent côte à côte devant le lit du monarque. On n'entendait que l'habituelle respiration hachée de Naraï et quelques ronflements.

En les voyant entrer, de Bèze esquissa un nouveau signe d'impuissance.

Sorasak s'avança en rampant vers la princesse et la salua à voix basse. Phaulkon fut surpris qu'elle ne lui reproche pas ce manquement à l'étiquette.

« Honorable Princesse, poursuivit Sorasak à mi-voix, j'ai appris que votre noble frère ordonnait d'arrêter tout le monde. »

L'estomac de Phaulkon se noua. Son stratagème allait-il être dévoilé ? La princesse joignit les mains au-dessus de son front en un geste de prière et murmura avec désespoir :

« C'est chaque jour quelqu'un d'autre, jeune homme. Puisse le Seigneur Bouddha rendre bientôt à mon noble frère sa raison. »

Phaulkon poussa un soupir de soulagement. L'astucieux jésuite avait réussi à la prévenir. Sorasak eut l'air satisfait.

« Dès que mon père ira mieux, je lui demanderai d'amener son propre médecin. »

Phaulkon réfléchissait rapidement. Il devait faire en sorte que les soi-disant délires du roi soient connus de tout le Palais.

Sorasak s'adressa à lui. « Puis-je vous voir à l'extérieur, Excellence ? »

Phaulkon suivit de nouveau Sorasak dans l'antichambre où ils se redressèrent. Le boxeur le regarda droit dans les yeux.

« Je vais être franc avec vous, Excellence. Vous savez, je le pense, que lors de sa dernière visite ici mon père n'a pas été traité avec le respect qui lui est dû. Il en a été très contrarié et cela l'a même rendu malade. Je crois comprendre à présent ce qui s'est passé, mais il ignore lui-même ces circonstances. Nous sommes tous préoccupés par l'état de santé du Seigneur de la Vie, et j'aimerais que mon père amène au chevet du roi le plus tôt possible son meilleur praticien. Mais, au vu de ces derniers malentendus, je dois vous demander de lui délivrer un sauf-conduit que je lui remettrai. Sans ce document et des excuses appropriées, je doute qu'il me soit possible de persuader mon père de remettre un pied au Palais.

– Je comprends parfaitement, mon Seigneur», répondit Phaulkon en affectant la plus grande compréhension. «À la vérité, certains membres de la garde du Palais seraient gênés de se retrouver face à votre honorable père après cette regrettable méprise. C'est pourquoi je dois vous demander en retour qu'aucune représaille ne soit exercée à leur encontre. Si vous êtes d'accord sur ce point, je préparerai le document que vous me demandez.»

«Somchai est toujours vivant», annonça Sorasak à Petraja qu'il avait retrouvé à la porte du monastère sous les fraîches branches de l'arbre à pluie. «Mais il me faudra des hommes pour pénétrer dans la maison de Vichaiyen. J'ai découvert pourquoi votre arrestation a été ordonnée.»

Il relata alors tout ce qui s'était passé au Palais. Petraja l'écoutait avec un amusement à peine dissimulé jusqu'à ce que Sorasak déclare fièrement: «Et j'ai obtenu un sauf-conduit pour vous, père.»

Satisfait, Petraja saisit le document et sourit à son «fils». Contrairement au garçon, il n'était pas dupe de ces soi-disant arrestations multiples. Il s'agissait très probablement d'un nouveau piège. Mais il avait repéré le sceau du Barcalon sur le sauf-conduit et, au-dessus, l'écriture de Vichaiyen. Cela pouvait servir.

«Tu as bien travaillé, fils. À présent, écoute-moi attentivement. Voilà ce que je veux que tu fasses...»

Petraja lui donna des instructions détaillées et les lui fit répéter deux fois avant de le renvoyer.

Une heure plus tard, Sorasak arriva près d'un quai longeant une petite rivière dans les environs de Louvo. À Pitsanuloke, il ne se déplaçait jamais sans une nombreuse escorte, ainsi que l'exigeait son rang élevé, et il était heureux de pouvoir circuler librement comme un citoyen ordinaire. Il roula les épaules et sourit. Avec le document qu'il tenait à la main, il se sentait aussi exalté que s'il était en train de ratisser le pays à la recherche d'un bon combat.

Sur le quai, il acheta quelques gâteaux de riz et loua la petite barque d'un vendeur qui s'était mis à l'abri du redoutable soleil de midi. Il n'y avait pas grand monde à cette heure et les quelques personnes réfugiées à l'ombre clémente de leurs maisons étaient trop somnolentes pour lui prêter attention.

Il loua l'embarcation pour toute la journée et, sans s'éloigner beaucoup de la rive, se mit à ramer en direction d'un groupe de huttes sur pilotis. Habile à manœuvrer le petit bateau, il ne mit pas longtemps à accoster près d'une sorte d'échelle dont les degrés conduisaient à l'une des huttes. Toutes les habitations à la ronde semblaient désertes et on ne voyait personne, à l'exception d'un ou deux pêcheurs occupés à jeter des filets dans la rivière.

Il escalada les marches conduisant à l'unique pièce. Le mobilier y était modeste : des nattes de joncs jetées sur le sol, un paravent de bambou et une cruche d'eau pour le bain. Une grande feuille de bananier, posée par terre, contenait les restes d'un repas de midi. Du papier de riz, des plumes de canard et quelques manuscrits déroulés étaient éparpillés çà et là. Dans un coin, un homme aux cheveux blancs ronflait doucement.

Sorasak toussa et le vieil homme ouvrit enfin les yeux. En apercevant un visiteur, il se jeta sur ses coudes pour se prosterner.

« Pardonne-moi de te réveiller, dit Sorasak d'un ton plus aimable que de coutume. Mais je suis pressé.

– Puissant Seigneur, tout l'honneur est pour moi. Je suis votre serviteur. »

Le vieillard semblait nerveux et l'on aurait dit qu'il avait déjà eu affaire à Sorasak précédemment.

« Et tes yeux, comment vont-ils ?

– Que le Seigneur Bouddha soit loué. Sans eux, il me serait impossible d'exercer mon commerce. »

Sorasak fit danser les pièces de monnaie qu'il portait dans sa poche, reliquat du dernier prix qu'il avait remporté sur le ring. Les yeux du vieillard brillèrent de convoitise.

« Vieil homme, je te récompenserai généreusement si tu mets de côté ton autre travail. J'ai quelque chose à te demander qui ne souffre aucun retard. C'est Son Excellence le général Petraja qui m'envoie. »

Au nom de Petraja, le Siamois s'aplatit plus bas encore. « Puissant Seigneur, je reçois vos ordres.

– Bien, alors approche. »

Le vieil homme rampa dans la direction de Sorasak. Comparé au puissant boxeur, il semblait encore plus frêle et plus fragile. Il tendit une main pour saisir le document que Sorasak tira de sa poche mais quand ses yeux tombèrent sur le sceau du grand Barcalon, il frissonna.

« Le général Petraja a préparé une lettre. Il veut que tu la copies en imitant l'écriture du Barcalon. »

De plus en plus mal à l'aise, le vieil homme continuait de fixer le sceau.

« Personne ne m'a vu entrer et personne ne me verra sortir », précisa Sorasak.

Il fit de nouveau sauter les pièces de monnaie dans sa poche. « Et, bien que cela ne présente aucun risque, je te paierai le double de ce que tu demandes d'habitude pour tes bons services. Après tout, toi et mon père êtes de vieux amis. »

Tout en marmonnant des prières angoissées, le vieux scribe rassembla son matériel et s'assit près de la fenêtre, jambes croisées. Sorasak commença à dicter.

Lorsqu'il réalisa pleinement ce qu'il était en train d'écrire, le vieillard se mit à transpirer et déposa sa plume. Sorasak se dressa au-dessus de lui d'un air menaçant. Ses cuisses musclées étaient presque aussi larges que la poitrine haletante de son interlocuteur.

« Continue d'écrire ! aboya-t-il.

– Mais... protesta le scribe en tremblant de tous

ses membres, on pourrait me mettre à mort pour cela !

– Un sort sûrement plus agréable que d'être la cible de mon courroux, vieil homme ! » Les yeux de Sorasak jetaient des éclairs. « Nous ne manquons pas de scribes dans cette ville, crois-moi. Pourquoi es-tu aussi lâche ? Le général Petraja m'a assuré que ce travail n'entraînera pour toi aucune conséquence. Je triplerai la somme et tout sera fini. À présent, remets-toi au travail ! »

Le vieillard lui jeta un regard implorant mais, devant l'expression inflexible de Sorasak, il se résigna et haussa les épaules. « Si cela doit être ma dernière lettre, qu'il en soit ainsi.

– Rassure-toi, lança Sorasak avec un sourire arrogant. Tu en écriras encore bien d'autres... »

Lentement, il continua à dicter et le vieil homme s'absorba dans son travail mais, quand il lui fallut imiter le sceau du Barcalon à la fin de la lettre, ses scrupules resurgirent en force. Ses doigts tremblaient si violemment qu'ils ne pouvaient plus tenir sa plume. Sorasak ne lui accorda pas de répit. Usant à la fois de la menace et de la promesse d'argent supplémentaire, il réussit à galvaniser le courage du scribe jusqu'à ce que tout fût terminé.

« À présent, écris cette phrase au-dessous du sceau – la dernière. Applique-toi, c'est important. »

Le vieillard s'efforça de retrouver son calme. Quand sa main fut plus ferme, Sorasak dicta les derniers mots de la lettre. Puis il examina le document et sourit, satisfait. L'écriture du Barcalon et son sceau avaient été parfaitement imités.

« Tes talents n'ont pas diminué avec l'âge, vieil homme. Il se peut que j'aie encore besoin de toi à l'avenir. Seuls tes bavardages pourraient te nuire. Inutile, donc, de te recommander le silence. »

Le scribe le regarda partir et soupira, à demi rassuré par la haute pile de pièces de monnaie posée devant lui.

23

Le Seigneur de la Vie reprit conscience une heure avant l'aube. Il s'assit dans son lit et regarda autour de lui, une expression de confusion sur le visage, tandis que des pensées contradictoires se livraient bataille dans son esprit. Il avait du mal à faire le point après ces longs jours de total abattement. Alors qu'il essayait de mettre de l'ordre dans ce chaos, un fait revenait sans cesse sur le devant de la scène, dominant tous les autres : la trahison de Petraja. Le terrible coup que venait de lui infliger son ami d'enfance le forçait maintenant à reconsidérer tour à tour chacun de ses vieux courtisans. À qui donc pouvait-il encore faire confiance ?

Le roi regarda à nouveau autour de lui. À la lueur d'une chandelle vacillante, il constata que tous étaient endormis : sa sœur, affalée sur une montagne de coussins, et plusieurs esclaves féminines roulées en boule dans les coins de la pièce. Près de la porte, un garde remua et ouvrit un œil. Dès qu'il vit le roi assis, il se prosterna aussitôt. Sur un signe, il s'avança en rampant vers le lit.

« Va chercher dame Sunida, chuchota Sa Majesté pour ne pas éveiller les autres.

– Auguste et Puissant Seigneur, je reçois vos ordres », psalmodia le garde d'une voix étouffée en rampant à reculons.

Sunida était la seule personne dont le roi était absolument sûr et il l'avait toujours tenue en haute estime. Il se rappela comment, à son arrivée dans le Palais, elle lui avait consciencieusement rapporté tous les mouvements de Vichaiyen malgré l'amour qu'elle éprouvait déjà pour lui. En dépit de sévères luttes intérieures, sa loyauté n'avait jamais failli et sa fidélité à la couronne l'avait toujours emporté. Le roi était certain que cette loyauté était toujours aussi solide, aussi solide que l'amour que Sunida portait à Vichaiyen. Il pouvait compter sur elle.

Il s'adossa paisiblement à ses oreillers et demeura parfaitement silencieux, attentif à ne pas réveiller sa sœur. Il ne voulait pas que quelqu'un s'interpose dans le cours de ses pensées et il savait qu'elle insisterait immédiatement pour aller chercher le docteur farang qui dormait dans la pièce à côté. Il aimait beaucoup le petit jésuite mais, pour l'instant, il devait prendre certaines décisions pendant que son esprit était clair. Qui pouvait dire combien de temps cette clarté de pensée durerait ?

Sunida suivit le garde en direction des appartements royaux, son cœur battant à tout rompre. Il y avait si longtemps que le Seigneur de la Vie ne l'avait fait appeler ! Lui... le Chakravatin maître du monde, l'incarnation des dieux sur cette terre...

Elle vit les deux eunuques postés à l'entrée échanger des sourires amusés en la voyant approcher. Ils devaient s'étonner que le Seigneur de la Vie réclame les services d'une concubine à pareille heure. Peut-être se sentait-il mieux ? Le fait que Sunida était la maîtresse de Vichaiyen et non du roi était un secret bien gardé, et les rares personnes connaissant la vérité avaient dû prêter serment de ne jamais la révéler, sous peine de mort.

Terriblement intimidée, Sunida atteignit la porte de la chambre royale et tomba le front contre terre. C'était seulement la troisième fois qu'elle se retrouvait en présence du Seigneur de la Vie et elle ne l'avait jamais rencontré jusqu'ici dans sa chambre à coucher privée.

Immobile, la tête enfouie dans l'épais tapis persan, elle attendit. Comme dans un rêve, elle entendit la voix du roi qui s'adressait à elle. Il parlait d'un ton calme, apaisant.

« Approche, petite souris. Viens tout près de moi. »

Sunida se traîna sur les coudes et les genoux jusqu'au bord du lit, essayant tant bien que mal de réprimer ses tremblements.

« Plus près encore », l'encouragea la voix.

Violemment émue, elle s'approcha tout doucement sachant que le protocole séculaire interdisait à quiconque de se tenir aussi près du Maître de la Vie. Elle s'attendait à ce que l'ordre de s'arrêter tombe à tout moment, mais il ne vint pas et, sans qu'elle s'en soit rendu compte, elle sentit soudain la présence du roi juste au-dessus d'elle. La respiration du vieux monarque était sifflante, laborieuse, elle la sentait sur son visage comme un souffle d'air déplacé par un éventail. Du coin de l'œil, elle aperçut la princesse royale, accroupie contre le mur, et plusieurs esclaves féminines prosternées près d'elle. Malgré l'heure matinale, elle constata que toutes étaient bien réveillées et observaient discrètement la scène avec un vif intérêt.

Soudain une main se posa sur son épaule. Un frisson la secoua. Le roi l'avait touchée ! Elle en ressentit à la fois de la fierté et une terreur sacrée.

« C'est un temps d'épreuves, petite souris, et des traîtres ont profité de notre mauvaise santé. Mais ils nous ont incité à nous accrocher à la vie avec une vigueur renouvelée, afin de ne pas les laisser mener à bien leurs vils projets. »

Sunida sentit son estomac se nouer. D'étranges rumeurs circulaient dans le quartier des femmes. On racontait même que l'ordre avait été donné d'arrêter le général Petraja. Cela semblait inconcevable. Le Maître de la Vie évoquait-il cette situation ? Sa première pensée fut pour la sécurité de son amant, Vichaiyen. N'avait-il pas évoqué, lui aussi, des temps incertains ? Et que dire de la terrible prédiction de mère Somkit ? C'était une pensée insupportable. Un nouveau frisson la parcourut. La main du roi tapota doucement son épaule et, à ce seul contact, elle fut rasséréné.

« Toi, petite souris, tu seras notre envoyée spéciale. Nous allons te donner une escorte et tout l'argent nécessaire. Tu vas rassembler les vêtements dont tu as besoin et partir pour Ayuthia. Nous chargerons les nurses royales de prendre soin de ton enfant. Là-bas, tu te rendras au Palais et tu demanderas à notre fille Yotatep de revenir vers nous. Tu lui diras que son père lui pardonne et qu'il a des choses importantes à lui révéler avant sa mort prochaine. »

Sunida ravala ses larmes à la pensée que le Seigneur de la Vie allait les quitter pour toujours.

« Auguste et Puissant Seigneur, je reçois vos ordres », réussit-elle à murmurer tant bien que mal.

Elle rampa à reculons, le cœur plein d'amour et de tristesse pour son maître, le Seigneur de la Vie.

À peine avait-elle regagné ses appartements qu'elle remplit un petit sac de coton de panungs propres et joua avec la petite Supinda tout en pliant ses vêtements en piles bien nettes. Pendant ces préparatifs, un esclave lui apporta un grand sac rempli de pièces d'argent ainsi qu'un sauf-conduit l'autorisant à quitter l'enceinte du Palais.

Elle se changea pour revêtir un panung mauve bordé de broderies d'or et prit la petite Supinda dans ses bras pour l'embrasser une dernière fois. Fièrement, elle lui expliqua que le roi lui avait confié une mission qui la tiendrait éloignée quelques jours.

Quand elle présenta son sauf-conduit au portail, l'aube pointait. Une lueur orange emplissait le ciel, l'air était vif, transparent. En regardant autour d'elle, elle fut soudain tentée de rendre une rapide visite à Phaulkon dont la demeure se trouvait juste sur le chemin du fleuve. Elle le surprendrait quelques instants seulement avant de reprendre sa route. Non seulement elle mourait d'envie de partager avec lui l'honneur insigne que lui faisait le Seigneur de la Vie, mais elle en profiterait pour avertir son amant qu'elle serait absente du Palais quelque temps.

Elle déclara aux deux gardes qui l'escortaient qu'elle avait un message à délivrer à la maison du seigneur Vichaiyen et qu'ils devaient l'y accompagner d'abord.

Elle n'était encore jamais allée chez Phaulkon et avait un peu peur à l'idée du risque qu'elle prenait. Elle savait que dame Maria, son honorable première épouse, ne résidait pas à Louvo, mais elle n'ignorait pas non plus que cette dernière veillait attentivement à ce qu'aucune autre femme ne s'approche de son mari.

À la porte principale, elle montra le sauf-conduit royal qui suscita aussitôt le respect des gardes de Phaulkon et demanda à parler à Sarit, le vieux majordome qu'elle avait connu à Ayuthia. Puis elle pria ses gardes de l'attendre au-dehors. Quand le vieux domestique apparut, il sursauta en la reconnaissant et lui adressa un chaleureux sourire de bienvenue. À l'époque où Sunida vivait chez le Barcalon, elle avait été très populaire auprès du personnel de la maison.

« Dame Sunida ! Quelle surprise ! Le maître sera sûrement enchanté. Il se promène au bord du fleuve. »

Le sourire du vieux serviteur s'effaça, et son visage devint soucieux. « À vrai dire, il semble préoccupé ces jours-ci, et ses promenades sont plus longues que de coutume. Peut-être serez-vous en mesure de soulager ses inquiétudes. »

Sunida s'assombrit. « J'essaierai. Savez-vous quand il rentrera ? Je ne puis rester longtemps.

– Bientôt, certainement. Attendez-le, je vous en prie. Votre présence lui fera du bien.

– Juste quelques minutes, alors. »

Sunida suivit le vieux majordome aux cheveux blancs à travers les délicieux jardins ornés de frais bassins et de buissons taillés en forme d'animaux. Elle soupira devant tant de beauté. Une merveilleuse demeure pour un maître merveilleux. Que le Seigneur Bouddha lui accorde d'en profiter encore de nombreuses années... Mais la sinistre prédiction de mère Somkit hantait toujours son esprit.

Le vieux serviteur la conduisit dans le grand salon et, après s'être incliné, se retira pour aller commander des rafraîchissements.

Fascinée, Sunida examinait autour d'elle les objets que son bien-aimé avait choisis pour meubler son décor quotidien. On aurait dit une enfant assistant pour la première fois à une fête au temple. Soudain, elle vit quelqu'un assis à un bureau, dans un angle reculé de la pièce. Quand il tourna la tête dans sa direction, elle sursauta, surprise que le majordome ne lui ait pas signalé la présence d'un autre visiteur. La lumière du jour était encore faible et il lui fallut quelque temps pour accommoder sa vision.

Stupéfaite, elle reconnut son bien-aimé, Vichaiyen. Pourquoi donc Sarit l'avait-il conduite ici ? L'âge lui jouait-il des tours ? À moins qu'il ait ignoré que son maître était déjà rentré de sa promenade. Comme Vichaiyen paraissait jeune et beau dans la douce lueur du petit matin !

Elle s'avança en rampant vers le bureau et se prosterna. « Seigneur et Maître, j'implore votre pardon pour cette intrusion. Mais je n'ai pu supporter l'idée de passer si près de votre maison sans venir vous surprendre. »

Il quitta le bureau où il écrivait et s'avança vers elle en lui faisant signe de se redresser. Elle se sentit soudain mal à l'aise. Ce n'était pas le genre de Vichaiyen de garder ainsi le silence. Sa visite inattendue lui déplaisait-elle ? S'efforçait-il de contenir sa colère comme elle lui avait appris à le faire il y avait déjà longtemps ?

Ne sachant que faire, elle se leva, hésitante, et le regarda. Que s'était-il donc passé ? Le visage de son bien-aimé semblait plus jeune et ses cheveux plus bouclés. Une terreur superstitieuse s'empara d'elle. Oh ! Seigneur Bouddha, viens à notre secours ! Était-ce le premier signe du destin qui les menaçait ? Lui était-il donné d'apercevoir précocement l'image de sa renaissance ?

Mark la fixait, figé sur place. Il n'avait jamais vu une femme aussi splendide. Elle ressemblait à une statue avec ses formes voluptueuses, son visage aux traits fins rehaussé par de hautes pommettes ciselées, ses grands yeux en amande qui le contemplaient, terrifiés. Voyant qu'elle tremblait comme une feuille, il s'avança pour lui toucher le bras afin de la réconforter. Elle sursauta comme un animal apeuré.

« Je vous en prie, parlez-moi, qui que vous soyez... » implora Sunida.

Mark comprenait déjà assez bien le siamois. Son application au travail et ses dons naturels pour les langues avaient porté leurs fruits. « Je m'appelle Mark Tucker. Je vous en prie... n'ayez pas peur. » Il lui sourit et vit qu'elle se détendait un peu.

« *Muk Tuka ?* » répéta-t-elle laborieusement en s'efforçant de prononcer son nom comme lui.

Il sourit à nouveau. « C'est déjà mieux. »

Sunida l'examinait d'un œil pénétrant. Pour un fantôme, il avait l'air plutôt amical. Lentement, rassemblant tout son courage, elle tendit la main vers lui. Il fit de même et leurs doigts s'effleurèrent brièvement. En sentant le contact chaud de sa peau contre la sienne, elle recula vivement son bras.

Ce fantôme avait quelque chose d'humain... « Qui êtes-vous ? » souffla-t-elle en le dévorant des yeux.

Il ne pouvait supporter de la voir aussi troublée. « Je suis le fils du seigneur Phaulkon.

– Le fils du seigneur Phaulkon ? » répéta-t-elle, abasourdie.

Comme il était étrange que son maître n'ait jamais mentionné son existence. Pourtant, ils n'avaient guère de secrets entre eux.

Bien qu'elle sût qu'il était incorrect de poser une autre question, sa curiosité l'emporta. « Et qui est votre honorable mère, je vous prie ? »

Il sourit. « Une dame anglaise. »

Oh ! miséricordieux Bouddha, songea Sunida. Mais qui donc, alors, était l'épouse principale du Barcalon ? La dame anglaise ou dame Maria ? Un homme ne pouvait avoir deux premières épouses.

« Et vous ? Qui êtes-vous ? » interrogea-t-il.

Elle hésita. « Je m'appelle Sunida.

– Êtes-vous une amie de mon père ? »

Subjugué par la beauté de la jeune femme, il restait planté là, à la dévorer des yeux.

Sunida réfléchit rapidement. Devait-elle révéler son identité ? Elle n'avait pas à en avoir honte. Bien au contraire même, elle avait tout lieu d'être fière de sa position. Mais, avec ces farangs, mieux valait se montrer prudente. Ils avaient parfois d'étranges idées. Le garçon était très jeune et très beau, et son regard ardent exprimait un peu plus que de la simple curiosité. Il était peut-être préférable de se présenter avant qu'il n'y ait quelque malheureux malentendu.

« Je suis la seconde épouse de votre honorable père. »

Ce fut au tour de Mark de sursauter. Elle vit passer sur son visage une expression de regret. C'était étonnant de constater à quel point il ressemblait à Vichaiyen. La première surprise passée, elle fut triste à l'idée que son maître ne lui eût jamais parlé de lui. Pourquoi avait-il dissimulé l'existence de cet enfant ? Il aurait dû, au contraire, s'enorgueillir d'avoir un fils premier-né. Mais alors... pourquoi répétait-il que Supinda était son premier enfant ?

Non que Sunida se sentît le moins du monde jalouse. Simplement, elle était triste qu'il n'ait pas jugé bon de se confier à elle. Mais peut-être avait-il pour cela une bonne raison. Elle espéra qu'il ne serait pas fâché de ce qu'elle venait de découvrir.

Mark continuait à la regarder, hypnotisé. « Mon père a-t-il encore d'autres épouses ? » demanda-t-il à brûle-pourpoint.

Sunida eut un sourire réservé. « Vous le lui demanderez. »

Il prit une profonde inspiration et balbutia : « Vous... vous êtes... très belle. »

Sunida baissa les yeux. « Merci. »

Il y eut un silence.

« Je suis venue voir votre honorable père, reprit-elle. Sera-t-il bientôt de retour ?

– Il aime se promener de bon matin le long du fleuve pour contempler le lever du soleil. Il dit que c'est le meilleur moment de la journée pour réfléchir. » Mark porta son regard vers la fenêtre. « Il fait jour maintenant, il ne devrait pas tarder. »

Sunida l'observa avec douceur. « Vous parlez bien le siamois. Êtes-vous ici depuis longtemps ?

– Quelques jours seulement. Mais j'ai un bon professeur et le désir d'apprendre.

– Je suppose que vous avez hérité des dons de votre père. Ainsi, la petite Sup... »

Elle se mordit la langue avant d'avoir prononcé le nom de sa fille. Il pourrait se révéler inopportun d'apprendre au jeune homme l'existence d'une petite sœur.

« Avez-vous des enfants avec mon père ? » demanda Mark comme s'il avait deviné la cause de son embarras.

Sunida se figea, cherchant désespérément la bonne réponse. Elle ne voulait pas lui mentir. Après tout, il était le fils de son maître. Mais que dirait Vichaiyen s'il découvrait qu'elle avait trop parlé ? Ne lui avait-il pas dissimulé pendant des années l'existence de ce garçon ?

« C'est une question que vous devrez poser à votre honorable père, finit-elle par dire.

– Encore une ? »

Mark la regarda en souriant. Il connaissait la sévérité et la rigueur des règles hiérarchiques au Siam, mais c'était autre chose que de s'y trouver confronté. S'il demandait à Sunida ce qu'elle pensait de ce magnifique lever de soleil, le renverrait-elle à nouveau à son maître au lieu de répondre ?

« J'ai toujours désiré avoir des frères et des sœurs, dit-il en l'observant attentivement. Je suis fils unique et j'ai été solitaire toute ma vie. »

Elle garda un visage impassible. Manifestement, ce garçon était aussi intelligent que son père, mais elle n'allait pas tomber dans le piège et lui dire la vérité.

Une voix féminine se fit soudain entendre dans le corridor. Sunida, affolée, reconnut l'accent d'une voix farang.

« Je dois partir, dit-elle vivement.

– Restez, je vous en prie, supplia Mark en se plaçant sur le chemin de la porte. Il faut que vous rencontriez ma mère. »

Au même instant, Nellie pénétra dans la pièce. Ne pouvant s'échapper, Sunida se prosterna front contre terre, mais Mark l'obligea à se relever sous le regard stupéfait de Nellie. Tête baissée, Sunida demeura debout devant elle. Malgré son désir de s'en aller au plus vite, la curiosité fut la plus forte et elle coula un regard vers la *mem*. Quel teint superbe elle avait ! Plus blanc que le riz ! Et ses cheveux... On aurait dit la couleur du soleil levant. Sunida n'avait jamais rien vu de semblable. C'était une grande femme, aussi grande que Sunida qui, pourtant, dépassait largement les autres Siamoises.

Son esprit lui commandait de partir, mais ses jambes se refusaient à bouger. Il y avait quelque chose de fascinant chez cette femme farang. Elle était tellement différente de dame Maria.

« Mère, je te présente la seconde épouse de mon père. Elle s'appelle Sunida. »

Les yeux de Nellie vacillèrent quelques secondes. Puis, aussi calmement que possible, elle examina Sunida avec une expression de bienveillance.

Tandis que la mère et le fils échangeaient quelques paroles, Sunida se sentit aussitôt ragaillardie. Elle ne comprenait pas un mot de ce qui se disait, mais elle était sûre que le garçon avait parlé gentiment d'elle. Il devait avoir expliqué à sa mère qui elle était. Apparemment, la *mem* ne paraissait pas s'en émouvoir. Était-il possible que des femmes farangs puissent comprendre qu'un homme ne se satisfasse pas d'une seule compagne ? Existait-il des femmes farangs qui pensaient différemment de dame Maria ? Son excitation s'accrut quand elle vit la *mem* lui adresser son plus radieux sourire. Instinctivement, elle se sentit attirée vers cette étrangère. Malheureusement, elle semblait ignorer le siamois, contrairement à son fils.

« Ma foi, on ne peut pas reprocher à Constant de manquer de goût », déclara Nellie.

Elle aussi, pour quelque inexplicable raison, se sentait attirée par Sunida. « Une seconde épouse, as-tu dit ? demanda-t-elle à Mark. Crois-tu qu'elle ait des enfants ? »

Mark sourit. « C'est une question qu'il te faudra poser à mon père.

– Que veux-tu dire ?

– Je le lui ai demandé, mais elle n'a pas voulu me répondre. On dirait qu'elle a peur. »

Nellie se mit à rire. « Elle n'a rien à craindre de moi. Peux-tu le lui expliquer ? » Elle sourit une nouvelle fois à Sunida pour l'encourager et fit le geste de bercer un enfant dans ses bras en lui jetant un regard interrogateur.

Voyant que Sunida voulait à nouveau se prosterner, Mark la retint. « Ma mère désire savoir si vous avez des enfants. Elle serait très heureuse si c'était le cas. »

Sunida réfléchit. Selon la règle, elle se devait de répondre à l'épouse principale. Mais s'agissait-il bien de l'épouse principale ? Pouvait-il en être autrement puisqu'elle avait donné au Barcalon un fils premier-né ? Quelle était la véritable place de dame Maria dans ce cas ? À bien y réfléchir, la situation paraissait plutôt embarrassante. Mais cette dame farang semblait si aimable, si compréhensive.

« Je vous prie de dire à votre honorable mère que j'ai une petite fille de quatre ans », dit-elle finalement.

Mark transmit le message à Nellie et tous deux sourirent, enchantés.

« Une sœur, enfin ! s'exclama Mark, ravi. Et dire qu'il m'a fallu traverser la moitié du monde pour la découvrir.

– C'est sans doute une beauté comme sa mère, observa Nellie. Dis-lui combien nous sommes heureux de cette nouvelle. »

Soulagée, Sunida laissa échapper un petit soupir heureux. Elle était impatiente de connaître la position de dame Maria dans tout cela. En attendant, son instinct lui soufflait que, pour une première rencontre, ils avaient échangé suffisamment d'informations.

« Veuillez dire à votre honorable mère que je lui suis toute dévouée, dit-elle à Mark. Cependant je la prie de me donner l'autorisation de partir car je suis chargée d'une mission par le roi. »

Cette fois, Mark ne put empêcher Sunida de se prosterner devant Nellie. Tandis qu'elle rampait à reculons vers la porte, Mark lui demanda si elle avait un message pour son père.

Sunida sourit.

« Dites à mon maître, je vous prie, que j'étais venue pour le surprendre mais que c'est lui qui m'a surprise. »

24

C'était une nuit sans lune et, durant l'heure qui précéda l'aube, Sorasak n'avait cessé de surveiller la maison de Phaulkon, dissimulé derrière un épais buisson de bananiers qui tapissait un terrain surélevé, non loin de la rive du fleuve.

De ses yeux perçants, il guettait le moindre mouvement. Grâce à sa position en hauteur, il pouvait apercevoir au-dessous de lui les feux de la garde de nuit. Les voix des hommes se mêlaient au chœur des grenouilles et des grillons qui emplissait la nuit. Au-dessus de lui, un ciel sans nuages déroulait le dessin compliqué de constellations étincelantes.

Peu à peu, les oiseaux commencèrent à pépier tandis qu'une vague lueur teintait l'horizon. Un serpent rampa devant lui pour gagner le bord de l'eau tandis que les premiers signes d'animation se manifestaient dans la grande maison. Depuis la branche d'un arbre voisin, un gecko lança son appel sur deux notes et projeta sa langue au-dehors pour attraper sa première victime.

Un nouveau jour prenait vie.

Il ne bougeait pas, regardant l'aube se lever, repérant peu à peu les formes floues qui se matérialisaient autour de lui. Les toits recourbés de l'imposante demeure dominaient les huttes construites sur le vaste domaine. Des silhouettes commençaient à émerger et à sillonner la cour intérieure dans toutes les directions. On disait que le Barcalon possédait à Louvo près de deux cents serviteurs, et le double dans sa résidence d'Ayuthia.

Cette seule pensée rendit Sorasak furieux. Il fronça les sourcils et pensa : quand je serai roi, il n'y aura plus de place dans ce pays pour des Barcalons farangs.

L'aube était déjà levée depuis une bonne demi-heure quand il vit Phaulkon franchir le portail accompagné d'une vingtaine d'hommes et se diriger à grands pas vers le Palais. La veille, Sorasak avait effectué une reconnaissance des environs et choisi soigneusement sa position. Ici, tapi au cœur d'une épaisse végétation, éloigné de tout sentier, il avait un poste de choix pour ne rien perdre de ce qui se passait en contrebas.

Il attendit encore un peu puis, tête baissée, quitta son abri, marchant pieds nus sans faire de bruit. Ses deux complices – des hommes de Petraja – étaient si bien cachés qu'il faillit les manquer. Ils avaient revêtu la tunique rouge des gardes du Palais et tendirent un costume semblable à Sorasak. Après quoi, tous trois s'engagèrent sur le chemin menant à la maison du Barcalon. Quelques minutes plus tôt, Phaulkon avait lui-même parcouru rapidement ce sentier, mais dans la direction opposée.

Ils ne firent rien pour se dissimuler tandis qu'ils approchaient du portail avec cet air d'autorité qui convenait à un capitaine de la garde royale et à ses deux subordonnés. À la porte, Sorasak demanda d'un ton hautain à voir Son Excellence le Barcalon. Un garde en uniforme l'informa que ce dernier n'était pas chez lui.

« Dans ce cas, faites venir son secrétaire car je viens tout exprès du Palais pour une affaire officielle.

– Son Excellence est partie pour un bon moment», répliqua le garde sans faire mine de bouger. «Il vaut mieux que vous reveniez plus tard.»

Sorasak bomba le torse d'un air important. «C'est le Seigneur de la Vie en personne qui m'envoie. Aussi veuillez appeler immédiatement un responsable.»

Le garde hésita puis se décida enfin à aller chercher quelqu'un. Sorasak avait vu le capitaine des gardes de Phaulkon – le seul homme susceptible de le reconnaître – partir pour le palais avec son maître. Il ne risquait pas, ainsi, d'être démasqué. D'ailleurs il vivait en exil depuis quatre ans, et peu de gens se souvenaient de lui. Il valait mieux, néanmoins, ne pas s'éterniser ici. Si le roi était encore trop malade pour parler, Phaulkon pouvait être de retour plus vite que prévu.

Ce ne fut pas un homme, mais plusieurs qui revinrent en compagnie du garde. Un petit homme sec et nerveux s'approcha. À l'évidence, il ne s'agissait pas d'un soldat.

«Vous avez un ordre de mission royal? demanda-t-il en examinant Sorasak d'un œil soupçonneux. Avez-vous des documents?

– Qui êtes-vous? interrogea Sorasak avec le même air d'autorité.

– Le secrétaire du seigneur Phaulkon.»

Sorasak produisit la lettre qu'il avait dictée la veille au faussaire. Le jeune homme l'examina, l'air hésitant.

«Mais ce pli est signé de Son Excellence le Barcalon, observa-t-il, et non du Seigneur de la Vie.»

Sorasak le toisa comme s'il était sur le point de perdre patience.

«Vous ignorez peut-être que le Seigneur de la Vie n'est pas actuellement en état de signer quoi que ce soit. La lettre a été dictée et le Barcalon y a apposé son sceau. Voulez-vous lire les instructions au bas de ce document?»

Le secrétaire s'exécuta et lut la phrase que Sorasak avait fait ajouter par le faussaire, attestant que cette affaire était de la plus haute priorité. En cas d'absence du Barcalon, le porteur du message était autorisé à interroger le prisonnier.

Le secrétaire passa la lettre à un collègue qui la lut à son tour et la lui rendit. Personne ne semblait désireux de prendre la responsabilité d'une telle décision.

« Écoutez, explosa Sorasak, j'ai une autorisation royale me permettant d'interroger le prisonnier. Je ne vais tout de même pas m'enfuir avec lui ! »

Le secrétaire consulta les autres du regard et l'accord fut finalement donné. Deux d'entre eux fouillèrent Sorasak pour s'assurer qu'il ne portait pas d'armes.

« Suivez-moi », dit le secrétaire. Il désigna les deux compagnons de Sorasak. « Mais les autres restent ici. »

Sorasak haussa les épaules et accompagna le jeune homme jusqu'à un petit bâtiment extérieur surveillé par un régiment de gardes. Un escalier menait à une pièce en sous-sol. Voyant que les gardes s'apprêtaient à le suivre à l'intérieur, Sorasak se tourna vers eux :

« Je dois parler au prisonnier en tête à tête. Comme il me connaît, il révélera des choses qu'il ne dirait jamais devant un tiers. »

Les gardes hésitèrent en interrogeant le secrétaire du regard. Sorasak, impatienté, se tourna vers le jeune homme d'un air sévère. « La lettre dit que je peux agir à ma convenance. Attendez-moi ici. Ce ne sera pas long. »

Le secrétaire céda et un garde remit à Sorasak une chandelle tandis que l'autre poussait un gros verrou pour lui permettre d'entrer. La porte de la cellule se referma derrière lui. Levant les yeux, Somchai scruta l'obscurité, inquiet de cette nouvelle visite. Lorsqu'il reconnut Sorasak, il allait s'exclamer mais le jeune homme l'en empêcha d'un geste.

« Somchai, c'est bon de te voir, dit-il à voix basse. Je n'ai pas beaucoup de temps. Aussi, écoute-moi bien.

– Je savais bien que votre père me viendrait en aide, murmura Somchai avec excitation.

– Leur as-tu révélé quelque chose ?» demanda Sorasak.

Somchai sourit d'un air entendu. « Seulement que je travaille pour le Barcalon. »

Sorasak hocha la tête, satisfait. « Excellent. À quelle heure t'apporte-t-on ton repas ?

– À la tombée de la nuit, mon Seigneur.

– Bien, cela nous laisse un peu de temps. Voici ce que tu dois faire : il va falloir que tu tues le garde qui t'apporte à manger car il pourrait donner l'alerte. »

Sorasak esquissa un sourire. « Je t'ai vu sur le ring. Cela ne devrait guère te poser de problème. Il n'y a que trois ou quatre autres gardes ici, mais ils sont beaucoup plus nombreux à la grande porte. Mes hommes et moi nous nous en occuperons ; cependant nous ne pouvons pénétrer trop loin à l'intérieur du domaine. Il te faudra donc, seul, maîtriser ceux qui gardent l'entrée de ta prison. L'élément de surprise jouera en ta faveur et tu devrais y parvenir. Tout ce que tu as à faire, c'est de gagner le grand portail. Là, tu te retrouveras entre des mains amies. Nous t'y attendrons au crépuscule. »

Somchai rayonnait. Il hocha vigoureusement la tête en signe d'accord.

Sorasak se dirigea vers la porte ; avant de sortir, il se retourna, comme si une nouvelle idée venait de lui venir à l'esprit.

« Ne te préoccupe pas du nombre de ces chiens que tu seras obligé de tuer. Ce ne sont que des hommes du Barcalon, après tout. »

Somchai se baissa subitement et se mit en posture d'attaque. Puis, rapide comme l'éclair, il esquissa plusieurs mouvements dans le vide, comme confronté à un adversaire imaginaire. « Ne vous faites pas de souci pour moi, lança-t-il fièrement. Je serai prêt pour eux. »

En regagnant le portail en compagnie du secrétaire, Sorasak déclara :

« Il a reconnu le meurtre mais ne manifeste aucun repentir et ne parle que de s'enfuir. Il ne faut pas lui faire confiance. Je vous recommande de doubler la garde au portail. »

En quittant la maison de Phaulkon, Sorasak se rendit directement au monastère pour faire son rapport à Petraja. « Il tentera de s'échapper, père, je vous le garantis. Nul doute que les gardes l'abattront au cours de cette tentative. »

Le général lui lança un regard satisfait. « Tu as fait du bon travail, fils. »

Une fois encore, il avait obtenu de l'abbé l'autorisation de parler à Sorasak. Seule la crainte de ce que ces fanatiques de chrétiens pouvaient bien projeter avait conduit l'austère moine à faire une entorse au strict règlement du monastère. Il fallait bien que le général garde des liens avec le monde extérieur. C'était l'avenir du bouddhisme qui était en jeu.

Sorasak lança à son père un regard perçant. « J'espère que vous avez eu le temps de songer à ma requête, père. »

Les yeux de Petraja se rétrécirent. « J'y ai songé, fils, mais le moment n'est pas venu. Le peuple ne te connaît pas encore. Tu es jeune et tu dois te montrer patient. »

Sorasak fit jouer ses muscles. « Jeune ? Je suis plus âgé que Piya qui a pourtant le soutien de ce serpent de Vichaiyen.

– Piya ne montera pas sur le trône du Siam.

– Qui le fera alors ? » lança Sorasak d'un ton agressif

Petraja eut un mince sourire. « Moi, et tu me succéderas. Je ne vivrai pas éternellement. Apprends d'abord de moi tout ce que tu pourras. »

Sorasak resta pour une fois sans réplique.

« Mais je croyais que vous souteniez Chao Fa Noi ? Quels droits avez-vous au trône ?

– Les droits d'un patriote. Et j'ai le soutien du clergé bouddhiste. De plus, j'ai l'intention d'épouser Yotatep. Je chasserai du Siam les farangs et, après moi, tu poursuivras cette politique. »

Sorasak le contempla. La colère et la crainte l'habitaient simultanément. Son père adoptif était le seul homme pour lequel il éprouvait quelque considération – un sentiment qui tenait presque du respect si jamais il savait ce que cela voulait dire.

« Mais... et Chao Fa Noi ? Ne l'aviez-vous pas assuré de votre soutien ? »

Les lèvres de Petraja se retroussèrent. « Tu ne devrais pas ouvrir mes lettres, fils. Disons plutôt que Chao Fa Noi *croit* que je le soutiens. »

Sorasak plissa les yeux. « J'ai davantage de droits légitimes au trône que vous.

– Sans doute, mais il te faudra bien attendre ton tour. Je préparerai la voie pour toi. Je veux que tu me succèdes non parce que je t'ai élevé comme un fils, mais parce que je sais que tu maintiendras le Siam entre des mains siamoises. »

Une veine se mit à battre sur la tempe de Sorasak. « Pourquoi le Seigneur de la Vie n'a-t-il jamais voulu me reconnaître ? »

Petraja s'était attendu à cette question.

« À cause des basses origines de ta mère. Et aussi parce que tu étais un enfant vraiment indiscipliné, ce qui n'augurait rien de bon pour l'avenir du pays. Les astrologues de la Cour ont convaincu le roi de t'écarter. » Il posa une main sur l'épaule du jeune homme. « Allons, garde ton calme. Je ferai en sorte que tu reçoives la place qui te revient, mais par un chemin détourné.

– Je veux parler au roi. Il doit me reconnaître avant de mourir.

– Si tu le fais, fils, je te souhaite bonne chance. N'attends cependant pas trop de cette confrontation. Tu ferais mieux d'employer tes énergies à m'aider, que cela te plaise ou non. Je représente pour toi la voie la plus sûre pour accéder au trône et tes services me sont précieux. » Il sourit. « Ainsi, tu vois, nous avons besoin l'un de l'autre. »

Sorasak le regarda. Peut-être bien que son père adoptif avait raison, finalement. Il devait attendre son heure. Le général ne serait pas éternel. Mais il parlerait au roi malgré tout. Et si cette démarche échouait, il se rangerait au côté de Petraja. Ainsi, il était sûr d'atteindre son but par un moyen ou par un autre.

Petraja lut dans ses pensées.

« Va donc voir le roi pour t'ôter cette idée de la tête. Et reviens ensuite vers moi. Si Somchai est éliminé, les Français vont se dresser contre Vichaiyen et je serai prêt à entrer en action. Aussi dépêche-toi. Mais il y a encore une chose, mon garçon.

– Laquelle ?

– Il ne serait pas sage de faire état de mes projets auprès de Sa Majesté. Tout obstacle sur le chemin qui doit m'amener sur le trône jouera aussi contre toi et ton propre avènement. »

25

Un changement était en train de se produire en Nellie. Durant les premiers jours passés dans la demeure de Phaulkon, elle avait mené une vie très réservée, broyant du noir la plupart du temps. Mark avait été sa seule source de joie. Ses yeux brillaient quand on lui parlait de ses succès, et elle était fière de ses dons évidents. Ses progrès rapides en siamois étaient pour elle une cause de fierté et, pour le reste de la maisonnée, d'étonnement joyeux.

Assise dans sa chambre, Nellie s'interrogeait. Ses sentiments à l'égard de Phaulkon avaient évolué. Son ressentiment s'apaisait lentement, et elle se sentait plus tolérante envers lui. Chaque fois qu'elle voyait sur le visage de Mark un sourire heureux, elle sentait naître en elle un élan d'affection pour son ancien amant. La passion vengeresse qui l'animait au début de son voyage s'atténuait peu à peu. Elle ne souhaitait plus, comme avant, la mort de Constant, et commençait même à s'intéresser à lui. Mieux informée, à présent, de la situation politique, elle avait pris conscience de la précarité grandissante de sa position et savait combien il avait besoin du soutien de l'armée française.

Il avait délégué Ivatt à Bangkok pour obtenir une aide urgente du général français. L'Anglais était parti trois jours plus tôt et devait ensuite regagner rapidement Louvo après avoir installé à Mergui un gouverneur intérimaire. Manifestement, Phaulkon avait besoin de toute l'aide dont il pouvait disposer.

Nellie n'avait jamais révélé à Mark les conditions du testament de Jack Tucker. Et pourtant... tant pour le bien de son fils que pour le sien propre, elle avait sérieusement envisagé de tuer Phaulkon. Produit d'un esprit tortueux et sadique, les dernières volontés de son mari étaient, hélas, fort claires en la matière. Pendant longtemps, Nellie avait été persuadée qu'elle était obligée de les respecter. La jalousie de Jack était telle qu'il avait voulu, même dans la mort, s'assurer que jamais Constant ne reviendrait dans la vie de sa femme. Il fallait donc qu'il meure lui aussi. Et Jack avait savouré la pensée que ce serait de la main de Nellie. Car il la savait prête à tout pour ne pas retomber dans la pauvreté. Il avait donc fait en sorte qu'elle ne puisse hériter de sa fortune si elle n'apportait pas la preuve de la mort de Phaulkon. Voilà pourquoi elle avait quitté l'Angleterre pour entreprendre ce long voyage vers l'inconnu, poussée par la rancune et le désir d'assurer l'avenir de son fils.

Mais la situation, aujourd'hui, prenait une autre tournure. Elle ne pouvait pas s'en prendre à l'homme que Mark avait manifestement tant de bonheur à appeler son « père ». Les choses auraient été différentes si, comme elle l'avait d'abord supposé, Phaulkon avait refusé de les voir ou de reconnaître Mark. Non qu'il soit difficile de tuer un homme sans méfiance, surtout si l'on était prêt à mourir soi-même au cours de l'opération. Nellie l'aurait fait pour Mark. Mais le spectre tant abhorré de la misère s'éloignait et Phaulkon semblait prêt à leur donner, à elle et à leur fils, tout l'argent qu'ils pouvaient désirer.

La découverte de Sunida avait également joué un rôle essentiel dans cette lente transformation. Nellie était surprise de constater à quel point la fille lui plaisait. Sunida était de cette sorte de femme dont le charme opère aussi bien sur un sexe que sur l'autre. Nellie avait été frappée par son honnêteté, sa rectitude, sa loyauté. Visiblement, Sunida aimait profondément Phaulkon. Un sentiment d'ailleurs partagé, car Phaulkon avait paru fort déçu en apprenant par Mark qu'il l'avait manquée lors de sa dernière visite. Il avait aussi promis au garçon d'arranger une rencontre avec la petite Supinda.

Nellie avait pu constater que Mark avait été, lui aussi, très impressionné par Sunida – quoique pour d'autres raisons. La douceur et l'extrême beauté de la jeune Siamoise l'avaient conquis et, plus d'une fois, il avait demandé à son père quand elle reviendrait.

On frappa à la porte et Mark entra dans la pièce, sortant tout juste d'une longue leçon de siamois. Depuis l'apparition de Sunida trois jours plus tôt, l'enthousiasme de l'adolescent pour cette langue n'avait fait que croître. Phaulkon avait raconté à Nellie qu'il avait même prié son professeur de lui enseigner la manière de s'adresser aux femmes selon les meilleures règles de la courtoisie. Il désirait s'informer du statut exact des secondes épouses dans la société siamoise. Devant ce penchant si manifeste de Mark pour la belle Sunida, Phaulkon et Nellie avaient ri ensemble de bon cœur pour la première fois.

« Père pense que Sunida repassera par ici en regagnant le Palais à son retour », dit Mark en s'aspergeant le visage et le cou de l'eau contenue dans le bassin.

Nellie sourit. « J'en suis persuadée, mon chéri. » Elle fit une pause. « Crois-tu que je doive remettre à ton père la lettre établissant un lien entre Somchai et Petraja ? »

Mark parut stupéfait. « Comment ? Vous voulez dire

que vous ne l'avez pas encore fait ? Alors que père a tant besoin de prouver son innocence ?

– C'est seulement que je dois me montrer prudente. Nous n'avons pas d'autre moyen de pression sur lui.

– Mais pourquoi en avoir un ? » Il lui jeta un regard de reproche. « Vous feriez mieux de lui remettre cette lettre immédiatement. »

Elle aurait voulu pouvoir être aussi sûre de Phaulkon que Mark l'était. Tout au fond de son cœur, les anciennes blessures la faisaient encore souffrir. Si je lui remets ce document, nous nous retrouverons entièrement entre ses mains, songea-t-elle amèrement.

Comme Mark se déshabillait pour prendre son bain, Nellie se glissa au-dehors et partit à la recherche du Barcalon. Elle le trouva dans son bureau, penché sur des documents. Depuis la mort de Somchai, il devenait de plus en plus sombre. Nellie avait appris que la veille, à l'heure du repas, le prisonnier était devenu fou. Il avait tué deux gardes et s'était attaqué à une douzaine d'autres en tentant d'atteindre le portail. Phaulkon ne pouvait blâmer ses soldats d'avoir mis l'homme en pièces mais il ne parvenait toujours pas à comprendre pourquoi Somchai avait agi de la sorte. Il aurait dû savoir, pourtant, qu'il n'avait aucune chance, seul contre un régiment entier de gardes. Cela ressemblait à un suicide.

Courroucé par la manière dont son personnel avait laissé entrer un inconnu dans la cellule de Somchai, Phaulkon avait déjà démis son secrétaire de ses fonctions. D'après la description qui lui avait été faite du visiteur, il soupçonnait de qui il s'agissait.

Nellie toussota pour attirer son attention. « Je suis désolée de vous déranger, Constant. Mais j'ai un document à vous remettre. »

Il leva les yeux pour la regarder. Elle portait un panung d'un vert délicat qui mettait en valeur son épaisse chevelure auburn. Le châle qui pendait négligemment de ses épaules laissait entrevoir une peau blanche et satinée. Les yeux bleu clair de la jeune femme étaient voilés d'une touche de mélancolie. Il la trouva très séduisante et nota que, pour une fois, elle semblait mieux disposée à son égard. Comme si le venin qui la rongeait commençait tout doucement à se dissoudre.

« Je sais combien il était important pour vous d'avoir Somchai comme témoin, commença-t-elle.

– Sa mort est en effet un coup dur pour moi. Je viens de perdre ma dernière chance de prouver mon innocence, observa-t-il amèrement. Mon sort repose toujours entre vos mains, semble-t-il.

– Je ne suis pas venue marchander avec vous, Constant. Mais je voudrais vous poser quelques questions. »

Elle vit qu'il ne semblait pas particulièrement heureux de cette initiative. « Nous verrons si je peux y répondre », dit-il d'un ton contraint.

Elle le regarda avec plus d'amitié qu'elle ne l'avait fait jusqu'ici.

« Je vous suis reconnaissante de ce que vous faites pour Mark, reprit-elle doucement. Il est heureux ici. » Elle marqua une pause. « Et je sais qu'il s'attache de plus en plus à vous.

– C'est absolument réciproque.

– Que se passera-t-il s'il désire rester ? Je veux dire pour une longue période ? »

Phaulkon la regarda. « Il s'agit de mon fils, Nellie. Sans le vouloir, je l'avais rejeté de ma vie. Je ne commettrai pas une seconde fois la même erreur. Il peut rester ici aussi longtemps qu'il le désire.

– Mais qu'en pensera votre femme ? »

Il haussa les épaules. « Maria ? Il faudra bien qu'elle l'accepte. »

Ce n'était pas suffisant pour Nellie. « Et si elle refuse ? »

Il s'agita sur sa chaise. « Espérons que nous n'en arriverons pas là.

– Naturellement. » Nellie l'observa un instant en silence. Au bout d'un long moment, elle demanda :

« Envisagez-vous de passer le reste de votre vie au Siam ?

– Je suis siamois, Nellie. Je suis chez moi ici. »

Elle sourit, un sourire distant qui sembla la ramener dans le passé. « Vous avez toujours voulu être différent. Et conquérir le monde... » Elle lui jeta un regard étrange, partagée entre le ressentiment et l'admiration. « Et il semble que vous y soyez parvenu.

– L'histoire nous enseigne qu'il est plus difficile de garder le pouvoir que de le conquérir, observa-t-il sombrement. En fait, j'ai envisagé la possibilité que Mark reste ici et travaille pour moi. Il apprend vite. Mais une grave menace plane au-dessus de nous.

– Laquelle ? »

Il la regarda bien en face. « Pour que Mark puisse bénéficier de ma position au Siam, il faudrait que je garde le pouvoir. Et, pour l'instant, les perspectives dans ce sens ne sont pas très favorables. » Il sourit tristement. « Ceux qui pourraient m'aider ne semblent pas désireux de le faire. »

Elle fut immédiatement sur la défensive. « Vous avez toujours été bon orateur, Constant. J'ai pourtant mes raisons pour demeurer prudente à votre égard.

– Ce ne sont pas des paroles, Nellie. Ce sont des faits.

– Très bien, dit-elle d'un ton las. Je suis en possession d'une lettre attestant officiellement que Somchai travaillait pour le compte du général Petraja. Cette lettre a été trouvée sur le bateau, cousue dans un bout de tissu arraché au panung de Somchai pendant la lutte. Mark l'a fait traduire morceau par morceau, chacun des traducteurs n'ayant connaissance que d'une seule phrase. » Sur ces mots, elle s'approcha du bureau pour y déposer la lettre.

Il la prit aussitôt pour la parcourir rapidement. Ses yeux s'élargirent. « Pourquoi ne me l'avez-vous pas remise plus tôt ? Aviez-vous l'intention de me faire chanter, Mark et vous ? »

Elle vit sa colère monter et ses mains trembler, crispées sur la lettre.

« Mark était furieux contre moi quand je lui ai dit que je ne vous l'avais pas encore montrée, expliqua-t-elle. Si j'ai hésité, c'est parce que la vie m'a appris combien il est imprudent de perdre le contrôle d'une situation. Je vais vous faire confiance pour la seconde et la dernière fois de ma vie, Constant. »

Il s'apaisa. « Saisissez-vous qu'avec ce document je pourrais déjà compter sur le soutien du général Desfarges ? Votre conduite est impardonnable.

– Tout autant que la vôtre envers moi.

– C'est déjà du passé, rétorqua-t-il avec irritation. Souhaitez-vous réellement ma chute ? »

Elle plongea son regard dans le sien. « Je l'ai souhaitée, en effet. Mais c'était avant d'arriver ici... » Elle demeura silencieuse, perdue dans ses pensées. « Le moment est venu de vous parler du testament de Jack Tucker », reprit-elle enfin.

Phaulkon attendit, visiblement impatienté. « Eh bien ?

– Jack était un homme fortuné. Selon certaines conditions, ses biens doivent revenir à Mark et à moi. Sinon, c'est l'Église qui en bénéficiera. Tout dépend de moi.

– Et quelles sont ces conditions ?

– Si je peux apporter à son notaire la preuve de votre mort, Constant, alors Mark et moi hériterons de tout. Dans le cas contraire, nous n'aurons rien. Jack nous a laissé juste assez d'argent pour entreprendre ce voyage afin de vous retrouver. Le reste est sous tutelle. »

Phaulkon demeura stupéfait. « Mais quelle sorte d'homme était-ce donc ? Et pourquoi voulait-il ma mort ? »

Nellie resta un long moment silencieuse.

« Parce que, tout au long de notre mariage, il a su que vous étiez le seul que j'aimais. Cela l'a rongé. Il a dû penser que, s'il me laissait sa fortune, je chercherais à vous retrouver pour vous offrir... de partager cette fortune avec moi. À moins qu'il n'ait cru que j'essaierais d'acheter vos bonnes grâces avec tout cet argent... » Elle eut un pâle sourire. « Il ne pouvait pas savoir que vous étiez devenu l'un des potentats les plus riches d'Asie.

– Ainsi, vous étiez prête à me tuer pour assurer votre héritage ? » lança-t-il d'une voix tranchante.

« Pour l'avenir de Mark, bien plus que pour moi. Voyez-vous, je sais ce que cela signifie que de vivre dans la misère. »

Phaulkon ne se laissa pas impressionner. « J'ai peut-être été un jeune flibustier inconséquent, mais votre mari n'était rien d'autre qu'un meurtrier par procuration.

– C'était un homme brutal, Constant, et sa brutalité se nourrissait de ce que vous m'aviez fait subir, de ce charme que vous aviez jeté sur moi et qui m'ensorcelait à jamais.

– Pensiez-vous sérieusement pouvoir m'assassiner et repartir tranquillement après un acte pareil ? Ici, au Siam ?

– Peut-être pas moi, mais j'aurais fait en sorte que Mark puisse s'en tirer.

– Ainsi, je ne dois même plus vous tourner le dos de crainte de recevoir un coup de couteau ? C'est bien cela ? »

Elle sourit. « Vous n'avez plus rien à craindre de moi, Constant. Mais je voulais que vous connaissiez la vérité. Et que vous sachiez aussi qu'à présent je dépends totalement de vous.

– Mark est mon fils et vous êtes sa mère. Aussi longtemps que je garderai le pouvoir au Siam, vous ne manquerez de rien. »

Nellie le considéra pour la première fois d'un œil plus bienveillant. « Je l'espère. Votre charmante concubine me considère même comme votre première épouse. Il y a donc au moins quelqu'un, ici, qui croit que vous seriez revenu m'épouser. »

Il garda le silence.

« Et qu'en est-il de Maria ? Est-elle aussi votre première épouse ? Quelle est réellement sa place ? »

Le visage de Phaulkon s'assombrit. « Je crains que

ce ne soit pour elle un sujet permanent de ressentiment.

– Les choses sont vraiment faciles pour les hommes au Siam. Quand vous êtes fatigués de votre première épouse, vous vous en procurez une autre…

– Je n'ai jamais été fatigué de vous, Nellie. Ce sont les circonstances qui nous ont séparés.

– Moi non plus, je n'ai jamais été fatiguée de vous, Constant. Mais vous m'avez appris à haïr.

– Bien malgré moi, Nellie. Et j'en suis profondément navré. Mais, pour ma part, je ne pourrai jamais vous haïr.» Son visage s'éclaira d'un brusque sourire. «À moins, bien sûr, que vous ne parveniez à me tuer, auquel cas il serait trop tard, de toute façon, pour éprouver quoi que ce soit.

– Vous avez toujours eu la riposte aisée, Constant.» Elle le contempla avec une étrange expression. «Décidément, je me montrerai toujours faible avec vous. J'étais venue pour vous éliminer et voilà, maintenant, que je vous aide à survivre.

– J'ai besoin de votre aide, Nellie.»

Il vit qu'elle le regardait curieusement avec, dans les yeux, une lueur nouvelle. S'il ne l'avait sue aussi agressive, il aurait pu croire que c'était une lueur d'affection. L'orage était-il passé? Il l'espérait sincèrement.

«Nellie…», dit-il doucement sur un ton qu'il aurait pu employer dix-sept ans plus tôt.

Elle parut déconcertée et ses yeux s'adoucirent encore. «Oui, Constant?

– Sommes-nous amis à présent? Mark a besoin de nous deux, vous savez.

– Oui, je le sais. Et j'aime la manière dont vous vous comportez avec lui.

– Alors, venez… et embrassons-nous.» Il lui tendit les bras.

Elle hésita un long moment. Puis elle se glissa entre ses bras, prenant garde à ne pas toucher son corps. Il referma ses bras sur elle pour la serrer contre lui. Elle se raidit lorsqu'il posa sa joue contre son cou. Mais il était bien plus fort qu'elle. Peu à peu, elle se détendit et sentit tout à coup un frisson la secouer. Elle s'écarta alors, effrayée à l'idée de ce qu'il pouvait penser.

Il la retint par les épaules et sourit – de ce sourire qui l'avait tant séduite des années auparavant.

« Au Siam, dit-il, il est parfaitement normal pour un homme de prendre dans ses bras sa première épouse. Je pense que vous vous y habituerez vite... »

26

15 mai 1688.

À la tête d'une troupe de quatre-vingts hommes d'élite et d'officiers, parmi lesquels le capitaine de Beauchamp et le lieutenant Le Roy, le général Desfarges, en route pour Louvo, fit halte à Ayuthia.

On était en plein cœur de la saison chaude. La température et l'humidité étaient si accablantes que même une personne immobile se retrouvait instantanément trempée de sueur. Mal à l'aise, les officiers tiraient désespérément sur le col de leur uniforme, mais le général, bien qu'il souffrît lui aussi de ce climat torride, avait insisté pour qu'ils le portent en public afin d'entretenir l'image d'une force bien disciplinée.

Après le départ d'Ivatt, il avait encore fallu quatre jours au Français pour délibérer avec ses officiers avant de se décider à prendre la direction de Louvo. Thomas Ivatt avait pourtant insisté pour que l'armée française entre immédiatement en action, soulignant l'urgence d'intervenir contre Petraja avant que celui-ci ne soit en mesure de réunir une force de combat décisive. Il avait fini par convaincre le général que, étant donné l'état du roi, Phaulkon tout autant que

Pra Piya auraient besoin d'un appui sans délai pour assurer une succession catholique. Respectueux des ordres de son souverain, le roi Louis, Desfarges avait juré d'accomplir son devoir au nom de la France et de sa religion, assurant Ivatt qu'il était prêt à envoyer ses troupes à Louvo.

Ivatt lui avait rappelé la prudence sur laquelle Phaulkon insistait tant : en aucun cas, il ne fallait se laisser influencer par des rumeurs contraires. Au Siam, en effet, les ragots allaient bon train, semés par les moines de Louvo qui les répandaient, selon une tactique ancestrale, lorsqu'ils mendiaient, à l'aube, leur nourriture sur les chemins. C'était la manière la plus sûre et la plus rapide pour diffuser une information – aussi mensongère soit-elle.

Desfarges assura Ivatt qu'il était un trop vieux soldat pour être dupe d'une telle tactique.

Pourtant, à peine Ivatt était-il parti pour Mergui que l'indécision naturelle du général reprenait le dessus, entretenue par les opinions contraires de ses officiers. Certains insistaient pour qu'ils restent à l'abri au fort où ils pouvaient se défendre convenablement contre une attaque imprévue. D'autres, au contraire, pensaient qu'ils avaient une mission à accomplir au Siam – mission pour laquelle ils avaient prêté serment – et qu'il était de leur devoir de protéger Naraï et Phaulkon. Il y avait aussi ceux qui protestaient, soulignant combien leurs hommes s'ennuyaient, avaient le mal du pays et ne songeaient qu'à retourner en France. Le moment n'était-il pas venu de les entendre ?

Quant au général lui-même, il était comme d'habitude d'un avis partagé. D'un côté, Phaulkon avait été lavé de toute implication dans le meurtre de Malthus et avait besoin de soutien pour installer et maintenir un catholique sur le trône du Siam. Mais, d'un strict point de vue militaire, il n'était pas bon de diviser ses forces ni d'abandonner la sécurité du fort. Après de longues délibérations, Desfarges s'arrêta à un compromis. Il laisserait quatre cents hommes au fort sous le commandement de Dassieux et n'en prendrait que quatre-vingts avec lui, dont les officiers désireux de soutenir Phaulkon., pour aller explorer la situation à Louvo. Il verrait par lui-même où les choses en étaient. Il ne voyait pas comment il pourrait arrêter le général Petraja, si l'homme avait cherché refuge dans un monastère ; mais Phaulkon avait peut-être imaginé un plan pour l'en faire sortir.

Quand la troupe débarqua sur le quai de bois proche du séminaire, écrasée de chaleur et de fatigue après douze heures de voyage, Desfarges décida de passer la nuit sur les lieux et de continuer le lendemain en direction de Louvo. Les hommes n'étaient pas en état de naviguer six heures de plus.

Il mit pied à terre, suivi de deux de ses assistants et de plusieurs domestiques portant ses bagages. Un large chemin de terre desséché par le soleil longeait le fleuve à travers des buissons de bananiers et passait devant une poignée de petites huttes sur pilotis avant de s'écarter de la rive en direction du séminaire.

À la vue des soldats, les paysans levèrent les yeux, abandonnèrent leur travail et, comme s'ils venaient de voir un fantôme, s'enfuirent en criant. Certains sautaient dans leurs pirogues et pagayaient pour s'éloigner au plus vite, d'autres fuyaient à pied. En quelques instants, les lieux furent totalement déserts. Lorsque le général parvint au petit village, il n'y restait plus que des chiens effrayés qui aboyaient furieusement.

En avançant à la tête de sa petite troupe, il vit la population courir dans toutes les directions, en criant et en les montrant du doigt. La panique semblait avoir gagné le pays. Surpris, les officiers et les soldats échangèrent des regards interrogatifs, ne sachant comment interpréter tout cela.

« Que diable se passe-t-il ? demanda le général en se tournant vers Le Roy qui se trouvait juste derrière lui. C'est à croire que nous avons la lèpre !

– Les jésuites seront peut-être en mesure de nous apporter leurs lumières, suggéra Le Roy. Ces choses-là ne se passent qu'à Ayuthia car nous n'avons rien vu de semblable le long du fleuve. »

La longue colonne progressant en file indienne pénétra enfin à l'intérieur de l'enceinte jésuite après avoir gravi la rive. Le séminaire bourdonnait d'activité, comme d'habitude. Ici, les convertis ne s'enfuyaient pas en voyant les Français mais ils ne leur en jetaient pas moins des regards soupçonneux. Après un court échange avec le général, Beauchamp et Le Roy dirigèrent les hommes vers la chapelle tandis que Desfarges gagnait le bureau du père Ducaze.

Le Père se leva de son bureau, manifestement heureux de le voir. Il renvoya deux jeunes convertis auxquels il était en train d'enseigner le catéchisme et offrit une chaise au militaire. Puis, voyant que celui-ci aurait du mal à y prendre place, il l'orienta vers un banc plus large.

« Je suis enchanté de vous voir ici, Général, lui dit-il aimablement. J'allais justement envoyer un émissaire au fort. Nous vivons des temps étranges.

– Mais que diable se passe-t-il, mon Père ? Tous les gens que nous avons croisés se sont enfuis à notre vue en poussant des cris. »

Le général porta son mouchoir de soie, déjà trempé, à son front pour essuyer la sueur qui perlait à ses tempes.

« Le bruit court que le roi est mort, expliqua sombrement Ducaze. Et, pire encore, que les Français vont s'emparer du pays. Certains de nos convertis ont déjà demandé à partir. »

Il jeta au général un regard anxieux. « Vous n'êtes pas accompagné de votre armée, j'espère ? »

Le général fronça les sourcils. « Eh bien, d'une fraction seulement. Quatre-vingts hommes, en fait. Ils sont à l'église pour l'instant, où ils font leurs dévotions. »

L'anxiété du père parut augmenter. « Quatre-vingts hommes armés, murmura-t-il en faisant un signe de croix. Cela ne peut que confirmer la rumeur...

– Mais est-il vrai que le roi est mort ? demanda le général en vidant d'un trait un verre de citronnade.

– Nous n'en savons rien. Le bruit a commencé à courir hier et les gens se rassemblent en masse devant la résidence de Chao Fa Noi, au Palais. Cela signifie qu'ils s'attendent à ce que ce soit lui qui accède au trône. Il a de plus en plus d'appuis ici, à Ayuthia. »

Le front du jésuite se creusa de rides profondes. « Le bruit court aussi qu'une fois Piya installé sur le trône avec Phaulkon pour Barcalon, l'armée française tuera tous ceux qui refuseront de se convertir au catholicisme. » Les lèvres pincées, il regarda Desfarges comme s'il le tenait pour seul responsable. « Il faut arrêter cela, Général. Sinon, tous mes convertis vont me quitter. »

Desfarges se gratta la tête et s'épongea de nouveau le visage. « Il est impératif que nous sachions si le roi est mort ou non.

– J'ai envoyé le père Leblanc ce matin chez le gouverneur d'Ayuthia. Mais celui-ci n'a encore reçu aucune confirmation officielle de Louvo. Il a mandaté là-bas un de ses assistants pour s'informer. Nous attendons son retour.

– Je dois immédiatement voir dame Phaulkon, décréta le général en se levant avec difficulté de son banc. Elle sait sûrement quelque chose. »

Il regarda le jésuite. « Vu les circonstances, il serait imprudent que je traverse la ville avec ma troupe. Cela ne ferait qu'encourager la rumeur. Puis-je laisser mes hommes ici ? Je reviendrai dès que possible. »

Le visage de Ducaze s'assombrit. « Ne pourraient-ils vous attendre dans leurs barques, Général ? protesta-t-il d'un ton geignard. Pourquoi devrais-je m'exposer à perdre encore d'autres convertis ? Nous ne sommes pas impliqués dans votre stratégie militaire. »

Le général lui jeta un regard irrité et se dirigea vers la porte. « Vous ne verrez peut-être pas d'inconvénients à ce qu'ils achèvent d'abord leurs prières ?

– Non, non, bien sûr. S'il y a quoi que ce soit que je puisse faire pour vous... »

Le général lui tourna le dos. « Inutile. Votre position est très claire, mon Père... »

Desfarges traversa Ayuthia accompagné seulement de deux officiers pour se rendre à la superbe résidence de Maria située juste au pied des murs du Palais. Comme d'habitude, la capitale était très animée. Tout le long du chemin, la population leur jeta des regards soupçonneux en s'écartant mais personne ne s'enfuit en criant ni ne les agressa. Il était évident qu'une escorte de trois hommes n'était pas aussi menaçante que tout le contingent.

Desfarges fut à nouveau captivé par la beauté des femmes au marché. Certaines portaient des jarres sur la tête, une fleur rose d'hibiscus piquée dans les cheveux, d'autres étaient accroupies par terre offrant, sur des feuilles de palmier, leurs marchandises à la vente. Parfois, le son d'une flûte surmontait le brouhaha et se mêlait au tintement des clochettes suspendues à la pointe des toits des temples dont les portes dorées et laquées étincelaient au soleil. Un mandarin en visite, reconnaissable à son haut chapeau conique cerclé d'or, passa dans une chaise à porteurs. Parfois une noble dame, escortée de nombreux esclaves, s'avançait gracieusement, vêtue de ses plus beaux atours, le cou et les bras ornés de pierres précieuses. Partout, des hommes et des femmes apportaient des offrandes aux temples et les ruelles les plus étroites étaient elles-mêmes une débauche de couleurs avec leurs maisons à terrasses bordées de fleurs.

Le général loua une petite yole pour naviguer sur le canal principal puis termina son chemin à pied en empruntant une série de ponts en dos d'âne qui franchissaient les canaux secondaires. Il parcourut ensuite une avenue bordée d'arbres, appréciant leur ombre bienfaisante, gagna le quartier des artisans où joailliers et orfèvres, fabricants de poupées et sculpteurs sur bois exposaient leurs œuvres. Tous le regardaient mais personne ne bougea à son passage.

Il avait déjà décidé secrètement de se rendre en personne à Louvo après avoir parlé à Maria. Il lui demanderait s'il pouvait laisser ses hommes dans sa résidence pendant sa courte absence. En dehors du

Palais royal, c'était la seule demeure assez vaste pour héberger un si grand nombre de personnes et le changement ferait du bien aux soldats. Ils seraient mieux que sur les barques pour passer la nuit.

Il savait que les farangs n'étaient pas autorisés à demeurer dans la ville elle-même quand les portes sur l'eau se fermaient au coucher du soleil, mais il espérait que l'épouse du Barcalon pourrait obtenir une dispense.

En traversant les jardins bien entretenus de la résidence du seigneur Phaulkon, escorté d'une demi-douzaine de gardes, il sourit à la pensée que demain, à Louvo, il aurait le plaisir de revoir Mme Tucker. Il avait trouvé sa compagnie des plus agréables, il fallait bien l'admettre. Et il avait été heureux de lui offrir sa protection. Après tout, elle se trouvait seule dans un pays étranger. Il se demanda si elle avait réussi à rencontrer Phaulkon comme elle le souhaitait.

Il pensait encore à la jeune Anglaise lorsqu'il fut introduit dans le salon de dame Maria. Il s'étala avec satisfaction sur un grand canapé pour l'attendre et sourit lorsque deux jeunes esclaves se mirent à agiter des éventails pour brasser l'air et rafraîchir son visage et son cou luisants de sueur. Un flot de souvenirs remonta à son esprit tandis qu'il contemplait la pièce autour de lui. C'était là qu'il avait passé les trois premiers mois de son séjour au Siam, avant que le roi ne leur offre de réparer le fort de Bangkok et d'y prendre garnison. L'hospitalité de Phaulkon avait été grandiose et dame Maria une hôtesse parfaite. Combien d'agréables soirées n'avait-il pas passées ici, savourant une cuisine raffinée tout en assistant à de superbes spectacles : acrobaties qui auraient fait courir tout Paris, marionnettes chinoises, tournois de boxe, danses rituelles... C'était un vrai bonheur de contempler ces hommes et ces femmes dont les bras souples ondulaient comme des feuilles sous le vent. Leurs mouvements étaient si parfaitement synchronisés qu'il se dégageait de leurs danses quelque chose d'hypnotique. Plus tard, dans l'intimité de sa chambre, il jouissait de ces émoustillants massages dont les Siamoises avaient le secret et qui mêlaient savamment l'érotisme à la relaxation. Après cela, il s'endormait, satisfait et soulagé. Phaulkon était un homme qui comprenait que l'on puisse goûter aux plaisirs de la vie sans se sentir coupable. Il n'avait pas son égal comme hôte.

« Général, quelle bonne surprise ! »

Plongé dans ses pensées, il n'avait pas remarqué l'entrée de Maria. Il se mit péniblement debout.

« Je vous en prie, asseyez-vous, dit-elle aimablement. Il fait si chaud que personne n'a envie de bouger. »

Il eut l'air embarrassé. « Pardonnez-moi de ne pas vous avoir saluée, comtesse. C'est que j'ai beaucoup de soucis, en ce moment... »

Elle s'assit à côté de lui, heureuse de s'entendre donner le titre de comtesse. Tous les officiers français l'appelaient ainsi et cela lui plaisait. Bien que mi-japonaise, mi-portugaise, elle n'en était pas moins l'épouse d'un comte de France...

Elle le regarda aimablement tandis que des esclaves entraient avec des plateaux de rafraîchissements.

« Je suppose, Général, que vous êtes au courant des rumeurs... »

Il approuva d'un signe de tête.

« Le Siam adore les histoires, Général, et je crois savoir d'où proviennent celles-ci en particulier.

– Je serais intéressé de le savoir, comtesse. »

Elle eut une expression attristée. « Du monastère de Louvo. De source sûre, j'ai appris que l'astrologue de la Cour a rendu visite plusieurs fois à l'abbé. Ce n'est pas une coïncidence car c'est une vieille connaissance de Petraja. Vous savez probablement que le peuple tient ses prédictions en haute estime. » Elle regarda le général d'un air sévère. « Or il a annoncé que le pays allait connaître de terribles bouleversements. Il a prédit que les Français, et tous ceux qui les soutiennent, seraient chassés du Siam et subiraient de lourdes pertes. » Elle fit une pause. « Pour ma part, je crois que ces prédictions ont été soufflées par Petraja. J'ai entendu dire ce matin que, dans tout le pays, les astrologues reprennent le flambeau en insistant sur l'imminence des événements. Rien d'étonnant à ce que la population soit agitée. »

Le général fronça les sourcils. « Est-il vrai que le roi est mort ? »

Maria secoua la tête. « Bien que je n'aie eu que de rares communications avec mon mari ces jours derniers, j'aurais certainement été informée d'un événement aussi considérable. »

Le front du général se creusa de rides profondes. « Au séminaire, j'ai appris que l'on racontait que mon armée tuerait tous ceux qui refuseraient de se faire catholiques. C'est une rumeur absurde.

– Cela ne me surprend pas. Tout le monde sait déjà que Pra Piya occupera le trône avec votre appui et qu'il se convertira ensuite. »

Le général eut l'air surpris. « Mais je croyais que Sa Majesté avait elle-même désigné Piya comme successeur ? La parole du Seigneur de la Vie n'a-t-elle pas force de loi ? »

Maria eut un petit sourire triste.

« En effet. Mais le problème est que Sa Majesté, dans son état de santé actuel, n'a pas encore pu annoncer publiquement son choix. Et, quand il se sentait mieux, il s'efforçait encore de convaincre Yotatep d'épouser Piya, ce qui aurait grandement renforcé la position de celui-ci. J'ai moi-même tenté de convaincre Yotatep, mais elle est entêtée et reste toujours entichée de son oncle Chao Fa Noi. Il faut que vous compreniez, Général, que la désignation de Piya comme successeur doit être faite sous la forme d'un édit royal. Dans l'état actuel des choses, les choix de Sa Majesté ne sont connus que d'une poignée de courtisans. Et nombre d'entre eux, comme Petraja, ne sont pas prêts à les soutenir. C'est la raison pour laquelle tant de personnes s'agglutinent autour de Chao Fa Noi pour lui offrir leur allégeance.

– D'après ce que vous me dites, il est indispensable

que Sa Majesté désigne officiellement Piya comme successeur. Dès maintenant.

– En effet, Général. J'espère seulement qu'il n'est pas trop tard.

– Trop tard, comtesse ? répéta Desfarges, surpris.

– Des rumeurs de guerre circulent depuis quelque temps. Beaucoup les considèrent comme une réalité. Il est regrettable que vous ne vous soyez pas engagé plus tôt dans votre mission. »

Desfarges eut l'air mal à l'aise. « Comtesse, je l'aurais fait si je n'avais dû, au préalable, traiter une importante affaire. Pardonnez mon franc-parler mais, jusqu'à ces derniers temps, nous avions de bonnes raisons de penser que votre mari était impliqué dans le meurtre de Malthus. Naturellement, je n'y ai jamais cru moi-même, mais nombre de mes officiers ainsi que la plupart des jésuites en étaient persuadés. Vous comprendrez mes hésitations ; je ne pouvais apporter mon soutien à un homme qui n'aurait pas été, auparavant, lavé d'un tel soupçon. Je suis heureux que ce soit maintenant chose faite. »

Maria parut surprise. « Vraiment, Général ? J'aimerais savoir comment vous en êtes arrivé à cette conclusion ? »

Le général la considéra avec perplexité, surpris par son scepticisme. « Une Européenne, témoin du meurtre, a identifié l'assassin.

– Mais je croyais que Somchai avait avoué qu'il travaillait pour Constant ? N'a-t-il pas, d'ailleurs, été tué par la suite alors qu'il se trouvait précisément sous la garde de mon mari ? Et pratiquement sous ses yeux, semble-t-il. »

Le général s'étonna à nouveau de ces insinuations. Où Maria voulait-elle en venir ?

« C'est exact, comtesse. Mais le témoin, Mme Tucker, a produit depuis lors une preuve évidente de l'innocence de votre mari.

– Quel genre de preuve, Général ? demanda Maria, une moue ironique relevant les coins de sa bouche.

– Elle a découvert un document officiel révélant

que Somchai travaillait en réalité pour le compte de Petraja. »

Maria ouvrit de grands yeux. « Si longtemps après le meurtre ? Puis-je vous demander d'où provient ce document ? »

C'est vraiment extraordinaire, songea Desfarges. À croire qu'elle n'a qu'une seule idée en tête : incriminer Phaulkon.

« C'est une longue histoire, comtesse, mais vous pouvez me faire confiance. Ce document est absolument authentique. » Il s'efforça de sourire poliment. « Mme Tucker a innocenté votre mari. »

Elle plissa les yeux. « Général, je ne mets pas en doute l'efficacité de votre enquête, mais je ne peux m'empêcher de me demander si vous savez réellement *qui* est Mme Tucker. »

Le général fut immédiatement sur la défensive. « Elle a passé quelque temps au fort, comtesse. C'est une femme exquise qui, de surcroît, s'est montrée très coopérative. »

C'était donc ça. Cette vipère anglaise avait déjà réussi à tourner la tête du général. Maria le regarda durement. Elle connaissait l'indécision légendaire de Desfarges mais l'avait attribuée jusqu'ici à une prudence naturelle. Après tout, il ne pouvait avoir accédé au rang de maréchal de France sans de bonnes raisons. Manifestement, Nellie Tucker l'avait enjôlé et Maria était déterminée à lui ouvrir les yeux.

« Mme Tucker a toutes les raisons de se montrer serviable, Général », observa-t-elle avec un sourire pincé.

Le général haussa un sourcil. « Et pourquoi cela, comtesse ?

– N'oubliez pas qu'elle se trouve en pays étranger. Elle a donc tout intérêt à gagner le soutien de gens aussi influents que mon mari et vous, Général.

– Je lui ai moi-même offert ma protection, comtesse, et je suis persuadé qu'elle en est digne.

– Une protection certainement très utile pour elle, Général. Mais ne vous abusez pas : c'est surtout de mon mari qu'elle cherche à s'assurer les bonnes grâces. »

Elle fit une pause pour ménager ses effets. « Constant est le père de son enfant », annonça-t-elle lentement.

Le général, tout d'abord, ne comprit pas. « Je... je ne vous suis pas, comtesse. »

Elle le regarda avec un mélange de frustration et de mépris. Comment avait-il pu se laisser prendre aux ruses de cette diablesse ?

« Elle a fait tout ce chemin pour présenter son fils, Mark, à son ancien amant », dit-elle froidement.

Elle observa attentivement Desfarges et put voir la colère assombrir ses traits. Il n'était jamais agréable pour qui que ce soit de comprendre qu'on l'avait pris pour un imbécile...

« Je vous laisse le soin de juger par vous-même, Général. Quant à moi, je ne suis pas disposée à me montrer particulièrement charitable, ce qui me conduit à mettre en doute cette soi-disant preuve que Mme Tucker a fournie pour innocenter mon mari. Elle a été sa maîtresse, Général, et je crains qu'en apprenant le rang élevé qu'il occupait, elle n'ait jugé que c'était le bon moment pour renouer connaissance. »

Les pensées du général se bousculaient. Était-il possible que Nellie ait conspiré avec Phaulkon pour fabriquer cette preuve ? Avait-elle pu faire un marché avec lui en retour de quelque faveur ou d'autre chose ? Elle avait dit à Desfarges qu'elle était ici pour rechercher son frère missionnaire. Phaulkon était peut-être coupable, après tout. À présent, il comprenait mieux l'attitude de Maria. Il se remémora différents épisodes passés qui jetèrent un nouvel éclairage sur toute cette affaire : la réticence de Nellie à montrer le visage de Mark, son ardent désir de rencontrer Phaulkon, son empressement à quitter le fort.

Il se leva, furieux d'avoir été trahi et plus déterminé que jamais à se montrer désormais d'une extrême prudence.

27

Une semaine s'était écoulée depuis le départ d'Ivatt pour Bangkok, et Desfarges ne s'était toujours pas manifesté. Phaulkon s'était arrangé avec de Bèze pour que celui-ci l'envoie chercher dès que Sa Majesté serait en état de tenir une conversation. Un matin, on l'informa enfin que le roi le convoquait immédiatement à son chevet.

Phaulkon avait passé les deux derniers jours à parcourir le quartier étranger à la recherche de volontaires pour sa nouvelle unité de combat. Il avait déjà engagé trente-cinq solides recrues désireuses d'en découdre – principalement des Portugais et des métis – ainsi qu'une poignée de mercenaires comme on en rencontrait partout sous les tropiques. Certes, ce n'était pas suffisant pour envahir le monastère où Petraja s'était réfugié mais, dès que le général siamois mettrait un pied dehors, ils étaient prêts à lui sauter dessus.

En pénétrant dans l'antichambre du Seigneur de la Vie, Phaulkon fut étonné d'apprendre de la bouche des pages que le roi avait été exceptionnellement lucide durant ces deux derniers jours et qu'il avait reçu un grand nombre de visiteurs. Perplexe, il pénétra dans la chambre royale et, tout en se prosternant jeta à de Bèze un regard accusateur. Pourquoi le jésuite ne l'avait-il pas fait chercher comme convenu ? Front contre terre, le petit prêtre montra ses paumes ouvertes en signe d'impuissance.

Au même instant – fait sans précédent – le Seigneur de la Vie ordonna à tous ceux qui se trouvaient dans la pièce de sortir, y compris sa sœur, les esclaves chargés des éventails et le père de Bèze. Ce dernier adressa une grimace embarrassée à Phaulkon en rampant à reculons vers la porte.

Un sentiment de malaise s'empara du Grec quand

il vit l'entourage royal quitter la chambre au grand complet.

La porte se referma derrière eux et, dans le profond silence, on entendit résonner au loin le gong d'un temple. La respiration sifflante du roi déchirait l'air pesant avec une régularité monotone. Très ému, Phaulkon s'interrogea. Avait-il offensé Naraï de quelque façon pour qu'il ne juge pas urgent de le voir à son chevet ? À moins qu'il n'ait vainement essayé de le joindre au cours de ces deux derniers jours... Il était tout à fait inhabituel qu'il renvoie ainsi ses familiers qui avaient tous juré le silence sous peine de mort.

Après une longue et atroce attente, la voix du roi interrompit le cours de ses pensées. Le Seigneur de la Vie s'exprimait lentement mais de façon très consciente.

« Vichaiyen, nous savons parfaitement que tu as demandé au docteur jésuite de te prévenir dès que notre esprit serait assez clair pour te parler. En fait, voilà deux jours que nous allons mieux, mais c'est de notre propre volonté que nous avons jugé bon de ne pas te faire chercher. »

Une nausée contracta l'estomac de Phaulkon. C'était la première fois que le Seigneur de la Vie se passait de ses avis et de ses visites quotidiennes. Il avait pourtant servi son maître loyalement chaque jour durant ces sept dernières années... Quelque chose s'était donc produit qui avait suscité son déplaisir ?

« Vichaiyen, nous avons voulu déterminer par nous-même l'état réel des affaires de notre royaume. » Le roi marqua une pause et Phaulkon, angoissé, sentit son cœur se serrer. « Nous avons fait cela pour te marquer notre grande affection, Vichaiyen. Car tu ne te préoccupes pas assez de ta propre sécurité pour apprécier sainement les dangers qui te menacent. Nous avons beaucoup de choses à te dire et nous te demandons d'écouter attentivement en faisant taire tes protestations jusqu'à ce que nous soyons prêt à les entendre. »

Le roi se tut à nouveau. Deux geckos se disputant

leurs territoires se pourchassèrent à travers le plafond jusqu'à ce que l'un d'eux perde l'équilibre et tombe par terre à quelques centimètres de Phaulkon, toujours prosterné. Il le vit détaler en rampant sur ses courtes pattes.

« Des nouvelles alarmantes nous sont parvenues, reprit enfin le roi. Nos espions viennent de nous rapporter que le général français a rebroussé chemin à Ayuthia avec ses troupes pour regagner le fort de Bangkok, probablement influencé par les nombreuses rumeurs qui circulent au sujet de notre mort et par les importants mouvements de foule contre les farangs. »

Phaulkon frémit en songeant aux terribles conséquences que les tergiversations du général français allaient entraîner. Mais pourquoi diable ses propres espions ne lui avaient-ils pas signalé la retraite de Desfarges ?

« Pra Piya est également revenu de province, reprit le roi en poussant un profond soupir. Après l'avoir longuement interrogé, nous sommes arrivé à la conclusion que le garçon n'a pas l'énergie nécessaire pour survivre dans le climat actuel. Même avec toi pour conseiller, Vichaiyen, et avec l'appui de l'armée française – sur laquelle, d'ailleurs, nous ne pouvons plus compter désormais. » Il soupira de nouveau. « Pra Piya n'est pas de l'espèce dont on fait les souverains. En outre, notre fille Yotatep persiste dans son refus de l'épouser, ce qui rend sa position encore plus précaire. Sunida est revenue ce matin et nous a appris que Yotatep refusait de revenir à moins d'être assurée que nous n'aborderons pas le sujet de Piya. »

Phaulkon se sentit trahi. Pourquoi Sunida n'étaitelle pas venue le voir à son retour ? Naturellement, elle devait en premier lieu faire son rapport au roi mais, disposant sans doute toujours du sauf-conduit royal, elle aurait pu le rejoindre aussitôt après.

Le roi devina son désarroi.

« Vichaiyen, tu te demandes certainement pourquoi Sunida ne t'a pas avisé de cette mission que nous lui avons confiée. Nous lui avons interdit de le faire avant que nous n'ayons pu te parler.» Il s'arrêta pour reprendre son souffle. «Nous t'avons convoqué aujourd'hui pour soulager notre cœur de sujets qui lui sont chers. Notre mort est proche, Vichaiyen, et le moment est venu pour nous de te faire connaître nos plus intimes pensées. Car celles-ci te concernent, très cher ami...»

Il y avait tant de bonté et d'affection dans cette voix que Phaulkon se sentit à la fois rassuré et profondément troublé.

«Nous avons apprécié longtemps ta compagnie, Vichaiyen, plus que celle de tous nos autres courtisans. Bien que chacun d'entre nous soit né sur des faces opposées du globe, ait été élevé dans le respect de religions différentes, nourri de cultures apparemment inconciliables, un lien étrange a toujours existé entre nous, un lien qui a transcendé nos origines. C'est un miracle, Vichaiyen, et il faut rendre hommage au pouvoir de l'esprit humain qui nous a permis de nous rejoindre ainsi par la pensée. Au seuil de notre tombe, partager avec toi un tel privilège nous est particulièrement précieux. Alors que nous vivons nos derniers jours sur cette terre, nous voulons que tu saches combien nous nous sentons émus en évoquant tous ces moments heureux avec toi. Grâce à toi, nous avons mieux compris l'esprit farang, pourtant si éloigné du nôtre. Nous, Siamois, vivons dans l'espoir d'acquérir assez de mérites pour renaître selon un cycle éternel et cette croyance nous porte à vénérer la patience et la paix de l'esprit. Mais pour ton peuple, Vichaiyen, il n'existe qu'une seule vie, aussi recherche-t-il éperdument les plaisirs passagers et l'accumulation des biens dans un monde qu'il ne traversera qu'une seule fois. Nous avons plus de chance car il nous est donné de pouvoir nous améliorer au cours des nombreux cycles qui s'offrent à nous, alors que la roue de vos destins n'accomplit qu'un seul tour...

«Ensemble, Vichaiyen, il n'y a pas de limites à ce que nous aurions pu accomplir. Car tu as saisi l'essence même de l'esprit siamois et nous, à travers toi, nous avons appris à comprendre celui des farangs. À nous deux, nous aurions fait du Siam un grand pays. Mais avec notre mort, une ère disparaîtra également. »

Violemment ému, Phaulkon entendit le roi soupirer avant de reprendre la parole.

« Au seuil de nos derniers jours, nous désirons que tu saches toute l'affection que nous te portons. Bien des rumeurs sont parvenues jusqu'à notre lit. Et si notre longue expérience nous a enseigné à ne pas croire tout ce que nous entendons, elle nous recommande aussi de ne pas négliger ce qu'il importe de savoir. Tu es en danger, Vichaiyen, nous en sommes convaincu. La maladie qui nous cloue dans cette chambre ne nous permet plus de diriger le pays et d'assurer ta sécurité. C'est pourquoi nos ennemis se sentent plus forts et, de jour en jour, plus téméraires. À ceux qui s'opposaient déjà à toi dans le passé s'ajoutent à présent de nouveaux adversaires qui attendent leur heure en silence. Et ils sont nombreux, mon ami. Leur jalousie les a conduits à haïr, et leur haine à chercher une revanche.

« Tu as toujours été un fier et loyal serviteur, Vichaiyen, et il n'est pas dans ta nature d'accepter de reculer. Mais nous devons te conseiller d'agir ainsi aujourd'hui car nous sommes désormais certain que notre mort, hélas proche, sera suivie d'un grand bouleversement et que tes adversaires chercheront à t'éliminer. Il te faut partir, Vichaiyen, et gagner la France. Le roi Louis nous a donné l'assurance que tu y seras reçu avec les honneurs dus à ton rang de mandarin. Tu es encore jeune et ta descendance doit pouvoir grandir en paix. Prends avec toi tous tes biens et pars tant que tu le peux ! »

Après cette longue tirade, le roi se tut, à bout de souffle. Bouleversé, Phaulkon mit quelque temps avant de retrouver sa voix. Comment pourrait-il abandonner un roi et un ami qui, à l'heure de la mort, ne se souciait que de la sécurité de son ami et de sa famille ?

« Auguste et Puissant Seigneur, vos paroles ont touché votre esclave droit au cœur. Mais si je vous abandonnais, je ne pourrais plus jamais trouver le bonheur. Car mes plus grandes joies, je les ai connues ici, à votre illustre service. Que peut-on souhaiter d'autre que d'obtenir le contrôle absolu du vaste royaume de son maître, de jouir de sa profonde amitié et de sa faveur ? Un maître si bon que ni mon père ni même ma mère n'auraient pu me témoigner une plus grande tendresse...

– Nous nous sentons trop faible pour discuter avec toi, Vichaiyen, dit le roi lui-même très ému. Mais tu as toujours obéi à nos ordres et nous désirons, aujourd'hui, que tu quittes le Siam.

– Auguste et Puissant Seigneur, je crains, dans ce cas, de me voir contraint de désobéir pour la première fois à un ordre royal. Si je dois mourir, ce sera aux pieds de Votre Majesté. »

Un long silence s'installa et Phaulkon crut entendre le roi étouffer un sanglot. Puis, d'une voix que l'émotion rendait vacillante, Naraï reprit la parole.

« Fais venir un serviteur, alors, car nous voudrions boire un peu de thé. »

Phaulkon décida de s'acquitter lui-même de cette tâche. En rampant, il s'approcha d'une petite table près du lit et saisit une tasse de thé de Chine qu'il porta aux lèvres de Naraï tout en veillant à garder les yeux baissés et la tête placée plus bas que celle du souverain. Lentement, il inclina la tasse à plusieurs reprises jusqu'à ce que le vieil homme lui fasse signe qu'il avait assez bu.

Il allait reprendre sa place quand le roi leva une main.

« Demeure auprès de nous, Vichaiyen. Dans ces derniers moments, nous voulons que tu connaisses la profondeur de notre affection. » Il marqua une nouvelle pause. « Tu peux... tu peux à présent contempler notre visage. »

Phaulkon n'en crut pas ses oreilles. Une pareille faveur était sans précédent.

Tout en se demandant s'il n'était pas en train de rêver, il leva lentement les yeux et, pour la première fois, regarda en face le maître qu'il servait depuis sept ans. C'était un visage émacié, creusé, à la peau brunâtre. Mais les yeux sombres brillaient d'une bonté qui lui chavira le cœur. C'était bien cette bonté qu'il avait toujours imaginé pouvoir y trouver. Le roi sourit et leva une main tremblante, comme pour dire que cela suffisait. Son sourire était si chaleureux que Phaulkon, tremblant et bouleversé, se prosterna profondément en signe d'allégeance et de respect.

« Tu as vu aujourd'hui ce qu'aucun autre homme n'a pu voir avant toi, Vichaiyen. Cet immense privilège doit te faire comprendre ce que tu représentes pour nous.

– Auguste et Puissant Seigneur, l'honneur que vous venez de m'accorder m'a tant comblé que je suis prêt, dès à présent, à mourir pour votre cause.

– Alors, si tu refuses de partir pour la France, Vichaiyen, reste à notre service jusqu'à notre mort. Ensemble, nous trouverons bien le moyen de déjouer les plans de Petraja.

– Auguste et Puissant Seigneur, moi, un simple grain de poussière, j'attends vos ordres.

– Fort bien. Sache alors qu'un homme proche de la mort sent une main se poser sur son épaule le pressant de pardonner à ceux qui lui ont fait du tort. Aussi avons-nous choisi, dans l'intérêt de la paix du royaume, de nous réconcilier avec notre plus jeune frère Chao Fa Noi et de le proclamer notre héritier. Nous avons également décidé, devant l'affection tenace de notre fille à son endroit, d'autoriser son mariage avec lui. Nous éviterons ainsi le terrible bain de sang qui se produirait sûrement si nous nous entêtions à faire monter sur le trône Pra Piya, un être sans défense et sans expérience qui, de surcroît, ne possède aucun droit légitime à la couronne. »

Phaulkon resta frappé de stupeur. Il lui fallut un instant pour reprendre ses esprits. Le Seigneur de la Vie n'allait tout de même pas faire la paix avec Petraja ? L'accession de Chao Fa Noi au trône impliquerait en effet qu'il pardonne au général siamois, et une telle alliance signifiait à coup sûr la mort pour Phaulkon. Le roi se souvenait-il de la lettre de Dawee?

« Auguste et Puissant Seigneur, Votre Majesté n'a pas oublié le pacte qui existe entre Chao Fa Noi et Petraja?

– Loin de là, Vichaiyen, il est au premier plan de nos préoccupations. Mais cette apparente alliance n'est rien d'autre qu'une machination diabolique de Petraja. » Il s'arrêta pour aspirer une longue bouffée d'air. « Sorasak, notre maudit fils, est venu hier plaider sa cause auprès de nous et demander que nous le reconnaissions pour notre héritier. Bien que notre conscience nous ait parfois reproché de l'avoir écarté, le temps a prouvé que notre instinct nous avait bien conseillé. C'est une nature fondamentalement diabolique et nous ne pourrions pas mourir en paix en léguant notre royaume à un homme qui a l'instinct d'un boucher. Cependant, nous avons appris de sa bouche quelle était la situation réelle. C'est Petraja lui-même qui cherche à usurper le trône et il se sert de Chao Fa Noi comme alibi. Nous savons aussi que c'est lui qui a répandu les fausses rumeurs prétendant que le jeune prince projetait de profaner nos restes mortels... »

Tremblant d'émotion, le roi se redressa sur son lit. « Nous lutterons contre lui jusqu'à notre dernier souffle... »

Phaulkon était de plus en plus abasourdi. Jamais il n'avait soupçonné Petraja de nourrir une telle ambition. Quels droits pouvait-il faire valoir pour prétendre au trône?

« Vichaiyen, nous allons envoyer Sunida chercher Chao Fa Noi car nous voulons que tu restes en permanence à nos côtés. Par sa gentillesse, Sunida saura convaincre notre frère que notre convocation ici n'est pas un piège et que nous ne lui voulons pas de mal. Nous mettrons les cinq cents hommes de la garde du Palais à sa disposition et nous le proclamerons notre héritier. Mais nous avons besoin de ton avis, Vichaiyen, en ce qui concerne le général Desfarges.

Comment crois-tu qu'il réagira à ce changement de plan ? »

Phaulkon réfléchit rapidement. Desfarges était prêt à soutenir Piya tant que celui-ci promettait de se convertir au catholicisme. Chao Fa Noi, en revanche, resterait sans nul doute un bouddhiste convaincu. Le général français était manifestement retourné à Bangkok parce qu'il voulait éviter une confrontation avec les Siamois, jugeant préférable d'attendre la suite des événements à l'abri dans son fort. Il se demanda si Desfarges le considérait déjà comme une cause perdue. Il était essentiel de savoir ce qu'il pouvait penser car peut-être n'était-il pas trop tard pour s'emparer de Petraja avec son appui.

Phaulkon sut alors ce qu'il lui restait à faire. Il enverrait Nellie voir Desfarges puisqu'elle s'était souvent vantée des bonnes dispositions du général à son égard. Quel meilleur émissaire pouvait-il trouver ? Ne l'avait-elle pas encore récemment assuré qu'elle était prête à faire n'importe quoi pour protéger sa position au Siam ?

« Auguste et Puissant Seigneur, avec votre permission, je voudrais envoyer une personne de confiance auprès du général pour connaître son état d'esprit.

– Très bien, Vichaiyen. Mais nous t'ordonnons d'obtenir de lui par la même occasion qu'il vous donne asile, à toi et à ta famille, au cas où la situation se détériorerait et menacerait votre vie. »

Devinant les protestations de Phaulkon, le roi ajouta vivement : « Ou encore si notre mort plus proche que prévu te laissait sans maître à servir. »

Phaulkon sourit. Comme c'était intelligemment présenté ! Il pouvait difficilement s'élever contre cela...

« Auguste et Puissant Seigneur, vos désirs sont mes ordres.

– Eh bien ! notre désir reste et restera, même par-delà la tombe, que tu prennes soin de ta sécurité, Vichaiyen.

– Auguste et Puissant Seigneur, ne serait-il pas

sage de lancer dès maintenant un mandat d'arrêt officiel contre Petraja ?

– Quand un démon a plusieurs visages, le plus sage est de ne pas dévoiler ouvertement son jeu. Notre meilleure chance de l'attirer jusqu'à nous est de lui faire croire qu'il jouit toujours de notre affection. »

28

Sunida jetait autour d'elle des coups d'œil anxieux en parcourant le chemin de boue séchée qui menait de la maison de Phaulkon à la rive du fleuve. Pour la rassurer, elle adressa un sourire à Nellie qui marchait près d'elle, vêtue d'un simple panung mauve et d'une écharpe assortie.

Elle cheminait pieds nus, mais Nellie, dont les pieds n'étaient pas habitués au sol rugueux, portait des mules de style musulman qu'elle avait achetées plusieurs semaines auparavant au marché de Mergui. Le fleuve était proche et l'on pouvait déjà apercevoir ses berges grouillant de monde. Jamais encore Sunida n'avait vu une foule aussi dense. Beaucoup transportaient de gros ballots sur leurs épaules ou en équilibre sur leur tête et il était clair que tous fuyaient la menace de guerre. Des chiens efflanqués, l'air perdu, erraient çà et là, fouillant le sol en quête de nourriture. Des marchands, profitant de l'aubaine, vendaient des nouilles sur des comptoirs de fortune dressés en hâte au bord du fleuve. L'ambiance était tendue et les visages avaient perdu leur sourire légendaire. Nombreux furent ceux qui dévisagèrent les deux femmes – surtout Nellie – d'un air soupçonneux.

Dans le ciel, des nuages d'orage annonçaient une forte pluie de mousson et l'humidité avait atteint un degré déplaisant. Peu habituée à ce climat, Nellie souffrait encore plus que les autres et son visage était trempé de sueur.

Comme l'atmosphère avait changé au cours de ces trois derniers jours ! songea Sunida. Après son retour d'Ayuthia pour apporter au roi la réponse de Yotatep, elle avait eu l'honneur d'être chargée d'une nouvelle mission royale. Il lui fallait cette fois prier Chao Fa Noi de regagner Louvo pour se réconcilier, après tant d'années, avec son royal frère.

Mais les visages inquiets des passants semblaient confirmer les dernières rumeurs entendues au Palais : on disait que les Français se préparaient à attaquer et que Petraja allait être rappelé du monastère par le roi mourant pour être nommé régent et défendre le pays contre l'invasion farang. Sunida savait qu'il n'y avait rien de vrai dans ces racontars, mais la population, elle, était disposée à les croire – encouragée en cela par les moines. Elle remarqua que de nombreux paysans étaient armés de frondes ou de longs bâtons pointus.

Elle se demanda si elle avait eu raison de refuser l'escorte armée que le Seigneur de la Vie lui avait proposée. Elle avait cru tout d'abord qu'en ces temps troublés cela n'aurait fait qu'attirer l'attention sur elles – en particulier sur Nellie. Une nombreuse escorte accompagnant une femme farang pouvait être mal interprétée alors que, seules et sans armes, elles éveilleraient moins les soupçons. Mais en observant à présent la foule hargneuse se presser près du fleuve, elle se demanda, mal à l'aise, si cette décision avait été la bonne.

Elle regarda Nellie. Son maître lui avait demandé d'accompagner l'Anglaise jusqu'à Ayuthia et, là, de veiller à ce qu'elle s'embarque sur un bateau pour gagner Bangkok en toute sécurité. Ravie, Sunida avait accepté de bon cœur. Elle se sentait étrangement attirée par cette femme farang, mère du fils premier-né de son maître et, malgré la barrière de la langue, il lui semblait qu'elle pouvait communiquer avec elle par intuition. Elle remarqua que Nellie était aussi en état d'alerte, même si elle faisait de son mieux pour le dissimuler. Phaulkon l'avait chargée d'une mission de première importance auprès du général français, dans l'espoir de rallier ce dernier à sa cause. Il avait dit à Sunida qu'il n'était pas trop tard pour agir, du moins tant que Petraja se terrait au monastère.

Comme elles approchaient du fleuve, un groupe d'officiers français en uniforme les dépassa rapidement à cheval, suscitant sur leur passage une vague d'hostilité. Sunida et Nellie échangèrent un regard. Elles entendirent derrière elles un nouveau galop de cheval et, se retournant, aperçurent des cavaliers siamois armés. Manifestement, ils suivaient les Français tout en restant à bonne distance.

Les cavaliers farangs se divisèrent soudain. Quatre d'entre eux partirent dans une direction différente. Désorientés, les Siamois s'arrêtèrent pour discuter, ne sachant que faire. Ils finirent par se séparer à leur tour. Mais les officiers farangs, excellents cavaliers, avaient pris suffisamment d'avance pour ne pas risquer d'être rattrapés.

Prenant Nellie par la main, Sunida se mêla à la foule qui fourmillait au bord du fleuve. Des petits groupes d'hommes armés étaient accroupis le long des berges. Certains levèrent les yeux vers elles mais aucun ne leur adressa la parole. Plusieurs bateaux, encombrés de passagers et de marchandises, étaient à quai. Un flot de voyageurs, cramponnés à leurs ballots, attendaient pour embarquer. Ils formaient une longue queue sur la rive et l'on pouvait entendre leurs cris de protestation quand les bateliers, harassés, les repoussaient faute de place. Pour un passager qui débarquait, il y avait au moins trois personnes qui se précipitaient afin de le remplacer. Tous voulaient un passage pour Ayuthia.

Le Seigneur de la Vie avait muni Sunida d'une généreuse somme d'argent, elle craignait cependant d'en faire usage pour s'épargner cette longue attente. La corruption d'un batelier n'aurait fait que susciter l'animosité d'une foule déjà nerveuse. Pourquoi donner la priorité à une femme farang ?

Tandis que Sunida réfléchissait à ce qu'elle devait faire, les officiers français, à nouveau réunis, réapparurent un peu plus loin sur la rive. Apparemment, ils n'avaient eu aucun mal à se libérer de leurs poursuivants. Ils convergeaient maintenant vers le fleuve en avançant lentement, d'un air dégagé, pour ne pas attirer l'attention. Lorsqu'ils passèrent tout près des deux femmes, ils les saluèrent et Nellie crut reconnaître l'un des officiers rencontrés au fort.

Négligeant la queue, les cavaliers parcouraient les quais à la recherche d'un bateau. Parmi les passagers qui avaient déjà embarqué, certains étaient munis de bâtons et de petits harpons pour aider les bateliers à empêcher d'autres personnes de monter à bord dans l'espoir de pouvoir partir plus vite. De nombreux bateaux tanguaient dangereusement sous la brise et, sous la charge excessive, semblaient sur le point de chavirer.

Un peu plus haut sur la rive, un groupe de moines s'avança dans l'eau en relevant les robes safran et se dirigea vers une barque longue et étroite ancrée à quelque distance de là. Elle était encore presque vide, mais personne ne cherchait à y embarquer par respect pour les saints hommes. Avec inquiétude, Sunida vit les officiers échanger des regards en hochant la tête. Lorsque le moine de tête atteignit le flanc de la barque, tous les bateliers se prosternèrent. Au même instant, les officiers couvrirent au galop la courte distance qui les séparait du bateau en faisant jaillir des gerbes d'eau. Sautant à bas de leur monture, ils se précipitèrent vers la barque, l'épée au poing. Deux d'entre eux repoussèrent les moines qui attendaient tandis que les deux autres sautaient à bord et menaçaient les rameurs. Le moine déjà monté à bord fut contraint de débarquer sur-le-champ.

Bien que profondément choquée par une attitude aussi sacrilège, Sunida s'empara de la main de Nellie et courut vers le bateau. Un violent coup de tonnerre déchira le ciel à cet instant précis, et une pluie torrentielle s'abattit sur les rives. En quelques secondes, tout le monde fut trempé.

Terrorisés, les moines ouvrirent l'un après l'autre leurs ombrelles et s'éloignèrent en hâte, tandis que l'un des Français tenait son épée pointée sur la gorge du maître d'équipage. La foule, jusque-là muette de stupeur, réagit enfin et convergea vers le bateau en poussant des cris furieux. Tenant toujours Nellie par la main, Sunida courait en tête et s'inclina respectueusement en passant devant les saints hommes.

Les Français se regroupèrent et contraignirent les rameurs de la pointe de leur épée. L'un d'eux jeta un ordre bref et tous saisirent les rames pour écarter le bateau juste au moment où Sunida arrivait à sa hauteur. Plissant les yeux sous la pluie qui tombait à verse, elle s'efforça par des gestes frénétiques de faire comprendre à Nellie qu'il fallait demander aux officiers d'attendre.

« Arrêtez ! » cria Nellie en français tout en agitant les bras.

Surpris, les soldats hésitèrent, les yeux fixés sur les deux femmes qui s'avançaient dans l'eau jusqu'aux cuisses. Furieuse de l'offense faite aux moines, la foule compacte approchait pour demander des comptes. Des bras puissants hissèrent les deux femmes à bord au moment où les paysans en colère n'étaient plus qu'à quelques mètres. La barque bondit en avant, laissant derrière elle la nuée hurlante.

« Qui êtes-vous ? » demanda l'officier supérieur en regardant durement Nellie dont le chapeau trempé dégoulinait en ruisseaux.

Son ton n'était pas particulièrement amical.

« Une amie du général Desfarges, répondit-elle en cherchant à reprendre son souffle. Je suis chargée d'une importante mission auprès de lui. »

Les officiers semblèrent un peu calmés par cette déclaration.

« Nous nous rendons également à Bangkok. Vous

êtes la bienvenue. » Il montra du doigt Sunida. « Et elle, qui est-ce ? Une domestique ? »

Quel total manque d'éducation que de montrer ainsi quelqu'un du doigt, songea Sunida en se détournant avec mépris. Décidément, ces farangs étaient dépourvus du plus élémentaire savoir-vivre. Il fallait les voir jacasser et gesticuler comme des singes ! Combien de fois n'avait-elle pas fait remarquer à son maître ces mauvaises manières, bien que pour sa part il fût nettement plus civilisé. Contrairement aux autres de sa race, il ne faisait pas de grands gestes en parlant, sauf parfois lorsqu'il était fâché.

Elle les écouta discuter quelques instants sans comprendre. Mais, d'après leur expression, les soldats français semblaient satisfaits des explications de Nellie.

Ils avaient maintenant atteint le milieu du large fleuve et se mirent à naviguer rapidement, aidés par un courant puissant. Les rameurs avaient repris leur place, le visage fermé, trop effrayés pour résister. Nellie capta le regard de Sunida et, malgré la pluie torrentielle, les deux femmes échangèrent un sourire complice. Sunida se félicitait de la camaraderie qui s'installait entre elles. Quel soulagement de voir que cette femme farang l'acceptait et semblait même respecter sa position. Elle se sentait de plus en plus attachée à elle et prête à la protéger de sa vie. Après tout, Nellie Tucker était l'épouse principale de Phaulkon et, selon les mœurs siamoises, Sunida avait le devoir de l'assister en toutes choses. Un point obscur subsistait cependant : où donc se trouvait dame Maria, à présent ? Elle se promit d'éclaircir cette question avec son maître à la première occasion. En attendant, elle veillerait à ce que Nellie atteigne Bangkok saine et sauve. Il était regrettable de voir des moines ainsi maltraités mais, au moins, Nellie aurait une escorte armée jusqu'au fort.

Malgré tout, Sunida restait préoccupée. Un grand nombre de villageois l'avait vue monter dans la barque avec les farangs. Allaient-ils penser qu'elle était de leur bord, surtout accompagnée d'une femme farang ?

Elle avait croisé leurs regards surpris quand le bateau avait pris le large. Au début, ils avaient dû penser qu'elle courait, elle aussi, pour protéger les moines. Mais ensuite... qu'avaient-ils soupçonné ? Dieu merci, la forte pluie avait empêché que la situation tourne au tragique, mais les nouvelles circuleraient vite.

Les Français étaient trop occupés à garder un œil sur l'équipage siamois pour faire beaucoup de conversation et, en dépit de l'épais rideau de pluie, ils maintinrent un train rapide jusqu'à la tombée de la nuit. Si les rameurs n'avaient pas encore fait mine de leur désobéir, dès que l'obscurité les eut enveloppés, ils se glissèrent silencieusement dans l'eau l'un après l'autre en emportant leurs rames. Enfin alertés par ce manège, les Français réagirent et parvinrent à garder la moitié des rames. Mais, à leur grand désespoir, il n'y eut bientôt plus un seul Siamois à bord. Si seulement ils avaient pu prévoir... pensèrent-ils, furieux. Ils auraient attaché les hommes à leur banc. Trop tard à présent... Privé de ses rameurs, le bateau dérivait vers le rivage.

Les officiers n'eurent pas d'autre choix que de se mettre eux-mêmes à ramer. Au début, ils le firent avec vigueur mais, avec un nombre réduit de moitié, ils avançaient lentement. Bientôt, peu habitués à ce genre d'exercice, ils eurent les muscles douloureux et les mains couvertes d'ampoules. Épuisés, ils furent contraints d'accoster.

La pluie s'était enfin calmée et ils choisirent un endroit désert près d'un marais pour amarrer le bateau et se reposer quelques heures. Sunida insista pour que Nellie pose sa tête sur ses genoux et les deux femmes s'endormirent à leur tour.

À leur réveil, le ciel nocturne s'était éclairci et la lune brillait de tout son éclat. Après avoir examiné leurs mains meurtries, les Français tergiversèrent pour savoir s'ils devaient ramer à tour de rôle. Mais l'urgence d'une fuite salutaire les incita à prendre une autre décision. Ils choisirent de terminer le trajet par voie de terre, en traversant les riches plaines, ce qui représentait un détour considérable. Plus ennuyeux encore, aucun d'entre eux n'avait jamais emprunté la route. Cette perspective leur parut toutefois préférable pour se mettre à l'abri de la foule qui, ils le devinaient, s'était lancée à leur poursuite. Ici, sur le fleuve, ils risquaient d'être rapidement rattrapés.

Suivant la rive sous le clair de lune, ils progressèrent un bon moment sur un sentier bien tracé surplombé de buissons qui prenaient des formes étranges sous la lumière argentée. Galamment, les officiers avaient proposé aux deux femmes de porter leurs sacoches renfermant quelques panungs et des objets de toilette. Pourtant, très vite, elles se retrouvèrent à l'arrière, retardant tout le cortège.

Sunida fit comprendre à Nellie par gestes qu'elles devaient laisser les Français partir sans elles. En réalité, elle éprouvait un certain malaise à continuer le voyage en leur compagnie. L'incident avec les moines et la fuite des rameurs ne jouaient pas en leur faveur et elle jugeait plus prudent de faire bande à part. Ils n'avaient encore rencontré personne à cette heure de la nuit mais elle savait que, lorsque l'aube poindrait, les villages avoisinants se réveilleraient. Et les nouvelles circulaient vite. Comment réagiraient les paysans à leur passage ?

Nellie devina les craintes de Sunida et se rangea à son avis. Elle éprouvait une curieuse confiance en cette charmante concubine de Phaulkon. Aussi conseilla-t-elle aux Français de ne plus les attendre.

Ils ne semblèrent pas trop mécontents d'être débarrassés d'elles et n'insistèrent pas tant ils avaient hâte de retrouver la sécurité du fort. Ils leur souhaitèrent bonne route et s'éloignèrent d'un bon pas. Dès qu'ils furent hors de vue, Sunida repéra un endroit abrité sous un rocher et fit comprendre à Nellie qu'elles devaient dormir là. Elle avait tout l'argent nécessaire pour trouver le lendemain un mode de transport convenable, et il n'y avait aucune raison de s'épuiser dans une longue marche nocturne. Fouillant dans son sac, elle offrit à Nellie l'un des gâteaux apportés du

Palais. Puis elle appliqua sur sa peau une pommade à l'odeur forte destinée à tenir les moustiques à distance. Après quoi elles s'étendirent et plongèrent rapidement dans le sommeil.

Elles s'éveillèrent à l'aube, un peu raides mais reposées, et se rendirent au bord du fleuve pour se laver dans l'eau fraîche. En souriant, Sunida aspergea le dos de Nellie qui lui rendit gaiement la politesse.

Elles empruntèrent ensuite un chemin de boue séchée, ombragé de palmes et bordé de bananiers, conduisant vers quelques huttes sur pilotis que l'on apercevait au loin. La brise apportait par bouffées des échos de voix qui se mêlaient au faible clapotis du fleuve contre les berges. Les quelques nuages qui parsemaient le ciel n'avaient plus rien de sombre comme la veille et, bien que ce fût la saison de la mousson, la matinée s'annonçait sèche.

Sunida s'avança vers le village, non sans quelque appréhension. Ce n'était qu'une poignée de huttes sous lesquelles on voyait des femmes et des enfants occupés à balayer la poussière avec des balais de joncs. En apercevant Sunida, ils levèrent la tête, surpris, et leurs yeux s'élargirent à la vue de Nellie. Figés, ils dévisagèrent les deux femmes la bouche ouverte. Un sourire amical aux lèvres, Sunida s'informa des possibilités de transport. Embarrassés, ils lui rendirent son sourire et, comme s'ils avaient perdu leur langue, montrèrent du doigt un village plus important un peu plus loin sur la route. L'une des vieilles femmes rassembla son courage et finit par murmurer timidement qu'il y avait là un vieux paysan qui louait parfois ses éléphants.

Après que Sunida l'eut remerciée, les deux femmes marchèrent en silence une dizaine de minutes avant de parvenir au village suivant, beaucoup plus important. Elles furent bientôt entourées d'une horde d'enfants curieux et de chiens aboyant qui accouraient pour les saluer. Un groupe de moines sortirent d'une hutte, leurs bols à offrandes à la main, et les observèrent avec curiosité. Puis ils se mirent à parler entre eux à voix basse en leur jetant de fréquents regards.

Sunida s'alarma tandis que les moines continuaient à les dévisager. Avait-on déjà donné leur signalement ? Consciente de son trouble, Nellie posa une main apaisante sur son bras.

De nombreux villageois se pressaient maintenant autour d'elles en leur posant les questions d'usage.

«*Pai Nai ?* Où allez-vous ?»

«*Pai Nai Ma ?* D'où venez-vous ?»

Ils ne semblaient pas hostiles mais ne manifestaient pas non plus leur cordialité habituelle vis-à-vis des étrangers. Sunida ne parvenait pas à savoir s'ils s'étonnaient de la présence de Nellie ou si la rumeur d'une invasion farang les avait déjà atteints.

Elle leur sourit et, d'un coup de coude, invita Nellie à faire de même. Puis elle expliqua aux paysans qu'elles faisaient route vers Ayuthia quand leur bateau avait chaviré au milieu du courant, les obligeant à gagner la rive à la nage. On leur avait dit qu'elles trouveraient ici un éléphant à louer et elles étaient venues dans ce but au village.

Il fallut un certain temps pour que ses paroles fassent le tour de la foule ; plusieurs garçons se mirent alors à courir avec excitation dans l'espoir d'être le premier à trouver le propriétaire de l'éléphant et de recevoir peut-être une petite récompense. Le temps qu'ils reviennent, Sunida s'était acquis un large auditoire. Debout sous un vénérable banyan, orgueil du village, elle régalait ses auditeurs, accroupis par terre sur des feuilles de palmier, d'un de ces récits imagés dont ils se montraient friands. Elle leur raconta que, cherchant son père disparu, elle était allée à Louvo solliciter de l'aide auprès du Seigneur de la Vie. Le roi lui avait donné sa bénédiction et permis de poursuivre ses recherches à Ayuthia. Les villageois, auxquels s'étaient joints les moines, l'écoutaient intensément et, quand elle eut terminé, ils accoururent pour leur offrir des fruits, des fleurs et des bols de riz agrémenté de poisson séché et d'une épaisse sauce brune.

Quand le propriétaire de l'éléphant fit enfin son apparition, il régnait une ambiance de fête. Sous les huées des habitants, gagnés à la cause des deux jeunes femmes, il dut réduire le prix demandé et décida à son tour de traiter avec bienveillance ces étrangères qui avaient d'aussi nobles relations. L'accord se conclut finalement au prix le plus bas qui fût jamais consenti, à la grande joie de tous. De nombreuses mains se tendirent pour aider Sunida et Nellie à s'installer sur le siège aux vives couleurs fixé sur le dos de l'animal. Les femmes étaient remplies de crainte et de curiosité devant la peau blanche de Nellie et elles se battaient pour la toucher en s'exclamant devant sa douceur.

Lorsque l'énorme bête se leva sous la conduite du jeune mahout assis sur son cou, le village tout entier souhaita bon voyage aux jeunes femmes et les accompagna jusqu'à la dernière hutte. Aux pastels de l'aube avait succédé un ciel d'un orange flamboyant et, du haut de leur perchoir, elles avaient une vue spectaculaire sur le large fleuve et sur les rizières aux reflets d'émeraude. Des buffles avançaient nonchalamment dans l'eau, aiguillonnés par de jeunes garçons qui s'arrêtaient pour regarder passer les voyageurs. Des oiseaux aux couleurs indescriptibles voletaient autour des arbres à pluie et des grenouilles croassaient gaiement dans les marécages. Jamais Nellie n'avait contemplé de spectacle aussi idyllique. Elle soupira. Comment pourrait-elle jamais décrire à Mark de telles splendeurs ?

Elle se rendit compte soudain que ce n'était pas seulement Mark qui lui manquait mais aussi Phaulkon. Si seulement il était là pour partager ces moments avec elle ! Elle sut alors au plus profond d'elle-même que jamais elle ne nuirait au père de son enfant. La colère qui l'avait si longtemps habitée avait disparu, sans doute à jamais, cédant la place à une affection assez proche des sentiments qu'elle avait éprouvés pour lui autrefois. Un léger frisson la parcourut. Que lui arrivait-il ?

Le voyage se poursuivit pendant plusieurs heures

en silence, bercé par le balancement régulier du pachyderme. Sunida ôta l'écharpe qui lui couvrait la poitrine et insista pour que Nellie s'en serve afin de protéger sa tête du soleil implacable. Nellie sourit en regardant à la dérobée les seins parfaits de Sunida. Elle était aussi belle que sage, cette charmante concubine de Phaulkon. À cette pensée, une pointe de jalousie la traversa pour disparaître aussitôt.

Vers midi, tandis que la chaleur et l'humidité étaient à leur comble, elles rencontrèrent des hordes de villageois cheminant sur la route. La foule, trop compacte pour qu'il soit possible de la traverser, les obligea à ralentir l'allure. Heureusement, tous paraissaient trop occupés d'eux-mêmes pour leur prêter attention. Elles n'eurent donc pas d'autre choix que de suivre le mouvement. De temps à autre, quelqu'un se retournait pour les observer mais sans témoigner à leur endroit une particulière curiosité.

Le chemin déboucha un peu plus loin sur une vaste clairière qui permit à la multitude de se disperser. Surprises, les deux femmes y retrouvèrent les soldats français. Sunida comprit alors ce qui se passait. Les villageois les avaient suivis tout en demeurant à bonne distance car les officiers étaient bien armés – elle avait vu leurs mousquets sur le bateau quand ils les avaient mis à l'abri de la pluie.

Sur le qui-vive, les officiers se retournaient fréquemment pour observer la foule qui les traquait, telle une meute de loups. On voyait bien qu'ils avaient peur et Sunida devina qu'ils ne devaient pas avoir mangé depuis un certain temps. Non sans appréhension, elle se demanda si les moines ou les rameurs qui s'étaient enfuis avaient donné une description d'elle et de Nellie en même temps que des officiers farangs. Mais, jusque-là, personne ne semblait s'intéresser à elles. Il se pouvait que dans l'esprit des poursuivants, il n'y eût aucun rapport entre des soldats farangs armés et deux femmes sur un éléphant. Elle craignait cependant que les Français, en les reconnaissant, ne s'adressent à elles et que les villageois ne fassent le rapprochement avec les deux femmes du bateau dont ils avaient certainement entendu parler.

Pour éviter d'éveiller des soupçons, Sunida fit comprendre à Nellie qu'elles devaient descendre et se mêler au cortège. Elle dit au mahout que la *mem* avait envie de se dégourdir les jambes et qu'il devait suivre derrière à quelque distance. Curieusement, à présent qu'elles se mêlaient à eux en fermant la marche, les paysans semblèrent s'intéresser davantage à elles. Ils étaient de plus en plus nombreux à se retourner pour les dévisager et les craintes de Sunida augmentaient à chaque pas.

L'immense convoi s'immobilisa soudain. Sunida s'efforça de regarder à l'avant par-dessus les têtes mais, bien qu'elle soit grande pour une Siamoise, son regard ne dépassa pas quelques rangées. Les farangs, qu'elle avait pu apercevoir du haut de l'éléphant, étaient à présent hors de vue.

Comme tout le monde était arrêté, l'un des paysans – un homme massif couvert de tatouages sur la poitrine et les bras – se tourna vers Sunida et lui demanda si Nellie était la femme d'un des farangs.

« Oh, non ! s'exclama Sunida en feignant de rire d'une telle allégation. Elle les déteste. Ils nous ont poussées hors de notre bateau un peu plus tôt et elle aimerait bien prendre sa revanche sur eux. Tout comme moi d'ailleurs ! »

Le paysan la contempla sans dire un mot. Sunida n'aimait pas la manière dont il la regardait. Elle l'entendit parler à mi-voix à ses compagnons et quand plusieurs d'entre eux se retournèrent pour les dévisager, elle sut qu'il était en train de parler d'elles. De plus en plus mal à l'aise, elle se demanda s'il ne valait pas mieux remonter sur l'éléphant pour prendre une autre direction. Mais cela ne ferait qu'attirer davantage l'attention. Et, d'ailleurs, où iraient-elles ? Il n'y avait qu'une seule route pour Ayuthia. Peut-être trouveraient-elles un peu plus loin au bord du fleuve un village plus important où elles pourraient louer un bateau. Elle se renseignerait à la première occasion.

La foule se remit en marche et parvint bientôt à une autre clairière où elle se dispersa en cercle. Sunida et Nellie virent à nouveau les officiers français, immobiles et manifestement épuisés. Ils semblaient terriblement affaiblis par la chaleur, la faim et la soif. Pourtant, la seule vue de leurs armes suffisait à maintenir les Siamois à distance.

Ils se tournèrent vers les paysans et montrèrent leurs bouches d'un air suppliant. Pour toute réponse, les Siamois pointèrent le bras en direction de leurs mousquets. Le geste était clair : s'ils déposaient leurs armes, ils leur apporteraient de la nourriture. Déconcertés, les Français ne savaient que faire. La situation semblait dans une impasse.

Soudain le robuste paysan aux tatouages s'approcha de Sunida et lui demanda si elle parlait la langue farang. Voyant qu'elle secouait négativement la tête, il plissa les yeux.

« Alors, comment fais-tu pour communiquer avec la *mem* ? demanda-t-il en désignant Nellie.

– Par gestes, répondit Sunida en faisant de son mieux pour dissimuler son anxiété.

– Je ne te crois pas », rétorqua l'homme d'une voix dure.

Il s'avança et la saisit par le bras. Aussitôt, Nellie fit un pas vers lui pour le retenir. Surpris, il se tourna vers elle pour la fixer avec colère. Le cœur de Nellie battait à tout rompre mais, bravement, elle soutint son regard.

L'homme s'adressa à nouveau à Sunida.

« Tu vas prendre la femme farang avec toi et parler à ces officiers, ordonna-t-il. Tu leur feras savoir que s'ils veulent de la nourriture, ils devront d'abord déposer leurs armes.

– Mais je vous répète que je ne parle pas leur langue, insista Sunida.

– Eh bien, tu n'auras qu'à communiquer avec eux par signes comme tu le fais avec la femme farang », lança-t-il rageusement.

À ces mots, un murmure d'assentiment courut dans

l'assemblée. Sunida sentit que le vent tournait. Il n'était pas prudent de s'opposer plus longtemps à cette foule surexcitée. Elle fit signe à Nellie de la suivre et elles s'avancèrent vers les officiers farangs, l'homme tatoué marchant sur leurs talons. Elles virent avec désolation les Français leur lancer des regards chargés d'espoir. Sunida priait pour qu'ils ne les saluent pas en amis. Un silence menaçant tomba sur la clairière tandis que tous les yeux étaient braqués sur les deux femmes.

Heureusement, l'officier supérieur ne fit pas mine de les reconnaître et se contenta de regarder Nellie d'un air suppliant.

« Aidez-nous, madame. Nous avons désespérément besoin d'eau et de nourriture. Je vous en prie. »

Nellie se tourna vers le paysan et tenta de lui faire comprendre ces paroles par signes.

Mais l'homme secoua la tête.

« Dis-leur qu'ils doivent d'abord déposer leurs armes », lança-t-il à Sunida.

Voyant qu'elle hésitait et craignant de voir les Français perdre leur seul moyen de défense, il se mit en colère.

« Allons, qu'attends-tu ! Si tu n'obéis pas, vous subirez toutes deux le même sort qu'eux. »

Sunida fit de son mieux pour traduire cette menace à l'intention de Nellie.

« Ils exigent que vous déposiez d'abord vos armes avant de vous apporter à manger », transmit-elle à l'officier supérieur.

Ce dernier eut l'air perplexe. « Pourquoi ? Dites-leur que nous ne leur voulons pas de mal. Nous désirons seulement reprendre quelques forces. »

Il était trop difficile de faire comprendre la nuance par gestes et l'homme tatoué donnait des signes d'impatience. Il cria un ordre et plusieurs hommes partirent en courant.

Une lueur d'espoir s'alluma dans les yeux de l'officier. « Sont-ils allés chercher de la nourriture ? demanda-t-il à Nellie.

– Je l'ignore, répondit-elle. Je ne parle pas leur langue, mais il est clair qu'ils ont peur de vos armes. Je ne pense pas que vous devriez les abandonner. »

L'officier hocha la tête sombrement.

« S'il nous arrivait quelque chose, voulez-vous en informer le général Desfarges ? »

Nellie acquiesça tout en se demandant avec angoisse si elle aurait davantage de chances qu'eux de revoir le général.

« Bien entendu, mais espérons que cela ne sera pas nécessaire. »

Autour d'eux, le cercle se refermait lentement. Ils étaient maintenant cernés de toutes parts. Des hommes revinrent, apportant des bols de riz et de poisson séché. Affamés, les Français ne pouvaient détacher leurs regards de cette nourriture providentielle. Ils virent alors avec désespoir les villageois s'asseoir à quelques pas d'eux et commencer à manger sous leurs yeux. Quand les bols furent à moitié vides, l'officier en chef s'adressa à ses hommes.

« Nous pouvons en tuer quelques-uns et mourir de faim, ou bien prendre le risque de déposer nos armes. Voyons si, en les plaçant à portée de main, ils seront satisfaits. »

Peu rassurés, les soldats s'exécutèrent un à un. Dès qu'ils furent tous désarmés, les villageois s'avancèrent avec des écuelles remplies de nourriture, les yeux fixés sur les mousquets et les sabres posés à terre.

Nellie réfléchissait rapidement. En observant la scène, elle eut soudain le pressentiment de ce qui allait arriver. Elle sentit un imperceptible raidissement parmi la foule et devina que tous attendaient un signal pour bondir. Mais à quoi bon avertir les Français ? Ils n'avaient aucune chance contre un tel nombre. Et que leur arriverait-il à Sunida et à elle si elle venait ouvertement en aide aux farangs ? Non, pensa-t-elle, accablée. Pour Mark et pour Phaulkon, il fallait à tout prix rester en vie.

Les officiers lurent l'inquiétude dans son regard et semblèrent deviner ses pensées. Ils se retournèrent nerveusement, jetèrent précipitamment leurs bols et fondirent sur leurs mousquets.

Épuisés par la chaleur et la faim, ils ne furent pas assez rapides. La foule, enhardie, marcha sur eux pour les engloutir comme un raz de marée. Ils furent jetés à terre, roués de coups, dépouillés de leurs vêtements. L'homme tatoué qui semblait jouer le rôle de chef aboya un ordre, déclenchant un tonnerre d'acclamations excitées. Une douzaine de villageois partirent aussitôt chercher des chevaux tandis que la foule accablait de sarcasmes les officiers terrifiés.

Consternées, Sunida et Nellie virent arriver les chevaux. Traînant derrière eux les corps nus et meurtris des farangs, ils se mirent à galoper follement en rond dans la clairière, éperonnés par leurs cavaliers siamois. On rapporta en hâte des huttes voisines des cannes de bambou pour en frapper les malheureux chaque fois qu'ils passaient devant les villageois dans un nuage de poussière. Poussant des vociférations et des cris de triomphe, chaque paysan assénait un coup à leurs misérables victimes et leur crachait dessus.

Dans le feu de l'action, l'homme tatoué semblait avoir oublié Sunida et Nellie. Soudain, il se retourna pour les regarder et vit Nellie, révulsée à l'idée de jouer les bourreaux, repousser la canne de bambou qu'on lui tendait. À ses côtés, Sunida donnait à contrecœur quelques coups avec une autre canne qu'on lui avait glissée dans la main. Furieux, l'homme fendit la foule pour se planter devant Sunida et lui arracher sa baguette.

« Ces démons de farangs s'imaginent qu'ils peuvent envahir notre pays ! gronda-t-il. Tu as prétendu que la femme farang n'avait pas de relations avec eux. Alors, qu'elle le prouve ! Dis-lui que si elle ne frappe pas d'aussi bon cœur que les autres, elle subira le même sort. »

Il fusilla Sunida du regard. « Et toi aussi ! »

Sunida vacilla. La foule des paysans fit cercle autour d'eux, avide de voir ce qui allait arriver. Leur attention n'était distraite que par le passage d'un cheval traînant derrière lui un infortuné Français criant et gémissant auquel ils s'empressaient de donner à nouveau un méchant coup. Sunida connaissait bien le caractère de son peuple. Doux et affable par nature, il pouvait devenir aussi dur et cruel que tout autre quand on l'avait excité. L'idée que ces farangs étaient venus pour leur imposer leur façon d'agir et les priver de leur chère liberté les rendait fous. Aussi effroyable que soit l'alternative, elle savait qu'il était impossible d'y échapper.

Elle reprit la canne des mains de l'homme et la tendit à Nellie avec un regard d'excuse. D'un geste, elle lui fit comprendre ce qu'on attendait d'elle, espérant que Nellie déduirait d'elle-même le sort affreux qui leur serait réservé si elle ne s'exécutait pas.

Nellie pâlit. L'expression de Sunida était claire et ne laissait aucune échappatoire. Cependant elle hésita encore. Voyant cela, le chef cria un ordre et plusieurs paysans se précipitèrent pour aller chercher une corde afin de lui lier les pieds. Quand ils réapparurent, elle les regarda d'un air épouvanté et lut l'horreur dans les yeux de Sunida. Tandis qu'ils lui entravaient les chevilles, elle se tourna vers un cheval qui approchait. Le chef rugit quelques mots et Sunida s'avança vivement pour lever le bras de l'Anglaise plus haut encore.

Nellie tremblait de tous ses membres quand le cheval arriva à sa hauteur. Lacéré de coups, à demi inconscient, le malheureux Français rencontra son regard et lui lança un appel suppliant et muet. Fermant les yeux, elle abattit le bras et lui asséna un coup en tremblant avant de se détourner, écœurée. Confusément, elle vit Sunida l'imiter mais ce n'était qu'un commencement. Trois autres chevaux suivaient. Elle ferma à nouveau les yeux pour frapper. Quand, entraînés dans une boucle infernale, les chevaux se présentèrent à nouveau devant elle, Nellie s'effondra, évanouie.

Un cri s'éleva alors dans la foule: «Assez! Les farangs se rendaient à Ayuthia. Il ne faut pas les retarder davantage!» La foule gronda son approbation et les chevaux quittèrent la clairière pour prendre la direction de la capitale en traînant toujours derrière eux les corps des Français. De nombreux villageois coururent à leur suite, criant encore leur colère à l'encontre des farangs, à peine conscients.

Tandis qu'ils s'éloignaient, Sunida s'était agenouillée auprès de Nellie pour tenter de la ranimer. Elle ramassa un bol vide, alla le remplir au fleuve et en baigna longuement le front et les tempes de la jeune femme qui finit par retrouver ses esprits. La clairière s'était vidée en un clin d'œil et leur éléphant approcha. Sunida délia la corde qui enserrait les pieds de sa compagne et toutes deux réussirent péniblement à se hisser sur l'animal. Mais les beautés de la nature et la contemplation des paisibles rizières miroitant sous le soleil couchant ne pouvaient effacer de leur esprit la vision des corps déchirés et sanglants. Nellie pleurait et Sunida dut rassembler tout son courage pour ne pas s'effondrer à son tour. La prédiction de mère Somkit continuait de la hanter et l'image de Phaulkon traîné dans la boue comme ces pauvres farangs ne la quittait pas.

Le soleil se couchait quand elles atteignirent les faubourgs d'Ayuthia. Déjà, le sort des malheureux Français alimentait toutes les conversations. Sunida et Nellie apprirent que l'un des officiers avait péri et que les autres, gravement blessés ou inconscients, avaient été confiés à des prêtres farangs. Marquées par les scènes d'horreur de la journée, l'estomac au bord des lèvres à cause du balancement de l'éléphant, les deux femmes se dirigèrent vers le Palais royal. Sunida connaissait le capitaine des gardes et comptait y demander asile pour la nuit.

29

Mark frappa discrètement à la porte du bureau de Phaulkon, hésitant à le déranger. Son père semblait extrêmement préoccupé ces derniers temps et il s'enfermait parfois pendant des heures. Une voix bourrue l'invita à entrer. Il trouva Phaulkon le visage sombre, arpentant nerveusement la pièce. Prudemment, Mark resta sur le seuil.

« Monsieur, je m'inquiète pour ma mère. Anek m'a dit que la situation devenait de plus en plus alarmante. »

Phaulkon cessa ses allées et venues et se tourna vers lui.

« Mark, tu dois m'appeler "père". » Il réussit à sourire. « J'ai peut-être endossé tardivement ce rôle, mais je tiens désormais à le remplir convenablement. »

Le jeune homme rit nerveusement pour dissimuler le fait qu'il était ravi. « Je suis venu vous demander votre avis, père. Après tout ma mère n'a pas d'escorte et ignore la langue de ce pays.

– Elle a Sunida, Mark, ce qui est plus précieux que n'importe quelle escorte. Je dois pourtant avouer que je me fais également du souci. Nous vivons des temps troublés. Je voulais la faire accompagner par mes gardes mais Sunida m'en a dissuadé. Elle assure que les Siamois ne feront jamais de mal à une Européenne et qu'une escorte aurait attiré l'attention. J'ai appris depuis des années à faire confiance à son instinct. »

Les yeux de Mark brillèrent à la mention du nom de Sunida. « C'est une femme vraiment exceptionnelle, père. »

Phaulkon sourit « Elle n'a pas son égale, en effet. » Il s'aperçut que Mark hésitait à poursuivre. « Qu'est-ce qui te préoccupe ? »

L'adolescent se décida et lâcha soudain : « Est-ce que... est-ce que vous avez aimé ma mère ?

– Certainement, Mark. Mais j'étais jeune alors, à peine plus âgé que toi aujourd'hui et j'avais soif de voir le monde. Naturellement, ajouta-t-il, je n'avais pas la moindre idée que Nellie t'attendait quand je suis parti. »

Mark se força à regarder son père au fond des yeux : « Si vous l'aviez su, l'auriez-vous épousée ? »

Phaulkon hésita. « C'est une question difficile, et je me la suis posée fréquemment ces derniers temps. La vérité est que je l'aurais sans doute épousée mais que je serais un jour ou l'autre parti chercher fortune malgré tout. » Il regarda son fils et vit que cette réponse ne semblait guère le rassurer. « Mais je suis sincèrement heureux que vous soyez tous les deux venus me retrouver ici, Mark, et je suis fier de t'avoir pour fils. »

Le garçon eut l'air soulagé. « J'aime ce pays, père. Ici, il n'y a pas de honte à être un enfant illégitime.

– Et il ne devrait pas y en avoir. C'est une idée ridicule. » Phaulkon le regarda avec affection. « J'aimerais que tu restes au Siam, Mark, car un bel avenir t'y attend. Du moins, ajouta-t-il pensivement, si je réussis à contrôler la situation.

– J'aimerais tant vous aider.

– Tu le feras en son temps. Pour l'instant, tu agis exactement comme il le faut en apprenant la langue et en découvrant le pays. Si ta mère réussit à obtenir le concours du général Desfarges, nous pourrons venir à bout de Petraja rapidement.

– Et si elle n'y parvient pas ?

– Alors nous devrons lutter avec nos propres moyens. La parole du roi fait encore loi et si Petraja quitte le monastère, il sera arrêté par les gardes du palais. »

Un domestique se présenta à la porte et informa son maître qu'un groupe d'officiers français venait d'arriver de Bangkok.

Phaulkon se tourna vers Mark avec un sourire. « Voici peut-être les bonnes nouvelles que nous attendons. »

Mark lui jeta un regard anxieux. « Je ferais mieux

de vous laisser, père. Il n'est pas nécessaire qu'ils me voient. »

Il allait partir mais Phaulkon le retint d'une main ferme par l'épaule. « Tu n'as aucune raison de te cacher. Il est temps que ta présence ici soit officiellement reconnue. »

Mark hésitait toujours, mal à l'aise. Que faire si les Français reconnaissaient en lui le garçon qu'ils avaient reçu au fort, le visage dissimulé par des pansements ? Sa mère leur avait menti sur son identité. Ne seraient-ils pas furieux d'avoir été dupés ?

« Fais-les entrer », ordonna Phaulkon sans lâcher le bras de son fils.

Mark le supplia du regard une fois encore mais il ne se laissa pas fléchir.

« Comment est ton français, Mark ?

– Pas trop mauvais, père.

– Bien. Dans ces conditions tu pourras entendre par toi-même où en sont nos affaires. »

Un instant plus tard, trois officiers français vêtus de leur uniforme militaire pénétrèrent dans la pièce et s'inclinèrent. Phaulkon reconnut le beau major de Beauchamp et le jeune Desfarges, l'aîné des deux fils du général, qui commençait à ressembler à son père par sa corpulence. Le troisième, le lieutenant de Fretteville, était un homme mince et élégant doté d'une moustache impeccablement soignée.

« Bienvenue à Louvo, messieurs, dit aimablement Phaulkon. Je vous attendais depuis quelque temps. Puis-je vous présenter mon fils Mark qui vient d'Angleterre ? »

Les officiers se tournèrent vers le garçon et l'examinèrent avec curiosité.

« J'espère que vous apportez de bonnes nouvelles », poursuivit Phaulkon en leur offrant de prendre place sur les coussins.

Il observa Beauchamp. C'était son préféré, un homme intègre, loyal, sincèrement attaché au Siam et à son peuple. Son expression le renseigna mieux que n'importe quel discours et il avait deviné sa réponse avant même qu'il n'ouvre la bouche.

« Hélas, mon Seigneur, le général Desfarges a décidé de rester au fort... » Les yeux bleus de Beauchamp lancèrent un éclair. « Je ne vous cacherai pas que, tous trois, nous avons tenté par tous les moyens de le persuader de conduire son armée à Louvo. Mais tout ce que nous avons réussi à obtenir, c'est l'autorisation de venir en personne vous communiquer cette malheureuse décision. J'ajouterai que cela même ne fut pas facile en raison du sort affreux réservé récemment à nos camarades.

– J'aurais pensé que cet incident aurait justement incité le général à entrer en action. »

L'orgueil de Phaulkon l'empêcha de manifester trop ouvertement sa déception, mais, en réalité, la confirmation de la défection de Desfarges était un coup sévère. Cet homme qu'il croyait son ami, qu'il avait reçu chez lui pendant des semaines, lui tournait le dos à présent. Il se rappela les avertissements de la vieille devineresse évoquant la trahison d'un « gros farang ». Était-ce lui le judas en question ? Il comprit pour la première fois que le général avait fait la sourde oreille à tous ses appels. Malheureusement, son désistement semblait irrévocable. Sans les Français, il se retrouvait seul.

Malgré le choc, Phaulkon conserva son impassibilité mais, du coin de l'œil, il vit Mark l'observer avec anxiété. Aussitôt, il retrouva son esprit de décision. Il avait une responsabilité vis-à-vis de son fils. Le moment était venu de montrer à ce couard de Desfarges qu'il avait encore quelques cartes dans sa manche. Il procéderait lui-même à l'arrestation de Petraja et on verrait bien alors qui commandait. Mais, avant tout, il fallait faire en sorte que Petraja ignore tout du retrait des Français.

« La vie est décidément pleine d'ironie, dit-il à Beauchamp. Voilà que la cause française à laquelle je m'étais rallié m'abandonne.

– Mon Seigneur, nous sommes nombreux à déplorer la décision de mon père», intervint le jeune Desfarges, l'air désolé.

«Nous espérons qu'au moins vous et votre famille accepterez notre invitation de venir à Bangkok», ajouta Beauchamp avec une émotion sincère. «Le général vous y recevra volontiers et nous serons honorés de vous y escorter.»

Phaulkon eut un mince sourire. «Y chercher refuge? Non merci, Major, je préfère rester ici. J'ai encore beaucoup de choses à faire et, contrairement à ce que vous pouvez penser, le combat est loin d'être perdu. Le roi a ordonné l'arrestation de Petraja et j'ai l'intention de veiller à ce que les ordres de Sa Majesté soient exécutés. J'apprécierais toutefois que le général laisse au moins entendre qu'il garde ses choix ouverts.»

Beauchamp allait répondre lorsque le père de Bèze fut introduit dans la pièce, suivi de près par un garde agité qui n'avait manifestement pas réussi à l'arrêter. Le prêtre était haletant. Il fit un rapide salut aux officiers avant de se tourner vers Phaulkon.

«Constant, j'ai de mauvaises nouvelles. Ce matin, à l'aube, les moines ont fait savoir que l'abbé de Louvo s'adresserait à la population sur la place du marché avant midi. Un de mes frères, le père Lambert, s'y est rendu. Il y avait énormément de monde et le saint homme a informé la population qu'en raison de la malheureuse maladie du Seigneur de la Vie, son loyal serviteur Pra Petraja avait été chargé à sa place des affaires de l'État. Il précisa aussi que Sa Majesté avait déchu de ses fonctions le Pra Klang, Pra Chao Vichaiyen, qui projetait de trahir le pays et de le livrer aux farangs. Enfin, il raconta que les troupes françaises postées à Bangkok n'attendaient que son signal pour attaquer. Aussi le Seigneur de la Vie avait-il ordonné à Pra Petraja de prendre les armes et de défendre le pays contre les intrus. Tous les hommes en état de se battre devaient se rendre au Palais pour organiser la résistance.»

Le jésuite fit une pause, comme effrayé par ses propres paroles. «En me rendant ici, ajouta-t-il, j'ai vu une véritable procession marcher en direction du Palais. En tête, des hommes portaient sur leurs épaules les palanquins de l'abbé et des moines les plus âgés. »

Phaulkon retint une exclamation de surprise. « Mais qu'en est-il de Sa Majesté ? Pourquoi n'a-t-elle pas ordonné l'arrestation de Petraja ? Il est inconcevable qu'il puisse agir de la sorte tant que le roi est encore en vie.

– Le roi a eu une rechute, Constant, répondit le jésuite, la mine sombre. Et il n'est pas informé de ce qui se produit. Il n'a plus toute sa conscience. » Il marqua une pause. « Il doit y avoir un espion parmi ses proches. Ce n'est pas par hasard si l'abbé a choisi ce moment pour agir.

– Dans ce cas, je dois me rendre au Palais sur-le-champ, déclara Phaulkon.

– Permettez-nous de vous accompagner, mon Seigneur », proposa Beauchamp en se tournant vers ses compagnons qui firent aussitôt un signe d'assentiment.

L'air soucieux, de Bèze intervint.

« Mon Seigneur, laissez-moi vous rappeler que ce serait folie d'agir ainsi. » Il s'adressa aux officiers : « Messieurs, j'ai pleinement conscience que la malheureuse décision de votre commandant vous incite sans doute à manifester votre soutien, mais je peux vous assurer que le moment est mal choisi. J'ai vu la foule se masser aux portes du Palais. C'est une foule compacte, menaçante, qui grandit de minute en minute. L'abbé et ses moines tiennent la population sous leur coupe. Je vous supplie de ne pas les pousser à bout en vous montrant. Cela ne servirait qu'à renforcer leurs craintes. »

Il se retourna vers Phaulkon. « Il est encore temps pour vous de partir, Constant. Prenez votre famille et vos gardes avec vous et gagnez Bangkok au plus vite.

– Jamais », répliqua Phaulkon avec l'assurance d'un homme que l'on ne peut détourner de son devoir. « Tant que Sa Majesté sera en vie, c'est sa volonté qui prime. L'ordre doit être restauré et Petraja arrêté. Je vais m'en charger moi-même. Retournez vous occuper du roi, mon Père. Plus vite il reprendra conscience, plus vite l'offense sera vengée.

– Je vous accompagne au Palais», intervint Mark en se plaçant à son côté.

Phaulkon lui jeta un regard chargé de tendresse. «Non, Mark, j'ai besoin ici de quelqu'un de confiance. Rends-toi immédiatement avec Anek dans le quartier portugais. Demande la maison de Joao Pareira. Tu diras à ce dernier de rallier ses hommes et de me retrouver à la porte sud avec toutes les armes qu'il pourra rassembler. Tu reviendras ensuite ici pour m'y attendre.»

Phaulkon vit le visage de son fils s'assombrir et devina sa déception. «Tu ne peux pas venir avec moi, Mark. Dès que ta mère sera de retour, tu la raccompagneras au fort où elle sera en sécurité.»

Heureux d'avoir un rôle à jouer, Mark étreignit son père et disparut sans discuter. Phaulkon fit signe aux autres de le suivre et se dirigea vers la porte du Palais. Les trois officiers lui emboîtèrent le pas, imités par le père de Bèze, visiblement réticent.

Phaulkon décida qu'il valait mieux entrer par une petite porte latérale, plus discrète. Ils éviteraient ainsi la foule qui, aux dires du père de Bèze, marchait sur le Palais.

Le petit jésuite était parti devant pendant que Phaulkon rassemblait ses gardes – une petite troupe de vingt Siamois qui l'accompagnaient dans tous ses déplacements. Malgré la stricte interdiction de pénétrer armé dans l'enceinte du Palais, Phaulkon avait fait exceptionnellement distribuer les armes à ses hommes. Si nécessaire, il était décidé à user de la force. Il espérait aussi que la redoutable bande de mercenaires que Mark était allé chercher serait suffisante pour repousser la foule. Les armes sophistiquées des farangs étaient redoutées de tous.

Les rues étaient étrangement désertes mais on

entendait clairement au loin le grondement de la foule. Phaulkon longea la muraille extérieure du Palais jusqu'à une petite porte utilisée généralement par les fournisseurs des cuisines royales. Malgré ce rôle accessoire, elle était néanmoins munie d'un épais vantail de teck et gardée en permanence.

« Si nous devions être séparés pour une raison quelconque, nous nous retrouverons ici à cette porte », lança-t-il à ses hommes.

Il s'était adressé à eux, le dos contre le mur, sans remarquer que la porte s'était imperceptiblement entr'ouverte derrière lui.

« Notre objectif est de disperser la foule sans verser le sang. Nous devons également arrêter le général Petraja. Vous le connaissez tous de vue. Si vous le voyez, emparez-vous de lui et faites-le-moi savoir immédiatement. »

Viroj, le chef des gardes, s'inclina bien bas.

« Puissant Seigneur, nous recevons vos ordres. »

Phaulkon se retourna et, les trois officiers français sur les talons, s'avança vivement vers la porte. Surpris de la trouver non fermée et sans gardes, il la poussa prudemment pour s'assurer que l'accès n'était pas gardé, recula puis, d'un seul coup, l'ouvrit toute grande.

Avec un grand sourire, Joao Pareira serra Mark dans ses bras. C'était un homme d'une taille colossale. Il administra un grand coup sur le dos du garçon et s'exclama en riant : « Tel père, tel fils, hein ? »

Manifestement enchanté de pouvoir passer à l'action, Joao gratta son abondante barbe noire, mit son gros bras sur l'épaule de Mark et l'entraîna dans le dédale du quartier portugais. Il voulait d'abord rassembler ses vieux camarades de combat avant d'aller prospecter les autres quartiers farangs. La plupart de ses amis étaient, comme lui, couverts de dettes et désireux de se lancer dans la bagarre. On comptait parmi eux quelques vétérans : Vasco Pinhero – baptisé le singe –, capable de grimper aux arbres les plus élevés, d'escalader les murailles les plus hostiles et de sauter d'une incroyable hauteur sans jamais se rompre quoi que ce soit ; Antonio Callao, connu sous le nom d'Hercule, qui avait une fois forcé un buffle adulte à se coucher sur le flanc à la suite d'un pari ; les frères Pereira de Goa qui s'étaient battus aux côtés des princes hindous contre l'année moghole ; trois Français, voleurs de grands chemins, venant de Madagascar et dont la tête était mise à prix ; l'Espagnol Fernando Sanchez qui avait réussi à plier les barreaux de sa prison à Manille pour s'enfuir ; Van Fliets, parti du Cap ; un Anglais qui s'était enfui de la colonie de Nouvelle-Angleterre ainsi qu'une douzaine d'autres mercenaires de la même espèce, pour la plupart métis, fruits d'unions hasardeuses entre d'anciens soldats portugais et de pauvres servantes siamoises.

Joao souriait radieusement à Mark chaque fois qu'une nouvelle recrue venait rejoindre les rangs. S'il ne trouvait pas chez lui l'un de ses hommes, il lui laissait pour instruction de rejoindre la porte latérale du Palais dès que possible. Il ne fallut pas longtemps pour qu'une bonne vingtaine d'hommes armés jusqu'aux dents se dirigent vers les murs du Palais, prêts à en découdre pour la plus grande gloire du farang Barcalon.

Phaulkon resta un instant sur le seuil de la porte, l'oreille tendue. Ne voyant et n'entendant rien, il fit signe aux Français qui étaient juste derrière lui de le suivre. À peine Fretteville, le dernier des trois, eut-il franchi le seuil que la porte se referma brutalement, coupant Phaulkon de sa garde personnelle. Il se retourna aussitôt. Dissimulé contre le lourd battant, un garde siamois était en train de pousser hâtivement les verrous. Le jeune Desfarges chargea mais l'homme l'esquiva et, en retour, pointa sa lance sur Beauchamp. Rapide comme l'éclair, Phaulkon écarta à temps l'officier et la lance ne fit que l'effleurer sur le côté. Abandonnant son arme, le Siamois s'enfuit à toutes jambes en emportant les clés. Desfarges et Fretteville le poursuivirent à travers une cour voisine, mais l'homme courait vite et l'écart se creusa entre eux.

Le garde se mit alors à crier à l'aide. Les Français, alarmés, retournèrent vivement sur leurs pas. Entretemps, Phaulkon et Beauchamp examinaient le verrou en bois de teck muni d'une armature de fer. Il ne serait pas facile de le briser.

« Vous m'avez sauvé la vie, bredouilla Beauchamp, vivement ému.

– Vous êtes en train de risquer la vôtre pour moi », répondit Phaulkon.

La porte était en bois massif et, pour l'enfoncer, il aurait fallu un bélier. Quant aux murs du Palais, trop hauts pour être escaladés sans l'aide d'une échelle, ils étaient cependant assez larges pour qu'on puisse y marcher. Phaulkon maudit son impétuosité naturelle qui l'avait empêché de voir le piège. Heureusement, Joao Pareira était en route. Le rusé Portugais trouverait le moyen de franchir l'enceinte.

« Que faisons-nous à présent ? »

Le jeune Desfarges et Fretteville le regardaient, attendant ses instructions.

« Nous allons emprunter ce passage voûté, dit Phaulkon en désignant la cour devant eux. Puis nous traverserons les jardins et deux autres cours pour gagner l'entrée du Palais intérieur. Il faut absolument trouver le roi. »

Ils se dirigèrent en hâte vers le passage, leurs pas rapides martelant la terre sèche. Personne n'était en vue. Abrités par ses hauts murs de briques, la cour semblait totalement déserte. Phaulkon ouvrait la marche en compagnie de Beauchamp, les deux autres officiers suivaient.

Ils venaient de franchir le passage voûté et de déboucher dans la cour suivante quand une douzaine de Siamois surgirent de l'ombre. Le petit groupe fut aussitôt cerné. Phaulkon n'était pas armé mais les

Français tirèrent leur épée et firent face à leurs adversaires, également armés – fait totalement exceptionnel au Palais où les armes extérieures étaient proscrites. Phaulkon eut un mauvais pressentiment devant les changements récents dont il commençait à se rendre compte. Si ces hommes étaient ceux de Petraja et s'ils circulaient armés entre ces murs sans être inquiétés, jusqu'où pouvait bien aller le contrôle exercé par le général siamois ? Où était la garde personnelle du roi ? Phaulkon ne reconnaissait aucun des visages qu'il avait sous les yeux.

Bien que trois fois supérieurs en nombre, les Siamois ne firent pas mine de bouger. Les deux groupes restèrent immobiles à se dévisager lorsque des pas résonnèrent derrière eux. Les Français se retournèrent et virent Petraja pénétrer dans la cour, venant de l'autre extrémité. Il n'était pas armé, mais l'un de ses gardes portait son épée car, au Siam, il n'était pas d'usage que les nobles de haut rang portent eux-mêmes leurs armes. Phaulkon avait lui-même respecté cette règle et, selon les usages du Palais, l'homme chargé de son épée attendait de l'autre côté des murs. Les mousquets étaient également restés dans les mains de sa garde. Il maudit à nouveau son sort.

En souriant, Petraja s'adressa à ses hommes.

« Tout va bien. Ce n'est que Son Excellence le Pra Klang. » Il continua de s'approcher de Phaulkon. « Excusez mes gens, mon Seigneur, ils n'ont pas voulu vous manquer de respect. C'est seulement qu'ils sont un peu excités en ce moment... »

Phaulkon ne répondit pas. Les trois officiers français, leur épée à la main, attendaient ses ordres. Le sourire toujours aux lèvres, Petraja fit encore quelques pas en avant. Bientôt, il allait se trouver à la portée de Beauchamp.

Phaulkon fit un rapide calcul. Ils avaient quatorze hommes contre eux en comptant Petraja et son porteur d'épée. Treize d'entre eux étaient armés. Que n'avait-il ses gardes près de lui ! Il n'était guère probable qu'ils aient pu déjà franchir la porte principale qu'il savait étroitement surveillée. Sans doute ne songeraient-ils pas non plus à escalader l'enceinte royale. Quant aux mercenaires de Joao, quand ils arriveraient, il leur faudrait encore du temps pour franchir ces mêmes murs à la force du poignet. Et en admettant qu'ils y parviennent, comment allaient-ils faire pour se repérer à l'intérieur de ce Palais qu'ils ne connaissaient pas ? Mieux valait ne pas compter sur des secours immédiats.

Beauchamp, les yeux fixés sur Petraja, attendait l'ordre de Phaulkon, son épée pointée vers le traître. Phaulkon réfléchit rapidement. Si l'officier français tuait Petraja maintenant, un massacre s'ensuivrait inévitablement car, en retour, tous les farangs seraient impitoyablement assassinés. Et qui sait s'ils pourraient eux-mêmes en sortir vivants ?

Petraja s'inclina aimablement devant Phaulkon. Sans changer d'expression, il aboya un ordre et, en un clin d'œil, ses hommes s'avancèrent pour encercler les Français et les isoler du Barcalon. Beauchamp lança un cri pour lui signaler qu'il n'attendait que son ordre. Frustré et furieux, Phaulkon se retint cependant d'agir, jugeant que les chances étaient par trop inégales. Les officiers furent désarmés et emmenés, non sans que Beauchamp ait crié en français d'une voix forte : « Le général Desfarges sera informé de tout cela ! »

Il répéta le nom de Desfarges à plusieurs reprises dans l'espoir que Petraja comprendrait que la réaction ne tarderait pas si le moindre mal leur était fait.

« Conduisez-les à l'entrée principale et attendez-moi là », ordonna Petraja, impassible.

Neuf hommes entraînèrent les Français tandis qu'il restait en compagnie de trois autres et de son porteur d'épée.

« Vingt hommes de ma garde attendent de l'autre côté de ces murs, Petraja, déclara froidement Phaulkon. S'ils ne me voient pas revenir bientôt, ils briseront la porte.

– C'est pourquoi nous allons les rassurer, répliqua

sereinement Petraja. C'est vous, Vichaiyen, qui allez leur dire que tout va bien. »

Accompagné de ses quatre gardes, il escorta Phaulkon vers une série de marches taillées dans le mur, à quelque distance de la porte par laquelle ce dernier était entré. Sur un ordre de Petraja, les hommes remirent leurs sabres au fourreau et s'armèrent de petits poignards dont ils dirigèrent la pointe sur le dos de Phaulkon. En l'aiguillonnant de la sorte, ils lui firent monter les marches sans ménagements. Juste avant d'arriver en haut, Petraja saisit le bras de son prisonnier et l'obligea à se retourner face à lui. Debout tous deux sur la même marche, Phaulkon dépassait Petraja d'une bonne tête.

« Écoutez bien, Vichaiyen, car je ne le répéterai pas deux fois. Vous et moi allons nous promener sur ces remparts côte à côte et avoir une aimable conversation bien en vue de vos hommes. Quand nous serons proches d'eux vous leur direz – bien sûr en siamois afin que je vous comprenne – que tout va bien, que vous avez des choses importantes à discuter avec moi et que nous allons voir le roi ensemble. Qu'ils ne vous attendent pas et regagnent la maison. S'ils ne disparaissent pas ou si vous faites une fausse manœuvre, vous serez tué immédiatement. Deux de mes hommes vont se tenir derrière vous. Ils savent manier le poignard. »

Phaulkon ne répondit pas. Petraja ordonna à son porteur d'épée et à l'un des gardes de l'attendre en bas. Puis il donna aux deux autres des instructions strictes : dissimuler leurs poignards et marcher juste derrière eux comme des esclaves.

Petraja prit alors Phaulkon par le bras et gravit avec lui les dernières marches. Le rempart était assez large pour que deux hommes puissent y cheminer de front. Le général se mit à avancer au côté de Phaulkon, l'entretenant à haute et paisible voix de la santé du roi tandis que, dans un murmure, il ne manquait pas de lui rappeler fréquemment qu'il n'hésiterait pas à l'abattre sur-le-champ.

Accablé, Phaulkon envisagea de sauter mais le mur était bien trop haut et il risquait de se briser les os. Il aperçut ses gardes aller et venir le long de la muraille. Ils ne l'avaient pas encore repéré et discutaient entre eux nerveusement. Lorsqu'ils le virent enfin, leur maître avait les yeux fixés plus loin, vers le fleuve. Un groupe important de farangs avait fait son apparition, marchant à grands pas et armés jusqu'aux dents. Phaulkon eut un mouvement de joie. Joao Pareira et ses mercenaires!

Petraja se tourna vers lui d'un air interrogateur et, devant son sourire énigmatique, fit signe à ses gardes de se rapprocher. Phaulkon sentit la pointe de leurs lames contre son dos. Sur un seul mot du général, il serait transpercé de part en part.

« Qui sont ces farangs? demanda Petraja à voix basse.

– Mes hommes, répondit Phaulkon avec assurance. Tous des combattants d'élite. Je vais devoir les rassurer car s'il m'arrivait quelque chose... »

Il laissa exprès la phrase en suspens pour donner le temps à Petraja de mesurer la menace implicite. Ce dernier parut un court instant déconcerté et ses yeux lancèrent des éclairs furieux.

« Vous allez leur dire la même chose qu'à vos gardes, Vichaiyen. Sinon, vous mourrez. »

Phaulkon le regarda avec un sourire affecté. « Ils ne comprennent pas le siamois, Général. Quel ennui pour vous, n'est-ce pas ? »

Les Portugais avaient maintenant rejoint les gardes du corps du Barcalon et discutaient avec eux. Le groupe n'était pas au complet – un peu plus de la moitié des trente-cinq hommes que Phaulkon avait recrutés, les seuls que Joao ait eu le temps de rassembler. Phaulkon fut soulagé de constater que Mark n'était pas parmi eux. Manifestement, il avait obéi à ses ordres et regagné la maison.

Ils aperçurent Phaulkon et poussèrent un cri. Tous regardaient maintenant dans sa direction en abritant leurs yeux du soleil. Petraja continuait à parler comme si de rien n'était, mais les robustes mercenaires observaient la scène d'un air soupçonneux. Ils étaient impressionnants avec leurs visages rudes et menaçants, les uns portant la barbe, d'autres non, certains vêtus à l'occidentale, d'autres à la siamoise. Tous n'attendaient qu'un mot de Phaulkon pour passer à l'attaque. Poignards, mousquets et sabres étincelaient au soleil.

« Parlez-leur ! » ordonna Petraja d'un ton pressant.

Mais ce fut Joao Pareira qui les devança.

« Est-ce que tout va bien, mon Seigneur ? » cria-t-il en portugais – une langue que Petraja ne comprenait pas.

« J'ai un poignard dans le dos, répondit Phaulkon d'un ton aussi uni que possible. Et la porte est fermée. » Joao Pareira tressaillit mais comprit rapidement le jeu de Phaulkon. Du même ton calme, il répondit : « Nous allons escalader les murs dès que Vasco le singe arrivera avec les autres. Je les ai avertis. Ne vous inquiétez pas, mon Seigneur.

– Je ne m'inquiète pas, mais dépêchez-vous. Il semble que cette vermine ait besoin que je reste en vie. Ce qui signifie que le roi n'est pas mort. »

Petraja serra le bras de Phaulkon.

« Renvoyez-les sinon vous mourrez !

– Mon compagnon devient nerveux, lança Phaulkon à Joao. Éloignez-vous et emmenez mes gardes avec vous. Faites savoir au général Desfarges que trois de ses officiers sont retenus prisonniers ici. »

Phaulkon sentit une brusque douleur dans son dos. L'un des poignards venait de lui trouer la peau.

« Saluez-moi maintenant et partez », dit-il d'une voix pressante, craignant que le prochain coup ne soit fatal.

Les Portugais s'inclinèrent. « Nous allons revenir et escalader les murs, ayez confiance, mon Seigneur », lança Joao.

Il se tourna vers ses hommes et leur fit signe de rebrousser chemin. Ils s'éloignèrent à contrecœur en jetant de temps en temps derrière eux un regard lourd de regrets. Les gardes de Phaulkon les avaient rejoints et l'un des hommes de Joao, qui parlait un peu siamois, leur expliqua la situation à voix basse.

« Vous leur avez certainement dit de revenir, Vichaiyen, dit Petraja. Mais vous perdez votre temps et le leur. Là où je vais vous conduire, personne n'entendra plus jamais parler de vous. »

Le cœur de Phaulkon se serra, pourtant il ne posa aucune question. Petraja n'aurait été que trop heureux de le voir perdre son sang-froid.

« Croyez-moi, Petraja. Si vous êtes assez fou pour vous en prendre à moi, vous signez votre propre arrêt de mort. Les Français vous détruiront.

– À Bangkok, le général ne semble pas tellement soucieux de vous venir en aide, Vichaiyen.

– Il n'a aucune raison de s'inquiéter tant que je suis libre, rétorqua Phaulkon. Mais si vous m'arrêtez, il changera d'attitude. Vous oubliez que je suis un mandarin en France et un ami de leur roi.

– Ici, vous êtes un traître, répliqua Petraja avec un mince sourire. Et vous serez puni en conséquence.

– Je vous ai déjà averti de ce qui se passerait si vous osiez lever la main sur moi.

– Ce que je prévois pour vous est bien pire que la mort, Vichaiyen. »

Une joie diabolique tordit son visage. « Tout le monde ignorera à jamais votre sort », ajouta-t-il en pointant un doigt vers le sol.

Phaulkon se sentit pris de vertige mais il réussit à demeurer impassible. « Je suis le serviteur du Seigneur de la Vie et l'unique mandataire de ses volontés. Seul le roi a le pouvoir de donner un tel ordre. »

Petraja grimaça un sourire. « Le Seigneur de la Vie est mourant et il m'a chargé de le suppléer. Toute la population est maintenant au courant de cette passation de pouvoir. »

Phaulkon eut l'impression que tout s'effondrait autour de lui. « C'est un mensonge éhonté, Petraja. Je veux entendre cela de la bouche même du roi. Conduisez-moi à lui.

– Il est trop malade pour recevoir qui que ce soit,

Vichaiyen. Mais regardez donc autour de vous si vous avez le moindre doute. » Tout en parlant, il fit un large geste circulaire.

Ils avaient entre-temps traversé deux cours et tous ceux qu'ils croisaient – esclaves, pages, gardes, eunuques – se prosternaient sur leur passage. À la manière dont les gens les regardaient, Phaulkon comprit que c'était à Petraja qu'ils obéissaient. Le général orienta ses pas vers un large chemin qui longeait les écuries abritant les éléphants royaux. Phaulkon était rarement venu dans cette partie du Palais mais, d'ores et déjà, il savait que c'était la direction des cachots royaux.

30

Le Palais royal d'Ayuthia, capitale du pays, était trois fois plus grand que celui de Louvo. C'était une véritable ville dans la ville, et personne ne pouvait y pénétrer sans autorisation, sous peine de mort. Sunida y avait vécu plusieurs mois dans le quartier des femmes – officiellement comme l'une des cinq cents concubines royales – avant que le Seigneur de la Vie ne s'installe à Louvo. Ici, les gardes la connaissaient bien. Aussi ne firent-ils pas de difficultés – incités en cela par une bonne gratification – pour lui accorder ainsi qu'à Nellie une chambre confortable dans le harem maintenant désert.

Choquées et épuisées par les terribles événements de la journée, elles s'étaient effondrées sur leurs nattes de joncs et aussitôt endormies. Le lendemain, à la pointe de l'aube, Sunida avait accompagné Nellie aux docks et loué pour elle une place sur un bateau assurant la liaison régulière avec Bangkok. À Ayuthia, l'atmosphère n'était pas aussi oppressante qu'à Louvo et les gens continuaient à vaquer normalement à leurs affaires. Mais les quelques farangs qu'elles avaient croisés sur leur route – des marchands ou des prêtres – affichaient néanmoins des mines vaguement inquiètes.

Sur le quai encombré, Nellie prit Sunida dans ses bras et l'embrassa avec affection. Ce n'était guère une manière de se dire au revoir au Siam, mais c'était la seule façon pour elle d'exprimer sa reconnaissance et son amitié à cette jeune femme au cœur d'or qui l'attirait instinctivement. De son côté, Sunida évita de se prosterner et se laissa embrasser à la manière farang. Elle sentit la chaleur que la *mem* mettait dans ce geste et lut dans ses yeux la même sympathie qu'elle éprouvait à son égard. Quel honneur, pour elle, de servir une première épouse aussi bienveillante !

Sunida donna à Nellie des gâteaux et du poisson séché et demanda à l'une de ses compagnes de voyage, une femme au visage rond et amical, de veiller sur elle pendant le trajet. Puis elle s'attarda sur le quai jusqu'au départ du bateau et le regarda disparaître, le cœur lourd.

Elle gagna ensuite le Palais où son sauf-conduit royal lui valut une escorte de deux gardes pour l'accompagner jusqu'aux appartements du prince. La sécurité avait été renforcée depuis que des milliers de personnes, apprenant que la santé du Seigneur de la Vie s'était gravement détériorée, se pressaient aux portes du Palais pour présenter leurs respects à son successeur légitime. À quelques exceptions près, et toujours pour des raisons de prudence, la plupart des visiteurs avaient été refoulés à l'exception de quelques mandarins de haut rang.

À son retour des docks, Sunida avait remarqué la foule rassemblée devant les portes et le garde l'avait informée qu'en dehors d'elle seule une petite délégation de prêtres farangs, envoyés par l'évêque pour présenter leurs respects, avait été autorisée à pénétrer ce matin dans le Palais.

Les princes royaux, Chao Fa Apai Tot et Chao Fa Noi – le premier, cadet du roi de quinze ans, et le second de trente –, vivaient dans des maisons contiguës situées dans la section la plus éloignée du palais principal. L'aîné des deux frères n'était pas beau à voir avec son visage bouffi, sa claudication prononcée et ses épaules déformées – résultat, probablement, de la prédilection royale pour l'inceste. Tout en lui conservant le respect dû à son haut rang, ses esclaves avaient la tâche difficile de lui interdire les boissons alcoolisées pour lesquelles il avait un net penchant.

Le plus jeune en revanche, Chao Fa Noi, avait la beauté d'un prince de conte de fées et Sunida elle-même ne put s'empêcher de déplorer son sort. Certes, il avait commis le crime odieux de s'intéresser de trop près à la concubine favorite de Sa Majesté, mais Sunida connaissait la jolie Thepine et pensait qu'elle était la première à blâmer. Séductrice accomplie, de plusieurs années plus âgée que le prince, elle avait fait tomber dans ses filets le jeune homme encore inexpérimenté. Sunida savait à quoi s'en tenir car c'était précisément Thepine qui avait été chargée de la former aux jeux de l'amour.

À peine entrée à la Cour, la concubine royale s'était révélée une femme intrigante et insatiable, trop heureuse d'utiliser son pouvoir de séduction pour prendre ses victimes au piège et les enchaîner. Chao Fa Noi n'avait eu aucune chance. Malgré cela, les choses semblaient finalement s'arranger au mieux puisque désormais, près de dix ans après la mort de la courtisane, le Seigneur de la Vie, dans sa grande bonté, se déclarait prêt à pardonner.

Un flot de souvenirs heureux afflua à la mémoire de la jeune Siamoise en entendant le gazouillement joyeux des oiseaux au plumage bariolé. Toujours accompagnée de son escorte, elle longea un grand bassin recouvert de feuilles de lotus au milieu desquelles s'ébattaient des carpes chinoises et des poissons tropicaux dont les écailles multicolores jetaient des reflets irisés sous le soleil.

Ils pénétrèrent ensuite dans une allée où, souvent, elle avait joué à cache-cache avec les concubines royales. Combien de fois n'avait-elle pas erré dans ces beaux jardins en rêvant de son bien-aimé Phaulkon ? Cet environnement familier éveilla en elle une profonde nostalgie. Ces temps de paix étaient loin, à présent. Elle songea aux dangers qui guettaient son amant bien-aimé et son désir de voir Petraja arrêté dans ses sombres desseins n'en fut que plus ardent.

Ils arrivèrent dans une partie du Palais qui ne lui était pas familière : l'aire réservée aux princes bannis, un exil à la fois si proche et si lointain puisque le reste du domaine royal leur était interdit.

Le chemin était barré par un portail de bois artistiquement sculpté, encadré par un régiment de gardes. Par-delà le rideau d'arbres, Sunida apercevait les toits de tuiles bleues des modestes appartements alloués aux princes.

« Honorable Dame, il est interdit d'entrer ici sans un laissez-passer spécial. Quelle est donc l'affaire urgente qui vous amène ? »

Un garde au visage marqué par la petite vérole, vêtu d'une tunique rouge et d'un calot assorti, s'était avancé, regardant Sunida et son escorte avec suspicion. Il était manifeste que les hommes qui l'accompagnaient n'avaient pas qualité d'intervenir en ce lieu retiré de la cité royale. Sunida se dit que le prince ne devait pas recevoir beaucoup de visiteurs.

« Je suis envoyée par le Seigneur de la Vie et j'apporte un message de Sa Majesté pour ses royaux frères », annonça-t-elle d'un ton ferme.

En entendant mentionner le roi, le robuste garde se prosterna à trois reprises. « Quelle preuve avez-vous de votre mission, Noble Dame ? »

Cette fois, le soupçon avait cédé la place à la curiosité.

Du bout des doigts, Sunida fouilla dans ses cheveux et en retira la bague ornée d'un magnifique rubis qu'elle avait fixée au sommet de sa tête. Ce ne fut pas une tâche aisée et elle y laissa quelques cheveux ce qui lui arracha une grimace de douleur. À la vue de l'énorme pierre étincelante, les yeux du garde et de son escorte s'élargirent. Sunida se remémora l'instant où le Seigneur de la Vie s'était péniblement redressé dans son lit pour la lui remettre. Sa voix douce résonnait encore à ses oreilles : « Notre père a donné à chacun de ses fils une bague semblable, Sunida, et notre frère la reconnaîtra sur-le-champ. Il sera alors convaincu que tu es bien envoyée par nous. Fixe-la sur ta tête et recouvre-la de ton épaisse chevelure. Il est préférable qu'elle demeure invisible car une telle pierre attirerait imprudemment l'attention sur toi. »

Quand elle la tendit au garde, l'éblouissante pierre capta les rayons du soleil levant et lança un éclat aveuglant.

« Je vous prie de remettre ceci à Son Altesse Royale Chao Fa Noi, demanda-t-elle. Il saura d'où je viens. »

Impressionné, l'homme s'inclina avant de s'éloigner rapidement, laissant derrière lui Sunida et son escorte qui attendaient en silence. La jeune femme préparait mentalement ce qu'elle allait dire au prince. Quel long chemin j'ai parcouru, songea-t-elle, en se remémorant l'époque où, petite fille, elle étudiait la danse classique à la cour de Ligor. Me voici devenue aujourd'hui l'émissaire du roi…

Le garde revint et, après s'être incliné front contre terre, il se confondit en excuses de se voir obligé de fouiller la jeune femme. Après un bref examen, Sunida fut introduite dans une antichambre maigrement meublée où attendaient en silence trois prêtres farangs. Ils semblaient des plus timides, évitant ses regards et se dissimulant sous leurs capuchons relevés. Elle était curieuse de leur parler, sachant que nombre d'entre eux connaissaient le siamois et que l'évêque français d'Ayuthia, de même que plusieurs jésuites, étaient des amis de Phaulkon. Peut-être apprendrait-elle quelque chose d'eux. Voyant qu'ils s'étaient accroupis en rang face à la porte, elle s'installa à côté d'eux et s'adressa en siamois à son plus proche voisin, espérant qu'il pourrait la comprendre. Finalement, après avoir répété plusieurs fois sa question, elle le vit secouer négativement la tête en continuant à dissimuler son visage.

Étonnée, elle se demanda comment ils allaient pouvoir communiquer avec le prince.

« L'un de vous parle-t-il siamois, saints pères ? »

Mais avant qu'ils n'aient eu le temps de lui répondre, la porte s'ouvrit et un garde déférent l'invita à le suivre. Sa mission royale lui avait valu la préséance sur les prêtres.

Arrivée à la porte, elle se retourna à nouveau pour les regarder. Ils s'enfoncèrent un peu plus sous leur capuche et elle ne put qu'entrevoir leur visage. Celui auquel elle s'était adressée semblait être un Eurasien, le second un Européen et le troisième un Siamois. L'Européen avait une expression brutale, absente de toute piété. Ils devaient craindre de regarder une femme ainsi que l'aurait fait tout moine bouddhiste.

Quand elle fut introduite dans les appartements du prince, elle constata que ce dernier n'avait rien perdu de sa légendaire beauté. Elle éprouva un malaise en se sentant étudiée de près sous son regard lascif. Malgré le terrible châtiment qu'il avait reçu, Sunida ne put s'empêcher de se demander à quel point il avait été changé par sa fatale rencontre avec Thepine. Il lui souriait d'un air engageant et elle vit qu'il continuait à la dévorer des yeux tandis qu'elle se prosternait devant lui. Elle nota cependant qu'il semblait très agité par le fait que son royal frère cherchait de nouveau à communiquer avec lui après tant d'années de silence.

« Mes frères et moi avons reçu chacun un rubis semblable, commença-t-il. Ils n'ont pas de prix. En Chine, ils vaudraient une véritable fortune. Je suis enchanté qu'il me soit apporté par un aussi charmant messager. »

Il coula vers elle un regard caressant. « Mais dites-moi plutôt comment se porte mon royal frère...

– Mal, Puissant Seigneur. Moi, un cheveu de votre tête, j'aurais souhaité vous apporter de meilleures nouvelles. »

Voyant que le regard du prince glissait sur ses seins, elle réajusta son écharpe.

« S'il en est ainsi, il ne peut y avoir d'autres bonnes nouvelles. Dites-moi néanmoins, je vous prie, l'objet de votre visite », reprit Choa Fa Noi, visiblement très excité par une aussi séduisante visiteuse.

« Puissant Seigneur, moi, un grain de poussière, j'ai reçu l'ordre de vous informer que le Maître de la Vie a été traîtreusement trompé par son vieil ami, le général Petraja. » Elle marqua une pause. « Le président de son Conseil privé projette d'usurper le trône. »

La bouche de Chao Fa Noi s'ouvrit toute grande.

« Le Seigneur de la Vie m'a chargée d'informer Votre Altesse que, de ce fait, tous les griefs familiaux sont désormais enterrés et que le pardon royal vous a été accordé. Sa Majesté désire que vous lui succédiez sur le trône. À cet effet, il octroie sa bénédiction royale à votre mariage avec sa fille, la princesse Yotatep. »

Le prince demeura muet de stupeur. Le silence n'était troublé que par le bruit de l'air déplacé par les grands éventails sur les cordes desquels des esclaves tiraient en cadence. Une mouche bourdonna dans un coin. Sunida imaginait l'effet que ses paroles avaient pu produire sur le jeune prince coupé du monde depuis presque dix ans. Mais elle ne pouvait mesurer toute l'étendue de sa colère et de sa stupéfaction en apprenant la félonie de Petraja. Le Seigneur de la Vie n'était pas le seul à avoir été trahi par lui.

« Ainsi, je suis donc pardonné ! » finit-il par dire, rompant le silence.

Son soulagement était si manifeste qu'il se mit à aller et venir tout en soliloquant, oublieux pour la première fois de la présence de Sunida. On sentait passer dans sa voix de la gratitude et de la colère.

« Je prouverai ma reconnaissance à mon frère. Il ne doit pas mourir avant que je puisse agir pour le soutenir. Tout Ayuthia marchera avec moi. Petraja n'aura pas une seule chance. Petraja... cette vermine... »

Sa voix mourut dans un soupir et, se rappelant soudain qu'il n'était pas seul, il baissa les yeux vers Sunida, l'air embarrassé. La vue de ses formes gracieuses le rasséréna et il laissa errer un regard affamé sur les longues cuisses dessinées par le panung turquoise.

« Peut-être souhaitez-vous vous reposer quelques instants avant de poursuivre votre voyage ? proposa-t-il d'un ton encourageant. Je vous ferai donner la chambre la plus confortable de mes appartements et des esclaves pour vous masser. »

Sunida comprit l'insinuation. L'insouciance du prince la surprit. Comment pouvait-il savoir qu'elle n'était pas une concubine royale ? N'avait-il donc rien appris de sa mésaventure avec Thepine ?

« Votre Altesse Royale est trop aimable. Mais le Seigneur de la Vie m'a ordonné de regagner immédiatement Louvo après vous avoir transmis le message. J'ai également ordre d'informer Votre Altesse qu'il serait de bonne politique de faire en sorte que les Français ne vous soient pas opposés. La mission des farangs ici a surtout pour objet de convertir le Seigneur de la Vie à leur religion chrétienne. Il serait donc utile que Votre Altesse Royale laisse entendre qu'elle n'est pas hostile à une telle perspective, ce qui influencerait grandement leur décision. L'honorable Pra Klang se chargera d'expliquer au commandant français que ses chances d'aboutir dans sa mission sont plus grandes avec votre aide qu'avec celle du général Petraja. »

Le prince l'avait écoutée avec admiration.

« Mais qu'en est-il de Pra Piya ? Je croyais que c'était lui que les Français soutenaient ?

– Puissant Seigneur, c'est bien le cas. Mais le Pra Klang les convaincra que, sans la princesse Yotatep pour épouse, Pra Piya serait trop faible pour prétendre au trône. »

Le prince sourit, manifestement ravi.

« On dirait que nos amis farangs n'ont pas perdu de temps pour tâter le terrain par eux-mêmes. Une délégation mandée par l'évêque de France attend justement d'être reçue. » Il sourit à nouveau. « Leur arrivée opportune me donnera l'occasion d'exprimer mon intérêt grandissant pour les enseignements d'une Église qui a engendré des esprits aussi brillants. »

Le prince réfléchit un instant. « Je vous prie d'informer mon royal frère que je suis profondément touché de sa grande bonté, ajouta-t-il. Dites-lui que j'encouragerai le peuple d'Ayuthia à soutenir le successeur légitime.

– Votre Altesse Royale, le Seigneur de la Vie demande que vous regagniez Louvo avec moi. Sa Majesté désire discuter elle-même avec vous des affaires concernant sa succession. Il m'a confié à votre intention un sauf-conduit vous autorisant à quitter le Palais. »

Les yeux du prince brillèrent tandis qu'il voyait le terme de son long exil. Enfin ! Très excité, il répondit :

« Noble Dame, je vous suggère d'aller m'attendre dans l'antichambre. Je vais d'abord recevoir cette délégation de saints hommes français pour semer les grains de ma future conversion. Levez-vous maintenant et prenez ce rubis. J'aimerais vous l'offrir s'il m'appartenait car vous l'avez bien mérité. »

Sunida prit le rubis et leva gracieusement les bras pour l'enfoncer dans son épaisse chevelure. Elle entendit le prince soupirer.

« Avec votre permission, Altesse, je souhaiterais plutôt me promener dans les jardins. Je reviendrai un peu plus tard quand vous serez prêt pour le voyage.

– Bien sûr, charmante amie, nous nous retrouverons ici dans quelques instants. »

Sunida rampa à reculons avec déférence et fut raccompagnée à travers la cour jusqu'à une petite porte ouvrant sur le Palais principal. Elle rencontra là le visage familier d'un vieux garde qui ne fut que trop heureux de la laisser flâner à son gré dans les jardins.

S'attardant à l'entrée du Palais intérieur où elle avait autrefois résidé, Sunida écouta chanter l'eau des fontaines, songeant à l'homme qu'elle aimait. Quels heureux jours ils avaient coulés ensemble ! Combien de fois n'avait-il pas franchi cette même porte pour savourer avec elle des instants d'amour parfait. Il y avait longtemps qu'elle avait quitté ces lieux et elle espérait les retrouver lorsque le jeune prince monterait sur le trône. Elle se promit de lui révéler qui elle était pendant le voyage vers Louvo et de l'assurer de la loyauté de son maître, Phaulkon. Si Chao Fa Noi accédait au pouvoir, il aurait besoin près de lui d'un Barcalon expérimenté, et qui l'était davantage que son bien-aimé Seigneur ? Elle plaiderait sa cause, même s'il lui fallait sourire un peu trop à ce prince lascif.

Elle resta encore quelques instants à rêver d'autrefois. Puis elle adressa un sourire reconnaissant au garde et pénétra dans l'allée aux buissons sculptés qui faisait le tour des jardins.

Elle allait en ressortir à l'autre extrémité quand elle entendit des cris derrière elle. Elle se retourna et vit des gardes courir dans sa direction.

« Arrêtez ! Restez où vous êtes ! »

Elle regarda les alentours pour voir à qui s'adressaient ces appels mais il n'y avait personne en dehors d'elle. D'autres gardes vinrent se joindre aux premiers et tous coururent de plus belle. Les premiers arrivés la dépassèrent puis se retournèrent pour lui bloquer le passage. En un instant, elle fut cernée. Deux hommes s'avancèrent, leur arme pointée sur sa poitrine.

Le cœur de Sunida battait à tout rompre. Il devait y avoir une erreur. Était-ce au rubis qu'ils en voulaient ? Ils ne savaient peut-être pas qu'il appartenait au Seigneur de la Vie.

Un garde de la maison du prince s'approcha, un grand aigle tatoué sur son avant-bras. Ses yeux sombres étaient furieux et il semblait hors d'haleine.

« Venez avec nous ! » ordonna-t-il.

Sunida regarda autour d'elle, désarmée. « Que se passe-t-il ? »

Les yeux noirs du garde jetèrent un éclair. « Vous êtes en état d'arrestation. Vous devez nous accompagner pour être interrogée. »

Elle se sentit défaillir. « Pourquoi donc ? demanda-t-elle calmement. Tout le monde ici me connaît. Demandez à n'importe quel garde du Palais. » Elle fit un geste en direction de l'ami qui l'avait escortée dans les jardins. Mais il semblait aussi perdu qu'elle.

L'homme au tatouage la regarda sévèrement. « Son Altesse Royale vient d'être tuée à coups de gourdin par les prêtres farangs. Vous les connaissiez. On vous a vue parler avec eux. Suivez-nous. »

Envahie par un terrible pressentiment, Sunida leur emboîta le pas jusqu'à la demeure du prince. Cet homme, ce prêtre si laid au nez cassé... son aspect l'avait surprise. Alors pourquoi n'avait-elle rien dit à Chao Fa Noi ? Pourquoi n'avait-elle pas exprimé ses doutes ?

Soudain, elle sut ce qui était arrivé. Petraja avait une longueur d'avance sur le roi. Son bras avait déjà frappé à Ayuthia.

31

Le cœur de Nellie battit plus vite quand elle aperçut devant elle le quai de bois du fort de Bangkok surplombant le fleuve. Le bateau sur lequel Sunida lui avait trouvé un passage, une sorte de yole longue et étroite à la proue ornée d'une tête d'animal sculptée, assurait un service de poste grâce aux efforts conjugués de six puissants rameurs. Il s'arrêtait fréquemment pour déposer ou embarquer des passagers et était constamment au maximum de sa capacité. Le voyage avait duré deux jours au lieu d'un seul, et Nellie n'avait sommeillé que de brefs instants, blottie dans un coin de l'embarcation.

Lors des nombreux arrêts destinés à changer l'équipe de rameurs, elle s'était rafraîchie en puisant de l'eau dans les grandes jarres de céramique alignées sur la jetée à la disposition de tous. Le voyage avait été pénible et elle avait regretté le confort de la barque de Phaulkon. Mais Sunida l'avait assurée qu'il était plus prudent de se déplacer discrètement. La première partie du trajet, de Louvo à Ayuthia, n'avait fait que confirmer cette allégation. Heureusement, la route jusqu'à Bangkok s'était déroulée sans incident notoire. Certes, les Siamois l'avaient regardée avec intérêt, mais leurs yeux n'étaient pas hostiles et ils arboraient encore ce sourire candide et amical si représentatif de leur peuple.

Une sentinelle française, postée sur le quai, l'aida à descendre sous les regards curieux des autres passagers. Nellie était la seule à débarquer au fort. Elle suivit le soldat le long du chemin de terre sèche jusqu'à la large cour intérieure qu'elle connaissait bien. Il lui offrit un siège à l'ombre de l'arbre à pluie aux larges branches pour aller chercher le général.

Un domestique siamois lui apporta quelques tranches de mangue ainsi qu'un verre de citron pressé bien frais. Épuisée par ce long voyage, elle s'écroula sur sa chaise, le corps brisé par de multiples courbatures. Il n'y avait pratiquement pas d'air et la chaleur était suffocante. De temps à autre montaient de la rivière les appels des femmes proposant dans leurs petites pirogues de modestes marchandises.

Le général se fit attendre et quand il apparut enfin, Nellie sentit l'angoisse s'emparer d'elle. Desfarges ne semblait guère heureux de la revoir. Il la salua froidement et s'assit à bonne distance en la regardant comme une intruse. C'était un accueil bien éloigné des amabilités qu'il lui avait réservées auparavant. Que s'était-il passé ? Sa mission se présentait sous de mauvais auspices.

Un oiseau au plumage de toutes les couleurs s'était perché au bout de la table, agitant furieusement ses ailes irisées et sa queue. Dans toute autre circonstance, Nellie aurait ri de plaisir à ce charmant manège.

« Eh bien, madame Tucker, que nous vaut le plaisir de votre visite ? » demanda le général d'un ton bourru.

Elle hésita, ne sachant par où commencer. « J'arrive de Louvo, Général. Je viens vous apporter les salutations du seigneur Phaulkon.

– Ah, oui ? Et comment va son fils ?

– Son fils ?

– Oui, le jeune Mark. Je suppose qu'il apprécie son séjour... »

La sueur ruisselait sur ses joues mais il ne fit aucun effort pour l'essuyer. Il était trop occupé à la regarder.

Nellie sentit le rouge lui monter aux joues. Ainsi, c'était cela. Le général devait penser qu'elle l'avait pris pour un idiot. Mais comment avait-il été informé ? Elle comprit qu'il attendait une explication et se tortura l'esprit pour trouver la réponse la plus adéquate.

« Général, je ne peux que m'excuser auprès de vous de mes mensonges. Mais j'ai été contrainte de dissimuler la vérité à tout le monde, même à vous qui m'avez pourtant témoigné tant de bontés. Voyez-vous, je craignais que si le seigneur Phaulkon apprenait l'existence de son fils avant que je puisse le rencontrer, il refuserait de le voir. » Elle s'arrêta pour juger de sa réaction.

Le visage du Français demeura impassible. Mais, cette fois, il retira de sa manche son mouchoir de soie pour s'en éponger le front.

« Il ne vous est pas venu à l'idée que, bien au contraire, j'aurais pu vous aider à rencontrer le seigneur Phaulkon ? »

Elle se sentit gênée. Décidément, Desfarges avait l'art de lui prêter les intentions les plus tortueuses.

« Général, je ne peux qu'implorer votre pardon. J'avais trop peur de gâcher ma seule chance.

– Ainsi ce soi-disant frère missionnaire n'était qu'une invention de votre part ? »

Elle baissa la tête. « C'est exact, Général.

– Et comment le seigneur Phaulkon a-t-il accueilli ce fils inespéré ?

– Très cordialement. Ce fut pour moi un grand soulagement. »

Il hocha distraitement la tête et sortit une montre à gousset, comme si le temps lui était compté. « Puis-je connaître le motif de votre visite, madame ?

– Je suis venue intercéder auprès de vous, Général, répondit-elle avec douceur. Quoi que vous puissiez penser de moi, je vous ai toujours tenu en haute estime. Les événements ont révélé que le général Petraja se propose d'usurper le trône et comme il n'aime ni les Français, ni les catholiques, j'ai voulu plaider la cause du seigneur Phaulkon dans notre intérêt à tous. »

Il la fixa d'un regard dur. « Les derniers rapports qui me sont parvenus indiquent que le sort du Barcalon est chancelant et que sa popularité diminue. Je suis responsable de mes hommes, madame Tucker. Trois de mes officiers sont morts dans des circonstances épouvantables voici deux jours et je ne serais pas loin de penser que les ennuis du seigneur Phaulkon y sont pour quelque chose.

– Les villageois responsables de ces meurtres ont été victimes de fausses rumeurs répandues par le supérieur de Louvo. J'étais là lorsque cette terrible tragédie s'est produite. »

Desfarges l'observa. « Vraiment ?

– Oui, Général, et je peux vous dire que ce sont leurs armes qui ont effrayé les paysans. Ils les suivaient depuis déjà longtemps sans oser s'approcher jusqu'à ce que les officiers aient déposé leurs mousquets et leurs épées à terre. » Nellie le regarda bien en face. « Petraja ne craint qu'une seule personne, et c'est vous. »

Elle vit que la flatterie avait porté mais elle n'eut pas le temps de poursuivre, car des cris s'élevèrent soudain en provenance du quai. Quelques minutes plus tard, on entendit s'approcher des voix parlant avec animation en français.

Le général regarda Nellie avec circonspection. « Nous allons bientôt pouvoir juger la valeur de vos assertions, madame. J'ai envoyé le major de Beauchamp à Louvo pour étudier la situation et je crois qu'il est de retour. »

Au même instant, Beauchamp, suivi du lieutenant de Fretteville et de quelques soldats, fit son apparition sous le porche conduisant à la cour. Les deux officiers français arboraient une mine sinistre. Ils renvoyèrent les soldats avant de s'approcher du général pour le saluer. Ils n'avaient plus d'épées et leurs uniformes étaient déchirés et souillés.

Ils jetèrent un regard distrait à Nellie, mais leurs visages restaient fermés.

« Où est mon fils ? » s'étonna le général.

« Général, commença Beauchamp d'un air abattu, les nouvelles ne sont pas bonnes. Fretteville et moi avons été relâchés mais ils ont gardé votre fils en otage. »

Le regard de Desfarges se durcit.

« Mon fils... prisonnier ? Où est-il retenu et par qui ?

– Par Petraja. Au Palais royal. Nous nous trouvions chez le seigneur Phaulkon lorsque le père de Bèze vint le prévenir qu'une foule importante se dirigeait vers le Palais. C'est en nous rendant sur les lieux pour nous informer de ce qui se passait que nous sommes tombés dans une embuscade. Les hommes de Petraja semblent à présent avoir pris le contrôle.

– Qu'est-il arrivé au seigneur Phaulkon ? s'enquit Nellie, pâle comme un linge.

– On nous a séparés, répondit tristement Beauchamp, et nous ne l'avons plus revu. Après quoi, les Siamois nous ont libérés, nous demandant de transmettre un message à notre commandant.

– Et quel est ce message ? grogna Desfarges, morose.

– Qu'il n'arrivera rien à votre fils si nous consentons à négocier avec Petraja et à prendre publiquement position en sa faveur. Le bruit court en effet que l'armée française est sur le point de s'emparer du pays pour placer sur le trône un roi fantoche. Petraja exige la preuve que nous ne consentirons jamais à une telle situation. Il assure qu'il n'en veut qu'au seigneur Phaulkon et non à la France avec laquelle il souhaite au contraire développer des relations diplomatiques. Il pense que le Barcalon est derrière tous ces malentendus et espère qu'il n'a agi que pour son propre compte. »

Beauchamp fit une pause. « Franchement, je ne crois pas un mot de tout cela, reprit-il, le visage grave. Il est en effet avéré que le général Petraja a un contentieux personnel avec le seigneur Phaulkon.

– Il s'agit bien entendu d'une supercherie, Général ! s'exclama Nellie en se tournant vers lui. Tout le monde sait que Petraja hait les farangs.

– Et le roi dans tout cela ? interrogea Desfarges, ignorant sa remarque.

– On ne nous a pas autorisés à le voir mais de Bèze nous a dit que Sa Majesté était inconsciente et ignorait donc les récents événements. Il semblerait que le supérieur de Louvo ait fait croire à la population que le souverain, trop malade pour exercer le pouvoir, avait nommé Petraja régent. Cela expliquerait qu'il n'y ait pas d'entraves à sa présence dans le Palais.

– Mais je croyais que le roi avait donné l'ordre de l'arrêter !

– Petraja s'est arrangé pour faire croire que cet ordre n'était le fruit que d'un délire du roi, expliqua Beauchamp.

– Comment ose-t-il garder mon fils en otage ! » tonna Desfarges qui semblait se désintéresser totalement du sort de Phaulkon. Il posa les yeux sur Fretteville. « Eh bien, Lieutenant, vous n'avez encore rien dit. Qu'en pensez-vous ?

– Je crois que le roi est mort, Général, et que Petraja contrôle tout. Autant que j'aie pu en juger, les gardes du Palais semblent tous lui obéir.

– Général, intervint Nellie d'une voix douce, je sais de façon certaine que Petraja ne redoute que vous. Il garde votre fils en otage pour vous mettre à l'épreuve. Seule une démonstration de force... »

Le général se retourna vivement vers elle et lui coupa la parole : « Madame, il s'agit de questions militaires qui ne vous regardent pas. Quand je désirerai connaître votre opinion, je vous la demanderai. Je n'ignore pas que le père de votre enfant est retenu prisonnier, mais un officier français a été enlevé. Nous devons établir nos priorités. » Il lui tourna le dos et s'adressa de nouveau aux autres. « Quelle est votre position, Major ? »

Nellie avait souvent remarqué à quel point le général se fiait à l'avis de ses officiers et elle jugea préférable de se taire. S'opposer à lui n'aurait guère servi la cause de Phaulkon.

Desfarges se montrait exclusivement préoccupé par le sort de son fils, comme elle-même l'était en ce moment par celui de Mark. Qui allait veiller sur lui ? Il lui fallait regagner Louvo dès que possible. Nellie eut une brève défaillance en songeant que les deux hommes qui comptaient le plus dans sa vie se trouvaient en grand danger. Elle allait attendre la fin de cette discussion pour savoir ce qui en sortirait puis elle partirait. Si Desfarges envoyait un messager à Louvo, elle pourrait demander à l'accompagner car elle n'avait guère envie de refaire un voyage de deux à trois jours sur un transport public.

« Je pense que Petraja bluffe, Général, reprit Beauchamp. Tout comme Mrs. Tucker, j'estime qu'une démonstration de force est nécessaire et que nous ne devons pas céder à la première pression exercée sur nous. Il faut lui faire comprendre que s'il désire réellement l'amitié de la France, il doit relâcher immédiatement – et sans condition – le jeune Desfarges et le seigneur Phaulkon. Sinon, nos canons ouvriront le feu et l'armée française marchera sur Louvo pour y exercer de terribles représailles. »

Nellie fut soulagée par cette déclaration mais garda ses pensées pour elle. Encore indécis, le général se racla la gorge.

« D'accord avec vous pour une démonstration de force, Major. Personne ne peut s'en prendre impunément à la France. Mais je ne crois pas que nous devrions inclure le seigneur Phaulkon dans nos négociations. Petraja n'a-t-il pas souligné qu'il s'agissait d'un conflit personnel entre lui et le Barcalon et non d'une provocation intentionnelle contre la France ? Je ne suis pas certain que nous ayons intérêt à continuer à soutenir la cause de Phaulkon. »

Le cœur de Nellie défaillit et elle se mordit la lèvre.

« Général, insista Beauchamp, c'est précisément ce que voudrait Petraja : nous diviser. Si le roi n'est réellement plus de ce monde, comme le pense Fretteville, alors seule l'armée française peut éviter la mort de Phaulkon. Mais si Petraja voit que nous ne soutenons pas son Premier ministre, il ne se gênera pas pour l'éliminer afin de poursuivre librement son plan. Phaulkon est comte de France et aussi notre allié, le serviteur d'un roi que nous avons juré de défendre. En ce qui me concerne, je n'aimerais pas avoir sa mort sur la conscience.

– Qui sait s'il n'a pas déjà été exécuté ? intervint Fretteville sombrement.

– Je ne crois pas que Petraja oserait, du moins pas à ce stade, répliqua Beauchamp. En premier lieu, je pense que le roi n'est pas mort. Si c'était le cas, Petraja n'aurait-il pas été le premier à l'annoncer ? Non, Général, je suis persuadé que nous perdrions toute crédibilité en ne soutenant pas fermement le Barcalon.

– Si Petraja craignait nos réactions, objecta Desfarges comment a-t-il pu permettre l'agression dont ont été victimes récemment nos camarades officiers ?

– Raison de plus pour que nous intervenions, souligna Beauchamp.

– Ce n'était peut-être qu'un hasard », risqua Fretteville.

Desfarges garda un instant le silence.

« Fort bien. Nous allons convenir d'un compromis et exiger que mon fils soit relâché immédiatement. Nous insisterons aussi pour connaître le lieu de détention du Barcalon et manifesterons notre intérêt pour son sort sans pour autant l'inclure directement dans nos menaces. Lieutenant, voulez-vous faire venir l'interprète et le scribe ? Je vais dicter une lettre et l'envoyer par messager à Louvo. »

Nellie s'efforça de dissimuler sa déception. « M'autoriseriez-vous à accompagner votre messager, Général ? J'ai hâte de retrouver mon fils. »

Desfarges la foudroya du regard.

« Il n'est pas question de mêler des civils à des affaires militaires. Votre nom est associé à celui du seigneur Phaulkon, madame. Je demanderai à mon messager de ramener votre fils au fort où il vous rejoindra. »

Nellie allait protester mais le général ne lui en laissa pas le temps. « Ma décision est irrévocable. »

Nellie chancela, si désespérée que Desfarges parut se radoucir. Mais, après quelques secondes d'hésitation, il s'éclaircit la gorge et tourna brusquement les talons.

32

Joao Pareira examina avec soin la porte latérale du Palais, comme il l'avait déjà fait une demi-douzaine de fois. Elle était en bois de teck, certes beaucoup moins massif que le portail principal, mais suffisamment solide. Verrouillée de l'intérieur, elle devait être probablement gardée.

Perplexe, il gratta son épaisse barbe noire. Ses hommes auraient sans doute du mal à la briser sans l'aide d'un bélier mais l'installation d'un tel dispositif attirerait trop l'attention. Depuis que Vasco le singe avait rejoint leurs rangs, ils avaient mis au point un autre stratagème. Il s'agissait de former une pyramide humaine – deux des plus vigoureux en bas, deux autres sur leurs épaules – afin que Vasco puisse tenter de franchir les murailles.

Certains hommes montraient plus de dispositions

que d'autres pour cette opération ; pourtant, en s'exerçant régulièrement, ils avaient constitué une équipe capable de projeter le Portugais aussi haut que possible. Le problème, c'était qu'ils n'avaient pas la moindre idée de ce qu'ils trouveraient de l'autre côté. Il devait bien y avoir des marches quelque part, celles que leur maître avait empruntées pour gagner les remparts, mais à quelle distance de la porte, seul le diable le savait. Joao avait sévèrement tancé Vasco de s'être présenté avec retard. Avec l'avance reçue de Phaulkon, il était allé s'enivrer au point de tout oublier et n'avait regagné son logis que le lendemain pour y trouver le message de Joao.

Naturellement, dans une opération comme celle qu'ils préparaient, l'élément de surprise était capital. Il fallait qu'un homme parvienne à se laisser tomber de l'autre côté du mur et leur ouvre la porte avant que les gardes ne s'aperçoivent de quoi que ce soit. Mais l'endroit fourmillait de monde. Si les marches étaient trop éloignées de la porte, l'homme devrait sauter d'une hauteur de huit à neuf mètres. C'était beaucoup. Si Vasco pouvait le faire, peu d'autres en seraient capables. Il faudrait donc que ce soit lui qui leur ouvre la porte.

D'autres hommes étaient venus les rejoindre, portant le nombre de leurs effectifs à vingt-sept. Joao décida d'agir sans attendre d'autres renforts. Ils formaient un groupe hétéroclite et sans scrupules, ayant tous en commun le plus grand respect pour Phaulkon auquel ils étaient dévoués corps et âme. Ils admiraient sa bravoure et savaient qu'il payait bien. Intelligent, chaleureux, il s'adressait à chacun d'eux dans sa propre langue. Les hommes avaient encore quelques difficultés à se comprendre entre eux mais, au combat, ils parlaient tous le même langage.

Joao lut sur le visage de ses soldats le désir d'en découdre. Ils n'avaient peur de rien et si Phaulkon était encore en vie quelque part dans ce maudit palais, ils le retrouveraient coûte que coûte. Tous avaient besoin d'argent et Phaulkon représentait pour eux une mine d'or.

« Allons-y, mes amis ! » lança Joao en désignant le mur.

En quelques secondes, la pyramide humaine fut formée et Vasco l'escalada lestement. Arrivé au sommet, il tendit un bras mais il lui manquait encore quelques centimètres. Jurant entre ses dents, il fit comprendre par gestes aux autres de bander leurs muscles pour gagner quelques pouces supplémentaires. Le petit Portugais agrippa alors le bord de pierre et réussit enfin à se hisser au sommet. Il se mit de nouveau à jurer.

« *As minhas pistolas !* » s'écria-t-il en mettant ses mains en porte-voix.

Dans sa précipitation, il avait laissé en bas ses pistolets dont il aurait certainement besoin. Hâtivement, on lui en remit deux qu'il glissa dans sa ceinture. Jetant un regard de l'autre côté du mur, il vit, ainsi qu'ils l'avaient soupçonné, une dizaine de gardes flânant près de la porte. Sur la gauche, à une quarantaine de mètres, une série de marches semblait conduire aux remparts. S'il passait par là, il devait abandonner tout effet de surprise et traverser près de la moitié de la cour pour atteindre la porte. Alors qu'en sautant, il atterrirait juste à côté.

Il s'accroupit, prit une profonde respiration et se lança dans le vide...

En alerte, Joao et ses hommes attendaient nerveusement près de la porte, leurs mousquets pointés.

« En arrière ! » cria Joop le Hollandais, en se retournant soudain.

Un petit groupe de badauds convergeait vers eux. Quelqu'un avait dû voir l'échelle humaine et donner l'alarme. Mais, devant les mousquets pointés sur eux, les Siamois reculèrent vivement tandis que Joop courait sur eux, l'arme au poing, en les accablant d'injures. Ils disparurent enfin. Ce n'était sans doute qu'un répit. Ils allaient sûrement revenir avec des renforts.

Deux coups de feu se firent entendre de l'autre côté de la porte. Joao et ses hommes tressaillirent, prêts à intervenir. Il s'agissait certainement de Vasco. Au même instant, des cris furieux retentirent puis le grincement du verrou coulissant dans le pêne de la lourde porte.

Le battant s'ouvrit enfin...

« Joop, reste ici pour refouler les villageois qui se montreraient trop curieux », ordonna Joao en désignant la foule qui, au loin, commençait à se rassembler.

Accompagné des autres, il s'élança par la porte à l'intérieur d'une vaste cour. Un Siamois gisait juste à côté du seuil, la tête en sang et gémissant. Quelques pas plus loin, un autre semblait avoir eu son compte. Les gardes, au nombre de huit, étaient alignés le dos au mur. Terrifiés, ils ne bronchaient pas, les yeux fixés sur les pistolets de Vasco dirigés sur eux. Joao retint un sourire. Ignorant tout des armes à feu, les Siamois ne savaient évidemment pas qu'il aurait fallu un certain temps à Vasco pour les recharger.

Il aboya un ordre et deux des Eurasiens qui parlaient le siamois s'emparèrent des deux gardes les plus proches.

« Demande-leur où se trouve le seigneur Phaulkon », dit vivement Joao.

Voyant que les gardes, méfiants, refusaient de répondre, il s'écria : « Coupe-leur la langue ! »

Les hommes se précipitèrent pour en saisir par la tête et les bras en leur maintenant la bouche ouverte tandis que l'un des Eurasiens tirait son couteau. Il leur laissa encore quelques secondes pour parler puis, n'obtenant pas de réponse, leur coupa adroitement la langue. Ils lièrent ensuite celles-ci par une ficelle et les attachèrent à leur cou.

« Lâche-les et voyons où ils vont, proposa Joao. Vasco, prends trois hommes et suis-les. »

Vasco sourit car il connaissait ce vieux stratagème. Les Siamois à la langue coupée se rueraient sur leur commandant pour lui expliquer par gestes ce qui venait de se produire. Embusqués derrière eux à courte distance, ils n'auraient plus qu'à s'emparer de leur chef. Une attaque par surprise était toujours plus facile. Ils lui couperaient également la langue et ainsi de suite, jusqu'à ce qu'ils tombent sur quelqu'un d'assez important pour savoir où se trouvait Phaulkon.

L'un des six gardes restants se dégagea soudain et partit en courant. Vif comme l'éclair, Vasco se jeta sur les jambes de l'homme qui tomba la tête la première, plaqué au sol. Vasco glissa un bout de tissu dans sa bouche et, d'un rapide coup de poignet, lui trancha la langue. Il fit un geste à ses compagnons et courut pour rattraper deux Siamois qui battaient en retraite.

Joao se tourna vers les autres dont le corps était agité de tremblements incontrôlables. Il s'avança vers le plus proche, le saisit à l'aine et tira son couteau.

« Si tu veux pouvoir encore coucher avec une femme, tu ferais mieux de me dire où se trouve le seigneur Phaulkon. »

L'Eurasien traduisit ses paroles et les yeux de l'homme s'écarquillèrent sous l'effet de la peur. Il se mit à bégayer.

Joao resserra sa prise et l'homme hurla de douleur.

« Votre Honneur, supplia-t-il, je ne suis qu'un tout jeune garde. Mais je peux vous conduire à mon chef. »

Joao sembla satisfait. Il lâcha l'homme qui se mit à uriner malgré lui le long de sa jambe.

Puis il se tourna vers les autres gardes et les toisa d'un regard impérieux. « L'un de vous a-t-il quelque chose à dire ou voulez-vous tous mourir maintenant ? »

Il y eut un terrible silence. L'un des Siamois bredouilla : « Je... j'ai... entendu dire que... qu'on l'a emmené aux cachots.

– Bien, tu vas m'y conduire. » Joao contempla les trois autres. « Quant à vous, vous êtes tous des traîtres à votre roi et ne méritez pas de vivre. »

Il se tourna vers ses hommes. « Ne gâchez pas votre poudre. Décapitez-les ! »

L'ordre fut exécuté sans délai.

Joao remit alors des mousquets supplémentaires à deux Espagnols en leur ordonnant de rester là pour garder la porte. Ils seraient sans doute obligés de reprendre ce chemin pour quitter le Palais, mieux valait donc assurer ses arrières. Il se tourna ensuite vers les deux Siamois survivants qui contemplaient, hébétés, les corps sans tête de leurs compagnons étendus sur le sol et chargea l'Eurasien de traduire ses ordres :

« Toi, tu vas nous conduire à ton chef, et toi aux cachots. Ne cherchez pas à vous enfuir sinon nous vous abattrons. Avancez d'un air naturel comme si vous nous conduisiez de votre plein gré. Votre vie dépend de la manière dont vous vous comporterez. Si nous atteignons notre but sans incident, nous vous épargnerons. »

Ils se mirent en route et traversèrent une autre cour. Il n'y avait que peu de végétation dans cette partie du Palais. C'était là que s'effectuaient les livraisons pour les cuisines royales. Des chemins de terre sèche traversaient des cours vides transformées en fournaise sous le soleil accablant.

Tandis qu'ils avançaient, Joao nota que des petits groupes de gardes postés près des passages voûtés et des portes les observaient à la dérobée. Il fit semblant de les ignorer, dans l'espoir que son attitude paraîtrait suffisamment dégagée pour ne pas éveiller trop de soupçons. Plus ils s'approchaient du Palais lui-même, plus nombreux étaient les regards fixés sur eux et plusieurs gardes s'enfuirent comme des flèches, sans doute pour signaler leur présence.

Ils arrivèrent enfin devant un arbre à pluie aux branches imposantes et les deux groupes se séparèrent. Joao s'éloigna avec dix hommes tandis que Manuel, avec l'autre moitié, suivait le garde qui les conduisait à son chef. Ils se mirent d'accord pour se retrouver aux cachots.

Après avoir franchi une courte distance, l'homme qui guidait Joao désigna un passage voûté conduisant vers un bâtiment de bois, un peu plus loin. Les cachots, expliqua-t-il, se trouvaient juste en dessous. Joao fit attendre ses hommes et partit en reconnaissance.

Il franchit le passage et étudia l'édifice, à une cinquantaine de mètres de là. Il était couvert d'un toit de tuiles en pente dont l'une des extrémités ne semblait pas symétrique par rapport à l'autre. En approchant, le Portugais aperçut un homme tapi sur une saillie, au-dessus de la porte. Au même instant, celle-ci s'ouvrit et deux hommes en sortirent, portant une civière. Joao se raidit et regarda la silhouette allongée mais il se trouvait trop loin pour distinguer ses traits. Une odeur âcre flotta dans l'air étouffant et parvint jusqu'à ses narines. Il plissa le nez. On aurait dit de la chair brûlée.

Il vit l'homme au-dessus de la porte sauter soudain à terre. Pas d'erreur : un tel exploit était signé Vasco le singe ! Il atterrit juste aux pieds de l'un des deux gardes et la bagarre se déchaîna. Joao s'apprêtait à retourner chercher ses hommes quand un cri perçant, provenant de l'intérieur du bâtiment, déchira l'air.

Ils l'avaient enfermé dans une cellule humide et sans air. Pas de lumière et les rats pour seule compagnie.

Enchaîné, il n'avait aucun moyen de se protéger d'eux. Quand il avait tenté de les repousser, les chaînes lui étaient entrées profondément dans la chair.

Il se demanda quel était le pire : avoir les chairs meurtries ou subir l'assaut des rats affamés avec leur hideuse fourrure et leurs dents acérées. Il ne parvenait pas à dormir plus de quelques minutes à la suite. Depuis combien de temps était-il dans ce cachot glacial ? Un jour, deux ? Difficile à dire dans cette obscurité permanente. Chaque fois qu'il fermait les yeux, le même cauchemar l'assaillait, il voyait Sunida et Nellie aux mains des hommes de Petraja – violées, peut-être tuées. Curieusement, il était moins inquiet pour la sécurité de Mark.

Il se demanda pour la centième fois pourquoi Petraja

ne l'avait pas fait mettre à mort. Une seule explication à cela : le traître craignait la réaction de Desfarges, préférant retenir Phaulkon prisonnier en attendant de connaître de quelles représailles le menaceraient les Français. Si Desfarges réclamait des comptes, Phaulkon pourrait alors se révéler une bonne monnaie d'échange. Vivant, il représentait une certaine valeur tandis que mort, il ne servait plus à rien.

Mais l'ambivalent Desfarges parviendrait-il à comprendre la stratégie de Petraja ? Réaliserait-il qu'une fois le général siamois au pouvoir, les jours de la France au Siam seraient comptés et la mission de Louis XIV condamnée ? Se rendrait-il compte que Petraja était profondément hostile aux farangs ?

Phaulkon regrettait de n'avoir pas appelé à l'aide quand il était sur les remparts. Il aurait peut-être même dû sauter. Qu'était une jambe cassée à côté de ce cachot infect ?

Une autre question le tourmentait. N'aurait-il pas dû partir pour Bangkok avec sa famille quand c'était encore possible ? Mais, là aussi, il butait toujours sur la même réponse. Il n'aurait jamais pu abandonner son roi. La chance avait joué contre lui, voilà tout. Même maintenant, il était le seul en mesure d'arrêter Petraja, du moins si les Français réclamaient sa libération. Tant que le roi était encore en vie, il restait une once d'espoir car Petraja n'oserait pas mettre à mort son vassal. Naraï le Grand était le roi bien-aimé de son peuple. Dire que ce couard de Desfarges avait fait serment de le protéger !

Et que diable fabriquaient donc Joao et ses mercenaires ? Pourquoi n'étaient-ils pas encore venus à son secours ? Avaient-ils été déjoués ? Écrasés sous le nombre ?

Épuisé, le corps en feu et l'esprit en déroute, Phaulkon se laissa retomber sur la pierre dure.

Ce ne fut que plusieurs heures plus tard que la porte de sa cellule grinça en s'ouvrant. Un garde qu'il ne connaissait pas se tenait sur le seuil et lui fit signe de se lever. Il lui fallut un long moment pour pouvoir bouger, même après avoir été libéré de ses chaînes. Ses membres étaient raides et douloureux. Il finit par se traîner derrière le garde et monta péniblement à sa suite quelques marches menant à un couloir plongé dans la pénombre. On le conduisit alors dans une pièce sans fenêtre, éclairée par des torches. Des gardes, torse nu, se tenaient nonchalamment près de la seule autre porte, à l'extrémité la plus éloignée de la pièce. Ils le regardaient distraitement comme s'il n'existait pas. Des civières de bambou étaient posées dans un coin, côte à côte.

Trois dalles de pierre de la longueur d'un corps étaient placées à distance égale dans la pièce, chacune d'elles recouverte d'une natte de joncs et équipée, de chaque côté, d'un jeu de cordes. Phaulkon reconnut la salle des tortures et sentit son estomac se contracter. Il avait déjà perdu beaucoup de forces. C'était sans doute pour cela qu'on l'avait laissé si longtemps enchaîné. Pour miner son énergie et lui ôter toute velléité de résistance.

Le garde le prit par les épaules et le força à s'étendre sur la dalle du milieu. Les lueurs de la torche jetaient des ombres inquiétantes sur son visage impassible tandis qu'il attachait les pieds et les mains du prisonnier aux solides anneaux de fer disposés à chaque angle.

Puis il se retira, laissant Phaulkon contempler son destin en silence. Le cœur battant à tout rompre, une nausée au bord des lèvres, il sentit sa dernière heure venir.

Il lui sembla qu'une éternité s'était écoulée avant que deux autres gardes surgissent de l'escalier qu'il avait emprunté. L'un était couvert de tatouages et l'autre avait sur le nez une verrue d'où sortait un long poil. Ils traînaient derrière eux deux Siamois qu'ils attachèrent sur les dalles situées de part et d'autre de Phaulkon. Ils étaient nus, comme lui, à l'exception du panung recouvrant leur sexe.

Selon le rite, les gardes s'inclinèrent à tour de rôle, les mains jointes, pour s'excuser des souffrances qu'ils allaient leur infliger. Accablé, Phaulkon tourna la tête d'un côté et de l'autre et, à la lueur vacillante des flammes, lut la terreur dans les yeux des autres prisonniers. Les gardes attrapèrent deux torches pour les approcher lentement de leurs pieds. Dieu du ciel ! songea Phaulkon, ils vont leur brûler la plante des pieds...

Les prisonniers furent torturés simultanément et il fut contraint d'endurer les cris qu'ils poussaient de chaque côté de lui. Il n'y avait aucune échappatoire et l'agonie des deux hommes le rendait fou. Bientôt, une terrible odeur de chair brûlée atteignit ses narines, s'ajoutant aux hurlements terrifiants qui assaillaient ses oreilles. Impuissant, il ferma les yeux et se mit à prier.

Il pensait avoir atteint le bord de la folie quand, soudain, les cris cessèrent. Se risquant à ouvrir les yeux, il aperçut un homme penché au-dessus de lui. Petraja ! Du coin de l'œil, il vit qu'on emportait sur une civière l'un des prisonniers, inconscient.

« Vichaiyen, votre tour va venir. Votre sort dépend des réponses que vous me donnerez. Si vous voulez à nouveau marcher, je vous suggère de vous en tenir à la stricte vérité. »

Il avait parlé d'une voix ferme, mais enjôleuse.

« On vous a nommé comte de France, un général français a vécu chez vous et partagé vos repas. Vous devez donc bien connaître les plans des farangs. »

En un suprême effort, Phaulkon tenta de se concentrer. Ainsi, comme il l'avait supposé, Petraja était réellement inquiet des réactions des Français...

« Je connais leurs plans et aussi leur mentalité, répondit-il d'une voix rauque. Si vous osez porter la main sur moi, les représailles seront rapides et sanglantes. L'armée française a prêté serment de protéger le Seigneur de la Vie et son Barcalon.

– Ils n'ont pas l'air de s'intéresser beaucoup à vous en ce moment, Vichaiyen, ricana le général. Mais je n'en désire pas moins connaître leurs intentions.

– Les deux choses sont inextricablement liées,

Petraja. Si vous touchez un cheveu d'un mandarin farang, non seulement le général Desfarges envahira Ayuthia, mais le roi de France enverra des navires de guerre avec des milliers de soldats pour dévaster ce pays. Le roi Louis est le plus puissant monarque de la terre et il n'aime guère perdre la face.

– Vous ne répondez pas à ma question, Vichaiyen. Je veux connaître en détail les plans militaires des Français.

– Vous les découvrirez bientôt par vous-même », rétorqua Phaulkon.

Il avait compris que rien de ce qu'il pourrait dire ne satisferait le général siamois. L'issue de cette séance était déjà fixée et une vague de terreur le traversa quand il vit Petraja faire un signe aux tortionnaires. Ils s'approchèrent de lui en se lamentant sur le mal qu'ils allaient lui faire et, à cet instant précis, il vit qu'on emportait le second prisonnier sur une civière.

L'un des hommes lui bloqua la cheville dans une mâchoire de fer tandis que l'autre tenait la torche de manière à ce que la flamme lèche la plante de son pied. Une douleur fulgurante le traversa et s'enfla jusqu'à devenir insoutenable. Son corps se convulsa tout entier.

Il poussa un cri perçant, suppliant qu'on arrête, près de confesser tout ce que l'on voulait entendre de lui. Penché au-dessus de lui, Petraja le regardait se tordre de douleur. Phaulkon sentit l'odeur de sa propre chair torturée et tourna la tête pour vomir. Soudain, l'horrible sensation de brûlure fut un peu moins cruelle. La flamme avait été écartée de son pied.

Les tortionnaires regardaient en direction de la porte. Il suivit leur regard et aperçut une silhouette prostrée sur le sol. L'un des gardes de Petraja brandissait une épée au-dessus de sa tête. L'homme portait autour du cou comme un collier sa langue coupée. Puis une autre silhouette vint s'écrouler à ses côtés dans le même état, et d'autres encore.

Les gardes stupéfaits allaient sortir pour voir ce

qui se passait quand un groupe bruyant de mercenaires farangs armés de mousquets se précipita à travers la porte ouverte. Les Siamois tentèrent vainement de leur barrer le passage tandis que Petraja, sentant le vent tourner, disparaissait vivement dans l'escalier.

Maniant l'épée et le mousquet, les Portugais se frayèrent un chemin dans le cachot, abandonnant une traînée de morts sur leur passage. Joao plongea son épée dans le cou massif de l'un des bourreaux encore en vie et un flot de sang éclaboussa sa poitrine.

Le massacre terminé, les mercenaires poussèrent un cri de triomphe en apercevant Phaulkon.

« *O Barcalon. Viva o Barcalon !* »

Mais Phaulkon était évanoui.

« Est-il encore vivant ? » demanda l'un des hommes.

Vasco avait l'oreille collée sur la poitrine du Grec. « Oui, mais il nous faut une civière. Son pied est méchamment brûlé.

– Les bâtards ! jura Joao en détachant les liens de Phaulkon. Il était temps que nous arrivions, les amis ! Attention en le soulevant ! »

Ils déposèrent Phaulkon sur la civière restante et l'emportèrent sans traîner.

Dehors, Joao scruta rapidement les environs. Il vit des groupes de Siamois embusqués derrière chaque arbre ou tapis dans les recoins sombres des passages voûtés. Les hommes de Joao levèrent leurs mousquets pour couvrir leur marche, les uns dirigés sur la droite, les autres sur la gauche. À leur vue, les Siamois reculèrent vivement, visiblement apeurés par ces armes qui tuaient à distance.

« Retournons à la porte ! » ordonna Joao tandis que ses hommes entouraient la civière pour la protéger.

Avec une bonne vingtaine de mousquets prêts à faire feu, le groupe se dirigea rapidement vers la porte du Palais par laquelle il était entré.

33

Sunida était accroupie devant le robuste capitaine. Ils étaient seuls dans une petite pièce nue dans le quartier des esclaves, non loin de la maison de Chao Fa Noi.

Elle devinait sous la surface, prête à éclater, la colère mêlée de peur de son geôlier. Leurs vies à tous deux ne tenaient qu'à un fil. Il portait la responsabilité ultime de la mort du jeune prince. À moins de mettre au jour le complot et de produire les coupables, il serait certainement accusé de négligence et condamné. Sunida tremblait au fond d'elle-même, sachant qu'il avait intérêt à l'incriminer.

Il la scrutait de ses yeux étroits et froids qui paraissaient encore plus petits au regard de son cou épais et de son visage carré.

« Qui étaient ces prêtres ? aboya-t-il une nouvelle fois.

– Je ne les avais jamais vus avant, Capitaine.

– Vous leur avez parlé, pourtant.

– Je me suis adressée à eux car il s'agissait de prêtres farangs. Mon Seigneur et Maître m'a ordonné de me renseigner sur la situation à Ayuthia. Les prêtres farangs sont généralement une bonne source d'information. »

Elle le vit abaisser les coins de ses lèvres en une moue dédaigneuse. « Qui est votre Seigneur et Maître ? » lâcha-t-il d'un ton sarcastique.

Sunida feignit la surprise. « Mais c'est le Seigneur de la Vie ! » s'écria-t-elle en touchant vivement le sol de son front.

Elle avait eu le temps de le voir hausser un sourcil. Était-ce de surprise ou d'incrédulité ?

« Je suis une ancienne concubine de Sa Majesté », précisa-t-elle fièrement.

Indécis, il se prosterna malgré tout brièvement. « Avez-vous une preuve de cela ?

– J'ai sur moi un rubis qui m'a été remis par le Seigneur de la Vie afin que le prince royal puisse m'identifier. Je l'ai montré à ses gardes. »

Elle porta les mains à sa tête.

« Les gardes sont tous morts, répliqua-t-il, à nouveau menaçant. Et ceux qui ont survécu ont été exécutés. Si vous ne me fournissez pas une preuve satisfaisante de votre identité, vous subirez le même sort. »

Sunida s'efforça de garder son calme. Elle ne devait manifester que de l'indignation et surtout pas de peur. Fouillant dans ses cheveux, elle en sortit le rubis et vit le garde retenir son souffle à sa vue.

« Voici le rubis royal, Capitaine. Il n'y en a que deux autres semblables au Siam. Chacun des princes royaux en avait reçu un. Son Altesse Royale Chao Fa Apai Tot pourra vous le confirmer si vous le lui montrez.

– Son Altesse Royale est morte elle aussi. »

La gorge de Sunida se noua. Elle était si occupée à lutter pour sa propre vie qu'elle n'avait pas encore pris le temps de penser aux conséquences de la mort du prince cadet. Et voilà que le prince aîné avait été également assassiné ! C'était là de bien mauvaises nouvelles pour son maître Phaulkon.

« Vous saviez qu'ils n'étaient pas des prêtres, assura le capitaine des gardes. Je vous ordonne de me révéler leur identité.

– Capitaine, quand je leur ai parlé, ils ont refusé de me répondre et ont détourné la tête. La manière dont ils se dissimulaient sous leurs capuches a éveillé mes soupçons et j'ai songé à signaler le fait à son Altesse Royale mais je me suis dit finalement que cela ne me regardait pas », ajouta-t-elle d'une voix chargée de regrets.

Le garde resta un moment silencieux sans la quitter des yeux.

« Avant de mourir, ces soi-disant prêtres ont donné votre nom. Nous savons que vous êtes leur complice.

– Pardonnez-moi, Capitaine, mais c'est tout à fait impossible, protesta-t-elle.

– Vous êtes bien Sunida, non ? »

La jeune femme se creusa l'esprit. Il bluffait, évidemment, mais elle sentait qu'il cherchait à l'inculper de toute manière. Il avait sans doute besoin d'un bouc émissaire, ce qui lui permettrait alors de reprocher aux gardes du Palais de l'avoir laissée entrer à la porte principale. Elle eut soudain une idée.

« Capitaine, je peux vous prouver qui je suis. »

Il eut l'air surpris. « Vraiment ? Et comment cela ?

– Les esclaves de Son Altesse Royale chargés des éventails étaient présents dans la pièce et ils peuvent témoigner que leur maître m'a identifiée.

– Vous savez très bien que les esclaves n'ont pas le droit d'écouter.

– Mais ils ont cependant des oreilles, Capitaine.

– S'ils s'en servaient, on les leur couperait.

– Et s'ils révélaient ce qu'ils entendent, ils auraient les lèvres cousues. Je connais la règle. Au harem royal, nous respectons le même protocole. Mais il arrive parfois que, dans sa grande sagesse, le Seigneur de la Vie allège ces règles. Et c'est ce que je vous demande de faire dans l'intérêt de la justice car je suis totalement innocente. » Elle lui jeta un regard déterminé. « Je suis très proche du Seigneur de la Vie et je peux faire en sorte que votre sagesse soit récompensée... »

Sunida vit que la remarque avait atteint son but. Une vie pour une vie, c'était peut-être sa chance d'obtenir le pardon du roi. On savait, à Ayuthia, que Sa Majesté était malade mais on croyait toujours le gouvernement entre ses mains. Petraja ne pouvait courir le risque de susciter une émeute dans la capitale en dévoilant sa conspiration. Il était dans son intérêt de faire croire qu'il recevait ses ordres du Seigneur de la Vie.

Le capitaine la regardait d'un air calculateur, manifestement tenté par sa proposition. Mais il savait que, même en interrogeant les esclaves, le résultat n'était pas assuré. La rigueur du protocole royal pouvait les terrifier au point de les rendre incapables de parler, de peur d'être accusés d'avoir écouté les conversations de leurs maîtres. Ces pauvres créatures ne sauraient sans doute que faire et tout dépendrait de la confiance qu'ils mettraient dans leur interlocuteur.

Il n'y avait pour l'instant aucune autre issue et il fallait que la jeune femme regagne d'urgence Louvo pour y faire son rapport à son maître et au Seigneur de la Vie. L'assassinat des deux princes allait sûrement entraîner de terribles conséquences.

Il continuait à la dévisager. « Nous avons quelqu'un ici qui peut confirmer votre histoire et nous l'avons envoyé chercher. »

Le capitaine prit un air suffisant pour bien montrer qu'il était de son devoir de découvrir rapidement toute la vérité. Quelqu'un allait donc l'identifier ? se demanda Sunida, brusquement inquiète. Qui donc cela pouvait-il être ? Le capitaine avait-il décidé d'interroger les esclaves ?

Elle espéra qu'il ne s'agissait pas du capitaine des gardes du Palais central qui la connaissait bien mais avait prêté serment au Seigneur de la Vie de ne jamais révéler son identité. Il était sans doute le seul, en dehors du harem, à savoir qu'elle était la seconde épouse du Pra Klang. Quelle serait sa réaction si on le questionnait ?

Sunida vit que l'homme continuait à l'observer. Sa vie était en jeu et il serait difficile à convaincre. Sans doute avait-il déjà tout arrangé avant de l'interroger.

Ils se mesurèrent des yeux en silence jusqu'à ce qu'un coup soit frappé à la porte. Un étrange pressentiment envahit Sunida.

Un esclave se prosterna sur le seuil. « Noble Capitaine, votre hôte est arrivé. La dame attend dans le salon de Son Altesse Royale. »

Le capitaine se leva et fit signe à Sunida de le suivre. Ainsi c'était une femme qui devait l'identifier, songea la jeune Siamoise, surprise. Les femmes du harem n'avaient de comptes à rendre qu'au Seigneur de la Vie et ne pouvaient être interrogées que par lui. Il y avait là quelque chose d'irrégulier.

Elle suivit le capitaine à travers une cour menant aux appartements de Chao Fa Noi et fut introduite dans l'antichambre. Le capitaine se prosterna sur le seuil du salon.

« Noble Dame, voici la femme qui dit s'appeler Sunida.

– Fais-la entrer ! » répondit une voix manifestement habituée à donner des ordres.

Prosternée elle aussi sur le seuil, Sunida coula un regard oblique dans sa direction et se sentit aussitôt traversée par un frisson glacé. Elle avait reconnu la femme sans difficulté. Comment oublier, en effet, ces traits eurasiens et cette peau couleur de perle ? Elle portait un kimono bleu pâle et ses cheveux noirs étaient noués en chignon. Ses pieds minuscules pointaient sous l'ourlet de son long vêtement.

« Laissez-nous seules ! » ordonna-t-elle. Le capitaine rampa à reculons tandis que Sunida attendait avec appréhension.

Dès que le garde eut disparu, la voix se fit plus douce, presque enjôleuse. « Ne vous inquiétez pas, mon enfant. Je sais qui vous êtes... »

Sunida fut surprise par la cordialité apparente de la voix.

« Vous pouvez vous asseoir et me regarder, reprit dame Maria. Oubliez le protocole, nous avons à parler. »

Sunida resta en alerte car son maître avait souvent évoqué devant elle le caractère changeant de sa première épouse. Pourtant, un rayon d'espoir réchauffa le cœur de la jeune Siamoise. Était-il possible que Maria ait enfin compris que le sort de Phaulkon les plaçait toutes deux devant des urgences communes ?

« N'ayez pas peur, mon enfant. Je sais parfaitement que le sort de mon honorable époux nous concerne de concert. Nous devons donc nous donner la main pour l'aider. »

La méfiance de Sunida commença à se dissiper, d'autant qu'elle ne demandait qu'à servir cette femme. Se pouvait-il que, sous l'effet du danger, elles parviennent enfin à se rapprocher? Elle se redressa pour s'asseoir sur ses talons, partagée entre l'espoir et la crainte.

« Le capitaine m'a demandé si mon mari avait déjà mentionné devant moi l'existence d'une concubine royale du nom de Sunida. J'ai tout de suite su que c'était de vous qu'il s'agissait. Que lui avez-vous dit exactement ?

– Que j'étais une concubine royale, Honorable Dame, répondit prudemment Sunida.

– Vraiment ? »

Sunida vit une brève crispation de souffrance contracter ses traits. Sa voix demeura cependant ferme quand elle reprit la parole. « Mais vous êtes depuis de nombreuses années la seconde épouse de mon mari, comme nous le savons toutes deux. »

Sunida crut déceler une note d'incertitude dans ces paroles, comme si Maria espérait une réponse négative. Elle se demanda un instant si cet interrogatoire visait seulement à confirmer ses soupçons. Mieux valait peut-être ne rien dire de sa relation avec Phaulkon.

« Nous devons être franches l'une envers l'autre, ma chère, poursuivit Maria d'une voix douce. Si nous voulons poursuivre notre but la main dans la main. »

Sunida gardait toujours le silence tandis que Maria lui adressait un sourire encourageant.

« On m'a demandé de vous identifier. Est-ce que cela vous aiderait que je confirme au capitaine que vous êtes réellement une concubine royale ? Je suis prête à le faire si vous vous montrez sincère avec moi. »

Sunida était perplexe. Était-ce un piège ? Maria pouvait-elle avoir encore un doute à son sujet ?

La voix de Maria se fit plus sévère. « En ma qualité d'épouse principale, je vous ordonne de me dire la vérité.

– Vous savez qui je suis, Honorable Dame, finit par répondre Sunida, à bout d'arguments.

– Bien. Notre relation doit se construire sur des bases saines et vous verrez que je peux vous être très utile. Dites-moi maintenant comment va votre enfant ? Ou peut-être devrais-je dire vos enfants ? Je ne m'en souviens pas. »

Sunida frémit. Son maître l'avait toujours assurée que Maria ignorait tout à ce sujet et ne devait jamais rien savoir.

« Il n'y a pas d'enfants, Honorable Dame.

– C'est difficile à croire car je sais que votre maître vous rend visite fréquemment. »

Sunida garda le silence. Puis elle se dit qu'il était préférable de nier ce dernier point.

« Mon maître voyage beaucoup, Honorable Dame. Il a très peu de temps pour moi. »

Maria se fâcha tout à coup. « Je vois que vous ne voulez pas devenir mon amie. Je vous ai tendu la main et vous l'avez repoussée. »

Comme Sunida demeurait silencieuse, elle appela le capitaine. Le cœur de la jeune Siamoise battait à tout rompre. Dès que le capitaine se présenta, Maria la renvoya, prétextant qu'elle voulait parler seule au responsable des gardes. Sunida se prosterna et sortit à reculons.

« Capitaine, dit Maria, j'ai interrogé cette femme consciencieusement. Elle ne sait rien ou très peu de choses des coutumes du Palais. Je crains qu'elle ne soit pas une concubine royale mais bien une usurpatrice. » Elle fit une pause et poursuivit d'un ton glacial. « Vous devez me dire qui étaient les assassins du jeune prince.

– Ils étaient vêtus comme des prêtres farangs. Tous ont été tués à l'exception d'un seul, un Eurasien, qui a pu être arrêté vivant. Avant qu'on ne lui coupe la langue, il a avoué que les ordres étaient venus d'un moine du monastère de Louvo. »

Maria dévisagea le capitaine. « Cette fille vient également de Louvo, affirma-t-elle. Si vous voulez mon avis, c'est beaucoup pour n'être qu'une coïncidence. »

Le visage du capitaine exprima le soulagement et la reconnaissance.

« Merci, Honorable Dame. Vous avez été très aimable de bien vouloir vous déplacer. Ce que vous venez de nous dire sera fort utile. »

34

L'après-midi du 18 mai fut particulièrement orageuse et suffocante. Le Seigneur de la Vie reprenait parfois conscience et, avec effort, réussissait à se redresser dans son lit, cherchant pathétiquement son souffle, le visage déformé par la souffrance.

Le père de Bèze se précipita vers lui et le reposa doucement sur ses oreillers. Les princesses royales – la sœur et la fille du roi – échangèrent un regard de commisération. Accablée par le meurtre de son oncle, Yotatep venait d'arriver d'Ayuthia afin de se réconcilier avec son père, mais il était alors trop malade pour la reconnaître. Depuis quelques heures, il ne faisait que marmonner des choses incohérentes parmi lesquelles on reconnaissait souvent le nom de Vichaiyen et le mot « cachot ». La voix du roi était ensuite devenue incompréhensible sous le coup de la fureur et de l'indignation.

En arrivant, la jeune princesse avait trouvé une situation inconcevable. Il lui avait fallu solliciter l'autorisation du général Petraja pour pénétrer dans le saint des saints et revoir enfin son père. Certes, ses désirs avaient été exaucés rapidement, mais il n'en demeurait pas moins extraordinaire qu'elle ait été obligée de les formuler. Petraja régentait tout au Palais. Elle ne s'était pas encore trouvée en face de lui mais, d'après ce qu'elle avait vu et entendu de la bouche même des gardes, c'était son père qui avait donné l'ordre d'arrêter et d'emprisonner Vichaiyen. Il aurait également chargé Petraja de prendre les rênes du gouvernement pendant sa maladie. Partout, on racontait que le Seigneur de la Vie délirait. Yotatep avait découvert de nombreux visages nouveaux au Palais et elle était sûre qu'il s'agissait d'hommes de Petraja, placés à des positions clés pour faire circuler les informations souhaitées. Il ne lui avait cependant pas échappé que son père, ou du moins l'autorité qu'il exerçait sur son peuple, inspirait encore à Petraja un respect mêlé de crainte. Ce n'était pas pour rien que le roi était appelé Naraï le Grand. Tant qu'il était en vie, le général devait agir prudemment car il ne pouvait se permettre d'être soupçonné d'avoir entraîné la mort d'un tel monarque.

Ce que Petraja avait fait était réellement stupéfiant. Si on avait dit à Yotatep un mois plus tôt que le président du Conseil privé trahirait le roi, elle se serait moquée de cette idée. Et voilà que, maintenant, le Seigneur de la Vie avait soi-disant demandé à Petraja, son vieil ami et allié, d'exercer la régence ! Quoi de plus naturel que le héros des campagnes de Birmanie dirige le Siam quand un ennemi étranger – la France, cette fois – menaçait de l'envahir.

Hélas... songeait amèrement Yotatep, elle aussi avait eu confiance en Petraja et l'avait cru le plus fidèle soutien de son père.

Elle avait appris que le général se présentait régulièrement à l'entrée du saint des saints pour faire croire qu'il venait chercher les ordres du roi. Le père de Bèze n'était pas autorisé à quitter le chevet du malade afin de donner un air de crédibilité à cette assertion.

Elle dirigea son regard vers un coin de la chambre où se terrait, tremblant, Pra Piya, l'ancien page royal que son père avait choisi comme successeur. Il était resté là, prostré, depuis plusieurs heures, terrorisé à l'idée du sort que pourrait lui réserver Petraja et n'osant pas quitter son refuge dans le saint des saints.

Âgé seulement de vingt-deux ans, il avait des traits plutôt agréables, jugea Yotatep en le regardant. Bien que le roi l'ait adopté, elle l'avait toujours méprisé en raison de ses modestes origines mais, en ces tristes instants où elle pleurait la mort de son oncle bien-aimé, elle fit en elle-même un vœu solennel. Si, comme elle en avait été secrètement informée, il s'avérait que Petraja était bien responsable de la mort de son oncle, alors elle épouserait Pra Piya pour se venger. La méprisable ambition de Petraja de monter sur le trône ne devait en aucun cas aboutir. Elle aurait tant voulu pouvoir dire tout cela à son père mais son état avait déçu ses espoirs.

Les pensées de la princesse furent interrompues par la soudaine apparition d'un garde posté à l'entrée du saint des saints. Il se prosterna sur le seuil, haletant, attendant que le roi lui donne l'autorisation de parler. Mais Naraï ne s'aperçut même pas de sa présence.

La sœur du roi prit sur elle de s'adresser à lui. « Allons, parle. Nous transmettrons ton message au Seigneur de la Vie quand il s'éveillera.

– Noble Dame, qu'il en soit fait selon vos ordres. Le général Petraja a pénétré dans l'enceinte sacrée avec une demi-douzaine de ses hommes. Ils demandent l'autorisation de venir ici. Ils sont armés et recherchent le seigneur Vichaiyen.

– Le seigneur Vichaiyen ? répéta le père de Bèze, soudain rempli d'espoir. A-t-il réussi à s'échapper ?

– Vichaiyen, est-ce toi ? » Levant la tête, le roi regardait autour de lui. « Où es-tu ? »

De ses mains décharnées, il tâtait le bord du lit, comme pour atteindre la tête du Barcalon prosterné à côté.

« Auguste et Puissant Seigneur, c'est moi, Prasit, un cheveu de votre tête. Le général Petraja et six de ses hommes veulent pénétrer dans l'enceinte sacrée. Les gardes attendent les instructions de Votre Majesté. »

Le roi regarda soudain droit devant lui, les yeux flamboyants. À la stupéfaction des femmes et du médecin jésuite, il lança ses jambes hors du lit et se leva. Son visage était pâle comme la mort et sa bouche tremblait si violemment qu'aucun son ne put d'abord franchir ses lèvres. Puis les mots en jaillirent brusquement à flots.

« Qu'on fasse entrer ce traître et qu'on m'apporte mon épée », ordonna-t-il d'une voix qui, d'ordinaire si faible, résonna comme le tonnerre.

Une esclave pétrifiée se précipita au-dehors pour aller chercher le porteur de l'épée royale tandis que le roi, chancelant, s'avançait le long du lit en s'agrippant à lui. Le porteur entra en courant dans la pièce et vint se prosterner aux pieds de son maître en élevant l'arme au-dessus de sa tête. Bouillant de rage, le roi dégaina l'épée de son fourreau et se plaça face à la porte. Personne n'osait bouger et les princesses, pas plus que le jésuite, ne se risquèrent à intervenir.

Au même instant la porte s'ouvrit brutalement, livrant le passage à Petraja et à trois de ses gardes armés. L'épée pointée sur eux, le roi contempla les intrus avec fureur. Interdits, ne sachant que faire, Petraja et ses hommes s'immobilisèrent.

« Prends notre vie, si tu oses, vermine, traître ! » cria le roi, les yeux étincelants.

Il leva son épée et fit un pas en avant mais l'effort l'épuisa. L'arme glissa de sa main tandis qu'il s'effondrait en arrière dans les bras des princesses qui le portèrent doucement sur son lit. Les jeunes esclaves, terrifiées, s'étaient recroquevillées dans un coin.

Yotatep se tourna vers Petraja, méprisante

« Pourquoi ne pas nous tuer maintenant, nous autres femmes désarmées, brave soldat ? » Elle fixa sur lui un regard farouche. « Mais si vous n'en avez pas le courage, alors sortez immédiatement ! »

Petraja ignora le sarcasme et ordonna à ses hommes de rengainer leurs épées. Il voyait que le roi n'avait plus longtemps à vivre et ne pouvait risquer d'être tenu pour responsable de l'issue fatale.

Il s'inclina devant les princesses. « Vos Altesses Royales, soyez assurées qu'il n'était pas dans mon intention de manquer de respect à Sa Majesté ni à vous-mêmes. Mais on m'a informé que Vichaiyen s'était réfugié dans les appartements privés de Sa Majesté. L'avez-vous vu ?

– Si tel était le cas, pensez-vous que nous vous le dirions ? jeta Yotatep, furieuse, tandis que sa tante tentait de la retenir. Vos mains sont déjà souillées par le meurtre de mon oncle et je peux vous assurer que, quel qu'en soit le prix, je veillerai à ce que vos ambitions traîtresses ne se réalisent jamais. J'épouserai Piya et vous ne monterez jamais sur le trône de Siam. Maintenant, hors de ma vue, traître !

– On a dû me donner une fausse information, déclara tranquillement Petraja, ignorant l'éclat de Yotatep. Nous allons poursuivre nos recherches. »

Sur le seuil de la porte, il se retourna et salua de nouveau les princesses.

« J'espère que Sa Majesté se sentira bientôt mieux », dit-il avec impudence.

En sortant, il aperçut dans un coin la silhouette tremblante de Pra Piya et murmura quelques mots à l'un de ses hommes tandis que Piya s'enfonçait un peu plus dans l'ombre.

Quand Petraja eut quitté la chambre royale, il lui fallut prendre quelques rapides décisions. À l'intérieur de l'enceinte privée, les gardes étaient restés fidèles au roi et l'écho de cette pénible confrontation avec le Seigneur de la Vie allait bientôt se répandre comme une traînée de poudre. Le guetteraient-ils déjà quand il allait sortir ? Les attaquer mettrait fin au stratagème qu'il avait pris tant de peine à monter en prétendant obéir aux ordres royaux. C'est pourquoi il avait résisté à la tentation d'entraîner immédiatement Piya au-dehors, comme il avait pourtant souhaité le faire. La déclaration de Yotatep affirmant qu'elle allait épouser ce pantin l'avait exaspéré. Une telle union augmenterait les chances de Piya de monter sur le trône, surtout si le roi vivait assez longtemps pour l'appuyer. Mais traîner dans les couloirs de l'appartement royal un Piya hurlant et se débattant aurait donné aux gardes du roi le signal de l'attaque.

Il s'occuperait de lui plus tard, dès qu'il en aurait fini avec Vichaiyen. Pour l'instant, mieux valait éviter d'affronter les gardes royaux.

En sortant du long couloir qui débouchait dans l'antichambre, il vit que plusieurs gardes bloquaient le passage. Le couloir ouvrait sur une cour intérieure proche de la porte d'entrée du saint des saints.

Petraja n'était accompagné que de six hommes et il avait en face de lui un nombre égal de gardes. Il lut l'incertitude sur leurs visages. On entendit alors s'approcher des pas précipités et la voix de Yotatep s'éleva :

« Arrêtez, Petraja ! Par ordre de mon royal père ! »

Petraja jura. Il lui fallait trouver sur-le-champ une échappatoire. Sans ralentir l'allure, il s'adressa au capitaine des gardes qui lui faisait face à l'extrémité du couloir.

« Le Seigneur de la Vie délire malheureusement. Il m'a pris pour un intrus. »

Il les vit de nouveau hésiter. Au même instant, ses hommes, bien entraînés, prirent l'initiative de le plaquer contre le mur, formant un demi-cercle protecteur autour de lui. Ils écartèrent les gardes et l'entraînèrent rapidement vers la cour. Quand les soldats du roi finirent par se ressaisir, il se trouvait déjà dans la cour, entouré de son escorte. Le portail du saint des saints se profilait devant lui mais d'autres gardes royaux y étaient postés. Lorsqu'ils reconnurent Petraja, ils ne surent comment agir.

« Arrêtez-le ! Ne le laissez pas s'échapper ! »

La voix de Yotatep avait des accents désespérés. Cette fois, les gardes n'hésitèrent plus et, tirant leur épée, attaquèrent le groupe. Trois des hommes de Petraja se retournèrent pour leur faire front tandis que les trois autres, serrés autour de leur chef, marchaient droit sur la porte.

Quand ils l'atteignirent, deux d'entre eux poussant

un grand cri se jetèrent sur les gardes royaux plus nombreux et parvinrent à les tenir en respect quelque temps avant de tomber sous leurs coups. Cette action suicidaire permit à Petraja de se glisser sans encombre au-dehors. Tout juste avait-il une égratignure au bras lorsqu'il émergea enfin de l'enceinte sacrée. Mais ses hommes d'élite, eux, étaient tous morts.

Quelques secondes plus tard, Yotatep gagna à son tour le portail en regardant frénétiquement autour d'elle. Elle ne vit que des gens se prosternant sur le sol au passage de Petraja dans la cour suivante. Hors de l'enceinte privée du roi, tout le monde le considérait déjà comme le régent. Abandonnant à regret la poursuite, la princesse retourna vers son père pour s'occuper de lui.

Petraja se dirigea vers les portes extérieures du Palais, racontant à qui voulait l'entendre que les gardes de l'enceinte privée, profitant de l'état de santé du roi, avaient tenté de piller le trésor royal. Il devenait urgent, dit-il, de les chasser tous pour les remplacer par des hommes à lui. Comme il traversait les magnifiques jardins avec leurs bosquets éclatants de bougainvillées, un groupes de gardes du Palais courut à sa rencontre pour l'informer que des mercenaires farangs solidement armés avaient pénétré dans le Palais et tuaient tous ceux qu'ils rencontraient. Plus de vingt d'entre eux étaient de ceux qui avaient délivré Vichaiyen et ils tentaient maintenant d'atteindre la porte latérale du Palais. Furieux, Petraja aboya un ordre : tous les hommes disponibles devaient se rendre immédiatement dans la troisième cour.

Les gardes s'exécutèrent et le général, préoccupé, leur emboîta le pas.

Transportant Phaulkon sur une civière, Joao et ses soldats faisaient retraite lentement, leurs mousquets braqués sur la foule qui les suivait à distance, trop effrayée par les armes à feu pour attaquer. À la porte latérale, ils trouvèrent les deux Espagnols laissés en sentinelle gisant sur le sol, morts. Leurs mousquets avaient disparu.

« Essaie d'ouvrir la porte ! » cria Joao à Vasco.

Vasco courut à perdre haleine tandis que Joao et ses soldats le couvraient en reculant vers la porte. En face d'eux, à quelques mètres, une meute grandissante de Siamois observait leur mouvement.

« Elle est fermée ! s'exclama Vasco. Et la clé a disparu ! »

Joao pesta entre ses dents. Ils étaient piégés à l'intérieur du Palais. Leur seul espoir était d'escalader à nouveau la muraille. Il apercevait sur sa droite les marches conduisant au-dessus des remparts, celles-là même que Phaulkon avait empruntées quelque temps plus tôt.

Joao jeta quelques mots rapides à Vasco et le petit homme courut vers les marches qu'il escalada trois par trois. Ils le virent marquer un temps d'arrêt au sommet pour estimer le saut, puis disparaître.

Le Portugais sourit en l'entendant atterrir de l'autre côté. Il savait que Vasco ramènerait les gardes de Phaulkon ainsi qu'une grande couverture assez solide pour amortir le saut des quelque vingt hommes restés sur le rempart.

Il observa les Siamois en se demandant combien de temps ils attendraient avant de se ruer sur eux. Certains étaient armés d'épées, d'autres de harpons ressemblant à des arbalètes. Malgré leur crainte des armes à feu, ils étaient en mesure de causer pas mal de dommages s'ils attaquaient. Mais Joao pensa qu'ils ne le feraient pas. Il calcula qu'il faudrait environ quinze à vingt minutes à Vasco pour revenir avec les gardes et le matériel.

À cet instant, il entendit au loin l'écho de cris et de piétinements. Le bruit s'approchait et, bientôt, des dizaines de Siamois, encouragés par la voix forte de Petraja, débouchèrent d'un passage voûté pour faire irruption dans la cour. En voyant la rangée de mousquets pointés sur eux, ils s'arrêtèrent brusquement, paniqués. Les gardes siamois se déployèrent le long des murs, les yeux fixés sur les fusils des farangs. Leur nombre ne cessait d'augmenter et ils furent bientôt une centaine face à Joao, et à ses mercenaires. Petraja se tenait à l'entrée du passage, aboyant des ordres, un bandage entourant son bras gauche de l'épaule au coude.

Joao hésita. S'il ordonnait de tirer maintenant, les Siamois pouvaient s'enfuir, effrayés, ou, au contraire, se décider brusquement à charger en comptant sur leur supériorité numérique. Il lui fallait donc gagner du temps en priant pour que Vasco arrive avant que Petraja ne donne l'ordre de l'attaque. Il jeta un rapide coup d'œil au corps de Phaulkon qu'ils avaient posé par terre, toujours inconscient, la tête sur leurs vestes en guise d'oreiller.

Petraja avait envoyé chercher un interprète à qui il ordonna de s'adresser aux étrangers.

« Vous n'avez aucune chance, traduisit l'homme dans un mauvais portugais, nous sommes déjà très nombreux et je peux faire venir cent gardes de plus en un instant. Nous ne désirons pas vous faire de mal. Tout ce que nous voulons, c'est votre chef Phaulkon. Vous nous le remettrez contre la clé de la porte et votre liberté. »

Joao réfléchit rapidement. Il devait faire traîner en longueur la négociation jusqu'au retour de Vasco.

« Si nous vous remettons notre chef en échange de la clé, comment pouvons-nous être certains que vous nous laisserez sortir ?

– Dès que l'échange sera fait, je renverrai mes hommes. Vous demeurerez seuls dans la cour. »

Joao fit semblant de réfléchir longuement à cette offre.

« Vos hommes doivent s'en aller *avant* que nous vous remettions le seigneur Phaulkon.

– Ce n'est pas possible. Si vous n'acceptez pas maintenant ma proposition, j'ordonne à mes hommes de charger et vous serez écrasés sous le nombre. »

Joao chercha désespérément d'autres arguments car il savait que le temps travaillait pour lui. Il allait parler quand une voix rauque s'adressa à lui en portugais.

Malgré le ton inhabituel, il l'aurait reconnue entre toutes.

« Aide-moi à me lever, Joao. Je parlerai moi-même à Petraja ! »

Joao se retourna en souriant. Il serait plus facile de lancer par-dessus les remparts un homme conscient qu'un corps inanimé.

« Une minute, s'il vous plaît, dit Joao à Petraja. Quelqu'un désire vous parler. »

Il se pencha et aida Phaulkon à se redresser. Chancelant, le Grec s'appuya lourdement sur l'épaule du Portugais en évitant de poser par terre son pied blessé.

« Bienvenue dans ce monde, mon Seigneur », dit Joao.

L'ombre d'un sourire apparut sur le visage livide de Phaulkon. De son pied à vif et gonflé s'écoulait un liquide sanguinolent.

« Je n'ai entendu que la fin de ton discours, Joao, mais je sais déjà que tu as fait du bon travail. »

La voix coupante de Petraja résonna. « Que se passe-t-il, encore ? Mes hommes perdent patience.

– Sont-ils si désireux de mourir ? rétorqua Phaulkon en siamois, d'une voix lente mais nette. Vous ne leur avez peut-être pas bien expliqué la situation. Nous avons ici vingt-cinq mousquets entre les mains de soldats qui savent s'en servir. Vingt-cinq de vos hommes mourront à la première salve et ces nouveaux mousquets se rechargent très rapidement, de sorte qu'il ne faudra pas longtemps pour en abattre vingt-cinq autres et ainsi de suite. »

Il marqua une pause. « Alors, Petraja, quels sont les hommes que vous allez sacrifier en premier ? »

À un signal de Phaulkon, les vingt-cinq armes dirigées sur les Siamois balayèrent leurs rangs de leur gueule menaçante.

Il y eut une pause inquiétante avant que Petraja prenne la parole.

« Vous vous trompez, Vichaiyen. Mes gardes n'ont pas peur de vos armes et ils vous auront écrasés avant que vous n'ayez rechargé. Je peux vous garantir qu'un second assaut ne sera pas nécessaire. Tout sera fini avant même que les renforts que j'ai demandés n'arrivent.

– Nous devons gagner du temps, mon Seigneur, murmura Joao à l'oreille de Phaulkon. Vasco devrait être de retour d'un moment à l'autre. »

Phaulkon hocha imperceptiblement la tête.

« Je ne me trompe pas, Petraja, et vous le savez. Mais je ne veux pas sacrifier tant d'hommes. Ils ne sont pas à vous, ce sont les sujets du tout-puissant Seigneur de la Vie qui est leur maître ainsi que le vôtre. Je suis prêt à me rendre pour éviter un bain de sang inutile. Mais je ne le ferai que si nous allons ensemble, vous et moi, chercher nos ordres auprès du Seigneur de la Vie.

– J'ai déjà reçu son aval, Vichaiyen. Si vous ne vous rendez pas immédiatement, je donne l'ordre de charger. »

Pendant qu'ils parlaient, d'autres hommes surgirent par le passage voûté et se massèrent dans la cour. Phaulkon jeta un regard inquiet à Joao. Les renforts évoqués par Petraja commençaient à arriver.

« Et les remparts ? murmura-t-il au Portugais.

– C'est à ça que je pense, mon Seigneur. Nous aurons l'avantage de nous trouver en surplomb. Deux de mes hommes vont vous aider à monter pendant que nous vous couvrons. C'est maintenant ou jamais. »

Phaulkon hocha la tête.

Joao cria un ordre à Jorge, son second, et tout se déchaîna. Couverts par leurs compagnons, deux des hommes de Jorge se précipitèrent sur Phaulkon qui avait repris place sur la civière tandis qu'une douzaine d'autres leur ouvraient un passage en direction des marches menant au sommet des remparts. Les dix hommes restants se serrèrent autour de Joao et visèrent les assaillants. Au même instant, Petraja donna l'ordre de charger et les Siamois formant un groupe compact se ruèrent en avant, les uns en direction des marches, les autres vers Joao.

Sous les coups répétés des mousquets, nombre d'entre eux tombèrent, mais pas assez pour ralentir vraiment l'assaut. Les mercenaires tentèrent désespérément de recharger mais la foule était déjà sur eux et un combat sans merci s'engagea au corps à corps. Joao courut vers les marches, préoccupé avant tout de son maître. Pendant ce temps, les hommes de Jorge atteignaient le sommet des remparts d'où ils se retournèrent pour viser la foule. Plusieurs explosions retentirent et quelques Siamois qui se trouvaient en bas des marches s'écroulèrent. Ceux qui se pressaient derrière eux hésitèrent. Joao les traversa comme une flèche, piétinant les corps inanimés sur le sol, et bondit sur les marches avant qu'on ne puisse l'arrêter.

Un cri monta des remparts.

«*Vasco! Viva Vasco!*»

Parvenu au sommet, Joao regarda de l'autre côté du mur. Les gardes de Phaulkon étaient massés au-dessous, déployant une grande couverture de laine. Un peu plus loin, Joop et ses hommes tenaient en respect une foule de plus en plus agitée. Sous la conduite de Vasco, une douzaine de gardes s'approchèrent de la muraille et tendirent fermement la couverture déployée à hauteur d'épaules. À neuf mètres au-dessus du sol, Joao souleva Phaulkon de sa civière et, le portant à bout de bras, se redressa sur la crête des massives murailles.

Une flèche l'atteignit soudain dans le dos et il bascula en avant, tenant toujours Phaulkon dans ses bras. Les deux hommes tombèrent dans le vide en s'écartant l'un de l'autre. Les recevoir tous deux dans la couverture était impossible. Les gardes se précipitèrent en direction de leur maître et le corps de celui qui venait de lui sauver la vie s'écrasa sur le sol à côté d'eux avec un bruit sourd.

De l'autre côté de la muraille, le massacre avait commencé. Submergés, les hommes de Joao furent taillés en pièces et il n'en resta bientôt plus qu'une demi-douzaine qui, réfugiés au sommet des remparts, repoussaient de leur mieux leurs attaquants.

Quatre d'entre eux, seulement, réussirent à sauter et à arriver sains et saufs. Un cinquième sauta trop vite et tomba à côté de la couverture. Des dizaines de Siamois avaient été tués ou gravement blessés.

Les gardes de Phaulkon avaient saisi entre-temps le corps de leur maître et l'emportaient à la hâte vers sa maison tandis que Joop et la poignée de mercenaires encore en vie, couraient, éplorés, à côté de la dépouille de Joao portée par Vasco et l'un de ses camarades.

35

À l'aube, le guetteur du fort de Bangkok reposa sa longue-vue et courut chez son supérieur. Le général, qui se préparait à partir pour Louvo, confirma son rapport quelques instants plus tard.

Une flottille de barques siamoises s'approchait des quais. D'après l'aspect de la barque principale, une splendide embarcation dorée dont la proue était ornée d'un majestueux garuda, il était évident qu'il ne s'agissait pas d'un convoi ordinaire. L'équipage se composait de dizaines de rameurs vêtus de tuniques rouges et d'un bonnet assorti. Au son d'une éclatante fanfare, la barque d'apparat accosta et une nuée d'esclaves débarquèrent pour venir se prosterner le long du quai. À les voir, on aurait pu croire qu'ils honoraient un dignitaire de haut rang.

Intrigués, le général et plusieurs de ses officiers s'étaient regroupés près du quai. À leur grande surprise, ils découvrirent que ces marques de respect s'adressaient à... une lettre. Des tambours et des conques retentirent tandis que, dans une chaise à porteurs, un majordome en livrée s'avançait, l'air cérémonieux, pour remettre officiellement au général le message placé dans un coffret doré au bout d'un long manche.

La lettre était écrite en siamois en lettres d'or. Le général fit appeler son interprète, Suvit, un jeune orphelin catholique originaire des provinces du Nord auquel les jésuites avaient appris le français, heureux de pouvoir compter sur ses yeux et ses oreilles dans l'enceinte du fort.

Desfarges et ses principaux officiers attendirent anxieusement son arrivée. Hors de lui, le général fulminait. Comment avait-on osé retenir de force son fils à Louvo ? L'honneur de la France était en jeu. Malgré leurs protestations, il avait informé ses officiers qu'il se rendrait en personne à Louvo, accompagné seulement de son second fils et d'un assistant. Après quoi, il ramènerait ses deux fils sains et saufs à Bangkok ou alors il périrait avec eux dans la tentative. S'il devait leur arriver quelque chose, son suppléant Verdesal, qui commanderait le fort en son absence, devait immédiatement déclarer la guerre et informer Petraja que les canons français de Bangkok tireraient sur toute embarcation siamoise empruntant le fleuve.

Quand Suvit se présenta, le général lui tendit la lettre et lui demanda de la traduire devant ses officiers : Beauchamp, Verdesal, Le Roy, Fretteville et le jeune Desfarges, son second fils.

La lettre était rédigée dans le style officiel fleuri et le général y était qualifié d'illustre envoyé du puissant monarque français, le roi Louis. Elle disait qu'à la demande du Seigneur de la Vie, Petraja avait été chargé des affaires du royaume en tant que régent et qu'à ce titre celui-ci était satisfait de voir que les Français n'avaient pas tenté de venir en aide à Constantin Phaulkon, accusé de trahison et démis de toutes ses fonctions. Petraja s'excusait pour le sort malheureux des trois officiers récemment tués, soulignant que l'incident montrait bien à quel point le peuple identifiait la cause de la France à celle de Phaulkon.

Petraja se déclarait également satisfait de noter que les Français, tant admirés par le Seigneur de la Vie, resteraient les alliés fidèles du Siam et, comme témoignage de son amitié indéfectible, il proposait de nommer Barcalon, à la place de Phaulkon, le fils du général, actuellement accueilli en « invité » à Louvo. Ainsi, la France resterait à jamais l'alliée privilégiée du Siam, alliance confirmée par la nomination d'un Français au poste de Premier ministre. Petraja espérait en outre que le général Desfarges resterait quelque temps à Louvo pour faire profiter son fils de son expérience et le préparer à son nouveau poste. Il l'invitait donc à le rejoindre au Palais au plus vite et mettait ses barques à sa disposition.

Desfarges questionna du regard ses officiers et lut dans leurs yeux la même réponse : c'était un piège. Mais le général français, fidèle à sa nature hésitante, demeurait convaincu que c'était de Phaulkon que les Siamois voulaient se débarrasser et non de la France.

« J'ai du mal à croire, Général, que Petraja veuille installer un Français comme Barcalon. C'est un nationaliste convaincu, objecta Beauchamp.

– Petraja cherche à vous attirer dans un piège, Général, avertit Le Roy. N'y allez pas. »

Desfarges les considéra d'un regard hautain. Il avait peut-être du mal à prendre une décision, mais quand il en avait arrêté une, il était difficile de l'en faire changer. En dépit des protestations répétées de ses officiers, il se tourna vers son fils et l'informa qu'ils allaient partir tous deux pour Louvo avec l'escorte que leur proposait Petraja.

Une heure plus tard, accompagné de son plus jeune fils, de son interprète et d'un assistant, il s'embarquait pour Louvo, un voyage de seize heures par le fleuve. Nellie l'avait supplié de l'emmener avec lui, mais, inébranlable, il l'avait renvoyée sans ménagements. Il ne faisait manifestement plus confiance à l'Anglaise et pensait au contraire qu'en raison de ses liens avec Phaulkon elle pouvait nuire à la cause française. Au fort, on pourrait garder un œil sur elle.

Elle réussit cependant à obtenir qu'il s'informe de ce qu'était devenu son fils Mark et lui fit promettre de le ramener au fort avec lui s'il n'était pas déjà en route.

Au début du voyage, ils ne furent accompagnés que d'une petite escorte. Mais, bientôt, d'autres embarcations occupées par des hommes en armes vinrent se joindre à eux et, progressivement, cernèrent la barque du général. Alarmé, ce dernier demanda à son interprète ce que signifiait un tel cortège. Il lui fut répondu qu'une escorte plus petite aurait été indigne d'un personnage aussi illustre.

Desfarges fut d'abord flatté par cette explication, comme il l'avait été par les marques de respect de Petraja. Mais bientôt, devant l'importance de la flotte qui l'entourait, il commença à avoir des doutes. En examinant les passagers, il ne vit que des mines patibulaires et hostiles. Tandis qu'il était plongé dans ses pensées, un bateau plus rapide fut envoyé en éclaireur pour informer Petraja de son arrivée.

Le voyage se poursuivit dans les mêmes conditions, la garde d'honneur ne cessant d'augmenter. Ils arrivèrent enfin à Louvo et, malgré sa fatigue, le général fut immédiatement conduit au Palais, ce qui déjoua les plans des jésuites. Avertis de sa vue, ils avaient en effet prévu de le rencontrer aussitôt pour l'avertir que des troubles sérieux avaient éclaté dans la ville, mettant en péril la population chrétienne. Des hommes, des femmes, des enfants de toutes nationalités étaient jetés en prison.

Le plus jeune fils de Desfarges fut promptement éloigné après qu'on lui eut expliqué que Petraja désirait s'entretenir seul avec son père. On interdit également à l'interprète d'accompagner le général français.

Il régnait à l'intérieur du Palais une intense activité. Desfarges fut conduit dans une antichambre où, sous la surveillance de gardes armés, il fut abandonné à ses pensées pendant ce qui lui parut une éternité. Tour à tour, il fut assailli par le doute, la colère, la frustration, la peur. De tous ces sentiments, celui qui lui était le plus pénible était la certitude grandissante d'avoir été dupé. Mais que pouvait bien gagner Petraja à afficher une pareille arrogance ? Ne savait-il pas que, s'il lui arrivait quoi que ce soit, les Français exerceraient des représailles ?

Des pensées confuses l'agitaient encore quand on vint l'avertir que Petraja allait enfin le recevoir. Il fut conduit dans la salle d'audience lambrissée où le roi l'avait reçu autrefois. Partout, les domestiques et les gardes de service étaient prosternés ou accroupis, tête baissée. Le soleil entrait par une fenêtre perçant le haut du mur, mais l'air sentait malgré tout le renfermé. Le front du général se trempa de sueur.

Vêtu d'un panung noir et d'une veste de brocart d'or, Petraja était assis sur une estrade à l'extrémité de la salle, entouré d'un groupe de courtisans. Il avait à sa droite un homme épais, de forte carrure, qui ne semblait pas à sa place dans cette compagnie. Il ressemblait davantage à un lutteur ou à un garde du corps. C'était Sorasak.

D'un signe de tête hautain, Petraja salua Desfarges et, par l'intermédiaire d'un interprète, lui ordonna de se prosterner à la mode siamoise. Le corpulent Français allait protester, mais la mine sinistre des nombreux gardes qui l'entouraient le fit changer d'avis. Il se vit contraint de garder la tête au-dessous de celle de Petraja et, comme ce dernier était assis, de conserver durant tout l'entretien une position des plus humiliantes. Le roi lui-même, songeait-il amèrement, n'avait jamais exigé qu'il reste ainsi à quatre pattes. Toute velléité de se redresser était aussitôt arrêtée par un redoutable garde qui se tenait juste derrière lui, l'épée à la main. Le général commençait à prendre la pleine mesure de sa désillusion.

« Il m'a été signalé, Général, que le comportement de vos troupes à Bangkok laissait beaucoup à désirer, commença Petraja avec arrogance. Elles sont indisciplinées et insolentes, errent dans les rues et s'en prennent aux femmes quand elles ne demandent pas tout bonnement l'aumône. Comment compter, dans ces conditions, sur leur loyauté ?

– La loyauté de mes hommes à l'égard du roi du Siam est inébranlable », répondit Desfarges toujours front contre terre.

Il transpirait abondamment et commençait à souffrir de cette position plus qu'inconfortable.

« Dans ce cas, Sa Majesté leur ordonne de venir immédiatement à Louvo pour réprimer un soulèvement des populations du Nord-Est. Vous devrez également demander à votre commandant de Songkhla d'amener ses hommes ici sans délai. »

Le général avait conscience de la menace que sa présence armée faisait peser sur lui. Il ne lui avait pas échappé que le garde qui l'accompagnait portait à son bras le brassard rouge du corps royal d'élite – des hommes entre les mains desquels une épée se transformait promptement en arme meurtrière. Le regard de Petraja se portait alternativement sur le garde et sur Desfarges, comme pour rappeler à ce dernier les dangers qui pesaient sur sa vie.

« Nos rapports indiquent que le soulèvement au Laos est des plus inquiétants, poursuivit Petraja, et Sa Majesté m'a chargé de vous informer qu'elle comptait sur le soutien de ses alliés pour écarter tout danger dans cette région. »

Le général, dont l'orgueil était maintenant rabattu, cherchait un moyen d'échapper à ce piège. La stratégie de Petraja était évidente. Les hommes du commandant Du Bruant seraient attirés hors de Songkhla et tomberaient sans doute en chemin dans une embuscade. Ceux de Verdesal subiraient probablement le même sort dès qu'ils auraient quitté la protection du fort de Bangkok. Petraja veillerait à ce que les deux unités ne se rejoignent jamais.

Il eut soudain une idée. « Mon Seigneur, je crains de ne pouvoir accéder à votre demande qu'à la condition d'intervenir en personne. Dans l'armée française, voyez-vous, le règlement exige qu'un ordre émane de la bouche même du commandant pour être respecté.

Des ordres écrits de ma main ne seront pas suivis, de crainte qu'il ne s'agisse d'un document falsifié. Nous ne pourrons satisfaire les désirs de Sa Majesté que si j'en exige moi-même l'exécution. Je vous prie donc de me laisser partir afin que je me rende à Songkhla et à Bangkok pour informer mes hommes de ces nouvelles circonstances. »

Surpris par cette réponse Petraja demeura un long moment silencieux.

« Vous êtes autorisé à retourner à Bangkok, Général, mais vos deux fils resteront ici en otages. Ils ne seront libérés que lorsque vos troupes seront toutes rassemblées à Louvo. Dans le cas contraire, vos fils seront mis à mort. Quant à votre division de Songkhla, il vous faudrait trop de temps pour vous y rendre en personne. Je vais donc remettre cet ordre écrit de Sa Majesté que vous ferez traduire en français. Lorsque vous y aurez apposé votre sceau, il sera envoyé par messager rapide. J'espère que votre représentant à Songkhla comprendra qu'il vous est impossible de lui communiquer ces ordres de vive voix, compte tenu de la distance et de l'urgence. »

Le général allait protester quand il surprit un tel éclat de haine dans les yeux de Petraja qu'il jugea préférable de se taire pour l'instant.

Le Siamois pointa vers lui un doigt menaçant. « Nous savons aussi que Vichaiyen est sous votre garde. J'exige qu'il soit relâché et regagne Louvo sur-le-champ afin d'y être jugé. La présence de vos fils ici garantira son retour. S'il n'est pas revenu dans trois jours, ils seront exécutés. »

Cette allusion au sort de sa progéniture raviva la colère de Desfarges.

« Essayez-vous de me dire que le seigneur Phaulkon n'est pas retenu dans ces murs ? »

Petraja lui jeta un regard sceptique. « Il est avec vous, Général, comme vous le savez, et vos fils paieront pour avoir recueilli un tel criminel. »

L'irritation de Desfarges, encore accrue par l'inconfort de sa position, atteignit son comble.

« Et quand donc aura lieu cette cérémonie ? demanda-t-il d'un ton coupant.

– Quelle cérémonie ?

– Cette soi-disant promotion de mon fils au poste de Barcalon. C'est pour cela que je suis venu ici. »

Quand la traduction de cette réponse leur parvint, les assistants sourirent entre eux.

« Elle a été... reportée... » Petraja regarda autour de lui d'un air satisfait. « Indéfiniment. »

Desfarges se redressa avec effort, faisant de son mieux pour dissimuler la raideur de ses membres. Ignorant délibérément le garde armé derrière lui, il fit un pas en avant et lança à Petraja un regard furieux.

« C'est probablement la seule vérité qui soit sortie de votre bouche aujourd'hui, Petraja. Maintenant, à votre tour d'écouter ce que j'ai à dire. »

L'interprète hésitait, effrayé de traduire ces paroles. Desfarges se tourna vers lui, méprisant. « Parle, espèce de lâche ! » Mais la langue de l'homme restait collée à son palais.

Ses larges épaules frémissant de colère et d'indignation, Desfarges fit face à Petraja.

« Dites à ce singe derrière moi que s'il ose porter la main sur le maréchal de France ou s'il arrive quoi que ce soit à mes fils, mes bateaux transporteront mes troupes à Ayuthia et mes canons détruiront votre capitale. Vos bicoques en bois feront un beau feu de joie. Si vous voulez la guerre, vous l'aurez. Quant au seigneur Phaulkon, il n'est pas avec nous et nous ne pouvons donc vous le renvoyer. En ce qui concerne votre demande de regrouper mes forces à Louvo, je veux l'entendre de la bouche même de Sa Majesté. Je n'agirai que dans ces conditions. Et je ne quitterai pas cette pièce avant d'avoir parlé à mes deux garçons. »

Un murmure inquiet courut dans l'assistance. Petraja s'était levé en même temps que Desfarges, sans perdre son sourire. Quand le Français eut terminé, il se mit à rire, comme si ce dernier venait de prononcer une bonne plaisanterie, et plusieurs de ses courtisans l'imitèrent.

Desfarges connaissait assez bien le Siam pour deviner que Petraja cherchait à sauver la face et hésitait à le tuer. S'il avait voulu le faire, il n'avait qu'un ordre à lancer à l'homme derrière lui. Tout cela n'était que du bluff. Desfarges savait maintenant que les canons de la France étaient sa carte maîtresse.

« Au nom du roi de France, je demande à être conduit immédiatement auprès du Seigneur de la Vie. »

Son attitude pleine d'assurance et son regard de défi étaient explicites. Il fit un pas de plus vers Petraja.

D'une voix tremblante, l'interprète se décida enfin à informer humblement son maître que le général français demandait à rencontrer le roi avant de retourner au fort.

Le visage de Petraja ne changea pas d'expression. « Je dois m'informer d'abord de l'état de Sa Majesté », répondit-il suavement.

Il se tourna vers l'un de ses assistants et, d'un geste bref, l'envoya se renseigner.

« Où sont mes fils ? Je veux les voir, insista le général.

– Vos fils sont nos honorables hôtes et seront traités avec respect jusqu'à votre retour. Vous pourrez les voir avant de partir. »

Un long silence s'établit jusqu'au retour de l'assistant qui informa Petraja que le Seigneur de la Vie était malheureusement souffrant.

Mais l'humeur de Desfarges n'était plus à la conciliation. « J'insiste néanmoins pour le rencontrer. Je veux m'assurer par moi-même que Sa Majesté est bien en vie. »

Après avoir écouté la traduction, Petraja haussa les épaules, se tourna vers ses courtisans et prononça quelques mots à mi-voix qui les firent rire sous cape tandis qu'ils jetaient des coups d'œil entendus en direction de Desfarges. Petraja ordonna finalement à son assistant d'accompagner le général dans les appartements privés de Sa Majesté. On venait de lui confirmer que le roi était dans le coma, et il n'y avait guère de chance pour qu'il puisse s'entretenir de quoi que ce soit avec le Français.

En suivant son escorte vers le saint des saints, Desfarges ne pouvait savoir que la garde avait été changée. Accusés d'avoir voulu piller les inestimables trésors du roi, les gardes royaux attendaient d'être jugés au fond de leurs cachots. Ceux qui les remplaçaient étaient tous des hommes de Petraja. Ils saluèrent le général et le firent attendre dans l'antichambre, tandis que l'un d'eux allait s'assurer que le Seigneur de la Vie était bien inconscient.

Satisfaits, ils revinrent chercher Desfarges dont le visage affichait en permanence un air renfrogné. Péniblement, il se prosterna au pied du lit. La pièce était silencieuse et plongée dans la pénombre. Il crut voir deux visages de femme le regarder fixement.

Le garde qui l'avait accompagné, également prosterné, leva vers lui un regard interrogateur comme pour demander s'il était prêt à partir. Le général l'ignora. Il n'avait aucune intention de se laisser manipuler. Un long silence s'installa, à peine interrompu par le mouvement des grands éventails et par le roulement étouffé d'un tambour montant d'un temple éloigné. Desfarges avait la nette impression que les deux femmes essayaient de lui communiquer quelque chose mais, en l'absence d'un langage commun, il ne pouvait savoir quoi.

Furieux, il réclama une nouvelle fois vainement la présence de son interprète. Puis il regarda les femmes et lut sur leurs visages une expression suppliante.

À quelques pas de là, un jeune courtisan prosterné dans un coin ne cessait de l'observer. Un espion de Petraja, sans doute, songea Desfarges. Pourtant le jeune homme affichait lui aussi un air implorant comme s'il voulait lui faire comprendre quelque chose.

Le garde de Petraja lui administra une petite tape sur le bras en montrant la porte, mais le Français écarta brusquement la main de l'homme en lui jetant un regard menaçant. Un léger bruit monta du lit et Desfarges fut aussitôt en alerte. Le roi pourrait-il le reconnaître ? Il toussota pour signaler sa présence et attendit.

« Vichaiyen, est-ce toi ? »

La voix plaintive du roi était empreinte de tristesse et de douleur.

« Auguste et Puissant Souverain, c'est moi, le général Desfarges », dit-il en français en se mettant soudain debout avec une souplesse inattendue.

Il perçut autour de lui un murmure de désapprobation et sentit le garde le tirer vigoureusement en arrière. Mais l'heure n'était plus au protocole. Debout, le roi le verrait mieux.

Le roi se redressa soudain sur un coude et, les yeux écarquillés, aperçut le corpulent général. Loin de s'en offenser, il eut un sourire de soulagement et tenta de parler. Voyant le garde de Petraja chercher désespérément à l'en empêcher, il lui lança un regard si terrible que l'homme s'aplatit sur le sol en silence.

« Vichaiyen., Vichaiyen... », murmura le roi d'un air triste en regardant le général bien en face.

Son chagrin était évident et son geste explicite tandis qu'il passait un doigt furieux sur son cou fragile pour simuler le meurtre. Puis, d'un ton indigné, il cracha le nom de Petraja.

D'un signe de tête, le général indiqua qu'il avait compris. Alors Naraï, épuisé, retomba sur ses oreillers et perdit conscience. Les femmes contemplèrent Desfarges en hochant vigoureusement la tête comme pour confirmer les paroles du Souverain de la Vie.

Le Français s'inclina, tourna les talons sans se préoccuper du garde qui se hâtait derrière lui, et se précipita au-dehors. Si ses fils et Phaulkon n'étaient pas relâchés immédiatement et sans condition, il déclarerait la guerre.

36

Chuchit, la nourrice royale, soupira d'aise en se laissant aller en arrière dans le bateau, les yeux fixés sur le paysage. Comme il était bon de se retrouver hors du Palais après tant d'années de réclusion. C'était agréable de voyager ainsi dans l'air frais de la nuit, sous les reflets argentés et tremblants de la lune. Les bananiers et les majestueux palmiers dessinaient des contours indistincts sur le rivage où s'alignaient des rangées de petites maisons dont les occupants dormaient déjà depuis longtemps. Comme ce pays est beau, songea Chuchit.

Elle étendit le bras sur le coussin de voyage triangulaire dont elle apprécia la résistance élastique qui soulageait son dos. Elle avait toujours adoré manger, ce qui lui valait depuis son enfance un net embonpoint et rendait tout effort un peu plus difficile. Jamais elle ne s'était mariée mais elle aimait beaucoup les enfants, surtout les tout-petits, et leur avait consacré toute sa vie. Elle considérait que c'était une grande chance. Des enfants parvenaient au Palais de tous les coins de l'Empire comme cadeaux au Seigneur de la Vie. Ils étaient élevés dans la nursery royale, puis renvoyés dans leur province d'origine à l'âge de la puberté, avant que les jeunes garçons ne sentent s'éveiller en eux des désirs interdits pour les concubines du harem. Ils rentraient chez eux reconnaissants de l'honneur qui leur avait été fait, assurés d'un prestige qui leur valait une rapide promotion. Attachés à la couronne, ils formaient dans les provinces les plus reculées de l'Empire une élite loyale sur laquelle le gouvernement savait pouvoir compter.

Chuchit s'était occupée d'un grand nombre de ces enfants et elle les aimait tous. Elle n'avait pas le temps de pleurer leur départ que, déjà, d'autres pupilles lui étaient confiés, chassant sa peine. Elle jeta un coup d'œil à la fillette endormie à ses côtés, enveloppée d'un tissu blanc aux mailles lâches pour écarter les moustiques.

Le Palais n'était pas un endroit pour une enfant aussi précieuse, pensa Chuchit. Bien sûr, la petite allait lui manquer, mais la nourrice espérait avoir fait le bon choix. Il n'avait pas été facile de sortir de l'enceinte royale. Elle avait dû attendre qu'un de ses cousins qui commandait la garde à la porte soit de service.

Chuchit soupira en voyant miroiter au clair de lune le toit d'un temple pointant derrière les arbres. Quelle tranquillité… L'agitation menaçante du Palais s'éloignait enfin. On racontait que le général farang s'était disputé à Louvo avec le seigneur Petraja et que la guerre couvait. On disait aussi que le Barcalon était un traître et qu'il serait jugé par le général Petraja en l'absence du Seigneur de la Vie. Jamais encore le Palais n'avait été aussi bourdonnant de rumeurs. On était même allé jusqu'à raconter que les gardes royaux assurant la protection du Saint des Saints avaient tenté de piller des trésors sans prix et qu'ils seraient exécutés. Profiter ainsi de l'indisposition du Seigneur de la Vie ! pensa Chuchit, outrée. Quelle honte !

Le bateau assurait un service régulier et progressait à petite allure, observant de fréquentes haltes. Chuchit finit par s'endormir. Lorsqu'ils atteignirent Ayuthia, le jour était levé. Quelques instants plus tard, la nourrice se trouva devant l'imposant portail de teck de la résidence du Barcalon. Tenant sa pupille par la main, elle informa les gardes qu'elle avait un message urgent pour l'épouse du seigneur farang.

Chuchit était satisfaite. Peu de personnes en dehors d'elle savaient qui était le père de cette enfant. Et ceux-là avaient juré au Seigneur de la Vie de garder le silence, bien qu'elle n'ait jamais compris pourquoi. L'enfant avait bien de la chance que sa nourrice connaisse la vérité, sinon elle ne serait jamais venue ici. La première épouse du Barcalon serait sûrement ravie d'accueillir la petite Supinda. C'était une enfant si attachante...

« Noble Dame, il y a une femme avec un enfant qui demande à vous voir. »

La servante était prosternée à la porte du salon de Maria, attendant les instructions de sa maîtresse. Maria fronça les sourcils. « Nous ne pouvons plus accueillir d'enfants ici, Chaï. Il faut attendre que l'extension de l'orphelinat soit achevée.

– Noble Dame, qu'il en soit fait selon vos ordres. » La servante rampa à reculons.

Maria soupira. On parlait de plus en plus de la guerre et beaucoup de familles catholiques envoyaient leurs enfants à l'orphelinat pour les mettre en sécurité. Les Siamois convertis quittaient Louvo en masse. Maria détestait avoir à les repousser mais l'établissement était véritablement plein à craquer.

Quelques instants plus tard, la servante réapparut.

« Noble Dame, le cas de cette femme semble différent. Elle assure qu'elle est une nourrice royale, qu'elle vient du palais de Louvo et que l'enfant qui l'accompagne intéresse tout particulièrement Votre Seigneurie. »

Maria eut un étrange pressentiment. « Quel âge a l'enfant ?

– Noble Dame, je dirai environ quatre ans. »

Maria sentit son estomac se nouer. « Fais-les entrer, Chaï. Et ensuite laisse-nous seules.

– À vos ordres, Noble Dame. »

Un instant plus tard, Chuchit et sa jeune pupille se prosternaient sur le seuil. L'anxiété de Maria grandit encore à la vue de la petite fille avec ses grands yeux et sa peau légèrement dorée. Comme si elle avait senti le regard de Maria posé sur elle, l'enfant leva les yeux et Maria crut qu'un poignard lui perçait le cœur. C'était les yeux de Constant. Elle resta figée sur place sans pouvoir détacher les siens de l'enfant, tandis qu'une vague de douleur et de jalousie la traversait. La fillette était ravissante et son expression, si semblable à celle de son père, semblait lui dire qu'elle savait ce qui se passait.

Maria entendit vaguement la voix de la nourrice et elle ferma les yeux car ses paroles ne faisaient qu'augmenter sa douleur.

« Noble Dame, j'ai longuement réfléchi avant de prendre cette décision, mais la vie au Palais est devenue très incertaine et la petite Supinda est perdue sans ses parents bien-aimés. J'ai pensé qu'entre vos mains elle serait en sécurité. »

Supinda se tourna vers Chuchit. « Où sont mon père et ma mère, nounou ? »

On aurait dit qu'elle allait fondre en larmes. Chuchit posa un bras autour d'elle pour la réconforter.

Maria frémit en entendant la voix de l'enfant. Elle ne connaissait même pas son nom jusqu'à maintenant. Ainsi, ils l'avaient appelée Supinda... sans doute en l'honneur de cette sorcière de Sunida. Elle fit un effort suprême pour se contrôler.

« Vous avez bien fait de l'amener ici, nourrice. Mais il faut que je vous parle en particulier et Supinda va aller attendre dehors. »

Maria appela une servante et lui ordonna de faire visiter l'orphelinat à la fillette qui ne semblait guère en avoir envie. Elle s'agrippait à Chuchit, mais cette dernière l'écarta avec un sourire d'encouragement.

Dès qu'elles se retrouvèrent seules, Maria reporta son attention sur Chuchit. « Quelles nouvelles avez-vous de mon mari ? Je suis anxieuse à son sujet. »

La nourrice baissa respectueusement la tête. Était-ce à elle d'annoncer à l'honorable épouse du Barcalon que son époux avait été jeté dans les cachots du roi ? La nouvelle serait peut-être trop rude pour elle.

« Il y a beaucoup de rumeurs, Noble Dame, finit-elle par dire, mais il semble que les parents de Supinda ont tous deux disparu. »

Maria affecta de prendre un air affligé. « La petite semble très attachée à son père et à sa mère. J'espère qu'elle sera heureuse ici.

– Noble Dame, c'était déjà assez pénible pour la

pauvre enfant d'être privée de son père qui, d'ordinaire, venait la voir tous les jours. Mais quand dame Sunida a également disparu, elle est devenue inconsolable. » La femme sourit tristement. « Vous n'imaginez pas combien ils aimaient rire et jouer tous les trois ensemble. On aurait dit de jeunes chiots. »

Maria dut faire appel à toute son énergie pour garder le sourire. « Nous ferons de notre mieux pour la rendre heureuse ici. Elle ne manquera pas d'enfants de son âge, en tout cas. »

Elle se tut quelques instants, gagnée par la fureur, en imaginant Constant en train de jouer avec la petite Supinda tout en continuant d'assurer à sa femme que l'enfant qu'elle portait était son premier-né. Et voilà que ce n'était même pas le second, mais le troisième ! Pendant toutes ces années, il n'avait cessé de lui mentir, de la duper et peut-être aussi de se moquer d'elle.

Peu à peu, la rage bouillante céda la place à une haine froide et à un seul objectif : le détruire. Personne n'échapperait à sa vengeance, pas plus Constant que Sunida. Lui, avec sa belle assurance et ses dénégations hypocrites. Elle, la petite sirène, dissimulée comme une maladie honteuse dans les profondeurs du Palais et qui se disait concubine royale !

Légèrement inquiète, Chuchit n'avait cessé d'observer Maria du coin de l'œil. Avait-elle été vraiment bien inspirée d'amener Supinda ici ? L'épouse du Barcalon grinçait des dents et semblait agitée par les plus grands tourments. Était-il possible qu'elle et Sunida ne s'entendent pas ? Cela arrivait parfois entre première et seconde épouses. Mais Chuchit ne parvenait pas à comprendre qu'on puisse avoir le moindre grief contre Sunida, la plus gentille et la plus prévenante des femmes.

Remarquant soudain que la nourrice la dévisageait, Maria s'efforça de lui sourire gentiment. « Je vous suis reconnaissante d'être venue, nourrice. La petite Supinda sera dans de bonnes mains ici, n'en doutez pas. Y a-t-il quelque chose que je puisse faire pour vous ? »

Chuchit parut soulagée. Ses craintes ne semblaient pas fondées et l'honorable dame se montrait maintenant très aimable. Elle la raccompagna même jusqu'à la porte, ce qui était un honneur.

Luang Sorasak, que l'on appelait désormais « Excellence », arriva chez Maria quelques minutes après le départ de Chuchit. À la recherche de Vichaiyen, il fut surpris de la facilité avec laquelle on le reçut. On se contenta de le fouiller brièvement avant de l'introduire dans le salon. Il avait cependant noté la présence de gardes armés aux portes.

Il s'accroupit à côté d'une jolie table de Goa, tapotant sa surface incrustée de nacre de ses gros doigts épais. Il avait refusé de s'asseoir dans le fauteuil portugais que la servante lui avait offert, n'ayant que faire des manières des farangs. Tout ce qui l'intéressait, pour l'heure, c'était de mettre la main sur Vichaiyen à qui il ménageait une ou deux surprises. Le traître s'était échappé mais on l'avait vu, sur une civière, embarquer sur un bateau en partance pour Ayuthia. Sans doute était-il venu se cacher dans sa propre maison.

Il ricana, anticipant le plaisir de l'attraper vivant et de le traiter à sa guise. Sachant son père accaparé par les affaires du pays, il l'avait persuadé de lui abandonner la recherche du Pra Klang. Petraja avait accepté à la condition expresse qu'il le lui remette dès qu'il l'aurait découvert. Mais Sorasak ne se sentait nullement lié par cette exigence et comptait bien prendre le temps de s'amuser un peu avec le prisonnier.

Il avait apprécié la manière dont son père adoptif avait provoqué le général Desfarges. Pour une fois, il s'était senti d'accord avec lui. Sorasak avait vu la flamme qui brûlait dans les yeux du farang quand il avait levé son gros derrière pour défier Petraja. Maintenant, le farang serait obligé de déclarer la guerre pour sauver la face et son père atteindrait ainsi son but : obliger les Français à tirer les premiers. Bien sûr lui, Sorasak, se serait contenté de lever une armée et d'assiéger le fort sans tant de manières, mais son père s'était mis dans la tête qu'il fallait que les farangs attaquent d'abord. Il pourrait ainsi prétendre agir par légitime défense et tous les courtisans doutant encore que le Seigneur de la Vie ait voulu s'en prendre à ses honorables hôtes approuveraient son action.

Il leva les yeux. Maria se tenait sur le seuil de la porte, vêtue d'un kimono bleu pâle, ses beaux cheveux noirs ramassés en chignon. Il la contempla, frappé par sa pâle beauté. Une fois, il avait aperçu des femmes circassiennes dont le shah de Perse avait fait don au Seigneur de la Vie. Elles étaient pâles également mais grandes comme les farangs et plus lourdes. Celle-ci avait une peau de porcelaine et était de proportions parfaites. Le léger renflement de son ventre ne la déparait même pas. Il se la représenta nue et soumise à lui.

Elle le regardait sans sourire. Il était accroupi à côté d'un de ses fauteuils portugais et elle surprit son regard concupiscent. C'était une brute, fort comme un taureau, avec de petits yeux à peine visibles dans son épaisse tête carrée.

« À quoi dois-je cet honneur ? demanda-t-elle en s'avançant d'un pas. Êtes-vous venu me donner des nouvelles de mon mari ? »

Toutes sortes de rumeurs circulaient à Ayuthia concernant le sort de Phaulkon, mais elle n'avait eu aucun contact avec lui depuis sa rencontre avec cette Anglaise à Louvo. En apprenant les rumeurs inquiétantes qui circulaient à son propos, la colère de Maria s'était d'abord quelque peu atténuée, mais les dernières révélations de Chuchit l'avaient ranimée et, désormais, aucun sort ne lui semblait assez dur pour satisfaire sa soif de vengeance.

« Votre mari s'est échappé, madame. Je suis venu vous dire qu'on le recherche comme criminel et que si vous l'accueillez ici, vous serez considérée comme sa complice. Le Seigneur de la Vie a ordonné lui-même son arrestation. »

Maria le regarda bien en face. « Il n'est pas ici, mon Seigneur, je peux vous l'assurer, ni à Bangkok. »

Sorasak lui jeta un regard circonspect. Un étrange rictus tordit la bouche de Maria quand elle ajouta : « Voyez-vous, il ne quitterait jamais le Seigneur de la Vie. Il est bien trop entêté pour cela. »

Sorasak la contempla avec une suspicion grandissante. Pourquoi parlait-elle ainsi ? Et pourquoi souriait-elle de manière aussi bizarre ?

« Je pourrais vous aider à le trouver », proposa-t-elle.

Le prenait-elle pour un idiot ? « Vraiment ? fit-il. Et comment cela ? »

Elle se mordit la lèvre. « Par sa seconde épouse.

– Celle à laquelle il rendait visite tous les jours au Palais ? Elle aussi a disparu. »

Maria serra les poings et enfonça rageusement ses ongles dans ses paumes.

« Si vous voulez bien me suivre. Je vais vous conduire à elle... »

Elle se dirigea vers la porte. Sorasak la suivit prudemment. Quelle sorte de piège était-ce là ? Est-ce qu'elle essayait de le détourner de la bonne piste ?

Sur le seuil, elle se retourna vers lui. « Mais, en échange, je vous demande une faveur. Je veux que vous arrangiez une rencontre avec votre père. Je me rendrai à Louvo dès que le rendez-vous sera fixé. »

Il la regarda, toujours sceptique. « Noble Dame, ce sera fait.

– Bien. À présent, allons au Palais royal. La concubine de mon époux y est prisonnière. Mais je pense avoir assez d'influence pour la faire relâcher. »

37

Il y avait maintenant quatre jours que Phaulkon était dissimulé dans sa cachette secrète. Il enduisait son pied de pommades et faisait des mouvements pour se garder en forme. C'était une chance que les bourreaux de Petraja aient été arrêtés à temps car la brûlure n'était que superficielle. Le membre semblait un peu moins enflé mais la blessure n'était pas encore guérie. Malgré tout, il sentait les forces lui revenir peu à peu. Il en aurait besoin s'il voulait mener à bien le plan qu'il avait conçu tout au long de ces heures douloureuses passées dans l'obscurité de ce repaire. Il sourit. C'était le roi qui avait insisté pour qu'il aménage un abri secret dans sa maison de Louvo avec un passage souterrain débouchant sur le fleuve en cas d'urgence. Au début, il avait refusé, mais l'histoire avait enseigné aux souverains du Siam que de telles dispositions étaient nécessaires.

Une tâche longue et ardue l'attendait.

Il avait calculé qu'il faudrait aux hommes de Petraja cinq jours pour aller à Bangkok le chercher, découvrir qu'il n'était pas là et revenir prendre leurs ordres à Louvo. À la condition, bien sûr, qu'ils soient tombés dans le stratagème consistant à envoyer Mark à Bangkok sur une civière. Lorsque les hommes reviendraient, les soupçons se porteraient sur sa maison de Louvo et les bâtiments seraient méthodiquement fouillés.

Il avait appris aussi que des postes de contrôle avaient été disposés le long du fleuve à intervalles réguliers. Prendre ce trajet serait suicidaire. Le mieux était d'emprunter une route détournée traversant les vastes rizières au sud d'Ayuthia. Son déguisement attirerait sans doute l'attention, mais il était peu probable que les paysans y voient un rapport avec lui.

Il était essentiel qu'il atteigne Bangkok au plus vite pour user de son pouvoir de persuasion et convaincre l'indécis général français, toujours si versatile. Il savait pouvoir compter sur un bon nombre de ses officiers. Après tout, Desfarges avait prêté serment de défendre la monarchie, et il était clair désormais que l'arrivée de Petraja au pouvoir mettrait fin une fois pour toutes aux ambitions de la France au Siam. Sa dernière chance était de décider le général à agir.

Toujours plongé dans ses pensées, il se leva et boitilla jusqu'à l'extrémité de la pièce. Adossé au mur, il mesura alors une distance d'un mètre et frappa le sol de son poing fermé jusqu'à ce que l'extrémité d'une planche se soulève légèrement. Il la saisit, la releva, puis plongea la main au-dessous et gratta des doigts la terre humide jusqu'à ce qu'il puisse saisir deux lourdes bourses qui contenaient une fortune en pièces d'or. L'une serait pour son fidèle serviteur Anek, l'autre pour lui.

Peu après, des coups suivant une cadence précise furent frappés à la porte, annonçant Anek, le seul, avec Thomas Ivatt, à connaître l'existence de cet abri. Phaulkon gravit quelques marches de bois le long du mur et ouvrit la trappe qui, de l'autre côté, était dissimulée par un petit tapis persan dans la salle à manger.

« As-tu apporté ma robe ? » demanda-t-il.

Les chandelles dont il disposait se trouvaient à l'autre extrémité de la pièce, près du matelas, et il faisait trop sombre près de la porte pour distinguer quelque chose.

« La voici, Puissant Seigneur.

– Montre-la-moi. »

Phaulkon prit le paquet et s'approcha de la lumière pour l'ouvrir. Il contenait une robe safran dont il se revêtit aussitôt. « De quoi ai-je l'air ? » demanda-t-il avec un sourire.

Anek gloussa. « D'un authentique moine farang, Puissant Seigneur.

– Ce soir tu viendras me raser la tête et les sourcils. Cela changera complètement mon aspect. Puisque les moines sont intouchables, aucun villageois ne songera à porter la main sur moi. » Il marqua une pause. « Tu es certain que personne ne sait que je suis ici ?

– Puissant Seigneur, personne en dehors de moi. Vos domestiques et vos gardes sont tous persuadés que vous êtes parti pour Bangkok sur cette civière. Je veille toujours soigneusement à ce qu'il n'y ait personne dans les parages quand je viens ici.

– Parfait. Je partirai dès qu'il fera nuit. Prends cette bourse, Anek. Tu en garderas la moitié et tu distribueras l'autre au personnel comme tu l'entends. Les pièces d'or sont faciles à écouler. »

Anek ouvrit de grands yeux quand il sentit le poids de la bourse. S'il s'agissait de pièces d'or, il y avait de quoi payer les gages de toute une armée pendant plus d'un an.

« Montre-toi généreux avec mes gardes, Anek. Je veux qu'ils veillent sur dame Sunida et sur mon enfant. Mark et sa mère, eux, sont en sécurité au fort de Bangkok, mais je ne sais pas où est Sunida. Elle viendra certainement ici pour me retrouver et ton premier devoir sera d'assurer sa sécurité. »

Anek s'inclina. « Il en sera fait selon votre volonté, Puissant Seigneur. »

En soupesant la bourse, il fut ému par la générosité de son maître.

« Maître, puis-je vous accompagner ? Je me ferai passer pour un apprenti moine... »

Phaulkon fit un signe de dénégation.

« Des tâches plus importantes t'attendent ici, Anek. Je te confie dame Sunida et mon enfant.

– Mais quand reviendrez-vous ? »

Phaulkon sourit. « Ne t'inquiète pas. Tu entendras encore parler de moi. »

Accroupi dans un coin de sa cachette, Phaulkon repoussa lentement le panneau ouvrant l'accès au passage secret. Il y avait peu de place et l'air humide y était rare. Il dut progresser en rampant, sa torche devant lui. Après la mousson, il était venu une fois inspecter les lieux avec Anek pour s'assurer que l'humidité n'avait pas détérioré les parois du tunnel. Mais, à la saison sèche, elles étaient aussi dures que du roc.

Il avança lentement jusqu'à ce qu'une vague lueur indique qu'il approchait de son extrémité. Anek avait repoussé le rocher qui la dissimulait. Phaulkon sortit dans la nuit et inspira profondément, heureux de se retrouver à l'air libre. On pouvait entendre à quelques pas de là le murmure du fleuve dont la rive était déserte à cette heure. Péniblement, Phaulkon remit le rocher en place devant l'issue du tunnel. Puis il ajusta sa robe safran et passa une main hésitante sur son crâne rasé. C'était une sensation étrange. Anek avait remarqué que la peau de son crâne était claire alors que son visage était tanné par des années d'exposition au soleil tropical. Cela lui donnerait certainement une drôle d'apparence à la lumière. Un ou deux jours d'exposition à l'air arrangeraient vite ce problème, mais il devrait veiller à ne pas prendre de coups de soleil. Heureusement, ses épais cheveux noirs ne tarderaient pas à repousser.

Dans sa main droite, comme tout bon moine, il tenait un éventail pour se protéger des tentations qui pourraient s'offrir à sa vue en chemin. Et, dans la gauche, un bol à offrandes. Certes, il n'allait pas manquer d'éveiller la curiosité mais il n'était pas le premier farang à embrasser le bouddhisme, bien que le cas restât rare.

Il devait être relativement facile de quitter Louvo sans se faire reconnaître. La nuit était sombre et, une fois en pleine campagne, il serait en sécurité. Plusieurs années auparavant, il avait passé trois mois dans un temple et connaissait les fondements du bouddhisme, ce qui allait lui permettre de remplir son rôle si nécessaire. Anek avait cousu à l'intérieur de sa robe une petite poche dans laquelle il avait dissimulé assez d'or pour faire face aux nécessités urgentes. Il était interdit aux moines de porter sur eux des objets de valeur, surtout des pièces, mais il devait prendre ce risque car il était bien certain qu'il ne tarderait pas à en avoir besoin.

Toujours boitillant, il avança en silence sur le chemin qui longeait le fleuve, heureux de retrouver après si longtemps le contact du sol élastique sous ses pieds. Les moines marchaient toujours pieds nus et il devait respecter la coutume. Quand les dernières lumières de la ville eurent disparu derrière lui et qu'il se trouva plongé dans la campagne sombre et silencieuse, il fut soudain envahi par un terrible sentiment de solitude et prit conscience de la précarité de sa situation. Les paroles de la vieille mère Somkit revinrent le hanter. Il ne restait que quatre jours avant que le terme soit écoulé.

Le matin suivant, peu avant l'aube, Sorasak quitta Ayuthia avec Sunida pour gagner Louvo. Il avait d'abord voulu se rendre à Bangkok où il espérait trouver Phaulkon. L'idée d'utiliser Sunida comme appât n'était pas mauvaise. Il lui fallait arriver au fort avant que le général français ne revienne de Louvo et n'ameute toute sa garnison après les humiliations que Petraja lui avait fait subir. Heureusement, son père avait promis de retenir suffisamment le général farang pour donner à Sorasak le temps d'accomplir sa mission. Mais, de manière inattendue, la femme de Vichaiyen avait envoyé à sa poursuite un messager pour lui demander de revenir chez elle. Là, elle avait tenté de le convaincre que Vichaiyen n'était certainement ni à Ayuthia, ni à Bangkok. Il était trop entêté pour s'éloigner du roi, avait-elle affirmé. Sorasak avait d'abord cru à un piège mais elle avait montré tant de bonne volonté qu'il avait fini par y réfléchir à deux fois.

Malgré tout, il avait du mal à comprendre ses véritables intentions. Après avoir offert de l'accompagner au Palais – où on la connaissait bien – pour faire relâcher Sunida, elle avait réclamé une rencontre urgente avec Petraja à Louvo. Elle n'eut aucune peine à persuader le gardien de la prison de lui confier la jeune femme, accusée du meurtre de Chao Fa Noi. En retour, elle promit au capitaine d'obtenir du régent en personne qu'il le décharge de toute responsabilité dans cette tragédie.

La première surprise passée, Sorasak s'était montré très impressionné par la bonne volonté et la sincérité de l'épouse de Vichaiyen et, maintenant, il la regardait avec des yeux nouveaux, pleins de concupiscence. Il savourait à l'avance le moment où il la posséderait en se demandant ce qui l'exciterait le plus – la pâleur de sa peau ou le fait qu'elle appartenait à Vichaiyen. Quoi qu'il en soit, il se promettait de nombreuses satisfactions entre le moment où il lui ouvrirait les jambes et celui où il informerait Vichaiyen de son succès.

À sa sortie du cachot, Sunida avait triste mine. Épuisée, hagarde, sa peau jaunâtre et tirée se creusait de cernes sombres. Mais elle avait gardé le silence, refusant de répondre à leurs questions pour se contenter de les fixer avec défi. Sorasak avait commencé par serrer les poings en songeant qu'elle aurait tôt fait de retrouver sa voix quand elle crierait pour demander grâce. Puis il avait vu la manière dont l'épouse de Vichaiyen la regardait. Visiblement, il n'y avait pas trace d'amour entre les deux femmes. Il les prendrait peut-être toutes les deux ensemble dans son lit... Il se mit à saliver en envisageant toutes les possibilités offertes par cette alléchante perspective. Pourquoi avoir donné à l'homme des désirs, songea-t-il, si ce n'est pour les satisfaire ?

En prenant congé de Maria, il l'avait remerciée en lui promettant un prochain rendez-vous avec son père. Puis il avait conduit Sunida au quai où l'attendait sa barque, ordonnant que l'on enchaîne et que l'on bâillonne la prisonnière puis qu'on la jette à fond de cale. Après quoi, il accorda un peu de repos à ses hommes – soixante rameurs qui faisaient office également de garde personnelle –, les avertissant qu'ils partiraient pour Louvo dès le lever du jour.

Thomas Ivatt traversa la barre et pénétra dans le large estuaire de la Rivière des Rois. Il avait quitté Mergui dix jours plus tôt et progressé rapidement. D'ici quelques heures il serait à Bangkok et ferait une courte halte au fort pour s'informer des dernières nouvelles avant de continuer vers Louvo et retrouver Phaulkon.

Accoudé au bastingage du voilier pour contempler

les eaux claires, il se demanda si le général français s'était enfin laissé convaincre d'intervenir et si Petraja avait été arrêté.

Il était accompagné d'une douzaine de ses meilleurs combattants pour les mettre à la disposition de Phaulkon. On ne savait jamais. C'était de robustes Indiens, des Tamouls à la peau sombre, originaires des provinces du Sud, des hommes qui avaient été autrefois au service des rajahs. Quand ces derniers furent renversés, ils avaient fui à Mergui où Ivatt les avait enrôlés.

Lorsque le bateau déboucha d'un méandre, Ivatt, incrédule, se figea devant la scène extraordinaire qui se déroulait sous ses yeux. Une grande jonque battant pavillon français était encerclée par une multitude d'embarcations siamoises qui cherchaient à lui bloquer le passage, ne lui laissant aucune échappatoire. Bientôt, les assaillants siamois commencèrent à lancer contre les Français des flèches enflammées.

Ivatt demeura stupéfait. S'agissait-il d'un conflit local ou d'un affrontement de plus grande envergure ? Devait-il intervenir ou passer outre sans se faire remarquer pendant qu'il en était encore temps ? Il se trouvait maintenant à hauteur des bateaux mais le fleuve était large à cet endroit et les Siamois ne s'intéressaient qu'à la jonque française. Il pouvait donc se glisser entre la rive et eux.

Les chances étaient par trop inégales et il décida de ne pas s'en mêler. Les Français – dont il distinguait à présent les uniformes – étaient écrasés sous le nombre. En tant que mandarin siamois, il lui était difficile de leur venir en aide, ne connaissant même pas la raison du conflit. De plus, il n'avait que douze hommes avec lui et ne pouvait se permettre de les perdre. Une autre mission les attendait.

Pétrifié, il vit les Siamois se préparer à aborder la barque française en poussant des cris de guerre. L'officier français plaça un tonneau de poudre à l'arrière et cria à ses hommes de venir le rejoindre. Il vit ceux-ci se grouper en ordre de bataille, l'épée et les fusils pointés face à l'ennemi. Les Siamois se précipitèrent sur eux et plusieurs tombèrent sous les coups, mais d'autres arrivaient en vagues par-derrière pour escalader les flancs de la jonque. Debout au milieu de ses hommes, l'officier français ordonnait de redoubler la cadence des salves, causant des ravages dans les rangs des assaillants. Ce n'était pourtant plus qu'une question de temps avant qu'ils ne soient submergés. Les Siamois étaient maintenant si nombreux que la jonque, oscillant dangereusement, menaçait de sombrer tandis que des grappes d'hommes tombaient à l'eau.

Comme la vague humaine se précipitait vers l'arrière du bateau, l'officier jeta une mèche enflammée dans le tonneau de poudre. Dans un grondement terrifiant, la jonque vola en éclats, entraînant dans la mort des centaines de Siamois avec les dix-huit Français.

Un frisson d'horreur secoua Ivatt et ses hommes mais ce n'était pas le moment de s'attarder. Il se tourna vers le Siamois qui commandait le voilier et jugea utile de lui expliquer que les farangs qui venaient de périr venaient d'un autre pays et qu'il ignorait ce qui se passait. Le capitaine le regarda d'un air soupçonneux, mais la promesse d'une prime supplémentaire emporta sa décision. Quelques instants plus tard, ils reprenaient leur route, profitant de ce que les Siamois étaient trop occupés par le carnage environnant pour leur prêter attention.

Quand Thomas Ivatt accosta à Bangkok, il se rendit compte aussitôt que des événements nouveaux s'étaient produits. Une activité fébrile régnait dans le fort, on édifiait des retranchements, des hommes transportaient munitions et provisions dans toutes les directions, d'autres graissaient les canons et vérifiaient leur emplacement.

Quelques instants plus tard il se trouva devant le major Verdesal qui transpirait abondamment. C'était lui qui assurait le commandement du fort en l'absence de Desfarges.

« Le général n'est pas encore revenu de Louvo, expliqua-t-il. Ses fils y sont retenus en otage. Nous avons reçu un message codé nous enjoignant de nous préparer pour un siège, bien qu'à ma connaissance la guerre ne soit pas déclarée. J'ai envoyé le lieutenant Saint-Cricq dans le golfe chercher des renforts. Nous avons là-bas deux bateaux à l'ancre avec quelques troupes supplémentaires à bord, et nous aurons besoin de toute l'aide que nous pourrons trouver. »

Ivatt sentit que sa gorge se serrait.

« Je crains d'avoir de mauvaises nouvelles pour vous, Major... »

Il relata à un Verdesal désespéré la scène à laquelle il venait d'assister.

« Bon Dieu ! s'exclama l'officier, soudain très pâle. C'est donc la guerre ! »

Ivatt le laissa méditer quelques instants avant de lui poser la question qui comptait le plus pour lui. « Avez-vous des nouvelles du Seigneur Phaulkon, Major ? »

Verdesal sortit de ses sombres réflexions. « Il a été arrêté et emprisonné par Petraja, mais on raconte qu'il se serait échappé. Son fils est arrivé ici il y a quelques jours et nous a tout raconté.

– Mais pourquoi les Français n'ont-ils pas arrêté Petraja ? » demanda Ivatt, stupéfait.

Une expression de mépris traversa le visage de Verdesal.

« C'est Petraja qui commande le Palais à Louvo et il s'est adjugé le titre de régent. Il semble très puissant et son arrestation exigerait des forces importantes. Le général a jugé bon de ne pas risquer les siennes. »

Le ton de sa voix donna à entendre à Ivatt qu'il n'approuvait en rien la décision de son commandant.

« Où pourrai-je trouver Mark Tucker ? demanda-t-il d'un ton pressant.

– Près de sa mère, sans aucun doute. Quelqu'un va vous y conduire. »

Ivatt, Nellie et Mark s'entretinrent avec animation dans la petite antichambre. Par la fenêtre ouverte on voyait les branches d'un palmier s'agiter doucement sous la brise. Des verres de citron pressé étaient disposés devant eux sur une petite table.

« Vous êtes certainement plus en sécurité ici au fort, affirma Ivatt après avoir écouté Nellie.

– En sécurité ? s'exclama Nellie. Il me semble pourtant que les Français se préparent à la guerre.

– Mais à Louvo, vous seriez à la merci des Siamois, rétorqua l'Anglais.

– À Louvo, nous pourrions venir en aide à mon père, intervint Mark, le visage grave. Petraja pense qu'il est peut-être ici au fort. Les quelques mercenaires encore en vie aux ordres de mon père m'ont transporté jusqu'aux quais de Louvo sur la civière dont ils s'étaient servis pour sa fuite. De nombreux témoins ont pu me voir. Ils avaient maquillé mon visage pour que j'aie l'air plus vieux.

– Seigneur Ivatt, dit Nellie plaidant sa cause, Mark et moi avons retourné la situation dans tous les sens. Croyez-moi, en tant que mère, personne n'est plus soucieuse que moi de la sécurité de mon fils, mais je sais que notre place est près de Constant. Nous n'avons pas fait tout ce voyage autour du monde pour le retrouver et l'abandonner ensuite quand il a besoin de nous. Même s'il y avait ici à quai un bateau prêt à nous emmener en Angleterre, nous ne le prendrions pas car rien ni personne ne nous attend là-bas. Seulement la misère. Constant nous a accueillis comme une famille et nous devons rester unis pour le meilleur et pour le pire. »

Un gecko traversa comme une flèche le plafond bas et avala sa proie. Ivatt le regarda pensivement.

« Et vous prétendez être prisonniers des Français ici ?

– Disons que nous sommes retenus contre notre volonté, précisa Nellie. Mais, honnêtement, je ne crois pas que ce soit pour des raisons de sécurité. Il me semble plutôt que le général est furieux d'avoir été abusé par les mensonges que je lui ai racontés lors de notre première entrevue. »

Ivatt eut un petit sourire. « Je crois pouvoir comprendre ce sentiment, Mrs. Tucker. Il me semble que vous êtes très forte en la matière. » Il marqua une pause. « Comment puis-je être certain que Constant vous a accueillis aussi bien que vous le prétendez ?

– Croyez-moi, Seigneur Ivatt. J'ai fait la paix avec lui. » Elle lui jeta un regard innocent. « Vous et moi l'aimons bien plus que nous voulons l'admettre et je ne supporte pas l'idée de l'abandonner à son sort.

– En somme, vous voulez que je vous enlève ? »

Nellie sourit. « Combien de femmes vous ont-elles déjà demandé cette faveur, seigneur Ivatt ? » répliqua-t-elle doucement.

Il ne put s'empêcher de rire. Puis il se tourna vers Mark : « Et vous, jeune homme, qu'en pensez-vous ? »

Le regard de Mark reflétait une inflexible détermination. « Mon père a besoin de nous trois, monsieur. Et je crois honnêtement, comme lui, qu'il n'est pas trop tard pour renverser Petraja. »

Ivatt hocha la tête, impressionné par tant de conviction. « Très bien. Je vais voir ce que je peux faire. »

38

Ce qui manquait le plus à Phaulkon, c'étaient ses chaussures. Au début, il avait marché sur la surface bien entretenue des voies urbaines mais à présent, dans la campagne, les chemins semés d'inégalités le faisaient grimacer de douleur, d'autant qu'il ne pouvait toujours éviter les pierres dans l'obscurité. D'ici le matin, il aurait la plante des pieds aussi dure que du fer, à moins qu'elle ne soit en lambeaux. Il aurait voulu pouvoir marcher jusqu'à midi afin d'être à bonne distance de Louvo. Mais à l'aube, comme tout bon moine, il devrait d'abord mendier sa nourriture sur les chemins.

D'une taille nettement plus grande que la plupart

des moines, Phaulkon n'avait cependant suscité que peu de regards curieux en ville. Mais les rues étaient peu peuplées à cette heure tardive et il faisait trop sombre pour qu'on distingue ses traits. Le principal chemin en direction du sud longeait le fleuve et, bien que plus exposé, Phaulkon avait décidé de le suivre. Il lui serait plus facile, ici, de se repérer que dans le dédale des petits sentiers campagnards où il était aisé de s'égarer. Son but était d'atteindre Bangkok aussi rapidement que possible, et le moindre détour pouvait signifier des semaines de retard. En outre, sur ces voies plus fréquentées, il avait des chances d'y trouver un mode de transport – éléphant ou cheval. Certes, un moine farang monté sur un éléphant risquait d'attirer l'attention, mais il ne fallait pas espérer gagner Bangkok sans s'exposer à quelques dangers. Par le fleuve, on comptait généralement dix-huit heures de voyage avec quatre-vingts solides rameurs. Combien de temps pour un homme à pied ? se demanda-t-il avec inquiétude.

Il restait persuadé que ses meilleures chances étaient par voie de terre car, avec l'alerte générale que Petraja n'avait sûrement pas manqué de déclencher, les transports fluviaux devaient être sévèrement contrôlés.

Sa vue s'accoutuma peu à peu à la pénombre, et il distingua sur sa gauche une vaste étendue de rizières noyées sous l'eau qui scintillèrent doucement sous la pâle lueur d'un croissant de lune émergé des nuages. Le chemin était peu fréquenté à cette heure, et il ne croisa que deux autres voyageurs, un paysan portant sur les épaules un long bâton aux deux extrémités duquel pendaient deux seaux d'eau, et un jeune garçon conduisant un buffle. Perché sur le dos de l'animal, il avait repéré la robe du moine avec la vue perçante de la jeunesse et, les mains jointes, il s'inclina respectueusement à son passage. Phaulkon retint un sourire. Qu'aurait pensé le garçon s'il avait su qu'il venait de saluer le Barcalon de Siam !

Le chemin de boue sèche était maintenant plus uni

et, si tout allait bien, il pourrait marcher quatre ou cinq heures, ce qui mettrait une bonne distance entre Louvo et lui. Encore fallait-il réussir à se nourrir pendant le jour. Il avait pris un solide repas avant de partir pour se donner des forces, mais, dorénavant, il lui serait interdit d'avaler quoi que ce soit de solide ou liquide de midi jusqu'à l'aube du jour suivant. Si on le surprenait à ne pas respecter cette règle, ce serait la révolution. Phaulkon ne savait trop comment réagirait son corps s'il le contraignait à de longues marches la nuit l'estomac vide. Malheureusement, il n'allait pas tarder à le savoir.

Les quelques maisons isolées croisées auparavant avaient disparu et le chemin était désert. Phaulkon avait éprouvé un certain réconfort à entendre de loin des voix d'hommes, de femmes, d'enfants, parler des événements de la journée avant d'aller dormir. Même l'aboiement des chiens lui avait semblé bienvenu. À présent, il était seul.

Il perçut soudain un grondement sonore qui semblait tout proche. Immobile, le cœur battant, il écouta, tous les sens aux aguets, en scrutant l'obscurité. La lune disparut derrière un nuage et un sanglier bondit, lui causant la frayeur de sa vie. Il devina à peine la masse plus sombre passant près de lui, mais sentit le déplacement d'air. Ce n'était pas sur lui que l'animal avait chargé car, dans ce cas, il l'aurait déjà percé de ses défenses...

Il attendit un instant que son cœur retrouve un rythme normal après ce choc. Échapper aux griffes de Petraja pour tomber sous les dents d'un sanglier ! Ces promenades de nuit n'étaient pas exemptes de dangers. Pas étonnant que les gens se terrent chez eux.

Il reprit sa route prudemment, l'oreille tendue vers chaque bruit étouffé, maudissant la lune chaque fois qu'elle se cachait derrière un nuage. Marcher dans ces conditions le fatigua plus vite qu'il ne l'avait pensé et, aux environs de minuit, il s'écroula, épuisé, à l'abri d'un gros rocher au bord de la route.

Il ne dormit que par intermittence à cause des moustiques. Quand une première lueur se glissa dans le ciel, il se sentait fatigué et abattu. Combien de temps pourrait-il tenir dans de telles conditions ? Encore engourdi, il se leva, secoua la poussière de sa robe, puis alla se soulager derrière un buisson.

Au loin, le chant d'un coq s'éleva dans l'air frais de l'aube. Phaulkon reprit espoir. Il devait y avoir un village à proximité. Avançant sur le large sentier, il découvrit le village à un bon mille de là. C'était l'heure à laquelle les moines sortaient pour mendier leur nourriture. Il se gratta la joue et, avec inquiétude, tâta sa barbe piquante. Les Siamois étaient rarement barbus. Il commença à croiser des poules et des cochons errant dans la nature et, bientôt, longea des petites huttes sur pilotis surmontées de toits de chaume. Devant la porte, de grandes jarres pleines d'eau étaient placées pour se laver. Comme il aurait aimé s'asperger d'eau fraîche !

Il aperçut des gens qui le regardaient, puis un petit garçon courut vers lui. Il était doré comme un grain de café et entièrement nu, à l'exception d'une petite chaîne à la cheville qui tintait à chacun de ses pas, ce qui permettait à ses parents de savoir où il se trouvait. Son visage était couvert d'une épaisse couche de pommade jaune destinée à éloigner les moustiques et autres insectes. Le petit garçon s'arrêta devant lui et le regarda les yeux écarquillés. Puis, tout excité, il se mit à crier : « *Phra farang ! Phra farang !* »

Voilà, le mot était lancé, songea Phaulkon. Son épreuve commençait. En un clin d'œil, le garçon fut de retour avec une ribambelle de petits camarades portant tous une chaîne à la cheville. On aurait dit un véritable orchestre. D'autres garçons un peu plus grands, de sept à huit ans, vinrent les rejoindre. Des feuilles de palmier fourrées de tabac étaient glissées dans leur bouche et la fumée s'élevait en spirales, dégageant un puissant arôme.

De vieilles femmes ratatinées, les seins flasques, les cheveux gris coupés court, sortirent de leurs maisons pour le regarder. Le premier instant de surprise passé, elles lui sourirent largement, exhibant pour la plupart une bouche édentée teintée de rouge par le bétel. Quelques hommes âgés tenant leur buffle attaché à une corde s'arrêtèrent pour lui jeter un coup d'œil, tandis que leurs fils, trapus et athlétiques comme tous les paysans siamois, les attendaient pour partir au travail dans les champs. Des jeunes filles aux joues couvertes de pommade jaune formaient des petits groupes et riaient derrière leurs mains timidement pressées sur leur bouche. Les chiens flânaient un peu partout, la tête également barbouillée de jaune car les bouddhistes, respectueux des animaux, les badigeonnaient eux aussi de pommade pour écarter les moustiques.

Bientôt, tout le village fut rassemblé autour de Phaulkon. Il fit halte sous un magnifique vieux banyan ceint d'une véritable couronne de racines adventives, semblables à des serpents. Manifestement, l'arbre représentait le centre stratégique du village. Les paysans l'entouraient sans parler, se contentant de lui adresser des sourires intimidés quand leurs regards se croisaient. Un moine farang parmi eux, quel événement ! semblaient-ils tous penser. Seuls les enfants bavardaient en riant et en se bousculant avec excitation.

Une très vieille femme aux cheveux de neige, toute voûtée, se décida à prendre la parole : « D'où venez-vous, saint homme ? »

Bien qu'il eût parfaitement compris la question, Phaulkon jugea préférable de ne pas dévoiler sa connaissance du siamois. Les hommes de Petraja recherchaient un farang parlant couramment cette langue et il n'aurait pas été prudent de découvrir trop vite son jeu. Il considéra la femme d'un air interrogateur et pointa un doigt hésitant sur sa propre poitrine.

« Oui, oui ! crièrent plusieurs personnes dans la foule. D'où venez-vous ? »

Il sourit comme s'il venait subitement de comprendre. « Laos », dit-il.

Les villageois se regardèrent, étonnés. Le Laos ? C'était un lieu vague et lointain. Ils se mirent à parler entre eux avec animation. Y avait-il des farangs au Laos ? Connaissait-on quelqu'un qui soit allé au Laos ? Les gens qui vivaient là-bas étaient-ils grands ? À combien de jours de voyage se trouvait ce pays ? Le Laos faisait-il partie du Siam ?

Phaulkon se réjouissait de l'attitude amicale des villageois. Il n'était pas si loin de Louvo mais, heureusement, la nouvelle de sa fuite n'était pas arrivée jusque-là. Plus il s'éloignerait et moins il y aurait de risques de rencontrer quelqu'un qui puisse le reconnaître.

Il leva bien haut son bol à offrandes et l'assemblée se dispersa aussitôt pour réapparaître quelques instants plus tard avec des feuilles de bananier chargées de boulettes de riz au poisson ou au porc. Avec tant de nourriture, Phaulkon aurait pu nourrir un régiment entier. Les villageois se bousculaient pour remplir son bol en réclamant sa bénédiction selon l'usage.

Il était affamé et ils le regardèrent manger jusqu'à sa dernière bouchée, observant chacun de ses gestes comme s'il venait d'une autre planète.

Soudain la foule s'ouvrit pour laisser le passage à trois moines habitant les environs. Phaulkon s'était attendu à en voir mais il se sentit néanmoins mal à l'aise devant eux. Les villageois remplirent leurs bols à offrandes et s'empressèrent de répondre à leurs questions. Phaulkon les entendit dire qu'il venait du Laos et qu'il avait mangé de bon appétit.

« Du Laos ? répéta l'un des moines. L'un de nos frères habite à trois villages d'ici. Lui aussi vient du Laos.

– Est-il grand, saint homme ? demanda un villageois.

– Non, pas plus que nous.

– Alors, ce n'est pas un farang ? interrogea un autre.

– Bien sûr que non. Il ressemblerait plutôt à un Chinois. Mais il parle un dialecte proche de notre langue. » Le moine esquissa un signe en direction de Phaulkon. « Et celui-ci, parle-t-il aussi un dialecte ?

– Je crois qu'il ne parle pas du tout, saint homme. »

Le moine s'approcha de Phaulkon et le salua de ses

mains pieusement jointes. « Connais-tu notre langue, frère ? » demanda-t-il.

Phaulkon avait saisi toute la conversation et jugea difficile de faire l'ignorant. Les Laotiens parlaient une langue ressemblant beaucoup à celle du Siam, mais avec un certain nombre de mots différents et une prononciation tout autre. Il s'efforça de l'imiter, accentuant encore l'accent de manière à ce que seuls les mots essentiels soient compréhensibles.

« Il parle un dialecte encore plus mauvais que l'autre, déclara finalement le moine en regardant ses compagnons. Nous devrions le conduire à Phra Panya. Ils se comprendront. »

Les autres moines acquiescèrent. Cela ne coïncidait pas avec les plans de Phaulkon, mais quand il eut appris que le village où vivait cet autre Laotien se trouvait précisément dans la direction d'Ayuthia, il décida de ne pas repousser l'invitation. De toute façon, il n'avait guère d'autre choix.

Il s'efforça de voir le bon côté des choses. Au moins, les trois religieux connaissaient le chemin et, s'il veillait à s'exprimer avec cet affreux accent, ils ne tarderaient pas à garder le silence. Il apprit que le village en question se trouvait à six heures de marche et qu'ils ne l'atteindraient pas avant midi. Cela lui laissait six bonnes heures pour trouver une excuse afin de pouvoir leur fausser compagnie dès leur arrivée.

Comme il l'avait prévu, ils cheminèrent en silence et sans incidents. Ayuthia se trouvait encore à cinq bons jours de marche et il en faudrait trois fois plus pour Bangkok. Un trajet beaucoup trop long, jugea Phaulkon.

Ils firent de courtes haltes dans les deux villages qu'ils traversèrent et il se joignit aux autres pour donner sa bénédiction aux villageois. Partout, il soulevait la même curiosité et commençait à s'y habituer, sachant qu'il lui faudrait assumer ce rôle plusieurs jours encore. La contrée était paisible et idyllique, et les paysages si variés qu'on aurait dit qu'ils semblaient rivaliser de beauté : les rizières succédaient aux bananiers, les forêts de palmiers aux arbres à pluie tandis que partout une verdure luxuriante couvrait la terre de ses profondeurs bruissantes.

La chaleur était intense en ce milieu de matinée et, dans le premier village qu'ils traversèrent, l'un des moines insista pour donner à Phaulkon une ombrelle afin qu'il se protège du soleil brûlant – ce qu'il accepta avec reconnaissance. Il se souvint alors pourquoi il aimait tant ce pays, peuplé de gens hospitaliers, généreux et souriants, un peu comme des enfants, toujours prêts à rire et à s'amuser. Peut-être cette éternelle gaieté venait-elle de leur foi en la réincarnation, leur vie présente n'étant qu'un tout petit segment dans le long chemin de destinées qui les attendait. Alors pourquoi ne pas en profiter pour accomplir de bonnes actions et s'assurer des mérites pour leur existence prochaine ? Il n'y avait pas d'assassins dans ces paisibles régions, même pas dans les villes, songea Phaulkon, et les vols étaient rares. Le monde avait bien des choses à apprendre du Siam.

Plus il songeait à ce pays et plus il était déterminé à restaurer la situation primitive. Il ne fallait pas laisser Petraja et ses sbires usurper le pouvoir et isoler le Siam du reste de la terre.

À l'aube de ce même jour, Anek rassembla les gardes de son maître et les principaux serviteurs de sa maisonnée. Il partagea entre eux la moitié des pièces d'or qu'il avait reçues, geste accueilli avec des murmures de satisfaction et de surprise devant l'importance du don. Certains demandèrent même si cela signifiait que leur maître était parti pour toujours.

« Je n'en sais rien, répondit Anek avec sincérité, mais je vous demande à tous de rester ici et de continuer votre service comme avant. »

Ils échangèrent des regards et se dispersèrent pour se mettre aussitôt à parler entre eux avec animation.

Les gardes de Phaulkon furent les premiers à s'absenter sans prévenir. Ils allèrent tranquillement en ville pour s'offrir quelques plaisirs grâce à leur récente richesse. Quand Anek fut informé de leur disparition, il partit immédiatement à leur recherche, soucieux de remplir la mission confiée par son maître : protéger Sunida et son enfant.

Les serviteurs remarquèrent son absence et conclurent qu'il était parti avec les autres dépenser son argent. Un danger menaçait-il la maison ? se demandèrent-ils, alarmés. Si les hommes de Petraja attaquaient, n'allaient-ils pas leur prendre leurs pièces d'or ? Ce n'était pas prudent de rester.

Au cours des deux heures suivantes, tandis qu'Anek parcourait la ville à la recherche des vingt gardes, tous les domestiques, à l'exception de quelques-uns, avaient fait leurs bagages et disparu. Au milieu de la matinée, la vaste demeure qui d'habitude bourdonnait d'activité était désormais pratiquement vide.

Elle l'était toujours quand, un peu plus tard dans la matinée, la barque de Sorasak accosta au ponton privé de Phaulkon. Tout semblait étrangement désert. Sorasak fit ôter les liens de Sunida et lui ordonna de rédiger un mot demandant à son maître de venir la rejoindre d'urgence sur le quai. Il envoya un de ses hommes porter le message, puis enchaîna de nouveau la jeune femme en veillant à ce que son bâillon soit bien en place. Après quoi, il la fit de nouveau enfermer dans la cale et attendit la réponse de Phaulkon.

39

Profondément découragé, Anek traversa la cour intérieure de la résidence de Phaulkon. Il n'avait pu retrouver le capitaine des gardes qu'à la fin de l'après-midi et celui-ci, tête basse, l'avait informé que tous ses hommes avaient déserté. Certes, la distribution des pièces d'or les avait incités à prendre du bon temps mais leur désertion avait aussi un autre motif : la rumeur persistante d'une guerre imminente courait un peu partout. On racontait que tout Siamois fraternisant avec un farang serait considéré comme traître et exécuté. Le capitaine avait assisté en personne à l'arrestation de convertis. En ces temps troublés et compte tenu de l'absence du Barcalon, il jugeait bon lui-même de présenter à regret sa démission.

Si seulement je n'avais pas distribué l'or ! se lamentait Anek. Mais le pire était encore devant lui. Plongé dans ses pensées, il n'avait pas remarqué l'absence d'activité dans les jardins et les cours. Constatant soudain que tout semblait désert, il pénétra dans la maison, le cœur battant. Aucune torche n'avait été allumée et l'obscurité était totale. Que diable se passait-il donc ? Et où donc étaient passés les serviteurs ? Il n'avait pourtant été absent que quelques heures.

Une atmosphère oppressante pesait sur la maison et il réprima un frisson.

« Il y a quelqu'un ? » cria-t-il, effrayé par le son de sa propre voix.

Rassemblant son courage, il appela à nouveau, mais la question demeura sans réponse. S'il était seul dans cette énorme demeure obscure, mieux valait aller chercher des bougies. Comment un endroit d'ordinaire si animé pouvait-il devenir en quelques heures aussi menaçant ? On aurait dit que chaque coin d'ombre recelait quelque terrifiant secret.

Anek s'acheminait en direction des cuisines où il savait devoir trouver des bougies quand un cri terrible retentit soudain. Il s'arrêta net et sentit ses poils se hérisser sur sa nuque. C'était une voix de femme qui semblait provenir de l'arrière de la maison.

Il hésita. Devait-il se précipiter dans cette direction ou aller d'abord chercher de la lumière ? Il opta pour cette seconde solution et se dirigeait vers la cuisine quand il buta sur quelque chose et tomba face contre terre. Que pouvait-il y avoir dans ce passage qui n'avait jamais été meublé ? Un terrible pressentiment l'envahit tandis qu'il explorait à tâtons le sol autour de lui. Ses pires craintes furent confirmées lorsque ses doigts entrèrent en contact avec un nez, puis un œil grand ouvert. Apeuré, il retira vivement sa main et prêta l'oreille, guettant une autre respiration, mais il n'entendit que les battements de son cœur. Oh, Seigneur Bouddha, pensa-t-il, désespéré, sauvez-nous !

Péniblement, il se redressa et reprit la direction de la cuisine quand un autre cri perçant déchira l'air, provenant du quartier des domestiques. Cette fois, il distingua les mots : « Au secours, maître ! Aidez-moi je vous en prie ! »

Il resta figé sur place. « Maître ? » On aurait dit une voix de femme... Qui cela pouvait-il être ? À la pensée de son maître et de tout ce qu'il lui devait, Anek n'hésita plus. Marchant sans bruit sur ses pieds nus, il gagna la cuisine et trouva une bougie qu'il alluma. Il en glissa une autre en réserve dans son panung, en même temps qu'un grand couteau de cuisine.

Animé d'un sombre pressentiment, il retourna sur ses pas et se pencha sur le corps inanimé en protégeant d'une main la flamme de la bougie. Il ne connaissait que trop bien cette livrée. Tremblant, il éclaira le visage sans vie de Sarit, le vieux majordome, resté fidèle jusqu'au bout. On lui avait brisé le cou.

Qui pouvait lui avoir fait cela ? Pour l'or peut-être ? Il avait donné au vieil homme la plus grosse des pièces en raison de ses longs services. Il palpa le corps et trouva presque aussitôt la pièce dans une petite poche intérieure. Ce n'était donc pas un voleur qui l'avait attaqué.

Il jeta un dernier regard au visage du vieil homme sur lequel on lisait la surprise. Puis il prit la pièce en jurant que, s'il survivait, il ferait à son ami des funérailles dignes d'un mandarin.

Vivement, il se dirigea vers les quartiers des domestiques et ralentit prudemment le pas en approchant. Les lieux lui étaient familiers. D'ordinaire, deux cents personnes vivaient ici mais, aujourd'hui, tout était désert et plongé dans un silence inquiétant. En tournant dans un couloir, il s'arrêta net. Une lueur tremblotante filtrait devant lui sous le panneau d'une porte.

Son cœur s'accéléra. Tirant le couteau de sa ceinture, il s'avança sur la pointe des pieds pour poser son oreille contre le panneau. Il ne perçut qu'une sourde plainte et un sanglot étouffé.

Serrant fortement le manche de son couteau, Anek donna un vigoureux coup de pied dans la porte qui résista. Il se recula et se précipita sur elle de tout son poids. Cette fois, elle s'ouvrit toute grande et son élan le projeta à l'intérieur de la pièce. L'instant d'après, une poigne de fer s'abattait sur lui, une main pressant sa bouche, l'autre lui ramenant le bras en arrière.

Il laissa tomber le couteau et une voix lui murmura à l'oreille : « Si tu résistes, je te casse le bras et si tu dis des mensonges, je t'enfonce les yeux... comme ça ! » La main se déplaça vers ses orbites et un pouce s'y enfonça cruellement, lui arrachant un cri. La douleur était si terrible qu'Anek, au supplice, se demanda s'il reverrait jamais le jour.

« Maintenant, dis-moi où se trouve Vichaiyen », demanda la voix.

Anek réfléchit rapidement car la pression sur son œil augmentait à chaque seconde. Il devait aider son maître et, pour cela, rester en vie. La souffrance devint si intolérable qu'il se convulsa en battant l'air frénétiquement de sa main libre. « Pas l'œil ! pas l'œil ! » hurla-t-il. Il ne pourrait aider son maître s'il était aveugle.

« Alors, dis-moi où est Vichaiyen.

– Parti pour Bangkok. »

La pression se relâcha un peu pour le récompenser.

« Quand ?

– La nuit dernière.

– De quelle manière ?

– Par le fleuve. Il n'y a pas d'autre moyen. »

Il reçut un coup violent sur la tête. « Ne te moque pas de moi. Le fleuve est surveillé. Maintenant, écoute-moi bien. Je suis deux fois plus fort que toi et je peux te tuer ou te laisser en vie. Ça dépend de toi. Que choisis-tu ?

– Je veux vivre.

– Bien. Mais si tu me trompes, je t'écraserai comme un insecte. Maintenant, tu vas te retourner et nous allons avoir une gentille petite conversation. »

Son bras fut libéré. Anek se retourna nerveusement et resta figé de surprise. Il avait devant lui un homme massif au visage carré : derrière lui gisait une femme, pieds et poings liés, bâillonnée. Elle était blottie contre le mur, une expression de terreur dans les yeux. Il lui semblait la reconnaître mais n'en était pas sûr.

« Comment t'appelles-tu ? demanda Sorasak.

– Anek, monsieur.

– As-tu déjà rencontré Sunida ?

– Non, monsieur. »

Miséricorde ! Était-ce cette dame qu'il avait juré de protéger ?

« Alors, je vais te la présenter. »

Sorasak se pencha et ôta le bâillon de la bouche de la jeune femme qui aspira avidement l'air.

« Tu prétends ne l'avoir jamais vue jusqu'ici ? répéta Sorasak.

– Non, monsieur, jamais.

– Mais tu as sans doute entendu parler d'elle ? »

Que répondre ? songea Anek, affolé. La femme paraissait en très mauvais état. De fragile constitution, sa peau sombre était couverte de meurtrissures. Il frémit à la pensée des sévices que la malheureuse avait dû subir.

Sorasak approcha son visage tout contre celui d'Anek et insista en lui soufflant dessus sa mauvaise haleine.

« Je t'ai demandé si tu avais entendu parler d'elle.

– Oui… oui… monsieur. J'ai entendu parler d'elle, mais je ne l'ai jamais vue. Je… je devais lui remettre un message confié par mon maître.

– Comment comptais-tu le lui remettre si tu ne la connais pas ?

– Il a dit… qu'elle se ferait connaître, monsieur. »

Sorasak se tourna vers la jeune femme et lui donna un coup de pied.

« Fais-toi connaître ! ordonna-t-il.

– Je m'appelle Sunida », répondit-elle d'une voix tremblante.

Une lueur de plaisir traversa le regard de Sorasak. « Ton maître l'aime beaucoup, hein ? »

Anek frissonna. « Je... je crois, monsieur.

– Bien. »

Sorasak saisit Anek par le menton et cracha : « Et, que disait le message ?

– Je devais lui dire que le maître était parti pour Bangkok. »

Sorasak leva la main et allait le frapper quand Anek ajouta précipitamment. « Par la route de terre, monsieur. »

Le bras de Sorasak resta en l'air. Il vit que l'homme semblait honteux de son aveu, comme s'il venait de trahir son maître. Il devait dire la vérité.

« Bien. Alors, voilà ce que tu vas faire. Tu vas prendre mon bateau et aller le chercher séance tenante. Cela ne sera pas difficile car mes rameurs sont les plus rapides du pays. Tu t'arrêteras à tous les villages de la rive jusqu'à ce que tu l'aies trouvé. Tu lui diras que Sunida l'attend ici et tu ajouteras qu'elle est entre les mains expertes de Luang Sorasak. N'oublie pas ce nom : *Luang Sorasak.* »

Il se pencha vers sa prisonnière qui écarquilla les yeux de terreur puis il la pinça jusqu'à ce qu'elle se mette à crier de douleur. « As-tu un message pour ton maître, Sunida ?

– Dites-lui de revenir. Vite, gémit-elle.

– Tu as entendu, Anek ? Maintenant, va. Prends ce papier pour le capitaine de ma barque. Il te permettra de circuler librement sur le fleuve. Et n'oublie pas, la vie de Sunida dépend de ta coopération. »

Anek jeta un dernier regard désespéré à la jeune femme. « Courage, madame. Je vais me hâter de trouver le maître. » Il disparut rapidement.

Dès qu'il fut hors de portée de voix, Sorasak se

retourna vers la pauvre fille qui, à ses pieds, tremblait de tous ses membres.

« Tu vas commencer par me faire plaisir. Et avec enthousiasme si tu veux sauver ta peau. »

Il ricana en s'imaginant qu'il violait la vraie Sunida sous les yeux de Vichaiyen. L'idée l'excitait. Il avait eu raison de laisser Sunida dans une autre pièce, enchaînée et gardée par deux de ses hommes. Elle n'aurait jamais accepté de donner les bonnes réponses qu'il avait dictées à la petite servante.

Tenté d'aller lui-même à la poursuite de Vichaiyen, il l'aurait probablement trouvé dans un village riverain et aurait été alors obligé de le remettre aux autorités comme il avait promis à son père de le faire – ce qui aurait gâché tout son plaisir. Tandis que s'il pouvait le ramener dans cette maison... qui saurait jamais ce qui s'y passerait ?

40

Il était déjà tard quand Anek longea la jetée privée de son maître et présenta la lettre de Sorasak au capitaine de son bateau. La lune n'était pas encore levée et seules quelques lucioles en suspension dans l'air jetaient des lueurs sporadiques dans la pénombre. L'équipage était déjà profondément endormi après sa course épuisante pour venir d'Ayuthia quelques heures auparavant. La sentinelle de garde dut réveiller son supérieur qui se chargea lui-même de tirer le capitaine de son sommeil.

L'homme, de forte stature, se tenait maintenant devant Anek et lui jetait des regards soupçonneux tout en lisant la lettre.

« Très bien, dit-il enfin, j'ai ordre de t'aider à retrouver un farang en fuite. Mais tu ne t'imagines quand même pas y parvenir cette nuit ?

– Nous n'avons pas de temps à perdre, Capitaine. Connaissez-vous bien cette section du fleuve ? »

D'un vigoureux coup du plat de la main, le capitaine écrasa un moustique sur son épaule et considéra le jeune homme avec exaspération. Qui était ce blanc-bec, un domestique par-dessus le marché, qui se permettait de lui dire ce qu'il avait à faire ?

« Je connais chaque pouce du fleuve, mon garçon. Toute ma vie j'y ai fait la navette. Où veux-tu aller ?

– Dans la direction d'Ayuthia en m'arrêtant à chaque gros village que nous rencontrerons. »

Le capitaine haussa les épaules. « À cette heure ? Tu ne risques pas d'y trouver grand monde.

– Je sais, mais je dois y aller. »

Anek revoyait en pensée le visage suppliant de Sunida. Si nécessaire, il frapperait à chaque porte pour retrouver son maître.

Le capitaine le regarda d'un air maussade. « Le prochain village est à environ une demi-heure d'ici. Es-tu certain de ne pas vouloir attendre le matin ?

– Nous devons partir immédiatement. »

Après un nouveau coup d'œil à la lettre, le capitaine fit lever dix de ses hommes et leur ordonna de descendre à terre.

« Le maître veut que vous restiez sur le quai pendant mon absence. Vous feriez bien d'organiser des tours de garde. »

Encore alourdis de sommeil, les hommes quittèrent le bateau en se frottant les yeux tandis qu'Anek montait à bord. Quelques minutes plus tard, les cinquante rameurs restants entraînèrent l'embarcation vers le milieu du fleuve.

Ils naviguaient depuis à peine dix minutes lorsqu'ils aperçurent devant eux une série de lumières perçant l'obscurité, comme surgissant de l'eau. Un pâle croissant de lune venait d'apparaître dans le ciel, mais sa lueur d'un jaune voilé était à peine suffisante pour esquisser la silhouette des grands arbres alignés sur la rive.

« Regarde là-bas, dit le capitaine en rejoignant Anek.

Je n'ai encore jamais vu ces lumières. Il doit se passer quelque chose. »

Ils s'approchèrent en ralentissant leur vitesse.

« Halte ! Qui va là ? cria-t-on soudain. Conduisez votre bateau à quai. Par ordre de Sa Majesté, le Seigneur de la Vie ! »

La voix était stridente et on pouvait y déceler de l'inquiétude. L'arrivée d'une si grande embarcation à cette heure de la nuit jetait manifestement le désarroi.

Ils accostèrent le long d'une jetée de fortune qui s'avançait de quelques mètres dans le fleuve. Anek aperçut des soldats et un officier qui se tenait debout, les poings sur les hanches.

« Que se passe-t-il encore ? lança le capitaine avec irritation.

– Il est interdit de voyager de nuit. Ordre du roi. Vous allez devoir vous amarrer ici. Vous pourrez repartir à l'aube quand nous aurons fouillé votre bateau.

– Fouiller mon bateau ? Et pourquoi donc ? »

Le ton du capitaine montait.

« C'est la guerre, Capitaine, rétorqua l'officier siamois. Les farangs nous ont attaqués à Bangkok. Nous avons pour consigne d'intercepter tous les bateaux.

– Quand est-ce arrivé ?

– Nous venons de l'apprendre. Cette jetée a été bâtie aujourd'hui à la hâte. Une autre est en construction un peu plus bas sur le fleuve. Vous n'irez pas loin cette nuit. »

Le capitaine plissa les yeux. « Je ne crois pas que vous réalisiez à qui appartient ce bateau. Je suis pressé. »

Il tendit à l'officier un sauf-conduit officiel. Le soldat l'examina scrupuleusement mais fit néanmoins un signe de tête négatif avec un air d'excuse.

« Malheureusement nos instructions ne prévoient aucune exception, Capitaine. C'est le général Petraja lui-même qui a promulgué cet édit à la demande du Seigneur de la Vie.

– Mais cette barque appartient à Luang Sorasak,

le fils du général Petraja, protesta le capitaine de plus en plus sombre.

– Désolé, mais ce sont nos ordres. Ils ne souffrent aucune exception. »

Le capitaine leva les yeux vers une grande construction sur la rive où l'on distinguait des soldats allant et venant en grand nombre. Perplexe, il regarda son bateau. Devinant ses intentions, l'officier mit aussitôt la main sur la garde de son épée. Le capitaine hésita encore un instant puis donna l'ordre à ses hommes d'amarrer la barque. Affronter les soldats du général Petraja serait considéré comme une trahison, quels que soient ses motifs.

Anek dissimula son désappointement tandis que la barque accostait à la jetée. L'équipage semblait ravi de pouvoir reprendre son sommeil. Le capitaine tendit un coussin à Anek qui s'étendit auprès des rameurs. Puisqu'il ne pouvait rien faire d'autre, autant profiter d'une bonne nuit.

Ils s'éveillèrent à la lueur du jour mais perdirent beaucoup de temps à attendre que le bateau soit minutieusement fouillé par les soldats. Anek s'impatientait, torturé à l'idée des souffrances de Sunida. Un nouveau délai leur fut imposé quand on s'aperçut que le seul officier pouvant autoriser leur départ était allé jusqu'au village.

Le capitaine se plaignit amèrement à l'officier de garde.

« Nous sommes pressés. Je vous assure que nous n'avons rien à bord... Laissez-nous partir !

– Je vous crois, Capitaine, mais nous devons néanmoins consigner par écrit votre passage, en mentionnant votre nom et votre destination. Ce sera Nai Oon en personne qui signera le document. C'est la guerre, voyez-vous. Mais il sera bientôt de retour », ajouta l'homme avec sympathie.

Lorsqu'ils purent enfin lever l'ancre, le soleil était déjà haut dans le ciel et Anek envisagea de négliger le premier village.

« Tous les villages se trouvent-ils sur la rive ? demanda-t-il au capitaine.

– La plupart. Il y en a quelques-uns à l'intérieur des terres, mais ils sont peu nombreux.

– Et la route d'Ayuthia traverse tous les villages riverains ?

– Oui, elle suit le fleuve. Les petits villages de l'intérieur ne sont desservis que par des sentiers. »

Le capitaine s'impatienta. « Eh bien, décide-toi ! Où faut-il s'arrêter ?

– À quelle distance se trouve le second village si nous sautons l'étape du premier ? »

Le capitaine réfléchit. « Une dizaine de minutes en forçant l'allure.

– Alors, allons-y ! » décida Anek.

Encouragés par la voix du capitaine, les rameurs lancèrent à pleine vitesse la mince et élégante embarcation dont la proue sculptée représentait une tête de tigre. Un frisson secoua brusquement Anek quand il réalisa qui était Sorasak. Le « Tigre », bien sûr ! C'était sous ce nom qu'il pratiquait la lutte. On savait qu'il parcourait le pays pour participer à des compétitions de boxe où, disait-on, il était invaincu. Mais on savait aussi qu'il pouvait commettre d'abominables violences sexuelles. Anek devait absolument trouver son maître.

Ils avaient dépassé le premier village depuis quelques minutes et approchaient du second quand le capitaine déclara : « Nous t'attendrons à quai. Ne t'attarde pas !

– J'espère ne pas en avoir pour longtemps », le rassura Anek.

Il lui fallut plus de temps qu'il ne l'avait prévu pour interroger les villageois. Chaque fois qu'il leur demandait s'ils avaient vu passer un moine farang, ils se contentaient de le regarder curieusement.

La barque reprit son chemin pour s'arrêter dix minutes plus tard dans un autre village. Là, Anek eut plus de chance. Un moine farang venant du Laos était passé justement ce matin et les villageois lui avaient fait l'aumône. Ils lui dirent qu'il s'agissait d'un homme de haute stature et qu'il faisait route en compagnie de trois autres religieux pour rejoindre un de leurs frères, originaire lui aussi du Laos. Celui-ci habitait en contrebas sur le fleuve dans un village dont ils ne se souvenaient plus du nom. Bahn Sukon ou Bahn Mae Sing... ils ne savaient pas au juste.

Tout excité, Anek courut au bateau pour informer le capitaine qui eut l'air soulagé. Il n'aimait pas se trouver loin de chez lui en cette période de troubles et avait hâte de regagner Louvo, d'autant que les barrages de contrôle se multipliaient sur le fleuve et les retardaient.

Deux villages plus loin, il accosta et Anek descendit s'informer, mais ce fut pour apprendre que le groupe de moines – dont un étranger plus grand que les autres – était passé un peu moins d'une heure plus tôt. Le capitaine décida de faire une dernière halte au village suivant, après quoi il retournerait à Louvo.

Il était près de midi quand Phaulkon, escorté de ses trois compagnons de route, pénétra dans le village de Bahn Sukon. La chaleur était intense et tous avaient ouvert leurs ombrelles pour se protéger. Malgré cela, Phaulkon sentait la sueur ruisseler sur ses tempes. Le village se trouvait à l'intérieur, à quelques centaines de mètres seulement de Bahn Mae Sing, situé au bord du fleuve. Bahn Sukon s'était développé sur un sol qui donnait, disait-on, les meilleures mangues du pays.

Phra Panya le Laotien était un grand amateur de mangues. Parti vers le sud pour voir du pays, il y a bien des années de cela, il était passé dans cette région et s'était juré d'y revenir un jour pour y déguster de nouveau ses délicieuses mangues. Il avait tenu parole.

Les moines conduisirent Phaulkon dans la cour poussiéreuse du modeste temple de Bahn Sukon. Ils demandèrent à des novices qui s'y trouvaient où habitait Phra Panya et on leur indiqua sa petite maison en précisant toutefois que le moine était parti depuis deux jours pour Bahn Mae Sing. Il ne tarderait certainement pas à revenir. L'un des novices offrit d'aller l'attendre dans sa maison pour le prévenir.

Dans la modeste habitation jouxtant le temple où vivaient les moines, les visiteurs prirent quelques rafraîchissements, les derniers de la journée avant l'interdiction de midi. Ils venaient de terminer quand le moine laotien apparut enfin, de retour de Bahn Mae Sing où, dit-il, les nouvelles étaient préoccupantes. C'était un homme de petite taille, au visage jaunâtre, rehaussé de pommettes saillantes. Les visiteurs l'accueillirent chaleureusement, lui présentèrent Phaulkon et s'assirent en cercle sur le sol. Phra Panya regarda longuement le Grec – un peu plus qu'il eût fallu normalement pour être poli –, curieux de rencontrer un compatriote.

« Ainsi vous venez du Laos ? » demanda-t-il avec l'accent chantant de son pays.

Phaulkon n'avait entendu cet accent qu'une fois auparavant, quand un dignitaire de ce pays était venu à Ayuthia. La langue elle-même différait peu du siamois.

« Je viens du Laos », répondit-il en s'efforçant d'utiliser les mêmes mots et d'imiter son intonation.

Le moine parut surpris. « Vous êtes donc un farang ?

– En effet.

– Où habitez-vous au Laos ?

– À Luang Prabang.

– Luang Prabang ? Mais c'est de là que je viens, moi aussi. À quel temple appartenez-vous ?

– Au temple du Bouddha doré », hasarda Phaulkon.

Le moine haussa les sourcils. « Je ne le connais pas. Est-il nouveau ?

– Il l'est.

– Et qu'est-ce qui vous amène ici ? » insista le moine en le scrutant toujours aussi intensément.

« Je visite le pays. » Phaulkon sourit et ajouta : « Comme vous. »

Le moine ne lui rendit pas son sourire. Il semblait

préoccupé. Les autres écoutaient en silence et en s'éventant. Un chien galeux s'arrêta un instant pour les regarder et poursuivit son chemin. Phaulkon commençait à devenir nerveux. Il n'aimait pas la façon dont le moine le dévisageait et devinait que l'homme soupçonnait quelque chose. C'était peut-être la première fois qu'il voyait un moine farang venant du Laos. Le cas était rare, mais pas impossible. Il pouvait être le fils d'un missionnaire ou d'un marchand de passage.

La situation commençait à lui peser et il se dit qu'il lui fallait trouver une excuse pour partir. Mais quelle raison invoquer ? Personne ne semblait avoir envie de bouger par cette chaleur.

Phra Panya insistait. « Comment se fait-il qu'un farang vienne du Laos ?

– Mon père était marchand, là-bas.

– Ah... » Le moine sourit pour la première fois. « Pardonnez-moi de poser tant de questions. Mais c'est tellement extraordinaire pour moi de rencontrer quelqu'un de mon pays. Il faut que vous restiez ici cette nuit. J'insiste. Nous avons tant de choses à nous dire. »

Phaulkon chercha hâtivement une excuse. « J'aimerais pouvoir le faire. Mais je dois partir. »

Sans faire attention, il s'était exprimé en siamois et vit le moine sursauter.

« Vous voyez, j'essaie d'apprendre l'accent d'ici », ajouta-t-il vivement en revenant au laotien.

L'explication parut suffire à son interlocuteur qui annonça. « J'ai une surprise pour vous, attendez-moi un instant... »

Il se tourna vers les autres moines. « Mes frères, je vous demande de veiller sur notre honoré visiteur jusqu'à mon retour. J'ai quelque chose d'important à lui montrer. Je serai ici dans une demi-heure. »

Avant que Phaulkon ait pu soulever la moindre objection, il se leva et disparut.

Anek attendait avec impatience à l'ombre d'un grand arbre à pluie à l'entrée du village de Bahn Mae Sing. Qu'est-ce qui pouvait bien retenir son maître aussi longtemps ? Le dernier village où ils s'étaient arrêtés n'était qu'à une heure de marche et, selon ce que lui avaient raconté les habitants, il y avait maintenant près de deux heures qu'on avait vu un moine farang reprendre la route.

Les nouvelles apprises à Bahn Mae Sing le préoccupaient encore plus. Une navette du Palais venait d'y faire halte pour annoncer que la guerre avait éclaté. Tous les farangs devaient être conduits immédiatement au kamnan, le chef du village, qui les remettrait au poste de contrôle le plus proche établi sur le fleuve.

Anek avait également appris l'existence d'un autre village appelé Bahn Sukon, à une demi-lieue de là. Mais il n'était pas directement sur la route d'Ayuthia. Son maître n'aurait eu aucune raison de faire ce détour. Toutefois, pour en être tout à fait sûr, Anek s'était posté à l'intersection des deux chemins : la route venant de Louvo et le sentier desservant Sukon.

Il était en train de se demander combien de temps il lui faudrait encore patienter, quand il vit surgir en courant du sentier poussiéreux de Bahn Sukon un homme qui se révéla être un moine. Il n'avait encore jamais vu un saint homme courir de la sorte. Quand il s'arrêta devant Anek, il dut attendre de reprendre son souffle avant de réussir à parler.

« Vite… il nous faut… tous les hommes valides… ! Suivez-moi chez le kamnan… »

Anek le retint par le bras. « Pourquoi ? Que se passe-t-il, saint homme ?

– Un farang… chez nous… qui prétend être… un moine. Vite ! Il faut alerter le kamnan ! »

Le cœur d'Anek se crispa. « Je viens avec vous, saint homme. Mais où est ce farang ?

– À Bahn Sukon… au temple… Il faut l'arrêter… Il est très grand… sûrement dangereux…

– Ne vous inquiétez pas, dit Anek, je vais y aller et le retenir jusqu'à votre retour. Je suis jeune et fort. »

Le moine hésita. « C'est trop risqué. Venez d'abord avec moi. »

Mais Anek courait déjà dans le sentier. « Il pourrait s'échapper entre-temps ! » cria-t-il sans se retourner.

Il ne cessa de courir jusqu'au village et ne s'arrêta qu'à proximité du temple pour reprendre haleine. Il entendait un murmure de voix. Son maître n'était donc pas seul. Il pénétra dans le petit temple en se demandant si les autres moines soupçonnaient eux aussi Phaulkon, mais il n'avait pas le temps de s'en assurer.

Il se prosterna aux pieds de son maître et parla avant que celui-ci n'ait pu ouvrir la bouche.

« Saint homme. Vous êtes réputé pour vos guérisons. Je vous cherche depuis deux jours. Je vous en prie, venez... ma petite fille est malade... je n'ai qu'elle. Faites vite ! »

Phaulkon maîtrisa vite sa surprise et, comprenant le danger, se leva aussitôt.

« Je vous prie de m'excuser, dit-il à ses compagnons. Dites à votre saint frère que je vais revenir. Soyez remerciés de toutes vos bontés. »

Ils le regardèrent, ahuris. Dans sa précipitation, Phaulkon avait parlé siamois couramment...

Mais sans attendre leur réaction, il sortit rapidement, suivant Anek qui l'entraînait en courant. On était à l'heure la plus chaude du jour et il n'y avait personne aux alentours.

« Que se passe-t-il ? cria Phaulkon quand ils furent assez loin. Je ne vais pas courir longtemps comme ça pieds nus !

– Il faut gagner le fleuve, saint homme. »

Phaulkon retint un sourire. Il commençait à s'habituer à cette appellation.

Au croisement des chemins, Anek hésita. Traverser le village était risqué car il y aurait sûrement des gens devant leurs maisons, mais il ne savait pas comment rejoindre le bateau autrement.

« Vas-tu me dire enfin ce qui se passe ? demanda Phaulkon, comme ils s'arrêtaient tous deux haletants.

– Puissant Seigneur, tout le monde vous recherche. Nous devons rejoindre mon bateau qui est amarré tout près d'ici. »

Trop fatigués pour reprendre leur course, ils avancèrent d'un pas plus calme en direction du village qu'ils apercevaient devant eux. À l'entrée, un autre chemin, plus petit, conduisait directement au fleuve. Comme ils approchaient de cette intersection, ils virent un groupe d'hommes, une douzaine environ, sortir du village armés de longs bâtons. Anek qui marchait devant fut le premier à les apercevoir. Il fit un pas en arrière et saisit Phaulkon par le bras.

« Puissant Seigneur, pardonnez-moi. Ces hommes là-bas sont venus pour vous arrêter. Il nous faut atteindre ce chemin avant eux, mais si nous nous mettons à courir maintenant, ils vont nous soupçonner. Dès que nous arriverons au croisement, prenez à droite et courez jusqu'au fleuve. »

Les hommes les avaient déjà aperçus. Anek leur fit signe de la main.

« Ne vous inquiétez pas, cria-t-il, je le tiens... Il n'a pas fait de difficulté... Il dit que c'est une erreur et qu'il va s'expliquer. »

Les hommes virent qu'il agrippait fermement Phaulkon par le bras mais ils accélérèrent néanmoins le pas et atteignirent le croisement avant eux.

« Il va nous falloir couper à travers champs, murmura Anek. Allons-y ! Maintenant ! »

Ils obliquèrent brusquement sur leur droite, traversèrent des buissons et filèrent vers le fleuve.

Surpris, les hommes mirent un certain temps avant de s'élancer à leur poursuite. L'un d'eux, plus jeune et plus rapide, prit vite de l'avance sur le groupe, talonnant les fugitifs. Avec son pied encore douloureux, Phaulkon ne parvenait pas à tenir la distance alors que le quai était maintenant en vue.

« À l'aide ! » cria Anek, espérant que l'équipage du bateau était à son poste.

Il vit surgir une tête coiffée de rouge, puis une autre. Dans un dernier élan, Phaulkon tenta d'atteindre la barque mais le jeune villageois l'avait déjà rattrapé. Un pan de sa robe lui resta dans la main au moment où il plongea dans l'eau pour se débarrasser de lui. Des hommes de Sorasak sautèrent sur le quai et interceptèrent le jeune garçon qui se défendait comme un diable.

Aidé par Anek, Phaulkon sortit de l'eau et grimpa sur le pont du bateau où il s'affala, pantelant. Sur le quai, les douze villageois en colère tentaient d'atteindre la barque.

Anek se rua vers le capitaine.

« Vite cria-t-il, nous avons celui que votre maître cherche.

– Je sais, mais j'ai encore deux hommes à terre. »

Voyant que les villageois allaient parvenir à leurs fins, il se décida. « À vos rames ! » hurla-t-il.

Le bateau s'écarta du quai et les hommes de Sorasak repoussèrent les assaillants dont certains tombèrent à l'eau. Ils coupèrent la gorge de ceux qui avaient réussi à s'infiltrer sur le pont et jetèrent leurs corps par-dessus bord. Au loin, ils virent les villageois se venger sur leurs deux compagnons restés à terre.

Anek s'accroupit devant son maître pour masser son pied douloureux tandis que le quai s'éloignait à toute vitesse. Phaulkon se tourna vers lui.

« À qui appartient ce bateau ? demanda-t-il.

– Puissant Seigneur, à Luang Sorasak. »

Les yeux de Phaulkon s'élargirent. « Es-tu devenu fou ?

– Puissant Seigneur. Il est dans votre maison. Seul avec dame Sunida. »

Le sang se retira du visage de Phaulkon.

41

Dès son retour au fort, le général Desfarges avait convoqué un conseil de guerre. Après l'attaque du lieutenant Saint-Cricq, sans aucune provocation du côté français, l'opinion quasi unanime fut de rester au fort et de donner aux Siamois une bonne leçon. Tous étaient indignés de la manière dont le général avait été traité à Louvo. Les officiers estimaient qu'il serait suicidaire de couper l'armée des défenses de Bangkok et que c'était précisément à cela que Petraja voulait en venir. Avec un peu de chance Du Bruant, à Songkhla, saurait lire entre les lignes le message que le général lui avait envoyé et conclurait qu'il devait rester sur place au lieu de courir au-devant d'une embuscade sur la route de Louvo. Restait le problème des otages.

À midi, une lettre des fils du général leur parvint, disant que si Phaulkon ne se montrait pas le jour suivant, ils le paieraient de leur vie. On supposa que la lettre, qui ne donnait aucune information sur leur état de santé, avait été dictée par Petraja.

Le général répondit en termes héroïques qu'il n'avait pas d'autre choix que de sacrifier deux vies pour sauver celles de cinq cents autres hommes. Non qu'il fût insensible au sort de ses enfants pour lesquels il aurait volontiers donné son existence en échange de la leur, mais il ne pouvait faillir à son devoir vis-à-vis de la France et espérait que ses fils penseraient de même, considérant comme un grand honneur d'avoir à souffrir pour la cause de Dieu et du roi. En tout cas, ils pouvaient être assurés que leur mort ne resterait pas impunie et que leur sang ne serait pas versé sans que leurs bourreaux n'aient à payer un prix élevé. Quand le roi Louis apprendrait que les deux fils d'un maréchal de France avaient été retenus en otages et exécutés, sa vengeance ne connaîtrait pas de limites et sa réaction serait aussi rapide qu'implacable.

Avec l'accord de ses officiers, le général prépara ses troupes à un long siège et, peu après, le premier coup de canon fut tiré, créant une brèche fumante sur la rive opposée du fleuve.

Les Siamois usèrent de toutes leurs ressources pour empêcher les Français de tirer à nouveau. Ils envoyèrent d'abord un message disant qu'ils détenaient l'évêque Laneau et que celui-ci risquait d'être blessé. Puis ils menacèrent à nouveau le général d'exécuter ses deux fils à Louvo. Desfarges refusa de se laisser intimider et les trois cent cinquante hommes et officiers qui occupaient le fort, soudés par le danger, se dirent prêts à défendre la place jusqu'au dernier et à mourir bravement pour le roi et pour la France. Pourvus de nourriture et de munitions en abondance, ils compensaient le nombre insuffisant de leurs effectifs par une maîtrise consommée des techniques de siège.

Les Siamois les assaillirent cependant en force et cherchèrent vainement à percer leurs défenses. Ils finirent par recourir à des attaques de nuit, tenant les Français en alerte en lançant des projectiles enflammés sur leur campement aux toits de chaume.

C'était la seule chose que les Français redoutaient.

Thomas Ivatt était parti pour Louvo juste à temps. Un jour de plus, et il n'aurait plus été en mesure de remonter le fleuve. Avec tous ces barrages, un farang escorté de douze hommes n'aurait pas manqué d'être arrêté, même avec un chapeau conique et des chaussons de mandarin de première classe. Par précaution, Nellie et Mark s'étaient déguisés – Nellie en femme musulmane, un voile lui couvrant le visage, et Mark en jésuite après avoir emprunté une robe au chapelain du fort.

Ivatt avait réussi à persuader Verdesal que tous deux seraient une charge au fort si la guerre éclatait, comme il y avait tout lieu de le croire. Les Français auraient bien d'autres choses à faire que de les protéger. D'ailleurs, au cas où le siège se prolongerait, deux bouches de moins à nourrir représentaient un élément appréciable, même avec d'abondantes provisions. Verdesal avait fini par se laisser convaincre après que l'Anglais eut promis d'aller voir Desfarges – si celui-ci était toujours à Louvo – et de l'informer du sort tragique réservé à Saint-Cricq et à ses hommes.

Compte tenu des circonstances, Ivatt dut offrir le triple du prix normal pour louer une barque de vingt rameurs afin de gagner Louvo. Encore n'obtint-il satisfaction qu'à la vue de son chapeau conique qui inspirait toujours le respect dans ce pays fortement hiérarchisé.

Après avoir navigué près de vingt heures sur le fleuve et changé plusieurs fois de rameurs, ils arrivaient enfin en vue de Louvo lorsqu'ils furent arrêtés à un poste de contrôle. Ivatt en remarqua deux autres sur la rive d'en face et se demanda si ces barrages visaient Phaulkon. Il était inquiet pour la sécurité de son ami et avait hâte de le voir, certain qu'il n'avait pas quitté son roi bien-aimé. S'il se trouvait encore à Louvo, les autorités ne devaient pas l'ignorer. Heureusement, Nellie et Mark dormaient profondément dans la cale et le contrôle fut superficiel, en partie grâce au sauf-conduit que Phaulkon lui avait fait attribuer par le roi afin de faciliter ses déplacements. Ils purent donc repartir assez vite.

Au moment où ils s'approchaient de l'embarcadère privé de Phaulkon, le soleil se leva derrière les palmiers qui ourlaient la rive et, dans cette lumière matinale, Ivatt crut distinguer des corps étendus sur le quai de bois. Les gardes de Phaulkon ? Endormis ?

Il demanda aux rameurs de ralentir leur cadence et se dirigea vers la proue pour observer la rive de plus près. Mark dormait toujours, la tête sur les genoux de sa mère et Nellie était adossée contre la paroi, son châle roulé en boule sous sa tête toujours voilée.

La barque glissa sur l'eau presque jusqu'au quai sans que les hommes endormis notent sa présence. L'un d'eux se redressa enfin et regarda l'embarcation approcher. Pensant qu'il s'agissait des gardes de Phaulkon, Ivatt lança d'une voix forte : « Où est ton maître ? »

Un officier s'avança en se frottant les yeux. « Qui êtes-vous ? demanda-t-il en réajustant son panung.

– Un ami de ton maître. Il m'attend.

– Il n'est pas ici, déclara le Siamois en jetant un coup d'œil prudent au chapeau conique d'Ivatt.

– Alors, dis-moi où il est », insista Ivatt.

Les soupçons de l'officier s'accrurent quand il vit à l'arrière de la barque les Indiens à la peau sombre à moitié endormis.

« Mon maître n'a pas d'amis farangs. Qui êtes-vous ?

– Dis-moi plutôt qui est ton maître ? » tonna Ivatt qui commençait à perdre patience.

L'homme le regardait, hésitant, mais quand Ivatt sauta sur le quai, il se dressa devant lui.

« Je n'ai pas le droit de vous laisser débarquer tant que je ne sais pas qui vous envoie. »

À l'arrière de la barque, les Indiens s'étaient réveillés et se levaient les uns après les autres. « Préparez-vous ! leur cria Ivatt en siamois. Nous pourrions avoir des ennuis. »

Puis il se tourna à nouveau vers le garde. « Je suis le gouverneur de Mergui. Dis-moi où est le seigneur Phaulkon ? »

En guise de réponse, l'officier tira son épée et appela ses hommes qui se mirent péniblement debout, encore engourdis de sommeil. Pendant ce temps, les Indiens sautèrent à terre tandis qu'Ivatt se précipitait dans le bateau pour s'emparer de son fusil. Quand il revint, il vit le géant tamoul de Madras, le meilleur de ses combattants, lever deux des hommes de Sorasak en l'air et leur fracasser le crâne l'un contre l'autre. Il y eut un bruit terrible d'os brisés et ils tombèrent à terre au moment où Ivatt tuait l'officier d'une décharge dans le cou. Les autres gardes échangèrent des regards incertains. Ils n'étaient pas habitués aux armes à feu, ni à ces diables de géants à la peau sombre. Les Indiens ne leur laissèrent pas le temps de se reprendre et se ruèrent sur eux, armés de leurs kriss meurtriers, tandis que les deux métis de Goa, les frères Perez, chargeaient la tête en avant, comme des taureaux furieux.

Bientôt, la moitié des hommes de Sorasak gisaient à terre. Les autres s'enfuirent en courant, mais les Indiens les rattrapèrent et leur passèrent leur lame à travers le corps. En quelques minutes, neuf des gardes de Sorasak et un seul Indien étaient étendus sur le quai, morts ou agonisants.

Mark et Nellie avaient assisté au combat de la barque et Nellie avait eu bien du mal à empêcher son fils de se joindre à la bagarre. Comme la lutte touchait à sa fin, les rameurs siamois, peu désireux d'être mêlés à ces événements, les obligèrent à mettre pied à terre.

Ivatt se précipita au bord du quai en les invectivant, mais c'était trop tard. Le bateau s'éloigna, les abandonnant sans espoir de retraite. Il ne leur restait plus qu'à tenter de gagner la maison de Phaulkon en espérant que tout se passerait bien.

Le géant tamoul se campa devant eux, tenant par la peau du cou un des hommes de Sorasak encore en vie qui agitait désespérément les jambes dans le vide. Le géant le déposa devant Ivatt. « Voulez-vous que je vous aide à l'interroger, maître ? » lui demanda-t-il dans le dialecte de Madras avec lequel Ivatt avait eu le temps de se familiariser lors de son séjour en Inde.

« Entendu », soupira-t-il.

De telles méthodes lui donnaient la nausée mais elles seules donnaient des résultats, et il avait besoin de l'information. Il traduisit en siamois le discours menaçant que le Tamoul adressait à son prisonnier : « Tu as deux oreilles, deux yeux, deux mains, deux pieds et deux testicules. Les dieux ont été généreux car tu pourrais faire avec un seul de chaque. C'est ce qui t'arrivera si tu ne réponds pas à mes questions. »

Le géant pointa son kriss près du testicule droit du garde qui roulait des yeux terrorisés. « Qui est ton maître ? demanda-t-il.

– Lu-Luang Sorasak.

– Et où est le seigneur Vichaiyen ? »

Ivatt traduisit la question et le garde désigna le fleuve d'un doigt tremblant.

« La barque de Luang Sorasak est partie à sa recherche.

– Est-il en fuite ?

– Oui, Puissant Seigneur.

– Ton maître est-il parti aussi avec la barque ? »

Le garde hésita. S'il disait la vérité, son maître le tuerait certainement. Il avait peut-être une chance d'y échapper. « Oui, Puissant Seigneur. »

Ivatt avait remarqué l'hésitation de l'homme et décida de laisser les choses aller. Il dit au géant de tuer le garde proprement, ce qu'il fit en lui brisant la nuque avant de jeter son corps dans le fleuve où les cadavres de ses camarades vinrent bientôt le rejoindre. Le quai était plein de sang et parsemé de membres coupés. Nellie détourna les yeux, près de défaillir devant ce carnage. Il leur faudrait nettoyer la place avant le retour de la barque de Sorasak s'ils trouvaient quelque part des balais et des seaux d'eau.

Ivatt s'avança prudemment vers la maison avec quatre Indiens tandis que les sept autres entourant Nellie et Mark suivaient à quelque distance. Il réfléchit qu'avec Sorasak à l'intérieur, Phaulkon pouvait s'être retranché dans son abri secret sous la salle à manger où il gardait des vêtements et de la nourriture de réserve en prévision d'un long séjour. Sachant qu'en dehors de lui seules une ou deux personnes de confiance connaissaient l'existence de cette cachette, il eut l'idée d'y mettre Nellie et Mark en sécurité pendant qu'il irait tâter le terrain. Mark insisterait certainement pour participer aux opérations, mais il avait laissé entendre clairement au garçon, à Bangkok, que s'il voulait venir avec lui à Louvo, il devait obéir à ses ordres.

Depuis l'embarcadère, le chemin traversait de superbes jardins peuplés de bassins couverts de fleurs de lotus et de haies sculptées, débouchant ensuite sur une cour intérieure circulaire occupée par un majestueux palmier-éventail. Les portes aux vantaux de teck qui se dressaient devant eux se trouvaient sur l'arrière. L'entrée principale était de l'autre côté, sur le devant, face aux murailles massives du Palais royal.

Ivatt s'étonna de trouver les lieux déserts. Il les avait toujours vus fourmillant de serviteurs et d'esclaves. Où était passée l'imposante domesticité de Phaulkon ? Il n'y avait même pas un jardinier en vue.

Il continuait d'avancer prudemment en jetant des regards de tous côtés. En pénétrant dans la cour arrière, il remarqua qu'un des panneaux de la porte d'entrée était entrouvert, comme si quelqu'un venait de passer par là. Il prêta l'oreille mais n'entendit aucun bruit. Alors, pas à pas, il s'avança le dos collé au mur et, d'un brusque coup de main, poussa la porte qui s'ouvrit en grand.

Du fond de la maison où il se dissimulait, Sorasak avait entendu au loin un coup de fusil qui semblait monter du fleuve. Il avait laissé dix hommes de garde à l'embarcadère, mais aucun ne possédait d'armes à feu. Qui avait bien pu tirer ? Sans doute quelque maudit farang. Il fallait aller voir ce qui se passait. D'un pas rapide, il gagna le quartier des domestiques et pénétra dans la pièce où il avait laissé Sunida sous la surveillance de deux hommes. Il constata avec surprise qu'ils lui avaient retiré son bâillon.

« Pourquoi avez-vous fait cela ?

– Puissant Seigneur, elle étouffait. Votre Excellence nous a dit de la garder en bonne santé.

– Remettez-lui son bâillon ! rugit-il. Vous n'avez donc pas entendu ces claquements qui venaient du quai ? »

Les gardes le fixèrent sans comprendre. Sunida prit la parole avant d'être à nouveau bâillonnée. « Moi, j'ai entendu, dit-elle. Ce sont les farangs qui viennent me délivrer. »

Sorasak fronça les sourcils d'un air menaçant, il avait une furieuse envie de la frapper, mais il serait temps de le faire sous les yeux de Vichaiyen. Il tourna sa rage vers ses gardes.

« Je vous ordonne de rester en alerte sans relâche. Vous m'avez bien compris ? »

Ils étaient sans doute en train de bavarder tous les deux quand on avait tiré.

« À partir de maintenant, vous feriez mieux d'ouvrir vos oreilles ! »

Ils s'inclinèrent en tremblant. « À vos ordres, Puissant Seigneur.

– Je vais jusqu'au fleuve. Si je ne suis pas de retour dans quelques minutes, que l'un de vous vienne voir ce qui se passe. »

Sorasak s'avança en silence, traversant la cour intérieure, jusqu'à ce que son ouïe exercée perçoive des pas qui s'approchaient. Un de ses hommes ? Mieux valait être prudent. Dissimulé derrière le grand palmier-éventail, il prêta l'oreille. Les pas venaient dans sa direction et, manifestement, il y avait plusieurs personnes. Rapidement, toujours en silence, il se déplaça avec la légèreté d'un athlète, malgré sa lourde stature, et se glissa derrière l'une des portes dont il laissa le panneau entrouvert.

Ses yeux s'écarquillèrent quand il aperçut un petit farang coiffé d'un chapeau conique de mandarin, entouré de quatre colosses à la peau sombre dont l'un était un véritable géant. Sorasak n'avait jamais vu d'être aussi monumental, même lorsqu'une troupe d'acrobates du nord de la Chine était venue à Ayuthia en tournée. Ses yeux s'élargirent encore quand il distingua à quelque distance un second groupe de gigantesques hommes sombres accompagnant une *mem* et… non, c'était impossible ! Vichaiyen ! Qu'était-il donc arrivé aux gardes qu'il avait laissés sur le quai ? Comment avaient-ils pu les laisser passer ?

Sorasak recula et regagna en courant la pièce où se trouvait Sunida. Il avertit ses gardes de ne faire aucun bruit et vérifia le bâillon de la jeune femme. Puis, toujours courant, il reprit le corridor en sens inverse en soufflant toutes les chandelles sur son passage. Il n'eut que le temps de se tapir derrière un paravent du hall d'entrée quand le panneau de la porte s'ouvrit en grand, dessinant une bande lumineuse sur le plancher de teck.

Le petit farang entra prudemment en regardant tout autour de lui. Puis, apparemment satisfait, il fit un geste aux hommes restés derrière lui. La *mem* et Vichaiyen se montrèrent les premiers, entourés d'une demi-douzaine de ces gardes géants. Sorasak voyait maintenant très bien Vichaiyen, mais il y avait en lui quelque chose de bizarre qu'il ne parvenait pas à définir. Peut-être avait-il cherché à se déguiser ?

Le petit farang se lança dans une longue conversation avec la *mem* et Vichaiyen qui eut l'air de protester à un moment donné. Mais qu'est-ce qui lui donnait cette expression différente ?

Tassé derrière son paravent, Sorasak écoutait, furieux de ne rien comprendre à ce qui se disait. Il vit le Barcalon suivre le petit homme à contrecœur et traverser le hall en compagnie de la *mem* et de deux gardes. Ils ouvrirent une porte à l'autre extrémité du hall mais, cette fois, Sorasak ne put voir ce qui se passait. Les gardes redoutables n'étaient qu'à deux doigts de lui et il n'osait pas bouger. Tous les sens aux aguets, il entendit des grattements, comme si l'on déplaçait quelque chose, et crut même distinguer le bruit d'un verrou que l'on tire. Puis les pas s'éloignèrent et bientôt le silence retomba.

Il attendit longtemps avant de voir le petit farang réapparaître – seul, maintenant. Avec trois de ses hommes, il repartit par le corridor conduisant aux quartiers des domestiques. Sorasak jura tout bas. Et s'ils découvraient Sunida ? Les gardes allaient-ils se tenir tranquilles comme il le leur avait recommandé ? Un long moment s'écoula et, à sa grande surprise, il vit revenir les trois hommes portant des balais et des seaux. Pour quoi faire ?

Après avoir rejoint le groupe qui attendait dans le hall, tous prirent la direction du fleuve.

Sorasak attendit qu'ils aient disparu, puis il sortit

de son coin et se précipita vers la porte par où la *mem* et Vichaiyen avaient disparu.

Lek, la petite esclave qui servait à la cuisine, n'en revenait pas d'être encore en vie. Elle tremblait au souvenir de ce que lui avait fait subir cet homme brutal et de sa fuite miraculeuse. Elle courait aussi vite qu'elle le pouvait sur ses petites jambes, sans même prendre la peine de rassembler ses pauvres biens qui l'attendaient dans sa chambre. Sans doute était-elle la dernière à quitter cette immense demeure déserte, seule survivante des infortunés serviteurs qui avaient choisi de rester. Elle les avait imités par loyauté pour son maître, le grand Barcalon, ce farang que l'on disait si bon et vers lequel elle, pauvre esclave, n'avait jamais osé lever les yeux.

Lek n'arrivait toujours pas à comprendre comment elle avait eu la chance d'être épargnée après avoir assisté au massacre impitoyable des autres. Mais elle savait qu'on avait voulu lui faire jouer le rôle d'une certaine Sunida dont elle n'avait pourtant jamais entendu parler. Oh, miséricordieux Bouddha, qu'est-ce que cela pouvait bien vouloir dire ?

Toujours en courant, elle traversa la grande cour qui précédait la maison et ouvrit la porte donnant sur la rue. Au moment où elle sortait, une main la saisit et elle vit un homme vêtu d'une tunique rouge avec un bonnet assorti, entouré d'autres hommes portant la même tenue. Des gardes du Palais ! Qu'est-ce qu'ils pouvaient bien lui vouloir ?

En voyant sa terreur, l'homme lui sourit gentiment.

« Ne crains rien, petite souris. Nous ne te voulons pas de mal. Juste te poser quelques questions. Viens avec nous... »

Sorasak examina avec soin la pièce autour de lui. Elle était étrangement vide et il semblait bien n'y avoir aucune autre sortie que la porte qu'il venait de franchir. Pourtant, le petit farang était ressorti seul. Où pouvaient bien se cacher les autres ?

Il fit le tour de la pièce en frappant sur les murs, à la recherche de quelque issue cachée. Les fenêtres étaient trop hautes et trop étroites pour qu'ils aient pu passer par là. Perplexe, Sorasak se gratta la tête. La pièce semblait être une salle à manger avec des petites tables un peu partout et un buffet chargé de plateaux. Il vit un grand paravent birman dans un angle et sur le sol, des tapis persans. Remarquant que l'un d'eux ne se trouvait pas exactement dans le même alignement que les autres, il se souvint avoir entendu une sorte de remue-ménage. Soudain très excité, il se pencha, souleva un coin de tapis puis, satisfait, le remit en place et se rendit vivement dans la pièce où se trouvait Sunida. D'une main, il la souleva, toujours ligotée et bâillonnée, et la jeta sur ses larges épaules en disant à ses gardes de le suivre jusqu'à la salle à manger.

Là, écartant le tapis, il tira le verrou de la trappe.

Le colonel Virawan, principal aide de camp de Petraja, avait appris de Lek, la petite esclave, tout ce qu'il voulait savoir. Quand elle avait compris qu'elle ne risquait rien, elle lui avait raconté en détail les récents événements. Après l'avoir récompensée d'une pièce d'argent et d'une petite tape dans le dos, il lui avait dit qu'elle pouvait aller où elle voulait.

Une fois Lek partie, Virawan fronça les sourcils. Le général Petraja ne serait pas content d'apprendre que Sorasak tentait d'interférer dans ses plans. Il était temps de remettre les choses en place. Il avait maintenant sous ses ordres cent hommes de la garde d'élite de Petraja et, depuis qu'on avait appris que Vichaiyen était à Louvo et non à Bangkok, des sentinelles discrètement postées autour de sa maison en surveillaient tous les accès.

Jusqu'à l'arrivée soudaine de Lek, la chance n'avait guère souri à Virawan. La maison semblait tout à fait déserte. Aucune sentinelle n'avait été postée à l'intérieur ni sur l'embarcadère afin de ne pas alerter le Barcalon qui, Virawan en était persuadé, enverrait sûrement quelqu'un en éclaireur. Il fallait lui laisser penser qu'on le croyait toujours à Bangkok. Mais à présent, grâce à Lek, il savait où il était. Le colonel maudit à nouveau Sorasak et son intervention. Il allait falloir poster des hommes sur le quai afin de guetter le retour de la barque de Vichaiyen et l'intercepter avant que cette brute de Sorasak ne vienne tout gâcher.

Accompagné de quatre-vingts gardes, il entra dans la cour de la résidence par la grande porte et s'apprêta à déployer ses hommes autour de la maison, dans les jardins et sur le ponton. Soudain, il s'arrêta net en apercevant des gens en train de balayer le quai, des hommes grands à la peau sombre – certainement pas des Siamois. Des Indiens, peut-être ? Que pouvaient-ils bien faire là ? Ils levèrent les yeux vers lui et Virawan aperçut alors à côté d'eux un farang de petite taille qui le regardait également.

À sa vue, les Indiens abandonnèrent leurs balais et se saisirent de leurs armes. Ils paraissaient féroces mais très inférieurs en nombre. Virawan réfléchit. Ce farang pouvait être un ami de Vichaiyen et il était préférable de l'interroger, plutôt que de le tuer.

Le colonel ordonna à ses soldats de ne pas bouger et s'avança seul vers le farang qui devait parler siamois si l'on en jugeait par sa robe de mandarin. En s'approchant, un sourire aimable plaqué sur les lèvres, il constata que le visage du farang ne lui était pas étranger. Où l'avait-il déjà vu ? Il s'arrêta à quelques pas de lui et le salua. « Il me semble vous connaître, monsieur. »

Ivatt lui rendit son salut. « Colonel Virawan, n'est-ce pas ? »

Ce visage, ravagé par la petite vérole, n'était pas facile à oublier. Le colonel s'efforça de dissimuler sa surprise.

« Vous ne me reconnaissez pas car je ne porte pas

mon chapeau, poursuivit Ivatt. Je suis le gouverneur de la province de Mergui. »

Bien sûr… songea Virawan. Et le meilleur ami de Vichaiyen, si je ne me trompe.

« Excellence, c'est un honneur pour moi, dit-il en s'inclinant. Puis-je vous demander ce que vous faites ici, si loin de chez vous ? »

Ivatt lui sourit. « La même chose que vous, Colonel. Je cherche le Barcalon, mais je peux vous dire qu'il n'est pas ici. Il est parti pour Bangkok et doit se trouver maintenant au fort.

– Excellence, permettez-moi d'en douter. Voyez-vous, grâce aux soins de vos médecins jésuites, la santé du Seigneur de la Vie s'est améliorée de manière inattendue, et il a été horrifié d'apprendre que la guerre s'était déclenchée contre un allié avec lequel il avait signé un traité d'amitié. Le général français exige la libération du seigneur Vichaiyen avant toute négociation de paix. Vous voyez donc que nous avons tous deux intérêt à trouver le Barcalon au plus vite. »

Ivatt garda ses soupçons pour lui. Au Siam, il était mal vu de contredire directement son interlocuteur. Il se contenta donc de sourire sans répondre. Il n'allait pas tomber dans ce piège.

« Je peux comprendre que vous éprouviez quelque doute, Excellence, poursuivit le colonel, mais je pense pouvoir vous convaincre. Vous avez sûrement remarqué que j'ai quatre-vingts hommes avec moi. Je peux en faire venir beaucoup d'autres. Si mes intentions à votre égard n'étaient pas amicales, il me suffirait de donner l'ordre de… »

Il laissa la phrase en suspens. Une menace directe aurait été impolie, elle aussi.

« En outre, Excellence, et pour vous prouver que nous poursuivons le même but, je vous informe que Luang Sorasak nous a déjà précédés dans cette maison. Nous devons absolument trouver le Barcalon avant qu'il ne le fasse lui-même, car le Seigneur de la Vie tient avant tout à arrêter les hostilités. »

Le colonel jeta un coup d'œil sur le quai où des taches de sang étaient encore visibles.

« Mais je constate, Excellence, que vous êtes déjà informé de la présence ici du seigneur Sorasak. » Il eut l'air impressionné. « Puis-je vous demander combien de ses gardes ont été éliminés ?

– Dix. Ils nous ont attaqués les premiers et ne nous ont pas laissé le choix. Nous avons malheureusement perdu aussi un homme. »

Le respect du colonel s'accrut encore et il jeta un coup d'œil appréciateur à la solide escorte d'Ivatt.

« Avec votre accord, Excellence, nous allons les remplacer par dix de nos gardes afin que la barque du Seigneur Sorasak accoste ici sans méfiance quand elle reviendra. De loin, on ne s'apercevra pas du changement. »

Comme Ivatt ne semblait soulever aucune objection, le colonel lança un ordre bref et dix hommes s'avancèrent. Aussitôt, les Indiens braquèrent leurs armes.

« Tout va bien, leur dit Ivatt en tamoul. Ils viennent seulement remplacer ceux que nous avons tués. »

Les gardes prirent tranquillement position sur le quai et les Indiens se détendirent. Puis le groupe que le colonel avait chargé de fouiller la maison revint faire son rapport. Voyant les Indiens s'agiter de nouveau, le colonel expliqua vivement :

« J'ai envoyé ces hommes dans la maison mais ils n'ont pas trouvé trace du seigneur Sorasak. Il n'est nulle part. Cependant, la présence de plusieurs cadavres indique qu'il est passé par là. Excellence, je vais maintenant me retirer. Vous êtes libre, bien entendu, d'aller où bon vous semble mais vous m'obligeriez en me disant où je pourrai vous joindre afin que nous puissions échanger nos informations. Vous comprendrez, j'en suis certain, que notre intérêt commun est de coopérer.

– Je compte rester pour l'instant dans cette maison, Colonel », répondit Ivatt.

Virawan s'inclina et s'éloigna avec sa troupe.

42

Le capitaine était de plus en plus inquiet. Il avait ordre de ramener le farang en vie mais, peu après avoir quitté Bahn Mae Sing, un transporteur de riz qui l'avait croisé lui avait appris que deux autres barrages de contrôle avaient été dressés sur le fleuve par des hommes en armes.

Il décida d'accoster au premier village et d'envoyer un de ses hommes à terre pour s'y procurer une nouvelle robe de moine, un rasoir, un crayon de maquillage et diverses pommades. Dans l'état où il se trouvait, le farang éveillerait sûrement des soupçons. Le haut de sa robe safran avait été arraché, sa barbe avait repoussé et son visage était meurtri.

Anek rasa la tête et la barbe de son maître, dissimula les cernes autour de ses yeux et soigna son visage. En peu de temps, il fut ainsi transformé en un moine présentable, capable de jouer le dernier acte du rôle qu'il s'était inventé. Anek, quant à lui, gardait un œil attentif sur la précieuse bourse de son maître dissimulée dans l'ourlet de sa robe.

Au premier barrage et malgré les protestations du capitaine qui tenta vainement d'invoquer le rang élevé de son maître Sorasak, un officier particulièrement pointilleux exigea d'interroger lui-même Phaulkon. Grâce à la connaissance que ce dernier avait du dharma et de la vie dans les temples, il réussit à le convaincre qu'il était bien le fils d'un moine siamois débauché qui avait fauté avec la fille d'un missionnaire farang dans le nord.

Au second barrage, l'histoire du moine eurasien fut débitée avec plus d'assurance et l'arrêt dura moins longtemps. Mais le troisième poste, à l'entrée de Louvo, était celui où la barque avait été retenue à l'aller pour la nuit. Si le même officier était de service, il pourrait avoir des soupçons. Le capitaine jugea donc préférable de ne pas s'y arrêter. Après tout, la barque de son maître était la plus rapide de tout le pays et, s'ils accéléraient l'allure, aucun bateau ne pourrait la rattraper. Une fois dans les eaux encombrées de la ville, elle se perdrait parmi les autres embarcations.

Il dit à Phaulkon d'aller à l'arrière et de se dissimuler de son mieux puis, en vue du barrage, ralentit le train. Trois embarcations attendaient devant lui le passage et l'attente s'annonçait longue car la fouille des gardes était minutieuse. Ce fut enfin au tour de la barque de Sorasak de se présenter. Elle avança doucement jusqu'au quai et, juste au moment où le soldat de garde allait monter à bord, le capitaine abaissa le bras, et le bateau s'élança si brusquement en avant que le soldat perdit l'équilibre et tomba à l'eau. Un second clapotis se fit entendre presque aussitôt, plus discret que le premier, mais les quarante rameurs, trop occupés à accélérer la cadence, ne remarquèrent rien. Seul Anek constata que son maître avait disparu. Les cris des poursuivants se firent de plus en plus lointains au fur et à mesure que l'équipage de Sorasak augmentait la distance qui les séparait.

Entraîné depuis sa jeunesse en Grèce à nager sous l'eau sur de longs parcours, Phaulkon resta plusieurs minutes invisible à une centaine de pieds du barrage, dissimulé dans les herbes aquatiques et ne faisant surface que pour respirer. Il entendit de grands cris et, profitant de l'agitation, escalada la berge pour prendre des petits sentiers peu fréquentés. Il n'était pas très loin de chez lui et le coin lui était familier, aussi avança-t-il d'un bon pas tandis que sa robe mouillée séchait rapidement dans l'air tiède du soir. Il songeait à Sunida. Elle lui manquait tellement ! Que le Dieu Tout-Puissant la protège !

Après quelques recherches, il repéra le rocher fermant l'entrée du tunnel secret. S'étant assuré que personne n'était en vue, il réussit à le déplacer mais, une fois à l'intérieur, il lui fut impossible de le remettre en place. Après de longs et pénibles efforts, il put néanmoins le faire glisser de quelques centimètres afin de masquer partiellement l'ouverture, espérant qu'avec la nuit tombante elle passerait inaperçue. C'était un risque à courir.

Il rampa dans le tunnel en se demandant s'il aurait la force de repousser le panneau de la trappe au cas où le verrou serait mis. Jusqu'ici, il y avait toujours eu quelqu'un de l'autre côté. S'il n'y parvenait pas, il ne lui resterait plus qu'à parcourir le tunnel à reculons et à tenter de repousser le bloc de pierre avec ses pieds pour agrandir le passage.

Toute la fatigue des derniers jours tomba soudain sur lui, aggravée par un fort sentiment de claustrophobie. Il s'arrêta un instant, ruisselant de sueur, puis reprit sa progression en priant Dieu de lui donner des forces.

Sorasak leva la trappe aussi doucement qu'il le put, sauta sur les marches et se redressa au milieu de la pièce, le corps tendu prêt à l'attaque. Les deux gardes Eurasiens qui se trouvaient à l'intérieur furent saisis de surprise. D'un violent coup de coude, Sorasak brisa le nez de l'un et frappa durement l'autre à l'aine avant de lui fracasser la mâchoire. Le garde s'écroula sur le sol, inanimé.

Les hommes de Sorasak s'avancèrent vivement et descendirent les marches. Celui qui portait Sunida la jeta sans ménagement à terre. Mais l'un des deux Eurasiens n'avait pas perdu conscience malgré son visage en sang. Il s'élança sur lui et le frappa rudement sur sa pomme d'Adam. Au grand émoi de sa mère, Mark s'était joint à la bagarre et tentait d'agripper Sorasak par-derrière, mais ses attaques paraissaient sans effet sur le puissant cou de taureau du lutteur. Sans se retourner, le « Tigre » lança son bras derrière lui et, d'un coup vicieux, envoya valser le jeune Anglais au milieu de la pièce. Nellie se précipita à son secours mais l'autre garde de Sorasak l'écarta brutalement avant d'immobiliser le jeune homme.

Sorasak se retourna alors pour observer la scène.

La *mem* sanglotait hystériquement et le garçon – trop jeune pour être Vichaiyen, constata-t-il avec regret – se débattait furieusement.

Ses lèvres se retroussèrent en une grimace de satisfaction. Il disposait à présent de deux femmes et d'un garçon pour se distraire. De bonnes heures de plaisir en perspective. Il ordonna aux gardes de ligoter Mark et, comme il continuait à se débattre, l'un d'eux le frappa rudement et l'étendit inconscient sur le sol. Nellie se mit à hurler, mais Sorasak la gifla si violemment que ses cris s'étranglèrent dans sa gorge. Puis les gardes détachèrent Sunida et lui ôtèrent son bâillon. Dès qu'elle fut libre, elle se précipita sur Nellie et la serra dans ses bras comme une sœur. Nellie parvint à esquisser un sourire à travers ses larmes.

De plus en plus content de lui, Sorasak observait les deux femmes avec délectation. Les perspectives étaient bien meilleures qu'il ne l'avait pensé. Après avoir jeté un regard méprisant au garçon encore à demi évanoui, il expliqua à Sunida ce qu'il attendait d'elle. Si elle ne lui obéissait pas, le jeune farang serait tué. Paralysée par la peur, Sunida ne savait comment expliquer à la *mem* ce que cette brute lui avait ordonné. Comment lui dire que ce monstre n'hésiterait pas à tuer son fils si elle refusait de se plier à ses désirs ? Comment lui faire comprendre que son peuple n'avait rien de commun avec ce débauché, ce sauvage, ce pervers, qui était pourtant le fils du Seigneur de la Vie, un être si dépravé que son père refusait de le reconnaître ?

Plongée dans ses pensées, Maria parcourut à pied la faible distance qui séparait le Palais de la maison de Phaulkon. Le plan de Petraja était décidément excellent et il allait enfin lui donner l'occasion de se venger de son traître de mari, un mari qui l'avait doublement trompée. En approchant de la maison, elle vit traîner discrètement dans les parages quelques hommes du colonel Virawan, mais, comme convenu, aucun ne fit mine de s'intéresser à elle. Les panneaux de bois de la porte s'ouvrirent en grinçant, donnant accès à la demeure déserte.

Le silence et la pénombre créaient une atmosphère étrange, inquiétante. Mais Maria connaissait bien les lieux car elle y était venue fréquemment au début de leur mariage. Elle se dirigea d'abord vers les pièces de réception à la recherche d'un indice révélant la présence de Phaulkon.

Quand elle pénétra dans la salle à manger sans avoir encore rien trouvé, il lui sembla entendre un cri lointain venant de quelque part au-dessous. Étonnée, elle regarda autour d'elle, sachant qu'il n'y avait pas d'autre issue. Constant était-il là, quelque part ? Elle se souvint alors l'avoir entendu parler autrefois d'une cachette qu'il voulait construire. Remarquant soudain le tapis déplacé au milieu de la pièce, elle se pencha pour le soulever et découvrit la trappe. Le cœur battant, elle frappa trois coups secs contre le panneau de bois.

Assise sur le lit, les yeux écarquillés par la terreur, Nellie sentit sa panique grandir encore en voyant l'expression angoissée de Sunida. Du coin de l'œil, elle constata que Sorasak dénouait son panung, exhibant son sexe boursouflé. Elle poussa un grand cri.

À cet instant précis, des coups répétés retentirent sur la trappe. Sorasak murmura un ordre à ses gardes qui lièrent et bâillonnèrent les deux femmes. Puis il se plaça dans l'ombre à côté des marches et fit signe à ses hommes de tirer le verrou intérieur. Si cela pouvait être Vichaiyen, son plaisir serait complet.

Le panneau s'ouvrit avec un léger craquement. Sorasak et les deux gardes restèrent immobiles tandis que le nouvel arrivant semblait hésiter et ne se montrait pas. Après un silence, une voix appela : « Constant ? » Nouveau silence. « Êtes-vous là ? »

C'était une voix de femme et elle parlait une langue farang. D'un mouvement brusque, Sorasak bondit pour l'attraper. Elle faillit lui échapper mais, d'une main ferme, il la saisit par une cheville et l'attira brutalement à lui. Elle tomba la tête la première par l'ouverture de la trappe et il l'attrapa au vol pour amortir le choc avant de la déposer, pantelante, à ses pieds. L'un des gardes referma la trappe et remit le verrou.

Les yeux de Sorasak s'allumèrent. La femme de Vichaiyen ! Quelle fête ! Elles étaient toutes là maintenant. Il les examina l'une après l'autre en se demandant par laquelle il allait commencer. Le garçon le regardait d'un air féroce, un air que Sorasak avait déjà vu sur le visage de Vichaiyen. Il devait être le fils d'un de ses frères, car la ressemblance était étonnante. Qui que ce soit, il allait assister à un fameux spectacle !

Il se tourna vers Sunida : « Laquelle d'entre vous se propose la première à mon plaisir ? »

Il donna un coup de pied dans les côtes de Maria en lui ordonnant de traduire ses paroles à l'intention de la *mem*.

Maria leva vers Sorasak des yeux stupéfaits.

« Mais, mon Seigneur, avez-vous oublié que nous sommes alliés ? C'est votre père qui m'envoie vers vous... »

Il se mit à rire. « Eh bien, voilà qui est décidé. Toi la première. »

Sur son ordre, les gardes retirèrent Nellie et Sunida du lit et leur ôtèrent leur bâillon. Il jeta alors brutalement Maria sur la couche et se dressa, nu, devant elle. Elle le regardait avec des yeux terrifiés, comme un animal pris au piège.

Hors d'elle, Sunida s'écria : « Je vous en prie, mon Seigneur ! Prenez-moi à sa place ! Elle attend un enfant et ne saura vous donner du plaisir. Je ferai tout ce que vous me demanderez. »

Les supplications de Sunida ne faisaient qu'augmenter la satisfaction de Sorasak. Il la laissa gémir ainsi quelques instants, puis ordonna à ses hommes de la faire taire pour pouvoir se concentrer sur Maria.

Comme celle-ci se débattait, il la frappa durement au visage puis, voyant qu'elle résistait encore, il lui planta un coude dans l'estomac pour lui couper le souffle. Elle se tut enfin, anéantie. Alors, sous les yeux horrifiés des autres, il la pénétra en force, poussant sauvagement comme s'il avait voulu la partager en deux. Elle le fixait, le visage déformé par la peur et par la douleur. Sunida voulut intervenir à nouveau mais, d'un geste, il ordonna qu'on lui remette son bâillon.

Quand enfin, il se sentit satisfait, Sorasak se retira de Maria et, au même instant, elle poussa un cri perçant. Les eaux mêlées de sang ruisselaient entre ses jambes.

« Aidez-moi ! Mon enfant... mon enfant ! »

Elle poussa un long gémissement.

Thomas Ivatt était préoccupé. Qu'était devenu le bateau de Sorasak sur lequel se trouvait Phaulkon ? Il n'était pas dupe des déclarations du colonel Virawan, mais celui-ci avait au moins tenu parole sur un point : il n'était pas revenu le déranger. Et ses hommes étaient toujours sur le quai, attendant eux aussi l'arrivée de la barque. Ivatt décida d'aller voir si Nellie et Mark avaient besoin de quelque chose et se fit accompagner du géant tamoul, un homme d'une force exceptionnelle et, de plus, d'une loyauté à toute épreuve. Comme ils s'avançaient vers la maison, leurs silhouettes disparates évoquaient plutôt David et Goliath.

Ils pénétrèrent dans le hall et se dirigèrent aussitôt vers la salle à manger. Le tapis avait été dérangé. Qui pouvait être venu ? Phaulkon était-il de retour à son insu ? Mais alors, comment était-il entré dans la maison sans se faire voir ?

De plus en plus inquiet, Ivatt fit signe au Tamoul de ne pas faire de bruit et tenta de soulever la trappe. Elle résista. Un frisson le traversa, car il avait recommandé à ses hommes de ne pas mettre le verrou.

Le Tamoul s'avança et introduisit son kriss dans la

fente, enlevant un morceau de bois par où il pouvait passer un doigt. À ce moment, un cri perçant retentit de l'autre côté. Le visage du géant se contracta de fureur. Il saisit le panneau et le secoua violemment jusqu'à ce qu'il lui reste entre les mains, le verrou toujours en place.

Deux gardes de Sorasak accoururent mais, aussitôt, des mains géantes les prirent par le cou pour les tirer au-dehors en frappant leurs têtes l'une contre l'autre. Le Tamoul leur tordit ensuite le cou. Une seconde plus tard, il sautait dans le trou les pieds en avant, immédiatement suivi par Ivatt. Un homme nu se retourna vers eux avec fureur. D'un coup d'œil, le Tamoul vit une femme étendue sur le lit, nue également et gémissant. Il se rua sur Sorasak, enserrant son cou puissant d'une poigne de fer. Le Siamois se débattit mais, pour la première fois de sa vie, il se trouvait confronté à plus fort que lui. Lentement, inexorablement, la prise du Tamoul se refermait autour de son cou jusqu'à ce que les veines de son front semblent sur le point d'éclater.

Ivatt s'était précipité pour détacher Mark, Nellie et Sunida. Le garçon se jeta aussitôt sur Sorasak, lui martelant le visage de ses poings, tandis que le Tamoul le maintenait, jusqu'à le rendre méconnaissable.

Entre-temps, Nellie et Sunida s'affairaient autour de Maria et Ivatt plaça un paravent devant le lit pour l'isoler de la vue des autres. Elle saignait beaucoup et sanglotait hystériquement. « Je vous en prie... sauvez mon enfant ! »

Sunida vit pointer la tête du bébé et elle la tira délicatement à elle en recommandant à Maria de pousser. Rassemblant ses dernières forces, elle obéit.

Penchée sur elle, Nellie tentait de la réconforter. Dans un grand cri, Maria expulsa le bébé et Nellie tourna la tête pour le regarder. L'expression désolée de Sunida lui confirma ce qu'elle avait cru voir. L'enfant était mort-né. Les deux femmes échangèrent un regard de pitié. Prenant l'enfant dans ses bras, Sunida s'efforça en vain d'éveiller en lui un souffle de vie.

Ivatt, appelé par Nellie, s'était approché et regardait les deux femmes couper le cordon ombilical. Maria gisait sur le lit les yeux fermés, immobile et épuisée par ces terribles épreuves, inconsciente du sort de son enfant. Sunida enveloppa le minuscule corps dans son écharpe, elle allait le déposer à côté de sa mère quand Ivatt intervint.

« Il serait préférable qu'elle ne le voie pas. Je vais aller l'enterrer dehors. »

Sunida hocha la tête, ignorant tout des coutumes farangs.

Pendant l'absence d'Ivatt, les deux femmes s'occupèrent de Maria de leur mieux, épongeant son visage avec un linge humide et lavant son sang. Puis elles prirent ses mains dans les leurs et restèrent longtemps ainsi, leurs doigts enlacés, réalisant que toutes trois avaient donné un enfant à Phaulkon.

Quand Maria ouvrit enfin les yeux, elle vit Sunida penchée sur elle. Elle lui jeta un regard douloureux. « J'ai perdu mon bébé, n'est-ce pas ? »

D'une voix étranglée, Sunida répondit : « Oui, Honorable Dame. Elle a été enterrée selon vos coutumes.

– *Elle ?* » Les yeux de Maria se remplirent de larmes. Après un long silence, elle murmura : « Pardonnez-moi. Je vous avais mal jugée.

– Il n'y a rien à pardonner, Honorable Dame. Mais il faut de ce pas chercher un médecin. Permettez-moi de m'acquitter de cette tâche. »

Maria la retint de la main. « Trop tard, souffla-t-elle d'une voix rauque. Je vais mourir, je le sais. »

Elle leva les yeux vers Sunida. « J'ai perdu mon enfant mais il ne faut pas que vous perdiez le vôtre. Votre fille se trouve à mon orphelinat d'Ayuthia. Allez la chercher... »

Parler l'épuisait et elle s'arrêta, cherchant son souffle.

« Mon mari court un grave danger. Je l'ai trahi. J'étais venue ici pour lui dire d'aller voir le Seigneur de la Vie dans sa chambre. Mais... c'est Petraja qui l'attend dans le lit du roi. »

Sunida ouvrit de grands yeux. Dans le lit du roi ? Quel sacrilège...

« Mais où est le Seigneur de la Vie ? demanda-t-elle anxieusement.

– On l'a installé ailleurs. Je ne sais où. J'ai entendu dire que sa santé s'était bien améliorée. »

Sunida lui fit un sourire. « Vous voyez, Honorable Dame, le Seigneur Bouddha veille sur nous. Vous serez sauvée également. Je vais aller chercher un médecin. »

Maria secoua la tête. « Ce n'est pas un médecin que je veux, c'est un prêtre. »

Ivatt proposa d'aller jusqu'au séminaire des jésuites, mais Sunida l'en empêcha.

« Seigneur Thomas, il est préférable que je m'y rende moi-même. En tant que farang, vous risquez d'être arrêté. D'ailleurs, je dois voir le Seigneur de la Vie, moi aussi. »

Ivatt admit à contrecœur qu'elle avait raison. Avant de partir, Sunida s'adressa à Maria : « Honorable Dame, je vous prie d'expliquer à la *mem* tout ce que vous m'avez dit. Je ne parle pas sa langue. »

Maria acquiesça et tourna la tête vers Nellie au moment où Sunida sortait. « J'ai trahi Constant. Empêchez-le d'aller au Palais. C'est un piège. Petraja a pris la place du roi dans sa chambre. » Elle se mit à pleurer. « J'ai trahi mon mari... »

Nellie lui prit la main. « J'ai voulu le trahir, moi aussi. J'ai même songé à le tuer.

– Mais votre fils ? balbutia Maria à travers ses larmes. Pourquoi Constant ne m'en a-t-il jamais parlé ?

– Parce qu'il ignorait son existence, je vous le jure. Constant est un homme honnête. »

Le visage de Maria se crispa de douleur. « Je dois me confesser. J'ai voulu perdre mon mari et c'est un péché mortel. »

Des coups s'élevèrent soudain dans la pièce, comme frappés contre l'une des parois de la cachette. Tous se figèrent et Ivatt se leva pour voir de quoi il s'agissait. Après avoir prêté l'oreille, il comprit qu'ils venaient d'un panneau derrière une tapisserie dissimulant l'entrée du tunnel. Il la souleva et tira vigoureusement sur le panneau qui céda tout à coup, livrant passage à Phaulkon.

Le visage rouge, ruisselant de sueur, il rampa dans la pièce et regarda autour de lui. Sorasak gisait en tas dans un coin, un gigantesque Indien à côté de lui. Mark était accroupi à deux pas de là, les poings en sang. Quant à Nellie, elle s'occupait de Maria qui, pâle et tremblante, gisait sur le lit les yeux fermés.

Il se traîna jusqu'à elle, les jambes encore raides d'avoir rampé dans le tunnel, et s'agenouilla à son côté en lui prenant la main.

« Que s'est-il passé ? » demanda-t-il à Nellie.

Au son de sa voix, Maria ouvrit les yeux. Ce fut elle qui lui répondit. « Pardonne-moi, Constant », murmura-t-elle dans un souffle.

Elle mourut en lui tenant la main.

43

Prosternée au pied de la couche royale, Sunida attendait que le Seigneur de la Vie daigne s'adresser à elle. Son cœur battait furieusement, comme chaque fois qu'elle se trouvait en présence du roi, la seule personne qui pouvait encore sauver son bien-aimé Phaulkon. Elle n'avait pu trouver de prêtre, tous ayant été emprisonnés sur les ordres de Petraja. Quant à envoyer un médecin, il ne fallait pas y penser car il aurait fallu alors dévoiler l'endroit de la cachette, ce qui les aurait tous exposés au danger.

Elle sentait que la situation avait évolué. Vichai, chef des gardes du Palais, un vieil ami qui l'avait aidée à y entrer, lui avait dit que la santé du Seigneur de la Vie s'était nettement améliorée et que, pour réussir à approcher le roi, il fallait tenter de se faire passer pour une concubine. Sa Majesté était maintenant installée dans les anciens appartements de Chao Fa Noi.

Sur les conseils de Vichai, elle s'était rendue directement dans le quartier des femmes pour retrouver son amie Wannee, l'une des anciennes favorites du monarque. Avec son aide, elle avait revêtu les plus beaux vêtements, s'était parée de bijoux, maquillée, parfumée. Wannee, en hochant la tête, lui affirma qu'elle avait fière allure.

Sunida parcourut ensuite un labyrinthe de couloirs faiblement éclairés à travers le harem royal, où languissaient inutilement tant de jeunes femmes, pour gagner les appartements de Chao Fa Noi situés de l'autre côté. Cela faisait longtemps que le jeune prince, envoyé en exil, ne les habitait plus. Et maintenant, il est mort, songea Sunida, désolée. Oh, Seigneur Bouddha, protégez celui que j'aime !

Elle fut surprise de rencontrer plusieurs gardes de l'escorte royale d'élite, arborant leur brassard rouge. Ils l'accompagnèrent eux-mêmes jusqu'à la chambre du roi, manifestement amusés de voir le monarque suffisamment remis pour s'offrir à nouveau les faveurs d'une concubine.

Dans l'antichambre, Omun Sri Munchay, le fidèle et ancien Premier Gentilhomme de la Chambre royale, l'informa que plus de trente de ces « Bras rouges », comme on les appelait, étaient revenus servir le Seigneur de la Vie, outrés de le voir chassé de ses anciens appartements. Petraja avait commis là une grave erreur tactique et il évitait, à présent, toute confrontation ouverte avec les gardes du roi.

La voix du roi interrompit ses pensées, plus claire et plus tranchante que Sunida ne l'avait entendue depuis longtemps.

« Ah, Chuchit, nous t'attendions. Approche, petite souris. »

Sunida fut touchée que le Seigneur de la Vie ait songé à l'appeler d'un autre nom, afin de ne pas dévoiler son identité devant les gardes. Il y avait certainement des espions partout qui connaissaient ses liens avec Phaulkon.

Elle jeta un regard rapide autour d'elle, mais les esclaves présents, prosternés, avaient le visage enfoui dans le tapis persan. À son grand étonnement la sœur et la fille du roi étaient absentes. Elle se demanda ce qui leur était arrivé.

Elle rampa un peu plus près du lit, comme elle en avait reçu l'ordre. « Auguste et Puissant Seigneur, j'attends vos ordres. »

Elle sentit soudain une main se poser sur son épaule puis se déplacer lentement pour la prendre par le coude. Le Seigneur de la Vie cherchait à l'approcher de lui.

« Étends-toi près de moi comme autrefois, Chuchit. »

Confondue, Sunida grimpa dans la couche royale et, toute tremblante d'émotion, s'allongea contre le corps émacié du tout-puissant monarque dont elle effleura la poitrine creuse. Une main décharnée saisit la sienne sous la couverture et la serra.

« Mets ta tête sur mon épaule comme tu avais l'habitude de le faire, petite souris. »

Ces paroles s'adressaient clairement aux espions, car Sunida n'avait jamais été une concubine royale. Elle obéit et sentit que la bouche du roi s'approchait de son oreille. Soudain, elle comprit. Faisant mine de lui chuchoter des mots tendres, le roi avait des choses à lui dire qu'elle seule devait entendre.

Honorée, elle se serra contre son corps ratatiné. La bouche contre son oreille, il murmura tout doucement :

« Dans son obsession de capturer Vichaiyen, Petraja a commis une erreur. En usurpant le lit royal, il a choqué nombre de nos anciens gardes. Il nous faut profiter de cet avantage. Nous savons que Petraja attend Vichaiyen dans notre ancienne chambre dont, de ce fait, il ne peut sortir. Mais pour que Vichaiyen morde à l'appât, il faut que la convocation ait l'air de venir de moi et qu'il puisse se présenter avec l'escorte de son choix. Maintenant, écoute bien. Voilà notre plan… »

Sunida écouta attentivement le roi lui exposer la

manœuvre qu'il avait conçue. Elle ouvrait parfois de grands yeux étonnés ou sentait une larme couler sur sa joue en entendant le Souverain de la Vie parler aussi affectueusement de Vichaiyen. Puis il la questionna à son tour et, à mi-voix, elle lui narra les souffrances infligées à Maria.

Quand arriva le moment de se séparer, le roi fouilla sous son oreiller et lui glissa discrètement dans la main deux magnifiques pierres précieuses en lui disant de les cacher entre ses jambes, là où personne n'irait les chercher...

Bouleversée, Sunida quitta la couche et s'éloigna aussi rapidement que le permettait le protocole pour regagner en hâte la maison de Phaulkon.

Ils enterrèrent Maria dans le jardin à côté de son enfant. Ce fut une cérémonie toute simple. À défaut de connaître les prières exactes, les assistants y participèrent avec leur cœur. À l'exception de Phaulkon, auquel ils avaient décidé de taire la vérité, tous se remémoraient le supplice qu'elle avait enduré.

Aussitôt après, Phaulkon prit la direction du Palais en compagnie de six robustes Indiens d'Ivatt. Ainsi que Sunida l'en avait informé, il était manifestement attendu. Bien qu'ils soient armés, les Indiens furent admis dans l'enceinte et on leur adjoignit trois gardes du Palais à l'attitude amicale et détendue.

En pénétrant dans la seconde cour intérieure, Phaulkon obliqua soudain sur sa droite avec ses hommes en direction des anciens appartements de Chao Fa Noi. Pris de court, les gardes du Palais le rattrapèrent pour lui dire qu'il se trompait de chemin. Phaulkon s'arrêta.

« Ne m'avez-vous pas dit que le Seigneur de la Vie désirait me voir ? demanda-t-il poliment.

– Certes, Excellence, mais les appartements royaux sont de l'autre côté. »

Phaulkon prit un air étonné. « Dans ce cas, pourquoi m'a-t-on dit à la porte que le Seigneur de la Vie s'était installé dans les anciens appartements du prince ? »

Les gardes le dévisagèrent, perplexes. Cette attitude contredisait ouvertement les instructions qu'ils avaient reçues de Petraja. « Excellence, il doit y avoir un malentendu. Veuillez nous suivre. »

Ignorant leur requête, Phaulkon poursuivit son chemin en accélérant le pas, son escorte en cercle autour de lui. Ils traversèrent des jardins, heureusement déserts, tandis que les gardes du Palais, paniqués, tournaient autour d'eux en les pressant de rebrousser chemin.

L'entrée du harem royal se profila au loin, jouxtant l'ancienne résidence de Chao Fa Noi. Les hommes au brassard rouge de la garde d'élite patrouillaient un peu partout. Affolés, les trois gardes, manifestement des hommes de Petraja, se placèrent devant Phaulkon et tirèrent leur épée. Les Indiens réagirent aussitôt et saisirent leur kriss. Le combat était inégal en nombre et en taille et, en quelques secondes, les Siamois furent massacrés.

Phaulkon fit signe de ramasser leurs cadavres et de les porter à l'entrée des appartements. Les Indiens les mirent sur leurs épaules et s'avancèrent vers les « Bras rouges » qui les observaient attentivement, prêts à dégainer à leur tour leur épée. L'un d'eux reconnut soudain Phaulkon et se précipita à terre pour se prosterner. Les autres suivirent son exemple.

Phaulkon leur demanda de faire disparaître les corps ainsi que toute trace de la lutte qui venait de se dérouler. Le capitaine des gardes rouges apparut alors et lui suggéra de renvoyer ses hommes car il était préférable qu'on ne les voie pas par ici. Trois gardes les feraient sortir par une porte latérale.

D'autres « Bras rouges », tous déférents, rejoignirent leurs compagnons et Phaulkon, se sentant en sécurité avec eux, fit comprendre de son mieux aux Indiens qu'ils devaient maintenant rejoindre leur maître.

Au nombre d'une bonne vingtaine, les « Bras rouges » escortèrent Phaulkon par un passage voûté et un long corridor éclairé de torches qui débouchait dans une vaste pièce non meublée. Elle semblait servir d'antichambre aux gardes car Phaulkon vit plusieurs tuniques et bonnets rouges étalés par terre. Six gardes le firent entrer, tandis que les autres restaient à l'extérieur. À la grande surprise de Phaulkon, ils le prièrent, tout en éludant ses questions, d'essayer les tuniques pour trouver un costume à sa taille. Des doutes commencèrent à s'emparer de lui. Pourquoi tous ces mystères ? Pourquoi ne le conduisaient-ils pas vers le Seigneur de la Vie comme Sunida avait assuré qu'ils le feraient ? Quand il réclama de nouveau avec insistance d'être introduit auprès du roi, ils détournèrent les yeux sans lui répondre mais sans manifester non plus d'hostilité. Phaulkon commençait à regretter son escorte d'Indiens.

Il se décida à suivre leurs instructions et trouva une tunique à sa taille, ce qui parut les satisfaire. Ils lui présentèrent alors un masque en le priant de l'essayer. Réalisé avec art, il reproduisait avec tant d'exactitude un visage siamois qu'on l'aurait cru vivant. Phaulkon s'exécuta et les gardes allaient ajuster un bonnet rouge sur sa tête quand il perdit patience et exigea d'être introduit sans délai auprès du Seigneur de la Vie. Comme ils ne faisaient pas mine de le satisfaire, il s'avança résolument et frappa l'un d'eux. Aussitôt, les autres lui maintinrent solidement les bras, tandis qu'un de leurs camarades, une petite tasse à la main, s'approcha et le força à en avaler le contenu.

Très vite, il sentit que la tête lui tournait et il eut une rapide pensée pour les prédictions de mère Somkit. Si elle avait vu juste, il ne lui restait plus qu'un jour à vivre. Les murs de la pièce se mirent à flotter tandis qu'il luttait pour garder l'équilibre, mais ses yeux ne lui obéissaient plus et il s'écroula, inconscient.

Après l'avoir déshabillé, les gardes l'étendirent sur le sol. Soigneusement, ils lui rasèrent les poils des bras, des jambes et de la poitrine en épongeant le sang avec un linge humide quand il leur arrivait de le couper. Puis ils lui peignirent sur le bras un brassard semblable au leur et, après l'avoir revêtu d'un panung noir et de la tunique qui leur servait d'uniforme, ils placèrent le masque sur son visage et le coiffèrent d'un bonnet rouge. Ils se reculèrent ensuite pour admirer leur travail. Impossible, à présent, de distinguer Phaulkon d'un des leurs. Ils le saisirent alors, toujours inanimé, et l'emportèrent précautionneusement le long du passage menant aux appartements de Chao Fa Noi. Ils s'arrêtèrent devant des panneaux de teck finement sculptés, frappèrent et attendirent qu'on vînt leur ouvrir. Puis ils entrèrent tête baissée et disposèrent le corps de Phaulkon devant la couche royale avant de se prosterner.

Un visage émacié émergea d'une multitude de coussins.

« Placez-le contre le mur et ôtez-lui son masque. Je veux voir son visage.

– Auguste et Puissant Seigneur, nous recevons vos ordres. »

Ils calèrent le corps inanimé de Phaulkon contre la paroi, face au lit. À présent, le Grec était tête nue et le visage à découvert. Ils placèrent alors de part et d'autre de lui deux chandelles allumées dont la flamme vacillante donnait vie à son visage inerte.

Le Seigneur de la Vie se redressa et, aussitôt, des esclaves s'empressèrent d'empiler des coussins dans son dos. Un silence complet régnait dans la chambre où l'on n'entendait que le souffle des grands éventails agités en cadence.

Le roi contempla longuement Phaulkon.

« Nous voulions te voir une dernière fois, ami, dit-il enfin. Car il nous faut mourir, et il est temps pour toi de partir. Pardonne-nous de t'avoir fait endormir, mais nous savions que, conscient, tu aurais refusé d'obéir à nos vœux. Va maintenant, quitte ce pays car il n'y a plus de place pour toi au Siam. Tu nous as servi mieux que quiconque. Que le Seigneur Bouddha et ton propre Dieu te protègent à jamais. »

Mais le Souverain de la Vie semblait ne jamais se lasser de contempler ce visage endormi. S'il n'avait été interdit de regarder le monarque en face, on aurait pu voir une larme couler sur ses joues.

D'une voix à peine distincte, il murmura enfin : « Emmenez-le. »

Quand Phaulkon reprit conscience, il était de retour dans l'antichambre des gardes, vêtu comme eux de pied en cap et portant toujours son masque. Ils l'aidèrent à se relever et à retrouver son équilibre sans tenir compte de ses protestations et de ses menaces. Souriant poliment, ils l'entraînèrent au-dehors et traversèrent la première cour – dix-neuf « Bras rouges » entourant Phaulkon, par rang de quatre. Ils l'avaient placé à la queue au milieu des plus grands dont il ne se distinguait pas. Puis ils prirent un chemin circulaire par des cours désertes et de modestes jardins jusqu'à une petite porte latérale. Respectueusement, les sentinelles s'écartèrent pour laisser sortir la garde d'élite du roi.

Le soir tombait quand ils prirent la direction du nord, quittant la ville par des chemins détournés. Au premier village, vingt chevaux les attendaient. Ils les enfourchèrent et disparurent dans l'obscurité grandissante.

Il faisait sombre également, ce même soir, quand Sunida se dirigea vers les docks publics de Louvo. Vêtue comme une simple paysanne, elle s'efforçait de passer inaperçue tandis que des pensées la ramenaient sans cesse à sa chère Supinda qu'elle n'allait pas tarder à revoir. Cependant, un étrange pressentiment la tenaillait. Tout s'était trop bien passé jusqu'ici et elle savait pertinemment que le destin n'avançait jamais dans une seule direction. Tôt ou tard, il allait se retourner contre elle.

Elle avait vu partir Nellie et Mark pour le nord et priait pour qu'ils soient désormais en sécurité. Anek les avait fait passer par le tunnel pour les conduire dans son village, à trois heures de marche de Louvo.

De nuit, le voyage serait plus long mais ils éviteraient ainsi les rencontres indésirables.

Thomas Ivatt lui avait proposé de l'accompagner jusqu'à Ayuthia, mais Sunida avait refusé car une escorte farang aurait été par trop voyante. D'ailleurs Ivatt devait rester sur place pour veiller sur Sorasak qu'il comptait garder en otage jusqu'à ce qu'il soit certain que Phaulkon serait en sécurité.

Le cœur de Sunida se gonflait d'orgueil quand elle songeait à son bien-aimé. Quelle affection le Seigneur de la Vie lui avait manifestée et quel honneur de penser que son dernier désir avait été de le mettre en sûreté ! Mais le roi avait dû recourir à un stratagème, sachant trop bien que, s'il avait eu le choix, jamais Phaulkon ne l'aurait abandonné.

Le Seigneur de la Vie avait expliqué à Sunida qu'il n'y avait pas d'autre issue. Petraja voulait la guerre, et il avait été lui-même trop malade pour réussir à l'éviter. À présent, il était impossible de revenir en arrière. Les canons farangs détruisaient tout ce qui naviguait sur le fleuve au large de Bangkok, et la position retranchée des Français dans le fort leur assurait la maîtrise de la plus importante voic d'eau commerciale desservant Ayuthia. Le général français pouvait tenir plusieurs mois, le temps de recevoir des renforts, ou de parvenir à un accord si les deux parties se lassaient de la guerre. Quoi qu'il arrive, il n'y avait dorénavant plus de place au Siam pour Phaulkon. Il ne pourrait jamais atteindre Bangkok et, même s'il y parvenait, rien ne pourrait plus modifier le cours des événements. Les dés étaient jetés. Il était jeune et pouvait encore construire une autre vie ailleurs. L'existence n'était-elle pas une suite ininterrompue de cycles ?

Plongée dans ses pensées, Sunida suivait la rive du fleuve. L'embarcadère était maintenant en vue, et elle pria pour y trouver encore un bateau à cette heure tardive. Heureusement, elle ne manquait pas d'argent car le Seigneur de la Vie avait été généreux envers elle. Au moment où elle passait à côté d'un grand arbre à pluie, une silhouette se détacha de l'ombre. Sa gorge se serra. Était-ce le coup du sort qu'elle redoutait ? Oh Seigneur Bouddha, pria-t-elle, faites que je puisse revoir ma petite Supinda !

À la lueur argentée de la lune, elle vit le visage marqué de petite vérole et, le cœur serré, reconnut le colonel Virawan.

« Tu es Sunida, n'est-ce pas ? Où vas-tu ? »

Elle s'efforça de répondre avec naturel. « Je me rends à Ayuthia, Seigneur.

– Vraiment ? Attends que je devine pourquoi. Tu vas voir ta fille, hein ? Est-ce qu'elle ne s'appellerait pas Supinda, par hasard ? »

Un froid glacial envahit Sunida. Que savait-il d'autre encore ? On aurait dit qu'il lisait dans ses pensées.

« Sunida. Il n'y a guère de choses que nous ignorons. Nous avons épié tous tes mouvements. Si tu as pu circuler librement jusqu'ici, c'est parce que tu nous étais utile. Mais je peux t'épargner ce voyage. Ta fille n'est plus à Ayuthia. Elle se trouve ici, à Louvo, sous la garde du général Petraja, et son sort dépendra de l'aide que tu nous apporteras. Je t'arrête. Tu vas maintenant m'accompagner au Palais. »

44

Dès que le messager prosterné lui eut communiqué les terribles nouvelles, le Seigneur de la Vie lui ordonna d'aller immédiatement en informer le seigneur Thomas Ivatt, expliquant comment trouver la cachette secrète de l'Anglais.

Puis il se leva et demanda qu'on apporte ses vêtements de cérémonies. Les serviteurs échangèrent des regards stupéfaits devant cette requête inattendue.

« Eh bien, qu'attendez-vous ? » lança le roi d'un ton sec.

Omun, Premier Gentilhomme de la Chambre royale, ne se le fit pas répéter une deuxième fois.

« Auguste et Puissant Seigneur, je reçois vos ordres. »

Il rampa vivement hors de la chambre et se précipita dans une pièce voisine pour préparer l'apparat royal.

Quelques instants plus tard, trois esclaves prosternés de chaque côté du roi pouvaient admirer le superbe panung de soie bleue tout brodé d'or qu'Omun enroulait avec soin autour de la taille de son maître. Puis ils aidèrent ensuite le Seigneur de la Vie à passer une tunique de soie pourpre à col mandarin, ornée en son centre de boutons filigranés.

Le souverain réclama alors son coffret à bijoux et les esclaves, médusés, le virent ouvrir une véritable boîte à trésors, remplie de bagues et de bracelets. Ses doigts furent bientôt ornés de pierres précieuses et de diamants. Devant les regards éblouis de ses serviteurs, il remit à chacun d'eux une petite pierre de valeur pour s'assurer de leur coopération.

Enfin Omun, seul autorisé à toucher le chef royal, plaça sur sa tête un magnifique chapeau conique tout en or, puis se mit humblement aux ordres de Sa Majesté.

« Nous allons respirer une dernière fois l'air de la cour, annonça Naraï. Car c'est aujourd'hui que nous allons mourir. Maintenant, vous tous, soutenez-nous. »

Paralysés par le respect, les serviteurs levèrent les yeux vers Omun pour lui demander ce qu'ils devaient faire.

« Qu'attendez-vous encore ? s'écria le roi. N'avez-vous pas entendu le dernier souhait de votre souverain ? Voulez-vous que nous vous maudissions, vous et votre famille, dans votre vie suivante et toutes les autres à venir ? »

Tremblant de peur, ils soutinrent le monarque et l'aidèrent à sortir de sa chambre et à parcourir lentement le corridor. À la sortie du saint des saints, les « Bras rouges » se prosternèrent, mais le roi leur ordonna de se relever et de l'accompagner.

Il traversa alors à petits pas la partie du Palais contrôlée par Petraja. Son aspect était si majestueux, sa présence si stupéfiante et ses malédictions à l'égard de ceux qui oseraient se dresser contre lui si redoutables que, l'un après l'autre, les gardes de Petraja reculèrent pour le laisser passer. Il atteignit enfin la cour centrale où se déroulait la scène extraordinaire que son messager lui avait décrite. Tous les mandarins du Palais étaient assemblés et prosternés, tandis qu'au centre se dressait Petraja, l'épée levée au-dessus de sa tête. À ses pieds était agenouillé Pra Piya qui gémissait hystériquement, pieds et poings liés. Au même instant, l'épée de Petraja fendit l'air en sifflant et la tête du jeune courtisan roula à terre. Non loin de là, Sunida se tenait agenouillée, tête baissée.

Un silence étrange, lourd de respect et de crainte, tomba sur l'assemblée, sidérée devant l'apparition du roi en grande tenue. Petraja s'immobilisa à son tour, stupéfait. Puis il aboya un ordre, mais personne n'osa bouger. Troublé, il répéta son ordre aux deux gardes les plus proches de lui. Après un instant d'hésitation, ils se dirigèrent en rampant vers la tête de Pra Piya et l'élevèrent, encore toute dégoulinante de sang. Frappée de terreur, l'assemblée silencieuse regardait tour à tour Petraja et le roi. La tension était presque insoutenable. Deux volontés s'affrontaient.

Lentement, les deux gardes s'approchèrent de Sunida, brandissant la tête coupée, et Petraja leur ordonna de la suspendre à son cou, ainsi que l'exigeaient les usages pour les complices d'une même conspiration. En l'absence de Phaulkon, Sunida avait été choisie pour le représenter et porter ce macabre pendentif autour du cou pendant trois jours avant de subir le même sort.

Le ciel s'était assombri et un froid étrange tomba sur la cour. Levant un bras en direction des deux gardes, le Seigneur de la Vie tonna : « Arrêtez ! »

Ils obéirent, indécis, en voyant le roi s'avancer vers Petraja et pointer dans sa direction un doigt tremblant.

« Quel infâme complot as-tu encore fomenté, traître venimeux ? Ne pouvais-tu attendre notre dernier soupir ? Ne restons-nous en vie que pour voir détruire tout ce pour quoi nous avons vécu ? Tu as assassiné ou éloigné nos plus fidèles amis, et seule la crainte de la vengeance de notre peuple te retient de porter la main sur notre cou affaibli. Tu as le sang de Pra Piya sur les mains, et c'est autour de *ton* cou à toi que devrait pendre sa tête coupée. Si nous n'étions pas intervenu, tu t'apprêtais à faire subir le même sort à la fidèle Sunida. Pourquoi ? Parce qu'elle appartient à Vichaiyen et que tu n'as pas su t'emparer de celui-ci. Tu n'es même pas digne de remplir son bol de riz ! Tu l'as qualifié de traître mais tu savais très bien qu'à tout moment il pouvait se mettre à l'abri au fort de Bangkok. Au lieu de cela, il a choisi de demeurer fidèle à son souverain au risque de mourir pour lui. Il a aimé ce pays comme aucun farang ne l'a fait avant lui, alors que toi, Petraja, tu as souillé son nom et profané tout ce pour quoi nous nous sommes battu. Tu as déclenché la guerre, une guerre que tu ne peux pas remporter, contre ceux que nous avions honorés comme des hôtes. Quel écho donneront-ils à nos méthodes barbares ? Mais la puissance de la France reviendra t'écraser, souviens-toi de nos paroles.

« Et à présent toi, le gardien des éléphants, tu cherches à usurper le noble trône du Siam ! Nous te maudissons à jamais ! »

Un frisson parcourut la foule des courtisans.

Soudain, une clameur s'éleva du côté de la porte et tous les yeux se tournèrent dans cette direction. Quatre Indiens firent leur apparition portant une civière sur laquelle gisait Sorasak, le corps meurtri et plein de contusions.

Il y eut un murmure de surprise dans l'assemblée.

Sorasak leva la tête et parcourut toute la scène de ses petits yeux porcins. Un géant indien marchait à côté de lui, son kriss recourbé posé sur son cou puissant, tandis que quatre autres gardes, également armés, entouraient Thomas Ivatt qui fermait la marche.

« Œil pour œil, comme dit le Livre des chrétiens, déclara le roi d'un ton sinistre. Contemple ton fils prisonnier, Petraja.

– Votre fils, Sire, pas le mien.

– Comme tu le dis, Petraja. »

Le roi regarda tout autour de lui. Il émanait de lui une puissance terrifiante qui faisait penser à la vengeance de Dieu.

« Écoutez, vous tous ici présents. Nous sommes toujours votre roi. Et à l'heure de notre mort, nous proclamons devant vous notre dernière volonté. » Il jeta à Petraja un regard méprisant. « Sorasak est en vérité le produit de notre chair et de notre sang, et je le nomme ici héritier du trône. Vous tous, seigneurs mandarins, inclinez-vous devant votre nouveau roi. »

Un murmure de crainte parcourut l'assemblée. À ce moment, les cieux s'ouvrirent et déversèrent un furieux torrent de pluie. La voix de Sorasak s'éleva, dominant l'averse, et remplit toute la cour.

« Auguste et Puissant Seigneur, je reçois vos ordres. Je m'efforcerai d'être le digne successeur de votre illustre règne. »

Le roi eut un petit sourire. « Mais tu n'es pas encore libre, fils. Que ceci soit notre dernière action dans ce cycle de vie. » Il se tourna vers Ivatt. « Nous vous ordonnons de libérer le seigneur Sorasak en échange de dame Sunida. »

Tous les yeux se tournèrent maintenant vers la forme prosternée de l'Anglais.

« Auguste et Puissant Seigneur, je reçois vos ordres. »

Mais Sunida s'avança : « Seigneur, mon enfant est ici, entre les mains du général Petraja. Je ne peux accepter ma liberté sans elle. »

Le roi se tourna vers les gardes : « Allez chercher l'enfant ! »

Ils eurent un instant d'hésitation, tandis que Petraja jetait un coup d'œil circulaire pour évaluer la situation. Tous les regards l'évitaient.

Le roi l'interpella : « Un enfant n'a pas sa place dans

cette négociation, Petraja. Néanmoins, nous t'accordons ta liberté en échange de cette petite fille. »

Petraja déglutit fortement, cherchant à sauver la face.

« Puissant Seigneur, l'enfant a toujours été libre, à ma connaissance. »

Puis, d'un signe, il ordonna à ses assistants d'aller chercher Supinda.

La pluie continuait à tomber à verse, mêlée à présent de grêle. Le Seigneur de la Vie, d'un geste, renvoya l'assemblée. Il ne resta bientôt plus dans la cour que Petraja, Sunida, Sorasak et Ivatt. Face aux hommes de Petraja, les « Bras rouges » veillaient sur leur maître.

45

Après vingt et un jours d'un voyage épuisant, la petite hutte en bois de teck avec son toit aux extrémités recourbées se profila sur un ciel radieux, offrant un repos bienvenu aux six cavaliers. Ici, dans le nord, le climat était plus frais et plus sain. Ils se trouvaient dans une superbe vallée verdoyante, cernée de hautes montagnes où la population était peut-être encore plus gracieuse et aimable que celle du sud.

Pour ajouter encore à la couleur locale, diverses tribus nomades des montagnes du Tibet – Birmans, Méos, Karens, Nons aux vêtements noirs, jaunes et rouges – venaient de très loin à la ronde apporter leurs produits pour les vendre au marché. Comme pour ne pas être de reste avec les imposantes montagnes environnantes, la population de Chiengrai était plus grande et plus robuste que ses voisines du sud. Tous se montraient extrêmement intéressés par les nouveaux arrivants, mais trop timides et bien élevés pour poser des questions.

Assis sur la petite véranda dominant la verte vallée, Phaulkon ne pouvait s'empêcher de parler sans cesse du roi. Il restait là pendant des heures avec Sunida, passant sans cesse en revue les événements qui lui avaient permis de s'échapper. Plus il apprenait de détails sur la manière dont le roi avait tout orchestré, plus il était malheureux d'avoir abandonné son maître.

Sunida tentait de le raisonner doucement en évitant instinctivement de le prendre de front tout en le dissuadant de retourner en hâte au Palais.

« Croyez-moi, mon Seigneur, tout s'est déroulé selon la volonté du Seigneur de la Vie. Il a voulu votre liberté plus que toute autre chose et il savait que vous ne l'auriez jamais quitté s'il n'avait usé de ce stratagème. Il a été heureux grâce à vous. »

Phaulkon fronça les sourcils. « Comment pouvait-il être heureux sachant que ce traître de Petraja allait lui succéder ? »

Sunida sourit. « Le Seigneur de la Vie a été le plus intelligent, en fin de compte. Devant tous les mandarins, il a désigné Sorasak comme successeur, sachant que cela aboutirait à une lutte sanglante entre Petraja et celui-là. Dans sa sagesse, il a espéré qu'ils se détruiraient l'un l'autre et qu'ils laisseraient ainsi la place à un successeur plus éclairé.

– Mais mon rôle était de le débarrasser de Petraja, s'entêta Phaulkon. C'était mon devoir en tant que Barcalon. »

Elle lui toucha doucement le bras. « Pardonnez-moi, mon Seigneur, mais vous avez fait tout ce qui était en votre pouvoir. Le Seigneur de la Vie a dit que vous étiez le plus grand Barcalon qui ait existé de mémoire d'homme. »

Phaulkon la regarda, ému. « Il a dit cela ? »

Elle hocha la tête en souriant fièrement.

Phaulkon passait de longues heures à ruminer, ne se laissant parfois brièvement distraire que par la vue de sa petite fille. Sunida et Nellie, de plus en plus attachées l'une à l'autre, veillaient sur lui à tour de rôle pour empêcher qu'il ne parte sur un coup de tête rejoindre son roi. Thomas Ivatt était la plupart du temps absent, prétextant une mission sur laquelle il gardait le secret. Anek et Mark, inséparables, exploraient ensemble la région et rendaient visite aux tribus des montagnes qui les fascinaient.

Ils étaient là depuis quatre jours quand Anek leur annonça qu'il devait regagner son village. C'était là qu'ils s'étaient tous retrouvés pour entamer leur long voyage vers le nord. Phaulkon y avait rejoint Nellie et Mark tandis que, peu après, Ivatt arrivait à son tour en compagnie de Sunida et de la petite Supinda. Les « Bras rouges » du roi les avaient mis sur la route avant de reprendre la direction de Louvo. Selon eux, Petraja recherchait Phaulkon au sud, persuadé qu'il voudrait gagner Bangkok. Quoi qu'il en soit, ils veilleraient eux-mêmes sur la seule et unique route conduisant aux provinces du Nord.

Le départ d'Anek fut une dernière épreuve pour Phaulkon qui voulut à tout prix l'accompagner. Il fallut tous les efforts de son entourage pour le convaincre que c'était une folie et qu'il aurait ainsi contrevenu aux désirs du roi.

Phaulkon se résigna enfin et, les yeux humides, salua une dernière fois Anek. « Tu as été un bon serviteur et un ami. Renonce à ce voyage et accompagne-nous, tu es le bienvenu si tu acceptes de risquer ta chance avec nous.

– Puissant Seigneur, ce serait un honneur pour moi, répondit Anek, profondément touché. Mais je dois retourner dans mon village. Ma mère est malade et je ne peux la laisser mourir seule. »

Ils virent une expression de douleur traverser le visage de Phaulkon. Il pensait à son roi en train de mourir loin de lui.

Le colonel Virawan entra dans le bureau de Petraja, deux paquets sous le bras. Il tendit le plus petit à son chef

« Le voilà, Général. Une ressemblance remarquable. Fidèle en tous points au portrait. »

Petraja ouvrit le paquet et examina le masque, l'air satisfait.

« Nous serions la risée de tous si nous laissions croire qu'un farang a pu nous duper. »

Le colonel le regarda d'un air interrogateur. « Je dois vous dire, Général, que l'artisan avait déjà exécuté ce mois-ci une autre commande pour le Palais. »

Petraja eut l'air surpris. « Pour le Palais ?

– Oui, Général. Il s'agissait de reproduire le visage d'un garde royal.

– Qui a passé cette commande ?

– Le roi lui-même. »

Petraja s'assombrit. Il resta un long moment silencieux, les yeux fixés devant lui.

« C'est donc ça, dit-il finalement. Vichaiyen est parti vers le nord déguisé en garde… »

Il saisit une feuille de papier de riz, la broya rageusement entre ses doigts avant de la lancer de toutes ses forces contre le mur.

« Et il y a plus de trois semaines de cela… Nous ne le rattraperons jamais. »

Il fixa sur le colonel un regard dur. « Va chercher l'un de ces maudits jésuites que nous retenons prisonniers, lança-t-il d'un ton venimeux. Enlève-lui sa robe et mets-lui des vêtements siamois. Après quoi, tu lui couperas la langue et tu placeras le masque de Vichaiyen sur son visage. Tu le promèneras ensuite à travers toute la ville sur le dos d'un éléphant afin que tous le voient et tu le conduiras près du lac Chupsorn. Là, tu l'exécuteras et tu l'enterreras selon leurs coutumes. Veille à ce qu'il y ait de nombreux témoins. »

Virawan laissa échapper un ricanement. « C'est ce que nous aurions dû faire il y a déjà longtemps de cela.

– Impossible, répliqua sèchement Petraja. Son protecteur était encore en vie. »

Il fit une pause, cherchant à maîtriser sa colère. Puis il regarda le colonel bien en face. « Ces paroles doivent demeurer un secret entre nous, Colonel. L'histoire ne devra jamais savoir que ce n'est pas Vichaiyen mais un prêtre farang qui est enterré sur la rive du lac Chupsorn. »

Quand la nouvelle de la mort du Seigneur de la Vie parvint dans le nord, toute la région prit le deuil. Naraï le Grand avait été un souverain chéri de son peuple et respecté par tous. Mais personne ne le pleura davantage que le grand farang qui était arrivé récemment parmi eux. Il se rasa la tête, revêtit une robe blanche et fut inconsolable.

Trois jours et trois nuits, Nellie et Sunida se relayèrent à sa porte et l'entendirent pleurer son maître bien-aimé. Le quatrième jour, il se montra enfin et déclara à Sunida qui se trouvait là : « Désormais, je n'ai plus aucune raison de rester au Siam. »

Sunida entra et se lova à ses pieds. « C'est exactement ce que désirait le Seigneur de la Vie, dit-elle doucement.

– Il t'a dit ça ? »

Sunida leva vers lui un regard malicieux. « Non, c'est à *vous* qu'il l'a dit. »

Phaulkon fouilla dans sa mémoire. « Quand ? Je ne m'en souviens pas. »

Elle eut un petit rire. « Parce que vous étiez inconscient, mon Seigneur.

– Inconscient ?

– Oui, mon Seigneur. Après que les gardes vous eurent drogué, le Seigneur de la Vie leur ordonna de vous amener dans sa chambre et de vous ôter votre masque. Puis il vous parla longuement. Ses gardes, les "Bras rouges" m'ont dit qu'il avait pleuré et qu'il vous avait appelé son meilleur ami, le meilleur qu'il ait jamais eu. » Elle courba la tête. « C'est alors qu'il a ajouté qu'il n'y avait plus de place pour vous au Siam et que son esprit vous accompagnerait partout où vous iriez. »

Sept jours après leur arrivée, Phaulkon les réunit tous et, pour la première fois depuis longtemps, réussit à esquisser un sourire.

« Accepteriez-vous de suivre dans l'inconnu un pauvre Barcalon dépossédé de tous ses biens ? »

Ils le regardèrent avec joie, heureux de voir qu'il avait repris ses esprits. Sunida se mit à rire. « Dépossédé de son titre, peut-être, mais pauvre, certainement pas... »

Elle fouilla dans ses cheveux d'où elle finit par extraire un énorme rubis. « Chao Fa Noi m'a dit qu'il vaudrait une fortune en Chine. » Son sourire s'élargit encore. « Et j'en ai encore deux autres semblables.

– Il ne nous reste plus qu'à aller en Chine, alors, lança Phaulkon sur le ton de la plaisanterie.

– En Chine ! » Sunida battit des mains comme une enfant joyeuse. « Toute ma vie j'ai rêvé de voyager au loin ! Et où irons-nous ensuite ? »

Phaulkon avait repris son sérieux. « Je songeais à aller d'abord à Maca où nous aurions pu trouver un bateau pour le Portugal et, de là, gagner la France. Je possède là-bas pas mal de parts dans la Compagnie française des Indes orientales. » Il jeta un regard affectueux à Sunida. « Mais si tu as tellement envie de voir du pays, nous pourrions y aller par la voie de terre en suivant l'ancienne route de la Soie, comme Marco Polo l'a fait avant nous. Après tout, rien ne nous presse.

– L'idée me plaît, déclara Nellie en prenant la main de Mark. Nous sommes déjà venus par la voie maritime, alors pourquoi ne pas explorer d'autres routes ? »

Sunida avait l'air perplexe. « Qui est ce Marcoporo, mon Seigneur ?

– Un aventurier comme moi, répondit Phaulkon. Tu l'aimerais, j'en suis sûr.

– Je suis très heureuse avec vous, mon Seigneur. Que ce Marcoporo se trouve quelqu'un d'autre. »

Tous éclatèrent de rire.

« Cependant, nous allons devoir vendre un de tes

rubis avant d'aller en Chine, Sunida, reprit-il. La route sera longue à travers gorges et montagnes. Il nous faudra des guides, des provisions...

– Gardez vos rubis pour la Chine, Sunida, dit Mark en s'avançant. J'ai assez d'or pour y aller et même en revenir. »

Tous lui jetèrent un regard surpris.

« Anek m'a donné cette bourse, dit-il. Il semble que mon honoré père n'ait pas été un si bon moine que ça. Il gardait une petite fortune dans l'ourlet de sa robe ! Anek a pensé que s'il la lui remettait, il risquait de la refuser. Alors il me l'a donnée à moi. » Mark eut un petit rire. « Avec six bouches à nourrir, c'est plus raisonnable, n'est-ce pas ?

– Sept, déclara Ivatt. Je viens d'acheter une épouse. »

Ils le contemplèrent avec stupéfaction. « Comment aurais-je pu trouver une Siamoise en France ? Malheureusement, j'ai dû donner toutes mes économies pour constituer sa dot. Je comptais vous emprunter de l'argent, Mark, ainsi qu'à votre mère. Après tout, ne vous ai-je pas nourris à Mergui ? »

La joie fut générale.

Phaulkon se tourna vers lui. « Où est-elle ? Nous voudrions la voir avant de donner notre consentement. »

Ivatt sourit. « Elle nous rejoindra plus tard. Elle prépare ses bagages pour aller en Chine. »

Ils partirent le lendemain au petit jour. Le lever du soleil fut une splendeur, une boule de flammes jaunes si proche qu'on aurait presque cru pouvoir la toucher. Elle surgit soudain derrière la chaîne orientale des montagnes et plongea la verte vallée dans une lumière limpide. Les brumes qui s'étaient accumulées dans les creux se dissipèrent et un ciel immense et radieux se déploya au-dessus d'un paysage d'une beauté intemporelle.

Phaulkon chevauchait à côté de Sunida qui tenait la petite Supinda nichée contre elle. Nellie et Mark suivaient puis Ivatt, tenant par la main une grande

Siamoise, une beauté du Nord, qui souriait timidement à tout le monde. Deux guides ouvraient la marche, deux porteurs fermaient le convoi.

Le site était spectaculaire, et Phaulkon laissa errer ses pensées, se remémorant les prédictions de la vieille devineresse. Elle avait vu juste sur bien des points mais, heureusement, s'était trompée sur le dernier : sa terrible exécution et son tombeau au bord d'un lac.

Phaulkon et Sunida prirent quelque retard sur les guides qui entamaient l'escalade des premiers contreforts montagneux. Phaulkon se tourna pour observer la jeune femme.

« Sunida ?

– Mon Seigneur ?

– Nous allons bientôt quitter le territoire siamois. De ce pays que j'aime, il ne me restera que toi. Je voudrais que tu me fasses une promesse.

– Tout ce que vous voudrez, mon Seigneur.

– Il faut que tu me promettes de rester toujours une vraie Siamoise, où que nous nous trouvions et quelles que soient les influences auxquelles tu seras exposée.

– Mon Seigneur, je ne cesserai jamais de vous baigner, de vous masser, de cuisiner pour vous les plats épicés que vous aimez. En tous lieux, vous resterez pour moi le grand Barcalon et je ne manquerai jamais de me prosterner devant vous et devant votre première épouse. »

Il la regarda, surpris.

« Ma première épouse ?

– Oui, mon Seigneur. Elle chevauche derrière nous. Et il faut que vous l'épousiez car je l'aime vraiment beaucoup.

– Mais… qu'est-ce qui te fait penser qu'elle acceptera ta présence ? »

Sunida sourit. « C'est déjà fait, mon Seigneur. Et c'est son désir tout autant que le mien. »

Profondément ému, le Faucon du Siam se détourna. Puis, lentement, il joignit les mains et s'inclina.

ÉPILOGUE

Après avoir épousé les deux princesses – la sœur et la fille du roi Naraï –, le général Petraja se couronna lui-même roi de Siam. Chacune de ses épouses lui donna un fils. Il régna quinze ans, mena de nombreuses guerres et mourut à l'âge de soixante-douze ans. L'un de ses fils entra au monastère, l'autre fut assassiné par son successeur, le Tigre.

Le Tigre, connu autrefois sous le nom de Luang Sorasak, se distingua par ses vices et sa brutalité. Il épousa la princesse Yotatep, fille du roi Naraï le Grand et veuve de Petraja, et régna sept ans. Il mourut de ses débauches.

L'une des portes du Palais fut baptisée « Porte des Cadavres » car on prétendait que de nombreux cercueils d'enfants la franchissaient, sinistres témoignages de la perversion sexuelle de Sorasak.

Le général Desfarges négocia le départ de ses troupes après avoir reçu les renforts du navire *L'Oriflamme*. Mais il mourut de maladie en mer avant d'arriver en France.

L'évêque et les membres du clergé français furent emprisonnés et brutalisés par Petraja. Le christianisme disparut pratiquement du Siam et il fallut attendre un siècle avant que les farangs soient de nouveau accueillis sans méfiance dans le pays.

Quant à Phaulkon, Nellie, Mark et Sunida, ceci est une autre histoire…

DU MÊME AUTEUR :

Le Faucon du Siam, traduction de Jean Rosenthal, Éditions Anne Carrière, 1996.

L'Envol du Faucon, traduction d'Isabelle Caron, Éditions Anne Carrière, 1997.

Axel Aylwen
dans Le Livre de Poche

Le Faucon du Siam n° 14452

En 1679, à vingt-cinq ans, Constantin Phaulkon, marin anglais d'origine grecque, débarque dans le royaume du Siam, alors à l'apogée de sa magnificence.

C'est aussitôt le coup de foudre. Il adopte le mode de vie local, apprend la langue, s'introduit à la Cour, où son intelligence et son habileté lui vaudront de devenir le *Barcalon* ou Premier ministre du roi, qu'il incitera à faire alliance avec la France de Louis XIV pour contrebalancer les appétits commerciaux et coloniaux de la Hollande, du Portugal, de l'Angleterre.

Mais bien des intrigues agitent le petit monde raffiné et subtil des courtisans ; elles traverseront ses amours avec Sunida, l'espionne royale, dont il s'est passionnément épris...

C'est en s'appuyant sur les témoignages et récits d'époque qu'Axel Aylwen a pu conter l'extraordinaire – et véridique – aventure de Phaulkon, et brosser autour d'elle un tableau foisonnant d'une civilisation splendide et méconnue, mêlant l'érotisme et l'exotisme, le romanesque et l'histoire.

L'Envol du Faucon n° 14674

S'aventurer au cœur du royaume du Siam, être reçu à la cour du roi Narai, gagner sa confiance au point de devenir son *Barcalon* ou Premier ministre : telle est l'extraordinaire épopée vécue au XVIIe siècle par Constantin Phaulkon, un navigateur grec, et racontée dans *Le Faucon du Siam*.

Mais des nuages s'amassent bientôt sur la tête du puissant conseiller et ami du monarque. Les intrigues de la cour, les pirateries de quelques-uns de ses anciens amis compromettent sa position. Lorsque débarque une ambassade de Louis XIV, accompagnée de cinq cents soldats, afin d'établir des comptoirs de commerce et de convertir Narai au catholicisme, Phaulkon doit déployer toute sa ruse de stratège et de courtisan, aidé par ses deux femmes, Maria, la catholique, et Sunida, son épouse siamoise…

Histoire, exotisme, érotisme, suspense : tout est réuni pour faire de cette histoire vraie un fabuleux roman d'aventures, au cœur fascinant de l'ancienne Asie.

Composition réalisée par INTERLIGNE

IMPRIMÉ EN ALLEMAGNE PAR ELSNERDRUCK À BERLIN
Librairie Générale Française - 43, quai de Grenelle - 75015 Paris.
Dépôt légal Édit. 19672-03/2002
ISBN : 2-253-14895-4

31/4895/4